문학과 영화에 나타난 베트남전쟁

한국과 미국문화의 베트남전쟁

지은이

박진임 Park, Jinim

미국 오리건주립대학교 비교문학과에서 박사학위를 받은 후 시카고대학교 박사 후 과정 연구원, 스탠퍼드대학교 풀브라이트 강의 교수, 남가주대학교 객원교수를 역임하고, 현재 평택대학교 국제지역학부 미국학 전공 교수로 재직 중이다. 2004년『문학사상』을 통해 평론계에 등단하여 문학평론가로 활동하고 있다. 저서로『Narrative of the Vietnam War by Korean and American Writers』,『비교문학과 텍스트의 국적』,『두겹의 언어』,『세이렌의 항해』,『탄성의 시학』,『시로부터의 초대』, 편저로『꽃 그 달변의 유혹-박재두 시전집』,『말 그 눈부신 빛깔-박재두 산문전집』 등이 있다.

문학과 영화에 나타난 베트남전쟁
한국과 미국문화의 베트남전쟁

초판발행 2025년 12월 30일

지은이 박진임

펴낸이 박성모
펴낸곳 소명출판
출판등록 제1998-000017호
주소 서울시 서초구 사임당로14길 15 서광빌딩 2층
전화 02-585-7840
팩스 02-585-7848
이메일 somyungbooks@daum.net
홈페이지 www.somyong.co.kr

ISBN 979-11-7549-031-4 93800
정가 28,000원

이 저서는 2024학년도 평택대학교 학술연구비의 지원에 의하여 연구되었음.

문학과 영화에 나타난 베트남전쟁

한국과 미국문화의 베트남전쟁

박진임 지음

어쩌면 저자는 베트남전쟁과 긴밀하게 관련된 경험들 속에서 살아온 것인지도 모르겠다. 베트남전쟁이 시작된지 오래지 않아 우리나라는 미국의 우방국 자격으로 그 전쟁에 파병하게 되었다. 파병은 사회 전반에 영향을 끼치게 되었으며 그에 따라 베트남전쟁은 우리 사회 문화의 한 부분을 구성하게 되었다고 해도 과언이 아니다. 저자는 어린 시절부터 베트남전쟁에 대해 들으면서 자랐다. 그래서인지 성인이 된 이후에도 베트남전쟁의 기억은 모습을 달리하면서 저자의 뇌리를 떠나지 않았다. 저자가 경험한 베트남전쟁의 양상은 크게 네 단계로 나누어 설명할 수 있을 것으로 보인다. 저자의 박사 학위 논문은 미국 작가와 한국 작가의 베트남전쟁 서사 비교 연구였다. 비교문학 박사 학위 논문을 제출했던 1998년, 그 논문의 서론 부분에서 저자는 저자 자신이 베트남전쟁과 맺게 된 관계를 세 단계로 나누어 설명했다. 이 책을 쓰는 2025년, 현재 시점에서는 그 세 단계에 한 단계를 더 추가해야 할 것 같다. 저자가 유학 생활을 마치고 한국에 돌아와 한국의 사회 문화적 특수성 속에서 다시 살펴본 베트남전쟁, 그리고 그 전쟁의 문화적 재현 양상은 이전에 이해한 바와는 많이 달라졌기 때문이다. 보다 포괄적인 시각에서, 다양한 주체들의 복합적인 목소리를 모두 수용하려는 자세를 갖게 된 단계에 이르렀기에 그것이 네 번째 단계라고 주장하고자 한다. 1990년대, 미국 대학에서 미국 아카데미아의 담론을 충실히 학습하여 분석해 보았던 바와 현재, 한국에서 다시 접근해 본 베트남전쟁 서사는 사뭇 다른 성격으로 드러난다. 저자가 베트남전쟁을 이해해 온 단계들을 간략히 살펴보자. 처음의 세 단계가 1998년까지의 경험에 바탕을 두고 이루어졌던 반면에 마지막 네 번째의 단계는 보다 현재성을 지닌 것이라고 볼 수 있다.

베트남전쟁이 한창 진행 중이었던 1970년대, 저자는 초등학생이었다. 초등학교 4학년이던 1975년 4월, 베트남의 사이공이 함락되었다는 소식을 담임 선생님으로부터 들었다. 우리는 그때 베트남을 월남이라고 불렀다. 매년 겨울방학을 맞을 무렵, 크리스마스를 앞두고 우리는 교실에서 월남 파병 용사들에게 위문편지를 썼다. 위문품을 가져오라고 해서 등교할 때 치약, 잡지, 과자 등을 들고 갔고 선생님은 큰 자루에 그 물건들을 모아 넣곤 했다. 위문편지는 대개 "무더운 정글에서 공산도배를 물리치느라 수고하시는 국군 장병 아저씨께"로 시작하곤 했다. 때로는 임기를 마치고 귀국한 장병들이 학교를 방문하여 베트남에서의 무용담을 들려주기도 했다. 그리하여 어린 시절, 베트남은 저자에게 친숙해진, 몇 안되는 외국 중의 한 나라가 되었다. 그밖에는 유럽의 몇 나라 이름을 떠올릴 수 있었다. 유럽의 여러 나라들에 대해서는 서구 동화집이나 북구 동화집 등에 실린 이야기를 통하여 알게 된 것이 전부였다. 그래서 유럽 나라들의 모습은 막연히 머릿속에 그려볼 수 있을 뿐이었다. 그러나 그런 나라들과는 달리 베트남은 보다 구체적이고 현실감 있게 느껴지는 외국이었다. 우리는 미국이 우리의 영원한 혈맹이라고 배웠다. 그리고 미국 다음으로는 베트남이란 이름을 자주 들으며 자랐던 것이다.

월남은 그 시절의 우리 문화를 특징짓는 데에 큰 역할을 한 이름이기도 하다. 무슨 까닭에서인지 우리는 손잡이 막대기가 달린 사탕을 월남방망이라고 부르며 즐겨 먹었고 여성들이 입고 다니던, 폭이 좁고 긴 나일론 소재의 치마를 월남치마라고 불렀다. 그 옷이 월남치마로 불린 것은 치마의 모양이 월남 여성들의 아오자이를 닮아서 그랬던 것으로 추측되는데 사탕을 왜 '월남 방망이'라고 불렀는지는 아직도 알지 못한다. 또한 헨리 키신저Henry Kissinger 미 국무장관의 이름이 라디오에서 흘러나오는 것을 꽤 자주 들었다. 그래서 키신저라는 이름은 묘하게 향수를 불러일으킬 때가 있다. 가끔 영화관에 단체 관람을 갈 기회가 있었고 극장에서는 영화가 시작되기 전 '대한늬우스'를 보여주었다. 뉴우스에서는 제일 먼저 박정희 당시 대통령의 근황이 소개되었다. 그 다음에는 주로 월남에서 대민 봉사를 하거나 행군하거나 매복하는 파월 장병들의 모습이 나타났다. 그렇게 베트남에서 활약하는 군인들의 모습을 자주 보게 되어서인지 저자의 기억에 남은 베트남전쟁, 그 첫 이미지는 '공산주의자에 대항하여 싸우는 용감한 군인'들의 모습이었다. 따라서 저자의 첫 기억 속의 베트남전쟁은 영웅의 전쟁이었다.

저자가 지닌 베트남전쟁의 기억, 그 두 번째 단계는 대학생이 된 다음 민주화운동의 물결 속에서 처음으로 박영한 소설가의 『머나먼 쏭바강』에 대해 들었을 때였다. 그 소설은 『사이공의 흰옷』과 더불어 국가 민주화를 위해 헌신하고자 했던 청춘들의 필독서였다. 1980년대, 신군부의 군사 독재 시절, 무엇이 우리의 민주주의를 가로막고 있는지 모두가 궁금해하던 시절, 그 책을 통하여 불우한 조국의 현실을 간접적으로 깨우치게 되었다. 베트남과 한국이라는 두 국가의 운명이 유사하다는 점에 착안하여 베트남의 현실을 통해 한국 현실을 간접적으로나마 이해하고자 했고 그런 상황에서 베트남전쟁을 다룬 소설이 신선하게 다가왔던 것이다. 대학생이 된 다음 알게 된 것은 베트남전쟁이 냉전 이데올로기의 세계 속에서 독자적인 생존을 모색하던 아시아 신생국의 운명이 전개된 무대였다는 사실이었다. 그처럼 저자가 두 번째 만난 베트남전쟁은 어렴풋하게 나마 냉전시대의 약소국의 운명을 드러내 보여준 사건이었다. 돌이켜보면 당시 그런 방식으로 식민주의와 제국주의라는 담론의 틀을 막연하게, 조금씩 알아갔던 것 같다.

미국 유학길에 올라 미국 대학에서 영문학을 공부하게 되면서 저자가 기억하는 베트남전쟁은 다시 한 번 그 모습을 바꾸게 되었다. 미국 현대소설 강의에서 하필이면 교수님이 베트남전쟁소설들을 가르치셨다. 교재는 당연히 주요한 미국 작가들의 소설이었고 그 소설들은 미국인들이 주인공이 되어 머나먼 동남아시아의 땅에서 경험하게 된 베트남전쟁을 재현한 것이었다. 대부분 미국인의 경험, 미국인의 내면적 갈등과 심리적 트라우마, 그리고 미국 사회 현실에 대한 비판을 담고 있는 소설들이었다. 즉 저자는 1980년대에 처음으로 미국인의 관점에서 본, 미국의 베트남전쟁에 대해 배우게 된 것이었다. 어린 시절 그토록 선명하고도 강렬한 색채로 저자의 유년 시절을 지배했던 베트남전쟁과는 너무나도 다른 전쟁의 모습을 그 과목에서 배우게 되었다. 그러나 무엇보다도 놀라왔던 점은 우리가 수업에서 다룬 미국소설들 중에서 한국 군인들의 참전을 보여주는 소설은 찾아보기 어려웠다는 사실이었다. 미국소설 속에는 짧고 파편적으로나마 한국 군인들의 참전 양상에 대해 언급한 부분조차 거의 없었다. 미국에서 공부하게 되면서 베트남전쟁이 "미국만의" 전쟁으로 기억되고 서술되고 있다는 것을 비로소 알게 되었다. 그 전쟁에 참여한 소수자들의 존재는 거의 지워지고 없다는 사실 또한 알게 되었다. 그 수업에서 느꼈던 당혹감의 정체는 아마도 역사적 기록물에 개입하는 권력의 힘을 감지한 데에서 오는 것이었을 듯하다. 그때의 당황스러웠던 기억이 이후 박사과정 공부를 하는 동안 지속적으로 스스로에게 질문을 던지게 만들었던 것 같다. 비교문학을 공부하면서 국가의 경계 내부에서 다루어지는 문학의 한계와 그 한계를 넘어서야 할 필요가 있다는 것을 알게 되었다. 그리고 그처럼 초국성의 문학 연구를 지향한다면 베트남전쟁문학을 복수적 시선에서 바라보고 분석하는 일이 크게 의미 있는 작업이라고 느끼게 되었다. 그 결과, 한국과 미국의 베트남전쟁소설들을 비교문학적 시각에서 연구한 결과물을 박사 학위 논문에 담게 되었다. 그러므로 베트남전쟁 이해에 있어서 저자가 도달한 세 번째 단계는 국가를 넘어서서, 초국가적 역사적 사건으로 베트남전쟁을 바라보고 그 문학적 재현을 비교문학의 방법론을 통해 검토하는 단계였다고 규정할 수 있다.

지금도 베트남전쟁과 그 재현을 이해하는 저자의 시각은 부단히 변모하고 있다. 고국에 돌아와 고국의 현실을 접하면서, 그리고 격변하는 세계 질서 속에서, 더 나아가 연륜과 함께 변화해 가는 저자의 가치관에 따라서 베트남전쟁은 여전히 모습을 바꾸고 빛깔을 달리 하면서 저자에게 다가온다. 1975년 공식적으로 베트남전쟁은 종식되었다. 그리고 그로부터 거의 50년 세월이 흘렀다. 그 사이 저자만 변한 것이 아니라 모두가 함께 변했다. 당시 보트 피플Boat People의 일원으로 베트남 땅을 벗어나 미국이나 다른 자유 우방 국가에 정착하게 되었던 피난민들과 그 자녀들이 이제 자신들의 고유한 경험과 기억에 대해 발화하고 있다. 미국인이 중심이 된, 미국문학 속의 베트남전쟁도 따라서 달리 이해되기 시작했다. 북베트남인들이 경험한 베트남전쟁도 재현되고 있다. 또한 한국에서도 베트남전쟁의 흔적에 해당하는 사연들이 문학적 재현의 소재와 주제로 부상하였다. 고엽제 환자의 문제, 라이 따이한의 문제, 그리고 아직 뜨거운 논쟁의 대상이 되고 있는, 이른바 베트남에서의 한국군의 양민 학살 문제 등…… 문학 텍스트만이 아니라 영상 텍스트도 주제와 소재를 확대 심화하면서 베트남전쟁을 재현하고 있다.

　문학과 영상 텍스트에 재현된 베트남전쟁의 양상들을 정리하고 그 의미를 해석하는 일은 단지 베트남전쟁이라는 역사적 사건을 되돌아보는 작업에 그치지 않는다. 베트남전쟁 속의 숱한 경험들과 증언들, 그리고 그 문화적 파장의 서사는 인간의 삶의 방식을 탐구하는 인문학의 뿌리에 가 닿는다. 그 전쟁의 전개 과정에 드러난 사연들, 그리고 전쟁 종식 이후에도 종결되지 않고 있는 무수한 전쟁 내러티브들은 인간의 본질과 인간이 이룬 사회의 근원에 대한 의문을 던지고 있는 것이다. 인종, 국가, 성별, 계층 등의 다양한 차이가 모두 서로 엉긴 채 전쟁이라는 극한적 상황의 현실 속에서 드러나 있었던 것, 그것이 바로 베트남전쟁이기 때문이다.

　글을 쓰고 있는 현재 시점에도 베트남전쟁이라는 주제어는 저자의 곁을 떠나지 않고 있다고 느낀다. 2007년경 저자는 국내에서 베트남전 참전 경험이 있는 퇴역 군인들과 개인적으로 연락한 경험이 있다. 영문 저서 출간에 필요한 베트남전쟁 사진의 저작권 사용이 목적이었는데 그 목적을 이루지는 못했으나 그들의 경험을 직접 경청할 수 있는 기회를 갖게 되었다. 그 기회를 통해 그들이 가진 애국심과 자부심을 확인할 수 있었고 한국문학에서의 베트남전 재현 양상에 대한 그들의 저항적 태도를 확인할 수 있었다. 다른 한 편으로는 고엽제 피해자와 직접 통화하면서 그의 트라우마에 깊이 동정했던 기억도 갖고 있다. 그 분은 고엽제 후유증으로 인하여 목소리를 거의 상실한 상태에서도 자신의 경험을 기억해주기를 간절히 희망하던 것을 기억한다. 그리고 그가 남긴 책을 언젠가는 그가 희망한 대로 영어로 번역해줄 수 있기를 바라고 있다.

　문학 이론가 마사오 미요시^{Masao Miyoshi}가 언급한 적 있듯이 "담론과 실천은 상호의존적이다." 저자에게 있어서 베트남전쟁 담론은 삶의 경험 속에서 늘 새롭게 받아들여져 왔다. 학습한 담론 속에서 저자의 경험이 일정 부분 형성되기도 했고 또 담론을 거스르는 경험을 통해 나름대로 고유한 담론을 새로이 추구하게 되기도 했다. 전술한 바와 같이 베트남전쟁은 저자의 유년 시절 성장 과정에 강렬한 기억을 남긴 한국 현대사의 중요한 사건이었기에 베트남전쟁에 대한 모든 서사는 저자에게 중요하다. 그리고 베트남전쟁 서사 연구라는 주제를 다루는 저자의 자세는 자주 양가적이었다고 할 수 있다. 텍스트를 객관적으로 분석하는 일과 개인적 기억을 동원하며 역사를 해석하는 일은 분리되기 어려웠다. 문학 이론가 제인 갤럽Jane Gallop이 표현한 바를 동원하여 다시 표현paraphrasing 하자면 이 주제는 연구자에게는 일정 부분, "몸으로 책 읽기Reading through the Body" 작업이었다고 할 수 있다. 그 점은 앞으로도 크게 변하지 않을 것 같다.

이 책의 원고를 마무리하기 위해서는 책의 발간과 동시에 후편을 쓰기 시작할 것을 약속하는 일이 동반되어야 한다. 베트남전쟁의 종식 이후, 오랜 세월이 흐른 후에도 그 전쟁의 그림자는 아직도 우리 곁에 남아 있다. 종전 이후 세대, 전쟁을 유년기에 경험하여 개인적 기억을 거의 갖고 있지 못하거나 혹은 부모 세대로부터 전수된 기억만을 간직한 세대, 그리고 전쟁 미체험 세대 작가들이 다양한 각도에서 그 전쟁을 재조명하고 있기 때문이다. 한국 작가 중 이대환, 방현석, 오현미 등의 소설, 미국 시인 오션 브엉Ocean Vuong의 시 등이 그 중 대표적이다. 이대환이 제기하는 베트남전쟁 중 화학 물질에 노출되었던 환자들의 육체 문제, 방현석이 제기하는 베트남전쟁 기억과의 화해 문제, 오현미가 재현한 라이 따이한이라는 이름의 혼종적 주체들의 문제 등을 함께 검토할 필요가 있다. 그 연구 결과물들을 아우를 때에 비로소 베트남전쟁의 문학적 재현에 대한 통합적인 연구가 적절히 이루어졌다고 볼 수 있기 때문이다. 이 숙제를 조속히 마무리할 것을 약속하면서 탈고에 임하고자 한다.

오랜 기간 원고의 완성을 기다려주고 편집에 정성을 들여준 소명출판 편집진 모든 분, 특히 이희선 편집자님께 깊은 감사를 표한다.

베트남전쟁 서사 연구의 목적과 의미

베트남전쟁의 본질적 성격이 무엇인가 하는 점에 대해서는 아직도 논의가 진행 중이다. 1963년부터 1975년 사이의 그 전쟁은 베트남 땅에서 일어난 전쟁이므로 일반적으로 '베트남전쟁The Vietnam War'이라고 부른다. 그리고 베트남전쟁이라는 이름은 그 전쟁을 북베트남 공산 세력과 남베트남 민주 세력 사이의 대결로 이해하게 한다. 그러나 그 전쟁은 사실상 북베트남 공산주의자가 미국과 남베트남의 자유 민주주의 세력의 연합에 대항하여 벌인 전쟁이라고 보는 것이 더 정확하다. 이후에 상세히 밝힐 바와 같이 후자의 경우, 전쟁의 진행 과정에서 전쟁의 비용 충당, 전략과 전술의 결정, 기타 외교적 노력을 통한 종전 시도에 이르기까지 사실상 전쟁의 주역을 담당한 주체는 미국이라고 볼 수 있으며 남베트남은 미국의 협력자 역할을 주로 담당했기 때문이다. 더 나아가 일부 학자들은 베트남전쟁은 베트남 땅에서 미국의 내적 갈등들이 분출되어 전개된 전쟁, 즉 미국의 전쟁이라고 주장하기도 한다. 그 경우, '베트남전쟁'이라는 이름 자체가 전쟁의 본질에 부합하지 않는 모순적인 이름이라고 판단하여 이름을 바꾸어야 한다고도 주장한다. 즉, '베트남전쟁'이 아니라 '베트남에서 일어난 전쟁', 'The War in Vietnam'이라고 불러야 한다고 주장하는 것이다. 사실상 미국 지식인들 사이에서는 '베트남전쟁'이라는 이름보다도 '베트남에서 일어난 (미국의) 전쟁'이라는 이름을 더 선호하는 경향도 있다. 그러나 여기에서는 독자의 이해를 돕기 위해 기존의 방식에 따라 '베트남전쟁'이라는 이름으로 당시 베트남에서 전개된 전쟁을 칭하기로 한다.

베트남전쟁문학 연구, 더 구체적으로 한국과 미국문학 속의 베트남전
쟁 서사 연구를 통해 궁극적으로 지향하는 바는 다음과 같다.

① 탈식민주의 담론의 검토와 비판적 확장
② 단일 국가문학의 한계 초월과 비교문학의 영역 확장
③ 성별, 인종, 국가와 민족성의 문제 재고찰
④ 베트남전쟁 종식 이후의 베트남전쟁 서사를 고찰함으로써 연구의 총체성
　확보

먼저, 탈식민주의 담론의 문제에 대해 살펴보자. 베트남전쟁문학의 연
구는 탈식민주의 문학 이론과 밀접히 관련되어 있다. 베트남의 역사가 프
랑스의 오랜 식민지 시기를 포함하고 있으며 베트남이 탈식민 상태에 이
르렀을 때 미국의 개입이 이루어지면서 베트남전쟁이 시작되었기 때문
이다. 그러나 동시에 베트남전쟁문학 연구는 기존의 탈식민주의 담론을
재검토하면서 수정하게 만들기도 한다. 지역적, 문화적 권역별로 분리되
어 이루어져 온 탈식민주의 문학 연구의 한계를 넘어 전지구적 시각을
확보할 때에만 베트남전쟁의 실상과 그 문학적 재현 양상을 적절히 이해
할 수 있기 때문이다. 따라서 베트남전쟁문학 연구가 이르게 되는 곳은
결국은 기존의 탈식민주의 이론이 확장되고 보다 정교하게 재생성되는
지점이 될 것이다.

탈식민주의 담론은 문학 연구의 가장 중요하고도 생산적인 담론 중의
하나로 이해되고 활용되어 왔다. 그러나 탈식민주의 담론을 문학 연구에
적용하는 데에 있어서는 일정한 한계가 있어 다양한 지역의 다양한 문화
적 현상을 설명하기에 이르지 못해왔다. 즉, 구체적인 문학 연구의 실천

에 있어서는 문화적 권역의 경계가 분명히 드러나게 되었음을 부인하기 어렵고 따라서 탈식민주의 문학 연구는 경계 내의 제한적인 범주에서 이루어진 경향이 있다. 영국 식민주의 문화와 인도의 탈식민 문화, 프랑스 식민 문화를 불식하고자 한 아프리카 문화 등으로 구분되며 권역을 초월한 전지구적 시각을 통해 문화 충돌과 협상을 파악하는 시도는 제한적으로 이루어져 왔다.

베트남전쟁 서사는 기존의 탈식민주의 담론으로는 충분히 설명하기 어려운 보다 복합적인 양상을 노정한다. 제2차 세계대전의 종식과 함께 피식민지를 직접 통치하는 형태의 식민주의 또한 함께 종식되었다고 볼 수 있는데 베트남전쟁 서사에서 발견할 수 있는 것은 그러한 직접 지배 이후의 식민 종주국의 지배 양태이다. 다시 말해 원격 통치에 기반을 두고 이루어지는 간접적 영향력이 보다 중심에 놓이는 제국주의 지배의 양상이 베트남전쟁의 사회 문화적 현상이라고 볼 수 있는 것이다. 그처럼 제2차 세계대전이 끝난 후에 전개된, 이른바 냉전시대의 역사적 산물인 베트남전쟁의 문학적 재현에 대한 연구는 기존의 탈식민주의 담론의 한계와 결락을 노정한다.[1] 냉전시대의 특징인 이데올로기 대립이 표층 구조를 이루지만 더 깊이 살펴보면 현대사의 신식민주의적, 제국주의적 성격을 노정하는 것이 베트남전쟁이라 할 수 있기 때문이다.

동시에 베트남전쟁의 문학적 재현에 대한 연구는 국가, 인종, 성별, 세대 등의 주제어를 중심에 두고 이루어지는 복합적인 문화 충돌과 교섭의 양상을 보여준다. 그리하여 베트남전쟁 서사를 분석함으로써 탈식민주의 담론의 한계를 넘어서는, 확장되고 심화된 담론에 이를 수 있다. 베트

---

1   권헌익은 냉전시대라는 용어는 서구적 시각에서만 유의미한 것이며 아시아 아프리카의 탈식민 국가들에게는 적용될 수 없는 잘못된 이름(misnomer)이라고 지적한 바 있다.

남전쟁 서사는 그 기술의 주체가 국적과 문화권에 따라 다양하게 분산되어 있다. 유럽계 미국인, 남, 북베트남인, 한때는 베트남 난민이었던 베트남계 미국인을 위시하여 오스트레일리아인, 한국인, 태국인, 필리핀인 등 다양하다. 성별과 세대의 관점에서 살펴보아도 서술 주체의 구성은 복합적이다. 베트남전쟁 서사의 주체들은 여성과 남성, 전쟁 체험 세대와 종전 이후 세대로 구분할 수 있으며 각 그룹의 진술들 사이에서는 현격한 차이점들을 발견할 수 있다. 베트남전쟁은 모든 역사적 사건이 그러하듯이 단일하게 기억될 수 있는 역사적 사실이 아니다. 베트남전쟁 서사 또한 마찬가지이다. 경험하고 기억하는 주체에 따라 다양하고 복합적인 양상을 드러내며 각 서사들 간에는 현격한 차이가 나타난다. 전술한 바와 같이 한국인, 오스트레일리아인 등도 미군의 우방군으로 전쟁에 참여하였던 까닭에 그들이 경험하고 기억하는 바 또한 미국문학에서 드러나는 바와는 사뭇 다르다. 한국의 베트남전쟁문학의 경우, 한국인의 체험은 제3자의 시각, 즉 미국인의 체험이나 베트남인의 체험과는 전혀 다른 새로운 관점을 보여준다. 한국 작가들은 그처럼 제3의 관점을 통해 한층 복합적이고 애매한 위치에서 경험한 베트남전쟁의 모습을 드러내게 되어 베트남전쟁 재현의 복합적 성격을 증폭시킨다. 탈식민주의 담론에 있어서의 주요 주제인 주체, 타자, 동조, 부역, 식민성, 탈식민성의 중첩적 성격을 보여준다.

이 책은 프란츠 파논Franz Fanon, 에드워드 사이드Edward Said, 호미 바바Homi K.Bhabha, 가야트리 스피박Kayatri Spivak 등이 전개해온 탈식민주의 연구의 결과를 활용하면서도 동시에 탈식민주의 담론을 더욱 복합적이며 정교하게 만드는 데에 기여하는 것을 궁극적인 목표로 삼는다. 베트남전쟁은 현대사에서 가장 문제적인 사건 중의 하나로 남아 있으며 베트남전쟁문학이 내포하는 주제들은 문학 담론에 의해 효과적으로 분석되면서 동시에

역으로 기존의 문학 담론이 지닌 한계를 드러낼 정도로 복합적인 성격을 지닌다. 탈식민주의 담론의 주제어인 주체, 타자, 혼종성, 하위 주체, 매개자, 저항 등은 이 책에서 텍스트 분석의 주요 도구로 활용될 것이다. 미국 문학에서 주도적으로 드러나던 서구중심주의적 시각에 저항하면서 인종적, 성별적, 민족적 소수자들의 경험과 기억이 담론 속에 재기입되는 양상을 드러냄으로써 탈식민주의 담론을 새롭게 검토해 볼 것이다. 특히 비엣 탄 응웬의 소설, 『동반자』가 보여주는 메타 이론적, 메타 소설적 특성은 평면적이고 단선적인 탈식민주의 담론의 텍스트 적용을 지양하면서 이론과 텍스트 사이의 대화적 상호작용을 모색할 수 있게 한다. 응웬의 텍스트를 분석하는 과정에서, 문학 텍스트를 통하여 담론을 재조명함으로써 문학 연구의 역동성을 증진하는 효과를 기대한다.

둘째, 한국문학과 미국문학의 베트남전쟁문학을 연구하는 일은 비교문학의 영역을 확장하고 초국성의 비교문학 연구의 의미를 심화한다고 볼 수 있다. 클라디오 귀옌Claudio Guillen은 비교문학은 기본적으로 국가의 경계를 넘어서는 초국성의 문학 연구라고 정의한 바 있다. 베트남전쟁문학 연구는 귀옌이 강조한 초국성의 비교문학 연구의 전형으로 간주될 요소를 갖추고 있다. 베트남전쟁은 복수의 국가, 국민, 이념, 그리고 정치 경제적 환경이 충돌하면서 정복과 복속, 타협과 혼융의 역학을 보여주는 공간이기 때문이다. 국민문학이라는 제한된 영역에서 이루어진 연구들을 비교문학의 틀 속에서 아우를 때, 베트남전쟁이 지닌 복합적인 성격이 더 잘 드러나게 되며 문학적 재현의 의미도 아울러 더욱 분명해진다. 각 국민문학이 증언하는 역사적 사실의 전지구적 성격을 고찰하면서 동시에 개별 국가적 혹은 국민적, 종족적 특수성을 함께 규명할 수 있기 때문이다.

셋째, 베트남전쟁문학은 성별, 인종, 국가와 민족성의 주제에 의한 담론들을 심화하고 확장한다. 성별과 인종에 따라 베트남전쟁은 다르게 체험되었고 그 재현 양상에 있어서도 마찬가지였다. 베트남전쟁은 미국의 존슨 대통령이 "더 많은 국기들The More Flags" 정책을 시행하면서 다국적군이 포함되어 치루어진 전쟁이었다. 그런 까닭에 그 전쟁의 실상에는 다양한 국가의 국민들의 다양한 경험이 용해되어있다. 한국군, 태국군, 필리핀군 등이 미국의 우방군으로 참여했던 만큼 그들의 경험도 재현되고 파악되어야 한다. 그러므로 베트남전쟁의 경험과 그 재현은 국가와 민족성에 대한 담론과도 밀접한 관련 양상을 보여준다. 단일한 목소리, 단선적인 서사의 장에서는 결락되기 쉬운 것이 이러한 인종, 성별, 국가, 민족성 등에 따른 차이의 문제인데 다양한 베트남전쟁 서사들을 통합적으로 고찰함으로써 그 한계에 도전하고 결락을 보충하고자 한다.

넷째, 2000년대부터 본격적으로 생산된 보다 광범한 텍스트들을 통하여 베트남전쟁의 기억은 더욱 분화되게 되었고 전쟁이 남긴 흔적들을 찾아볼 수 있게 되었다. 즉 2000년대에 이르러 베트남전쟁 서사가 보다 다층적으로 전개되기 시작한 것이다. 미국문학의 장에서는 종전과 함께 난민refugee의 자격으로 전 지구적 이산을 경험한 베트남인들이 자신들의 경험을 직접 증언하는 텍스트가 등장하기 시작했다. 또한 종전 이후 탄생하고 성장한 베트남인 2세들이 전쟁 체험 세대들을 대리하여 그 전쟁의 실상과 '전쟁 이후'에 대해 진술하기 시작했다. 부모 세대가 망각을 선택하거나 기억을 증언할 매개체를 지니지 못했던 까닭에 유실될 뻔했던 기억들을 증언하기 시작한 것이다. 또한 침묵으로 남아 있던 북베트남 공산주의자들의 경험과 기억이 재현되기 시작했다. 북베트남 공산주의자가 체험한 바를 서술한 『전쟁의 슬픔*The Sorrow of War*』, 북베트남 공산주의자들의 증언을 채록하여 전쟁의 본질을 재조명하고자 한 다큐멘터리 〈베트남전쟁*The Vietnam War*〉2017, 켄 번즈 Ken Burns감독가 등장하였다. 이 책에서 직접 다루지는 못하지만 이러한 새로운 목소리의 부상은 베트남전쟁의 복합적 성격을 이해하는 데에 크게 기여하고 있다.

한국문학의 장에서도 고엽제 피해자, 라이 따이한, 한국군의 베트남 양민학살 문제 등을 다룬 베트남전쟁 서사가 등장하였다. 이러한 서사들을 연구함으로써 탈식민주의 담론의 최근 쟁점 중의 하나인 부역 혹은 협력collaboration이 지니는 복합적 의미를 규명하고 제3자의 시각을 통해 탈식민주의를 재고찰할 수 있을 것이다. 이 또한 보다 통합적인 베트남전쟁문학 연구를 위해서 고찰되어야 할 주제이다.

베트남전쟁의 문학적 재현을 연구하는 일은 그 밖에도 다양한 의미를 지니게 된다. 전쟁은 전지구적 차원에서 인류가 함께 해결해야 할 중요한 문제로 인식되고 있고 그 주제의 연구자들도 각 학문 분야에서 증가하고 있다. 베트남전쟁의 문학적 재현은 역사적으로는 과거의 사건에 대한 기억을 의미한다. 그러나 그 재현을 통해 현재 세계에서 평화로운 상생의 방법을 모색하게 한다. 역사적 사실과 그 문학적 재현에 대한 연구 결과물을 통하여 재현의 주체와 타자 사이의 문제, 재현의 핍진성, 재현의 한계 등을 함께 생각해보게 된다.

특히 한국 사회 문화의 구도 속에서 베트남전쟁 재현의 문제를 다시 살펴보는 것은 특별한 의미를 지닌다. 한국 사회 문화의 장에서 베트남전쟁이 지니는 의미를 재조명하는 일은 궁극적으로 국민의 문화적 공감대 형성에 기여하게 될 것이다. 한국 사회는 베트남전쟁이 파생시킨 주제 혹은 주체들을 안고 있다고 볼 수 있는데 고엽제 피해자들과 라이 따이한의 존재, 그리고 한국군의 베트남 양민 학살에 대한 역사적 정리 문제가 그 중 대표적이다. 한국 사회에서는 베트남전쟁이 대체적으로 단순하게 공산 진영과 자유 민주주의 진영 사이의 이데올로기 전쟁으로만 파악되어온 경향이 있다. 따라서 참전자들을 위시한 보수 진영에서는 애국심의 상징으로 그 전쟁을 기억하고 있는 반면 진보 진영에서는 베트남에서 한국군이 자행한 학살을 강조하고 기억을 촉구하면서 참전의 의미를 부정하는 경향을 보인다. 남, 북베트남인, 미국인, 여성, 전쟁 종식 이후의 디아스포라 베트남인 등 다양한 주체들이 지닌 전쟁의 경험과 기억을 공유하게 될 때 보다 균형 잡힌 시각에서 그 사건을 조망할 수 있을 것이다. 요컨대 베트남전쟁에 대한 한국 사회의 공적 기억의 문제를 논의하고 정리하는 데에도 이 책이 기여할 수 있기를 바란다.[2]

---

2   2003년도 7월 '한국 현대문학회 학술대회'에서 유익한 논평을 해 주신 임영환, 류문선 교수님께 감사를 드린다. 또한 직접 경험한 바를 증언하여 논자의 제한된 시각을 확대하는 데에 도움을 주신 육군사관 학교의 다른 교수님들께도 감사를 드린다. 베트남전쟁의 실상을 증언하는 그 생생한 목소리들이 다양한 형태의 언술들, 이를테면 회고록이나 자서전 등의 형식으로 기록되어 연구의 지평을 확장하는 데에 유익한 자료로 사용될 수 있기를 연구자의 한 사람으로서 희망하는 바이다.

차례

제1부

한국의 베트남전쟁소설

한국 제1세대 베트남전쟁소설 작가들
한국소설에 나타난 베트남전쟁의 특성과 참전 한국군의 정체성

1. 서론

1960년대와 1970년대 한국 사회와 문화에 베트남전쟁이 끼친 영향은 지대하다. 1975년 베트남전쟁이 종결되었을 때, 베트남의 공산화는 당대 한국 사회에 직접적인 충격을 가져왔다. 시인 김정환은 「하노이-서울 시편2」에서 "대학 4년 때 베트남 패망과 해방이 겹치는 충격을 겪었던" 세대로 자신과 그의 시대를 규정하고 있다. 베트남전쟁에 직접 참전했던 한국인들을 포함하여 김정환처럼 당시에 성인이었던 한국인들에게 베트남의 공산화는 대단히 충격적인 사건이었다. 그 부모 세대는 물론이고 그 시절에 유년기를 보낸 세대에게도 베트남전쟁의 기억은 매우 뚜렷하게 남아있다고 볼 수 있다.

베트남전쟁은 규모로 보자면 세계사에서 유례를 달리 찾기 어려울 만큼 대단한 규모의 전쟁이었다. 800만 톤의 폭탄과 40만 톤의 네이팜탄이 투하되었고 2만 명에 가까운 베트남 해방 전선 단원들이 암살당했으며 1,800만 갤런의 고엽제가 살포되었다. 미군 측의 사망자 수도 5만 8,000여 명에 달하였다.[1]

---

1   베트남전쟁의 피해 규모에 대한 통계는 정확하지 않아서 출처에 따라 차이를 보인다.

그러나 베트남전쟁의 성격은 해석자의 관점에 따라 다양하게 규정된
다. 앞에 든 김정환의 시귀에서 드러나듯, 베트남전쟁이 공식적으로 끝난
날을 두고 미국을 위시한 자유주의 국가들에서는 이를 '패망'의 날로 기
억한다. 반면 베트남을 비롯한 공산주의 국가 국민들에게는 그날은 '해
방'의 날로 기억된다. 이와 같은 대조적인 호명 방식은 베트남전쟁의 중
층적 의미를 드러낸다. 즉 베트남전쟁은 미국을 비롯한 자유 민주주의 국
가에서는 베트남의 자유 민주주의를 수호하고자 전개된 전쟁으로 파악
된다. 소련을 주축으로 하여 확장하는 공산주의 세력을 저지하고자 한 전
쟁으로 그 전쟁을 정의하는 것이다. 따라서 미국의 항복과 미군 철수는
'패망'으로 이해되는 것이다. 그러나 다른 한편으로 베트남전쟁은 민족
독립 투쟁으로 정의되기도 한다. 베트남 민족 내부의 이념적, 체제적 대
립이 그 전쟁의 근간이며 거기에 외세가 가입한 전쟁으로 파악되기도 하
는 것이다. 혹자는 베트남전쟁을 외세로부터 독립하려는 베트남의 민족
주의 전쟁으로 규정하기도 한다. 그런 의미에서 베트남인들은 베트남전
쟁을 '미국전쟁the American War'이라고 부르기도 한다. 그들의 입장에서는
그 전쟁은 프랑스의 식민 지배 시기부터 부단히 진행되어 온 베트남 민
족 독립전쟁의 연장인 것이다.

미국에서는 일반적으로 '베트남전쟁the Vietnam War'이라고 불러왔다. 베
트남 남부와 북부의 이데올로기 전쟁으로 그 전쟁의 의미를 파악한 것이

한 사이트의 경우에서 확인할 수 있는 피해 규모는 다음과 같다.
월남군 : 전사 20만 명, 부상 50만 명
월맹군 : 전사 92만 명, 부상 150만 명
민간인 : 사망 150만 명, 부상 300만 명
미군 : 전사 5만 6천 명, 부상 29만 명
한국군 : 전사 5천 명, 부상 1만 9천 명
http://cafe3.ktdom.com/vietvet/note/note05.htm

다. '베트남전쟁'이라는 이름이 내포하는 정치적 함의에 주의하여 최근 일부 논자들은 '베트남에서 일어난 전쟁the War in Vietnam'이 더 정확한 이름이라고 주장하기도 한다. 그럼에도 불구하고 미국 내에서 여전히 가장 보편적이라고 간주되는 명칭은 베트남전쟁이다. 이와 같은 다양한 명칭이 환기하는 바와 같이 베트남전쟁의 본질과 정체는 그 전쟁을 바라보는 주체의 시각과 이념적 지향에 따라 다양하게 이해되고 있다. 일반적으로는 베트남전쟁은 미국이 북베트남 공산 세력과 남부 베트남의 민주 세력 간의 분쟁에 개입하여 남베트남을 지지하여 이루어진 전쟁으로 알려져 있다.

이 장에서는 한국군의 베트남전쟁 참전과 그 문학적 재현을 다룰 것이므로 먼저 한국군이 베트남전쟁에 참전하게 된 과정에 대해 살펴볼 필요가 있다. 한국군은 왜 베트남전쟁에 참전하게 되었으며 어느 정도 규모로 참전했는가? 한국군의 참전 동기는 무엇이었으며 참전은 국가와 개인에게 어떤 영향과 결과를 초래했는가? 한국과 베트남전쟁을 논하는 자리에서는 이러한 질문들이 제기될 수 있다. 먼저, 한국군은 왜 베트남전쟁에 참전하게 되었는가를 살펴보자. 한국군의 참전을 파악하기 위해서는, 베트남전쟁에 베트남인들을 제외한다면 가장 많은 수로 참전했던 미국 군인들에 대해 먼저 살펴볼 필요가 있다. 미국인들 중에는 과연 어떤 사람들이 참전했던 것인가? 통계를 살펴보면 베트남전쟁에서 사망한 미국 군인들의 대다수는 미국 사회의 비기득권 계층이었음을 알 수 있다. 흑인들, 라틴 아메리카계 미국인들, 그리고 시골 출신의 백인들이 미국 참전 군인들의 대부분을 차지했다. 그들이 지닌 공통점은 경제적으로 궁핍한 계층의 사람들이었다는 점이다. 이처럼 미국인들 중에서도 특정한 계층을 이루는 사람들이 참전 미군의 절대 다수를 차지했다는 점에 주목하면서 사회학자인 밀튼 베이츠Milton J. Bates는 베트남전쟁을 '계급전쟁 the class war' 이라고 부른다. 베트남전쟁 참전자들의 대다수가 미국의 하층 계급, 또는 비기득권층으로 형성되었으며 따라서 미국 사회 내부의 계급적, 계층적 측면에서 살펴보자면 베트남전쟁은 하위 계층 미국인들이 전쟁의 주체가 되어 치른 전쟁이라는 의미이다. 이는 미국 역사상, 특이한 현상이었다. 미국 역사를 살펴볼 때, 베트남전쟁 이전의 전쟁에서 전쟁이란 미국 사회의 기득권 계층이 참가하는 것이었으며 따라서 참전은 영광스러운 일로 간주되어 왔다. 그러나 그러한 이전의 전쟁들과는 달리 베트남전쟁은 더 이상 '영광을 누릴 자격이 충분한 이들'을 위한 전쟁이 아니었다.

베이츠가 이름 붙인 바와 같이 베트남전쟁은 계급전쟁이라 불릴만한 충분한 근거를 포함하고 있다. 그 이유는 제일 먼저 징병 제도에서 찾아볼 수 있다. 베트남전쟁에서는 징병 제도가 동원되었는데 베이츠가 설명한 바에 따르면, 징병은 "체계적이고도 조직적인 차별 systematic, structural discrimination"의 과정이었다. 더 나아가 베이츠는 "베트남전쟁은 우리 하인들이 우리를 위해 싸운 최초의 전쟁"이라고까지 부른다. Milton J. Bates(1996) : 95 미국인 중에서도 '가진 자'들은 징병을 피해 갈 수 있었고 '가지지 못한 자'들은 참전할 수밖에 없었던 점을 지적한 표현이다. 당시 미국 사회에서는 학생이었거나 방위군 National Guard 에 복무 중이었거나, 또는 의사의 진단서를 제시할 수 있는 경우에는 징집 대상자들도 징집을 면제받을 수 있었다. 그러나 이와 같은 징집 면제의 사유들은 모두 그 비용을 충당할 수 있는 자들만을 위한 것이었다. 미국의 하위 계층 사람들은 교육의 기회를 누리지 못하여 대학에 가지 못했고 의료 혜택을 누릴 수 있는 경제적 위치에 놓여 있지도 못하였다. 그러므로 그들은 징집을 피할 수 있는 방법을 알지 못하였거나 알았다고 하더라도 그 기회를 이용할 수 없었다.

그처럼 미국 사회의 소외계층들이 주로 징집에 응하여 베트남에 파병되었던 것을 확인할 수 있다.

한국군의 참전은 그 연장선상에서 이루어졌다고 볼 수 있다. 미국 사회 내부에서의 변화가 우방국의 참전을 필요로 하게 되었던 것이다. 거기에 더하여 베트남전쟁을 향한 미국의 정책 변화도 한국군 참전의 보다 직접적인 계기로 작동했다. 1965년, 존슨Lyndon Johnson 대통령이 이끄는 미국 행정부는 '더 많은 국기들'이라는 이름의 프로그램을 내걸고 우방국의 참여를 유도하였다. 존슨 대통령은 군사적, 외교적 측면에서 미군만으로 베트남전쟁을 이끌기는 역부족이라고 판단했던 것이다. 그 프로그램은 미국이 다른 자유 우방과 연대하여 베트남전쟁을 이끌고 있다는 것을 보여주고자 하는 외교적인 시도의 일환이었다. 동시에 미국 내부의 반전 여론이 확산되어 참전을 기피하려는 움직임이 강해지자 그에 따른 군사력 확보의 고충을 해결할 수 있는 방안이기도 했다. 그 프로그램 덕분에 베트남전쟁은 국제전의 면모를 지니게 되었으며 미국만이 아니라 다국적군이 함께 치른 전쟁으로 기록되게 되었다. 한국군의 파병은 그 프로그램의 일환으로 이루어졌다. 그 결과 베트남전쟁에는 다양한 국가의 국민들이 함께 참여하게 되었으며 그들의 다양한 경험이 녹아들게 되었다. 한국군, 태국군, 필리핀군 등이 미군의 우방군으로 참여했던 만큼 그들의 경험에 대한 재현도 적절히 이루어지고 충분히 이해되어야 할 필요가 있다.[2]

한국군의 참전이 이루어지게 된 정황을 배경으로 삼아 한국에서의 베트남전쟁 참전 문제를 다시 살펴보자. 전술한 바와 같이 한국 현대사의 전개 과정에서 베트남전쟁은 매우 중요한 역할을 담당한다. 베트남전쟁은 한국의 정치, 경제, 사회, 문화 각 분야에 중대한 전환점을 제공한 사건이었다. 한국군의 베트남 파병이 이루어진 시기는 박정희 대통령의 정치적 지도력이 공고화된 시기였고 한미 관계 또한 견고해진 시기였다. 베트남전쟁으로 인하여 양국의 우방 관계가 더욱 공고해졌다는 점은 먼저 한국에 대한 미국의 군사 원조의 증가에서 확인할 수 있다. 이선호는 "미국의 군사 원조도 1953~1961년에 급격히 줄었다가 1962~1969년에 근 두 배로 불어난 것을 보는데 이것이 바로 한국군의 베트남 참전으로 말미암아 얻은 보상임을 짐작할 수 있다"고 지적한다.[3] 즉 베트남전쟁에 참여함으로써 한국은 미국과 긴밀한 협조 관계에 놓인 우방국임을 스스로 증명하게 되었고 동시에 미국의 충분한 군사 원조를 받게 되면서 군사력을 증강할 수 있었다.

그러나 정치적인 측면에서보다 더욱 큰 변화를 경험한 분야는 경제라고 볼 수 있는데 한국 경제의 급속한 발전이 그 시기에 이루어졌고 그 경제 발전의 기폭제 역할을 한 것이 다름 아닌 베트남전쟁이었다. 한국의 경제 발전과 베트남전쟁의 관계에 대해서는 역사학자 브루스 커밍스Bruce Cumings가 적절히 지적하고 있다. 그는 베트남전쟁은 일본과의 국교 정상화와 더불어 한국근대화의 가장 중요한 두 축을 이룬다고 밝힌다.Bruce Cumings : 318~322 베트남전쟁에 참가함으로써 한국은 미국으로부터 어마어마한 규모의 차관과 군사 원조를 보장 받게 되었다. 또한 한국 정부는 군인들의 보수가 베트남에서 소비되는 것을 막고 그것을 한국으로 부치게 함으로써 직접적인 외화 획득의 계기로 삼기도 했다. 즉, 참전 군인들이 달러로 지급 받은 월급의 대부분은 한국으로 송금되었으며 그 돈은 한국

---

2   이에 대한 구체적인 것은 Robert Blackburn, 1994를 참조할 것.

3   이선호, 「베트남 참전이 한국의 경제에 미친 영향」.(http://www.vietnamwar.co.kr/ hall1-6-04.htm)

경제 발전에 크게 기여하게 되었다. 한국 정부가 파병을 통하여 얻은 경제적 실익은 1966년과 1970년 사이에 9억 2,700만 달러를 미국으로부터 지급 받았다고 기록된 데에서 다시 확인할 수 있다. 이를 종합해보면 한국의 경제 발전은 베트남전쟁 참전이 없었더라면 불가능했을지도 모른다는 결론에 도달할 수 있다. 한국의 경제가 지금과 같은 규모에 이르도록 발전하게 된 데에는 베트남전쟁에의 참전이 중요한 역할을 담당했다는 점은 부정하기 어렵다.

한국군의 베트남전쟁 참여는 당대 한국 사회의 변화에도 지대한 영향을 미쳤다. 한국군의 베트남전쟁 참전 기간은 1963년 9월 22일을 기점으로 하여 1973년의 철수 시점까지로 볼 수 있는데 권헌익에 따르면 파병은 주로 1966년부터 1969년 사이에 이루어졌다.Heon ik kwon : 180 한국군은 징집된 군인이 아닌 지원자들이었으며 기본적으로 일년 동안 복무하였다.[4] 그러나 파병 군인들 중에는 일 년만 참전하는 것이 아니라 중복 참전한 경우도 있었다. 통계를 통해 볼 때 가장 많이 파병한 때에는 한 해에 5만 명 정도의 병력을 파병하였다. 결과적으로 한국의 참전 기간 중 총 312,853명의 한국군이 베트남전에 참전했다.[5] 미국이 철수를 결정한 이후에도 한국군은 베트남에서 철수하지 않고 머물렀으며 따라서 미국의 철수 계획 집행에 따라 미군의 수가 단계적으로 줄어들고 있었던 시기에는 베트남전쟁 참전 군인들 중 한국군이 차지하는 비중이 상대적으로 높아지기도 했다.

---

4   지원의 동기는 한국 작가들의 소설과 참전 군인들의 증언을 통해 대략적으로 이해할 수 있다.

5   최용호는 파병 인원을 1965년부터 1972년까지의 기간에 걸쳐 32만 명으로 파악하고 있다.(최용호 : 39)

1971년 한국군은 베트남에 있는 전체 외국군 중 21.7퍼센트의 비중을 차지했다.^{미군 15만 6,800명, 한국군 4만 5,694명} 1969년 9.1퍼센트^{미군 47만 5,200명, 한국군 4만 9,755명}를 차지했던 것과는 대조적이었다. 1972년에는 한국군의 비중이 60.5퍼센트에 이르러 미군^{2만 4,200명}보다도 더 많은 3만 7,438명이 주둔하고 있었다. 1972년 한해에 본다면 이 전쟁은 베트남에서의 미국의 전쟁이 아니라 한국의 전쟁이었다.^{박태균 : 256}

위에서 보듯 베트남전쟁에 참전한 한국 군인의 수는 미국 군인 다음으로 많았으며 기타 우방국, 즉 태국, 필리핀, 오스트레일리아 등에서 온 군인들의 수와는 비교하기 어려울 정도로 많았다. 베트남전쟁에 참여한 한국 군인들의 수가 그처럼 많았다는 데에서도 베트남전쟁이 한국 현대사에서 갖는 중요성을 확인할 수 있다.

베트남전쟁에 참전하면서 한국은 이념적으로는 반공 이데올로기를 확고히 하게 되고 정치적 안정기에 들게 되었으며 경제적으로 도약의 기회를 마련하게 되었다. 또한 베트남전 — 또는 한국인들이 당시에 부른 이름대로라면 월남전 — 은 1960, 1970년대 한국의 사회 문화에서 중요한 역할을 담당했다. 베트남전쟁은 한국 사회와 문화 각 영역에 영향을 미치어 한국 사회는 급격한 변화의 물결을 경험하게 되었다.

다시 말해, 1960년대와 1970년대 한국 사회의 구성원들은 직, 간접적으로 베트남전쟁의 영향을 받았다고 볼 수 있다. 또한 한국 사회의 변화는 직접적으로 문화에 반영되어 베트남전쟁 참전 경험은 당대 한국 문화를 구성하는 중요한 요인으로 작동하기도 했다. '적색 공포^{Red Complex}'로 상징되는 '냉전 이데올로기'는 당대 한국 문화를 특징짓는 결정적인 요건이었다고 볼 수 있다. 한국에서는 베트남전쟁 참전을 계기로 반공 이데올로기를 더욱 강화하게 되었다. 1953년, 한국전쟁, 즉 6·25가 휴전에 이르렀으며 1967년에 이르러 베트남전쟁에 전투 병력을 파견하게 된 것이니, 한국은 6·25를 경험한 지 불과 10여 년 만에 다시 또 다른 형태의 전쟁에 참가하게 된 것이었다. 공산주의 세력에 대항하는 두 번의 전쟁을 통하여 한국의 반공주의는 더욱 공고해졌다고 볼 수 있다. 그리고 반공주의는 한국 정치 현실 속에서 큰 역할을 담당하게 되었다.

그처럼 반공주의가 강화된 것이 당대 위정자들의 정치 권력 공고화에 기여한 바가 크다고 보는 주장도 있다. 당시의 박정희 대통령 행정부가 반공주의를 기치로 삼아 독재 권력을 강화해 나갈 수 있었다고 보는 것이다. 그러한 시각에 대해 구체적으로 살펴보자.

먼저 베트남 파병이 국내 정치적 측면에 끼친 영향은 무엇보다도 정권 초기 불안정했던 박정희 정권을 안정시키고, 독재체제를 강화하는 결과를 초래했다는 것이다.이기종(1991); 한홍구(2003); 홍규덕(1999); Frentzos(2004) 한홍구는 이에 대해 "베트남 파병이 한국 사회에 미친 가장 중요한 영향은 박정희 정권이 미국과 군부의 확고한 지지를 바탕으로 독재권력을 행사하면서 한국 사회 전체를 병영 국가로 만들어갔다는 점"한홍구(2003) : 305이라고 밝히고 있다.윤충로 : 54

그처럼 베트남전쟁 참전은 한국 정치의 장에서도 중요한 역할을 담당하는 사건이었다.

정치의 영역만이 아니라 군사적인 측면에서도 베트남전쟁은 매우 중요한 사건이었다. 먼저, 베트남전쟁은 당시 실전 경험이 없었던 한국 군인들에게 실제 전투를 경험하게 하는 현장의 기능을 담당했다. 1980년대 한국 정치 지도자로 부상한 전두환 대통령 자신이 베트남전쟁 참전 경험이 있는 인물이기도 했다. 그러한 사실에서 알 수 있듯이 베트남전쟁의 경험은 한국군의 전투 능력을 강화하는 결과를 낳았다. 또한 베트남전쟁 참전은 한국군의 현대화에도 기여했다. 한국군은 베트남전쟁에 참전함으로써 미국으로부터 군수 물자를 제공 받았고 그를 통해 군의 현대화를 앞당길 수 있었다. 더 나아가 베트남전쟁 참전은 한국의 안보를 강화하는 데에도 기여했다. 참전을 통해 한국은 주한 미군의 한반도 주둔에 대한 확실한 약속을 받게 되었던 것이다.

그 밖에도 베트남전쟁 참전은 한국 사회 전반에 걸쳐 다양한 변화를 가져왔다. 첫째, 참전을 통해 미국의 지원을 받으면서 국가 교육 기관인 KAIST 등을 설립할 수 있는 기초를 마련하게 되었다. 둘째, 참전을 통해 한국인들은 세계를 다른 시각에서 인식하게 되었다. 베트남 참전 군인들은 전쟁을 통하여 당시로서는 흔치 않았던 외국 경험을 한 것이었으므로 국가의 경계를 넘어서서 세계를 바라볼 수 있게 되었다. 그들의 경험은 간접적으로 한국 사회 전반에 영향을 미치게 되었다. 또한 한국군들은 미군의 군수품에 접근하면서 자본주의의 산물들에 노출될 수 있었고 그 결과 간접적으로 자본주의의 본질을 이해하게 되었다. 이는 결국 한국 사회 전반에 걸쳐 자본주의 시장 경제가 확장되는 데에 기여하게 되었다. 요컨대, 베트남전쟁이 집단으로서의 한국군이 현대화하는 계기가 되었을 뿐만 아니라 동시에 참전 군인 개인들에게도 세계에 대한 인식을 새롭게 하고 견문을 넓히는 계기가 되었던 것이다. 뒤에서 자세히 살필 바와 같이 전쟁에 참전함으로써 육체적, 정신적인 손상을 입고 트라우마를 간직한 참전 군인들도 많았다. 그러나 동시에 베트남전쟁은 참전 군인들로 하여금 한국이라는 국가의 경계를 뛰어넘어 세계를 경험하는 중요한 계기가 되어주기도 했던 것이다.

사회 변화는 문화의 변화를 수반하게 마련이어서 베트남전쟁 참전은 한국 문화 전반에도 깊은 영향을 끼치게 되었다. 베트남전쟁 기간 동안 한국의 전국민은 베트남전쟁의 진행 과정에 대한 보도를 접하게 되었다. 예를 들어 극장에서는 영화 상영에 앞서 '대한 늬우스'를 내보는데 그 뉴스의 처음은 베트남전쟁의 진행 상황을 알리는 것이었다. 이후 텔레비전의 보급이 점차적으로 이루어지면서 베트남전쟁 뉴스는 가정에서도 생생히 볼 수 있게 되었다. '월남에서 돌아온 김상사' 제목의 대중가요가 유행하였다는 데에서 보듯 베트남전쟁은 한국 사회 구성원들에게 매우 친숙한 사건이 되었던 것이다.

그처럼 베트남전쟁은 당대 한국 사회 문화에 강한 영향력을 행사한 역사적 사건이었다. 미국문화 속에서 베트남전쟁이 언급되는 경우, 미국인들은 "베트남, 베트남, 우린 모두 거기 있었다Viet Nam, Viet Nam, We Were All There"라는 표현을 자주 사용한다. 그 표현은 한국의 경우에도 그대로 적용된다고 할 수 있다. 1960년대와 1970년대를 한국에서 경험한 사람들이라면 "베트남, 베트남, 우리는 모두 거기 있었다"고 말할 수 있을 것이다. 비록 동남 아시아의 이국 땅으로 몸이 옮겨가지는 않았지만 당시의 한국인들은 거의 매일 베트남전쟁에 대한 뉴스를 듣고 귀국 장병들이 들고 온 귀국 박스를 경이로운 눈길로 구경하고 그들의 무용담을 경청하곤 했다. 또한 어린이들을 포함하여 많은 한국인들이 일년에 두어 번씩 장병들을 위한 위문품을 모으고 위문 편지를 썼다. 베트남이라는 공간은 한국인들로부터 멀리 떨어진 곳이 아니었다. 베트남의 기억은 참전 한국군들에게만 강렬하게 남아있는 것이 아니었고 당대 한국인들 모두에게 그러했다. 월남, 월남, 한국인들도 모두 그곳, 월남에 있었던 것이다.

2. 냉전시대의 재인식과 베트남전쟁

냉전시대에 대한 재인식이 한 인류학자의 저서에 의해 촉발되고 있다. 권헌익의 『또 하나의 냉전*The Other Cold War*』은 인류학, 정치학, 심리학 등 다양한 분야의 담론들을 아우르며 이른바 '냉전시대'로 알려진 시기를 새로이 조명한다. 대다수의 사람들에게 냉전시대는 소련이 대표하는 공산주의권과 미국이 대표하는 자유 민주주의권의 정치적, 군사적 대립과 갈등의 시대로 알려져 있다. 또 1989년 동유럽 공산주의 블록이 붕괴되기 시작하면서 막을 내린 시대로 인식되어왔다. '냉전시대'라는 이름은 공산주의 진영과 민주주의 진영이 서로 대립하면서도 양자 사이에 물리적인 형태의 전쟁은 일어나지 않는다는 점을 일컫기 위해 지어진 것이다. '냉전'의 '냉'이 지시하는 바는 대결은 있었으나 추상적인 대결이었을 뿐 직접적인 전쟁이 일어나지 않았다는 점이다.

권헌익은 냉전시대에 대해 그러한 전통적인 이분법적 접근법을 넘어서야 한다고 지적한다. 지구의 각기 다른 지역, 서로 다른 문화권의 사람들이 다양한 방식으로 경험한 바의 개별화된 미시적 기억을 낱낱이 재구성할 때에 비로소 냉전시대의 참모습이 도출될 수 있다고 주장한다. 그는 먼저 "1989년 이후"라는 표현 자체에 대해 문제를 제기한다. 1989년에 공산권의 인위적 결합이 붕괴되고 그로 인해 냉전시대가 종식되었음을 강조하는 그 표현은 마치 냉전시대로 불리는 시기, 지구상의 모든 나라들이 한결같이 '물리적 전쟁 없는 시대'를 경험했던 것처럼 생각하게 만든다고 주장한다. '냉전시대'라는 이름 하에서 직접적 충돌 없이 이념적 대립만으로 맞섰던 것은 단지 미국과 소련 같은 강대국들뿐이었는데 그처럼 일부에 한정되었던 바를 전지구적이었던 것처럼 보이게 만드는 효과를 지닌다고 비판한다. '냉전시대'라는 서구 중심의 역사 이해가 아시아 아프리카 등의 제3세계에도 그대로 적용될 수 있는 보편적인 것이라는 잘못된 인상을 공고화한다고 보는 것이다.권헌익 : 26

냉전시대에 대한 기존의 인식이 단선적이고 서구중심주의적인 것이었음을 지적하면서 권헌익은 대안적 시각을 제시한다. "냉전시대를 유럽의 상상된 전쟁으로 이해하는 인식에서 벗어나 전지구적 역사로서 다시 볼 것"을 제안한 것이다.권헌익 : 36 즉, 미국이나 소련이라는 정치 체제state와 그 양국을 중심에 둔 지역 정치적 함의geopoliticality에서 벗어나 지구상의 주변 지역, 주변적 정치 체제들이 실제로 통과해 간 시대의 경험, 기억, 기록, 역사들을 바탕으로 냉전시대는 다시 서술되어야 한다고 주장한다. 권헌익이 지적하는 바는 이른바 냉전시대에 비록 미국과 소련은 적대감만 경험할 뿐 물리적 전쟁을 겪지 않았을지 모르지만, 지구상의 다른 지역에서는 내분, 동족 상잔, 폭동 혹은 항거 등이 부단히 발생하였다는 점이다. 한반도에서 일어난 한국전쟁, 그리고 동남아시아의 베트남전쟁이 내분과 동족 상잔의 대표적인 경우에 해당한다. 두 전쟁 또한 이른바 냉전시대에 발생한 것으로서 '냉전시대'라는 명칭을 강대국이 아닌 지구상의 신생국들의 현실에 그대로 적용하는 것이 오류일 수밖에 없음을 보여주는 사건이다. 그러므로 베트남전쟁에 대한 이해를 새롭게 하고 그 바탕 위에서 베트남전쟁의 문학적 재현을 다루고자 하는 이 책에서도 권헌익의 '냉전시대' 비판에 유의할 필요가 있다.

좀 더 구체적으로 권헌익의 주장을 살펴보자. 권헌익은 메리 칼도Mary Kaldor의 주장에 기대어 서유럽 국가들과 그들의 이전 식민지 국가들의 역사적 현실을 대조한다. '냉전시대'라고 불린 시대, 이들 두 지역 국가들은 비록 동일한 시간대를 경험하고 있었지만 그 국가들 내부에서 벌어진 일들은 동일하지 않았을뿐더러 유사하다고 보기조차 어려웠다. 서유럽 국가들과, 그 서유럽 국가들의 식민지 상태로부터 해방된 신생 독립국들은 매우 대조적인 정치 사회적 현실을 경험했던 것이다. 권헌익의 설명을 직접 인용해보자.

메리 칼도의 주장에 따르자면, 서유럽에서는 냉전은 "상상된 전쟁"이었다. 총체적 전쟁의 위협을 상호 견제하면서 평화를 유지해가는 부정형적 조건anomalous condition이었다. 칼도는 제2차 세계대전이 끝난 후 새로운 외부의 적이 등장하게 됨으로써 서구 국가들은 내부적 갈등과 과거의 고통을 극복할 수 있었다고 주장한다. 이는 동구권에서 소련의 정치력 확장과 동구권의 정치적 통합을 또한 가능하게 했다. 반면, 동일한 상황에서 이전 유럽의 식민지였던 아시아와 아프리카 국가들은 국내 정치 세력들이 이념적으로 급격하게 양분되고 그 양분은 결국 참혹한 내전으로 연결되었으며 그 내전에는 외국의 개입이 빈번하게 이루어졌다.권헌익 : 26~27

냉전시대에 대한 칼도의 지적과 권헌익의 시각은 우리 역사를 이해하는 데에도 많은 시사점을 제공한다. 한국전쟁으로 불리는 6·25전쟁, 그리고 그 뒤를 잇는 베트남전쟁은 한국의 현대사에서 매우 중요한 비중을 차지하고 있는 사건이며 위의 인용에 든 것처럼 기본적으로는 신생 독립국들 내부의 전쟁이었던 것이다. 그리고 두 전쟁은 내전에 그치지 않고 외국의 개입을 초래한 상태에서 종결되는 운명을 겪었다. 제2차 세계대전 이후, 동서를 막론하고 유럽 국가들이 '이념전쟁ideology war'이라는 상상된 전쟁을 치르며 정치적 결속력을 다지고 경제적 우위를 공고히 하는 동안, 한국과 베트남을 위시한 아시아와 아프리카 국가들은 그 '이념'의 이름으로 동족 상잔, 분열, 파괴를 겪었던 것이 역사적 현실이다.

더 나아가 내전 이전과 이후에도 빈번했던 검열, 항거국가의 입장에서는 종종 '폭동'으로 파악되었던, 살육(혹은 진압)의 기억은 한국 현대사의 중요한 특징이기도 하다. 피해자의 입장에서는 항거라고 명명되는 사건을 두고 국가는 그 사건을 폭동으로 부르게 된다. 마찬가지로 국가가 진압이라고 부른 사건은 그 사건의 피해자들에게는 살육이라는 이름으로 기억된다. 한국 현대사는 이 점에 대해서 논의할 바를 무수히 제공한다. 이를테면 제주4·3사건, 여수순천반란사건, 광주민주화운동 등을 상기해볼 수 있고 이 사건들을 적절히 명명하기 위해서는 무수한 역사 자료와 문학 텍스트를 참조해보아야 한다.[6]

베트남 역사도 상당 부분 한국 현대사의 궤적과 일치하거나 한국의 경우와 유사한 경험들을 포함하고 있다. 한국과 베트남은 식민지 경험, 탈식민주의, 내전 등 많은 경험의 공유항을 지니고 있다. 더 나아가 한국이 베트남전에 한국군을 파병함으로써 한국과 베트남의 관계는 더욱 미묘한 양상으로 발전하게 되었다. 한국과 베트남, 양국은 냉전시대의 희생자적 역할을 담당한 아시아 국가라는 공통점을 지니고 있다. 그러나 그토록 유사한 역사를 지니고 있으면서도 베트남전쟁의 시기를 거치면서 베트남과 한국의 입장은 확연히 분리될 수밖에 없게 되었다. 한국이 미국의 우방군 자격으로 베트남전쟁에 참전하게 됨으로써 한국은 식민주의와 탈식민주의 경험을 지녔으나 동시에 더 이상 외국의 직, 간접적 지배를 받는 국가가 아니라 외국에 지배적인 권력을 행사할 수 있는 양가적 정체성을 지니게 된 것이다. 에드워드 사이드Edward Said를 필두로 하여 진

---

6   특히 김동춘의 『이것은 기억과의 전쟁이다』는 6·25 이전의 한국 사회 내부 상황에 대한 재조명에 요긴한 단서를 제공한다.

보적 지식인들은 베트남전쟁의 본질적 성격 중에는 제국주의적 요소가 개재해 있다고 본다. 그렇다면 그러한 미국의 우방국으로 베트남전쟁에 참여하게 된 한국은 최소한 베트남과의 관련 양상에서는 준식민주의자적sub-imperialistic 태도를 지닌다고 볼 수 있게 된다. 특히 베트남의 하미Ha My 와 밀라이My Lai에서 일어난 한국군의 베트남양민학살사건은 이러한 관점에서 조명할 필요가 있다.[7]

요컨대, 베트남전쟁은 제2차 세계대전 종식 이후, 충돌하는 두 이념, 즉 공산주의와 자유 민주주의라는 이념의 깃발 아래 진행된 국제 정치 역학의 결과물이라 할 수 있다. 그리고 그 결과 그 시대의 다양한 모순들이 응집되어 표출된 역사적 사건이라 할 수 있다. 유사한 역사적 맥락 속에 놓여있던 한국과 베트남이 한국의 베트남전쟁 개입으로 인하여 서로 이질적인 역사의 궤적을 따르게 된 것은 다양한 시각에서 재검토해 보아야 할 사안이다. 부연하건대, 서구가 명명한 냉전시대는 두 아시아 국가, 한국과 베트남의 경우에는 적용되기 어려운 개념어이다. 두 나라는 이른바 냉전의 시대에 결코 '피 흘리지 않는' 차가운 이념만의 대결을 보여주지 않았다. 무수한 내분을 겪고 내전을 경험하며 뜨거운 피의 전쟁을 경험했던 것이다. 권헌익이 제안한 바와 같이, 차갑지 않은 방식으로 '냉전시대'의 전쟁을 치렀던 한국의 경우, 베트남전쟁의 개입을 통하여 더욱 복합적인 성격의 현대사를 경험할 수밖에 없게 된다. 이러한 복합성은 한국문학, 특히 소설에서 치밀하고도 핍진성 있게 재현되어 그 시대를 증언한다.

---

7 방현석의 『랍스터를 먹는 시간』은 한국군의 베트남양민학살사건에 대한 기억과 화해의 문제를 다룬 소설이다. 또한 권헌익의 *After the Massacre*, 2006를 참조할 것.

3. 한국의 베트남전쟁, 그 특성과 참전 한국군의 정체성

거듭 강조하지만 베트남전쟁은 1960년대와 1970년대의 한국 사회, 문화의 전개 과정에서도 중요한 역할을 담당한 역사적 사건이다. 월남치마, 월남 방망이, 청룡, 맹호, 백마 부대 등의 이름은 베트남전쟁의 상징어들인데, 1960년대와 1970년대에 한국에서 살았던 사람들에게는 아주 친숙한 단어들이다. 또한, 한국군의 베트남전쟁 참가는 한국 경제가 발전하는 데에 중요한 몫을 담당했다.

다음 장에 상술하겠지만 미국 사회 내부에서 베트남전쟁은 무수한 내러티브를 이미 산출하였고 계속하여 더 많은 서사를 가능하게 하는 역사적 사건이었다. 베트남전쟁은 정치, 외교, 경제, 사회, 문화 전 분야에 걸쳐서 다양한 증언, 보고, 연구, 분석의 담론을 형성하는 모티프가 되었던 까닭에 미국의 '지식 산업intellectual industry'이라고 불릴 정도이다. '지식 산업'이란 베트남전쟁에 대하여 지적인 논의가 무수히, 그리고 끊임없이 오래도록 이루어지고 있다는 점을 일컫는 말이다. 문화의 영역에 한정하여 살펴보더라도 베트남전쟁은 수많은 소설과 시의 주제와 소재가 되었다. 베트남전쟁을 소재로 삼은 영어소설만 세어보더라도 1998년 당시, 130여 권에 달한다고 알려졌으며 21세기 현재의 시점에서는 2,000권을 넘어서는 것으로 추정된다.

한국 사회 문화의 전개 과정에 끼친 베트남전쟁의 영향도 미국의 경우에 비하여 결코 약하다고 보기 어렵다. 베트남전쟁이 한국 사회 문화에서 지니는 의미를 살펴보는 것은 1960년대와 1970년대의 한국을 이해하는 데에 있어서 중요한 역할을 맡는다. 베트남전쟁의 사회 문화사를 이해하는 일은 과거를 정리하고 그 전쟁의 의미와 교훈을 해석하는 일에 한정되지 않는다. 그것은 보다 현재적인 의미를 지니는 일이다. 한국 현대사의 중요한 사건 중의 하나였던 베트남전쟁을 적절하게 기억하고 그 전쟁이 남긴 바를 수용하는 것은 필요하고도 중요한 일이다. 1990년대에는 제2 이라크전쟁에 국군을 파병하기에 이르렀고 이라크전 참전을 대하는 한국 사회 내부의 논의들은 필연적으로 베트남전쟁에 대한 기억을 되살리게 했다. 한국군이 외국의 전쟁에 참여하는 것이 타당한 일인가를 살피는 논의의 과정이 과거 베트남전쟁에 참전할 때의 경우를 반영하면서 전개될 수밖에 없었기 때문이다. 베트남전쟁에 대한 공동체의 기억, 그리고 그 전쟁을 이해하고 수용해온 양상을 살펴보는 일이 다시금 중요하게 되었던 것이다. 그 뿐만 아니라 1992년 4월 2일, 베트남과 한국 간의 외교 관계가 수립되게 되었을 때에 베트남 사회 내부에서는 전쟁 기간 중 한국 군인이 자행한 양민학살사건에 대한 진실 규명에 대한 요구가 제기된 바 있다. 그 점은 아직도 베트남에서는 물론, 한국 사회 내부에서도 논의가 진행 중인 주제이며 확정되지 않은 과거사의 일부로 남아 있다. 다양한 시각을 드러낸 채 합의에 이르지 못하고 있는 숙제이다. 이상에서 살펴본 바와 같이 베트남전쟁은 전지구적인 영향력을 지닌 중요한 사건이고 특히 그 전쟁은 전쟁의 참전국인 미국과 한국의 사회 문화를 살피는 데에 있어서 큰 비중을 차지한다.

이제 이상에서 살펴본 바를 바탕으로 하여 한국의 제1세대 베트남전쟁 문학 작가들의 텍스트를 중심에 두고 한국의 베트남전쟁, 그 성격을 더욱 고찰해보자. 한국 군인들의 정체성에 대해 질문할 때 제일 먼저 한국 군인들의 소속 문제를 생각해볼 수 있다. 참전 한국군의 애매하면서도 양가적인 위치는 그들이 입은 피해에 대해 책임져야 할 주체가 누구인가 하는 문제에 대한 해답을 모색할 때에 가장 분명히 드러난다. 먼저 한국군의 법률적 지위를 묻는 다음의 사례를 살펴보자. 1997년 2월 15일 자 『조선일보』에는 고엽제 후유증을 겪고 있는 한국인 베트남전 참전자들이 국가를 상대로 제기한 손해 배상 소송이 서울 지방 법원에서 기각되었음을 알리는 기사가 실렸다. 법원의 판결은 다음과 같았다.

> 베트남전에서의 고엽제 살포는 미군의 책임과 지휘하에 이루어졌으므로 한국 정부는 배상의 책임이 없다. 전쟁 기간 중 한국 정부는 작전 결정권이 없었을 뿐만 아니라 고엽제의 위험성에 대해서도 알지 못했으므로 책임이 없다. 헌법 제29장 제 2조에 따르면 군인의 군복무 기간 중에 발생한 피해에 대해서는 군인은 하위 법에 규정된바 이상의 보상을 요구할 수 없다.[8]

위의 판결문은 한국군의 귀속 문제에 대해 의문을 제기하게 만들며 더 나아가 한국군의 입장에서는 베트남전쟁의 본질을 어떻게 파악할 수 있는가 하는 문제에 대해 고민하게 한다. 법원이 인정해 준, 고엽제 피해자들에 대한 정부의 이와 같은 입장은 다음과 같은 질문을 불러일으킨다. 조국이 자신들의 희생을 알아줄 준비조차 되어 있지 않았을 때, 그 많은 젊은이들이 목숨을 걸고 참전을 한 것을 어떻게 이해해야 하는가? 조국이 참전자들에 대해 피해 보상조차 해 줄 수 없는 전쟁이라면 그 전쟁의 본질은 과연 무엇이란 말인가?[9] 이후 피해자들은 정부로부터 일정한 보상을 받게 되었지만 그럼에도 불구하고 그 보상의 범위는 한국군의 정체

8 　『조선일보』, 1997.2.15.

9 　1998년 통계를 기준으로 할 때, 22,106명의 한국인 베트남전 참전자들 중, 고엽제 피해로 이미 사망한 575명을 제외한 5,400명이 고엽제 피해 환자로 등록한 상태이다. 이대환의 『슬로우 불릿』은 베트남전쟁 기간 중 참전 한국군이 입은, 화학 물질 피해와 그 후유증을 자세히 다룬다.

성에 대한 질문에 답하기에는 충분하지 않다. 위에 든, 1997년의 판례는 한국군의 정체성에 대한 문제가 쉽게 답할 수 있는 성격의 것이 아니라는 점을 보여준다.

전쟁 피해자들에 대한 보상의 주체가 누구인가, 그리고 그 보상의 범위가 어디까지인가를 결정하는 문제는 결국 베트남전 참전 한국 군인의 정체성에 대한 문제이기도 하다. 한국의 사정과는 대조적으로 미국의 참전자들은 고엽제 피해와 PTSD^{Post Traumatic Stress Disorder} 증후에 대해 미국 정부로부터 보상을 받았음을 알 수 있다. 물론 처음부터 국가가 보상에 나선 것은 아니고 참전 용사들 자신들이 조직을 만들고 홍보하고 요구하여 얻어낸 결과이기는 하다. 미국 정부는 고엽제 살포 초기부터 최근에 이르기까지 고엽제와 참전자들의 발암증세는 무관하고 고엽제는 독성이 없다는 입장을 견지해왔으나, 결국에는 이들의 주장을 수용하기에 이르렀던 것이다.

4. 제1세대 베트남전쟁문학

1) 박영한, 황석영, 안정효

한국문학을 통해 한국인이 경험하고 재현한 베트남전쟁의 양상을 살펴보자. 한국문학에서의 베트남전쟁소설은 우선 크게 두 갈래로 나누어 살펴볼 수 있다. 베트남전쟁소설 작가들 중에는 전쟁을 직접 체험하고 그 체험한 바를 형상화한 참전 작가들이 있고 이어 참전 경험이 없이 베트남전쟁을 소재와 주제로 삼아 문학적으로 재현한 작가들이 있다. 전자를 한국의 제1세대 베트남전쟁소설 작가, 후자를 제2세대 작가들이라고 부를 수 있다. 제1세대 작가들이 창작한 소설들 중 대표적인 작품으로는 황석영의 『무기의

그늘』, 안정효의 『하얀 전쟁』, 박영한의 『머나먼 쏭바강』을 들 수 있다.[10]

　본격적인 텍스트 이해에 앞서 한국문학계에서 베트남전쟁문학이 수용되어 온 역사를 살펴보기로 한다. 최근에 이르러서는 다소 연구가 활발해졌다고 볼 수 있으나 한국문학 연구의 영역에서 베트남전쟁문학에 대한 연구의 역사는 상대적으로 빈약한 편이었다. 그 결과, 한국인의 베트남전쟁 참전은 태평양의 양안, 즉 미국과 한국 그 어디에서도 충분한 관심의 대상이 되지 못했다고 할 수 있다. 앞서 밝힌 바와 같이 대부분의 일반 미국인들은 한국인들이 베트남전에 참전했다는 사실에조차 무지한 것이 현실이다. 또한 한국에서는 베트남전쟁은 한국전쟁의 그늘에 묻혀 중요한 관심의 대상이 되지 못했다. 물론 일부 학자들이 베트남전쟁의 문제를 다루기는 했지만, 여전히 베트남전쟁은 한국전쟁과 그로 인한 분단 조국의 현실이라는 문제 앞에서 부차적인 문제로 간주되어 온 경향이 있다. 베트남전쟁은 한국전쟁에 비해 덜 직접적인 문제, 즉 '잉여'에 해당하는 역사적 사건으로 이해되어 왔다. 다시 말해 한국전쟁은 직접적인 '우리'의 문제, 우리 전쟁인 반면, 베트남전쟁은 '그들'의 문제로 간주되어 덜 중요하게 비쳐진 것이다. 그 결과 베트남전쟁을 다룬 한국소설들 역시 비평가들의 큰 관심을 끌거나 한국문학사의 중요한 부분으로 받아들여지지 못해왔다.[11]

10　그밖에도 직접적으로나 간접적인 방식으로 베트남전을 다룬 한국소설로는 송기원의 「경외성서」(1974), 「폐탑 아래서」(1977), 송영의 「선생과 황태자」(1970), 황석영의 「탑」(1970), 「낙타누깔」(1972), 「몰개월의 새」(1976), 박영한의 『인간의 새벽』(1980), 이상문의 『황색인』(1987), 이원규의 『훈장과 굴레』(1987), 이대환의 『슬로우 불릿』(1996), 오현미의 『붉은 아오자이』(1995), 지요하의 『회색 정글』(1992), 박정환의 『느시』(2000), 김현진의 『엽흔』(2001) 등이 있다. 그 중 박영한의 『인간의 새벽』은 『머나먼 쏭바강』에 포함되었다. 황석영의 텍스트는 전경자 역, *Shadow of Arms*라는 제목으로 미국에서 출간되었고 안정효 텍스트 역시 저자 자신의 번역으로 *White Badge*라는 제목으로 미국에서 출간되었다.

11　반면 김윤식, 정호웅 교수 공저의 『한국소설사』는 1970년대 산업화 사회의 한국소설을

그러나 그럼에도 불구하고 베트남전쟁이 한국 현대사에 끼친 영향력
이 약화되는 것은 아니다. 한국인들은 베트남전쟁의 경험을 통하여 국제
관계에 있어서의 약소국의 현실을 이해하게 되었으며, 인종의 문제에 대
해 각성하게 되었다. 박영한과 황석영의 텍스트에 구체적으로 나타난 바
와 같이 한국 군인들은 미국이 자랑하는 막강한 군 장비와 보급 물자에 노
출되면서 약소국으로서의 조국의 현실을 자각하게 되었다. 또한 피부색이
다른, 타 인종과 접촉할 기회가 적었던 한국인들에게 베트남전쟁의 땅은 미
국의 백인과 아프리카계 미국인 등과 접하여 인종의 문제에 대해 눈을 뜨게
되는 공간을 제공했다. 그리고 무엇보다도 베트남전쟁은 한국인들로 하여
금 분단된 조국의 현실을 제대로 보게 해 주는 거울의 역할을 해 주었다.

이 장에서는 위의 세 텍스트를 중심으로 하여 한국문학에 있어서의 베
트남전쟁소설의 의미를 파악해 본다. 한국인이 체험한 베트남전쟁의 특
수성을 살피고 한국 군인들의 정체성에 대해 고찰해본다. 위에 든 세 텍
스트의 주된 특징을 먼저 개략적으로 살피자면 박영한의『머나먼 쏭바
강』은 한국소설사에서 처음으로 베트남전쟁을 본격적으로 다루었다는
점에서 중요한 의미를 지닌다. 황석영의『무기의 그늘』은 제목이 시사하
는 바와 같이 전쟁의 배후에 작동하고 있는 경제와 권력의 문제에 주목
한 소설이라는 특징을 지닌다. 황석영은 베트남전쟁이 자유 민주주의의
수호를 위한 전쟁이라기보다는 제국주의 전쟁 중의 하나라고 보는 시각
을 견지하면서 베트남전쟁의 구체적인 장면들을 재현한다. 안정효의『하
얀 전쟁』은 베트남전쟁의 본질이나 이념에 대한 작가의 비판 의식에 기
초를 두기보다는 참전했던 한국 군인들의 일상과 개인적 고뇌를 재현하

다루는 장에서 베트남전쟁소설을 다룸으로써 베트남전쟁소설이 한국문학사에서 차지
하는 위치를 분명히 하고 있다.

는 데에 집중한 소설이다. 『하얀 전쟁』은 각색되어 영화로 만들어지면서 대중성을 확보하였으며 그 결과 베트남전쟁에 대한 이해의 지평을 확대하는 결과를 낳았다.

세 텍스트는 모두 취약점도 지닌 것으로 평가된다. 박영한의 경우 감상주의적이라는 평가를 받을 수 있을만큼 지나치게 휴머니즘을 강조하고 있다는 점, 황석영의 경우 소설의 주제가 베트남전쟁의 현실을 묘사하는 데에 그치고 주제 의식을 우리의 현실과 맺는 관계에까지 설득력있게 연결하지 못한 점, 안정효의 경우 주제나 소재의 면에서 일관된 작가 의식을 드러내지 못하고 있다는 한계 등이 지적된다.[12] 세 작가는 모두 베트남전쟁에 자원 입대하여 전투에 임한 경험을 지니고 있으며 자신들의 직접적인 경험에 기반을 두고 베트남전쟁을 재현하였다. 그들의 서사는 국가의 공적 담론이나 신문, 방송 등에 보도된 사실들에서는 찾아보기 어려운 전쟁의 실상들을 보여준다는 점을 공통적으로 지닌다.

그렇다면 이 작가들이 한국 현대문학사에서 차지하는 위상은 어떠한지 살펴보자. 정인숙은 한국 현대소설사의 맥락에서 세 작가를 검토한 바 있다. 그는 『베트남전쟁의 한국 현대소설 수용 양상 연구-박영한, 안정효, 황석영을 중심으로』에서 이들 세 작가가 한국 현대소설사에서 지니는 의미를 다음과 같은 6가지로 정리한다.

① 한국 현대소설사에서 소재의 폭을 넓히는 역할

12　박영한 텍스트의 중요성과 한계에 대한 지적으로는 다음 논의를 참고할 수 있다. 김윤식·정호웅 : 402, 권영민 : 112~117, 김윤식(1980)·김경수·우찬제·한상규·송승철 : 83.
　　황석영 텍스트에 대해서는, 김윤식·정호웅 : 405, 백낙청 : 106~107, 권영민 : 313을 참고할 것. 안정효에 대해서는 서은주 : 222를 참고할 것.

② 한국전쟁 미체험 세대인 작가들이 베트남전쟁 체험을 통하여 전쟁의 폭
　력성을 자각하게 되고 이를 재현하여 한국문학을 세계문학의 중요한 일
　부가 되도록 만든 점
③ 한국군의 베트남전 참전에 대해 비판적인 입장을 소설로 드러낸다는 점
④ 소설을 통해 베트남전쟁의 진실을 드러낸다는 점. 즉 이데올로기 전쟁이라
　는 이해를 넘어서 제국주의적 전쟁이며 경제 전쟁임을 파악하고 재현한 점
⑤ 베트남전쟁 참전 한국군의 트라우마를 소설로 재현한 점
⑥ 베트남의 현실을 통해 한국 현실을 되돌아보게 한다는 점[260~261]

　정인숙의 지적처럼 세 작가는 이처럼 참전 경험을 공유하고 그 경험을 소설로 형상화하면서 일정한 공통점을 드러낸다. 그러나 많은 부분들을 공유하면서도 세 작가는 베트남전쟁의 본질에 접근하는 시각에 있어서는 상이점을 동시에 노정하고 있다. 세 작가의 차이점들을 보다 구체적으로 살펴보자.

　먼저 박영한은 베트남전쟁의 본질에 대해 최초로, 그리고 가장 예리하게 분석한 대표적인 제1세대 베트남전쟁소설 작가로 볼 수 있다. 한국이 베트남전쟁에 전투 부대를 보내어 파병한 것은 1964년 9월부터 1973년 3월까지의 기간이다. 박영한은 백마 29연대 보도병으로 1970년 9월 베트남에 파병되어 전쟁에 참가한 경험을 지니고 있다. 그는 대학 재학 중에 자원 입대한 작가 자신의 모습을 주인공에게 투영한 서사를 선보인다. 막연한 휴머니스트로서의 이상을 지닌 채 전쟁터에서 세상을 직접적이면서도 치열하게 경험함으로써 의미 있는 삶을 구현하고자 했던 작가의 모습을 그대로 소설에 반영하고 있다. 한편으로는 그 낭만적 이상이 전쟁터에서 전개되는 부조리한 현실 앞에서 좌절되는 양상을 생생하게 드러

냈다. 동시에 그럼에도 불구하고 초기에 지녔던 삶에 대한 열정을 포기하지 않는 주인공의 모습을 구현하기도 한다. 박영한은 한국 군인 중 자신의 인생을 치열하게 살아나가고자 한 지식인의 모습을 대표한다. 참전 한국 군인 중 가장 원대한 이상을 지녔으며 지적으로 뛰어나 전쟁의 본질에 대해 분석적이고 비판적인 모습을 보여주는 주인공의 모습을 텍스트에 구현하고 있다. 황석영은 베트남전쟁을 강대국 미국이 베트남 땅에서 전개한 제국주의 전쟁이라고 이해하며 그 시각을 견지한 상태에서 베트남전쟁의 이면을 소설로 재현하는 데 주안점을 둔다. 황석영의 텍스트에서는 PX의 상품들, 그 상품들이 거래되는 암시장, 성과 양심이 돈으로 교환되는 매춘의 현장 등이 핍진성 있게 드러난다. 안정효의 소설에서는 베트남전쟁에 참전한 이후 그 트라우마로 인하여 현실에 적응하지 못하는 인물이 주인공으로 등장한다. 안정효는 불합리한 전쟁의 타락하고 부조리한 장면들을 재현하면서 주인공이 경험한 내적 갈등을 통해 베트남전쟁 참전 한국인의 자화상을 그리고 있다.

　베트남전쟁의 문학적 재현을 다루면서 한국 작가들의 특수성을 살펴보는 것은 베트남전쟁을 총체적이고 균형 잡힌 방식으로 이해할 수 있게 한다. 한국문학의 장에서는 베트남전쟁을 중심에 둔 문학적 재현이 세대를 달리하면서 지속적으로 이루어지고 있다. 그러나 한국 국경을 넘어선 곳에서 베트남전쟁에 대해 언급할 때에는 한국문학 속의 베트남전쟁문학의 존재를 인지하는 독자는 매우 드물다. 더 나아가 한국문학의 베트남전쟁 재현 문제는 차치하고 전술한 바와 같이 한국인이 베트남전쟁에 참전했다는 역사적 사실조차 알려진 바가 거의 없다. 세계문학의 장에서는 베트남전쟁문학이라는 장르는 대체로 미국 작가들의 문학을 지칭하게 마련이다. 전지구적 시각에서 베트남전쟁을 살펴볼 때에도 베트남전쟁은 주로 미국과 남, 북베트남이 주체가 된 전쟁으로 파악된다.

그러한 현실을 고려하면 베트남전쟁과 그 문화적 재현의 장은 미국의 목소리가 지배하는 공간이었다고 볼 수 있다. 미국 작가들의 작품 속에서 베트남전쟁은 마치 미국인들만이 치른 전쟁인 듯 묘사되는 경우가 압도적으로 많았다. 베트남전쟁을 소재로 삼은 미국문학에는 상처 받은 미국인의 고통과 고뇌만이 주로 다루어져 있을 뿐 미국인이 아닌 다른 전쟁 피해자의 아픔에 대해서는 드러난 바가 드물다. 전쟁의 가장 직접적인 피해자인 베트남인이나 다른 자유 우방 국가에서 참전한 사람들에 대한 구체적인 언급은 거의 찾아 볼 수가 없다. 베트남인들을 위시한 다른 인종과 국가의 인물들이 미국 작가의 텍스트에 삽화처럼 등장하는 경우가 있으나 그때에도 그들은 미국인의 타자로만 그려지고 있을 뿐이다. 특히 전쟁의 일차적인 피해자인 베트남인에 대해서 미국 작가가 서술한 바를 찾아보기는 매우 어렵다. 미국 작가의 문학 텍스트에서 베트남인들은 마치도 정물처럼 혹은 풍경처럼 등장할 뿐 그들의 고유한 정서나 감정에 관심을 두고 묘사한 부분을 발견하는 경우는 매우 드물다. 더 나아가 베트남인들은 어떤 방식으로 사유하였는지, 또 전쟁을 어떤 시각에서 이해하였는지에 대해서 미국 작가들은 무관심하거나 무지하였음을 알 수 있다. 오히려 "베트남인들을 이해하는 것은 바람을 읽기와 같았다"라는 언술이 미국인들 사이에서 회자 되는 일이 많았다. 바람을 읽는 것이 불가능한 것처럼 베트남인을 이해한다는 일도 지극히 어렵다는 점을 그 언술은 드러내고 있다. 베트남인들을 바람과 동일시한 그 구절은 미국인들 사이에서 보편적으로 통용되는 표현이어서 티모시 롬페리스^{Timothy Lomperis}가 책의 제목으로 삼을 정도였다.[13] 베트남전쟁을 다룬 미국문학 속에서 베트남인, 더 나아가 아시아인 대부분은 침묵 속의 존재였다고 보아도 지나치지 않다.

최근에는 베트남인들 자신들이 경험하고 느낀 대로의 베트남전쟁을 재현하는 자서전, 시 또는 소설이 등장하고 있지만 베트남전쟁 중에는 물론 종전 이후에도 오랫동안 세계문학의 장에서 베트남인들의 목소리는 거의 묻혀 있었다. 베트남전쟁이 종식된 이후 피난민 자격으로 미국으로 건너와 영어로 창작을 할 수 있는 미국 작가들, 이를테면 비엣 탄 응웬Viet Thanh Nguyen과 오션 브엉Ocean Vuong이 등장하기까지는 베트남인들의 목소리는 침묵 속에 주로 놓여있었다고 해도 지나치지 않다. 응웬과 브엉이 2000년대 들어 등장하면서 그들이 유려한 영어로 베트남인들이 경험한 전쟁을 새로운 목소리로 발화하기 시작하면서 베트남전쟁에 대한 시각은 복합성을 지니면서 넓어지게 되었고 전쟁에 대한 이해도 심화되었다. 2000년대 이전, 베트남인들이 경험한 베트남전쟁의 모습을 파악하기 위해서는 다음 두 권의 책에 의존할 수 있을 뿐이었다. 르 리 헤이슬립Le Ly Hayslip의 『하늘과 땅이 위치를 바꾸었을 때When Heaven and Earth Changed Places : A Vietnamese Woman's Journey from War to Peace』New York : Penguin, 1989, 그리고 바오닌Bao Ninh의 『전쟁의 슬픔The Sorrow of War』박찬규 역, 예담, 1999이 유일하게 베트남인들이 경험한 베트남전쟁을 다룬 것이다. 전자는 자서전의 형태로, 후자는 소설의 형식으로 베트남인의 경험을 재현하였다.

앞서 밝힌 바와 같이 미국인들에 의해 주도된 기존의 베트남전쟁문학의 장에서는 베트남 원주민의 시각은 철저히 배제되거나 극히 제한적으로 재현될 뿐이었다. 미국인이 베트남인을 제대로 이해하지 못하고 베트남인들 또한 미국인을 이해하지 못한 까닭에 전쟁 기간 중은 물론 전쟁이 끝난 후에도 베트남인과 미국인은 서로 다른 시각을 지닐 수 밖에 없

13　책 제목은 다음과 같다. 『"바람을 읽기"－베트남전쟁문학(*'Reading the Wind' : The Litera-ture of the Vietnam War*)』.

었다. 정치적으로는 미국이 남베트남의 자유와 민주주의 수호를 위해 전쟁에 개입한 우방국이었고 그러므로 미국인과 베트남인들 사이에는 우애와 협력, 상호 이해를 기대하는 것이 자연스럽고 바람직한 일이었다. 그럼에도 불구하고 베트남인들과 미국인들, 혹은 국가로서의 미국과 베트남은 상호 단절과 이항 대립적인 위치에 놓인 채 전쟁 기간을 보냈다고 볼 수 있다. 그 점을 지적하면서 버나드Bernard 와 마빈 카브Marvin Kalb는 다음과 같이 언급한 바 있다. "베트남은 양차선 고속도로였다. 한 길은 베트남인을 위한 것, 또 한 길은 미국인을 위한 것, 그리고 그 두 길 사이엔 교차로가 없었다."[14]

그렇다면 한국 작가의 베트남전쟁소설은 부재하는 베트남인들의 목소리를 대신하는 역할 또한 일정 부분 담당하였다고 볼 수 있다. 한국 작가의 베트남전쟁소설을 읽고 이해하는 일은 베트남인들이 경험한 베트남전쟁에 대해 간접적으로나마 이해할 수 있는 길을 열어주는 것이기도 하다. 그처럼 미국문학의 장에서 베트남인들이 배제되어 온 점을 고려한다면 한국문학에 재현된 한국인의 시각은 우회적인 방법으로라도 베트남인의 경험을 조명해 볼 수 있게 한다. 한국 작가들의 베트남전쟁소설에서는 미국소설의 경우와는 달리 작가들이 베트남인들의 경험에 대해 보다 동정적이고 우호적인 자세를 보여주는 것을 확인할 수 있다. 그렇다면 베트남인들의 고통과 소외, 베트남인들이 경험한 전쟁의 비참함과 슬픔을 재현하고 있다는 점에서도 한국 작가들의 베트남전쟁소설은 큰 의미를 지니게 된다.

그러므로 한국인들이 베트남전쟁을 경험하고 재현한다는 것은 세계문학의 장에서 미국인들이 독점하다시피 한 베트남전의 재현 양상에 개입

---

14   Lomperis : 3 에서 재인용.

하여 반론을 제기하는 행위라고도 이해할 수 있다. 한국 작가의 베트남전 소설들을 살펴보는 작업은 미국문학의 편향된 베트남전쟁 재현에 도전하고 이를 반박하는 일이 된다. 부연하거니와 한국 작가의 소설을 통하여 그 텍스트에 재현된 바의 베트남전쟁을 살피는 것은 베트남전쟁의 총체적 진실을 살피는 데에 있어서 매우 중요한 역할을 담당하게 되는 것이다. 한국 군인들이 체험한 베트남전쟁은 미국 군인들의 경험과는 성격이 확연히 다를 수밖에 없었다. 한국 작가들이 한국군의 체험에 기반을 두고 베트남전쟁을 재현한 양상은 미국 군인들의 경험을 형상화한 미국 작가들의 텍스트에 드러난 바와는 매우 이질적이다.

기록된 서사는 베트남전쟁의 진실을 기억 속에 각인되게 하는 데에 결정적인 역할을 담당한다. 기록되지 않은 기억은 시간의 흐름과 함께 증발해 버리지만 기록된 기억의 파편들은 사라지지 않는다. 한국 군인들의 고유한 기억 속에 남아 있는 바들을 문학적으로 형상화한 한국 작가들의 소설은 따라서 미국 작가들에 의해 주도적으로 이루어진 베트남전쟁의 재현에 저항하고 그 서사의 결락된 부분을 메우며 더 나아가 고유한 기억이 유실되지 않도록 한다. 미국 작가들이 미국인의 체험에 기반을 두고 재현한 바들은 그 자체로 큰 의미를 지니지만 동시에 이종적인 서사에 의하여 도전 받을 필요가 있다. 도전받지 않는다면 그들의 단일한 목소리가 베트남전쟁에 대한 유일하고도 확실한 진실로 수용될 여지가 있다. 즉 그들만의 고유한 경험과 기억이 베트남전쟁 참가자 모두의 경험을 대변하는 것으로 받아들여질 수 있는 것이다. 한국 작가의 소설은 한국 군인들의 경험이 침묵 속에 남겨지지 않게 만든다. 한국 군인들이 베트남전쟁에 참여하여 발견하고 자각하고 또 전쟁의 외중에서 회의하고 고민한 바는 미국인들의 경험을 재현한 텍스트에서 발견되는 바와는 사뭇 다르다는 것을 보여준다. 미국인들의 경험이 베트남전쟁 재현의 단일하고도 중요한 목소리로 남게 될 때 그 재현 공간에는 그들만의 편향되고 일방적인 요소들이 고스란히 담기게 된다. 한국 작가들은 그처럼 미국 작가들이 주도하는 베트남전쟁의 재현에 이의를 제기하고 부정하며 그 편향성을 수정한다. 베트남전쟁의 진실을 향한 재현의 장에서 상호 이질적인 담론들이 병치되고 서로에게 대항하며 보다 복합적이고 역동적인 담론이 생산될 수 있게 하는 것이다. 단일한 목소리가 지배하는 곳에서는 가려질 수밖에 없었던 진실이 복수적 목소리를 통하여 드러나게 되는 것이다. 한국 작가의 베트남전쟁문학은 그처럼 복합적인 의미에서 베트남전쟁 재현의 중요한 역할을 담당하게 된다. 베트남전쟁이 지닌 복합적이고 다양한 본질이 한국 작가의 고유한 시선을 통해서 보다 총체적으로 드러나게 되는 것이다.

미국 학자 밀튼 베이츠Milton Bates는 베트남전쟁은 근원적으로는 미국의 전쟁이라고 주장한 바 있다. 그 전쟁은 미국이 미국 내부의 모든 모순을 베트남 땅에 끌고 가서 치른 전쟁이라고 그는 주장한다. 미국 내부의 인종, 계층, 젠더 등의 갈등이 베트남 땅에서 터져 나온 것이라고 본 것이다. 베이츠의 그런 주장은 베트남전쟁 당시의 미국의 사회 문화 현장을 살펴보면 설득력이 충분한 주장이다. 베트남전쟁 시기에 미국 사회 내부의 갈등이 어느 때보다 심화되었고 다양한 사회적 그룹의 대립도 극명했기 때문이다. 그러나 베이츠가 간과하고 있는 또 하나의 요소가 있는데 그것은 인종, 계층, 젠더 갈등이 미국 내부의 문제에 한정된 것이 아니었다는 점이다. 미국 사회 내에서 가장 격렬한 형태로 갈등이 분출되었을지 모르지만 그 시대의 인종, 계층, 젠더 갈등은 전지구적인 것이었다고 보아야 한다. 베트남전쟁의 장은 그처럼 격변하는 시대의 온갖 갈등들이 응집되어 전개된 곳이라고 볼 수 있다. 그 공간은 각 주체들 간의 갈등이 증폭된 채 가장 극명한 형태로 드러난 곳이었다. 베트남전쟁에서는 미국인과 아시아인, 미국 백인과 흑인의 갈등 양상이 전개되었고 미국의 풍부한 물자를 중심으로 전개되는 계층간의 갈등은 물론이고 전쟁의 특수성이 빚어내는 여성 인권의 유린 등이 광범위하게 나타났다.

더 나아가 한국군의 참전에서 보듯 미국과 베트남 외, 기타 우방국들의 군인들도 함께 등장하여 베트남전쟁의 장에서는 각 국민 국가가 지닌 차이와 그로 인한 갈등도 함께 전개되었다. 우방군이라는 큰 카테고리 내에서는 자유 민주주의를 위해 싸우는 이들이 미군과 그 협력군이었지만 그 전쟁에서는 국가 단위의 차이가 광범하게 존재하면서 그 차이는 갈등의 요소로 또한 드러나기도 했음을 알 수 있다. 그러므로 베트남전쟁은 베이츠가 주장한 바와 같이 인종, 계층, 젠더전쟁이었을 뿐만 아니라 국가의 전쟁nation war이기도 하였음을 알 수 있다. 한국 작가들의 베트남전쟁소설은 참전 작가들이 직접 경험한 바를 재현한 것이기에 생생하고도 직접적으로 그 전쟁의 복합적 양상을 드러내 보여준다. 한국군으로 참전했던 한국 작가들의 눈에 비친 베트남전쟁은 그야말로 인종전쟁, 계층전쟁, 젠더전쟁, 그리고 국가전쟁이었던 것을 텍스트를 통해 확인할 수 있다.

2) 한국소설에 나타난 참전 한국 군인들의 양가적 정체성

베트남전쟁 참전 경험을 바탕으로 씌어진, 제1세대 베트남전쟁소설에서 박영한, 황석영, 안정효 세 작가는 공통적으로 한국군의 정체성에 대해 끊임없이 의문을 제기한다. 세 작가는 전쟁의 명분과 목적은 공산주의의 확장을 저지하고 자유 민주주의를 수호하는 것임을 알고 있었고 특히 한국의 경우에는 한국전쟁에서 외국의 도움을 받은 바 있기에 그 빚을 갚는다는 명분도 함께 한다는 사실을 인지하고 있었다. 그러나 그와 같은 국가의 공적 담론은 참전 한국군이 개인적으로 증언하는 바와 일치하지 않는 경우가 많았다. 박영한, 황석영, 안정효의 텍스트에 등장하는 인물들도 자유 민주주의 수호와 공산 세력 격퇴라는 표현에는 자주 냉소적인 태도를 보이는 것을 확인할 수 있다.

자유 민주주의 수호라는 이념을 내면화하여 참전하였다 할지라도 한국 군인들의 참전 동기가 다양한 다른 요소들에 있었음을 보여주는 증언은 무수히 존재한다. 그 증언들은 가난한 한국의 현실에서 탈피해보고 싶다는 경제적 동기, 해외에서의 체험을 향한 욕망, 한국 군대 내부에서의 기타 요소가 참전을 추동한 경우 등으로 나뉜다. 그 중에서도 가장 빈번하게 확인되는 바는 경제적 동인이었는데 달러로 수당을 지급 받아 큰 돈을 벌 수 있다는 믿음으로 참전한 경우가 많았음을 보여준다. 한국문학의 장에서도 베트남전쟁 참전 동기가 묘사된 부분을 살펴보면 텍스트에 등장하는 대부분의 한국 군인은 "돈을 많이 벌어" 올 수 있는 곳이 베트남 전쟁터라고 이해하고 있었음을 보여준다. 황석영의 『무기의 그늘』에 드러난 한국 군인의 자의식은 다음과 같이 요약된다. "우리는 사전짜리 목숨이란 말처럼 사십 달러의 생명수당 안에는 미국이 내준 여러 가지 경제 원조와 군원과 차관과 기업가들이 받은 특혜가 있는 것이다."^{황석영 : 262} 이 구절은 참전 한국군들이 자신들의 참전으로 인해 얻게 되는 경제적 보상에 대해 민감한 상태였음을 보여준다. 참전이 개인에게는 미화인 달러로 지급되는 수당을, 그리고 조국에게는 다양한 경제적, 군사적 보상을 가져다주게 된다는 사실을 명확히 자각하면서 참전했음을 알 수 있게 한다. 안정효의 『하얀 전쟁 1 ─전쟁과 도시』에서는 한국군으로 하여금 베트남전쟁에 자원하게 한 동인을 보다 자세히 설명한 부분을 찾아볼 수 있다. "가봤자 우리 나라 DMZ보다 별로 위험하지도 않아. 너도 UN 고지 너머에서 고생깨나 했다면서? 이왕 쫄병생활 할 바에는 차라리 월남이 더 속편할 거야. 날마다 양식으로 먹어 조지지, 기합이나 집합도 없지, 월급 많이 나오지, 외국 구경하지, 얼마나 좋아?"[안정효:39] 그처럼 베트남전쟁에 자원하기를 설득하는 한국 군인의 말을 요약해보면 참전의 동인은 세 가지로 나타난다. 즉, 한국에서의 군 생활과 비교하여 그다지 위험할 것도 없고 힘들 것도 없다는 점, 경제적 보상에 대한 기대, 그리고 외국 체험의 기회 등이 한국 군인들로 하여금 참전에 관심을 갖게 한 요인들 중의 일부였음을 알 수 있다. 안정효 텍스트는 그밖에도 경제적 보상의 요인을 보여주는 일화를 다수 포함하고 있다.

박영한의 『머나먼 쏭바강』의 주인공 황일천 병장의 경우는 예외적이어서 그는 젊음에 값하는 치열한 삶의 현장을 체험하기 위하여 자원 입대한 것으로 형상화되어 있다. 그러나 그의 어머니가 그에게 보낸 편지에 나타난 바는 주인공이 생각한 바와는 큰 차이를 드러낸다. 어머니는 "백만금을 벌어서 무엇하느냐, 돌아와서 에미하고 살자"라는 구절을 편지에 쓰고 있는데 그를 통해 어머니는 아들 황 병장이 돈을 벌 목적으로 베트남에 간 것으로 파악하고 있음을 알 수 있다. 당시 파월 한국군의 대다수가 참전을 통해 달러를 벌어오고 그것으로써 경제적 자립의 기틀을 마련하고자 했음을 짐작할 수 있게 해 주는 부분이다.[박영한:57]

미국 학자 로버트 블랙버언Robert M. Blackburn이 밝히듯이, 베트남 파병에 대한 한국 정부의 공식적인 입장은 한국전쟁 기간 중 도움을 준 자유 세계의 16개국에 빚진 것을 갚겠다는 것이었다. 그러나 블랙버언은 한국군들의 정체성은 미군의 '용병mercenaries'이라고 부르는 것이 가장 적합하다고 주장한다. 태국 군인들이나 필리핀 군인들이 용병이었음은 재론의 여지가 없으며 한국군들은 표면적으로는 우방의 지원군이었으나 그 본질적 성격을 살펴보면 태국이나 필리핀 군인들과 마찬가지로 용병적 성격이 강하다고 본다. '용병'은 매우 부정적인 함의를 지닌 것이라 자주 비판받는 명칭이다. 그러나 블랙버언은 '용병'이라는 호칭에 비판적인 시각에 대하여 "어떤 다른 이름으로 불러야 한국 군인들의 본질적 성격을 적절히 설명할 수 있느냐?"고 반문한다. 블랙버언의 주장은 한국 군인이 참전함으로써 미국의 입장에서는 "달러도 절약하고 (미군의) 피도 절약하는" 계기가 되었다는 점에 근거를 두고 있다.Robert M. Blackburn : 46 그리고 그 점을 이유로 한국 군인은 미국의 '용병'이었다고까지 주장하기에 이른 것이다. 한국소설에 재현된 베트남전쟁의 모습을 살펴보면 블랙버언의 위와 같은 주장, 즉 보다 적은 비용으로 미국 군인들을 대체하여 복무하는 존재가 한국 군인들이었다는 견해를 전면적으로 부정하기는 어려울 수도 있다. 예를 들어 안정효의 『하얀 전쟁』에 나타난 바를 살펴보자. 소설 속의 정 일병이라는 인물은 "우리 분대가 미군을 대신해서 캄보디아 국경이나 메콩 델타로 보내질지 모른데. 그러니까 걱정을 좀 해야 할 걸"하고 언급한다. 블랙버언의 지적, 한국군은 "미군이 베트남에서 전쟁을 치르고 전사하는 것을 방지하기 위하여fight and die in South Vietnam so that Americans would not" 베트남에 갔다고 주장할 수 있는 근거를 보여주는 대목으로 파악할 수 있다.Blackburn : xiii.

　그러나 블랙버언이 칭한 바, '용병'이라는 이름은 한국 사회 내부에서는 격렬한 저항을 불러온 금기어에 해당한다. 그러한 호칭은 생명을 희생할 각오를 하고 자유 민주주의 수호를 위해 전투에 임하였으며 성실하고 용감하게 전쟁에서 주어진 임무를 수행한 많은 한국 참전 군인들로서는 수용하기 어렵다. 한국전쟁을 통해 이념적 대립이 불러온 동족 상잔의 비극과 전쟁의 후유증을 심각하게 경험해본 대다수의 한국 국민들도 그러한 명명을 수용하기 어렵다. 그러나, 용병이라는 이름이 참전 한국군의 정체성을 드러내기에 적합한 이름이 아니라는 점에는 동의하면서도 한국 군인들의 참전 동기에는 경제적 동인, 즉 물질적 보상이라는 요소가 상당한 비중을 차지하고 있었다는 점만은 부인하기 어렵다. 특히 이 장에서 다루는 박영한, 황석영, 안정효의 텍스트는 그 점을 보여주는 일화들을 다수 포함하고 있다. 참전에 대해 미국이 약속한 물질적 보상과 자신들의 목숨을 맞바꾸는, 일종의 계약에 자발적으로 동의한 자신을 일종의 전쟁 소모품으로 여기는 모습을 보여주는 장면도 다수 등장한다. '용병'이라는 이름을 부정한 자리에서도, 텍스트에 재현된 다수의 한국 군인들은 군인으로서의 자신들의 육체가 일종의 소모품이라고 여기며 특히 교환 가치가 그다지 높지 않은 값싼 소모품이라고까지 자조적으로 표현하기도 한다.

한국 작가들은 한국 군인들의 육체가 전쟁의 장에서 교환되고 소모되는 물자와도 유사성을 지닌다는 점을 공통적으로 보여준다. 이를 좀 더 구체적으로 살펴보자. 일찍이 맑스는 "소모품 자신들이 말할 수 있다면, '우리는 교환 가치일 뿐이다'고 할 것이다"라고 말한 바 있다.[15] 맑스의 주장에 부응하듯, 한국 작가들의 소설에서 한국 군인의 육체는 10개월에서 12개월의 사용 가치를 지닌 소모품으로 그려진다. 앞에서 언급한 바와 같이 『무기의 그늘』에 등장하는 인물의 말을 빌면, "우리는 사전짜리 목숨이란 말처럼 사십 달러의 생명 수당 안에는 미국이 내준 여러 가

15　"Could commodities themselves speak, they would say : In the eyes of each other we are nothing but exchange values." Marx, *Capital*, vol. 1. (Willis, Susan : 133 에서 재인용)

지 경제 원조와 군원과 차관과 기업가들이 받은 특혜가 있는 것이다."^{황석영 : 262} 참전 군인들의 수당에 대한 언급은 박영한의 텍스트에도 나타난다. 작가들이 재현한 바에는 수당의 액수에 대해 약간의 차이가 드러나 있기는 하다. 그러나 미국 군인들의 수당과 한국 군인이 받은 금액에 차이가 있다는 점에 한국 작가들은 예민하게 반응하고 있었음을 알 수 있다. "미군 GI가 받는 목숨 수당이 기백 달러이고 네 것이 50달러라고 해서 불평하지 말라. 그것은 너의 정부가 할 수 있었던 최선의 방도였다……."^{박영한 : 106~107} 베트남전에서 한국군이 받은 수당 40여 달러는 미군 병사들의 수당의 삼분의 일에도 못 미치는 것이었다.[16] 그처럼 군인들의 육체, 그 교환 가치가 균질적이지 않았다는 점은 한국군인들의 정체성을 드러내는 중요한 요소로 작동하기도 한다.

살아 있는 군인들의 육체가 전쟁터에서는 소모품에 불과한 것으로 파악될 수 있듯이 군인이 전사하게 되었을 때 그 시체를 처리하는 방식에서도 교환 가치는 여전히 적용되고 있다는 점을 볼 수 있다. 군인의 시체는 그 인종적 국가적 귀속 여부에 따라 서로 다른 방식으로 취급되었다는 사실을 텍스트는 보여준다. 안정효의 텍스트에서 그 점이 가장 분명하게 드러난다. 작중 인물 변 일병의 말을 따르자면, 군인들의 사체가 처리되는 방식은 사망한 군인의 국적에 따라 상이했다. 미국, 한국, 베트남 군인들은 살아 있을 때에는 물론이고 사후에도 서로 구별되는 대접을 받았음을 알 수 있다. 단정하게 정리되고 입관하고 냉동시켜 보내지는 것이

---

16   블랙버언은 한국군에 대하여 다음과 같이 언급한다. "존슨 행정부로서는 ROK 병사를 고용하는 것은 미국에게 '피와 재화의 상당량(great amount of blood and treasure)'을 절약하게 하는 것이었다. 미국은 미군 병사 한 명을 파월할 때 13,000달러를 일년에 써야 했지만 ROK 병사의 서비스를 삼으로써 한국군으로 대신할 때는 5,000달러에서 7,800달러만 지불하면 되었던 것이다."(Blackburn : 31)

미군의 유해임에 반해, 한국군들의 시체는 단순히 화장되기만 했고 베트남인들의 유해는 그보다도 못하게 취급되었다는 사실을 안정효 소설은 잘 보여준다.^{안정효, 앞의 책, 152면} 베트남전쟁의 공간에 진입하게 되면서 한국 군인들은 자신들의 육체의 가치를 돈으로 환산하는 교환 경제 체제와 친숙하게 되었다. 그처럼 베트남 전쟁은 한편으로는 한국인들에게 육체를 매개로 하는 교환 가치에 대해 선명하게 자각하게 되는 계기를 마련해 준 사건이었다.

이제 논의를 다시금 참전으로 인한 경제적 이익의 문제로 돌려보자. 한국 군인들의 참전 동기 중 경제적 이득이라는 점이 무시하기 어려울만치 큰 비중을 차지하고 있었음을 부인하기 어렵다. 특히 황석영은 베트남전쟁은 미국이 자국의 경제적 이익을 추구하기 위해 개입한 전쟁이라고 믿는다. 작가 자신의 참전 경험을 기억하고 해석하는 데에 있어서도 경제 논리에 근거를 둔 채, 자신이 목격하거나 직접 경험한 미군의 PX나 베트남의 암시장 등을 재현한다. 박영한의 텍스트 곳곳에서도 미국의 물질적 풍요에 처음으로 노출된 주인공이 느끼는 충격이 드러난다. 조국의 척박한 현실에 비추어보며 비판적 시각을 드러내는 바를 찾아볼 수 있다. 안정효의 텍스트에서도 마찬가지이다. 안정효 또한 베트남전쟁은 한국과는 사실상 무관한 전쟁이며 한국 군인들은 전쟁의 실체도 정확히 이해하지 못한 채 참가하여 자신의 육체를 소모하는 존재들이라고 표현한다.

베트남전쟁을 재현함에 있어서 경제의 문제에 초점을 두고 전쟁의 현장에서 전개되는 돈의 거래와 물질의 소비, 경제적 보상등의 문제에 주목한 세 작가들은 그 물질성에 대한 자각의 연장선상에서 베트남전쟁의 성격을 다시 파악하고자 하는 시도를 보여준다. 세 작가가 서로 다른 경험을 유지하면서도 공통되게 보여주는 것은 베트남인들과 미국인들 사이에 놓인 중간자적 존재로서의 한국인의 정체성에 대해 질문하기를 멈추지 않는다는 점이다. 소설 속 주인공들은 식민주의를 경험하고 탈식민 상태에 놓인 한국인으로서 베트남인들과 자신들이 동질적인 운명의 소유자들임을 자각하면서 베트남인들에 대해 우호적이고 동정적인 상태에 놓이기도 한다. 동시에 그들은 자신들을 미군의 우방군으로 인식하면서 베트남인들에 대해 막연한 우월감을 드러내기도 한다. 한국인으로서는 일본 제국주의 강점기로부터 벗어난 이후에는 인종과 국가의 문제가 개인의 정체성을 규정하는 데에로 나아가는 것을 경험할 기회가 거의 없었는데 베트남전쟁 참전을 계기로 삼아 자신의 정체성에 대해 질문하게 된 것이다. 한국소설에 재현된 바, 한국인들의 이와 같은 양가적이며 애매한 정체성의 문제는 식민주의 담론의 틀에서 살펴볼 때 그 의미가 선명해진다. 식민주의 담론의 틀에 기대어보면 베트남전쟁은 본질적으로 미국의 제국주의 전쟁이라고 해석될 수 있는 여지가 충분하다.

에드워드 사이드Edward W. Said는 미국의 제국주의적 성격에 대해 본격적으로 비판하는 지식인들을 대표한다. 그는 국제 무대에서 미국이 정책으로 삼아 실행한 일들은 다분히 제국주의적 성격을 지녔으며 다만 미국의 그러한 제국주의적 면모가 역사적으로 쉽게 드러나지 않고 가려져 왔다고 지적한다.Said(1993) : 9 사이드가 베트남전쟁을 소재로 삼은 소설, 그래함 그린Graham Greene의 『조용한 미국인The Quiet American』을 특별히 문제적인 소설이라고 비판하는 것도 그러한 맥락에서이다. 『조용한 미국인』의 주인공은 미국이 지닌 제국주의적 태도를 구현하는 가장 전형적인 인물이라고 사이드는 설명한다. 물론 베트남전쟁이 지닌 본질적 성격을 규명하는 일은 단순한 작업이 아니어서 그러한 사이드의 주장에 대한 반대 의견도 다양하게 전개되고 있다. 여전히 진행 중이다. 그러나 분명한 점은 베트남전쟁이 미국의 공적 담론이 설명하는 바와는 매우 거리가 먼 것이었다고 보는 지식인이 대다수라는 점이다.

베트남전쟁을 제국주의 전쟁의 성격을 지닌 역사적 사건이라고 보는 시각에서 살펴보자면 참전 한국인의 성격은 한결 복합적으로 이해될 수밖에 없다. 그것은 무엇보다도, 앞서 밝힌 바와 같이 한국이 미국의 우방으로서 베트남전쟁에 참가했기 때문이다. 미국의 베트남전쟁 개입이 제국주의적 성격을 지닌 것이라면, 그 우방국으로서 미국을 도운 한국, 그리고 참전 한국 군인들 또한 그에 준하는 지위와 태도를 부여받게 될 것임은 쉽게 추측해 볼 수 있다. 참전 한국인의 특성을 적절히 설명하기 위해서는 제국주의 담론보다 식민주의 담론을 도입하여 활용하는 것이 더욱 유의미하다고 볼 수 있다. 먼저, 베트남전쟁이 제국주의적 성격을 지닌 것임을 설명하는 자리에서 다시금 식민주의를 거론해야 할 근거를 살펴보자. 제국주의는 신식민주의와도 호환 가능한 개념어라 할 수 있는데 식민주의, 탈식민주의, 신식민주의의 개념은 제니 샤프^{Jenny Sharpe}가 지적한 바를 들어 설명할 수 있다. 샤프는 "식민주의의 식민^{colonial}이 식민지에서의 직접 지배를 다룬다면 제국주의의 제국^{imperial}은 멀리 떨어진 지역을 직접 개입하지 않고 지배하는 것^{the remote seat of government for overseas territories}이다"라고 설명한다.^{Sharpe, Jenny : 165} 즉, 식민주의에서 식민주의자가 피식민인을 직접적으로 지배하고 착취한다면 신식민주의는 비록 식민지에 직접 지배를 위한 정치 주체를 이식하지는 않으나 간접적인 방식으로 원거리 지배를 수행한다고 볼 수 있다. 미국 학자 마사오 미요시^{Masao Miyoshi}에 따르면, 과거 식민주의를 경험한 대다수의 국가들은 식민주의에서 해방된 이후, 즉 탈식민주의를 경험한 이후에도 진정으로 독립적인 정부를 수립하여 운영하지 못하는 운명에 처하였다. 그 대신 곧 신식민주의 혹은 제국주의 지배 하에 들게 되었다고 설명한다.^{Miyoshi, Masao : 726~751} 그리고 권헌익이 재확인 하듯 이와 같은 과정은 전지구적으로 확인되는 역사적 사실이다.

식민주의와 제국주의 담론이 도출한 바를 텍스트 분석에 활용하여 한 국 군인들의 경험과 기억이 지니는 의미를 새롭게 조명해볼 수 있다. 부 연하거니와, 박영한, 황석영, 안정효 텍스트에서 주도적으로 드러나는 바 는 베트남전쟁이 기본적으로 미국의 제국주의 전쟁이라고 해석될 수 있 는 요소를 다분히 지니고 있었다는 점이다. 미국은 베트남의 자유와 민 주주의를 수호한다는 목적으로 베트남전쟁에 개입하였으나 전쟁이 전개 된 과정을 살펴볼 때 베트남전쟁에서 보여준 미국의 모습은 제국주의 혹 은 식민주의 국가의 모습이었다는 점은 부인하기 어렵다. 베트남전쟁 수 행에 있어서의 주체가 남베트남이기보다는 MACV로 대표되는 미국이 었으며 군의 개입에서부터 철군의 과정에 이르기까지 북베트남과 협상 한 주체도 미국이었다. 미국의 승인이 없이는 남베트남 정부와 군대는 전 략이나 전술을 수행할 수 없는 형편이었다. 심지어 남베트남의 정치 최고 지도자인 대통령직의 유지 또는 이전 또한 미국 행정부의 암묵적 승인하 에서만 가능한 것이었다.[17] 그러한 상황 속에서 전쟁 중의 베트남 공간에 서 드러난 현실을 살펴보면 미국인은 식민주의자^{the colonizers}, 그리고 베트 남인은 피식민인^{the colonized}이라 불러도 지나치지 않을 정도였다. 사실상, 오랜 기간에 걸쳐 피식민인으로 살아왔던 베트남인들의 눈에는, 식민주 의자 프랑스인들이 디엔비엔푸전투에서 대패한 다음 철수한 후에 미국 인들이 등장했지만 그 미국인들 또한 새로운 종류의 식민주의자에 불과

---

17 이에 대해서는 헨리 키신저(Henry Kissinger)와 로버트 맥나마라(Robert McNamara)의
    회고록을 참고할 것.

하게 보였다.

미국인들이 식민주의자의 모습을 지녔고 베트남인들이 자신들의 영토 내에서 피식민인의 모습으로 살아가고 있었다면 그 사이에 놓인 한국인들의 정체성은 어떻게 규명할 수 있을 것인가? 한국인들은 단일하게 정리되기 어려운, 복합적인 위치에 놓여 있었다고 볼 수 있다. 한국 작가들의 소설에 등장하는 한국인들은 대체로 베트남인들에게 동정적이고 우호적인 태도를 보인다. 그러나 반드시 그런 것은 아니었는데 한국인의 모습은 매우 양가적이고 유동적인 형태로 드러나는 것을 볼 수 있다. 스스로 자신을 바라보는 두 가지 시각 사이에서 한국인들 자신이 흔들리고 있는 모습을 발견하게 되는 것이다. 한편으로는 한국 군인들은 미군의 우방으로 자신들을 간주한다. 그러나 다른 한편으로 그들은 베트남인들과 별반 다를 바 없는 아시아인으로 자신을 바라보기도 한다. 아시아인들을 지칭하는 미국 속어가 '구욱gooks'이었는데 황석영 소설에서 보듯, 한국인들은 베트남인들도 자신들도 미국인의 눈에는 동일하게 구욱으로 비치고 있다고 자조적으로 언급하곤 한다. 한국 군인들이 미군의 우방군으로서 자신들을 간주할 때에는 종종 베트남인들에 대해 경멸적인 태도를 보이는 것을 볼 수 있다. 하지만 동일한 대상, 즉 베트남인들을 동일 인종 아시아인으로 볼 때에는 그들에게 한결 우호적이고 동정적인 태도를 보이는 것을 볼 수 있다.

그처럼 베트남전에서의 한국 군인의 정체성을 규정하는 것은 쉽지 않다. 한국인은 베트남인과 같은 아시아인이므로 베트남인과 같이 '황인종'으로 분류되어야 하는 것인가? 아니면, 피부색으로 보자면 한국 군인은 베트남인과 같은 황인종에 속하지만 한국 군인들이 미국 정부로부터 수당을 받으면서 미군의 우방으로 미군의 편에서 싸우러 왔으므로 '백인종'

미국인에 보다 근접한 정체성을 지니고 있었다고 보아야 할 것인가? 베트남전에 참전한 한국인의 정체성을 규명하고자 할 때, 기존의 식민주의, 신식민주의, 탈식민주의의 담론들은 이에 대한 적절한 답을 제공하지 못한다. 따라서 한국인의 정체성을 규명해 가는 과정은 기존의 식민주의 담론들에 대해 도전하고 기존 담론들의 결락 부분과 틈새를 메우고 찾아가는 과정이 되어야 할 것이다. 한국소설에 드러난 인물들의 증언, 그들의 증언에 드러난 자의식과 갈등 양상, 한국 군인들이 미군과 베트남인들과 조우하고 교류하는 과정에서 보여주는 태도, 전쟁터에서 변모해가는 모습 등을 종합적으로 고찰할 때에 비로소 참전 한국인들의 정체성을 총체적으로 규명할 수 있을 것이다.

앞서 언급한 바, 한편으로는 식민주의자의 행태를 보이면서 동시에 피식민인 베트남인들과 자신들을 동일시 하기도 하는 한국인의 모습에 대해서 더욱 살펴보자. '중심center'과 '주변margin', '특권privilege'과 '착취exploitation'가 식민주의의 중심에 놓이는 단어들이라면, 베트남에 주둔한 미국인들이 자신들을 중심에 두고 베트남인들을 주변화시키면서 특권을 누렸다는 것을 확인하는 것은 어렵지 않다. 전술한 바와 같이 전쟁 중의 베트남에서 정치권력을 지닌 곳은 베트남의 대통령궁이 아니라 미군 작전 사령부MACV : The Military Assistance Command, Vietnam이었다. 즉 베트남 국가의 운명을 결정하는 권력은 베트남 대통령이 아니라 주베트남 미국 대사에게 있었던 것이다. 응웬 반 루Nguyen Van Luu의 지적처럼, 베트남인들에게는 "미국 행정부의 수반이나 총독이 있는 것은 아니었지만 미 대사가 있어서 그의 허락 없이는 아무것도 할 수 없었다."[18] 정치적 환경이 그러했던 것처럼

18　Nguyen Van Luu, "Essay of General Indictment against U.S. Crimes in Vietnam", *U.S. War Crimes in Vietnam*(edited by Vien Luat hoc), Hanoi : Special Report, 1968.

베트남 사회에서도 미국인들은 베트남인들보다 한결 우월적인 지위를 누릴 수 있었다. 베트남인들의 영토에서 미국인들이 베트남인들보다 훨씬 나은 대접을 받으며 살았던 것이다. 베트남을 식민지로 삼았던 프랑스가 식민주의 국가라는 것은 잘 알려진 사실이다. 그러나 미국은 전쟁 기간 중 프랑스 식민주의자들 못지 않게 우월적이고 특권적인 지위를 누릴 수 있었다. 비록 미국의 식민주의적 성격이 프랑스의 경우에 대비하여 볼 때 그다지 알려지지 않았던 것이 사실이지만 베트남인들은 자연스럽게 미국인들을 식민주의자들로 받아들이고 있었음을 알 수 있다. 미국의 베트남전쟁 개입의 본질이 무엇이었든 간에 중국 한족, 프랑스, 일본의 점령을 차례차례 경험한 베트남인들에게는 모든 외국 세력이 식민주의 세력으로 보일 수밖에 없었다. NLF^{National Liberation Front}와 협력자들은 자신들이 외국 세력으로부터 베트남을 보호하고 독립시키기 위해 싸운다고 믿었으며 미국 내의 반전주의자들 또한 베트남전쟁을 식민전쟁이라고 규정하고 있었다.

미국의 베트남전쟁 참전이 본질적으로 제국주의적, 식민주의적 성격을 지녔다고 보고, 거기에 참전한 한국인의 정체성을 검토하려고 하면, 현존의 식민주의 담론이 그대로 보편타당한 것이 되기에는 허점이 많다는 것을 발견하게 된다. 최경희는 가장 대표적인 식민주의 담론 중의 하나인 에드워드 사이드의 논의가 유럽 중심적인 것임을 밝힌 바 있다. 아시아에 있어서의 식민주의의 전개 과정, 즉 일본에 의한 한국의 지배 양상을 살피게 되면 사이드가 같은 인종에 의한 식민 지배는 간과하고 있음을 볼 수 있다는 주장이다. 사이드의 주장에 따르면, "이차 세계대전 이전까지를 볼 때, 피식민인^{the colonized}은 유럽인들에 의해 지배되고 유럽인이 무력으로 평정한 비서구인, 유색 인종^{non- Western, non-European}들이다."^{Said,}

1989:206 이에 대해 최경희Kyeong-hee Choi는 반격하기를, "사이드를 비롯한 많은 사람들에게는, 식민주의와 제국주의의 역사는 '백인종과 유색인종 사이의 대립'이다. 그러나 나와 같은 아시아인에게는 그 역사는 유색인종을 지배하는 백인이라는 관계와는 뭔가 다른, 그 이상의 것이다."Choi:3 사이드가 그의 식민주의 담론에서 일본의 경우를 빠뜨린 것을 두고, 최경희는 유럽 중심의 제국주의를 비판하는 담론조차 유럽중심주의에 빠지는 아이러니를 범하고 있다고 비판한다. "일본 제국이 시야에서 사라짐에 따라 일본의 식민지였던 타자들도 역사에서 지워진다. 한국, 대만, 만주, 오키나와와 남태평양 제도국의 국민들이 겪은 식민 경험도 지워지는 것이다."Choi:20 그리하여 최경희는 황인종 일본인이 또 다른 황인종 한국인에게 행하는 식민 지배의 문제를 더욱 세밀하게 고찰해야 한다는 문제를 제기한 바 있다.

이 장에서 다루는 베트남전쟁 참전 한국 군인의 정체성 문제도 이를테면 궁극적으로는 동일 인종 식민주의자의 문제라고 칭할 수 있다. 베트남전쟁이 일종의 제국주의 전쟁의 면모를 지녔다면 그 전쟁에 참전한 한국인의 존재는 '같은 아시아인이 다른 아시아인을 대상으로 하는 식민화의 문제'를 제기한다. 그러나 베트남에서의 한국인의 지위는 최경희의 논문에 보이는 일본에 의한 한국의 직접 지배와는 양상을 달리하며, 한층 더 복합적일 수밖에 없는 성격의 것임을 알 수 있다. 미군의 우방군으로서 베트남전쟁에 참여한 한국인의 정체성은 앞에 든 '동일 인종 식민주의자the same race colonizer'라는 용어로도 충분히 설명되지 않는다.

이를테면 베트남전쟁에 참전한 한국인은, 제국주의 전쟁을 치르는 미군의 일부분이며 동시에 베트남인과 같은 아시아인이므로, 일본의 아시아 식민지배에서 나타난 바와 같은 '동일인종 식민주의자'라고 볼 수 있는 것인가? 아니면, 한국 군인은 미군의 지휘권을 따르며 미군을 돕고 있으므로 백인 식민주의자, 즉 미국 군인의 지위에 준한다고 볼 수 있는 것인가? 한국 군인들은 베트남인들과 같은 아시아인들이므로 오히려 피식민인인 베트남인들과 동일시하는 것이 더 타당한 것인가?

한국인과 베트남인들이 유사한 지위를 부여받고 있었다고 볼 수 있는 근거로는 미국인들이 한국인을 대하는 태도를 들 수 있다. 미국인들의 눈에는 한국인은 베트남인과 별로 다를 바 없는 아시아인으로 보였으며, 미국인들은 양자를 동일하게 '구욱gook'이나 '슬로프 헤드slope head' 등의 이름으로 불렀다. 한국인들이 베트남인들에 비해 크게 나은 대접을 받은 것이 없었다는 점을 든다면, 베트남의 한국인은 오히려 피식민인의 입장에 더 가까웠을 수도 있다.[19]

세 명의 한국 작가들은 공통적으로 한국 군인들이 경험한 정체성의 혼란을 텍스트에 재현하고 있다. 한국인들이 베트남전쟁에서 사용한 물자들은 대부분 미군들과 공유하는 것이었으며 그러므로 한국 군인들이 미군들과 자신을 동일시할 수 있는 근거는 충분했다고 볼 수 있다. 미군들에게 지급된 M16 총과 미군들이 사용한 화약 등을 한국 군인들이 그대로 사용하였음은 물론이다. 안정효의 소설에 나타난 바를 예로 들어보자. "우리는 미군 군복을 입고, 미군 모자를 쓰고, 미군의 무기를 사용하면서 미군의 C 레이션을 먹으면서 미국 담배를 피우고 미국 정부로부터 돈을 받으면서 싸웠다."[20] 그러나 소설 텍스트에서 한국 군인들이 자신들은 왜 베

19　마찬가지로 다른 식민전쟁에 동원되었던 식민군대 내부의 피식민인(colonial troop colonizers)의 존재에 대해서도 연구할 필요가 있다. 베트남을 식민화시킨 프랑스군 내부의 아프리카 출신 흑인들, 제2차 세계대전 기간 동안 일본 군대에 징용되어 간 한국인들의 정체성을 연구해 볼 때 이 문제는 더 한층 깊은 의미를 갖게 될 것이다.

20　Ahn, Junghyo : 68. 안정효 소설 『하얀 전쟁』의 영어판 텍스트인 *White Badge*는 19세기

트남전쟁에 참전하게 되었는지, 그리고 누구를 적으로 삼아 싸워야 하는지 묻고 있는 장면을 접하면 한국 군인들이 느낀 정체성의 혼란이 선명하게 드러나는 것을 볼 수 있다. 안정효 소설에 나타난 바를 다시 살펴보자.

> 상대방 국가의 수상 이름이 구엔 카오 키인지 웬 카오 키인지도 구별하지 못하는 행정부가 파월이 월남 대통령의 요청이 아니라 미국 대통령의 요청에 의한 것이었다는 사실을 떳떳이 합리화할 방법도 없었으려니와, 조국의 남북 분단조차 해결하지 못한 주제에 다른 나라의 이데올로기 전쟁을 해결하러 간다는 명분도 어딘가 허술한 데가 있었으니 말이다._{안정효,『하얀 전쟁』 2, 152면}

한국군의 파병은 베트남의 요청에 의해서 이루어진 것이 아니라 미국의 요청에 의해 이루어진 것이었다. 미국의 요청에 부응하여 미국 정부의 목적 실현에 기여하기 위하여 베트남전쟁에 참여하게 되었다는 사실을 재확인할 때 한국 군인들이 자신을 미군들과 동일시하기는 한결 쉬워진다. 한국 군인들은 공식적으로는 미군의 일부로서 북부 베트남군과 그 협력 세력에 저항하여 싸우게 되어있음을 알고 있었다. 그러나 위에서 보듯, 막상 베트남 땅에 도착하여 전쟁에 참여하게 되면서 전쟁의 명분에 대해 자문하고 자신들의 존재 이유_{raison d'être}에 대해 반복적으로 질문할 수밖에 없는 모습을 보면서 한국군의 불안정한 정체성을 다시금 확인할 수 있다.
한편으로는 한국 군인들은 미국의 우방국 군인으로 참전하였음을 자

미국 작가 스테판 크레인(Stephen Crane)의 『용기의 붉은 훈장(*The Red Badge of Courage*)』에 착안하여 제목을 정한 것이다. 영어판 텍스트는 동일 작가의 한글판 텍스트인 『하얀 전쟁』의 단순 번역이 아니라 축약과 개작의 과정을 거친 것이다. 따라서 이 책에서는 두 텍스트를 상이한 두개의 텍스트로 다룬다.

각하고 미국이 제공하는 물자를 소비하면서 미국이 부여한 정체성을 내면화하기도 한다. 그러나 동시에 한국 군인들은 심정적으로나 문화적으로 베트남인들에게 친화적이어서, 자주 베트남과 베트남인들과 자신의 조국, 그리고 자신들의 존재를 동일시하는 모습을 노정한다. 미국과 베트남, 그리고 미국인과 베트남인들 사이에 놓인 중간자 조국의 중간자적 존재를 계속하여 확인하면서 한국인들은 지속적으로 애매하고도 양가적인 정체성을 지닌 채 머물게 되는 것이다. 그처럼 미국과 베트남 양자 사이에서 분열된 채, 양가적인 정체성을 지닌 한국 군인들의 존재는 식민주의 담론의 중요한 논지를 제공한 알베르 메미Albert Memmi의 위치를 연상시킨다. 메미의 책 서문에서 사르트르Sartre, J. P.는 저자 메미가 지니게 된 양가적 정체성에 주목한다. 그러한 메미의 애매한 지위를 두고 '이도 저도 아닌neither nor'이라는 표현을 쓴다.

그는 누구인가? 식민주의자인가? 피식민인인가? 그 자신은 '이도 저도 아니다'고 할 것이다. 당신은 아마도 '둘 다'라고 할 것이다. 결국 둘 다 같은 것이다. 그는 원주민이면서도 모슬렘교도는 아니기에 '피식민인'들보다는 다소 특권적인 위치에 있지만, 그러나, 식민주의자들로부터는 거절당한다.Memmi, Albert : xxi

사르트르가 본 메미의 위치는 미군복을 입고 미국이 제공한 M16 총을 들고 전쟁에 임하는 한국군의 위상과도 유사성을 지닌다. 메미로 대표되는 식민지 지식인, 즉 피식민인이라는 하위계층에 속하면서 동시에 계층적 위계 질서를 위반한 지식인으로서의 식민지 지식인은 '이도 저도 아니며' 동시에 '둘 다'인 그런 존재이다. 마찬가지로 베트남인과 같은 아시아 인종에 속하면서도 미군에 준하는 지위를 부여받은 한국군의 모습도 그런 식민지 지식인의 양가성을 상기하게 한다. 그리고 '이도 저도 아니다'와 '둘 다이다'는 본질상 동일한 대상에 대한 표현의 차이에 불과한 것일 수도 있다. 이 점에 대해 더욱 자세히 살펴보자. 한국군은 미군들에게 제공되는 물질이나 서비스를 남베트남군보다는 훨씬 많이 누릴 수 있었다. 그러나 동시에 미군들의 눈에는 베트남인들과 한국인들이 구별되지 않는 경우가 많았다.

몇몇 미국인들은 적과 아군을 잘 구별 못했다 ─ 남베트남군은 늘 경멸의 눈으로 보아왔지만, 한국군들도 잘 구별 못했다……. 한국인들과 베트남인들, 그들에 관한 한, 경계선이라 할 만한 것이 없었다. 베트남에서는 그들 모두를 '구욱'이라 불렀다.^{Lifton, Robert Jay : 205}

황석영의 『무기의 그늘』에서도, 작중 인물인 베트남인 토이가 한국인과 베트남인들 사이에는 별 차이가 없다는 말을 한다.

"돌아가게 되더라도 따이한이 여기 있는 한 너는 그것을 알아야 한다. 안, 우리는 똑같은 국이고 슬로프 헤드들이다."
"미국인들이 보기에는 그렇겠지."
"우리가 보기에도 그렇다. 기분 나쁜 게 아니다. 그렇다고 대답해야 한다."^{황석영, 『무기의 그늘』 상, 183면}

또한, 황석영 소설의 주인공 영규가 미국인 대위와 대화를 나누는 장면에서도 미국인 대위는 같은 말을 한다. "네게도 프랑스인이나 영국인이 비슷하게 보이듯이 나도 베트남인과 너희를 분간하지 못한다."^{황석영, 『무기의}

 한국인과 베트남인의 외형적 유사성에 바탕을 둘 때에는 한국인의 위치는 베트남인과 별반 차이가 없는 것이었음을 재확인할 수 있다. 그렇다면 이제 베트남인들을 대하는 한국 군인들의 태도를 중심으로 그 문제를 다시 살펴보자. 베트남인들에 대한 한국인의 태도 또한 양가적이기는 마찬가지였음을 텍스트는 증언한다. 한국인들은 미국인들에 대해서보다는 베트남인들에게 훨씬 더 친화력을 느끼고 있음을 보여주는 일화가 텍스트에는 다수 등장한다. 그러나 동시에 한국인들은 자신을 미군의 우방으로 간주하고 미군과 동일시할 때면, 베트남인들보다 자신이 우월한 존재인 것처럼 느낀다. 한국인들 또한 일본의 식민 지배를 경험했지만, 그 경험이 반드시 그리고 항상 다른 피식민인에 대한 동정심과 이해심으로 번역되지는 않음을 그러한 일화에서 확인할 수 있다. 오히려 베트남인들을 자신들보다 열등하다고 여기며 피식민인에 대하여 경멸적인 태도를 보이고 식민주의자처럼 군림하는 모습을 볼 수 있는 것이다.

프란츠 파농Franz Fanon은 피식민인의 이와 같은 양가적 태도를 '식민적 종속성colonial subjugation'이라 부른다. 양가적 태도는 자기 분열의 다른 표현인데 파농은 흑인이 백인과 다른 흑인을 대할 때 보이는 자기 분열적 태도를 들어 이를 설명한다. "흑인이 백인을 대하는 태도와 다른 흑인을 대하는 태도는 달라진다. 이러한 자기 분열이 식민적 종속성이라는 것은 재론의 여지가 없다."Fanon, Frnaz : 17 파농이 식민적 종속성이라 지칭한 바와 같이 오랜 노예 제도를 경험한 자들이 자기와 비슷한 사람들을 대하는 태도와 자기보다 나아 보이는 사람들을 대하는 방식에는 차이가 있기 마련이다. 베트남인들과 미국인들을 대하는 한국인의 태도에서도 그와 같은 식민적 종속성이 드러나는 것을 볼 수 있다. 이를 뒷받침하듯 한국 군인들은 베트남전쟁 기간 중 매우 용맹하고 호전적인 군인이었던 것으로 알려져 있다. 베트콩^{Viet Cong : 북베트남 동조자} 포로들을 다루는 데에 있어서도 한국 군인들은 잔혹하리만큼 거칠었던 것으로 알려져 있다. 그와 같은 한국군의 면모를 설명하면서 베트남전쟁에 참전했던 미군 지휘관, 크리튼 아브람즈^{Creighton Abrams}는 한국군을 단순하고 둔중한 악기에 비유한 바가 있다. 아브람즈에 따르면, 한국군은 특유의 호전성으로 인하여 단조로운 한 가지 소리만을 내는 베이스 드럼에 비유될만 했다고 한다.

> 우리가 여기서 치르는 전쟁은 오케스트라에 비유될 만하다. 때로는 드럼을, 때로는 트럼펫이나 바순을, 그리고 심지어는 플루우트를 연주해야 할 때도 있는 것이다. 반면에 한국군은 한 가지 악기밖에 다룰 줄 몰랐다. 베이스 드럼 말이다.[21]

또한 데일 안드레이드^{Dale Andrade}라는 역사가의 기록을 살펴보면, 포로로 잡힌 베트콩이 소지한 행동 강령에는 "승리가 100% 확실할 때를 제외하고는 한국군과는 접전을 피하라"라고 적혀 있었다고 한다. 그 강령은 한국군이 매우 용맹하므로 한국군과 대결하는 것은 전략적으로 유리하기 어렵다는 것을 일러주는 문건이다. 군사적 측면에서 보자면 한국군의 용맹성은 기려야 할 대상이다. 그처럼 극도로 호전적이었던 것이 한국군의 모습일진대 한편으로는 그런 용맹스러움은 비판의 대상이 되기도 했다. 앞서 언급한 바와 같이 지나치게 용맹스러운 모습이 식민적 종속성의 표현이라고 보는 견해도 있었던 것이다. 그 점을 가장 강조한 한국 작가로 황석영을 들 수 있다. 황석영은 베트남전쟁에서 드러난 한국군의 호

21　Harry G. Summers et al, *Historical Atlas of the Vietnam War*, New York : 1995, p.154.

전적 면모에 대해 매우 비판적인 작가이다. 그는 주인을 위해 맹목적으로 달려가 주인 대신 먹이를 포획해 주는 사냥개의 비유를 들어 한국군의 용맹성을 재현한 바 있다.

사냥개는 주인의 지시에 의해서만 노획물을 향하여 달려간다. 포물선을 그리든 지나쳤다가 돌아서 가든 직선으로 가든 몇 발짝 앞에서 멈추든 그것까지는 개의 마음대로다. 그 물건이 물오리나 꿩이거나, 도요새거나, 아니면 헌신짝이나 찢어진 공일지라도 일단은 덥석 물고 주인에게 달려와야 한다. 사냥개가 그 물건이 맛있다거나 쓸모가 없다거나 먹지 못한다거나를 알아볼 필요는 없다.[66]

황석영의 묘사를 따르자면 자신에게 주어진 역할을 수행함에 있어서 한국군은 누구보다도 성실했음을 알 수 있다. 황석영이 비유한 바는 자유 민주주의 수호라는 이상을 지니고 참전했던 한국군에게는 분명히 모욕적으로 느껴질 수 밖에 없는 성격의 것이다. 그럼에도 불구하고 위의 비유를 통해 황석영이 드러내고자 하는 바는, 충실히 맡은 바 임무를 수행하는, 충직한 한국 군인의 모습이라고 할 수 있다. 전쟁의 목적이나 명분을 수립할 위치에 있지도 않았고 전쟁의 수행에 필요한 작전 계획에 동참할 지위도 부여받지 못한 채 자신에게 주어진 역할만을 성실하게 담당해야 했던 한국 군인들의 모습을 재현하면서 한국군의 베트남전쟁 참전의 의미를 다시 묻고 있는 것이다.

베트남전쟁을 재현하는 데에는 다양한 요소들이 고려되어야 한다. 전쟁의 이데올로기, 참전 한국 군인들이 지녔던 청년의 꿈과 열정, 그리고 전쟁 수행에 필요한 작전의 수립과 실행 등의 과정에서 드러나는 양상 등의 요소를 한국의 세 작가들은 개성있게 그려낸다. 스스로 베트남전쟁을 체험한 바 있기에 한국 작가들은 각자 자신들에게 가장 인상적이었던 사연들을 픽션의 이름으로 재구성하면서 그것으로써 역사의 기록을 대체한다. 한국 작가들의 특징들을 범박하게 요약해보자면, 박영한은 보다 근원적인 휴머니즘의 문제와 함께 베트남전쟁의 숨겨진 본질을 드러내고자 하는 방식으로 전쟁을 재현한다. 황석영과 안정효는 베트남전쟁 기간 중 경험한 모순과 환멸의 기록에 더욱 집중한다. 황석영은 전쟁이야말로 일종의 거대한 시장이라고 보면서 경제적 이익을 얻기 위한 제국주의적 요소가 베트남전쟁의 숨겨진 본질에 해당한다는 시각을 견지한다. 안정효는 전쟁의 전개 과정에서 보인 이상과 현실의 괴리를 텍스트의 중심에 두고 전쟁의 트라우마를 겪는 주인공을 중심으로 하여 베트남전쟁의 타락상을 그려낸다.

세 작가는 서로 다른 접근법으로 베트남전쟁을 재현하고 있지만 동시에 공통된 문제 의식을 제기하고 있다. 즉, 한국 군인의 정체성이 지닌 애매하고 양가적인 면모를 공통적으로 지적하고 있는 것이다. 세 작가가 텍스트에서 자세히 표현한 것처럼, 경제적 궁핍에 익숙해 있던 한국의 청년들이 '호화스러운' 베트남행 미군함에 승선하는 순간부터 한국군은 자신들의 정체성에 대해 고민할 수밖에 없었다. 그와 같은 정체성에 대한 회의는 머나먼 타국에서 벌어진 타인들의 전쟁에 나가 싸우는 과정에서 당연히 제기될 수밖에 없는 의문이라 할 수 있다. 그러나 한편으로는 한국군이 겪어야 했던 분열된 자의식은 개인적인 것이라기보다는 공동체의 것이라고 볼 수 있다. 즉 한국 군인들이 개인적으로 분열된 자의식으로 혼란 속에서 전쟁에 임하기도 했지만, 그러한 분열적 특성은 단지 개인에게 한정된 것이라고 볼 수 없었다. 개인적이면서 동시에 국가적인 것이었다고 볼 수 있다. 한국 군인들이 경험한, 애매하고 혼돈스러운 위치와 그들의 양가적 정체성은 국제 질서 속에서 한국이라는 국가가 가질 수밖에 없는 분열적인 모습의 축소판이며 상징이기도 한 것이다.

그러나 베트남전쟁에 참가한 한국인들에게 그 전쟁은 인식과 지적 성장의 계기가 되기도 했다. 약소국의 국민으로서 베트남전쟁을 치르면서 확대된 세계관을 갖게 되었기에 베트남은 한국 군인들에게 변화의 공간으로 기능했던 것이다. 모순과 혼란, 그리고 분열된 정체성을 일상적으로 경험하면서도 베트남전쟁의 한국 군인들은 자신과 조국을 다시 볼 수 있게 되었다. 즉, 베트남전쟁은 한국 군인들로 하여금 국제 질서 속에서 한국과 베트남 같은 제3세계 약소국의 위치를 깨닫게 하는 중요한 경험의 장을 마련해 주었다.

박영한 텍스트에 나타난 주인공의 경우와 같이 암담한 현실로부터 탈출하여 젊음을 불태울 수 있는 낭만적인 공간으로 전쟁을 생각한 젊은이들도 있었다. 그러나 그들은 전쟁의 과정을 통하여 국제 질서를 이해하게 되었고 보다 정확한 현실 인식에 이르게 되었다. 한국 군인들의 전쟁터로의 여행은 결국 국가와 인종간의 역학 관계를 깨닫게 해 주는 여행이기도 했던 것이다. 그들은 한반도의 협소한 공간에 머물렀다면 경험할 수 없었던 현실을 베트남전쟁을 통해 경험하게 되었던 것이다. 미국 군인들과 베트남인들과 조우하게 되면서 한국 군인들은 인종과 국가의 문제에 대해 이해하게 되었고 조국의 위상에 대해서도 선명하게 인식하게 되었다. 국제 질서 속에서 약소국으로서의 한국의 위치에 대한 깨달음을 얻고 보다 분명한 자의식을 지니게 되었던 것이다.

5. 결론

지금까지의 논의를 종합해보자. 한국 군인들은 미국과 한국 간의 정치, 외교, 군사적 관계에 의하여 베트남전쟁에 파병되었으며 그들의 참전에는 경제적인 요인도 큰 비중을 차지하였다. 한국군의 베트남전쟁 파병을 계기로 하여 한국 경제는 비약적인 발전의 기틀을 마련하게 되었고 한미관계도 더욱 공고해졌다고 볼 수 있다. 제1세대 한국 작가들의 소설에 나타나는 바를 중심으로 참전 한국 군인의 모습을 살펴볼 때 그들의 텍스트에서 가장 중요한 덕목으로 등장하는 것은 한국 군인들의 애매하고 양가적인 정체성 문제라고 볼 수 있다. 한국 군인들은 이념적이고 공식적인 면에서는 미군들과 동일시될 수 있는 존재들이었다. 그러나 한국 군인들의 고유한 인종적, 문화적, 역사적 성격은 베트남인들과 공유할 부분이 더욱 많았다. 그리하여 한국 군인들의 위치, 그들의 정체성은 '이도 저도 아니면서' 동시에 '둘 다'이기도 한 모호하고도 애매하며 양가적인 것이었음을 알 수 있다. 그처럼 양가적인 정체성을 지닌 까닭에 한국군인들의 경험은 동시에 미국인과 베트남인의 시각을 아우를 수도 있으며, 둘 다에 비판적일 수도 있었다. 그처럼 애매한 위치에 있다는 것, 다시 말해서 중간 항, 매개 항이기도 하며 또한 제3자적이기도 한 이 입장의 특수성은 한국 작가들의 텍스트에 복합적인 특성을 부여하게 된다. 한국 작가들은 베트남인들이 경험한바, 전쟁의 상실과 고통에 대해 보다 동정적인 태도를 보이게 되며 동시에 미군의 우방군으로서 미국 군인들의 시각을 일정 부분 공유하게도 된다. 이러한 양가적 입장을 지닌 주체가 지닌 독특한 경험을 재현한 것이기에 한국 작가의 베트남전쟁문학은 고유한 위상을 지니게 된다. 베트남전쟁을 재현한 베트남문학이나 미국문학 등과는 선명히 구별되면서도 동시에 양자의 한계를 넘어서기도 한다. 그리하여 한국 작가의 베트남전쟁문학은 베트남전쟁을 주제어로 삼은 세계문학의 장에서 중요한 위치를 차지하게 된다.

이 장에서 다룬 세 작가의 텍스트가 한결같이 드러내는 바는 베트남전쟁은 자유 민주주의의 수호라는 이데올로기 전쟁이기도 했지만 인종과 성, 국가와 계급 간의 불평등과 모순의 전쟁이기도 했다는 점이다. 박영한, 안정효, 황석영은 한국의 제1세대 베트남전쟁소설 작가를 대표한다. 스스로 베트남전쟁을 직접 경험한 작가들이기에 그 경험을 구체적으로 재현해 내면서 그 과정에서 베트남전쟁의 진정한 성격에 대해 묻고 답을 구하고 있다.

제니 샤프^{Jenny Sharpe}는 탈식민주의는 "단순히 결루된 목소리를 복원하는 것으로는 충분할 수 없다"고 주장했다.^{Ashcroft et al. : 99} 베트남전쟁문학을 논의하는 자리에서도 문학 작품에 베트남인들로 대표되는 하위 주체의 목소리를 단순 복원하는 것으로는 여전히 미진한 부분이 남는다고 볼 수 있다. 베트남전쟁은 단순히 패권을 지닌 세력과 그에 저항하는 세력 간의 대결로만 설명될 수 없는 복합적인 성격을 지닌 전쟁이다. 지배와 복속, 승자와 패자, 그리고 패권의 획득과 상실 등의 이항 대립적 구도를 넘어서는 복잡다단한 양상으로 베트남전쟁은 전개되었다. 제3영역에 속하는 한국 작가들이 재현하는 베트남전쟁과 그 이후는 미국과 베트남의 주체들은 미처 살피지 못하거나 증언하지 못한 주제들을 대리하여 재현한다. 한국문학에 나타난 한국 군인들의 정체성을 파악하고 그들의 경험이 재현된 바를 분석하는 것의 의미는 그 점에서 찾을 수 있다. '우방군의 이름으로 동원된 주체의 본질은 과연 무엇인가?'하는 것이 박영한, 안정효, 황석영 작가의 공통적인 질문이었다. 한국인의 정체성을 규정하고자 할 때 그 관점은 스펙트럼의 양상으로 드러난다. 한국군의 정체성은 그처럼 확정하기 어려운 것이다. 그 스펙트럼의 좌측 극단에서 한국군은 '용병mercenaries'이라는 문제적 이름으로 규정된다. 반면 반대편 극단에서는 '베트콩이 무서워한 용맹의 병사들'로 한국군은 존재한다. 그들은 영원한 자유와 민주주의의 수호자로 남아있는 것이다.

베트남전쟁문학에 대해 논의할 때, 미국문화의 장에서는 공적 기억과 그에 저항하는 반기억counter memory이 충돌하곤 한다. 대립하는 두 기억들이 겹쳐지고 서로 저항하면서 파장을 증폭시키곤 한다. 마찬가지로 한국문화의 장에서도 공적 기억과 저항 담론 사이의 충돌은 부단히 계속되고 있다. 그런 만큼 베트남전쟁문학을 총체적으로 이해하는 일은 한 번에 완결될 수 없다. 그것은 거듭하여 서사를 수정해 나가는 과정이 될 것이다. 새로운 내러티브를 통하여 부상하는 목소리들을 종합하고 비교하면서 나란히 읽어가는 과정이 필요한 것이다. 특히 한국문학의 장에서는 황석영, 박영한, 안정효의 텍스트들에 이어 베트남전쟁 종전 이후, 한국 사회 문화 속에 남아있는 베트남전쟁의 자국을 탐색하는 일군의 작가들에 대한 연구도 함께 이루어질 필요가 있다. 참전 경험이 없는 종전 이후 세대의 방현석, 이대환, 오현미 작가의 소설들은 베트남전쟁문학 논의에 꼭 포함되어야 할 텍스트들이다. 편의상 그들을 제2세대 한국 베트남전쟁소설 작가라고 명명할 수 있다. 그들은 베트남전쟁이 남긴 것들, 즉 그 전쟁의 잔여물 혹은 흔적들이 한국 사회와 문화 속에서 작동하고 있는 방식을 재현한다. 이대환, 방현석, 오현미가 제기하는 문제들, 고엽제로 손상당한 육체, 양민 학살의 파편을 내부에 품고 있는 육체, 그리고 '라이 따이한'이라는 이름의, 희망하지 않았는데 태어난 육체를 분석하는 것도 베트남전쟁 재현 연구에서 필수적이라 할 수 있다. 베트남전쟁이 남긴 고엽제 후유증, 양민 학살의 기억과 화해하기, 그리고 라이 따이한이라는 새로운 주체는 한국의 베트남전쟁 개입에 의해 생겨난 것들이기 때문이다. 더 나아가, 한국 문화 속의 베트남전쟁 재현을 연구하여 얻어지는 담론은 한국문학의 장 내에서만 유효한 것이 아니다. 베트남전쟁의 규모가 국가의 경계를 넘어서는 초국적 성격의 것이었으며 그 전쟁이 내포하는 바 또한 매우 광범한 까닭에 베트남전쟁의 재현은 초국가적 문학의 장에서 함께 다루어질 수밖에 없다. 한국인이 경험한 바에 기초를 둔, 한국의 베트남전쟁문학 연구가 결국은 비교문학 혹은 세계문학의 장에서 다루어져야 하는 것은 그런 이유에서이다.

1. 박영한의 『머나먼 쏭바강』[1]

박영한은 1947년생으로서 1970년 9월에 파월, 백마 29연대 보도병으로 참전한 바 있다. 베트남전쟁을 다룬 대부분의 한국 작가가 그러하듯이 박영한 또한 자신이 체험한 베트남전쟁을 소재로 삼아 소설을 썼다. 박영한이 소설가로 활동하기 시작한 것은 1977년부터였다. 그 해 문학 잡지 『세계의 문학』에 『머나먼 쏭바강』을 발표함으로써 등단하였다. 또한 그 소설로 1978년 제2회 오늘의 작가상을 수상하였다. 베트남전쟁을 소재로 삼은 단편소설들은 1970년 이후 꾸준히 창작되었지만 『머나먼 쏭바강』은 베트남전을 다룬 한국 최초의 장편소설이라는 점에서 한국문학사에서 중요한 위치를 차지한다.

『머나먼 쏭바강』에는 베트남인 키엠, 트린, 투안, 응웬 빅 뚜이와 미국인 UPI 종군기자 마이클 케빈스, 한국인 황일천 병장 등 다양한 인물들이 등장한다. 작가는 그 인물들을 통하여 서로 다른 인종, 국적, 그리고 문화적 배경을 지닌 이들이 그들의 고유한 시각에서 본 베트남전쟁의 현실을 그려내고 있다. 특히 여성 주인공 빅 뚜이는 한국인 황 병장과 사랑하는 사이가 되고 그가 떠난 후에는 미국인 마이클과 다시 사랑을 나누는 인물로 등장한다. 빅 뚜이는 고등 교육을 받은, 지적이면서 독립적인 베

1 　이 책의 제2장 1절에서 박영한, 『머나먼 쏭바강』 1・2, 민음사, 1992를 참고한 경우 면수만 표기한다.

트남 여성으로 그려진다. 그는 자신이 사랑하게 된 남성들에게 베트남 여성으로서 자신이 경험하는 전쟁 이야기를 들려준다. 빅 뚜이가 자의식이 강하고 역사를 이해하는 안목을 지닌 인물인 까닭에 그의 이야기는 베트남인들이 이해하는 바의 전쟁의 본질과 실상을 잘 설명한다. 빅 뚜이와의 대화를 통해 주인공 황 병장은 베트남전쟁의 실상을 보다 폭 넓게, 그리고 구체적으로 파악하게 된다. 빅 뚜이는 황 병장에게 베트남과 한국이 모두 한때 프랑스와 일본의 식민지였던 것을 다시 깨닫게 해준다. 식민지 경험의 고통스러운 기억을 공유한 까닭에 황 병장은 베트남인인 빅 뚜이와 더욱 깊이 공감할 수 있게 된 것이다. 그리고 더 나아가서 황 병장은 베트남인들의 입장에서 보자면 베트남전쟁의 본질이 탈식민주의를 시도하는 베트남인들의 투쟁이라는 점을 파악하게 된다. 황 병장과 헤어지게 된 뒤에도 빅 뚜이는 편지의 형식으로 황 병장에게 자신의 생각을 전달하기를 계속한다. 그리하여 황 병장으로 하여금 베트남인들이 경험한 베트남전쟁을 충분히 이해하고 그들의 목소리를 대변하는 기능을 계속하여 담당할 수 있게 해준다.

소설의 주인공인 황 병장은 낭만적인 대학 생활을 보내고 있던 중 자원 입대한다. 그는 지적인 비판 능력을 갖추고 있으면서 동시에 예민한 감수성을 지니고 있는 인물로서 베트남전쟁을 보는 한국군의 시각을 가장 대표적으로 드러낸다. 황 병장의 참전 동기는 크게 두 가지라고 볼 수 있는데 첫째는 자신의 인생을 보다 열정적으로 영위하기 위한 것이다. 둘째는 전쟁을 낭만적인 대상으로 이해하여 청춘을 보낼만한 곳이 전쟁터라고 생각하였다는 점이다. 먼저 그는 젊은이답게 열정을 갖고 치열한 인생을 살아보고자 하는 뜻을 품고 베트남전쟁에 참전한 것으로 그려진다. 그리하여 막상 베트남전쟁에 참전한 뒤에는 그것이 "착각"이고 "허깨비

좇기"였으며 "어리석음"이었다는 것을 깨닫는다.[105] 그러나 입대 전에 황 병장이 상상한 베트남전쟁의 모습은 젊은이를 전쟁터로 이끌기에 충분한 이유를 제공하는 대상이었다. 황 병장의 말에서 드러나듯, 그는 가장 치열한 삶의 공간이 전쟁터라고 보았기 때문이다. 국내에서의 군대 생활은 지나치게 평온하여 한국 젊은이에게 그다지 도전이 되지 못했다.

> 1년 4개월 동안 거의 똑같은 생각을 하며, 똑같은 코스를 돌고, 색깔이 비슷비슷한 꿈을 꾸며, 비린내가 똑같은 생선을 우물거리고, '바리아시옹'이 없는 한 가지 테마의 파도 소리를 듣는다는 것 ― 하릴없이 배부르고 편하다는 것, 그건 복덕방 영감쟁이라면 모를까 젊음에겐 오히려 얽맴이며 욕됨이었어.[104]

게다가 군대에서 동료가 실족사하는 사고를 당하게 되는 일이 벌어지자 그것이 직접적인 계기가 되기도 했다. 사고가 발생하였으므로 그 책임을 규명하는 과정에서 원하지 않았던 소용돌이에 휩싸일 수도 있겠다는 우려가 그로 하여금 차라리 베트남전 참전을 결심하게 만든 것이다. 또한 그는 열정을 불태울 장소가 베트남전쟁터라고 보기도 했다.

> 한번 신나게 살아보고 죽자. 도대체 전쟁터란 어떤 데냐? 거기 가서 내 삶이 얼마나 빛나며 쓰러지나, 한번 구경이라도 하고 죽자. 아아, 장기복역수가 철창을 나서는 순간 느껴보는 그 눈부신 햇살의 의미를, 나도 한번 껴안아보자.[104]

요컨대, 한국에서의 대학 생활이나 군대 생활과 비교해볼 때 베트남전쟁터는 단조롭거나 권태롭지 않고 변화무쌍한 경험을 가져다줄 만한 공간이라고 보아 베트남전쟁 참전을 결정하게 되었던 것이다. 그러나 황 병장이 생각했던 베트남전쟁은 막상 그가 베트남 땅에서 경험한 바와는 사뭇 다른 것이었다. 주인공 황 병장이 베트남에 도착하면서 제일 먼저 발견하게 된 것은 베트남의 현실이 조국의 상황을 끝없이 연상시킨다는 점이었다. 황 병장만이 아니라 많은 한국 군인들은 베트남의 정경과 풍습 등에서 한국과의 유사성을 발견하고 오히려 이국땅에 친밀감을 느끼게 되었다.

그들은 삐걱이는 나무다리로 해서 강을 건너고 엉긴 대나무숲을 가까스로 뚫고 언덕을 내려왔다. 동네가 가까워져 있었다. 엉성한 관목으로 울타리를 둘러친 농가에서 갓난애 우는 소리와 노파들이 앵앵대는 소리가 들려나왔다. 황은 고향에 돌아온 느낌이었으며, 울컥 막걸리 생각을 했다.[54]

또한 한국 군인들은 어린아이들이 울고 노인들이 중얼거리는 소리를 들으면서 '마치 고향에 온 듯'한 느낌을 받곤 한다. 베트남의 태양, 염전, 그리고 소금을 나르는 어부들의 모습에서도 고향을 연상하게 되고 베트남에서 먹는 생선의 맛이 고향에서 먹던 생선 맛과 같다는 데에 놀라기도 한다. 예를 들어 황 병장이 빅 뚜이에게 보낸 편지의 한 구절을 보자.

탄 하이촌은 닌호아에서 1번 국도를 따라 내려오다가 국도에서 오른쪽으로 조금 벗어난 곳에 자리잡은 조그만 바닷가 마을이오, 말하자면 나트랑시의 근교라고 할 수 있는 곳이오. 태양, 염전, 모래의 개펄, 소금자루를 메고 가는 어부들…… 마치 나는 고향에 돌아온 느낌이라오. 나는 방금 내 동료들과 저기 보이는 저 양어장으로 가서 손바닥만한 물고기 한 마리를 얻어서, 구워 소금에다 찍어 먹고 돌아온 참이오. 고국에서 먹던 물고기를 여기서도 맛볼 수 있다는 게 신기하기만 했다오.[194]

또한 베트남 땅에 주둔한 미군들을 위한 시설들이 들어선 미군 기지를 보면서는 어쩔 수 없이 한국의 미군 기지인 부평이나 동두천을 연상하기도 한다.

군데군데의 바라크건물, 여자를 끼고 다니는 미군들, 군수용 자재로 성급하게 지어올린 미군들의 서비스클럽을 바라보면서, 이런 게 바로 부평이나 동두천 같은 외국군 주둔지가 아닐까하고 중위는 짐작했다.[40]

위에서 보듯 베트남의 인물이나 동네의 풍경은 한국과 베트남의 유사점을 일차적으로 드러내 주는 것임을 알 수 있다. 또한 군대가 주둔한 곳이라면 공통되게 나타나는 위와 같은 기지촌의 모습에서 향수에 가까운 동병상련의 정을 느끼게 되는데, 그 점은 한국인들만의 독특한 체험에 해당하는 것이다. 미군을 비롯한 다른 나라 군인들에게서는 발견하기 어려운 정서를 박영한은 재현하고 있는 것이다. 이국 베트남에서 한국의 역사와 문화의 그림자를 찾아보게 된다는 것을 그리고 있는 점은 박영한의 『머나먼 쏭바강』을 위시한 한국의 베트남전쟁소설의 특수성이라 할 수 있다. 미국소설에서는 이국 땅에서 그러한 문화적 친밀감을 느끼게 되는 경우를 발견할 수 없다. 오히려 지리적, 문화적으로 너무나 낯설고 멀고 이질적인 나라에서 느끼게 되는 당혹감이 미국 작가들의 내러티브를 이루고 있다.

한국인이 베트남인들에 대해 느끼게 되는 동병상련의 정 혹은 공감은 황 병장과 빅 뚜이라는 두 개인이 서로에게 느끼게 되는 사랑의 감정에서 가장 선명하게 드러난다. 황 병장이 빅 뚜이와 사랑을 나누게 되는 계기 중에는 양자가 지닌 식민 조국의 기억이 큰 몫으로 자리잡고 있다. 빅 뚜이와 황 병장의 대화에서 발견할 수 있는 것은 그들이 피식민인의 아픔을 공유한다는 점이다.

> '우린 프랑스어가 제1외국어지요. 몬타냐족들도 불어를 배울 정도니까요. 프랑스인들은 계획적으로 학교를 세워주지 않았으며, 우리네 국민의 체력을 약화시키기 위해 그 몇 안 되는 학교의 운동장마저 없애버렸어요.'
> '일본놈들이 한 짓이랑 비슷하구먼…… 월남 오기 전까진, 프랑스란 나라는 너그럽고 선한 나라인 줄만 알고 있었어.'[53]

식민지로 고통받은 두 나라의 공통된 역사가 두 사람을 하나로 엮어주는 공감의 근원으로 작용하고 있는 것이다. 프랑스의 식민지로서 수탈과 차별을 경험한 베트남, 그리고 일본의 식민지였던 한국이라는 나라를 각자의 조국으로 둔 까닭에 두 사람은 서로를 더욱 깊이 이해할 수 있게 된 것이다. 빅뚜이의 이야기를 들으며 황 병장은 자신이 지금까지와는 다른 방식으로 세계를 바라보게 될 것임을 깨닫게 된다. 프랑스가 베트남에서 보여준 식민 지배의 모습과 일본이 한국에서 보여준 모습의 유사성을 찾고 프랑스를 비판적으로 바라보게 된 것이다. 이는 빅 뚜이와 황 병장이 공유하게 되는 상호 이해와 존중의 감정이 개인적인 것일 뿐만 아니라 더 나아가 민족의 역사와도 연결되고 있음을 보여준다.

그처럼 박영한은 한국과 베트남의 지리적, 자연적 근접성과 유사성, 한국인과 베트남인 사이의 문화적 친밀감에 주목하고 있으나 언제나 우호적 태도만을 보이는 것도 아니다. 베트남 사람들을 향한 한국 군인의 감정은 일관되게 표현되는 것은 아니었고 보다 복합적인 양상으로 드러나는 것을 볼 수 있다. 박영한은 베트남의 풍경과 베트남 사람들을 향해 한국인이 느끼는 감정은 일견 모순적으로도 보일 수 있으리만치 복합적인 것이었음을 잘 표현한다. 즉, 한국인들의 감정은 상황에 따라 변화하는, 양가적인 성격을 지닌 것이었음을 구체적으로 보여준다. 이를테면, 베트남인과 한국인은 같은 아시아인이기에 인종의 관점에서는 동일항에 들 수 있는 존재들이다. 그러나 인종이라는 개념항을 벗어나 사회적 계급의 개념으로 접근할 때에는 전혀 다른 양상이 펼쳐지게 된다. 미군의 우방군으로 참전한 까닭에 한국 군인들의 지위는 미국 군인에 준하는 것이었다. 따라서 박영한의 텍스트에서 한국인들이 베트남인과 자신들을 동일시하지 않은 것을 보여주는 일화들을 쉽게 찾아볼 수 있다. 박영한은 미국 군인의 동맹군 자격을 지닌 까닭에 한국 군인들은 자신들이 '부유한 식민주의자 남성들이 가난한 피식민지 여성에 대해' 가질 법한 '표현하기 어려운 묘한 우월감 같은 것'을 품게 된다는 것을 깨닫는다고 지적하고 있다.

황은 처녀 쪽을 향하고 있는 오른쪽 볼따귀가 굳어지는 느낌이었다. 움직임이 괜스레 부자연스러웠다. 자주 겪어보지 못한 귀찮은, 하나 알 수 없이 달콤한 기분이 되었다. 점령국의 돈 많은 사내가, 일테면 속국의 가난한 미녀한테나 가질 수 있는 약간의 미안한 감정까지 깃들여 있었다.[22]

윗 구절에서는 주인공의 감정 내부에 권력과 성별Gender의 문제가 중첩되어 드러나 있음을 볼 수 있다. 점령국과 속국이 상징하는 바는 국가들 간의 권력의 유무에 의해 발생하는 차이라 할 수 있다. 또한 돈 많은 존재와 가난한 존재가 이항 대립적 관계 속에 놓여 있는데 이는 경제력이라는 권력을 통해 생성되는 계급의 문제를 보여준다. 거기에 더하여 사내와 미녀라는 대립항이 함께 등장하면서 젠더의 이항 대립까지 보여주고 있으므로 윗 구절은 황 병장이 빅 뚜이를 만나면서 경험하게 되는 감정의 다층성을 고스란히 노정하게 되는 것이다. 그처럼 점령국과 속국, 지배와 복속, 남성과 여성이라는 이항 대립적 요소들이 황 병장과 빅 뚜이 사이에 개재하고 있어 둘 사이의 사랑의 감정의 저변에는 결코 순수한 감정만 놓여 있는 것은 아니라는 점을 발견할 수 있다. 한편으로는 같은 아시아인으로서 전쟁에 처한 베트남의 현실을 동정하기도 하고 다른 한편으로는 미군의 우방군으로서 토착민에 대한 업신여김을 보여주기도 하는 그런 감정은 양가성ambivalence이라는 이름으로 불린다. 박영한의 텍스트에서 발견되는 그러한 양가적 감정은 베트남전쟁을 다룬 한국 작가들의 소설에서도 자주 발견되는 요소이다.

황 병장은 청춘의 탈출구를 찾아 베트남전쟁에 자원하였으나 베트남에서 전쟁의 참상과 부패, 이데올로기의 충돌과 다양한 인간 군상의 타락상 등을 보면서 세상의 부조리함을 한꺼번에 깨닫게 된다. 전쟁터에서의 경험은 황 병장으로 하여금 본격적인 세계관의 변화를 경험하게 한다. 황 병장이 자각한 것은 세상은 '어두컴컴한 다방에 앉아 커피 한 잔을 마시며 대학생이 세상을 이해하던' 방식과는 매우 다르다는 점이다. 세상은 책에서 배운 것처럼 합리적인 세상이 아니라 생존을 위해 투쟁하는 곳이며 부패와 타락이 넘쳐나는 곳이며 전쟁터는 그런 세상의 압축판이라는 사실을 자각하게 된 것이다. 또한 황 병장은 전쟁을 경험함으로써 국제 정치에 작용하는 권력의 위계질서를 직접 느끼게 되고 그 질서 속에서 한국군의 일원으로서의 자의식을 분명히 갖게 된다. 구체적으로 주인공 황 병장이 깨달은 바를 살펴보자. 먼저 그는 미군을 원조하기 위하여 참전한 한국군은 스스로 전쟁을 주도할 수 있는 힘을 지니지 못한 채 일

종의 도구적 기능만을 수행할 수 있다는 점을 알게 된다. 또한 그런 한국
군의 일부로서 황 병장은 자신이 철저하게 무력한 존재임을 분명히 보게
된다. 박영한은 그러한 자각을 드러내기 위하여 자신을 한 개의 "나사못"
에 비유한다. 그리고 동시에 아무리 불합리하고 부조리한 현실이라 할지
라도 그 현실을 수용할 수밖에 없음을 깨닫는다. 자신의 무기력함을 자조
적으로 드러내고 있는 다음 구절을 보자.

'소총병'이라는 이름의 말단은…… 황은 생각했다. 위에서 어떤 종류의 악
수가 이루어지건, 그 악수의 그늘에서 숨죽여 명령을 기다리지 않으면 안된다.
소총병은 다만 D데이의 정확한 날짜와, 배낭 속에 들어가는 일주일치의 식량
과, 일주일분의 탄환을 기억하면 그뿐이다. 그리고 '탑승! 승차!'의 규칙과, '사
격 개시!'의 신호, 부비트랩의 인계철선을 걷어내는 기술, 그 이상을 아는 건 건
방진 일이다.[70]

게다가 내게 작전지휘권이 주어진 것도 아니다. 도대체 그 먼지나는 LZ에
서, 군홧발들이 설치고 다니며 조인트를 내리찍고, 철모가 날고 침방울이 튀고,
지휘봉이 매섭게 번쩍이는 그 북새통 판에, 맹목을 생각하는 따위가 무슨 소용
이 있단 말이냐. 우린 다만 TACCP를 지을 쇠말목과 모래자루를 나르면 될 것
이고, 헬기가 내려다주는 보급품과 고무물통을 챙기면 그뿐이다…… 중위가
말했다.[72]

위에서 이루어지는 "악수"는 명령을 내릴 수 있는 권력을 가진 자들에
게 속하는 일이다. 악수라는 표현은 전쟁을 궁극적으로 책임지고 있는 위
정자들이 행하는 외교의 한 장면을 보여준다. 전쟁의 궁극적인 수행자

인 군인은 전쟁에 필요한 결정의 과정에는 참여하지 못한다. 그들의 영역을 벗어난 곳에서 정책은 결정되고 전쟁의 작전도 이루어지는 것이다. 짧은 몇 음절의 명령이 주어지면 그 명령에 따라 임무를 수행하는 것, 그리고 그런 작업에 필요한 기술을 습득하여 주어진 임무를 완성하는 것만이 자신이 할 수 있는 일이라고 황 병장은 고백하고 있는 것이다. 군인으로서 자신이 수동적으로 수행해야 하는 임무에 충실할 것만이 기대되는 현실을 그처럼 표현한 것이다. 주인공 황 병장을 통하여 박영한이 드러내고 있는 것은 바로 그가 직접 목격한 전쟁의 실상인 것이다.

또한 박영한은 베트남전쟁의 특징 중의 하나로 미국이 베트남에 쏟아부은 엄청난 규모의 전비와 물자를 든다. 그리고 그 물자들이 부정한 방법으로 거래되고 교환되는 양상에 특히 주목한다. 주인공 황 병장은 베트남전쟁터에서 미국이 보여주는 물질적 풍요 앞에 놀라고 압도당하면서 세계의 불평등을 생생하게 경험하고 직접적으로 이해하게 된다. 미국의 풍요 앞에 노출되면 될수록 그에 비례하여 가난한 조국과 약소국의 국민으로서 자신이 느낄 수밖에 없는 무력감이 더욱 강해진다는 것을 보여준다. 작가 박영한은 그처럼 전쟁의 이면에서는 물질의 교환과 거래를 통해 또 하나의 전쟁이 전개되고 있다는 사실을 재현한 것이다. 박영한이 직접 눈으로 목격한 물질적 풍요에 대해 구체적으로 표현하듯이 한국인의 베트남전쟁 내러티브의 한 구성 요소는 단연코 미국의 물질적 풍요라고 할 수 있다. 가난한 조국의 현실만을 경험해 온 한국 군인들이 베트남전쟁 참전을 통해 세계의 빈부 격차 문제에 눈을 뜨게 되고 그 결과 그들은 새로운 눈으로 세상을 보게 된 것이다. 미군 보급창고에 재인 엄청난 규모의 물자들을 목격하면서 황 병장은 그 보급창을 "기름지고 풍성한 바다"에 비유한다.

하기야 딱히 많이 떨어낸대서 나쁘다고 욕할 건덕지는 없었다. 저 기름지고 풍성한 바다에서 물 한 됫박 떠내는 격이었기 때문에, 롱빈이나 캄란의 미국 보급창을 한번 구경해 본 자라면, 도대체 먹고 마시지 않으면 아낀다는 짓이 얼마나 우스꽝스러운 것인가를 알 터였다.[95]

그리고 동시에 그 풍성한 바다에 들어서게 된 한국 군인들이 물질을 향한 탐욕을 드러내는 모습을 그려낸다. 한국군 참전자들 중에는 참전을 통해 물질적 풍요를 이루고자 한 사람들이 적지 않았다는 점을 상기하면 이는 쉽게 이해할 수 있는 부분이기도 하다. 물질적으로 풍요로운 미국, 그 대국의 우방국 군인으로 참전하게 된 한국군이 전쟁을 통해 경제적 이익을 얻으려 하는 모습을 생생하게 그려낸 다음 장면을 보자.

월남 와서 요직을 맡아본 자라면, 장사병將士兵을 막론하고, 누구나 한번쯤은 통 크게 놀아보자는 속셈을 가지기에 충분했다. 왜냐하면 첩첩이 쌓아놓고 뿌려대는 저 어마어마한 군수물자란, 가난한 월남인의 것도 우리네 것도 아닐 것이었기 때문에. 그래서 목돈이나 잡은 자들은, 오늘 콘툼이 어제는 후에시市가 함락됐다거나, 동료의 팔다리가 까뭉개지건 말건 아랑곳없는 치들이었다. 겉으론 '더러운 월남땅'이라고 툴툴거리면서도, 속으론 은근히 좋아라 하고 있었다.[94]

위에서 보듯 미국이 베트남 땅에 부려 놓은 엄청난 군수물자를 앞에 두고 그것을 이용하여 부를 얻고자 하는 사람들이 참전자 중에는 적지 않았음을 알 수 있다. 그들은 베트남전쟁을 시장으로 받아들인 존재들이다. 전쟁을 통해 물자를 확보하고 부富를 이루고자 하는 모습 앞에서 한국의 젊은이들이 머릿속으로 그려보았고 구호로 외쳤던 베트남전쟁의 참전 이유는 무화되고 마는 것을 볼 수 있다. 베트남의 도시들이 적에게 함락되는 것, 그리고 "동료의 팔다리"가 전쟁 중에 훼손되는 것을 막아 내고자 하는 것이 참전의 목적이어야 할 것이나 그 목적은 사라지고 없다고 박영한은 재현한다. 전쟁의 원래 목적이 사라진 자리에 오로지 큰돈을 벌어보겠다는 욕망에만 집중하고 있는 인물들의 모습이 대신 들어서 있음을 볼 수 있다.

주인공의 좌절감과 분노에서 짐작할 수 있듯이 베트남전쟁을 경험하게 되면서 참전자들의 꿈과 기대는 상당 부분 환멸로 변화한다. 세계를 움직이는 정치적 권력에 대한 자각, 지구상의 극심한 빈부 격차에 대한 인식, 참전 한국 군인들이 보여주는 물질에 대한 탐욕에 대한 환멸 등에 더하여 한국 군인들을 혼란에 빠지게 만든 것은 실망스러운 베트남인들의 모습이다. 박영한 소설의 여러 장면에는 자국의 민주주의를 지켜내고자 하는 의지의 부족을 드러내는 대다수 베트남인들에 대한 실망감이 드러난다. 그처럼 주인공이 전쟁의 실상을 알게 되면 될수록 그는 자신의 참전에 대해 회의하게 된다. 참전하기 전에 그려보았던 전쟁의 모습과 베트남 땅에 발을 디디면서 깨닫게 된 전쟁의 실상 사이에 너무나 큰 격차가 있음을 알게 되었기 때문이다. '자유와 민주주의 수호'라는 참전의 목적이 퇴색될 수밖에 없음에 대한 자조적 목소리는 다음에서 가장 분명하게 드러난다.

자아, 우선 내가 무엇을 위해 간밤에 싸웠던가, 황은 소총을 갈기면서 생각했다. 월남을 위해서? 월남의 민주평화를 위해서? 그렇지라고 황은 되뇌었다. 교량을 위해서? 그렇지. 지루함과 엿같은 밤을 위해서? 어둠과 맹목의 시간을 위해? 교량 만세! 지루함 만세! 자아, 어머님 보십시오. 공산도배를 무찌르고 용감무쌍하게 돌아가는 당신의 늠름한 아들을……[82]

주지하다시피 베트남전쟁의 특징 중의 하나는 그 전쟁이 게릴라전이라는 것이었다. 베트남 공산주의자들은 게릴라 전법을 구사하기 일쑤였기 때문에 파견 한국군들은 이른바, '보이지 않는 적'에 대항하여 전투를 해나가야 했다. 승리하기 힘든 지역에 보내어져, 교량을 지켜낸다는 목적을 위하여, 밤새도록 모습을 드러내지 않는 적에 대항하여 싸운 후 황 병장은 위와 같이 독백한다. 핵심은 "무엇을 위해" 구절에 있는데 그 구절은 전투를 치르면서도 전쟁의 목적과 명분에 대해 회의할 수밖에 없었던 현실에 대한 좌절감을 드러낸다. "월남"과 "월남의 민주평화", 그리고 더 나아가 "공산도배를 무찌르고 용감무쌍하게 돌아가는"에서는 자조적 뉘앙스를 감지하게 되는 반면, "교량" "지루함" "엿같은 밤" "어둠과 맹목의 시간"이라는 표현은 오히려 현실감 있게 독자에게 다가온다. 주어진 명령에 따라 전투를 수행하면서도 전쟁의 이유 자체에 대해 회의하고 있는 주인공의 모습을 그 표현에서 다시금 확인할 수 있기 때문이다. "적어도 맹방으로서의 자유 수호 임무를 깨닫고 있는 자가 몇이 될 것인가"[72]라고 표현한 부분에서 볼 수 있듯, 주인공이 경험하는 전쟁의 의미에 대한 회의는 결코 몇 개인에게만 한정된 문제는 아니었다. 참전 한국 군인들의 상당수가 공유한 감정이었다고 보는 것이 더 적절하다.

그러나 박영한 소설에서 찾아볼 수 있는 베트남전쟁의 모습은 단순히 비판의 대상이기만 한 것은 아니다. 박영한은 전쟁이 보여주는 정치, 권력, 경제적 이익의 문제 등에 대해서는 비판적인 시각을 드러내면서도 그러한 작가의 의식이 소설 텍스트 자체를 압도할 정도로 전면에 부각되게 만들지는 않는다. 이는 작가 박영한을 한국의 기타 베트남전쟁소설 작가, 즉 황석영, 안정효와 구별되게 만드는 요소이다. 소설에서 제기하는 여러 가지 문제들, 즉 이데올로기와 국가 권력 등에 대한 문제 의식을 드러내면서도 박영한은 그러한 주제에 지나치게 매몰되어 텍스트가 소설 미학적 면에서 균형을 잃게 하지는 않는다. 비판 의식을 드러내면서도 한 걸음 물러나 그러한 주제에 대해 독자들이 스스로 생각할 수 있게 만들며 작가의 주장에 대해서는 유보적인 태도를 보여준다. 한국 군인의 파병 문제에 대해 서로 마찬가지이다. 파병의 의의에 대해 비판적인 시각을 드러내면서도 동시에 국가의 정책을 직접 비판하기보다는 이해하려는 태도를 보여준다. 즉 파병 결정은 정치적, 경제적 약소국으로서의 조국이 취할 수밖에 없었던 불가피한 것이라고 받아들인다. 국가 간의 권력 문제에 대한 비판적인 시각을 보일 때에도 박영한은 다양한 사회 문화적 요소들과 입장들의 차이를 모두 고려하고자 하는 태도를 보여준다. 그리하여 결과적으로 박영한의 텍스트에서는 베트남 파병에 대한 비판적 프로파간다propaganda의 성격이 그다지 강하게 드러나지는 않는다. 박영한은 자신이 이해한 바에 대해 해석하는 것을 다소 유보하는 듯한 자세로 그가 경험한 바의 현실을 그려내는 데에 집중한 작가라고 볼 수 있다.

무엇보다도 박영한 텍스트의 특징은 베트남전쟁의 장에서 작가가 가장 주목한 것이 전쟁을 겪고 있는 사람들이라는 데에 있다. 박영한은 작중 인물들의 인간적 고뇌를 재현하는데 가장 중점을 둠으로써 전쟁과 휴머니즘의 관계를 소설의 주제로 드러나게 한 것이다. 연구자들이 박영한을 휴머니즘의 입장에서 베트남전쟁을 재현한 작가라고 평가하는 것도 그런 이유에서이다. 그러나 그가 소설에 구현하는 휴머니즘은 전통적인 휴머니즘, 즉 1960년대 한국소설에 주로 나타난 바와 같은 반전 휴머니즘과는 매우 다른 양상을 띠게 된다. 그것은 그의 소설적 공간이 한반도가 아니라 베트남이라는 이국의 공간, 더구나 미군과 월맹, 월남인, 한국인 등이 함께 등장하는 다층적 공간이라는 점에 주로 기인한 것일 수도 있다. 또한 앞서 언급한 바와 같이 베트남인과 미국인 사이의 중간자적인 존재로서 한국 군인이 가지는 양가성에 기인한 것일 수도 있다. 소설의 마지막 장면에 이르러 등장 인물 키엠이 언급하는 바에 주목해보자. 키엠은 북베트남 공산주의에 동조하여 활동한 인물이다. "빌어먹을 이 세월이 죄다. 그 나라가 밉다고 해서 그 나라 사람을 미워할 수야 없지 않아?"[605] 탄식과도 같은 키엠의 말은 중요한 함의를 지니게 된다. 국가와 개인을 분리하여 보아야 한다는 그 말은, 개인과 집단과의 관계에 대한 중요한 교훈을 시사하고 있기 때문이다. 전쟁은 집단 간의 이해 관계의 대립에서 오는 것이고 개인은 그 집단을 구성하는 요소이다. 그러나 집단의 지향성과 이데올로기를 그 구성원인 개인에게 투사하는 일, 그리하여 한 개인으로서의 인간에 대한 혐오를 드러내는 것은 부당하다는 것을 키엠은 웅변하고 있다. 휴머니즘의 입장에서 개인을 바라보게 되면 그 개인은 인간 존재일 뿐이다. 인간 고유의 자유와 존엄성을 지닌 개체인 것이다. 그렇다면 모든 개인은 한편으로는 자신이 소속된 집단의 이데올로기에 희생당한 존재이며 그러므로 다른 이념을 지닌 집단으로부터 이념으로 인한 박해를 받을 이유가 없는 것이다. 박영한은 베트남전쟁의 참상과 부패, 전쟁 참가자들의 인간적 고뇌 등을 비판적으로 관찰하고 사실적으로 재현한다. 그러나 전쟁의 부조리와 모순을 구체적으로 다루면서도 국가와 이데올로기가 개인의 자유와 인간성에 대한 존중을 훼손해서는 안된다는 진리를 분명히 보여주고 있다.

박영한 텍스트에 대해 비판적 접근을 보여준 연구들은 대체적으로 박영한이 철저한 작가 의식을 드러내지 못했다고 지적했고 리얼리즘을 구현하는 데에서 부족하다는 점을 들었다. 텍스트에 구현된 다소 과도한 낭만적 요소들, 즉 빅 뚜이와 황 병장의 운명적 사랑이나 주인공이 지닌 낭만적 성향과 관념성, 그리고 비극적인 종결 등이 그러한 평가의 준거로 작동해 왔다. 그러나 그럼에도 불구하고 한국의 베트남전쟁소설의 계보에서 박영한은 가장 먼저 기입되어야 할 작가라고 할 수 있다. 가장 먼저 베트남전쟁의 실상을 핍진성 있게 재현한 작가이며, 베트남전쟁이 지닌 다양한 문제점들에 대해 살펴볼 수 있는 비판적 시각을 처음으로 본격적으로 개진한 작가가 박영한이기 때문이다. 베트남전쟁 기간 중 세계 곳곳에서 반전운동이 격렬하게 일어났지만 한국은 예외적으로 본격적인 반전운동을 가져보지 못한 나라이다. 국가 전체가 반공 이데올로기에 충실했던 시대, 그리고 대부분의 국민들이 베트남전쟁은 오로지 '자유 민주주의의 수호'를 위한 전쟁이라고 굳게 믿고 있던 시대에 박영한은 처음으로 새로운 시각에서 베트남전쟁을 볼 수 있게 만든 작가라 할 수 있다.

2. 황석영의『무기의 그늘』

오태호에 따르면제국의 표상 연구『무기의 그늘』은 원래 '난장'이라는 제목으로 1977년 11월~1978년 7월『한국문학』에 연재된 바 있다. 이후 황석영은 소설의 제목을 바꾸어『무기의 그늘』1형성사, 1985로 출간하였다. 2부는『월간조선』에 연재된 후『무기의 그늘』하권으로 1988년 형성사에서 출간되었다. 1992년에는 창작과비평에서『무기의 그늘』1·2로 새로이 출간하였다.

『무기의 그늘』을 이해하기 위해서는 먼저 작가의 창작 의도를 살펴볼 필요가 있다. 1992년 재발간 소설집의 서문에서 작가가 밝힌 바는『무기의 그늘』에 반영된 작가의 생각을 요약하여 보여준다. 그리고 작가의 생각은 바로 소설의 주제가 무엇인지 말해준다. 황석영은 "전쟁의 주체는 누구인가, 이 전쟁에서 미국은 무엇인가, 미국의 사회 내부에서 어떤 변화가 있어야 하는가, 아시아와 제3세계 민중은 어떤 사람들이고 무엇을 생각하나 등등 수많은 근본적인 접근"이 이전의 베트남전쟁 서사에서 결락된 부분이라고 밝힌다. 그리하여 "고통당한 아시아 민중의 보편적 삶과 투쟁의 정당성"을 드러내는 서사가 필요하다는 점을 강조한다.『무기의 그늘』 상, 1992, 5면 아시아 민중의 입장에서 베트남전쟁의 본질과 전개 양상을 새로이 조명해보고자 하는 것이 황석영이 『무기의 그늘』을 쓰게 된 계기임을 짐작할 수 있다. 즉, 황석영은 미국 작가들의 베트남전쟁 서사의 대척점에 놓인 글쓰기를 시도했다고 볼 수 있다.

황석영은 "휴머니즘이나 반전주의, 좋은 / 나쁜 군인의 반성적 기록물, 상처받은 개인이 내면 따위"를 재현하는 데에 치중된 것이 미국 작가의 베트남전쟁 서사의 특징이라고 밝힌 바 있다.『무기의 그늘』 상, 1992, 5면 다시 말해 작가는 미국문학의 장에서는 베트남전쟁문학은 막연한 휴머니즘에 이르는 것에 한정되거나 그 전쟁에 참가했던 인물들이 전쟁에서 얻게 된 트라우마의 재현을 위주로 하고 있다고 보고 있으며 그것을 미국문학의 한계로 파악한 것이다. 미국의 베트남전쟁 재현에 저항하는 서사에 주력하겠다는 것이 황석영의 창작 의도임이 분명해진다.

『무기의 그늘』이 출간된 이후 소설에 대한 평가는 호의적인 편이었다. 최원식은 주제의 중요성을 강조하면서 『무기의 그늘』이 베트남전쟁의 속성이 제국주의 전쟁이라는 점을 드러내고 있는 문학 텍스트라고 평가하였다. 동시에 비판적 시각을 보여주었는데, '중국과 소련 문제의 결락, 북베트남과 남베트남 사이의 모순에 대한 미비한 기술'을 소설의 미비점으로 함께 지적하기도 했다.최원식, 「민족문학과 반미문학」, 『창작과 비평』, 1988년 겨울 텍스트에 반영된 사회상과 이데올로기적 측면에 집중하여『무기의 그늘』이 베트남전쟁을 새로운 관점에서 바라볼 수 있게 해주는 소설이라고 긍정적으로 평가한 것이다. 백낙청은『무기의 그늘』이 베트남전쟁을 중심에 둔 베트남의 현실을 리얼리즘적으로 재현함으로써 베트남이 한국의 현실을 되비추어 주는 거울의 역할을 담당하게 해 준다고 지적하였다. 백낙청 또한 소설이 사회 현실의 반영이며 재현이어야 한다는 리얼리즘 문학론에 기초를 두고『무기의 그늘』이 지닌 문학사적 의미를 긍정적으로 확인한 것이다. 최원식과 백낙청의 평가에서 보듯『무기의 그늘』은 베트남전쟁의 본질이 자유와 민주주의 수호전쟁이라는 데에 있기 보다는 미국의 제국주의적 세력 확장 시도에 있다는 점을 본격적으로 드러낸 소설이라고 볼 수 있다. 김철의 평가도 소설에 반영된 작가 의식에 초점을 두고 긍정적으로 이루어졌다. 김철은 "한국인의 입장"에서 베트남전쟁 경험을 재현하였다는 데에서 소설의 의의를 찾는다. 김철 또한 한국군의 참전에 대해 매우 비판적인 입장을 보여주는데 "미국을 맹주로 하는 20세기 제국주의 침략전쟁에서의 하수인의 역할"을 한 것이라고 평가한다. 김철은 그러한 평가에 앞서 베트남전쟁은 베트남 민족의 "자기 해방 투쟁"이라는 점을 분명히 한다.김철, 「제국주의와 정치적 무의식」, 『문학과 사회』, 1990년 봄 김철 또한 식민주의에서 벗어나서 진정한 민족 독립을 이루고자 하는 베트남 민족과 그 독립을 제어하고 방해하면서 제국주의적 확장을 시도하는 미국의 대립으로 베트남전쟁을 파악한 것이다.

정호웅은 베트남전쟁을 제국주의 전쟁으로 파악할 수 있다는 점에서는 이상의 논자들과 의견을 같이 하면서도 보다 구체적으로 텍스트에 드러나는 바를 통하여 그러한 논지를 전개한다. 작가가 핍진성 있게 재현한 전시의 시장 경제에 주목한 것이다. 즉, 황석영이 섬세하고 치밀하게 묘사한 블랙마켓과 미군의 PX, 그리고 그러한 공간에서 교환되는 물자들의 재현에 주목하면서 베트남전쟁이 전지구적인 경제적 권력의 획득과 유지를 기획하는 제국주의 전쟁임을 작가가 잘 간파하고 있다고 평가한다. 그러나 정호웅은 한편으로는 소설의 미비점을 정확하게 지적하기도 한다. 작가가 베트남전쟁을 미국의 제국주의적 확장 시도로 이해하고 있다면 그에 비례하여 제국주의에 저항하는 베트남 사람들의 인식과 정서에 대해서도 충분히 재현했어야 하는데 그렇지 못했다고 비판한 것이다. 베트남 민족주의자들의 사상과 고뇌 등을 더욱 치밀하고 핍진성 있게 재현하지 못한 한계를 지적한 것이다. PX와 블랙마켓으로 대표되는 베트남전쟁의 이면을 통하여 그 전쟁의 기본적 성격이 자유 민주주의 수호를 위한 고귀한 전쟁이라고 평가받기 어렵다는 점을 드러낸 것은 황석영의 성취임에 분명하다. 한편으로는 베트남전쟁의 숨은 속성을 포착하여 재현하면서 전쟁의 제국주의적 속성을 드러내고 다른 한편으로는 베트남 민족이 끈질기게 외세에 저항하는 투쟁을 이어갈 수밖에 없었던 정황을 보다 사실적으로 그려내었다면 작가의 의도가 충분히 구현된 소설에 이르렀을 것이다.^{정호웅, 「베트남 민족 해방 투쟁의 안과밖 − 무기의 그늘론」, 『외국문학』, 1990년 봄}

정찬영은 황석영이 베트남전쟁에 참여한 다양한 주체들의 시각을 아우르고 있다는 점에 주목하여 그 문학적 성취를 확인하는 긍정적인 평가를 보여준다. "전쟁 당사자이면서 침략 주체인 미국의 식민주의적이고 제국주의적 성격과 미국에 종속된 한국의 입장과 자본주의적 편입을 기도하는 성격, 그리고 국민을 수탈하고 억압하는 남베트남의 권력층, 실질적 전쟁 당사자인 민족해방전선의 관점" 등을 작가가 통합하고 있다고 평가한 것이다.^{정찬영, 「사실의 재현과 기억, 연대를 위한 조건 − 무기의 그늘론」, 『현대문학이론연구』 제35집, 2008.12, 187~213면} 이상의 논자들의 견해를 종합하자면 황석영은 일정한 한계를 노정하면서도 베트남전쟁의 제국주의적 측면을 가장 구체적으로 인식하고 이를 소설로 재현하였다고 평가할 수 있다.

한국군의 베트남전 참전이 한국 현대사의 전개 과정에서 간과할 수 없는 특이하고 중요한 사건이었던 만큼 『무기의 그늘』은 한국문학사의 전개 과정에서 중요한 전환점을 제공한다고 볼 수 있다. 전쟁과 그 전쟁의 후유증과 부산물들을 재현한 문학 작품들은 한국문학사에서 중요한 역할을 담당해 왔다. 제2차 세계대전의 종식과 함께 독립을 이루었고 민족국가의 수립이 이루어지자마자 한국전쟁을 치렀으므로 전쟁은 한국 현대문학사의 중요한 주제이며 소재가 되어왔다. 그러나 베트남전쟁은 이전의 전쟁과는 전혀 다른 성격을 지닌 것이었으며 참전자들이 경험한 바도 매우 이질적인 것이었다. 베트남전쟁의 특수성을 참전 한국군의 경험을 중심에 두고 서술하면서 베트남전쟁의 본질을 작가 나름대로 분석하여 아시아인의 시각에서 본 베트남전쟁 재현으로 나아갔다는 데에 『무기의 그늘』의 문학적 가치가 놓인다고 볼 수 있다.

박영한이 베트남전쟁을 그리면서도 직접 전투 현장에서 체험한 바를 통하여, 한국인의 양가적 입장을 드러내고 베트남인을 바라보는 한국인의 복합적 시각을 재현하면서 동시에 그들이 미국의 거대한 정치적, 경제적 힘을 자각해나가는 경험의 장으로서 베트남전쟁을 재현했다면 황석영은 한편으로는 박영한의 한계를 넘어서고 있다. 황석영은 한국인의 체험을 재현하면서도 거칠게나마 구체적이고 확고한 이데올로기적 틀을 상정한 후 그 틀 안에서 비판적이고 분석적인 접근법으로 현실을 그려내었다고 볼 수 있다. 그리하여 박영한이 휴머니즘적 자세에 그치고 있다는 비판을 받는 반면 황석영은 리얼리즘적 방법론을 통해 보다 객관적이고 체계적인 방식으로 베트남전쟁을 재현하였다는 평가를 받게 된 것이다.

그러나 이처럼 작가가 분명한 이데올로기를 견지한 채 일정한 창작 방법론에 입각하여 현실을 재현하는 것은 마치 동전의 양면과도 같이 작동한다. 한편으로는 잘 구조화된 텍스트를 도출하게 하는 효과를 지니지만 다른 한편으로는 소설 미학을 훼손하는 결과에 이르게 하기도 한다. 앞에서 살펴본 바와 같이, 박영한의 텍스트에서는 소설의 주인공인 황 병장과 빅 뚜이의 낭만적 사랑이 소설의 중심적 요소가 되고 그것이 작가의 현실 이해 방식에 한계로 작용하고 있음을 볼 수 있다. 그와 마찬가지로 황석영의 경우, 작가 의식이 지나치게 강하게 전면에 드러나면서 소설의 여러 요소들이 서로 유기적이고 통합적으로 결합되지 못한 채, 작가의 선언적 재현에 종속되는 듯한 양상을 보이기도 한다. 베트남전쟁 기간 중에 발생한 밀라이학살사건을 재현한 바는 그 대표적인 경우라 할 수 있다. 마치도 뉴스 기사나 일종의 보고서를 삽입한 것처럼 그 일화가 텍스트에 개재해 있어 소설의 유기적 구조에는 분명히 부정적 영향을 끼치고 있다. 미국의 제국주의적 속성을 드러내고자 하는 작가의 의도에 잘 부합하는 것이 밀라이학살사건이라고 볼 수 있으므로 작가가 그 일화를 텍스트에서 배제하기는 어려웠을 것이다. 그러나 그 부분은 소설의 기타 요소와는 전혀 무관하게 소개되고 있으므로 소설의 미학을 훼손하는 요소로 작동하고 있다.

부연컨대 황석영은 베트남전쟁의 기본적 속성을 미국의 제국주의 전쟁으로 파악하고 있었다. 전쟁의 제국주의적 특징은 경제적 이익의 문제를 묘사한 부분에서 가장 두드러지게 나타나므로 황석영의 그러한 작가 의식이 가장 잘 드러나는 곳은 앞서 언급한 바와 같이 블랙마켓과 PX를 재현한 부분이다. 먼저, 황석영은 미국이 베트남전쟁에 개입하게 된 이유를 미국의 국가 이익에서 찾고 있다. 일종의 알레고리를 활용하여 그 점을 드러내는데 소설 속 인물인 토이의 말을 인용해보자.

나는 네 두 배 살았다. 그래 삶을 알지. 우리는 르 로이시장에서 삼대나 장사
해 먹은 집안이다. 장사꾼은 세상 물정은 큰 것이나 작은 것이나 모두 잘 볼 줄
안다. 어떤 장사꾼이 제 여편네를 매우 때리고 있는 남자를 보고 그 집에 들어
왔다. 그는 여편네에게 이익이 있음을 안다. 그래서 여편네 대신에 남편을 몹
시 두들겨주었다. 그랬더니 그 집의 형제들이 모두 나와 합세해서 장사꾼을 두
들겼다. 지치고 힘들어진 장사꾼이 이웃집 사람을 불렀다. 그 사람은 장사꾼을
돕는 것에 이익이 있음을 알았다. 그래서 그는 그 집의 싸움에 참견하게 되었
다. 어때 내 말이 불충분한가?『무기의 그늘』 상, 128면

토이의 설명에는 세 명의 주요 인물이 등장한다. 장사꾼과 어떤 남자,
그리고 그의 아내가 그 세 명의 인물에 해당한다. 그리고 부차적인 인물
로는 그 집의 형제들, 다시 말해 그 남자의 형제들과 이웃집 사람이 나타
난다. 그리고 그 모든 인물이 주목하고 있는 것은 '이익'이라고 볼 수 있
는데 이익이라는 어휘가 두 번 등장하는 데에서 그 점을 확인할 수 있다.
어떤 장사꾼이 자신과는 무관한, 부부의 집안 싸움에 개입하는 것도 이익
을 위해서이고 제3의 인물이 도움을 요청하는 장사꾼에게 협력하는 것
도 그 자신의 이익을 위해 그리하는 것으로 그려져 있다. 여기에서 장사
꾼은 미국을 지칭하고 남자는 북베트남, 아내는 남베트남을 각각 일컫는
다. 베트남 민족이 남과 북으로 나뉘어서 서로 때리면서 다투고 있을 때
미국이라는 장사꾼이 자신의 이익을 추구하면서 남베트남을 돕게 되었
다고 설명하고 있는 것이다. 마찬가지로 남자의 형제들이란 북베트남 공
산 세력을 돕는 중국과 소비에트 연합을 지칭하게 된다. 마지막으로 형제
들의 협조 때문에 그 남자가 세력을 늘리게 되자 불리해진 장사꾼은 다
시금 이웃집 사람의 도움을 요청하게 되는데 한국군의 베트남전쟁 파병

은 결국 장사꾼의 요청에 응하여 "그 집의 싸움에 참견"하게 된 것으로 설명하고 있다. 다소 거칠고 지나치게 암시적으로 요약되어 있기는 하지만 이 부분을 통하여 황석영은 베트남전쟁의 기본적 성격이 제국주의적 확장에 있다고 분명하게 드러낸다. 특히 남편으로 상징된 북베트남이 형제들의 도움을 받는다고 설명한 데에 이르면 북베트남이 중국과 소비에트 연합의 협조를 직, 간접적으로 받고 있었다는 점을 작가가 충분히 이해한 것으로 볼 수 있다.[2]

위의 인용에서 보듯, 황석영은 제국주의적 지배는 직접적인 무력 정복에 의한 지배 형태와는 달리 은밀하고 간접적인 방식으로 이루어진다는 점에 대해 선명하게 인식하고 있음을 보여준다. 제국주의적 지배는 경제적, 사회적, 문화적 영향력을 확대함으로써 상대가 자발적으로 스스로 그 체제에 길드는 데에 있다고 보고 있으며 그러한 경제적 침투가 직접 이루어지는 공간이 바로 베트남전쟁 중의 미군의 PX라고 이해하고 있다. 황석영이 PX를 재현한 바를 다소 길게 인용해보자.

PX란 무엇인가. 큰 함석창고 안에 벌어진 디즈니 랜드, 그리하여 지친 병사는 피묻은 군표 몇장으로 대량 산업 사회가 지어낸 소유의 꿈을 살 수가 있을 것이다. 오리도 토끼도 요정도 기계로 되어 뛰고 웃는다. 포장지와 상자에서는 느끼한 기름 냄새가 나고 그것은 꽃처럼 아름답다.

PX란 무엇인가. CBV 폭탄 한 개로 길이 1마일, 너비 4분의 1마일에 걸쳐서 백만 개 이상의 쇠파편을 뿌릴 수 있고, 3백 에이커를 단 4분 동안에 동물과 식

---

2 이후, 헨리 키신저가 대표하는 미 국무부가 중국과 소비에트 연합을 방문하여 외교전을 펼치면서 데땅트를 유도하여 북베트남을 고립시키고자 한 점을 고려하면 황석영은 베트남전쟁의 전개 양상을 매우 정확하게 그려내었다고 평가할 수 있다.

물이 살지 못할 고엽^{枯葉}지대로 만들 수 있는 기술을 가진 나라의 국민들이 사용하는 일상용품을 파는 곳이다.

PX란 무엇인가. 아메리카는 세계에서 가장 크고 가장 위대한 나라입니다, 라는 표어가 적힌 방패를 들고 로마식 단검을 들고서, 성조기의 옷을 입고 낯선 고장마다 나타나는 엉클 샘의 지붕밑 방이다. 원주민을 우스꽝스런 어릿광대로 바꾸고 환장하게 만들고 취하게 하며 모조리 내놓게 하고, 갈보와 목사와 무기 밀매업자가 사이좋게 드나들던 기병대 요새의 잡화점이다.

그리고 PX는 바나나와 한줌의 쌀만 있으면 오순도순 살아가는 아시아의 더러운 슬로프 헤드들에게 문명을 가르친다. 우유 및 비누로 세수하는 법과, 가슴을 시원하게 하는 코카콜라의 맛이며, 향수와 무지개색 과자와 드로프스와, 레이스 달린 잠옷과 고급시계와 보석반지를 포탄으로 곤죽이 되어버린 바라크 위에 쏟아낸다. 아시아인의 냄새 나는 식탁 위에 치즈가 올라가고 소녀들의 가랑이 속에서 빠져나간 콘돔이 아이들의 여린 손가락 위에서 춤춘다. 한번이라도 그 맛과 냄새와 감촉에 도취된 자는 결코 죽어서라도 잊을 수가 없다. 상품은 곧바로 생산자의 충복을 재생산해낸다. 아메리카의 재화에 손댄 자는 유에스 밀리터리의 낙인을 뇌리에 찍는다. 캔디와 초콜릿을 주워먹고 노래를 흥얼거리며 자라나는 아이들은 저들의 온정과 낙천주의를 신뢰한다. 시장의 왕성한 구매력과 흥청거리는 도시 경기와 골목에서의 열광과 도취는 전쟁의 열도에 비례한다. PX는 나무로 만든 말^馬이다. 또한 아메리카의 가장 강력한 신형 무기이다. 『무기의 그늘』 상, 66~67면

위는 주인공 안영규가 PX를 접하고 거기에 적재되고 진열된 물자들에 놀라면서 PX의 상품들을 통해 드러나는 미국 물질 문화의 압도적인 위력을 분석하고 있는 대목이다. PX로 상징되는 미국문화의 지배력을 작

가는 나무로 만든 말馬이라고 단적으로 일컫고 있다. 또한 그 말은 미국의 가장 강력한 신형무기라고 단정하기까지 한다. 나무로 만든 말이란 당연히 트로이의 목마를 지칭하는 것이다. 전리품으로 생각하고 경계 없이 들여 놓은 목마로 인하여 패망하게 된 한 민족의 역사에 대해 언급하고 있는 것이다. 표면적으로는 아무런 위협도 되지 못하는 것으로 보이지만 궁극적으로는 무시무시한 파괴력이 그 목마 안에 잠재되어 있다.

특히 미국의 물질 문명을 경계해야 하는 것은 그 물질 문명으로 인하여 원주민의 고유한 생활 방식이 파괴되고 변형된다는 점에 있기 때문이라고 일깨운다. "PX는 바나나와 한줌의 쌀만 있으면 오순도순 살아가는 아시아의 더러운 슬로프 헤드들에게 문명을 가르친다" 구절에서 보듯 한 번 미국의 풍부한 물자가 제공하는 쾌락에 길들게 되면 원주민들은 그동안 유지해 왔던 단순하고 소박한 삶의 방식을 더 이상 견지하기 어렵게 된다는 것을 깨닫게 한다. 전술한 바와 같이 트로이의 목마를 상기하게 하면서 작가 황석영은 물질주의와 소비주의 문명에 대한 강력한 경고의 메시지를 전달하고 있는 것이다. 그리하여 황석영의 『무기의 그늘』에 이르면 베트남전쟁 참여를 위한 명분이 되어 주었던 국가의 공적 담론, 즉 자유와 민주주의 수호의 이데올로기는 급격히 약화되는 것을 볼 수 있다. 베트남전쟁이 진행 중이던 시기, 베트남 공간에서 이루어지는 물질의 보급, 교환, 거래 등의 현실과 그러한 물질주의가 파생하는 사회 문화적 영향 앞에서 이념과 명분은 무력화되고 후퇴하는 것을 작가가 보여주기 때문이다. 숭고한 이데올로기보다는 물질 문명과 그 문명이 선사하는 단순한 욕망과 쾌락이 베트남전쟁 공간을 지배하는 것이었음을 『무기의 그늘』은 선명하게 드러내고 있다.

3. 안정효,『하얀 전쟁』 1·2·3부

작가 안정효는 1966년 백마부대에 소속되어 베트남전에 13개월 동안 참전한 바 있다. 1983년『실천문학』에 자신이 경험한 베트남전쟁을 소재로 한 소설을 발표하였으며 1985년,『전쟁과 도시』라는 제목으로 이를 출간하였다. 1989년 다시『하얀 전쟁』으로 제목을 바꾸어 고려원에서 출간하였다. 또한 그는 동일한 작품을 영어로 다시 써 1989년 미국의 소호 Soho출판사에서 *White Badge : a Novel of Korea*라는 제목으로 출간하였다. 이어 제2부『전쟁의 숲』과 제3부『에필로그를 위한 전쟁』을 집필하여 1993년『하얀 전쟁』 2·3으로 발간하였다. 2009년에는 대폭 손질된 개정판이 세경출판사에서 간행되었다. 또한『하얀 전쟁』은 동일한 제목으로 1992년 정지영 감독에 의해 영화로 제작되어 베트남전쟁에 대한 일반인의 관심을 증폭시킨 계기가 되기도 했다. 이 책에서는 1989년 발간본을 기본 텍스트로 삼는다.

『하얀 전쟁』에는 한기주라는 인물이 주인공으로, 변진수, 채무겸 등이 작중인물로 등장한다. 주인공 한기주는 지식인으로 설정되어 있어 베트남전쟁의 실체에 대하여 예민하게 분석하고자 하는 성향을 지닌 인물로 나타난다. 그리고 전쟁을 경험한 후 한국에 돌아와 심각한 외상후 스트레스 장애Post Traumatic Stress Disorder를 경험하며 직장에서나 가정에서의 생활에 어려움을 겪게 된다. 등장인물 변진수 또한 전쟁의 기억으로 인하여 정신착란증으로 고통을 받는다. 전쟁 경험에서 얻게 된 상흔이 일상생활로의 복귀를 어렵게 만들었기 때문이다. 따라서 변진수는 베트남전쟁의 외상후 스트레스 장애를 가장 극단적으로 드러내는 인물이라고 볼 수 있다.

안정효의『하얀 전쟁』은 박영한이나 황석영 소설과 비교하여볼 때 문학적 가치의 평가가 긍정적이었다고 보기 어렵다. 특히 김철은 『하얀 전쟁』 1권이 베트남전쟁에 대한 미국의 시각을 그대로 답습한 소설이라고 부정적으로 평가한 바 있다.[이평원 : 202에서 재인용] 안정효의 소설에는 그동안 알려지지 않았던 베트남전쟁의 실상들이 핍진성 있게 재현된 부분들이 다소 등장하면서 베트남전쟁에 내포된 인종, 민족, 권력 등의 모순을 노정하고 있는 것이 사실이다. 그러나 그럼에도 불구하고 안정효의 소설은 참전자의 트라우마 등을 강조하고 전쟁의 현실을 재현하는 데에 있어서는 다소 피상적인 수준에 머물고 있다는 비판이 우세한 편이었다. 박영한이 베트남전쟁의 본질이 자유 민주주의 수호전쟁이라는 공적 담론에 잘 부합하지 않으며 여러가지 민족적, 인종적, 제국주의적, 휴머니즘적 모순들을 드러내는 복합적인 전쟁이라는 점을 처음으로 문제 제기한 작가라는 것, 그리고 황석영이 베트남전쟁을 경제적 이익과 분리될 수 없는, 제국주의적 성격을 지닌 전쟁이라는 점을 재현하는 데에 주력한 작가로 인정 받는 것과는 대조적이다.

반면, 안정효 소설의 문학적 기여에 대해 긍정적 입장을 보여주는 연구로는 정인숙과 이평원의 논문을 들 수 있다. 정인숙은 안정효의 소설이 베트남 현실을 재현하는 동시에 한국 현실을 끊임없이 되돌아 보게 만들고 있다는 점을 고평한다. 특히 3부에서 주인공이 전쟁 이후 통일된 베트남을 재방문하는 모습을 보여줌으로써 분단국으로 남아 있는 한국 현실과의 대비를 가능하게 해준다고 강조한다.[정인숙 : 260~266] 정인숙이 지적한 바와 같이 안정효에게 있어서 베트남전쟁은 한국전쟁의 대타적 존재로서 큰 의미를 지니게 되는 역사적 사건이다. 한국전쟁과 나란히 놓고 볼 때에만 베트남전쟁은 한국인에게 큰 의미를 지니는 전쟁으로 다가올 수 있다. 베트남전쟁이 머나먼 이국 땅에서 벌어지는, 우리와는 무관한 전쟁이 아니라 우리의 현실을 반영하거나 대리하는 요소를 지닌 전쟁이기 때문이다. 안정효 소설의 다음 부분은 베트남전쟁과 한국전쟁의 유기적 관련성을 보여준다.

> 문화부의 김인숙 기자에게 어제 오후에 전화를 걸어 월남전에 관해서 써도 괜찮겠느냐고 물었더니 이성호 국장에게 확인하느라고 몇 분이 지난 다음에 조금쯤은 못마땅한 어조로 좋다고 그랬었다. 김기자의 목소리에서 나는 6·25는 우리 민족이 겪었으므로 시도 쓰고 뼈에 새겨야 할 역사요 전쟁이지만 월남전은 남들이 벌인 무슨 불꽃놀이 장난쯤이라는 선입견이 있는 듯한 인상을 받았다. 주먹밥을 쥔 채 눈밭에 버림을 받았던 여동생 기자에 대한 시보다는 나에게 더욱 생생하고 뼈아팠던 경험을 기록하려는 욕구가, 보통 사람들은 망실된 전설 정도로만 여기는 월남땅에서의 전쟁 얘기를 어딘가에 기록한 흔적을 남기고 싶은 욕구가 내 잠재 의식 속에 있었다. 『하얀 전쟁』 1, 62면

한국전쟁은 우리 민족의 현실에 직접적으로 연결된 것이고 베트남전쟁은 "남들이 벌인" 것이기에 우리와는 무관한 일이라는 것이 한국 사회에 지배적인 편견이었다. 그러므로 위는 이러한 편견에 저항하는 방식으로 안정효가 베트남전쟁 재현을 시도했다는 것을 알 수 있게 해주는 대목이다.

이평원 또한 안정효의 『하얀 전쟁』의 의미를 긍정적으로 평가한다. 베트남전쟁의 문학적 재현에 드러난 기억의 문제를 다루면서 안정효 소설이 "기억 속 베트남전쟁이 우리가 속한 공동체에서 물려 받은 집단 기존 기억으로 만들어졌음을 명확히 보여주는 것"이라고 평가한다.[213] 그는 안정효 소설의 중요한 구성 요소인 참전 트라우마라는 소재에 대해서도 긍정적으

로 평가한다. "실제 예술가들에겐 기술적 저장이 중요한 것이 아니라 예술적 토대가 되는 상흔이 훨씬 중요한 것"이라는 예술 이론에 기대어 기억의 중요성을 중심 소재로 삼은 안정효 소설의 가치를 추인하는 것이다.

『하얀 전쟁』이 한국의 다른 베트남전쟁소설과 구분되는 점은 작가가 베트남전쟁을 이전의 한국전쟁의 체험이나 이후의 한국의 정치 사회적 모순과 병치시키면서 한국의 베트남전 참전 의미를 직접적으로 묻는 데에 있다. 안정효는 한국 군인들이 베트남전에 참전함으로써 한국의 경제 발전에 어떤 식으로 기여하였는지 매우 구체적으로 밝힌다. 예를 들어 한국군이 미국 정부로부터 M16 총을 지급 받게 되면 그것을 전쟁이 끝난 후 본국으로 가져갈 수 있었고 참전자들이 그처럼 전쟁의 부산물들을 국내에 반입함으로써 한국 군대의 근대화에 기여하였다고 밝힌다.『하얀 전쟁』 1, 270~271면

안정효는 또한 6·25전쟁 직후의 피폐한 한국 경제에서 미국의 적십자사와 같은 구호 단체의 원조의 손길이 얼마나 대단하게 느껴졌던가를 그려낸다. 그리하여 이를 전쟁 중인 베트남의 참혹한 현실과 대비시킨다.WB:7

더 나아가 안정효는 베트남전쟁의 공간에서 드러난 인종 차별과 국가 간의 역학 관계를 지적한다. 이를테면 미군과 한국군에게 지급된 수당이 3배 이상의 차이가 났음을 생생하게 그린다. 더 나아가 동일한 전쟁 공간에서도 군인들이 받는 대접은 국가와 인종의 차이를 반영하고 있었다는 것을 보여준다. 미국으로부터 전쟁에 필요한 물자를 제공받았지만 구체적인 보급품에 차이가 있었음을 다음에서 볼 수 있다.

월남에서 우리들은 M-16을 얼마나 원했던가? 무겁고도 불편한, 8발 클립

산탄 장진식 단발 M-1소총을 들고 우리들은 자동화기를 휘두르던 베트콩과
월맹군을 맞아 싸우며 전쟁의 처음 몇 달을 치르었었다.『하얀 전쟁』1, 171면

한국 군인들이 이후에는 M-16을 지급받았고 그 총을 귀국시 국내에
들여오기도 했지만 위에서 보듯 보다 비효율적인 장비를 지급 받기도 했
던 것임을 알 수 있다. 안정효는 한국군과 미군, 그리고 베트남군 사이에
존재했던 수당의 차이나 지급받은 군수품의 차이에 그치지 않고 군인들
의 육체에 개입하는 국가와 인종의 권력 관계에 주목하여 그 차이들을
구체적으로 형상화하기도 한다. 즉 전사한 군인들의 시체가 그 국적과 인
종에 따라 어떻게 달리 다루어졌는지 재현한 것이다. 안정효가 묘사한 바
에 따르면 미군의 시체는 국가를 위해 희생한 사람의 유해를 다루기에
적합한 방식으로, 즉 영웅의 주검을 취급하는 방식으로 대접받는 것으로
그려진다. 그에 반하여 한국군의 시체는 훨씬 간단하게 다루어지는데 바
로 화장한 다음 자그마한 하얀 박스에 넣어 본국으로 보내진다. 그러나
베트남 군인이 사망할 경우에는 베트남인들은 미국인이나 한국인의 경
우보다 더 열악한 형태로 다루어지게 된다.[WB 143]『하얀 전쟁』1에서 변진
수 일병이 그 점을 언급하는 장면을 보자.

머리가 없는 시체는 정말 무서울 거예요. 양키들은 포탄에 찢긴 시체를 잘
꿰매고, 다듬고 얼굴 화장까지 해서 새 군복을 입혀 관에 넣어 냉동을 시켜 고
향으로 보낸다더군요. 한국군은 화장을 해서 하얀 상자에 담겨 돌아가고요. 월
남놈들은 전사를 하면 시체를 그냥 내버려 둬서 짐승들이 뜯어먹고, 재수가 좋
아 시체보관소로 가더라도 여자들이 찾아가 남편의 유해를 달라고 하면 아무
시체나 푸줏간 고기처럼 한 토막 뚝 잘라 준다대요.『하얀 전쟁』1, 152면

안정효는 그처럼 베트남전쟁의 현장에서 드러난 여러 가지 모순과 불평등의 장면들을 자신이 경험한 바 그대로 재현하면서 국제 질서 속에서 한국과 한국인의 위치를 기술하기에 이른다.

더 구체적으로 안정효는 미군과 베트남 군인을 성경에 등장하는 다윗과 골리앗에 비유하기도 한다. 미군을 자신이 속한 곳을 벗어나서는 어떻게 살아야 할지 몰라 하는, 추락하는 거만한 거인에 비유하기도 한다. 왜소한 아시아인들을 위해 싸우지만 그들의 존중을 받지 못하는 어리석은 거인으로 미군을 그린다. 그와 같은 안정효의 시각은 베트남전쟁 재현 담론을 주도해온 미국 작가의 작품들에 나타난 바와는 매우 대조적인 것이다. 미국 작가들의 문학 작품에 형상화된 미국 군인들은 명분이 불분명한 전쟁에 동원된 채 낯선 땅에 보내어지고 존재 이유를 고민하고 전쟁의 트라우마를 극복하지 못해 고통받는 인격체로 그려지곤 한다는 점을 상기하면 그 점이 분명해진다. 그러므로 안정효가 묘사한 미국 군인들의 모습은 미국문학에 재현된 바와는 큰 차이를 보이게 되고 그런 점에서 안정효 소설에는 아시아인의 고유한 시각이 드러나 있다고 긍정적으로 평가할 수 있다.

안정효가 재현한 베트남전쟁의 장에서 미군이 베트남의 현실과는 부조화를 이루는 기괴한 모습으로 재현된 것과 마찬가지로 한국 군인들의 모습 또한 베트남의 현실과 적절한 조화를 이루지 못하는 것으로 드러난다. 한국 군인들은 베트남인들과 유사하게 보이는 육체, 즉 아시아인의 신체적 특징을 지녔으면서도 미국 측으로부터 대부분의 군수 물자들을 제공 받았기에 외양으로 볼 때에는 미국 군인들과 크게 구별되지 않았다. 미국이 제공한 군모를 쓰고 군복을 입고 미국의 비상 식량을 먹으면서 전투에 임하는 아시아인들이 한국 군인들이었기 때문이다. 이처럼 베트남전쟁의 한국 군인들의 모습이 한편으로는 베트남인들과 가깝고 다른 한편으로는 미국인들에 근접한다고 볼 수 있는 것은 단지 외양만의 문제는 아니었다. 한국 군인들의 정체성 또한 그처럼 양가적이었으며 그 양가성은 국제 질서 속에서 한국이라는 국가가 지니고 있던 분열적 지위를 반영하는 것이기도 했다. 미국과 베트남 사이, 그 중간자적 위치에서 한국의 베트남전쟁 참전을 설명할 수 있다. 마찬가지로 한국이라는 국가가 지닌 그러한 중간자적 위치는 바로 한국 군인들의 애매한 정체성으로 연결될 수 밖에 없는 것이었다.

안정효의 소설에는 위에 든 점들 외에도 베트남전쟁의 실상들을 인지하게 해주고 그를 통해 한국군의 참전 의미와 가치를 평가해보게 해주는 다양한 모티프들이 다수 등장한다. 이를테면 그의 텍스트는 한국 군인들이 느꼈던 참전의 의미에 대한 의문과 그에 따른 내면적 고뇌와 회의, 한국 군인들이 베트콩이나 월맹 공산주의자들에 대해 느끼게 된 연민과 동정, 그리고 국내에 보도되고 홍보되는 베트남전의 양상과 보도되지 못하는 모습들에 대한 묘사 등을 보여준다. 그 모든 점들은 서로 연결되면서 베트남전쟁의 실제 모습을 재구성할 수 있게 해주는 중요한 요소로 작동한다. 안정효의 소설을 통해서 베트남전쟁, 그 재현 양상은 더욱 복합적인 것으로 변화해간다고 볼 수 있다. 먼저 한국 군인들이 스스로 회의해볼 수밖에 없었던 그들의 존재 의미raison d'être, 다시 말해 참전에 대한 자의식이 드러난 부분을 살펴보자.

별로 도움을 원하지도 않고 고마워하지도 않는 사람을 도와주는 듯한 기분이 자주 드는 까닭은 무엇일까? 베트남 민족은 전쟁으로 지칠대로 지쳐 의욕도, 희망도, 추진력도 잃었고, 이제는 아집과 독선과 이기주의와 동물적인 생존의 의식만 남았는지도 모른다. 그런 주인들을 지켜 줘야 한다는 묘한 필연성 때문에 아직 이 땅에 남은 병사들과 교체 병력으로 겁을 잔뜩 먹고 두리번거리며 월남땅에 도착하는 풋내기 신병들은 조금도 변함없는 똑같은 과정을 거치리라.

그들은 물소를 쏘아 갈길 것이며, 처음으로 살인을 할 것이며, 화약에 그을고 찢어진 인간의 살점을 보고 구토할 것이며, 고향의 편지를 그리워할 것이며, 들판에 나가면 스스로 생존해야 한다는 법칙을 배울 것이며, 누구는 죽을 것이며, 누구는 불구자가 될 것이며, 그리고 그들은 크고 작은 여러 전투를 거칠 것이며, 타인의 죽음에서 자신의 죽음을 볼 것이며, 대부분은 살아서 귀국선을 타리라.『하얀 전쟁』 1, 249~250면

막상 베트남 땅의 주인이며 베트남전쟁의 현장을 주도해야 할 주체인 베트남인들은 전쟁의 전개양상에 관심을 두지 않는 듯하고 승리에 대한 확신도 없으며 전쟁 자체에 대한 의욕이 없는 듯이 보인다. 위는 그런 그들을 위해 남의 땅에 와서 전쟁을 치르는 자신의 모습을 개탄하는 한국 군인의 모습을 보여주는 장면이다. 전쟁의 현실 속에서 명령에 따라 습관처럼 주어진 임무를 수행하다가 돌아가게 되는 한국 군인들의 처지를 그리면서 그에 대한 개탄의 정을 드러내고 있다. 그 밖에도 안정효는 베트남인들의 자유와 민주주의를 지켜주겠다는 목적으로 전쟁에 참가하게 된 한국군에게 막상 베트남인들은 감사해하지도 않고 오히려 적의를 드러내기도 했음을 보여준다.

월남인들은 이 전쟁이 우리들 탓이라고 생각해요. 그렇죠? 우리들하고 미군만 돌아가면 당장 전쟁이 끝나리라고 생각하는 거예요. 헌데 우린 무엇 때문에

이 고생을 하며 싸우다 죽나요? 고마워하지도 않는데 말이에요. 왜 쓸데없이 이런 나라에 와서 아까운 목숨이 죽나요?『하얀 전쟁』 1, 146~147면

이는 앞에서 보듯이, 도움을 주면서도 도움 받는 자들에게서 존경이나 감사 대신 증오와 원망을 받고 있음을 알게되면서 한국 군인들이 경험하게 된 내면적 혼란을 보여주는 대목이다.

그리고 안정효 작가의 소설에는 베트콩을 향한 한국 군인들의 복합적인 감정이 드러나 있다. 전쟁에 임하게 되면서부터 '적'으로 규정된 타자인 베트콩, 즉 공산주의 동조자들에 대해서조차 측은지심을 느끼게 되는 한국군의 모습을 발견할 수 있다.

베트콩들의 호주머니에서 발견되는 일기 수첩에는 나무와, 보름달과, 예쁜 여자와, 구름과, 산 따위 그림들이 자주 나온다. 그들은 외로움을 느끼며 나무 밑에 앉아 그런 그림을 그렸으리라. 그리고 그 초라한 벼룩을 잡으려고 우리들은 거대한 8인치 포로 정글을 두들겨 패고 끝없는 행군을 한다.『하얀 전쟁』 1, 256면

결국 가난하고 권력 없는 나라의 무력한 아시아인에 불과한 것이 베트콩이라는 이름으로 불리는 적일 터인데 그들도 근원적으로는 고독한 인간이기에 그 고독의 표현 앞에서는 동정심을 느끼게 되는 모습을 찾아볼 수 있다. 그리고 미국이 무수한 전비를 쏟아부으면서 전개하고 있는 베트남전쟁이 그처럼 무력한 적을 섬멸하기 위한 것이라는 점을 노정하면서 아이러니를 느끼게 만든다.

안정효의 소설에 드러나는 이러한 동정의 마음은 미국문학에서는 찾아보기 힘든 요소이다. 같은 아시아인으로서, 또 국제 질서 속에서 본다

면 지극히 무력한 아시아 약소국 민족의 일원으로서 한국군은 적을 향해서도 동정의 마음을 느낄 수밖에 없었다. 베트남전쟁의 당사자는 결국 남과 북의 베트남인이었다는 점, 그럼에도 불구하고 베트남인들이 자신들의 경험을 문학으로 재현한 경우는 세계문학의 장에서는 거의 알려진 바가 없었던 점을 고려한다면 안정효의 소설이 지니는 의미를 새롭게 해석할 수 있다. 더구나 안정효는『하얀 전쟁』1·2·3부를 축약하고 스스로 영어로 번역하여 영문판 소설을 발간하였다. 그 텍스트를 통해 영어권 독자에게 한국군의 베트남전쟁 체험을 소개하는 시도를 보여준 것이다. 안정효 소설의 영문판, *White Badge : a Novel of Korea*에 대한 이해는 영어권 문학시장에서의 수용 양상을 살펴본 이후에 가능할 것이지만 최소한 한국군이 베트남전쟁에 참가하였다는 역사적 사실을 기록으로 남기는 역할을 한 것은 상당히 의미 있는 일이라고 볼 수 있다.

소설의 미학적 측면, 즉 형식적 구성의 통일성이나, 문체의 문제 등을 중심으로 접근했을 때에는 안정효 소설에 대한 평가는 다양하게 나타날 수 있다. 그러나 이처럼 소설의 주제와 소재의 면에서 안정효가 베트남 공산주의자와 그 동조자들을 향하여 느끼는 동정심을 드러낸 점은 한국 작가의 특수성이라고 볼 수 있다. 베트남전쟁을 주제로 삼은 영어권 문학에서는 찾아보기 어려운 것이 바로 그 점이다. 전술한 바와 같이 한국문학이 베트남인들의 목소리를 우회적인 방법으로 대변하는 면이 있으며, 안정효의 텍스트는 그 점을 잘 보여주고 있다.

제2부

미국의
베트남전쟁소설

제1장 ──────── 미국문학 속의 베트남전쟁

1. 미국문학과 베트남전쟁

미국문학의 장에서 살펴볼 때 베트남전쟁문학의 범위는 한정적이라고 생각될 수 있다. 다양한 미국 현대문학 하위 장르 중의 하나에 그치는 것으로 파악될 수 있기 때문이다. 그러나 보다 구체적으로 살펴보면 미국의 베트남전쟁문학은 미국 현대문학의 특징을 설명하는, 하나의 뚜렷한 맥락을 독자적으로 구성하는 장르임을 알 수 있다.

베트남전쟁은 미국 현대사에서 복합적이고도 중요한 의미를 지닌 역사적 사건이다. 따라서 그 문학적 재현은 1960년대로부터 현재에 이르기까지의 미국 사회를 잘 반영한다. 그 시기 미국 사회와 문화가 변화해 온 양상을 거울처럼 비춘다고 할 수 있다. 미국 사회 내부에서 생성되고 변모하며 충돌하고 화해하는 복잡다단한 이념적, 인종적, 성별, 세대별 갈등이 고스란히 문학 텍스트에 반영되어 있기 때문이다. 더구나 베트남전쟁의 발단과 전개, 그리고 종식의 시기가 미국 사회에서 시민권운동이 탄생하여 성숙해 간 과정과 겹친다는 점을 상기한다면 베트남전쟁의 문화적 함의는 더욱 풍부해진다. 베트남전쟁 시기를 통과하면서 미국 사회 내부에서 그와 같은 다양한 변화가 일어났던 것이다. 백인, 남성, 유럽계 미국인을 정치, 경제, 사회, 문화의 고유하고도 중요한 주체라고 간주하던 경향이 베트남전쟁 시기를 거치면서 서서히 와해 되어 갔다. 베트남전쟁은 미국이 세계 질서를 유지하는 강력한 힘을 발휘하고자 했던 시기의 정점에서 발생하였다. 제2차 세계대전을 통하여 세계의 패권 국가로 부상한 미국이 세계 경찰을 자처하던 시기의 상징이 베트남전쟁 개입이라는 사건인 것이다. 베트남전쟁을 통하여 미국은 베트남이라는 타자와 조우하면서 국가의 비전을 재수립해 가는 과정을 겪게 되었다. 또한 미국 사회 내부에서 분출하는 변혁의 주장들을 수용하면서 타자들을 존중하는 문화적 환경을 형성하게 되었다고 볼 수 있다. 미국 사회 내부의 인종적, 성적, 계급적 소수자들이 자신을 주장하면서 자신들의 권리를 요구하고 주체성을 확립하게 되었다. 그러한 변화의 움직임들이 합해지면서 결국 미국 사회는 다문화주의적 가치를 존중하는 사회로 변모해갈 수 있었다. 그러므로 베트남전쟁은 미국 사회가 소수자의 권리에 대한 감수성을 향상하게 된 계기를 마련해 준 역사적 사건이라 할 수 있다. 따라서 베트남전쟁문학을 이해하는 것은 미국의 현대 사회와 문화를 이해하는 일이기도 하다. 베트남전쟁문학의 장에서 발견되는 다성적 목소리를 분석하고 종합함으로써 미국문화의 발전과정과 현재의 모습을 규명해 볼 수 있는 것이다.

미국 현대문학의 장을 살펴보면 베트남전쟁문학은 그 자체로 하나의 장르를 형성할 정도로 큰 비중을 차지하고 있다. 그것은 미국 현대사에서 베트남전쟁이 지니는 사회적 문화적 의미가 매우 크기도 하고 그 전쟁이 미국인의 집단 기억collective memory을 구성하는 중요한 요소이기 때문이기도 하다. 현대 미국 사회를 이해하기 위해서는 베트남전쟁을 이해하는 것이 필수적이라고 볼 수 있다.

베트남전쟁을 소재로 삼은 문학 텍스트가 증가함에 따라 텍스트에 재현된 베트남전쟁 재현의 주체와 주제도 매우 다양해졌다. 다시 한 번 티모시 롬페리스Timothy J. Lomperis를 인용하자면, 그는, "실제적으로 참여했든 안 했든 미국인들은 모두 베트남에 있었다". 그처럼 베트남전쟁의 경험과 기억은 미국인의 삶에 깊숙이 관여해왔다.[41] 전쟁을 경험했던 개인들이 지닌 기억들은 다양하여 일부는 공통성을 보여주기도 하지만 그 기억의 조각들 중에는 서로 충돌하거나 차이나는 요소들도 적지 않게 포함되어 있다. 그런 까닭에 베트남전쟁의 기억과 재현의 문제는 아직도 완결되지 않은 채 남아 있는 과제라 할 수 있다.

이제, 미국문학의 전개 과정을 통하여 베트남전쟁문학의 성격이 변화해 온 바를 살펴보기로 하자. 전통적으로 미국문학 연구의 장에서 주된 연구 대상이 되어온 베트남전쟁문학 텍스트들은 미국 남성 작가들의 목소리를 재현하는 것이었다. 그리하여 그들, 미국 남성들이 경험한 바가 베트남전쟁의 진실을 대변하는 것으로 간주되어 왔다. 그리고 문학적 재현에 등장하는 대부분의 미국 남성들은 백인이었다. 그들은 또한 교육을 충분히 받아 자신의 경험을 스스로 재현할 수 있는 주체들이었다. 다시 말해 미국의 베트남전쟁문학 작품 중 정전canon으로 인정 받아 온 텍스트들은 백인 남성 지식인들을 주인공으로 삼아 그들이 경험한 전쟁을 재현하는 것이 주를 이루었다고 볼 수 있다. 따라서 그 내용 또한 전쟁에 참가한 군인들이 경험한 내면적 갈등과 그들이 전쟁을 통해 얻은 트라우마 등을 주로 다룬 것이었다. 그처럼 제한된 주체들이 재현한 바의 베트남전쟁이 베트남전쟁에 대한 미국의 공적 기억을 구성하게 되는 결과에 이르렀다. 베트남전쟁을 직접 수행한 다양한 주체들의 복합적인 경험과 통합적인 공적 기억 사이에 일정한 간극이 개재하게 된 것이다. 즉, 미국의 공적 기억 속에 존재하는 베트남전쟁의 아이러니는 다양한 주체들이 전쟁에 참여하였음에도 불구하고 재현의 장에서는 백인 남성 주체들이 그 전쟁의 주역이었던 것처럼 남게 되었다는 점에 있다.

이에 대해 보다 구체적으로 살펴보자. 다양한 역사적 기록이 증언하듯 사실상 미국의 베트남전쟁에는 다수의 아프리카계 미국인을 포함한 소수 인종 미국인들이 군인으로 참가하였다. 그러한 베트남전쟁의 실상은 제2차 세계대전의 경우와는 확연한 대조를 이룬다. 제2차 세계대전의 경우, 미국인 참전자의 대다수가 백인이었음에 반하여 베트남전쟁의 참전자 중에는 아프리카계 미국인이 다수를 차지했기 때문이다. 제2차 세계대전에 미국 사회의 지도층이 참전하고 그 결과 그 참전자들이 다시 스스로에게 영웅적 권위를 부여할 수 있었던 것과는 뚜렷한 대조를 이룬다. 베트남전쟁에는 사회의 엘리트 계층이 아니라, 사회적, 경제적으로 소외된 중산층 이하의 사람들이 주로 참전하였던 것이다. 그 점에 주목하면서 영화감독 올리버 스톤Oliver Stone은 베트남전쟁은 "우리의 하인들이 치른 전쟁"이라고 언급하기도 했다. 그처럼 아프리카계 미국인을 비롯한 소수 인종 미국인들은 베트남전쟁에서 중요한 역할을 담당하였음에도 불구하고 미국의 공적 기억에서 지워졌다. 그들이 기억하는 바의 전쟁 경험은 재현의 기회를 얻지 못하고 배제되었던 것이다. 롬페리스는 베트남전쟁의 기억에서 제일 먼저 지워질 존재들이 흑인 병사들Black Americans이라고 지적한 바 있다.[4] 롬페리스의 지적처럼 미국의 베트남전쟁은 마치도 백인들이 주된 구성원이 되어 치른 전쟁인 것처럼 재현되어왔다.

미국의 베트남전쟁 주체 재현의 문제는 아프리카계 미국인을 위시한 소수 인종 미국인들에게만 한정된 것이 아니었다. 그들이 전쟁의 재현에서 주변적 존재로 다루어졌던 것과 마찬가지로 전쟁에 기여했던 미국 여성들이나 외국 국적 참전자들의 경험도 미국의 베트남전쟁문학 담론에서 대부분 배제되어 왔다. 전술한 바 있듯이 전쟁의 전개 과정에서 미국은 UN의 도움을 받는 대신에 외국 군인들의 참전을 필요로 하게 되었다. '더 많은 깃발들more flags'이라는 이름 하에 외국의 군사원조를 요청하였던 것이다. 그 결과 오스트레일리아, 한국, 태국, 필리핀군 등이 미군과 함께 전쟁에 참여하게 되었다. 그러나 베트남전쟁에 참전하였던 외국 군인들의 존재는 미국의 공적 기억에 거의 남아 있지 않다. 그들의 경험이 재현된 문학 작품들이 소수 존재하고 그 중 일부는 영어로 번역되기도 하였다. 그러나 그 텍스트들은 미국의 베트남전쟁문학 담론의 형성에는 거의 영향을 미치지 못했다. 미국의 베트남전쟁은 마치도 오로지 미국인, 그것도 다수의 백인 남성들이 치른 전쟁인 것처럼 재현되고 기억되고 있는 것이다.

그러나, 이처럼 미국의 베트남전쟁이 지닌 복합적 성격이 기억과 재현을 통해 충분히 드러나지 못하고 있지만 그 중에서도 가장 문제적인 것은 베트남 사람들이 담론 형성에서 배제되어 왔다는 사실이다. 베트남전쟁의 중심에 놓인 채 운명적으로 전쟁의 현실에 내몰리었으며 그 결과 전쟁 희생자의 절대다수를 이루게 된 존재가 베트남 사람들이다. 그와 같은 베트남인들의 경험과 기억이 미국의 베트남전쟁 담론에서 배제되어 왔다면 미국의 공적 기억 속에 존재하는 베트남전쟁은 전쟁의 실상과는 매우 거리가 먼 것이라 할 수 있다.

이 점에 대해 보다 자세히 살펴보자. 미국이 자국에서 멀리 떨어진 아시아의 국가에서 전쟁을 시작하면서 미국인들은 남북의 베트남인들과 조우할 수 밖에 없었다. 그럼에도 불구하고 그 베트남의 문화와 베트남인들의 경험은 미국문화 내부, 재현의 영역에서 대부분 배제되어 왔다. 베트남이라는 공간과 베트남인들이 제한적으로나마 재현의 장에 등장할 경우에도 베트남은 적응하기 힘든 지형과 기후를 지닌 '이상한 나라'로 재현되었다. 미국문화에 반영된 바를 살펴보면 베트남인들은 이해하기 어려운 존재들로, 베트남인들의 생각과 감정을 이해한다는 것은 거의 불가능에 가까운 일로 묘사되곤 했다. 베트남인들을 이해하는 일은 "바람을 읽기"와 같다고 표현한 데에서 그 점을 확인할 수 있다.

베트남인들의 사유 방식과 문화를 이해하기 어렵다고 본 미국인들의 체험은 다양한 표현 방식을 통해 기록된 바 있다. 먼저 앞서 든 "바람을 읽기"라는 비유에서 보듯 이해 불가능한 존재가 베트남인들이라고 인식되었다. 당대 주베트남 미국 대사는 "베트남은 양방향 고속도로였다. 한 방향은 미국을 향하고 다른 한쪽은 베트남을 향해 달리지만 교차로가 없는 고속도로"라고 회고하기도 했다.^{Lomperis : 3에서 재인용} 전쟁 당시 미 국무부 장관이었던 헨리 키신저^{Henry Kissinger}는 북베트남인들과 휴전 협상을 진행하면서 느낀 좌절감과 곤혹스러움을 한 권의 회고록으로 출판하기도 했다.『베트남전쟁을 끝내며―미국의 베트남전 참전과 철수의 역사*Ending the Vietnam War : A History of America's Involvement in and Extrication from the Vietnam War*』가 그 책이다. 키신저가 자세하고도 길게 묘사한 바와 같이 미국인의 합리주의적 사고 방식으로 접근할 때 베트남인들은 이해할 수 없고 대화나 소통이 불가능한 대상이었다.[1]

문학만이 아니라 영상적 재현에서도 그 점은 마찬가지였다. 베트남전쟁을 소재나 주제로 삼은 미국 영화들의 대부분은 미국인 남성을 주인공으로 삼아 그들의 고통스러운 전쟁 경험을 그리고 그 내면적 상처를 재현하는 데에 초점을 맞추어 왔다. 영화에서 베트남인들은 마치도 소품처럼 다루어질 뿐이었다. 〈디어헌터〉나 〈람보〉를 위시한 미국 헐리우드의

---

1   키신저의 회고록은 베트남전쟁에 있어서 사실상의 미국 측 지휘자였던 키신저가 공개하는, 전쟁의 이면사적인 성격을 지닌다. 회고록의 형식을 취하면서도 미국의 공적 담론을 재확인하는 기록물로 이해할 수 있다. 전쟁의 총사령관이었던 로버트 맥나마라(Robert S. McNamara)의 『회상―베트남의 비극과 교훈(*In Retrospect : The Tragedy and Lessons of Vietnam*)』과 더불어 베트남전쟁에 관한 미국의 공적 기억을 대변한다. 이 책에 언급된 키신저와 맥나마라의 저서는 아직 한국어로 번역되지 않았다.

베트남 영화에 등장하는 베트남인들은 주역은커녕 조역도 맡지 못하고 엑스트라로 잠깐 등장하여 포탄에 죽어가는 장면을 연출하는 데에 동원되곤 했다. 앞서 든 올리버 스톤 감독은 그런 헐리우드 영화의 재현 방식에 저항하면서 비판적인 시각으로 베트남전쟁을 재현하고자 한 예외적인 인물이다.

요약하자면, 미국의 베트남전쟁문학에서 베트남과 베트남인들은 타자의 위치에 존재하면서 침묵할 수밖에 없는 대상이었다. 베트남인들은 대상화되었고 주체로서의 미국인이 학습한 인식 코드에 따라 관찰, 분석, 이해되고 다시 재현되어야 하는 객체로 주로 재현되어 온 것이다. 베트남인들의 입장과 시각에서 새롭게 재현된 베트남전쟁을 발견할 수 있게 되기까지는 상당한 시간의 경과가 필요했다. 『전쟁의 슬픔』과 같은 베트남인의 소설이 번역되고 전쟁의 난민으로 미국에 정착하게 되었던 베트남계 미국인들이 부모 세대의 전쟁 기억과 자신들의 유년기의 기억을 발화할 수 있게 되면서 미국의 베트남전쟁문학의 폭이 확장되고 그 깊이도 심화되었다고 볼 수 있다.

2. 베트남전쟁과 미국 사회 문화의 변화

베트남전쟁이 미국 현대사에 한 획을 긋는 중요한 사건 중의 하나라는 것은 전쟁 기간 동안 58,000명 가량의 미국인이 희생되었다는 사실만으로도 확인할 수 있다.[Park : 3] 그처럼 많은 수의 미국인이 희생되었음에도 불구하고 베트남전쟁은 미국인이 그다지 기억하고 싶지 않아 하는 전쟁으로 남아 있다. 베트남전쟁은 역사상 거의 유일하게 미국이 패전한 경우에 해당한다고 알려져 있는데 엄청난 군수품과 인력을 투입하고도 전쟁에서 승리하지 못했다는 사실은 미국으로서는 자랑스러울 수 없는 일이다. 물론 이에 대해서는 이의를 제기하는 학자들도 존재한다. 예를 들어 밀턴 베이츠^{Milton Bates} 등은 알려진 바와는 달리 미국 역사를 구체적으로 살펴보면 미국이 패전한 경우가 다수 있다고 주장한다. 그럼에도 불구하고 베트남전쟁이 미국 사회 내부에 불러온 변화는 결코 적지 않다. 베트남전쟁 기간은 미국 시민권운동의 시기와 겹치면서 그 시기 미국문화는 급격하게 진보적 방향으로 선회하게 되었다. 따라서, 베트남전쟁의 발단과 전개 과정 그리고 영향은 1960년대와 1970년대의 미국 사회 문화의 변화를 설명하는 데에 있어서 큰 역할을 담당한다고 볼 수 있다. 베트남전쟁 시기 반전운동가들이 전개한, 자유와 평등, 평화를 위한 투쟁은 아프리카계 미국인들의 인권과 여성 주체들의 권리를 위한 요구와 나란히 전개되었다. 그리하여 반전운동의 성취는 곧 아프리카계 미국인의 인권 향상에 기여하게 되었다. 또한 그 시기 여성의 주체성을 향상시키는 데에도 베트남전쟁이 불러온 인식의 변화가 큰 역할을 담당했다. 여성의 권리 획득을 위한 페미니즘운동은 동시에 반전운동이기도 했던 것이다. 이에 대해 밀턴 베이츠는 사회의 한 영역에서 이루어진 진보적 성취는 곧 다른 영역으로 이전하여 영향력을 행사하게 되고 그리하여 사회 내부의 여러 영역 간에는 상호 자극과 상호 상승 효과가 나타나게 된다고 주장한다. 베이츠는 그 적절한 예로서 '외상후 증후군^{Post Traumatic Stress Disorder}'이 공식적인 병리 현상으로 사회적 인정을 받게 된 과정을 든다. 베트남전쟁이 참전자에게 심리적 외상을 안겨주었다는 것이 공식적으로 인정받게 되고 PTSD 치료가 그런 증후군 환자에 대한 보상의 역할을 맡게 된 이후, 그 변화는 젠더의 영역으로 파급되었던 것이다. 그리하여 젠더 영역에서도 성폭력 희생자의 외상후 증후군이 사회적으로 인정받으면서 희생자에 대한 치료가 함께 이루어지게 되었음을 고려하면 베이츠가 주장한 것처럼 베트남전쟁과 그에 대한 반전운동을 전개하면서 미국 사회는 보다 성숙한 시민권 의식을 갖게 되었다는 것을 알 수 있다. 그리고 시민권운동의 정신은 젠더와 인종 등의 영역에서 여성 주체성과 아프리카계 미국인들의 주체성을 확고하게 만드는 결과를 낳게 되었음을 확인할 수 있다.

이상에서 살펴본 바와 같이 1960년대 이후의 미국 사회 문화의 변화 과정에는 베트남전쟁, 페미니즘, 아프리카계 미국인의 인권운동이 핵심적인 요소로 자리 잡고 있음을 알 수 있다. 따라서 베트남전쟁의 재현을 보다 폭 넓게, 다양한 시각에서 다시 살피는 것은 미국 사회를 보다 다각적으로 이해하기 위해서 꼭 필요한 일이다.

3. 미국의 베트남전쟁 내러티브들 1990년대 이전

전술한 바와 같이 베트남전쟁문학의 대표적인 작품으로 주로 다루어져 온 미국 남성 작가의 작품들, 팀 오브라이언*Tim O'Brien*, 필립 카푸토*Philip Caputo*, 마이클 허*Michael Herr*, 구스타프 하스포드*Gustav Hasford*의 작품들은 대체로 자신들의 참전 경험을 중심으로 전쟁의 광기와 혼돈, 모순, 상처 받은 개인의 내면, 미국 정부와 사회에 대한 분노 등을 재현하고 있다. 팀 오브라이언은 미국의 대표적인 베트남전 소설 작가로서 그의 작품들,『전쟁터에서 죽는다면, 나를 박스에 넣어 집으로 부쳐주시오*If I die in a Combat Zone, Box Me Up and Ship me Home*』,『그들이 지닌 것들─소설집*The Things they carried*』,『카치아토를 좇아서*Going after Cacciato*』 등은 모두 베트남전을 다루고 있다. 1994

년 작『숲의 호수에서*In the Lake of the Woods*』또한 베트남전쟁을 소재로 한 소설이다. 필립 카푸토는『전쟁의 소문*Rumor of War*』를, 마이클 허는『특파원 속보*Dispatches*』를 썼다. 하스포드는『단기병들*Short Timers*』로 유명하다.

미국 여성 작가의 작품 중 베트남전쟁을 소재로 다룬 것으로는 바비 앤 메이슨*Bobbie Ann Mason*의『베트남에서*In Country*』, 제인 앤 필립스*Jayne Anne Phillips*의『기계의 꿈*Machine Dreams*』, 그리고 조안 디디언*Joan Didion*의『민주주의*Domocracy*』를 들 수 있다. 미국 여성 작가들은 남성 작가들과는 달리 직접적인 참전 경험이 없는 까닭에 여성 주인공을 중심으로 하여 간접적으로 경험한 베트남전쟁을 재현한다는 공통점을 보여준다. 메이슨과 필립스는 전쟁을 전후한 미국 사회의 변화를 미시적인 가족사 서술의 형태로 증언한다는 특징을 보여준다. 또한 여성 주인공을 중심으로 하여 아버지나 국가, 더 나아가 역사의 권위authority에 도전하는 글쓰기를 시도한다는 공통점을 보여준다. 먼저 메이슨 소설은 등장인물인 여주인공 샘Sam이 그의 삼촌과 아버지라는 두 남성 인물을 통해 간접적으로 전쟁을 재구성해보는 모습을 보여준다. 그리하여 베트남전쟁이 야기한 모순과 혼돈의 기원을 묻는다. 삼촌은 베트남전쟁 참전 후 고향으로 돌아온 퇴역 군인이지만 미국 사회에 적응하기를 거부하면서 자신만의 고유한 삶의 방식을 찾아간다. 아버지는 전쟁 중 사망한 인물이고 따라서 그 유복자로 태어난 주인공은 아버지의 흔적을 찾아가며 아버지가 경험한 베트남전쟁의 본질을 파악하고자 노력한다.

그런데『베트남에서』의 마지막 부분에 이르러 주인공이 마침내 재구성해 낸 전사자 아버지는 주인공 샘에게 매우 실망스러운 존재로 드러난다. 그는 글도 제대로 쓰지 못하는 데에다가 편협한 인종주의자의 면모를 지닌 인물로 그려진다. 그처럼 그리워했음에도 불구하고 실망스럽기만

한 아버지를 발견하는 것은 미국의 베트남전쟁 참전에 대한 직접적인 비판을 대신하는 것으로 이해할 수 있다. 텍스트에서 주인공 샘은 베트남전쟁의 정체를 찾아 헤매는 인물이었으므로 주인공의 실망은 미국의 베트남전쟁 자체에 대한 회의를 보여준다고 볼 수 있다. 주인공 샘을 통해 제기된 의문은 다음과 같이 요약해 볼 수 있다. 첫째, 베트남전후 세대 미국인의 모습은 어떠한가? 둘째, 그들은 부모 세대인 베트남전쟁 세대와 무엇을 공유하고 어떻게 그들과 구별되는가? 셋째, 『베트남에서』에 등장하는 부차적 인물들, 즉 주인공의 할머니, 어머니, 삼촌의 모습은 미국문화의 어떤 면모를 구현해내고 있는가? 이러한 질문들은 궁극적으로는 '대다수의 일반 미국인들에게 베트남전쟁은 무엇인가,' 그리고 '전후 세대는 베트남전쟁을 어떻게 이해하고 평가하는가'라는 질문이기도 하다. 바바라 라이언Barbara T. Ryan은 "신이거나 자연이거나 아버지이거나 간에 궁극적인 권위가 『베트남에서』에는 결여되어 있다"[199]고 지적한 바 있다. 주인공 샘, 즉 전후 세대 미국 여성을 통해 드러나는 것은 권위를 상실한 국가, 그리고 영웅성을 훼손당한 아버지의 모습에 다름 아니다. 이와 같은 베트남전쟁에 대한 이해의 새로운 모습을 텍스트에 구현함으로써 작가 메이슨은 미국 사회 내부에 자리 잡은, 베트남전쟁에 대한 미국인의 비판적 재인식을 그려낸다고 볼 수 있다.

필립스의 『기계의 꿈』은 베트남전쟁을 전후한 시기의 미국 사회를 재현하면서 한 가족 구성원의 개인적 기억을 교차하여 보여주는 형식을 취한다. 1960년대 미국 사회의 큰 변화들, 이를테면 달 착륙 사건 등을 개인이 어떻게 기억하는가를 보여주는 식이다. 작가는 가족 구성원들의 소박한 일상을 세심하게 그린 다음에 그 일상성을 배경으로 하여 베트남전쟁에의 징집과 훈련, 그리고 실종사건들이 등장하게 한다. 그리고 그런 트라우마 속에서 와해되는 개인들의 일상을 다시 그린다. 그리하여 필립스의 가족 서사는 독자들로 하여금 베트남전쟁을 후방에서 간접 체험할 수 있게 하는 효과를 불러 일으킨다. 가족 구성원들의 기억을 교차 서술하는 방식으로 전개되는 필립스의 서사는 전통적이고 전형적인 소설의 서술 방식과는 확연히 다른 것이다. 그처럼 질서 정연하고 기승전결이 뚜렷한 이야기를 거부하는 필립스의 내러티브는 전형적인 영웅 서사로서의 소설 서사를 넘어서고자 하는 작가의 의도를 보여준다. 그 결과 필립스의 해체 서사는 파편화된 기억의 조합으로 역사를 재구성하는 효과를 지니게 된다. 필립스가 보여주는 것은 전쟁의 주역으로서 남성이 경험한 베트남전쟁이 아니라 전쟁을 간접 경험한 여성의 전쟁이며 베트남에서의 직접 경험이 아니라 미국 사회 내부에서 간접적으로 경험한 전쟁인 것이다.

간호사로 베트남전에 참전하였다가 전쟁 회고록을 남긴 린다 반 더반테Lynda Van Devanter는 다음과 같이 언급한 바 있다. "내 이야기는 단정하고 잘 짜여진 이야기가 아니다. 사랑은 있었지만 흔히 보는 아름다운 사랑이야기가 아니고, 영웅은 있었지만 대단하고 영웅적인 전쟁이야기는 없다. 승자도 있다. 그러나 승자와 패자를 구분하기는 아주 어려울 것이다."[2] 더반테가 지적한 바와 같이 파편화된 기억들을 잇대어 가는 서술 방식을 취하면서 필립스는 그런 비선조적 서술을 통해 베트남전쟁의 속성을 드러내는 시도를 보여준 것이다. 소설 여주인공 대너Danner는 동생이 베트남에서 실종되었다는 소식을 접한 이후 동생의 목숨을 앗아간 국가로부터 엄청난 배신감을 느끼고 복수심에 불탄다. 닉슨 대통령을 죽이고 용병을 사서 베트남에 날아가 동생을 구해오고 싶다고 토로한다. 대너가 느끼

---

2   Van Devanter, Lynda, *Home Before Morning*, p. 13.

는 분노와 실망감은 미국 땅에서 베트남전쟁을 간접 경험한 미국인들의 정서를 잘 반영하고 있다. "정부에 배반당했다고 느꼈다. 아니 나는 배반을 예견하고 있기는 했다. 다만 이 정도로 심각한 배반을 기대하지 못했을 뿐이다. 이렇게 오래 전쟁이 계속되고 그 전쟁을 내가 살아내야 한다는 것을 몰랐던 것이다."[3]

필립스의 소설은 전쟁 참전자가 아니라 '남겨진 사람들'의 삶을 통해 대다수의 미국인들이 경험한 베트남전쟁을 재현한다는 데에서 그 의미를 찾을 수 있다. 남성 작가들의 내러티브는 전쟁을 직접 경험했다는 사실에 기초를 둔 서사의 권위에 주목한 반면, 여성 작가 필립스의 서사는 남성 작가들의 서사가 노정하는 결락 부분을 채우고 메꾸어간다. 전장에서의 죽음이나 그 죽음을 목도한 자의 트라우마가 고통스러운 만큼이나 후방에 남겨진 채 상실을 경험하는 이의 트라우마도 그러하다는 것을 보여준다. 더 구체적으로, 필립스의 텍스트에 등장하는, 아들을 잃은 어머니의 탄식을 살펴보자. "제 자식보다도 더 오래 산다면 살아가기는 하겠지. 진짜로 사는 순간이 조금이라도 있을지는 모르는 일이지."[4] 그 탄식의 목소리는 육체와 죽음을 단순화, 대상화, 물질화하면서 전쟁을 수행해야 하는 참전자-남성들이 죽음을 대하는 방식과 대조를 이룬다. 이를테면 하스포드의 『단기병들』의 구절들을 상기해 볼 수 있다. "해병은 죽는다. 죽으러 왔으니까. 그러나 해병대는 영원히 존속할 것이다."[5] "우리의 살인 충동이 선명하고도 강렬하지 않으면 우리는 진실의 순간에 머뭇거릴 것이다. 못 죽일 것이다. 우리가 죽고 말 것이다. 그러면 시궁창에 빠

---

3   Phillips, Jane Anne, *Machine Dreams* (New York : Pocket, 1985), p.368.
4   Ibid., p.368.
5   Hasford, Gustav, *The Short-Timers* (New York : Bantam, 1979), p.9.

지는 것이나 마찬가지로 일이 꼬일 것이다. 해병은 국가의 허락이 없이는 죽으면 안 되기 때문이다. 우리는 정부의 소유물인 것이다."[6] 죽이지 않으면 살아남지 못하는 전쟁터에서 죽임이나 죽음은 죽음 고유의 의미를 상실하고 기계적이고 단순한 일과로 변한다. 그래서 하스포드는 "우리는 총알로 우리 자신을 정의했다"고 쓴다.[7] 전쟁터에서 그처럼 사소해진 죽음의 의미가 제대로 복원되고 애도의 대상이 되는 것은 여성들의 내러티브를 통해서라고 볼 수 있다.

디디언의 『민주주의』의 경우에도 등장인물들은 대부분 직접 전쟁을 경험하지 못하고 미국에 남아서 전쟁 기간을 보낸 사람들로 설정되어 있다. 일상생활을 영위하면서도 베트남전쟁의 자장 속에서 하루하루를 보낼 수밖에 없었던 미국인들의 삶과 그들이 나누었던 대화를 통해 미국 사회 문화 속의 베트남전쟁을 재현한다. 디디언의 특징은 전통적인 내러티브를 전복하면서 독자의 적극적인 해석적 개입을 유도하고 글쓰기 과정 중에 자신의 글쓰기를 의심하거나 부정하면서 의도적인 미완성의 텍스트를 보여준다는 데에 있다. 텍스트 자체가 한 편의 수수께끼처럼 보이도록 만들면서 작가가 지니는 서술의 권위authority를 스스로 해체하는 모습을 보여준다. 소설의 제목이 '민주주의'라는 것은 그런 점에서 매우 상징적이다. 베트남전쟁이라는 단일한 사건이 결코 단일하게 서술되어서는 안 된다는 점, 그 전쟁을 바라보는 주체가 지닌 다양한 요소들이 그 사건을 바라보는 시각과 입장을 결정하게 된다는 점을 보여준다. 베트남전쟁이 종식된 날, 소설 속의 두 인물이 나누는 대화는 그 점을 간명하게 드러내 보여준다. "사이공 함락"이라고 한 인물이 표현하자 다른 인물은 "사이공 해방"이라

---

6   Ibid., p.13.
7   Ibid., p.133.

고 그 언급에 응답한다. 베트남전쟁은 서술 주체의 입장에 따라 민족 해방 전쟁이 될 수도 있고, 하인들의 전쟁이 되기도 하고, 제국주의적 경제전쟁으로 이해되기도 하고, 자유와 민주주의 수호를 위한 고귀한 전쟁이 되기도 한다는 것을 디디언의 텍스트는 암시하고 있다. 디디언의 서사는 직접적인 베트남전의 재현이라기 보다는 작가 고유의 해체적 내러티브를 통해 베트남전의 문학적 재현에 대해 문제 제기를 시도 하고 있다. 디디언은 전통적인 선조적 서술 기법을 사용하지 않는 것은 물론이고 텍스트의 곳곳에서 저자의 권위를 능동적이고 적극적으로 부인하고 해체하며 스스로 서사의 진행을 차단한다. 한 문장은 씌어지자 마자 새로 씌어지고 또 다시 다른 문장에 의해 부정된다. 독자는 저자의 의도적인 해체적 문장을 뚫고 들어가 베트남전쟁을 이해할 수 있다. 텍스트에 등장하는 한 구절은 『민주주의』의 주제를 암시한다. "모든 정보는 유용하다. 부정확한 정보는 정보제공자에 대한 정확한 정보이다."[8] 그래서 디디언은 이를테면 베트남전쟁에서 일어난 양민학살사건에 대해서 서술하고 묘사하는 리얼리즘적 방법을 취하지 않으면서도 베트남에서 학살이 일상사였음을 암시하는 내러티브를 여기저기 산발적으로 징후로써 보여준다.

한 지도에는 나타나 있지만 다른 지도에는 나타나 있지 않은 라오스의 한 동네가 있다면 그것은 정찰에서 실수를 해서 그런 것이 아니다. 그것은 동네의 인구가 몰살당했다는 것이다. 이 지도와 저 지도가 그려지는 사이에 어느 아침 여자, 남자, 어른, 아이 할 것 없이 한 줄로 세워 놓고 하천으로 불도우저가 밀어버렸다는 것을 뜻한다.[9]

---

8   Didion, Joan, *Democracy*(New York : Pocket books, 1984), p.35.
9   Ibid., p.35.

전통적인 내러티브와는 달리 생략과 함축을 충분히 포함한 서사를 구현하면서 디디언은 텍스트 자체가 작가의 의도를 스스로 드러내게 만든다. 저자의 권위를 계속해서 부인해 가면서 진행되는 디디언의 내러티브는 일종의 '게릴라식 글쓰기'에 해당한다고 볼 수 있다. 그래서 디디언의 소설은 한편으로는 포스트모더니즘적인 서사라고 부를 수 있다. 저자와 독자, 주인공과 인물, 주체와 객체의 경계를 지우며 해체적인 글쓰기로 베트남전쟁을 그린 텍스트이기 때문이다.

그 밖에도 인종, 계급, 국가의 관계가 얽혀 있는 베트남전쟁의 성격을 이해하기 위해서는 전쟁의 직접적인 피해자인 베트남인들의 경험을 반드시 살펴보아야 한다. 베트남 여성의 자서전적 내러티브는 위에 든 작가들의 텍스트에 나타난 내러티브와는 확연히 분리된다. 르 리 헤이슬립^{Le Ly Hayslip}의 자서전, 『하늘과 땅이 바뀌었을 때*When Heaven and Earth Changed Their Places*』는 그 점에서 아주 중요한 텍스트이다. 미국인의 눈으로 볼 때에는 표정도 없고 생각도 없고 정체를 알 수 없는 것이 베트남인이었다. 그런 베트남인, 즉 미국인의 시각에서는 '목소리 없는' 바람처럼 보이던 존재가 텍스트를 통해 발화하고 있기 때문이다. 제일 먼저 헤이슬립은 미국이 베트남전쟁에 개입하게 된 일의 불합리성을 먼저 지적한다. 단순한 어린 아이로서 자신이 가졌던 최초의 의문이 바로 '왜 미국은 베트남전쟁에 참여하였는가'였다는 점을 증언하고 있는 것이다. 미국처럼 크고 부강한 나라가 왜 베트남처럼 작고 보잘 것 없는 나라에서 전쟁을 하는 것인지 이해할 수 없었다고 토로한다. 그런 다음 헤이슬립은 자신의 인생을 통하여 베트남 민족이 통과한 역사의 질곡들을 증언한다. 헤이슬립은 베트남이 프랑스의 지배로부터 벗어나기 위하여 독립전쟁을 치르고 있던 때에 보낸 소녀 시절을 회상하는 데에서 출발하여 베트남 역사의 모티프들을 생생하게 증언한다. 미국인의 베트남전 내러티브가 무모하고 혼돈된 전쟁에 대한 고발을 중심으로 하며 미국인 자신들의 심리적 상처에 더욱 주목하고 있다는 점과 대조를 이룬다. 즉 미국 작가들의 서사에서는 미국인 자신들을 제외한 타자들, 그중에서도 특히 전쟁의 궁극적인 희생자라 부를 수 있는 베트남인들에 대한 관심을 찾아보기 어렵다. 그에 반하여 헤이슬립은 피지배자의 시각에서 자신의 경험을 서술한다. 헤이슬립의 텍스트는 개인적인 의문, 경험, 기억, 증언이 교차되어 직조된 전형적인 자서전적 내러티브이다. 그리하여 미국문학 속의 궁극적인 결핍에 해당하는 타자의 목소리, 즉 들리지 않았던 목소리를 직접 제공한다. 베트남 땅에서 전개된 베트남전쟁으로 인하여 가장 큰 피해를 입은 존재는 누구보다도 베트남인들이다. 전쟁의 사상자 중에는 베트남인들의 수가 가장 많다. 그럼에도 불구하고 그 궁극적인 피해자의 목소리는 지워진 채 침묵속에 들어 있었다고 볼 수 있는데 헤이슬립이 그 침묵을 깨고 베트남인이 본 베트남전쟁을 증언한 것이다. 헤이슬립의 증언은 미국 국가가 제공하는 전통적이고 권위적인authoritative 베트남전쟁 담론, 즉 미국은 동남아시아의 자유와 민주주의를 수호하려고 개입했었다는 공적 담론에 이의를 제기하고 이를 부정한다. 공적 담론의 권위를 해체하면서 무력한 국가의 구성원이 겪어야 했던 전쟁의 참혹상과 비극성을 고발한다. 베트남 토착민이 겪어야 했던 인간성의 훼손과 가족의 해체, 개인적, 집단적 외상trauma에 대해 증언하는 것이다. 그 결과 헤이슬립의 자서전은 베트남 전쟁에 대한 미국의 공적 담론에 대한 저항 담론을 형성하는 데에 기여하게 된다. 이상에서 살펴본 바와 같이 미국문학 속의 베트남전쟁은 경험과 서술의 주체에 따라 다양한 형태로 재현되어 왔다. 그러한 재현의 다양성은 베트남전쟁이 지닌 복합적 성격을 드러내는 것이기도 하다.

그 밖에도 아직 침묵 속에 머물러 있는, 발화되지 않은 목소리는 더 찾아볼 수 있다. 미국 여성들 중에서도 간호사나 사무원으로 베트남전쟁에 참전했던 여성들은 자신들의 기여에 대해 국가가 보다 선명하게 인지해줄 것을 요구하고 있다. 그들은 베트남전쟁에 대한 미국의 공적 기억에서 자신들의 존재가 소외된 것에 대해 항의 시위를 벌이기도 하였다. 자신들의 고유한 경험을 서술하여 책으로 펴내기도 했다. 자신들의 존재와 국가에 기여한 바를 공적 기억 속에 재기입하고자 시도한 것이다. 예를 들어, 아직 한국어 번역은 없지만 린다 반 더반테Lynda Van Devanter의 『아침이 되기 전에 집으로Home Before Morning』, 위니 스미스Winnie Smith의 『전쟁에 나간 미국의 딸들American Daughters Gone to War』 등은 미국 여성의 참전 경험을 재현한 텍스트들이다. 그러나 그러한 시도에도 불구하고 여성 주체를 포함한 소수자들의 참전 경험은 여전히 충분한 주목을 받고 있다고 보기 어렵다. 여전히 소수자들의 기억은 대체로 베트남전쟁 서사의 주변부에 머물고 있는 상태이다. 그들의 서사를 수용하여 그 경험의 특수성을 함께 고려하게 될 때 베트남전쟁의 복합적 성격은 더욱 선명하게 드러나게 될 것이다.

4. 1990년대 이후 미국의 베트남전쟁 내러티브

종전 이후 약 20년의 세월이 경과한 1990년대 중반 이후 미국문학에 있어서의 베트남전쟁 재현에 변화가 이루어지기 시작하였으며 그런 변화는 2000년대 들어 본격화되었다. 그 변화의 핵심은 베트남전쟁 서사에서 소외되었던 타자들이 자신들의 경험에 대해 보다 적극적으로 발화하기 시작했다는 점이다. 즉 베트남전쟁 담론의 타자들이 재현의 주체로서 본격적으로 등장한 것이다. 새로이 부상한 소수자들의 경험을 다룬 텍스트들은 기존 미국문학의 정전적 텍스트들에 반영된 현실을 수정하고 그 함의를 재검토할 수 있는 근거를 제공한다. 새로이 부상한 소수 주체들의 텍스트를 통하여 백인 남성 지식인 중심의 미국 작가들이 재현한 베트남전쟁, 그 담론의 장에 수정을 요구할 수 있게 된 것이다. 그처럼 전혀 다른 시각을 통해 드러난 새로운 서사들의 등장은 미국의 베트남전쟁 문학 내부에서 일어난 중요한 변화라고 볼 수 있다. 상이한 성별, 계층, 국적, 문화적 전통을 지닌 다수의 작가들이 함께 기입하는 새로운 서사들로 인하여 베트남전쟁 재현의 장은 다성성polyphony의 장으로 변모하고 있다. 미국 백인 남성들이 전유한 담론의 장이 보편성universality을 지니지 못하면서도 마치 보편적인 경험인 것처럼 받아들여져 왔다면 이제는 다양한 주체들이 지닌 경험과 기억의 조각들이 기존의 보편성에 균열을 일으키면서 그 장을 보다 역동적인 것으로 변화시키고 있는 것이다.

그중에서도 주목할 것은 북베트남인, 전쟁 난민, 그리고 여성들의 경험이 본격적으로 서사를 통해 나타나기 시작했다는 점이다. 특히 북베트남인의 경험을 이해할 수 있게 되었다는 것은 새롭고도 유의미한 일이다. 공산주의자 북베트남인들은 미국인 주체의 입장에서는 자신들의 궁극적인 타자라 할 수 있다. 즉 '타자 중의 타자'인 것이다. 그들은 미국인들이 베트남전에 참전해야 하는 원인을 제공한 존재들이며 타도와 섬멸의 대상이었기 때문이다. 남베트남에 침투하여 게릴라전을 수행한 북베트남인들은 '베트콩Viet Cong'이라는 이름으로 불리었는데 전통적 미국문학의 장에서는 북베트남인들과 베트콩들은 함께 경멸과 조롱의 대상으로 재현되곤 했다. 비엣 탄 응웬Viet Thanh Nguyen의 『동반자The Sympathizer』에 묘사된 바와 같이 베트남인들은 한결같이 발화하거나 의미를 생성하지 못하는 존재, 단말마만을 뱉아낼 수 있는 인간 이하의 존재로 격하되어 재현되어 왔다.

그러나 북베트남 공산주의자들이 자신들이 경험한 전쟁을 증언하고 그들이 지녔던 신념에 대해 표현하기 시작했다. 그동안 침묵 속에 존재하던 북베트남인들의 목소리, 공란으로 남아 있던 그들에 대한 기억이 미국문화계에 등장한 것이다. 가장 대표적인 것으로 켄 번스^{Ken Burns} 감독의 도큐멘터리 〈베트남전쟁^{The Vietnam War}〉과 2015년 미국문학 부문의 퓰리처 상을 수상한 비엣 탄 응웬의 『동반자^{The Sympathizer}』를 들 수 있다. 또한 북베트남인 바오 닌^{Bao Ninh}의 소설 『전쟁의 슬픔^{The Sorrow of War}』이 번역을 통해 미국문화권에 수용되게 되었다. 특히 응웬의 『동반자』는 단순히 미국문학계에서 베트남전쟁문학의 장을 확대하고 재현의 깊이를 심화했다는 평가를 뛰어넘는 것으로 받아들여지고 있다. 타자의 시각을 바탕으로 삼은 그 서사가 단순히 '정체성 정치^{identity politics}'에 의해 평가받는 수준을 넘어선 것이다. 문학적 완성도와 성취가 미국문학의 발전에 중요한 기여를 하고 있음을 증명한 텍스트로까지 인정받게 되었다. 그처럼 베트남인들이 자신이 경험한 바들을 '말하기' 시작했으므로 이제는 이른바 '바람을 읽기'가 가능해졌다고도 볼 수 있다.

미국인들만의 배타적 체험에 바탕을 둔 베트남전의 기억이란 반쪽짜리 기억일 수 밖에 없으며 언젠가는 수정되어야 할, 왜곡된 것이라고 연구자들은 오랫동안 주장해 왔다. 예를 들어, 태평양의 양안에서 들려오는 목소리를 종합해야 한다고 롬페리스는 주장한 바 있다.[62] 장님이 코끼리에 대해 이해한 바의 조각들을 종합할 때에만 코끼리의 전모가 밝혀질 것이라고 비유적으로 지적하기도 했다. 전술한 바 있듯이, 밀턴 베이츠는 베트남전쟁의 기본적 성격은 "베트남에서 발생한 미국의 전쟁"이라고 선언한 바 있다. 미국 내의 성별, 계급, 인종적 모순들이 촉발한 것이 베트남전쟁이라고 분석한 것이다.

부연하거니와, 재현되지 못했던 타자의 목소리들이 등장함으로써 그동안 베트남전쟁의 재현 양상이 제한적이었다는 사실이 자명해짐을 알 수 있다. 예를 들어 1975년 4월 15일 미국이 베트남에서 철수하는 날은 미국인들의 집단 기억 속에서는 '베트남 패망의 날fall of Saigon'로 남아 있다. 미국에 의존해 왔던 남베트남인들과 베트남을 탈출하여 미국으로 이주한 베트남 피난민들에게도 그날은 패망의 날로 기억될 것이다. 그러나 그날은 남베트남의 수도 사이공에 입성한 북베트남인들에게는 '해방의 날'로 기록된다. 공산주의를 희망하지 않았지만 탈출하지 못했던, 민주주의 신봉자 남베트남인들은 패망과 해방 사이에서 곤혹스러웠을 것이라고 짐작해 볼 수 있다. 기존 미국문학의 전통 속에서 단선적인 시각을 통해 재현된 베트남전쟁문학에서는 북베트남인들을 이해할 수 있는 단서를 거의 발견할 수 없었다. 그들이 무엇을 생각하고 어떤 삶을 살았는지, 그리고 그들이 남베트남을 점령하면서 무엇을 느끼고 깨달았는지에 대해서는 더욱 그러했다. 그들은 미국인에게는 단순한 적이며 이해할 수 없는 대상으로 남아 있었기 때문이다. 1990년대 이후 다양한 주체들이 경험한 베트남전쟁이 재현의 장에 나타나기 시작하면서 미국의 베트남전쟁문학의 범위는 확대되고 텍스트에 대한 미학적 평가도 함께 높아지게 되었다. 베트남전쟁문학 텍스트가 보여준 그러한 성취는 단지 베트남전쟁 재현의 문제에만 한정되지 않고 미국문학 전반의 폭과 넓이를 확대하고 심화하는 효과를 지닌다고 평가받고 있다.

베트남전쟁의 직접적인 경험을 지니지 못한, 이른바 전쟁 미체험 세대 작가에 해당하면서 베트남전쟁을 다룬 미국 작가 중 가장 눈에 띄는 이는 비엣 탄 응웬이다. 그는 전쟁 난민으로 미국에 정착한 베트남계 미국 작가라고 부를 수 있다. 비엣 탄 응웬으로 대표되는 베트남계 미국인의 서사는 미국문학 속의 베트남전쟁 재현 연구에 있어서 매우 중요한 역할을 담당한다. 그것은 첫째, 응웬의 『동반자』의 주인공을 통해 확인할 수 있듯이 베트남계 미국인들은 부모 세대인 베트남인들의 경험을 구전을 통해 전수받고 재현하기 때문이다. 그리하여 전쟁 기간 동안에 발생한 동일한 사건이나 현상에 대하여 기존의 재현과는 전혀 다른 이해와 해석의 시각을 제공하게 된다. 또한 그들은 베트남 문화의 전통을 일부 유지하면서 미국인의 정체성을 획득한 존재들이기 때문에 백인 남성 미국인들 위주로 구성된 베트남전쟁 서사를 수정하면서 미국인과 미국문화의 정체성을 재검토할 수 있게 한다. 응웬의 텍스트를 통해 베트남계 미국인의 모습이 본격적으로 재현의 영역에 삽입되기에 이르렀다고 볼 수 있다.

또한 응웬은 미국이 베트남전쟁을 끝내고 철수하기 시작한 이후부터의 베트남 민족의 운명을 재현한다. 미국의 대통령이 "이제 다 끝났다. 망각하자"고 언급하는 그 시각에 미국이 포기한 공간에 남겨진 이들이 처절하게 마지막 비행기에 매달리고자 몸부림치는 모습을 재현한다. 베트남을 탈출하기 위하여 전쟁의 막바지에 베트남에서 벌어진 밀거래의 현장들이 응웬의 『동반자』에 담겨있다. 또한 그들이 보트 피플^{Boat People}이 되어 겪는 고난을 『동반자』는 그대로 재현하기도 한다.[10] 전쟁 난민 자격으로 미국에 도착하여 삶의 뿌리를 다시 내리는 베트남인들의 모습, 북베트남 공산주의자에 동조하면서도 미국문화의 일부가 되어가는 양가적

---

10   미군이 퇴각한 이후의 사이공의 모습은 한국 작가 박영한의 소설에도 핍진성 있게 묘사되어 있어 『머나먼 쏭바강』은 응웬의 텍스트와 상호조응을 이룬다.

가치관의 인물들을 응웬은 형상화한다. 그처럼 부재와 침묵 속에 머물러 있던 하위 주체들이 베트남전쟁에 대해 발화하면서 재현의 공간을 확장하는 것을 볼 수 있다. 그들의 발화는 베트남전쟁 재현의 하부 지식을 형성하면서 공적 담론에 저항하고 수정을 요구하고 있다.

북베트남인들의 경험을 증언하는 서사를 도입하여 기존의 서사와 대비하고 동일성과 차이를 검토하는 일은 미국의 베트남전쟁문학을 총체적으로 이해하는 데에 있어서 필수적이다. 타자의 존재 없이는 자아를 인식하기도 어렵다고 할 수 있는데 타자와 조우할 때에 비로소 자아의 모습이 분명해지기 때문이다. 타자의 존재를 대면할 때에만 거울을 통해 자기 모습을 다시 확인하는, 이른바 나르시시즘적 자세를 극복할 수 있을 것이다. 특히 응웬의 『동반자』에는 소설의 주인공이 미국 할리우드가 베트남전쟁을 전유하는 것에 대해 비판하면서 그 전유에 대한 대항의 가능성을 보여주는 에피소드가 등장한다. 그 에피소드는 베트남전쟁 재현에 있어서 할리우드 영화가 차지하는 비중을 재확인하게 한다.

또한 북베트남 작가의 텍스트로서 바오 닌의 『전쟁의 슬픔』에도 주목해야 한다. 『전쟁의 슬픔』은 가야트리 스피박이 명명한 바, '하위 주체'의 목소리를 제공하는 중요한 텍스트라 할 수 있다. 북베트남 공산주의자들과 그 동조자들은 미국문학에서 침묵하는 하위 주체에 해당하는 존재들이었다. 스스로 발화할 수 없는 것으로 여겨져 온 그 하위 주체가 스스로 자신의 경험을 서사로 드러내면서 자신들에 대한 편견을 수정하게 만들기 시작한 것이다. 『전쟁의 슬픔』은 '두더지 같고 교활한 대상'으로, 달리 말해 사물화된 '적'으로만 재현되었던 북베트남 공산주의자가 자신을 주인공으로 삼은 소설이다. 그 소설을 발간함으로써 작가는 그동안 침묵을 강요당했던 북베트남인의 목소리를 대변하고 그들의 서사를 담론의 장에 삽입한다. 공산주의자, 즉 미국의 적으로서 동일한 전쟁의 시간대를 거쳐온 자신의 삶을 기록으로 남긴 것이다. 따라서, 작가 바오닌의 서사를 통하여 인생을 송두리째 희생하고 전쟁의 승리를 얻어낸 북베트남인의 복합적인 심경을 이해할 수 있게 된다. 텍스트에는 자신의 성장 과정을 진술하는 작가의 회상 장면이 담겨 있는데 그 부분을 통하여 오랜 전쟁 속에서 순수를 잃고 인간 존엄성을 위협당한 북베트남인의 모습을 발견할 수 있다. "전쟁이 내가 누려야 할 자유를 박탈했다. 난 노예이다"라고 주인공인 북베트남인은 절규한다. 그의 절규에서 전쟁의 승자가 되었지만 인생에서는 패자일 수밖에 없는 북베트남 주체의 모습을 찾아볼 수 있게 되는 것이다.[Ninh: 79] 또한 텍스트의 주인공은 미국인과 그 동조 세력들인 제3국 사람들이 모두 떠나버린 사이공 시내에서는 어떤 장면이 연출되었는지에 대해서도 증언한다. 사이공 함락, 혹은 해방의 날에 사이공에 진입하면서 주인공은 반복적으로 방송을 들었다고 회상한다. 미국의 자본주의가 남겨놓고 간 문명의 산물들에 현혹되지 말라고 하는 스피커 연설이 끊임없이 이어졌다고 증언한다.[ninh: 80] 『전쟁의 슬픔』은 또한 승리에 도취하기는 커녕 새롭게 낯선 세계로 진입하게 되면서 불안과 긴장을 떨치지 못하는 공산주의자의 내면을 드러내 보여주기도 한다. 자신만의 고유한 시각으로, 후퇴하는 미국 군인들의 뒤를 이어 그들이 사이공에 입성하던 날의 모습을 기입함으로써 바오 닌은 미국문학 속에 등장한 1975년 4월 15일을 다층적으로 재구성하는 데에 기여한다. 해방이고 승리이므로 도취된 행진을 보여줄 수도 있었을 북베트남 군인들이 자본주의 문화의 유산으로 가득 차 휘황찬란한 사이공을 보면서 어리둥절해하고 당혹해한 모습들을 기록한다. 요컨대 바오 닌으로 대표되는 북베트남인들의 경험은 기존의 미국문학 텍스트에 나타난 바와 대조를 이루면서 두 이질적인 텍스트 사이의 대화적 공간을 가능하게 만든다.

또 다른 예를 들어보자. 미국문학 속의 베트남전쟁에 대해 언급할 때 그래함 그린Graham Green의 『조용한 미국인The Quiet American』은 가장 고전적인 작품으로 꼽히게 마련이다. 그러나 새로운 목소리가 등장하면서 그러한 정전 속의 전형성에 대한 비판도 함께 등장하게 되었다. 그린은 『조용한 미국인』에서 상투적이며 고정된 이미지로 베트남인, 특히 베트남 여성을 재현한 바 있다. 조용하고 말이 없으며 자신을 주장하지 않는 것이 동양 여성이라고 보는 편견을 자신의 텍스트상에서 재확인한 것이다. 그와 같은 서구인의 서사에 저항하며 비엣 탄 응웬은 『동반자』 텍스트 내부에 등장하는 인물의 대사를 통해 동양 여성에 대한 편견과 동양 여성의 전형성을 해체한다. 그리고 그 위치에 현실성 있는 베트남 여성의 일상을 대신 기입한다.nguyen : 100·114 그처럼 『동반자』는 내용의 면에서 다양한 사건과 대화를 통해 정전적 텍스트를 해체하면서 동시에 형식의 면에서도 소설과 비소설의 경계를 해체하기도 한다. 응웬은 소설 속 인물들로 하여금 미국의 정신과 철학을 비판하고 미국 현실의 아이러니들을 폭로하게 만든다. 미국학의 이론적 담론들을 소설 속 사건들로 변환하여 재현하기도 한다. 그러므로 그 점을 고려하면 응웬의 소설은 소설과 이론적 담론 사이의 이항 대립적 구분을 초월하고 있는 텍스트라 할 수 있다. 그러한 응웬의 서사 전략은 전후 세대 작가인 응웬이 스스로 학습한 탈식민주의 문학 담론을 창작에 효과적으로 활용하고 있는 것이라고 볼 수 있다. 그러한 비판적 시각을 드러내는 작가는 응웬에 한정되지 않는다. 『동반자』와 함께 남 르Nam Le의 『더 보트The Boat』 또한 하위 주체와 발화라는 주제를 중심으로 살펴보아야 할 텍스트이다. 『더 보트The Boat』에는 보트 피플의 일원이었던 아버지의 기억과 그 아버지의 기억을 대리 기술하려는 아들의 시도가 중심 주제로 등장한다. 하위 주체의 발화, 그 발화의 매개, 대리 기술의 핍진성에 대한 의심과 부정, 기억의 말살과 생존의 정치학, 말살된 기억의 복원을 위한 재시도 등의 주제가 텍스트에 등장함을 볼 수 있다. 영어라는 재현의 수단을 지닌 2세가 부모 세대의 경험을 대리 기술하게 될 때 그러한 대리 기술을 통한 기억의 보존은 완결되고 정합적인 형태로 이루어지기 어렵다. 대리인이 전수 받은 기억을 기술하는 것은 직접 경험한 자의 기억에 이를 만큼 완전하기 어렵기 때문이다. 그럼에도 불구하고 그 기억이 유실되지 않도록 불완전한 형태로나마, 결여된 바를 포함한 채로라도 보존하려는 시도는 여전히 중요하다. 하위 주체가 발화할 수 없거나 현실에 적응하기 위해 발화를 거부할 때 그 발화의 대리인이 시도하는 기억의 보존은 필연적으로 궁극적인 결과물이 아닌 하나의 '과정'으로 남아있게 된다. 그리고 그 과정에는 '협상'이 개재되기 마련이다. 남 르의 텍스트는 기억이 협상되는 과정을 드러낸다고 볼 수 있는데 그런 까닭에 그의 텍스트를 통하여 베트남전쟁의 역사와 현재성을 재확인할 수 있게 된다.

응웬과 남 르가 대표적으로 재현하는 바, '베트남인들이 재현의 주체로 등장하는 베트남전쟁'이라는 주제는 시 장르에서도 찾아볼 수 있다. 오션 브엉Ocean Vuong의 시들은 베트남인들의 시각에서 본 베트남전쟁, 그 경험과 기억의 문제를 서정시의 형식으로 드러내고 있다. 브엉은 영어를 모국어로 획득하여 시적 언어가 지니는 미묘하고 복합적인 특성, 즉 모호성ambiguity를 유감없이 발휘한다. 그리하여 그 시적 언어를 통하여 베트남전쟁의 복합적인 요소들과 전쟁의 이면에 깃들인 무수한 희생과 고통, 그리고 슬픔의 서정들이 텍스트화하는 것을 보여준다. 오션 브엉의 시 중에서 「폭파DetoNation」를 살펴보자.

“허?”로 끝나는 농담이 있다.

아버지가 여기 계신다고 말해주는 폭탄이다.

자, 여기 너의 폐 안에 아버지가 계신다.

보아라, 지구가 얼마나 더 가벼워 졌는지……

그날 이후에는.

“아버지”라는 단어를 쓰는 일조차

폭탄이 환히 밝힌 페이지로부터

그 날의 한 순간을 도려내는 일이다.

나를 익사시킬만큼 넘치는 빛이었다.

하지만 뼈를 파고 들어가 머물만큼

그렇게 충분하지는 않다.

“여기 머물지 말아라” 아버지는 말씀하셨다.

“꽃들의 이름으로 부러진 내 아들아”

“이제는 더는 울지 말아라”

그래서 나는 밤을 향해 뛰어들었다.

밤! 밤은 커져가는 나의 그림자,

아버지 쪽을 향해가는 그림자.

— 오션 브엉, 「폭파」(졸역)

There's a joke that ends with — "huh"?

It's the bomb saying here is your father.

Now here is your father inside

your lungs. Look how lighter

the earth is — afterward.

To even write the word "father"

is to carve a portion of the day

out of bomb-bright page.

There's enough light to drwon in

but never enough to enter the bones

and stay. "Don't stay here," he said my boy

broken by the names of flowers, Don't cry

anymore. So I ran into the night,

The night : my shadow growing

toward my father.

— Ocean Vuong, "Detonation"

위의 시는 브엉의 다른 작품들과 나란히 읽을 때 그 의미가 더욱 선명하게 드러날 텍스트이다. 텍스트에는 죽음이 만연한 전쟁터에서 아버지를 잃은 날의 정경이 생생하게 드러나 있다. 폭파의 순간, 선명하게 기억에 남은 빛을 중심으로 순식간에 생과 사가 나뉘어진 장면을 이 시에서 찾아볼 수 있다. 밤과 빛의 대조적인 이미지 속에서 망자와 망자에 대한 살아 남은 자의 기억이 텍스트에 교차하고 있다. 제목이 '폭파'를 의미하는 'detonation'이지만, 시인은 영어의 철자 중 N을 소문자가 아닌 대문자 N으로 표기한다. 그러한 창의적 표기법을 통하여 복합적인 의미를 드러내고자 하는 시인의 의도를 발견할 수 있다. 폭격으로 인해 파괴되고 와해된 것이 아버지라는 존재와 그가 거느린 한 가족이기도 하면서 동시에 베트남이라는 국가이기도 하다는 사실을 브엉은 제목을 그렇게 표기함으로써 드러내고자 한 것으로 해석할 수 있다.

　베트남전쟁이 종식된 지 오랜 시간이 경과했지만 미국문학 속의 베트남전쟁 재현은 획기적 변화를 보이면서 지속되고 있다. 그 변화의 중심에는 위에서 살펴본 바와 같이 베트남계 미국 작가와 시인이 존재하고 있다. 그들의 등장 이전에는 미국문학 속의 베트남과 베트남인은 서사의 주체가 아닌 대상으로만 주로 존재해 왔다. 따라서 그 과정에서 베트남인과 베트남 문화의 타자화가 자연스럽게 이루어졌다는 점을 부인하기 어렵다. 이제 베트남계 미국인들이 서술하는 베트남전쟁의 경험과 기억이 미국문학 속 베트남전쟁 재현의 장을 더욱 복합적이고 역동적인 방향으로 변화시키고 있다.

미국의 베트남전쟁소설과 죽음의 문제
미국 여성 작가들의 베트남전쟁소설

1. 냉전시대의 재인식과 베트남전

냉전시대에 대한 재인식이 한 인류학자의 저서에 의해 촉발되고 있다. 권헌익Heonik Kwon의 *The Other Cold War*, 즉, 『또 하나의 냉전—인류학으로 본 냉전의 역사』라는 저서이다. 그 책에서 저자는 인류학, 정치학, 심리학 등의 다양한 담론들을 아우르며 '냉전시대'를 새로이 조명한다. 대다수의 사람들에게 냉전시대는 소련이 대표하는 공산주의권과 미국이 대표하는 자유 민주주의권의 정치적, 이념적 대립과 갈등의 시대로 이해되어 왔다. 그리고 1989년 동유럽 공산주의 블록의 붕괴로 막을 내린, 과거의 시대로 인식되어 왔다.

권헌익은 그와 같은 접근법을 넘어서, 지구의 각기 다른 지역, 각기 다른 문화권의 사람들이 다양한 방식으로 경험한 충돌의 기억들에 집중하면서 냉전시대의 의미를 새롭게 찾는다. 개별화된 미시적 기억을 낱낱이 재구성할 때에 비로소 냉전시대의 참 모습이 도출될 수 있다고 주장한다. 먼저 저자는 '1989년 이후'라는 표현 자체에 대하여 문제를 제기한다. 그 표현은 마치 냉전시대가 단일하고 전지구적으로 통합된 현상이었던 것 같은 잘못된 인상을 공고히 한다고 주장한다.Kwon : 26 기존의 냉전시대에 대한 인식이 단선적이고 서구중심주의적인 것이었음을 지적하면서 권헌익은 대안으로서 "냉전시대를 유럽의 상상된 전쟁으로 이해하는 인식에서 벗어나 전지구적 역사로 다시 볼 것"을 제안한다.[Kwon : 36] 즉, 미국이나 소련이라는 정치 체제[state]와 그 양국을 중심에 둔 지역 정치적 함의[geopoliticality]에서 벗어나 지구상의 주변 지역, 주변적 정치 체제들이 실제로 통과해 간 시대의 경험, 기억, 기록, 역사들을 바탕으로 냉전시대는 다시 서술되어야 한다는 것이다.

좀 더 구체적으로 권헌익은 메리 칼도[Mary Kaldor]의 주장에 기대어 서유럽 국가들과 그들의 식민지였던 국가들의 역사적 현실을 대조한다. '냉전시대'라고 불린 동일한 시대, 이들 두 지역 국가들이 얼마나 대조적인 정치 사회적 현실을 경험했는지 지적한 것이다. 그 부분을 직접 인용해 보자.

메리 칼도의 주장에 따르자면, 서유럽에서는 냉전은 "상상된 전쟁"이었다. 총체적 전쟁의 위협을 상호 견제하면서 평화를 유지해가는 부정형적 조건[anomalous condition]이었다. 칼도는 제2차 세계대전이 끝난 후 새로운 외부의 적이 등장하게 됨으로써 서구 국가들은 내부적 갈등과 과거의 고통을 극복할 수 있었다고 주장한다. 이는 동구권에서 소련의 정치력 확장과 동구권의 정치적 통합을 또한 가능하게 했다. 반면, 동일한 상황에서 이전 유럽의 식민지였던 아시아와 아프리카 국가들은 국내 정치 세력들이 이념적으로 급격하게 양분되고 그 양분은 결국 참혹한 내전으로 연결되었으며 그 내전에는 외국 세력의 개입이 빈번하게 이루어졌다.[Kwon : 26~27]

냉전시대에 대한 칼도의 지적과 권헌익의 시각은 우리 역사에 많은 시사점을 제공한다. 한국전쟁으로 불리는 6·25, 그리고 그 뒤를 이어 발생한 베트남전쟁은 한국의 현대사에서 매우 중요한 비중을 차지하고 있는 역사적 사건이며 두 전쟁 모두 이른바 냉전시대에 발생하였기 때문이다. 제2차 세계대전 이후, 동서를 막론하고 유럽 국가들이 '이념 전쟁ideology war'이라는 상상된 전쟁을 치르며 정치적 결속력을 다지고 경제적 우위를 공고히 하는 동안, 한국과 베트남을 위시한 아시아와 아프리카 국가들은 동일한 '이념'의 이름으로 동족 상잔, 분열, 파괴를 겪었던 것이 부인할 수 없는 역사적 사실이다. 더 나아가 내전 이전과 이후에도 빈번했던 검열, 항거국가의 입장에서는 종종 '폭동'으로 불리었던, 살육진압의 기억은 한국 현대사의 중요한 특징이다.[1]

베트남의 경우도 마찬가지이다. 베트남 역사 또한 상당 부분 한국 현대사의 궤적과 일치하는 모습을 보여주거나 유사한 경험을 포함한다. 한국과 베트남은 역사적으로 식민지 경험, 탈식민주의, 내전 등과 같은 경험을 공유하고 있다. 더 나아가 한국이 베트남전에 한국군을 파병하였으므로 한국과 베트남의 관계는 더욱 미묘한 양상으로 발전하게 되었다. 양국은 냉전시대의 희생자적 역할을 담당한 아시아 국가라는 공통점을 지니면서도 동시에 한국군이 미군의 우방군 자격으로 베트남전에 참전한 까닭에 한국과 베트남의 입장은 달라진다. 진경 리Jin-kyung Lee의 주장처럼 한국인들은 준식민주의자적sub-imperialistic 양태를 보여주기도 했다고 볼 수 있다.[2]

---

1   이에 대해서는 4·3사건 관련 역사 자료와 문학 텍스트를 참조할 수 있다. 특히 김동춘의 『이것은 기억과의 전쟁이다』는 6·25, 즉 한국전쟁 이전의 한국 사회 내부 상황을 자세히 밝힌다.

2   이에 대해서는 Jin-kyung Lee의 *Service Economies : Militarism, Sex Work and Migrnat Labor in South Korea*, 2010를 참조할 것. 특히 베트남의 하미(Ha My) 와 밀라이(My Lai)에서 일어난 베트남양민학살사건은 이러한 관점에서 조명할 필요가 있다. 이에 대해서는 방현석의 『랍스터를 먹는 시간』과 권헌익의 *After the Massacre*, 2006를 참조할 것.

요컨대, 베트남전은 제2차 세계대전 종식 이후, 이념의 깃발 아래 진행된 국제 정치 역학의 결과물이며 다양한 모순들이 응집되어 표출된 역사적 사건이라 할 수 있다. 이전에 유사한 역사적 맥락 속에 놓여 있던 한국과 베트남이 한국의 베트남전 개입으로 인하여 서로 유사하면서도 이질적인 궤적을 노정하게 된 것은 다양한 시각에서 재검토해 보아야 할 문제이다.

2. 미국문학에서의 베트남전과 영웅적 죽음의 문제

위에서 설명한 것처럼 냉전시대에 새롭게 접근해 볼 때 베트남전의 성격은 훨씬 명료하게 드러난다. 그러나 미국문학이 베트남전을 재현하는 양상을 논의하는 자리에서는 권헌익의 주장은 다시 살펴보아야 할 부분들을 포함하고 있다. 권헌익의 새로운 냉전시대에의 접근법에 대부분 동의하면서도 미국문학 텍스트에 드러난 베트남전의 경험에 비추어보면 그의 논지를 전적으로 받아들이기는 어려워진다. 그것은 무엇보다도 미국이 베트남전의 전사자를 이해하고 기억하는 장면에서 권헌익이 미군 전사자들의 죽음을 '영웅적 죽음'으로 단일화시키고 있기 때문이다. 이 장에서는 미국문학에서 드러나는 베트남전쟁 전사자의 재현 양상을 구체적으로 살피며 권헌익의 주장에 이의를 제기하고자 한다.

다소 단순하게 표현하자면 전쟁은 궁극적으로 '죽음,' 즉 '인명의 제거'를 기초로 삼는다고 설명해 볼 수 있다. 전쟁은 필수적으로 죽음을 포함하는 것인데 '죽음'이라는 주제어를 중심으로 살펴볼 때 인류 역사상의 전쟁들은 시대에 따라 다른 특징들을 보여준다. 다양한 전쟁의 양상 중에서도 제2차 세계대전 이후 현대전에서 두드러지게 나타나는 특징을 들자면 그것은 바로 전쟁의 궁극적인 희생자가 군인이 아니라 민간인 중에서 다수 발견된다는 점이다.

대전쟁The Great War 이후 전쟁기의 대량 희생자의 존재는 늘 새로운 양상을 보여주었다. 제1차 세계대전 기간의 희생자는 80% 이상이 군인이었다. 제2차 세계대전에서는 50%가 군인이었다. 1945년 이후에는 90% 이상의 희생자는 전투에 참여하지 않은 양민이었다.Andre Glucksmann, *Dostoevski a Manhattan*(Paris : Robert Laffont), 2002, pp.18~19; Kwon(2006) : 18에서 재인용

현대전에서 발견되는 그러한 변화는 유심히 살펴볼 필요가 있다. 민간인 희생자가 현대전에서 희생자의 대부분을 차지한다는 것은 정치, 사회, 문화적으로 함축하는 바가 많다. 무엇보다도 그것은 냉전시대의 이념 전쟁의 특성을 반영한 것이라 볼 수 있다. 당면한 현실적 문제를 두고 이질적인 정치 세력 간의 물리적 충돌이 발생하는 것으로 전통적인 전쟁은 설명되었다. 반면 이데올로기 전쟁으로서의 냉전시대는 그러한 전통적 전쟁에서 이탈하여 무고한 양민들에게 이데올로기의 이름으로 폭력을 가한 시대였다는 것이 위의 통계에서 확인된다. 냉전시대라는 말이 '표면에 드러난 직접적인 무력 충돌은 없이 전쟁의 양상이 전개되었다'는 것을 의미할진대 권헌익이 지적한 바와 같이 양민의 죽음들이 도처에 만연했다는 사실은 냉전의 의미를 정면으로 부정하는 것이다. 이 장에서는 논의의 범위를 좁혀 미국문화 속의 베트남전 경험을 다루는 것으로 한정하기로 한다. 우선 냉전시대의 미국을 설명한 권헌익의 주장을 인용해보자.

물론 미국은 냉전시대, 한국전과 베트남전에 참전하였으므로 미국인 희생자의 기억을 갖고 있다. 그러나 미국 쪽의 대량 희생자에 대한 집단적 기억은 이 책에서 다룬 다른 죽음들의 기억과 동일하지 않다. 무장한 병사들의 영웅적 죽음the heroic death of armed soldiers이 미국 측 희생자의 주요 부분을 이루는데, 서방 국가 중 미국에게만 고유한, 희생자에 대한 기억은 미국을 다른 국가들과 구별되게 한다. 다른 서양 국가들은 서로 다른 정치적 집단 간에 고통스럽기는 할지라도 희생자는 거의 없는 충돌만을 경험했기 때문이다. 하지만 미국 측의 희생이란, 냉전기간 지구상의 더 넓은 지역에 만연했던 대량 희생자, 그 중에서도 특히 비극적인 양민 학살에 대한 집단적 기억과도 분명히 구별된다.Kwon : 149

미국을 제외한 다른 서양 국가들이 국민의 죽음이 없는 '상상의 전쟁' 또는 '기나긴 평화'의 기간으로 냉전시대를 통과한 것을 고려하면 50,000명 이상의 사상자를 낸 미국의 전쟁 기억은 예외적이다. 물론 미국인, 특히 미국 군인의 죽음은 베트남전쟁 기간 중 베트남 양민이 겪은 죽음, 특히 대량 학살로 인한 죽음보다는 모든 면에서 온건한 편이다. 그렇다고 하더라도 미국 역사와 미국문학을 통하여 확인할 수 있는 것은 미국의 베트남전사자들을 '영웅적 죽음'의 담당자로 단일화할 수 없다는 점이다. 미국인 전사자와 그 전사자들을 향한 시선은 다양하고 복합적이다. 물론 권헌익이 미국 측 희생자를 언급하며 그 경우를 서양 다른 국가와, 또 전쟁의 궁극적인 주 희생자였던 다른 아시아권 국가의 경험과 비교하는 것은 보다 궁극적으로는 냉전시대의 현실에 대한 복합적이고 다층적인 접근이 필수적이라는 주장을 강조하기 위함이다. 다시 그를 인용한다.

세계는 냉전시대를 단일하고 통합된 시각으로 돌아보지 않는다. 마찬가지로 우리는 양극화되었던 세계의 종말이 단일한 방식으로 세계 곳곳에서 파악되고 있다고 보지도 않는다. 양극화된 세계를 어떻게 이해하는가 하는 것은 지구 곳곳에서 사람들이 그 시대를 어떻게 경험했는가에 따라 조건 지어지며, 그것은 다시 그들이 미래를 그려보는 방식을 결정하게 된다.[Kwon : 150]

한편에서는 이념 대결만이 전개되었을 뿐 현실의 충돌은 거의 전무했던 시대, 그러나 다른 한편에서는 무고한 양민 학살이 진행되었고 그 학살에 대한 기억이나 서술조차 폭력적으로 억압받았던 시대가 바로 냉전시대였다. 그러나 권헌익은 미국의 냉전시대는 '제3의 방식'으로 전개되었다고 보고 있다. 즉 냉전시대의 산물로서 미국인 중에서도 직접적 희생자들은 다수 존재했으나 미국인들은 지구상의 다른 지역 사람들과 비교해 볼 때 보다 온건하고 영웅적인 희생을 경험하였다는 것이 그의 주장이다.

그러나 미국의 베트남전 참전자를 영웅과 동일시하는 점에 대해서는 다시 생각해 볼 필요가 있다. 미국과 소련이 주도하는, 냉전시대에 대한 단선적인 이해에 저항하고 이를 거부하기 위하여 중심이 아닌 주변적 문화를 담당해 온 개인들의 경험에 주목하는 과정에서 권헌익은 스스로 동일한 방식의 '타자화'를 구현하고 있다. 그리고 그와 같은 타자화의 대상이 된 것이 바로 미국과 미국인의 문화라 할 수 있다. 그가 미국과 미국문화를 구성하는 다양한 주체들의 상이한 경험과 감정들을 '미국'이라는 단일한 이름의 틀에 가두고 정형화한다고 볼 수 있는 것이다. 권헌익이 그동안 주도적 역사 서술의 중심에서 타자화 되곤 하던 아시아인들과 그들의 경험에 주목하여 연구하는 덕목을 구현한다는 점을 고려하면 그의 주장에서 일종의 아이러니를 발견할 수 있다.

미국문화의 구체적인 요소들을 들어 그 점을 설명해보자. 먼저, 수많은 미국 영화와 문학의 텍스트는 미국인들이 베트남전쟁에서 부상당하거나 사망한 미국인들에게 영웅성을 부여하지 않는다는 것을 보여준다. 제2차 세계대전 참전 용사들과는 달리 베트남전에서의 전사자는 많은 경우 영웅으로 인지되지 못했다. 전쟁이 끝난 뒤 미국으로 돌아간 퇴역 군인들이 "미국 사회는 우리를 환영하는 퍼레이드를 왜 해주지 않는가?"라고 외치며 시위를 벌인 것은 그 점을 드러내는 유명한 일화이다.

미국 역사의 전개 과정을 살펴보면 베트남전쟁에 대한 담론은 다양한 방식으로 분열되어 있었다는 것을 쉽게 알 수 있다. '매파hawks'와 '비둘기파doves'라는 이름으로 불린 두 그룹은 전쟁 지지와 전쟁 반대를 주장하며 충돌하였고, 베트남전쟁에 대한 미국인들의 입장 차이는 결국 1960년대 시민권운동을 추동하면서 인종 차별의 역사에 개선 움직임을 불러오는 결과에 이르기도 하였다. 그처럼 미국 내에서 베트남전에 대한 반전의 목소리가 높았던 것은 주지의 사실이고 더 나아가 반전운동은 미국문화 전반에 새로운 물결을 불러오는 결과를 낳기도 했다. '우드스탁 페스티벌'에서 발현되어 '히피 문화'로 발전한 반문화운동이 그것인데 그러한 반문화운동은 1960년대 이후의 미국문화의 성격을 획기적으로 변화시키는 계기가 되었다.

그처럼 당시의 미국은 세대에 따라, 인종에 따라, 또 계급과 지역에 따라 분열되었으며 그 분열의 핵심에 있었던 것이 바로 베트남전쟁이었다. 그런 사회 문화적 분위기 속에서 베트남 참전 경험은 영웅적 행위로 인정받지 못했다. 베트남전에서 돌아온 상이군인들이 자신들의 훼손된 육체가 훈장의 등가물이 되지 못함을 자각하고 사회적 부적응자가 되었다는 점 또한 널리 알려진 사실이다. 더 나아가 베트남전 참전자들의 상당

수가 공통되게 "목적이 불분명한 전쟁에 던져져 고통 받았다"고 고백하기도 했다. 베트남전쟁에 대한 기억이 긍정적이지 못했다는 점은 위정자들의 태도에서도 확인할 수 있다. 베트남전쟁의 종전 이후 미국의 대통령을 위시한 위정자들은 한결같이 '베트남전을 잊자'는 태도를 취해 왔다. 사이공의 미국 대사관에서 미국 측의 마지막 헬리콥터가 뜨고 공산군의 탱크가 시내로 진입해오는 순간, 당시의 미국 대통령이었던 포드^{Gerald R. Ford Jr.}는 "이제 끝났다. 모든 것을 잊어 버리자"고 말했다. 조지 부시 2세^{George W. Bush}는 취임식에서 "그 어떤 위대한 나라도 과거의 기억으로 오래 분열될 수는 없다"고 언급한 바 있는데 그가 '과거의 기억'이라는 이름으로 지칭하는 것 또한 다름 아닌 베트남전쟁이다. 다만 오바마^{Barack Obama} 대통령이 베트남전 사상자들에게도 유공자로서의 적절한 지위를 찾아주겠다는 약속을 한 바 있다. 오바마 대통령이 보여준 입장의 변화는 역으로 이전의 미국 위정자들이 베트남전 참전자들을 다른 국가 유공자들과 동일시하지 않고 차별하는 정책을 취해 왔음을 반증하는 것이기도 하다.

미국문화의 공간에서도 베트남전쟁 참전자들이 영웅적 대접을 받는 모습을 찾아보기는 쉽지 않다. 이는 전사자의 경우에도 마찬가지여서 베트남전쟁 전사자를 전쟁 영웅으로 기억하는 서사는 드문 편이다. 초기 베트남전 영화, 〈그린 베레〉 정도가 그러한 영웅 이미지에 부응하는 몇 안 되는 재현물에 해당할 것이다. 대다수의 영화와 문학 텍스트는 오히려 그와는 반대로 미국 사회의 구성원들이 그들에 대한 혐오감을 드러내는 장면들을 더 많이 포함한다. 다음 장에서 구체적으로 살펴볼 수 있듯이 바비 메이슨^{Bobbie Ann Mason}의 소설 『베트남에서^{In Country}』, 영화 〈포레스트 검프^{Forest Gump}〉, 〈람보^{Rambo}〉 등을 통하여 그 점을 확인할 수 있다. 그 밖에도 베트남전쟁 참전자들은 자기 소외를 경험하고 분노와 좌절감을 드러내기도 한다. 영화 〈7월 4일생Born on the Fourth of July〉과 미국인 간호사들의 자전적 내러티브 등이 그 중 대표적인 텍스트이다. 그 밖에도 전쟁에 대한 환멸을 드러내는 문학 텍스트들도 다수 존재한다. 팀 오브라이언의 『숲의 호수에서In the Lake of the Woods』를 위시한 대부분의 베트남전소설이 그러하다. 국가에 대해 느끼는 배신감과 분노를 드러내는 영화나 문학 텍스트들을 들자면 영화 〈Rambo〉와 앞서 언급한 〈7월 4일생〉, 그리고 제인 앤 필립스의 『기계의 꿈Machine Dreams』 등을 거론할 수 있다. 이처럼 미국문화의 산물들 중에는 베트남전쟁이 지닌 다양한 부정적 요소들을 재현하는 텍스트들이 재현의 주류를 이룬다고 볼 수 있다. 그러한 텍스트들을 통하여 베트남전쟁 참전자들이 영웅적 대접을 받기 어려웠던 정황을 거듭 확인할 수 있다.

물론 헨리 키신저의 회고록 등을 위시하여 정부 기관 수장들과 군인들이 국가의 공적 담론을 반복하기 위하여 생산한 서사는 예외적으로 베트남전쟁을 정당화하고자 노력하는 것을 보여준다. 더 나아가 그러한 서사에서는 여전히 세계 경찰의 역할을 담당하는 국가로 미국을 그리고 군인들에게서 영웅성을 찾아 부활시키고자 하는 노력을 발견할 수 있다. 자유와 민주주의 수호라는 대의를 위하여 개인적 희생을 감수한 군인들의 모습을 영웅적으로 재현하기도 한다. 그러나 상당수의 베트남전쟁 내러티브는 그 대척점에서 전개된다. 미국 작가 베이커Mark Baker의 책 『베트남 Nam : The Vietnam War in the Words of the Men and Women Who Fought There』에 등장하는 구절을 보자. 목적도 명분도 분명하지 않은 전쟁에 참가하여 혼란 속에 죽음을 맞게 된 전우를 지켜보면서 미군 병사는 다음과 같이 말한다. "한 녀석이 죽지. 별 것 아니야. 이름표 붙이고 전사자 명단에 올리고 자루에 넣지.My guy dies, it is no big gig to me : I tag him, book him, and bag him"Baker : 11 물론 이는 전쟁이라는 거대한 기계의 부속품처럼 군인으로 동원된 자신들에 대한 자조적인 표현이기는 하다. 그러나 한편으로는 무모한 전쟁 속에서 전혀 영웅성을 발견하지 못한 채 전사하게 된 미군들의 모습을 사실적으로 드러내는 구실을 한다. 이는 죽은 자의 육체를 소모품으로 다루는 장면을 보여준다. 베트남전쟁 속 미군 병사의 죽음을 영웅적 죽음으로 보기 어려운 이유 중의 하나를 그 모습에서 찾을 수 있다.[3]

3. 미국의 베트남전쟁소설과 여성 작가의 특수성

미국 작가들의 베트남전쟁소설에서 참전자의 죽음이 영웅적으로 묘사된 바는 찾기 어렵다. 전사자는 전쟁의 희생자로 나타나 애도의 대상은 될지언정 영웅시되는 경우는 거의 없다. 여성 작가들이 베트남전쟁에 대해 서술한 경우에는 더욱 그러하다. 여성 작가들은 사랑하는 가족의 전사 앞에서 국가에 대한 분노를 드러내거나 혹은 빨리 그 죽음을 잊어버리고 새 삶을 찾아가는 인물을 제시하기도 한다. 삶의 여러 가지 불가해한 요소들 중의 하나로 전쟁에서의 죽음을 해석하고자 하기도 한다.

구체적으로 문학 텍스트에 나타난 죽음의 양상을 살피기에 앞서 우선 미국의 베트남전쟁소설에 대해 개괄적으로 살펴보기로 하자. 베트남전쟁문학의 대표적인 작품으로 주로 언급되어 온 미국 남성 작가는 팀 오브라이언Tim O'Brien, 필립 카푸토Philip Caputo, 마이클 허Michael Herr, 구스타프

---

3   베트남전 서사에서는 병사의 육체에 대한 소모품 적인 인식, 성적 소비재로서의 육체에 대한 파악, 숫자 조작이라는 결과를 낳게 된 '시체의 수 세기(body count)'에서 보듯 통계 조작의 대상이 되고 만 전사자의 육체 등의 모티프가 드러난다.

하스포드Gustav Hasford 등이다. 그들의 작품은 대체로 자신들의 참전 경험을 중심으로 전쟁의 광기와 혼돈, 모순, 상처 받은 개인의 내면, 미국 정부와 사회에 대한 분노 등을 재현하고 있다. 이를테면 팀 오브라이언은 미국의 대표적인 베트남전쟁소설 작가로서 그의 작품들,『전쟁터에서 죽는다면, 나를 박스에 넣어 집으로 부쳐 주시오*If I die in a Combat Zone, Box Me Up and Ship me Home*』,『그들이 지닌 것들*The Things they carried*』,『카치아토를 좇아서*Going after Cacciato*』 등은 모두 베트남전쟁을 소재로 삼아 작가 자신의 참전 경험을 다루고 있다. 베트남전쟁 종식 이후 약 20년이 지난 시점인 1994년에 발간된『숲의 호수에서*In the Lake of the Woods*』 또한 베트남전쟁을 소재로 한 소설이다. 필립 카푸토는『전쟁의 소문*A Rumor of War*』을, 마이클 허*Michael Herr*는『특파원 속보*Dispatches*』를 썼다. 하스포드는『단기병들*Short Timers*』로 잘 알려진 작가이다.

미국 여성 작가의 작품 중 베트남전쟁을 소재로 다룬 것으로는 바비 앤 메이슨*Bobbie Ann Mason*의『베트남에서*In Country*』, 제인 앤 필립스*Jayne Anne Phillips*의『기계의 꿈*Machine Dreams*』, 그리고 조안 디디언*Joan Didion*의『민주주의*Domocracy*』를 들 수 있다. 이들은 전쟁이 야기한 모순과 혼돈의 기원을 묻고 아버지의 흔적을 찾아가며 베트남전을 스스로 재구성해가는 과정을 그리거나메이슨 전쟁을 전후한 미국 사회의 변화를 미시적인 가족사 서술의 형태로 증언하거나메이슨과 필립스, 아버지나 국가, 더 나아가 역사의 권위*authority*에 도전하는 글쓰기를 보여준다메이슨과 필립스. 또한 전통적인 내러티브를 전복하면서 독자의 적극적인 해석적 개입을 유도하기도 한다. 디디언의 소설이 그 중 대표적이라고 볼 수 있다. 디디언이『민주주의』를 서술하여 발간하는 시점인 1984년은 미국문화 속에서 베트남전쟁에 대한 평가가 정리되지 않은 상태였고 베트남전쟁의 본질에 대해 알려진 바가 상대적으로 적었다. 그런 맥락을 통하여서만 디디언이 시도한 글쓰기의 의미를 규명할 수 있다. 즉 정체가 애매한 대상에 대해 서술한다는 일은 그 대상을 적절하게 이해하고자 하는 시도와 재시도의 과정일 수밖에 없다는 것을 작가의 글쓰기 자체가 드러낸다고 볼 수 있다. 디디언은 글쓰기 과정 중에 자신의 글쓰기를 의심하는 모습을 드러내기도 하고 텍스트 속에서 문장 서술이 이루어진 직후 그 언술한 바를 부정하면서 의도적인 미완성의 텍스트를 시도하는 형식적 실험을 보여준다. 소설 자체로 하여금 하나의 수수께끼 같은 텍스트가 되게 하는 것이다.

또한 베트남전쟁의 총체적 모습을 이해하고, 특히 전쟁 속에 전개된 삶과 죽음의 문제를 파악하기 위해서는 베트남인들이 경험한 베트남전쟁 서사에 주목하는 것도 필요하다. 베트남전쟁을 재현한 텍스트 중에서 빠뜨릴 수 없는 것 중의 하나로 베트남인들의 목소리를 담은 텍스트를 들 수 있다. 복잡 다단한 인종, 계급, 국가의 관계가 얽혀 있는 베트남전쟁의 성격을 이해하기 위해서는 전쟁의 직접적인 피해자인 베트남인들의 경험을 반드시 경청해야만 한다. 르 리 헤이슬립*Le Ly Hayslip*의 자서전, 『하늘과 땅이 바뀌었을 때*When Heaven and Earth Changed Their Places*』는 그런 점에서 중요한 텍스트이다. 헤이슬립이 대표하는 베트남 여성의 자서전적 내러티브는 소설적 미학의 관점에서 미국 작가들의 서사와는 확연히 분리된다. 헤이슬립은 베트남 역사의 질곡을 자신의 경험으로 증언한다. 미국인의 베트남전 내러티브가 무모하고 혼돈된 전쟁에 대한 고발을 중심으로 하며 자신들의 심리적 상처에 더욱 주목하고 있고 그런 까닭에 자신들을 제외한 타자, 구체적으로는 전쟁의 희생자인 베트남인들의 상처에 대해 대체로 무관심하다는 것을 상기하면 헤이슬립의 서사는 미국인의 서사의 결락 부분을 메운다고 볼 수 있다. 피지배자의 시각에서 자신의 경험을 서술하기 때문이다. 헤이슬립의 내러티브는 개인적인 의문, 경험, 기억, 증언이 교차되어 직조된 전형적인 자서전적 내러티브에 해당한다. 그의 서사를 통해 여태 들리지 않았던 목소리, 그럼에도 불구하고 누구의 목소리보다도 우선시 되어야 했던 전쟁 피해자의 목소리를 찾아볼 수 있다. 동시에 헤이슬립의 증언은 또한 미국 국가가 제공하는 전통적이고 권위적인authoritative 베트남전쟁 담론, 즉 미국은 동남아시아의 자유와 민주주의를 수호하려고 개입했었다는 공적 담론에 이의를 제기하면서 그 담론의 정당성을 부정한다. 전쟁의 참혹상과 비극성을 드러내고 베트남 토착민이 겪어야 했던 인간성의 훼손과 가족의 해체를 재현하며 그 결과로 드러난 개인적, 집단적 외상trauma을 증거 하는 것이다. 헤이슬립의 서사가 지니는 의미는 다음 장에서 자세히 다시 살펴보기로 한다.

헤이슬립이 베트남 여성의 경험을 재현함으로써 전쟁의 공적 담론 외부에 새로운 담론의 장을 형성하는 것과 마찬가지로 미국 여성 작가들 또한 저항 담론을 형성한다. 그들의 서사에 담겨있는 다양한 요소들 또한 공적 담론과는 배치되는 성격을 지닌 채 베트남전쟁 경험에 대한 중층적인 이해를 요구한다. 앞에서 베트남전쟁을 주제로 소설을 쓴 미국 여성 작가의 작품들 중 대표적인 것으로 바비 앤 메이슨의 『베트남에서』, 제인 앤 필립의 『기계의 꿈』, 그리고 조안 디디언의 『민주주의』를 든 바 있다. 먼저 필립스의 『기계의 꿈』을 보자. 필립스는 각기 다른 4명의 가족의 목소리가 중첩되어 전개되는 방식으로 소설을 서술한다. 간호사로 베트남전에 참전하였다가 전쟁 회고록을 남긴 린다 반 더반테Lynda Van Devanter는 다음과 같이 언급한 바 있다. "내 이야기는 단정하고 잘 짜여진 이야기가 아니다. 사랑은 있었지만 흔히 보는 아름다운 사랑 이야기가 아니고, 영웅은 있었지만 대단하고 영웅적인 전쟁 이야기는 없다. 승자도 있다. 그러나 승자와 패자를 구분하기는 아주 어려울 것이다."[4] 더반테의 말처럼 필립스의 소설 텍스트 또한 단정하고 정연한 서사를 넘어서면서 전개된다. 필립스 또한 질서 정연하고 기승전결이 뚜렷한 이야기를 거부한다. 그러한 필립스의 내러티브는 영웅 서사를 넘어서 파편화된 기억의 조합으로 역사를 재구성하려는 시도를 보여준다. 필립스가 드러내고자 하는 것은 미국 땅에 남아 머물면서 베트남에 직접 가보지 못한 여성이 국내에서 겪은 베트남전쟁의 모습이다. 주인공 대너Danner는 1960년대 미국의 역동적인 역사적 변화들이 일어난 시기에 성장하게 된다. 미국인이 달에 착륙하는 사건을 위시하여 미국 땅의 곳곳에 개발이 이루어지는 것을 목도하면서 성인이 된다. 그러나 동생이 베트남전쟁에 참가하였다가 실종되었다는 통보를 받게 됨으로써 트라우마를 겪게 된다. 동생의 목숨을 앗아간 국가에 대하여 엄청난 배신감을 느끼고 복수심에 불탄다. 닉슨 대통령을 죽이고 용병을 사서 베트남에 날아가 동생을 구해오고 싶다고 토로하기까지 한다. "정부에 배반당했다고 느꼈다. 아니 나는 배반을 예견하고 있기는 했다. 다만 이 정도로 심각한 배반을 기대하지 못했을 뿐이다. 이렇게 오래 전쟁이 계속되고 그 전쟁을 내가 살아내야 한다는 것을 몰랐던 것이다."[5]

위와 같은 주인공의 독백을 통해 알 수 있는 것은 국가가 표방한 '자유민주주의 수호'라는 거대 담론 하에서 결국 희생당하고 파괴되는 것은 그 국가의 구성원인 개인의 삶이라는 점이다. 필립스는 한 가정의 소박한 행복과 개인이 지닌 자유와 행복이 베트남전쟁으로 인하여 사라져 버린 것을 보여준다. 베트남전쟁에 참가하여 그 전쟁이 직접적으로 가하는 트라

---

4   Van Devanter, Lynda. *Home Before Morning*, p.13.
5   Phillips, Jane Anne. *Machine Dreams* (New York : Pocket, 1985), p.368.

우마에 대해서 남성 작가들이 서술할 때 여성 작가들은 '남겨진 사람들'의 고통을 재현한다고 볼 수 있다. 전쟁이 초래한 바, 미국 여성들의 삶의 변화와 그들의 상처는 남성 작가들의 내러티브에서는 늘 부재하는 것이었는데 필립스의 내러티브는 그 결핍을 메꾸어 준다. 전쟁에서 아들을 잃은 어머니의 독백은 여성적 전쟁 경험의 기록이라고 명명할 수 있다. 적의 사망자 수와 아군의 수를 비교하는 것이 전쟁의 현장에서 죽음을 파악하는 양식이라는 점을 상기하면 소설 속의 어머니가 죽음을 대하는 모습은 그와는 상이하다. 동일한 죽음을 향한 두 가지 대조적 모습을 텍스트에서 찾아 볼 수 있다.[6] 전쟁은 육체와 죽음을 단순화, 대상화, 물질화하면서 수행하는 것이기에 죽음을 향한 참전자-남성들의 시선은 대체로 건조하고 냉정하다. 이를테면 하스포드의 『단기병들 *The Short Timers*』의 구절들, "해병은 죽는다. 죽으러 왔으니까. 그러나 해병대는 영원히 존속할 것이다"[7]를 상기해보자. 또, "우리의 살인 충동이 선명하고도 강렬하지 않으면 우리는 진실의 순간에 머뭇거릴 것이다. 못 죽일 것이다. 우리가 죽고 말 것이다. 그러면 시궁창에 빠지는 것이나 마찬가지로 일이 꼬일 것이다. 해병은 국가의 허락이 없이는 죽으면 안 되기 때문이다. 우리는 정부의 소유물인 것이다"[8]라는 죽음의 표현을 생각해볼 수 있다. 그처럼 죽이지 않으면 살아남지 못하는 전쟁터에서 죽임이나 죽음은 죽음 고유의 의미를 상실하고 기계적이고 단순한 일과로 변하는 것을 볼 수 있다. 그래서 하스포드는 "우리는 총알로 우리 자신을 정의했다"고 쓰기까지 한다.[9]

6　Ibid., p.368.

7　Hasford, Gustav, *The Short-Timers* (New York : Bantam, 1979), p.9.

8　Ibid., p.13.

9　Ibid., p.133.

그러므로 여성들의 내러티브를 통해 전쟁터에서 사소해진 죽음의 의미가 제대로 복원되고 애도의 대상이 된다. 그처럼 베트남전쟁의 죽음의 문제 또한 젠더의 차이라는 프리즘을 통해 다시 살펴볼 수 있는 것이다.

반면, 『민주주의』의 디디언의 서사는 필립스의 소설과는 사뭇 다른 방식으로 베트남전쟁에 접근하는 여성 작가의 모습을 보여준다. 디디언은 직접적인 베트남전의 재현을 시도하기보다는 해체적 내러티브를 통해 베트남전쟁의 문학적 재현에 대해 문제 제기를 시도 하고 있다. 앞서 언급한 바와 같이 디디언은 전통적인 선조적 서술 기법을 사용하지 않는 것은 물론이고 텍스트의 곳곳에서 저자의 권위를 능동적이고 적극적으로 부인하고 해체하는 모습을 보여준다. 그런 고유한 내러티브가 이루어내는 효과는 독자가 저자의 의도적인 해체적 문장을 뚫고 들어가 베트남전쟁을 나름대로 이해할 수 있게 해준다는 데에 있다.

디디언의 내러티브는 전통적인 서사와는 달리 문장을 아껴 쓰는 방식으로 저자의 권위를 계속해서 부인해 가면서 진행된다. 그러한 디디언의 내러티브는 링날다Don Ringnalda의 지적처럼 '게릴라식 글쓰기'에 해당하는 것이다. '게릴라식 글쓰기'란 링날다가 붙인 이름으로써 포스트모더니즘적인 글쓰기를 은유적으로 표현한 것이다.[10] 마치 베트남전쟁의 현장에서 게릴라가 나타나 대상을 저격하고는 자취를 남기지 않고 사라져 버리는 것과 같이 작가는 징후와 증상만을 보여주고 단편적인 사실만을 나열한다. 원인과 전개 과정과 결과를 자세하고 치밀하게 서술하여 독자에게 제공하는 서술 방식과 결별한 모습을 보여준다. 즉, 디디언은 저자와 독

---

10   포스트 모더니즘적 내러티브와 베트남전쟁소설의 관계에 대한 링날다의 지적에 대해서는 저자 논문, 「역사적 진실과 문학적 재현—팀 오브라이언의 『숲의 호수에서』와 황석영의 『무기의 그늘』을 중심으로」(『미국학논집』 제 36집 3호), 85~88면을 참고할 것

자, 주인공과 인물, 주체와 객체의 경계를 지우며 해체적인 글쓰기로 베트남전쟁을 재현한 작가로 볼 수 있다.

바비 앤 메이슨의 『베트남에서』에 대해서는 다음 장에서 더욱 자세히 살펴보려니와 메이슨은 권헌익이 주장한 바, 즉 미국인 희생자는 대부분 영웅적 죽음을 겪었다는 주장에 도전한다. 메이슨이 재현하는 베트남전쟁은 영웅의 전쟁이기는커녕 환멸의 전쟁이고 주인공의 여정은 결국 허무감을 재확인하는 것으로 종결된다. 주인공이 재구성하는 전사자 아버지의 모습 또한 전혀 영웅적이지 않다. 그는 글도 제대로 쓰지 못하는 인종주의자로 드러나며 그처럼 아버지가 환멸의 대상으로 파악된다는 점을 통하여 작가 메이슨은 미국의 베트남전 참전을 비판한다고 볼 수 있다. 그처럼 전후 세대 미국 여성을 주인공으로 삼는 텍스트들을 통해 드러나는 것은 권위를 상실한 국가와 영웅성을 훼손당한 아버지의 모습이라 할 수 있다. 『베트남에서』가 재현하는 바, 즉 베트남전 이해의 새로운 모습은 미국 사회 내부에서 일어나기 시작한 베트남전쟁에 대한 재인식의 양상을 보여주는 것이기도 하다.

1. 베트남전과 젠더

베트남전쟁에 관한 영어권소설은 무수히 많으며 전쟁의 양상이 다양했던 만큼이나 그 문학적 재현 또한 매우 다양하였다.[1] 따라서 이들 문학 작품에 재현된 베트남전쟁의 성격을 몇 가지로 요약하여 정리하기는 아주 어렵다. 존 클락 프랫John Clark Pratt은 "베트남전쟁은 여러 개였다. 그것은 해마다, 장소마다, 단위마다 다르게 나타났"기 때문에 "우리는 코끼리의 일부를 만지면서 우리가 받은 인상을 독자들에게 전달하여 독자들이 그 정보들을 통합하고 그리하여 더 큰 그림을 그릴 수 있도록 해 주어야"[19] 한다고 주장한다. 그 성격을 간추려 정의하기 어렵다는 점, 다시 말해 복합성과 다양성 자체가 바로 베트남전쟁의 특성이라 할 수 있다.

그러나 이와 같은 베트남전쟁 내러티브의 다양성에도 불구하고 그 내러티브들이 공유하는 점도 있는데 그중의 하나가 바로 젠더gender로 드러나는 특징이다. 젠더의 프리즘을 통해 확인할 수 있는 것은, 대부분의 베트남전 내러티브는 남성들의 전유물이라는 점이다. 즉 대부분의 내러티브는 남성들에 의해 쓰였고 그 재현된 경험들은 남성 중심적이다. 텍스트 속에 구현되는 전쟁의 양상들 또한 대부분 남성들의 투쟁, 남성들의 동료애나 우애, 또는 부성애를 반영한다.[2]

전쟁이란 공간은 일반적으로 남성들의 무대로 간주되어 왔다. 그 중에서도 특히 베트남전쟁은 남성성을 극대화하고 여성성을 그 타자로 삼는 구조로 전개되었다.[3] 전쟁문학의 대표적인 작품으로 주로 언급되어 왔던 것도 대부분 미국 남성 작가의 작품들이었다.

그렇다면 여성들이 베트남전쟁에 대해 이야기할 때, 그들은 베트남전쟁을 어떠한 방식으로 증언했을까? 여성들이 경험하고 서술한 베트남전쟁에 대한 분석적인 연구는 일천한 형편이다.[4] 전술한 바와 같이 미국 여성 작가의 소설들 중 베트남전쟁을 소재로 다룬 대표적인 텍스트로는 바비 앤 메이슨Bobbie Ann Mason의 『베트남에서In Country』, 제인 앤 필립스Jayne Anne Phillips의 『기계의 꿈Machine Dreams』, 그리고 조안 디디언Joan Didion의 『민주주의Democracy』를 들 수 있다.[5]

---

1   존 클락 프랫(John Clark Pratt)은 『바람을 읽기(Reading the Wind)』에서 베트남전쟁을 다룬 문학 작품으로는 200권의 소설집, 수백 편의 단편소설과 시, 그리고 약간의 드라마가 있으며 계속 하여 많은 작품이 쓰여지고 있다고 밝힌다. (Lomperis : 119) 『바람을 읽기』가 출간된 해가 1987년이므로 현재를 기준으로 하면 더 많은 문학 작품이 출간되어 있다고 볼 수 있다.

2   베티나 호프만(Bettina Hofmann)은 베트남전쟁문학을 논함에 있어서는 광의의 '내러티브' 개념이 '소설' 개념보다 주효하다고 주장한다. 베트남전쟁소설에는 자서전적이며 넌픽션적인 요소가 매우 전형적으로 드러나기 때문이라는 것이 그 근거이다. (18)

3   수잔 제포즈(Susan Jeffords)는 베트남전쟁을 '여성 없는 남성만의 여행(that men without women trip)'이라고 부른다. *Remasculinization of America*를 참고할 것.

4   간호사로서의 참전 경험을 기록한 회고록으로는 린다 반 더반터(Lynda Van Devanter)의 『날 밝기 전의 집(Home Before Morning)』, 베트남전쟁 참여 여성들의 인터뷰 집으로는 캐서린 마셜(Kathryn Marshall)의 『전투지역에서(In the Combat Zone)』가 있다. 베트남전쟁에서의 경험 중 여성들의 목소리가 지워진 점에 대한 지적은 박진임(Jinim Park)의 "Unheard Voices : The Question of 'Gender' in Vietnam War Narratives(들리지 않은 목소리들―베트남전쟁소설에서의 젠더의 문제)" 참조. 일인칭 회고록을 중심으로 한 여성의 참전 경험 기록물에 대한 연구는 박진임, "A Study of The First Person Narratives by American Women on the Vietnam War(미국 여성의 베트남전 회고록 연구)" 참조.

5   200권이 넘는 베트남전쟁소설 중 어떤 것이 학문적 고찰의 대상이 되기에 적합한지에 대한 평가는 일정 부분 자의적일 수밖에 없다. 베트남전에 대한 피상적인 스케치에 그치는 에세이나 소설류는 참고 자료라는 예외적 경우를 제외하고는 연구의 대상에서 제

위에 든 세 편의 소설 중 메이슨의 『베트남에서』[6] 는 디디언과 필립스의 소설들에 비하여 보다 직접적으로 베트남전을 다루고 있으며 '베트남전과 젠더'라는 주제를 검토할 때 고려해야 할 다양한 특성들을 포함한다. 우선 작가와 텍스트의 주인공이 모두 베트남전 참전 경험이 없는 여성인 까닭에 『베트남에서』는 전쟁에 참가하지 않은, 즉 '베트남에서In Country'의 경험이 없는 사람들의 눈에 비친 전쟁의 모습을 보여준다. 텍스트에 나타난 인물들과 그들이 경험한 바를 분석해 보면 베트남전쟁 시대와 그 이후 시기를 살아간 미국의 개인들이 지닌 '하부 지식'들이 베트남전의 공적 역사에 도전하는 모습들을 찾아 볼 수 있다. 『베트남에서』에 재현된 아버지의 모습은 주인공 샘에게 실망감을 안겨준다. 그는 존경하기 어렵고 인종주의를 극복하지 못한 미성숙한 인물로 드러난다. 주인공이 상상해 온 아버지의 모습과는 사뭇 다르기도 하여 샘으로서는 한 가족을 통솔할 수 있는 권위를 그 아버지의 모습에서 찾아보기 어렵다. 그렇다고 해서 주인공의 어머니가 그처럼 부재하는 아버지를 대체할 수 있는 인물로 그려지는 것도 아니며 주인공은 홀로 자신만의 삶을 개척해 나가야 하는 모습으로 나타난다. 그리하여 주인공 샘을 통하여 좁게는 부권, 넓게는 국가의 공적 역사가 갖는 권위가 붕괴된 모습을 찾아볼 수 있다. 즉, 주인공이 파악한 베트남전의 모습은 미국인들이 국가의 공적 담론을 통하여 학습한 바와는 확연히 달라진 것이다. 전후 세대 미국 여성 주인공을 통해 드러나는 이와 같은 베트남전 이해의 새로운 모습은 상징적인 의미를 지닌다고 볼 수 있다. 즉 주인공 샘이 부재하는 아버지를 알아가

외된다. 이 세 편의 소설은 베트남전쟁의 본질에 접근할 수 있는 문제의식을 충분히 담보하고 있기에 연구의 대상이 되기에 적합하다.

6 『베트남에서(*In Country*)』는 번역되지 않은 소설이며 본문의 번역은 필자 번역이다.

는 과정을 통하여 독자들은 미국 사회 내부에서 일어나기 시작한, 베트남 전쟁에 대한 재인식의 면모들을 확인할 수 있는 것이다.

2. 공적 역사에 저항하는 하부 지식

여성의 시각에서 재현된 전쟁의 양상을 살피는 것은 베트남전쟁을 다면적으로 이해하는 효과적인 방법 중의 하나라 할 수 있다. 심경석은 「유령과 기억의 엄습―베트남 참전 용사의 절망과 회생」에서 래리 하이네만 Larry Heinemann의 『파코 이야기*Paco's Story*』와 『베트남에서』를 다루며 여성의 존재와 여성 목소리의 재현을 검토한 바 있다. 심경석은 『베트남에서』가 "전쟁 이야기에서 배제되어 온 여성의 참여를 통해 그 슬픔의 종결을 선언"하고 있다고 주장한다.[585] 대부분의 베트남전쟁 이야기는 남성이 경험하고 남성이 재현하는 바에 기반을 두고 있다. 그런 까닭에 텍스트에 재현된 여성의 모습을 살펴보는 일은 남성 중심적 베트남전쟁 서사의 한계를 넘어설 수 있게 한다. 또한 궁극적으로 전쟁의 주변부에 선 여성의 입장에서 서술된 베트남전쟁 서사를 통해 공적 역사에 서술된 바를 넘어설 수 있게 된다. 이 점에 대해 자세히 살펴보자.

『베트남에서』의 작가 메이슨은 샘의 가족을 중심으로 하여 미국인들이 베트남전을 이해하는 다양한 모습을 보여준다. 가족의 일원인 인물들은 각자 미국 사회의 다양한 면모를 축소판으로 보여준다. 참전자이자 퇴역 군인인 외삼촌의 삶의 모습은 히피 식의 삶을 나타내며 그러한 히피 문화는 곧 미국의 주류 문화, 물질 문화에 대한 대안적 모습을 보여준다. 외삼촌은 1960년대 이후 미국 사회에 부상한 반문화를 대표하는 인물인 것이다. 그와는 반대로 주인공의 어머니는 평범한 대다수 미국인들의 삶을 대표한다. 전쟁이 끝난 후 대부분의 미국인들은 전쟁으로부터 벗어나 개인적 삶을 되찾는 것에 주력했다고 볼 수 있다. 국가와 애국심 등의 문제에 냉담해졌으며 과거에 대해서는 망각하고 물질적이고 현실적인 삶으로 전환하였던 것이다. 어머니는 그들을 대표한다.

외삼촌이 미국 주류 문화에 저항하는 반문화를 지향하고 어머니가 물질주의에 경도된 대중 문화를 대표한다면 그들에 반하여 할머니는 기존의 이데올로기를 유지하고 과거와 전통에 집착하는 인물로 나타난다. 할머니는 시골의 목가적인 삶을 지속함으로써 베트남전 이전의 미국 사회상을 그대로 드러내 보여주며 아울러 국가가 교육한 베트남전의 성격을 의심없이 수용하는 인물을 대표한다.

이러한 인물군을 배경으로 하여 주인공 샘이 보여주는 것은 전후 세대 미국인의 모습이라 할 수 있다. 『베트남에서』는 자신이 태어나기도 전에 전사한 아버지와 경험해 본 적 없는 베트남전을 이해하려고 노력하는 주인공 샘에 대한 이야기이다. 전쟁 이후에 태어난 까닭에 전쟁의 경험이 실재가 아니라 하나의 전설이 되어 버린 세대를 샘은 보여준다. 『베트남에서』는 베트남전쟁이 종식된 지 10년이 지난 시점인 1985년에 출간되었다. 이 시점은 전쟁 기간 중, 즉 1960년대나 1970년대에 출생한 전후 세대가 성년에 이르렀거나 다가가는 때이다. 주인공 샘의 나이 또한 17세로 설정되어 있다. 즉, 『베트남에서』는 전후 세대가 자신들의 고유한 문화적 배경에서 재해석하고 재구성해 보는 베트남전쟁의 이야기인 것이다. 샘은 할머니, 어머니, 외삼촌이 대변하는 세대와는 달리 제3의 방식으로 자신의 삶을 찾아가야 한다. 그 과정은 과거를 적합한 방식으로 이해하고 수용하는 일에서부터 시작된다고 볼 수 있는데, 샘은 만나본 적

없는 아버지의 흔적을 정리함으로써 그 일을 수행한다. 전사한 아버지의 모습을 재구성해 나가는 샘의 노력은 한편으로 미국 역사의 정리 작업을 상징한다고 볼 수 있다. 그리하여 미국 역사의 가장 큰 상처 중 하나로 남아 있는 베트남전의 기억을 재구성하는 것이다.

궁극적으로 주인공은 자신만의 고유한 방식으로 아버지를 이해하고 베트남전쟁 자체를 파악하게 된다. 결과적으로 그러한 주인공의 모습을 통하여 『베트남에서』는 베트남전에 대한 국가의 공적 담론에의 저항 담론을 제공하게 된다. 주인공 샘을 통하여 드러나는 베트남전의 면모들이 공적인 역사 평가에 저항하는 것으로 이해될 수 있는 것은 샘이 주위 사람들의 증언과 자신의 경험을 통하여 찾아낸 베트남전의 모습이 공적 담론 속의 베트남전과 일치하는 점이 거의 없기 때문이다. 사실상 기록되고 공인된 역사에 대한 불만과 의심을 갖게 되면서 주인공 샘은 베트남전에 대한 진실을 알아내고자 애쓰게 된다.

"샘은 머릿속에 베트남을 담고 있어. 온갖 종류의 역사책을 다 읽고 나를 못 살게 굴어."

"그 책들엔 무어라고 되어 있니?" 하고 샘을 응시하며 탐이 물었다.

"아무것도 없어. 그냥 지겨운 역사책일 뿐이야." 샘은 당황스러웠다. 책들은 그 먼 곳에서 전쟁을 하는 것이 어떤 것인지 알려주지 않았다. 책엔 사진조차 실려 있지 않았다.

"Sam's got Nam on the brain," he said. "She's been reading a bunch of history books and pestering me."

"What do those books tell you, Sam?" asked Tom, staring at her.

"Nothing. They're just dull history books." She was embarrassed. The books

didn't say what it was like to be at war over there. The books didn't even have
pictures.[48]

샘은 역사책의 베트남전 담론들이 베트남전의 실상을 드러내기에는
매우 추상적이고 부족하다고 느낀다. "역사책엔 사진조차 없는걸요"라는
샘의 불만은 그처럼 구체성을 상실해 버린 역사 서술에 대한 불만인 것
이다. 텍스트의 다양한 에피소드들을 통하여 샘이 재구성하는 베트남전
의 면모들은 바로 이와 같이, 역사책이 담지 못한 구체적 사실들과 참전
개인들의 사적인 기억들이며 그런 기억들이 곧 역사책에서 누락된 '사진'
의 구실을 하면서 베트남전을 새로운 시각에서 파악하게 만든다.

베트남전에 대한 공적 담론은 그 전쟁이 '민주주의의 수호와 세계 평
화의 유지를 위한 것이었다'로 압축된다. 미국의 공식적인 입장은 전쟁
기간 동안 미국의 대통령이었던 케네디John F. Kennedy와 존슨Lyndon Johnson
대통령의 연설을 통하여 확인할 수 있다. 1961년 연설에서 케네디 대통
령은 '자신의 세대가 세계 민주화 혁명의 적자'임을 주장하면서 "자유의
수호를 위하여 모든 대가를 치를 것"이라고 언급했으며 존슨 대통령 또
한 1965년도 연설에서 "우리 목표는 남베트남의 독립, 그리고 외부의 공
격으로부터 베트남의 자유를 지키는 것"이라고 주장했다.

자신의 세대가 세계 최초의 민주 혁명의 직계자 세대라고 주장하면서 그케네
디 대통령는 격앙된 목소리로 케네디 정부는 '이 나라가 언제나 헌신해 왔고 국내
외를 막론하고 지금도 헌신하고 있는 인권 옹호라는 대의를 조금씩 잠식하는
어떠한 형태의 시도도 허락하지 않을 것이다. 세계 만방으로 하여금 우리는 자
유의 존립과 유지를 확실히 하기 위하여 어떤 대가라도 지불할 것이며 어떤 짐

이라도 질 것이며 어떤 어려움이라도 불사할 것이며 모든 우방을 지원하고 모든 적과 맞설 것'이라고 맹세했다.

Proclaiming his generation to be the linear descendant of the world's first democratic revolution, he pledged his administration, in soaring language, not to ʻpermit the slow undoing of those human rights to which this nation has always been committed, and to which we are always committed today at home and around the world. Let every nation know, whether it wishes well or ill, that we shall pay any price, bear any burden, meet any hardship, support any friend, oppose any foe to assure the survival and the success of liberty.ʼ[Kissinger 14][7]

우리가 왜 베트남을 책임지는지에 대해 의문을 품는 사람들이 있습니다. 우리는 유럽에서 자유를 지키려는 것과 똑같은 이유에서 그러한 책임을 갖고 있습니다. 제2차 세계대전은 유럽과 아시아에서 치러졌고, 그 전쟁이 끝난 뒤 우리는 자유를 지키기 위한 책임을 계속 져왔습니다.

우리 목표는 남베트남의 독립, 그리고 외부의 공격으로부터 베트남의 자유를 지키는 것입니다. 우리는 우리 자신을 위해서는 아무것도 바라지 않으며 오직 남베트남 국민들이 자신의 방식대로 그들 자신의 나라를 이끌어가기를 바랄 뿐입니다. 우리는 그러한 목표를 이루기 위해 필요한 모든 것을 할 것입니다. 그리고 오직 꼭 필요한 것만을 할 것입니다.[『사료로 읽는 미국사』, 475면]

---

7   케네디 대통령의 이러한 '국익을 넘어 세계의 민주주의와 자유를 수호'하려는 의지는 동시대 자국의 국익 추구에 초점을 맞춘 영국의 외교정책과 대조된다. 당대 영국 수상 파머스턴 경(Lord Palmerston)은 "영국에게 영원한 벗은 없다. 영원한 국익이 있을 뿐이다"는 태도를 보여주었다. (Kissinger : 14)

위의 두 연설에서 거듭 강조되는 것은 '사심 없는 자유와 민주 수호 의지'이다. 베트남전 참전에 대한 미국 정부의 공식적 입장은 '자유와 민주주의 수호'였으며 그것은 다시 역사책들을 통하여 반복 기술되었다. 그러나 주인공 샘을 통하여 드러나는 베트남전의 사적인 기억들은 그와 같은 공적 담론에 배치된다.

주인공 샘이 파악해가는 베트남전쟁 이야기는 국가가 표방하는 베트남전쟁의 의미에 대해 의문을 제기하고, 의심하고 궁극적으로는 이를 전복시키는 구실을 한다. 이러한 공적 담론 외부로부터의 역사, 지식 체계의 하부로부터의 역사는 미셸 푸코^{Michele Foucault}의 표현을 따르자면 "정론에 짓눌려 묻혀 지내 온 또 다른 역사를 재구성해내는 작업", 즉 "역사의 지역주의화"[82]와 궤를 같이 하는 것으로 볼 수 있다. 푸코를 좀 더 인용해보자.

다른 한 편으로 나는 종속적인 지식으로 우리는 뭔가 아닌, 완전히 다른 어떤 것을 이해할 수 있다고 믿는다. 말하자면 적절하지 못한 것으로, 자격을 못 갖춘 것으로 비하되거나 충분히 정교하게 발전되지 못했다고 간주되어 온 지식들을 접하게 되는 것이다. 순진한 지식, 지식의 위계 질서의 바닥 부분에 놓인 지식, 인식과 과학성의 수위에 이르지 못했다고 간주되어 온 지식들이 그것이다. 정신 질환을 앓는 환자, 병든 사람, 간호사와 의사의 지식들, 정신 지체자의 지식들이 그것이다. ^{Foucault : 82}

메이슨이 여성 작가의 시각에서 여성 주인공을 통하여 다시 그리는 베트남전은 국가가 표방하는 베트남전의 성격과 그 역사적 의미라는 공적 담론에 흠을 내고 반문하며 결과적으로 이를 무력화한다. '공적 역사에 저항하는 하부 지식', 즉 침묵을 강요당해 온 목소리를 통하여 베트남전의 숨겨진 모습이 드러나기 때문이다. 『베트남에서』에 등장하는 인물들은 베트남전쟁이라는 사건에 대한 지식의 위계질서에서 '바닥 부분에 놓인 지식'을 제공하는 인물들이다. 푸코가 주목하는 '종속적인 지식'의 담당자들이란 물론 18세기 프랑스 사회라는 특수한 시공간에 한정된 존재들이다. 그들은 질병에 관한 담론들이 형성되고 관리되면서 하나의 지식으로 굳어져 가는 과정을 보여주는 존재들이므로 『베트남에서』 등장하는 인물들과는 성격이 다르다.

그럼에도 불구하고 『베트남에서』의 인물들을 '하부 지식 또는 종속적인 지식의 제공자'로 부르고자 하는 것은 그들이 인가된 공적 담론들에 저항하고 이를 전복하는 기능을 갖는다는 점 때문이다. 즉, 공적 역사의 담론에서 소외되었던 주변적 인물들의 지식을 통하여 새로운 역사를 발견한다는 공통점을 그들은 지닌다. 『베트남에서』의 인물들은 사회에 잘 적응하지 못하는 퇴역군인이거나^{피트와 에멧} 제도권 교육에 반발하고 기성 세대의 문화에 저항하는 10대^{샘과 친구}이다. 그들은 미국 대통령의 담화문이나 키신저의 회고록에서 보이는 바의 '정교하게 발전된' 지식과는 다른 베트남전의 지식을 제공한다. 요컨대, 작가 메이슨의 베트남전쟁 내러티브는 푸코가 언급한 바의 종속적인 지식, 즉 적절하지 못하거나 불완전한 것으로 간주되어 억압받고 주변화 되었던 베트남전의 지식이 수면 위로 부상하게 하는 역할을 담당한다.

좀 더 구체적으로 『베트남에서』의 내러티브가 공적 역사의 내러티브와 구별되는 모습을 살펴보자. 공적 역사 속의 군인들은 고유명사를 지닌 개인이 아니라 '군인'이라는 일반명사로 수렴될 뿐이며 그 결과 각 군인이 가진 개인의 고유성들은 지워져 버린다. 이에 반하여 샘이 보여주는 참전 군인은 개인으로서의 군인이다. 애국심이나 이데올로기로 통일되게 설명될 수 없는 존재의 개별성이 텍스트에 드러나 있다. 샘은 베트남전 참전 군인들이 군인이기 이전에 모두 나이 어린 소년들에 불과했음을 지적한다.

세븐 업을 마시면서 샘은 게시판에 걸린 사진들을 검토했다. 군복을 입고 장화를 신은 병사들이 웃는 모습으로 텐트와 오두막 앞에 서 있었다. 거기에는 배경이나 풍경이 없었고 단조로운 논밭과 나무로 된 오두막집과 지프차가 있을 뿐이었다. 그 어린 병사들은 손을 엉덩이에 댄 채 씩씩해 보이려고 애쓰며 카메라 앞에 포즈를 취하고 있었는데 그들은 로니와 다를바 없는 소년들일 뿐이었다. 이 방에 모인 나이 들어 가는 중년남자들이 아니었다. 호프웰에서는 수십 명의 소년들을 전쟁에 보냈다. 어떤 학급에서는 두 달 사이에 세 명이 전사하기도 했다.

Drinking her 7-UPs, Sam studied the display of snapshots on the bulletin board. Grinning soldiers in fatigues and jungle boots stood in front of tents and hooches. There was no background or landscape, just flat dirt patches, some wooden huts, a jeep. The boys posed for the camera, with their hands on their hips, trying to look tough, They were just boys, like Lonnie, not like the aging men in this room······. Hopewell had sent dozens of boys to the war. One class had three killed in just two months.[112]

위에 등장하는 미군의 모습은 국가가 표방한 '자유 민주주의의 수호자'라는 전사 이미지에서 매우 동떨어져 있다. 그들은 자유와 민주주의라는 이데올로기를 내면화하기에는 너무 어렸을 뿐만 아니라 아무런 자의식 없이 인종주의적 언행을 일삼는 미숙한 존재들로 나타난다. 샘의 친구 신디Cindy가 파티에서 들려주는 이야기를 통해서도 이를 확인할 수 있다.

년 이런 것을 알기에는 너무 어리겠지만 그들 중 몇은 적군의 귀를 잘라서 전쟁기념품을 만들었단다. 끔찍해. 집에 갖고 와서 자랑을 했어. 피트도 몇 개 가져왔었는데 난 한동안 전혀 그 생각을 안했어. 피트는 국가에 봉사한 것을 자랑스러워했고 나도 그랬어. 몇 년 전에 그 귀들에 대해 생각하게 된 거야. 난 이제 더 이상 귀걸이를 할 수 없어. 그 귀들이 생각나거든. 너무나 예쁘게 생긴 귀야. 갈색이고. 버섯 같아. 생쥐 귀라고. 아! 몇 년 동안이나 나는 그걸 없애버리려고 했어. 하지만 어떻게 해야 하지?

You're probably too young to know this, but some of them cut off the ears of the enemy for souvenirs. It was awful. They brought them home and showed them off. Pete brought some home and I didn't think anything about it for a long time. He was proud that he served his country and I was proud too. And it was years before those ears got to me. I can't wear earings anymore. I think about them ears. They're so sweet-looking. And brown. Like button mushrooms. Little mouse ears. Oooh! For years, I've wanted to get rid of them, but what would I do with them?[123]

신디의 언술에 등장하는 군인은 공산주의에 맞서 싸우는 전사의 모습이 아니라 이유도 목적도 분명하지 않은 전쟁에 동원되어 게임하듯이 전쟁을 치르고 전리품을 챙기는, 철들지 않은 젊은이의 모습에 불과하다.

또한 『베트남에서』에는 베트남전 기간에 유행했던 팝송을 비롯하여 다양한 문화적 유산들이 빈번하고도 반복적으로 등장한다. 이와 같은 미국문화의 장면들 또한 직간접적으로 공적 담론에 저항하고 전복을 시도한다. 텍스트에 가장 빈번하게 등장하는 것은 비틀즈의 노래이다. 비틀즈의 노래 가사는 그 자체로 1960~1970년대의 미국 반문화운동에서 핵심적인 역할을 맡은 바 있다. 샘은 흘러간 시절의 가요인 비틀즈의 노래들을 듣고 즐기면서 국가가 가르쳐주지 않는, 묻혀진 역사적 담론을 발견하고 거기에서 지식을 얻는다.

존이 리드보컬을 맡고 있었다. "내 고양이를 그냥 내버려두는 게 좋을거야," 하고 그는 노래했다. "살지고 큰 불독, 나 너한테 말했어, 내 고양이를 내버려두라고." 샘은 그 음반을 찾아내어야 했다. 샘은 자기가 사랑한 모든 사람을 위하여 그 곡을 들려주길 원했다. 그것은 과거로부터의 신선한 메시지였다. 그것은 지속되어야 할 것이었다.

John was singing the lead. "You better leave my kitten all alone," he sang, "I told you, big fat bulldog, you better leave her alone." Sam had to find that record. She wanted to play it for everyone she loved. It was a fresh message from the past, something to go on.[125]

노래 가사 속의 '크고 살진 불독'은 동남아시아에 자국의 세력을 확장하려는 미국을 비유하며 고양이는 베트남을 지시한다고 볼 수 있는데 샘은 비틀즈의 노래를 '과거로부터의 신선한 메시지'이며 앞으로도 지속되어야 할 메시지로 파악한다. 그런 주인공의 모습에서 공적 역사를 넘어서 대중가요라는 문화의 미시사를 통하여 역사를 이해하고자 하는 전후 세대의 모습을 찾아볼 수 있다.

이처럼 샘으로 대표되는 비판적 인물이 문학 텍스트에 등장한다는 사실은 그 자체로 중대한 의미를 지닌다. 전후 세대의 인물이 등장하여 베트남전쟁에 관한 한 '의도적 망각'을 종용해온 미국 사회의 오랜 침묵을 깨뜨리고 과거에 대해 묻고 추궁하며 역사를 수정하고자 하기 때문이다.[8] 샘이 대표하는, 전쟁 미체험 세대 여성이 재구성하는 베트남전은 에 멧이 주장하는 것처럼 '정글 속의 대장정'으로 대표되는, 전쟁 체험 세대 남성의 개인적이고 배타적인 경험에 바탕을 둔 서사와는 성격을 확연히 달리한다. 그리하여 『베트남에서』는 역사책의 공적 서사와는 기원을 달 리하는 대안적 역사 서술을 도모한다. 당대 대중 문화에 스며든 하부 지 식이 보다 중요한 질료가 되어 역사의 재구성에 기여하는 것을 보여주는 텍스트라고 볼 수 있다.

3. 기억의 파편들

앞서 언급한 바와 같이 주인공 샘은 베트남전쟁이라는 미국 역사의 중 요한 한 부분을 개인적인 차원에서 복원해나간다. 그 복원 작업은 샘이 끊임없이 아버지에 대한 지식을 모아가는 데에서 출발한다. 그리고 마침 내 워싱턴 디시Washington D.C.의 베트남전 기념비에 도달하여 아버지의 이 름을 확인하는 데에서 완성된다. 그러나 앞서 언급한 바와 같이 샘의 베 트남전 이해 방식은 '자유와 민주 수호를 위한 전쟁', '미국 내의 여론의 분열로 그 목적을 이루지 못한 전쟁'이라는 공적 담론의 수용과는 거리 가 멀다.[9] 샘의 베트남전 이해는 매우 개인적인 방식으로 진행된다고 볼 수 있는데 샘은 전쟁을 경험한 사람들에게서 전쟁 이야기를 전해 듣고

---

8   티모시 롬페리스(Timothy Lomperis)는 1985년 베트남전쟁에 대한 학술대회가 미국에 서 열렸을 때 이를 두고 "의도적 망각이라는 (전후) 첫 시기"(7)가 끝났음을 보여주는 사건이라고 지적한 바 있다.
9   자신의 책의 서문에서 키신저는 "미국은 다시는 미국의 약속이 국론 분열로 분쇄되는 경 험을 반복해서는 안된다"(12)는 종교적 신념으로 자신의 비망록을 집필했음을 밝힌다.

관련된 정보들을 모으며 그 전쟁을 이해하고자 한다. 외삼촌 에멧Emmet을 관찰하고 그를 돌보며 그의 상처를 이해하려고 노력하는 과정이 그 한 예이다. 샘은 에멧과 함께 늪지에서 밤을 새면서 베트남의 지리적 환경을 간접적으로 체험하고자 시도하기도 한다. 또한 전사한 아버지의 사진 앞에 서서 베트남전 이후의 미국 사회의 변화에 관한 이야기를 사진 속의 아버지에게 들려주기도 한다.

그 과정에서 샘이 알게된 것은 베트남전에 대한 미국인의 기억이 통합을 가능하게 하는 중심을 갖지 못하고 파편화되어 있다는 사실이다. 또한 공통된 것이 있다면 그것은 그 전쟁으로 인하여 모두가 당황스러워 한다는 점 뿐이라고 이해한다.

베트남전을 견디고 살아남은 사람들은 모두 그 전쟁을 개인적이고 당황스러운 어떤 것으로 보고 있는 것 같았다. 할아버지는 그들이 패전했다는 사실에 당황스러워한다고 했다. 그러나 에멧은 그들이 당황스러워하는 것은 그들이 여전히 살아 있다는 사실 때문이라고 했다.

Anyone who survived Vietnam seemed to regard it as something personal and embarrassing. Granddad had said they were embarrassed that they lost the war, but Emmett said they were embarrassed that they were still alive.[67]

위에 드러난 바와 같이 기성 세대 미국 대중들이 대체로 '미국의 패전'이라는 사실에 당황스러워하는 반면 참전자들은 참전에서 얻은 혼란으로 인하여 참전 이후의 삶 자체를 당황스러워 한다. 물리적 힘으로나 국제 사회의 영향력으로 볼 때 강대국인 미국이 전쟁에서 패배했다는 사실은 미국 대중들의 당황스러움을 야기하기에 충분했을 것이다. 또한 에멧의 당황스러움은 전쟁 이후 원래의 삶의 모습을 찾아가지 못하고 미국 사회에 적응하지 못한다는 데에서 찾을 수 있다. 에멧은 베트남전의 기억으로부터 풀려나지 못한 채 보편적인 미국인들과는 매우 다른 방식의 삶을 살아간다. 치마를 입고 시청 건물에 올라가 베트콩 기를 게양하는 등의 일탈적인 행동을 보이기도 한다. 에멧은 여자 친구 애니타^{Anita}에게 공작 깃털을 선물로 주는데 그 에피소드는 이웃들로 하여금 에멧이 기괴한 성향을 가졌다고 믿게 만드는 일화 중의 하나이다. 물질 문명에 침윤된 대부분의 당대 미국인들은 선물은 시장에서의 교환가치에 비례하여 평가된다고 여긴다. 그런 까닭에 그들에게는 금전적으로 무가치해 보이는 공작 깃털을 선물한다는 것은 상상하기 어려운 것이다. 그처럼 에멧은 미국 대중 문화로부터 분리되어 자신만의 세상에서 살아간다.

에멧과 마찬가지로 베트남전에 참전했던 피트^{Pete} 또한 자신이 속한 사회는 물론 가족으로부터도 이해받지 못하고 마음속에는 분출해 내어야 할 울분이 가득한 인물로 그려진다.

샘은 다시 물었다. "피트는 무엇을 쏘았던 거야?"

"피트 말로는 그냥 자신을 엄습한 어떤 것 때문이었대. 밖으로 나가서 총을 쏘니까 없어지더래." 집에서 한 블록쯤 떨어진 곳에서 에멧은 갑자기 말했다. "피트가 작업실에 베트남 지도를 갖고 있었는데 피트의 아내가 집 단장에 맞지 않는다고 그걸 찢어버렸대. 이상하게 들리겠지만 내 생각엔 피트가 베트남에 돌아가길 원하는 것 같아."

"삼촌도 돌아가고 싶었던 적 있어?" "천만에. 무슨 소리야?"

Sam asked him again, "What was Pete shooting at?"

"He said it was just an urge that came over him, and he got rid of it by going out and shooting off his gun."

When they were a block from the house, Emmett said suddenly, "He had a map of Vietnam in the den, and his wife tore it down because it didn't fit her decorating scheme. It sounds crazy, but I think he'd rather be back in Nam."

"Did you ever wish that?" "No. Hell, no! Are you kidding?"[50]

피트는 충동적으로 마구 총을 쏘아댐으로써 가슴 속의 분노를 분출하고자 한다. 피트의 분노가 구체적으로 어디에서 오는 것인지는 드러나 있지 않다. 피트는 미국 사회나 자신의 가족으로부터 충분히 이해받지 못하는 인물이다. 그를 이해할 수 있는 사람은 베트남전을 직접 겪어본 사람들뿐이다. 어느 날 피트의 아내는 피트가 보관하던 베트남 지도를 찢어버리는데 그 행동은 아내가 피트가 무엇을 소중히 여기는지 알지 못하고 있다는 것을 보여준다. 그런 점에서 피트의 아내는 기억으로부터 벗어나기 위하여 기억 자체를 부정하고자 하는 미국 사회를 상징한다고 볼 수 있다.[10] 자신의 경험을 기억으로 보존하려는 피트와 그러한 피트의 경험이나 기억을 공유할 길이 없는 아내의 분리된 내면 세계를 확인할 수 있다.

동시에 위의 사례는 미국 사회가 베트남전 참전자들을 위한 공간을 마련해두고 있지 않다는 사실을 보여주기도 한다. 앞서 언급한 바와 같이 참전 군인들은 사회로부터 이해받지 못하고 그들의 경험은 그들 사이에서만 이해될 수 있는 배타적인 것으로 받아들여져 왔다. 그들은 '불평불만을 일삼는 사회 일탈자'로 흔히 간주되고 그들의 삶은 자폐적이고 퇴

---

10 참전자들은 자신들의 기여를 인정해주지 않는 미국 사회에 대해 자주 울분을 표출하곤 했다. 그들의 사회부적응의 문제는 영화 〈람보〉를 위시한 다양한 영상 및 문학텍스트에서 이미 드러난 바 있다.

행적인 것으로 파악되고 재현되어 왔다. 참전자들 자신도 그들의 경험을 공유하지 못하는 사람들로부터 이해받기 어렵다는 사실을 인지하고 있었다고 볼 수 있다. 참전자들 사이에서 통용되곤 했던 특별한 표현인, '정글 속의 대장정humping the boonies'과 같은 표현이 그 점을 드러낸다.

"삼보야, 베트남에 대해 생각 그만하렴. 너는 베트남전이 어떠했는지 알지 못하고 앞으로도 결코 알 수 없어. 알 수 있는 방법이 없단다. 그러니 그냥 잊어버리렴. 적을 찾아 정글 속에서 대장정을 해 본 경험이 없다면 결코 알지 못한다."

"정글 속의 대장정이라는 게 무슨 말이죠?"

"그건 신도 버린 황무지에 나가서 생존하기 위해 온갖 짓을 다해보는 것을 말한단다. 난 생존했고 그 생존을 낭비해 버리지 않을 거야." 그는 웃었다.

"Stop thinking about Vietnam, Sambo. You don't know how it was, and you never will. There is no way you can ever understand. So just forget it. Unless you've been humping the boonies, you don't know."

"What's humping the boonies?"

"That means going out in some godforsaken wilderness and doing what you have to do to survive. But I survived and I ain't going to waste it now." He laughed.[136]

트라우마를 직접 경험한 사람들만이 그 트라우마의 기억을 공유할 수 있고 참된 동정심을 나눌 수 있다고 알려져 있다. 살육의 현장인 전쟁터에서 살아남은 베트남전 생존자들은 트라우마 경험자에 속한다고 볼 수 있는데 그들 또한 타인들로부터 이해받기 어려운 것이 현실임을 자각하고 있다. 미국 사회는 참전자들이 머나먼 동남아시아에서 경험했던 바를 적극적으로 이해하려 들지 않으며 위에 나타난 바와 같이 참전자들 또한 자신들의 경험이 이해받기 어렵다는 사실을 자조적으로 인정하고 체념하고 있는 것이다.

피트와 에멧이 대표하는 참전 미국인의 대척점에 놓인 인물들이 피트의 아내나, 그리고 샘의 어머니인 아이린Irene이라 할 수 있다. 그들은 베트남전의 기억을 나누어 가지기보다는 망각을 통하여 넘어서면서 삶을 영위하는 인물들이다. 아이린은 과거를 회상하거나 해석함으로써 미래에 대한 지향성을 찾기보다는 과거를 망각 속에 묻어버리고 과거와는 완전히 차단된 미래로 나아가기를 원한다.[51] 아이린이 추구하는 것은 과거의 기억을 보존하는 것이 아니라 현재에 몰두하면서 현실주의에 입각한 물질적 풍요를 추구하는 것이다. 샘은 그러한 어머니 아이린과 의붓아버지를 영혼이 없이 물질에 집착하는 단순한 인물들이라고 여긴다. 샘은 의붓아버지를 본명 대신 로렌조 존스Lorenzo Jones라고 부르는데 오래된 연속극의 제목에서 딴 이름으로 부르는 것이다. 의붓아버지가 통속적인 드라마의 주인공처럼 개성personality이 없는 인물이라고 보며, 마찬가지로 어머니 아이린의 삶 또한 연속극 같다고 보기 때문이다.[5] 그처럼 샘은 행복을 물질의 축적과 동일시하는 그들 부부에 대해 경멸적인 태도를 보인다. 아이린이 베트남전의 기억으로부터 벗어나 이제 '약간의 행복' 누리고 싶다고 샘에게 말하는 대목을 보자.

행복? 로렌조 존스와? 샘은 자신이 수집한 짐 빔 병들에 감탄하면서 바에 기대어 선 그를 상상했다 ─ 그 집엔 바가 있었다. 매년 크리스마스 시즌에 판매하는 특이한 모양의 술병을 그는 수집하곤 했다. 그리고 그게 얼마나 값나가는 것인지 자랑하곤 했다. 그는 엔진과 승무원실까지 갖춘 기차 모형을 가지고 있었는데 그 기차의 부분들도 모두 짐 빔 병이었다.

Happiness? With Lorenzo Jones? Sam imagines him standing against the bar — they had a bar — admiring his collection of Jim Beam bottles. He collected oddly shaped liquor bottles sold every Christmas, and he bragged about how they were worth money. He even had a train, with an engine and a caboose, and each part of the train was a Jim Beam bottle.[56]

샘은 술병을 모으는 취미 활동이 자신의 의붓아버지가 개성 없는 인물임을 증명하는 것이라고 보며 행복을 소유에서 찾는 그런 태도를 경멸한다. 그런데 그러한 샘의 태도는 단지 의붓아버지를 향한 것일 뿐만 아니라 물질주의에 경도된 전후 세대 미국인들의 문화 전반에 대한 비판이기도 하다.

샘은 아이린이 아버지와 베트남에 관해서는 샘에게 아무 것도 말해 준 적이 없다고 항의하고 마치도 아버지도 베트남전도 존재한 적조차 없는 것처럼 행동한다고 비난한다.[56] 샘이 과거를 이해하고자 노력하는 데에 전혀 도움을 주지 않는 어머니에 대한 원망을 그렇게 드러낸 것이다. 그러나 전쟁 미체험 세대인 샘이 과거를 복원하고 싶어 하는 것만큼이나 전쟁 체험 세대에 속하는 아이린은 그 과거를 떨쳐버리고자 한다. 과거를 정리하는 방식으로 망각을 택한 아이린의 모습은 텍스트의 곳곳에서 발견된다.

샘은 어머니에게 새로 발견한 비틀즈 레코드에 대해 말하려고 했지만 어머니가 흥미를 보이지 않을 것이라고 생각했다. 아이린은 모든 옛날 레코드를 남겨두고 떠났다. 그녀는 과거에 대해 듣기를 원하지 않았다.

Sam wanted to tell her mother about the new Beatles record, but she was

afraid her mother woudln't be interested. Irene had left all her old records be-
hind. She didn't want to hear about the past.[57]

"엄마는 아버지에 대해 말한 적이 없어. 어떻게 생겼는지, 어떤 음식을 좋아
했는지. 키가 얼마나 컸는지 어떤 성격의 소유자였는지도 나는 몰라. 아버지는
그냥 사진 속의 인물일 뿐이야. 하지만 나는 이제 정말 궁금해." (…중략…) "엄
마는 베트남전이 암흑시대에 속하는 것처럼 행동해."

"My mother never told me much about him, what he was like or what his
favorite foods were or anything. I don't even know how tall he was or what kind
of personality he had. He's just a face in a picture, but now I 'm getting real cu-
rious." (…중략…) "My mother acts like the Vietnam War was back in the Dark
Ages."[64]

옛날의 레코드와 마찬가지로 아이린은 전사한 남편 또한 잊어버려야
할 대상으로 여길 뿐이다. 아이린에게 있어서 남편 드웨인Dwayne은 남편으
로 기억되기에는 너무나 짧은 기간을 함께 보낸 대상이었다. 결혼 한 달
만에 전쟁터로 떠나고 그 이후로는 다시 보지 못하게 되었던 것이다.[167]
그처럼 아이린은 베트남전쟁을 망각하고자 하는 사람들을 대표한다.
일부 미국인들에게는 베트남전쟁이 1960, 1970년대의 미국에서 일어난
여러 사건들 중 하나에 불과하다. 이를테면 그들은 달 착륙이라거나 케
네디 대통령의 암살이라거나 하는 굵직굵직한 역사적 사건들에 가리어
그 중요도가 다소 희석되어 버린 하나의 사건으로 베트남전을 기억하기
도 한다. 아이린 또한 드웨인과의 결혼에 대해 샘이라는 유복자의 존재만
이 결혼의 흔적으로 남아있을 뿐 달리 회상할 것이 없는 사건으로 기억

한 것이다. 참전자인 동생 에멧을 십 삼 년 동안 돌보아준 것, 아이린 자신의 말을 빌자면 '참고 (그와) 살아준 것'[56] 으로 자신의 인생에서 베트남전이라는 과거에 대해 치를 대가를 모두 치렀다는 것이 아이린의 자세이다. 남편을 전쟁에서 잃었다는 점에서 아이린은 전쟁의 희생자라고 볼 수 있다. 그러나 동시에 과거를 잊어버림으로써 그로부터 벗어나 과거와는 전혀 다른 형태의 행복을 추구하겠다는 아이린의 태도는 베트남전쟁을 기억하기보다는 잊어버림으로써 국민의 통합과 발전을 추구해야 한다는 미국의 공적 담론에 더 많이 부합하는 모습을 보여준다.[11]

이상에서 살펴본 바와 같이 『베트남에서』의 인물들은 미국인들이 베트남전에 대해 취하는 다양한 태도를 대표한다. 피트와 에멧이 베트남을 직접 경험하고 그 경험으로 인하여 베트남의 기억에 붙잡혀 살고 있는 인물군이라면 아이린과 피트의 아내는 그 반대 축에 서있다. 베트남전이 목적도 방향도 분명하지 않았을 뿐 아니라 도덕성과 명분에 있어서도 국내외적으로 격렬한 논쟁의 대상이 되었던 전쟁이었음은 잘 알려진 사실이다. 피트와 에멧은 그 전쟁에 동원되어 살아 돌아왔지만 전쟁의 기억이 그들로 하여금 일반적인 미국인의 삶으로 되돌아가기 어렵게 만든다. 아이린은 전쟁 미망인으로 살아야했고 유복자를 길렀으며 퇴역 군인인 동생을 돌보았다는 점에서 간접적인 방식으로 전쟁을 치렀다고 볼 수 있다. 그러나 이제는 전쟁으로부터 벗어나 이전과는 전혀 다른 삶을 살아가고자 하며, 그 새로운 삶은 전쟁을 망각함으로써만 가능하다고 믿는다. 피트의 아내는 텍스트 상에서 거의 다루어지지 않는다. 하지만 그 또한 전쟁을 기억하고 싶어 하지 않는다는 점에서 아이린과 같다. 그러한 다양한

---

11   망각을 종용하는 미국의 공적 담론에 대해서는 Lomperis : 3을 참조할 것.

미국인의 삶을 배경에 둔 채 샘은 제3유형의 미국인을 대표한다고 볼 수 있다. 과거에의 몰입과 과거의 망각 사이에서 제3의 방식으로 과거를 복원하고 기억하고자 하는 세대의 부상을 주인공 샘에게서 찾아볼 수 있는 것이다.

4. 하부 지식과 역사의 재구성

한편 『베트남에서』는 일종의 성장소설이라고도 볼 수 있다. 주인공 샘을 텍스트의 중심에 놓고 보면 소설은 주인공이 베트남전쟁을 이해해 가면서 자신의 정체성을 찾아가는 과정을 그리고 있기 때문이다. 샘은 베트남전쟁으로 인하여 자신을 구성하는 많은 요소들이 결핍된 상태로 자신이 태어났으며 그에게 부재하는 것이 아버지만이 아니라는 것을 깨닫게 된다. 샘은 자신의 이름이 어디에서 왔는지, 즉 이름의 기원에 대한 정보조차 갖고 있지 않다는 점에 대해 먼저 질문을 제기한다.

"네 아버지가 너를 사만사라고 이름 지었단다" 하고 에멧이 말했다. "헤이! 무슨 말이야?" 에멧은 대답하기 전에 펩시를 따서 마셨다. "드웨인이 사만사가 자기가 제일 좋아하는 이름이라고 아이린에게 너를 사만사라고 이름 지으라고 편지했단다." (…중략…) 샘은 혼돈스러웠다. 자신의 이름의 기원조차 제대로 알 수 없다면 확실히 알 수 있는 것이 무엇이란 말인가?

"Your daddy was the one that named you Samantha," Emmett said.

"Hey! What do you mean?"

Emmett flipped a Pepsi and drank from it before he answered. "Dwayne wrote

Irene once and said he wanted to name you Samantha because it was his favorite name." (…중략…) Sam was confused. If she couldn't know a simple fact like the source of her name, what could she know for sure?[53]

샘이 자신의 이름이 어디에서 왔는가를 찾아가는 과정은 곧 자아정체성 추구의 과정이며 그것은 또한 베트남전쟁 기간에서부터 샘이 성인이 된 현재에 이르는 미국 역사상의 20여 년을 재구성하는 것과도 궤를 같이 한다. 샘은 자신의 근본을 찾아가는 과정을 통하여 자신으로부터 단절된 과거의 사람들과 사건들을 알아가게 되는데 그 점 또한 미국 역사에 대한 재평가의 과정으로 이해할 수 있다. 샘은 에멧이 기억하는 경험의 파편을 나누어 가짐으로써 그것으로 유년의 기억을 형성하게 되는데 에멧이 들려주는 베트남전쟁의 이야기 또한 샘의 기억을 형성하는 중요한 요소가 된다.

우표를 가지고 놀면서 에멧은 샘에게 전쟁이야기를 들려주었다. M-60와 수류탄 발사기, C-130 수송기에 대한 이야기, 그리고 앰트랙에 대한 이야기를 들려주었다. 앰트랙 이야기는 샘이 가장 즐겼던 이야기인데 에멧은 웃으면서 앰트랙을 '노란 잠수함'이라고 부르곤 했다. 샘은 이야기를 통하여 마음속에 베트남의 정경을 그려보았다. 마음속의 그곳은 플로리다같이 쾌적한 시골일 것이고 거기엔 해안과 종려나무와 벼가 자라는 무논과 푸른 산이 있었다. 하늘에는 멋진 비행기가 가득 차 있었다. 가틀링 총을 장착한 C-47, 휴이와 치눅 헬리콥터들, 스카이 트레인이라 불린 글라이더와 비행기, 그리고 버드 독이라 불린 비행기 같은…… 에멧은 플라스틱으로 모형 헬리콥터나 제트 전투기들을 만들어 이야기하면서 보여주기도 했다.

While they played with the stamps, Emmett told Sam war stories, sprinkled with M-60s and grenade launchers and C-130 transport planes, and Sam's favorite — the armtrack, which Emmett laughingly described as a 'yellow submarine.' Sam had a picture of Vietnam in her mind from Emmett's stories — a pleasant countryside, something like Florida, with beaches and palm trees and watery fields of rice and green mountains. The sky was crowded with wonderful aircraft — C-47s with Gatling guns, Hueys, Chinooks, Skytrains, Bird dogs. Emmett even made plastic models of helicopters and jet fighters, and he used them to act out his stories.[51]

위에서 볼 수 있는 것처럼 에멧으로 인하여 샘은 다른 아이들의 경우와는 달리 독특하게도 베트남의 이미지와 전쟁용 비행기들에 대한 상상으로 어린 시절을 보낸다. 전설이나 민담의 요정 이야기나 왕자와 공주의 사랑 이야기 대신 전쟁 이야기를 들으며 자란다는 데에서 샘의 유년기는 필연적으로 베트남전과 연결된다. 이야기 속의 베트남은 종려나무와 푸른 산과 논과 바다가 펼쳐진 즐거운 곳으로 상상된다. 그러나 그런 초기의 이미지는 다시 변화의 과정을 겪게 되는데 샘의 유년을 장식했던 상상 속의 이미지들이 낭만성을 잃고 일그러지기 시작하는 것, 그리고 직접적이고 사실적인 베트남의 현실이 그 낭만적 요소를 대체하게 되는 것은 컬러 텔레비전의 등장으로 인해서이다.

아이린은 그 이야기를 중단시키곤 했다. 전쟁을 회상한다는 것이 아이린으로서는 당황스러운 것이었다. 전쟁의 실제 모습이 샘의 마음에 새겨지게 된 것은 집에 컬러 텔레비전을 들여 놓은 지 얼마 지나지 않은 어느 날부터였다. 샘이 여덟 살이나 아홉 살 되던 무렵이었다. 그녀의 기억으로는 사이공 함락이 일어나던 무렵, 저녁 뉴스에서 베트남 리포트를 접했던 때였다. 저녁 뉴스에는 등에 보따리를 짊어진 채 길을 걸어가는 사람들의 모습이 보였다. 몇몇은 팔에 아이들을 안고 가기도 했다. 군용 지프차가 길을 따라 소음을 내며 가고 있었다. 그 풍경은 믿을 만했다. 거기에는 저 멀리 나즈막한 언덕이 보이고, 가장자리에 좁게 흙으로 된 갓길이 나있는 포장도로가 있고, 초록빛의 무엇인가가 줄을 지어 서있는 논밭이 보였다. 그 길은 저 아래쪽에서 파두카 지역을 향하여 구부러지는 오래된 호프웰의 길들과 닮아있었다. 처음으로 베트남은 실재의 장소가 되었다. 샘이 지켜보고 있는 동안에 티셔츠만 입고 하의를 벗은 아이 하나가 길 아래쪽으로 달려가고 있었고 어머니가 야단을 치며 아이를 부르고 있었다.

Irene stopped the stories. It upset her to be reminded of the war, but the reality of it didn't register on Sam until one day soon after they got their first color TV set. She was eight or nine. On the evening news, a report from Vietnam — it was during the fall of Saigon, 1975, she thought — showed some people walking along a road with bundles on their backs. Some were carrying babies in their arms. Army jeeps chugged along the road. The landscape was believable — a hill in the distance, a paved road with narrow dirt shoulders, a field with something green planted in rows. The road resembled the old Hopewell road that twisted through the bottomland toward Paducah. For the first time, Vietnam was an actual place. As Sam watched, a child in a T-shirt and no pants ran down the road, and its mother called after it, scolding it.[51]

이처럼 샘의 기억을 구성하는 것들 중 텔레비전 이미지가 매개해주는 베트남의 현실은 중요한 의미를 지닌다. 그러나 텔레비전에 보도된 베트남전의 장면들에 관한 한, 샘의 기억은 샘 개인만의 기억이 아니다. 샘의 기억 속에 등장하는 텔레비전 속의 베트남전의 현실은 '베트남에서'가 아니라 미국 대륙에서 그 전쟁을 간접 경험하게 된 미국인들이 공유한 바에 해당하기 때문이다. 또한, 텍스트는 베트남전의 전개 과정에서 텔레비전의 역할을 간과할 수 없다는 점을 강조한다. 컬러 텔레비전이 등장하면서 일반 국민들이 매일 저녁 베트남전쟁에 대한 보도를 접하게 되었고 그것이 베트남전에 대한 미국 국내의 반전운동을 가속화시켰다는 점은 이미 잘 알려진 사실이다.[12] 따라서 텔레비전을 중심으로 하는 샘의 개인적 기억은 다수의 미국인들의 집단 체험으로 연결되는 기억이며 더 구체적으로는 1970, 1980년대의 미국 대중 문화를 증언하는 것이기도 하다. 만화경을 보여주듯 텍스트에는 1960년대로부터 1980년대에 이르기까지의 다양한 대중 문화의 모습들이 제시되고 있다. 그러한 대중 문화의 면모들은 샘을 중심으로 전개되는 미국 사회의 변화를 후경의 방식으로 보여준다. 컬러 텔레비전의 출현이 대다수의 미국인들로 하여금 '먼 이야기 속의 낯선 나라'인 베트남을 '군용 지프가 달리는 길에 반라의 어린이가 달려가고 어머니가 아이를 야단치는' 실재의 공간으로 경험하게 해준다. 텔레비전 드라마 속의 현실이 그처럼 샘에게 결정적인 영향력을 미치게 된다는 점은 샘이 현실에서도 드라마의 장면들을 떠올리는 데에서 확인할 수 있다. 샘이 에멧과 함께 지내면서 에멧의 행동을 이해하는 방식

---

12 베트남전은 흔히 '텔레비전 전쟁'이라고 불린다. 베트남전쟁 기간 중에 텔레비전의 광범한 보급이 이루어진 까닭에 전 국민이 텔레비전 화면을 통하여 전쟁의 진행 과정을 지켜볼 수 있었던 것이다. 정연선은 "월남전은 최초의 TV 전쟁으로 전쟁의 실상이 매일매일 미국의 안방에 생생하게 전달되었다"(315)고 하여 텔레비전과 베트남전쟁과의 관련성을 언급한다.

중의 하나는 그의 행동들을 텔레비전 드라마의 장면들에 대비해 보는 것이다. 에멧이 집주변에서 멈추어 선 채 무슨 소리를 들으려고 할 때 샘은 에멧을 보면서 MASH 프로그램에서의 레이더 오라일리^{Radar O'Reilly}를 떠올리게 되는데 그 장면을 한 예로 들 수 있다.[50] 비틀즈의 음악 또한 마찬가지로 강력한 영향력을 행사한다. 텔레비전의 출현과 더불어 베트남전쟁과 종전 이후를 대변하는 또 하나의 대중 문화 산물로 비틀즈의 음악을 들 수 있다.

샘은 버거보이에서 로니와 돈과 함께 콜라를 마시면서 라디오에서 나오는 새로운 비틀즈의 노래를 다시 들었다. 진짜 비틀즈였다. 1964년도 작품 중 미발표작이라고 DJ가 말했다. 비틀즈를 듣는 것은 으스스했다. 무덤에서 나오는 소리를 듣는 것처럼. 노래에선 "내 고양이를 내버려두어"라고 했다. 멋졌다. 그 노래를 들으며 샘은 60년대의 에너지를 느꼈다. 욕망이 일어 폭발하는 것처럼. 그 노래엔 치기가 들어있었다. 청춘이 되기엔 지금보다 그때가 훨씬 나았을 것 같은. 어머니는 1966년에 비틀즈 공연에 간 어떤 사람을 알고 있었다.

Sam heard the new Beatles song on the radio again, while she was having Cokes with Lonnie and Dawn at the Burger Boy. It really was the Beatles — a previously unreleased cut from 1964, the D.J. said. Hearing it was eerie, like voices from the grave. "You better leave my kitten all alone," the song went. It was great. Hearing it, Sam felt the energy of the sixties, like desire building and exploding. But there was something playful in the song, as if back then were a much better time to be young than now. Her mother knew somebody who had been to a Beatles concert in 1966.[50]

1960년대를 살아간 사람들이 비틀즈 공연에 직접 관객으로 참여했던 반면 전후 세대에 속하는 샘은 라디오를 통하여 그 음악을 듣게 된다. 즉, 음악을 통한 간접 체험의 형식으로 샘은 상상 속에서 1960년대를 재구성하는 것이다. 1960년대의 대중음악에서 샘은 1960년대의 충만한 에너지를 감지하게 되는데 그것은 대중 음악이 선사하는, 터져 나오는 욕망과도 같은 활력으로 인하여서이다. 음악이야말로 샘으로 하여금 가장 구체적으로 베트남전쟁 시대를 느끼게 해 주는 요소가 된다.

요컨대 샘에게 아버지와 그 시대의 재구성을 가능하게 해 주는 요소들은 바로 그와 같이 직접적인 느낌을 주는 것들이라 할 수 있다. 책이나 언론이 제공하는 베트남전쟁의 내러티브는 샘의 궁금점에 답하지 못한다. 샘이 진정으로 추구하는 것은 성명서와 국무부 문서에 나타나는 선전된 진실이 아니라 그 뒤에 가려진 진실인 것이다. 샘이 원하는 것은 구체적이고 직접적인 베트남과 베트남전의 모습들, 즉 개인에게 의미 있는 세부 항목들이다. 위에 든, '베트남에는 옥수수가 있었던가?'라는 질문이 대표적으로 보여주는 것처럼 사적이며 구체적인 기억과 경험의 조각들이 바로 샘이 추구하는 것이다. 베트남의 흙은 어떤 색깔, 어떤 감촉의 것이었던가 하는 구체성만이 주인공 샘에게 의미가 있기 때문이다.

> 베트남에서는 흙은 어땠을까? 베트남에서는, 그들이 말하는대로 시골에서는In Country…… 에멧의 도랑에 있는 것 같은 진흙이었을까? 사진에서 본대로 조지아 주의 흙처럼 붉은 빛이었을까? 그녀는 알 길이 없었다.
>
> what was the dirt like in Vietnam? In country, they said. Was it clay like Emmett's trench, or red like the dirt in Georgia she had seen pictures of? She didn't know.[120]

매스 미디어가 매개해 준 정보와 이미지들은 샘으로 하여금 베트남을
실감나게 이해할 수 있도록 해주지 못한다. "내가 볼 수 있는 것은 그림엽
서 뿐이야. 종려나무와 논, 그게 다야."94 "내 맘속에 보이는 것은 그림엽
서인데 실재같지 않아. 그게 진짜였다고 믿어지지 않아."95 이러한 샘의
말들은 구체성이 증발해버린 다음 정형화되어 반복 재생산되는 베트남
의 이미지에 대한 불만을 보여준다. 불만은 다음에서 더욱 구체화된다.

텔레비전 방영용으로 만들어진 베트남전 영화에서 샘은 병사들이 옥수수밭
사이로 행진하는 것을 보고 놀란 적이 있었던 것을 상기했다. 옥수수 수염들
은 푸른 하늘을 배경으로 사열해 있었고 옥수수는 수확해도 될 만큼 여물어 있
었다. 베트남에서 옥수수가 자란다는 사실이 샘을 놀라게 했다. 샘으로서는 알
길이 없었다. 미국인들이 베트남에 옥수수를 심었기 때문에 옥수수가 거기 있
었을까? 아니면 미국인들이 베트남사람들에게 씨앗을 주고 심는 법을 가르쳐
주어서일까? 사실상 베트남에 옥수수가 있기는 했을까? 영화는 멕시코에서 찍
은 것이었다. 옥수수는 원래 미국 원주민의 식물이니까 멕시코에는 당연히 옥
수수가 있었다. 메이즈Maize. 마졸라 옥수수유 선전에 나온 여성. 진실을 알기가
매우 어렵다는 사실이 샘을 괴롭혔다. 진짜 베트남에 옥수수가 자라고 있었을
까? 베트남의 풍경은 눈에 그려보기가 어려웠다. 도서관의 책들은 베트남의 농
작물에 대해 말해주는 것이 거의 없었다.

She suddenly recalled that in a made-for-TV movie about the Vietnam War
she had been surprised to see soldiers marching through a field of corn. The tas-
sels were outlined against the clear blue sky, and the corn looked ready to pick.
It surprised her that corn grew in Vietnam. She did not know if it was there be-
cause Americans had planted it—or had given the Vietnamese the seed and shown

them how to plant it-or if in fact corn was ever in Vietnam, since the movie was filmed in Mexico. They certainly had corn in Mexico because corn was an Indian plant. Maize. The woman in the Mazola commercial. It bothered her that it was so hard to find out the truth. Did corn actually grow in Vietnam? The landscape of Vietnam was hard to envision. The library books said little about crops.[69~70]

위에서 보듯 샘의 불만은 구체성을 잃어버린 역사에서 말미암는다. 공적 역사는 이데올로기와 정책에 대해서는 넘치도록 많은 정보를 제공하고 있지만 그 역사는 구체적인 세부 사항에 대해서는 침묵한다. 공적 역사를 통하여서는 베트남 땅에서 도대체 어떤 식물이 자라고 있었는지, 어떤 새가 있었는지 등에 대해서는 알아낼 길이 없다. 그처럼 구체적인 것을 주인공으로 하여금 요구하게 함으로써 궁극적으로 작가 메이슨은 베트남전쟁의 일상사, 미시사에 대한 관심을 드러내고 있는 것이다.

또 한 명의 등장인물, 애니타Anita의 이야기 또한 샘이 이해하고 있는 것처럼 사소하고 개인적이며 따라서 공적 역사와는 판이하게 다른 베트남전의 모습을 보여준다. 애니타는 우연히 기차에서 만난 한 젊은 병사의 기억을 회고한다. 애니타가 읽고 있던 시를 어깨 너머로 읽으며 그 또한 시를 좋아한다고 말한 적이 있다는 것, 그는 다음날 베트남으로 떠나게 되어 있는 군인이었다는 것, 그리고 전쟁에서 그가 죽었는지 살아 돌아왔는지 알 길이 없다는 것이 애니타가 그에 대해 기억하는 모든 것이다. 그러나 애니타는 그 낯선 병사에 대한 기억이 뉴스에서 본 그 어떤 베트남전 보도보다도 더 실제적이라고 술회한다.

하지만 여러 해 동안 나는 생각했어. 그게 '나의' 베트남 경험이었어. 이야기하면 좀 어리석게 들리겠지만 뉴스에서 전쟁 소식을 듣는 것보다 나에게 더 큰 영향을 끼쳤어. 왜냐하면 그건 진짜였고 나는 바로 거기 있었거든. 그 젊은이들과 함께 그 버스에. 그 중 몇은 돌아오지 않았다는 건 알지.

But for years I thought — that was *my* Vietnam experience. It always sounded silly to tell it, but I think it affected me more than hearing about the war on the news. Because it was real and I was right there, on that bus with all those boys. I just know some of them didn't come back.[116, 이탤릭체로 강조된 부분은 원본]

위는 애니타라는 평범한 미국 여성이 베트남전과 연결시켜 떠올릴 수 있는 거의 유일한 직접적 기억이다. 애니타의 기억 속에 남은 군인의 모습 또한 '민주주의'와 '자유'라는 이데올로기의 수호자로서의 군인상과는 매우 거리가 멀다. 그는 단지 시를 사랑하는 나이 어린 청년일 뿐이다. 애니타가 증언하는 베트남전에 대한 기억, 또는 참전 군인에 대한 회상 또한 결과적으로 국가가 표방하고 선전하고 공고화하여 영속시키고자 하는 베트남전의 의미에 흠집을 낸다. '나의 베트남 경험'이라는 표현이 압축적으로 보여주듯 개인의 기억 속의 베트남전은 공적 담론 속의 그것과는 전혀 다른 모습으로 존재한다는 것을 알 수 있다.

5. 부권의 상실과 기억에의 저항

그러나 『베트남에서』가 문제적인 텍스트인 것은 무엇보다도 위에 든 바와 같이 주인공 샘이 대표하는 전후 세대가 베트남전이라는 역사적 사건을 재정리한다는 의미, 그리고 그들이 아버지의 존재를 이해하는 방식이 아주 새롭다는 사실에서 찾을 수 있다. 샘이 아버지의 존재를 인식하고자 하는 시점은 자신이 성인에 접근해가는 17세이다. 그런데 베트남전에서의 전사자인 아버지 드웨인 또한 참전 당시 19세 청년에 불과한 나이였다. 아직 20세에 이르지 못한 두 젊은이가 세대를 달리하여 재현되고 있음에 주목해볼 수 있다. 샘의 할머니는 에멧이 어린 나이에 군대에 갔다는 사실을 다음과 같이 언급한다.

> 에멧은 다람쥐 죽이는 것과 같을 거라고 생각하고 군대 갔지. 군에 갔을 때 그는 자기 궁둥이나 겨우 닦을 정도였지. 그냥 시골 촌뜨기였지.
> He thought it would be just like killing squirrels, I guess. Why, he barely knew how to wipe his butt when he went over there. He was just a country boy.[171]

삼촌 에멧에 대한 할머니의 언급은 드웨인에게도 적용되는 말이다. 즉, 샘의 아버지 드웨인과 삼촌 에멧은 참전 당시 나이 어리고 경험이 부족한 시골 청년들이었다. 철없는 청년들이 베트남전의 주역들이었음을 상기하는 것은 '자유와 민주주의 수호'나 '도미노 이론' 등이 얼마나 추상적인 것인지를 웅변해 준다. 그러므로 할머니의 언술은 이처럼 한 개인이 자신의 기억을 소환하여 기록하는, 일종의 구술사에 해당한다고 할 수 있다. 그렇다면 이러한 개인의 기억이 텍스트의 서사로 등장한다는 점을 통하여 구술사가 공적 역사를 보완하고 수정하는 것을 볼 수 있다.

다시 19세였던 아버지를 기억하고자 하는 17세 딸의 존재로 돌아가 텍스트를 살펴보자. 드웨인은 전사하여 더 이상 성장하기를 멈추고 영원한 19세 청년으로 남게 된다. 그리고 샘이 아버지를 찾아가는 것은 한 세대를 앞서 살아간 존재가 아니라 미숙한 동시대인 친구를 찾아가는 것과 같다. 나이가 지니는 의미를 강조해주는 것은 샘의 친구인 로니 또한 19세라는 사실이다.

사진 속의 소년, 드웨인 휴즈는 샘이 버거 보이에서 일할 때 썼던 것과 같은 모자를 쓰고 어두운 군복을 입고 있었다 (…중략…) 사진 속의 소년은 19세였다. 로니는 곧 19세가 된다. 샘은 거울 속의 자기 얼굴을 들여다 보았다. 살지고, 대담하고 고집 센 자신의 모습을. 아버지의 얼굴은 매우 말랐다. 그녀는 닮은 점을 찾을 수가 없었다.

The boy in the picture, Dwayne Hughes had on a dark uniform with a cap like the one Sam had worn when she worked at the Burger Boy. (…중략…) The boy in the picture was nineteen. Lonnie was going on nineteen. Sam looked at her face in the mirror — fat, sassy, stubborn. Her father's face was so scrawny. She couldn't see any resemblance to him.[58]

앞서, 텍스트는 전통적으로 아버지라는 존재가 지녀온 권위에 대해 도전하고 더 나아가 권위를 와해하는 구도를 지닌다고 언급한 바 있는데 아버지와 딸이 19세와 17세로 재현된다는 점 또한 그 점을 강조하는 데에 기여한다. 일반적으로, 아버지와 딸의 관계는 아버지가 딸을 인도하고 보호하는 구도를 지닌 채 드러난다. 경험과 순수, 지식과 무지, 지도와 순종이라는 이항 대립의 구조 속에서 아버지는 전자를, 딸은 후자를 대변하게 되는 것이다. 그러나 베트남전이라는 역사적 사건을 통과하면서 그 역사의 희생자로 존재하는 아버지, 그리고 그 유복자 딸과의 관계에서 전자는 그러한 전통적인 역할을 담당하지 못한다. 양자의 관계는 전도된 채, 아버지는 박제되어 역사의 주역의 자리에서 밀려나 있고 그러한 아버지에게 정보제공자의 역할을 하는 존재가 딸로 드러난다.

아버지는 중요한 사건들을 많이 놓쳤다. 워터게이트 같은. 샘은 그게 무슨 사건인지 정확히 기억 못한다. 역사 선생님인 해리스씨는, '여러분 인생의 대사건은 달 착륙, 케네디 암살, 베트남, 그리고 워터게이트예요' 하고 말했다. 그녀는 케네디 죽음 이후 모든 것은 하락세로 돌아섰다고 말했다. 기억하려고 애쓰면 그 이후의 암살들을 다 생각해낼 수 있을 것 같았다.

Her father had missed so many important events. Watergate, for instance. Sam could not remember exactly what it was about. Her history teacher, Mr. Harris, had said, 'The biggies in your lifetime were the moon landing, the assassinations, Vietnam, and Watergate.' Mr. Harris said everything was downhill after Kennedy was killed. Sam could probably name all the other assassinations if she thought about it.[66~67]

"아빠 워터게이트를 경험 못했어요." 샘은 사진에 대고 말했다. "난 2학년이었는데."

(…중략…)

샘은 서전 페퍼의 론리 핫츠 클럽 밴드를 스테레오에 올려놓았다.

"이것도 경험 못했어요" 하고 말했다.

"You missed Watergate," Sam said to the picture. "I was in the second grade."

(…중략…)

Sam set Sgt. Pepper's Lonely Hearts Club Band on the stereo.

"You missed this too," she said.[67]

즉, 아버지는 전쟁 속에 사망함으로써 미국 역사의 전개 과정에서 소외된 존재이고 딸은 그로 하여금 결핍된 정보들을 확보하게 해주는 적극적인 존재가 되는 것이다.

주인공 샘이 구현하는 미국 사회 문화 내부의 변화는 할머니의 시각과 대조를 이루어서 더욱 선명하게 나타난다. 샘과 더불어 베트남전 시대를 이해하는 또 다른 모습을 보여주는 인물은 바로 샘의 할머니, 마모^{Mamaw}이다. 샘이 공적 담론에 저항하고 배치되는 개인들의 기억에 의하여 베트남전을 파악해나가는 모습을 보이는 반면 그의 할머니는 공적 담론을 무비판적으로 받아들이고 내면화한 구세대의 모습을 보여준다. 할머니는 '국가'와 '국가를 위한 개인의 희생'이라는 고전적인 담론에서 위안을 찾고 그것으로써 아들의 죽음과 타협하고자 한다.

"하지만 그 사람들은 네 아버지가 국가에 얼마나 공헌했는지를 밝혔단다. 나는 거기서 위안을 얻었어."

"아버지가 국가에 무슨 일을 했는데요?"하고 샘은 물었다. "모두가 그것이 어리석은 전쟁이었다는 것을 알고 있어요. 하지만 오만 팔천 명이 죽었어요. 에멧 삼촌 말로는 그들이 모두 헛되이 죽었대요."

"에멧은 말할 수 있지. 죽지 않았으니까." 할머니 마모는 화난 듯이 말했다. "드웨인은 목적을 갖고 참전했고 그 당시엔 사람들은 국가에 항의하지 않았어. 드웨인은 국가를 신뢰했고 가서 싸울 준비가 되어 있었다."

"But they wrote and told what a help he was to his country. I take comfort in that."

"What good did he do to his country?" Sam asked. "Everybody knows it was a stupid war, but fifty-eight thousand guys died. Emmett says they all died for nothing."

"Well, Emmett can talk. He didn't die," Mamaw said indignantly. "Dwayne was fighting for a cause, and back then people didn't go around protesting. He believed in his country, and he was ready to go over there and fight."[197]

할머니 마모의 모습에서 미국문화 속의 세대 간의 차이와 다성적 목소리의 병치를 찾아볼 수 있다. 국가의 이익이라는 대의를 위한 개인의 희생을 옹호하는 할머니의 이러한 전통적 주장은 이어서 샘이 발견한 아버지 드웨인의 일기장에 드러난 바에 의해 곧 반박된다. 일기를 통하여 드러난 드웨인의 의식에는 국가나 자유, 희생과 같은 숭고성의 어휘는 발견되지 않는다. 일기는 드웨인이 아무런 자의식 없이 전쟁에 동원되었다는 사실과 그가 교육의 부족으로 인해 의식의 진보를 경험하지 못한, 단순한 인종주의자임을 여실히 보여줄 뿐이다.

"만약 내가 구욱아시아인을 만났는데 화약을 갖고 있지 않다면 나는 담배를 꺼내 그 녀석의 귀에 쑤셔 박고 거기 불을 붙일 것이다."

"If I saw a gook and didn't have any ammo, I'd take a cig. and twist it in his eyes and burn 'em out."[202]

"내가 토끼 사냥하는 것 같다고 하니까 그는 내말이 맞다고 하면서도 차이가 있다고 했다. 동물은 본능으로 움직인다……하지만 동물은 우리를 사냥하지는 않는다."

"I said it was like rabbit hunting and he says yes but there's a difference. An animal behaves by instinct……But they don't come hunting you."[205]

아버지가 남긴 일기를 읽고 샘은 아버지에 대한 경멸감을 갖게 되며 심지어 토할 것 같은 느낌을 갖는다. 샘은 아버지가 맞춤법에 맞게 글을 쓰지도 못할 뿐더러 인종주의자의 태도를 지닌 사람이기도 하다는 사실에 놀라게 된다. 그 발견은 샘으로 하여금 아버지의 권위를 총체적으로 부정하게 만든다.

그처럼 샘의 여정이 부재하는 아버지와 그의 시대에 대한 지식의 추구 과정이었다면 그 여정의 종착지는 권위의 발견과 의미의 종결이 아니라 상정했던 권위의 상실과 무의미성의 발견이 될 것임을 예측할 수 있다. 주인공 샘을 통해 드러난 훼손된 아버지의 권위와 상image은 곧 훼손된 미국의 공적 역사에 다름 아니어서 베트남전쟁이 거룩할 것도 자랑스러울 것도 없는 전쟁이었음을 밝히는 것과 같다. 동시에 그 장면은 베트남전쟁이 훼손한 미국의 국가적 가치를 직시하고 그 지점에서 미래의 방향을 찾아갈 것을 은유적으로 제시하는 것이기도 하다. 샘이 아버지에 대한 환상을 환멸로 대체하게 되는 것은 굴절된 과거와의 분리를 통하여 갱생될 미국의 전망을 제시하는 것에 해당하기 때문이다. 베트남전 이해를 위한 주인공 샘의 시도와 노력은 그것이 베트남전 이후의 미국 사회가 나아가야 할 바른 길에 대한 모색의 과정이기에 더욱 의미가 있다. 과거를 바로 이해하고 그것을 바탕으로 자신의 존재와 위치를 분명히 자각한 다음, 자신이 태어나서 자란 좁은 호프웰Hopewell이라는 동네를 떠나 더 넓은 세상으로 나가겠다고 샘은 다짐한다.

어머니가 떠나간 것처럼 떠나기 전에 그녀에게는 알아내어야 할 것이 너무도 많았다. 어머니는 기억을 모두 지워버렸다. 어머니는 다른 사람을 찾아내어 사랑하게 되었다. 처음에는 그 히피, 그 다음엔 로렌조 존스 (…중략…) 샘은 폭스바겐을 몰고 디즈니랜드에 가서 취직을 하고 새 친구들을 사귈 수도 있다.

멀지 않은 미래의 어느 날, 생각을 정리하고 처리해야 할 것을 처리한 다음, 샘은 그렇게 할 것이다. 그리고 어딘가에, 가는 도중에, 브루스 스프링스틴 음악회를 발견할 것이다. 그러면 브루스는 샘을 앞줄에서 끌어내서 어둠 속에서 그녀와 춤을 출 것이다.

There was so much she had to find out before she took off the way her mother had. Her mother had gotten rid of her memories. She found someone else to love. First that hippie, and then Lorenzo Jones (⋯중략⋯) Sam could drive her VW to Disney World and get a job there and make all new friends. One day soon, as soon as she could think straight and get some business taken care of, she'd do that. And somewhere, out there on the road, in some big city, she would find a Bruce Springsteen concert. And he would pull her out of the front row and dance with her in the dark.[190]

샘이 베트남전쟁을 이해하기 위하여 노력하는 것은 '생각을 똑바로 정리하고 처리해야 할 것을 처리하는' 작업이다. 그것은 과거를 바로 이해함으로써 현재를 분명히 하고 미래로 나아가는 바른 방식인 것이다. 그런 샘의 태도는 어머니 아이린의 자세와는 대조적이며 샘과 아이린의 상이한 삶의 길은 미국이라는 국가가 과거에 대해 취할 수 있는 입장과 앞으로 나아갈 방향의 은유로 볼 수 있다. 과거를 잊어버림으로써 부정할 것이 아니라 제대로 기억하고 비판해야 한다는 것을 텍스트는 제시하고 있다.

텍스트의 결말은 주인공 샘이 워싱턴 디시Washington D.C.에 도착하여 베트남전쟁 기념비에서 아버지의 이름을 확인하는 데에 놓인다. 샘은 수만 명의 이름이 새겨진 기념비에서 아버지의 이름을 찾고 그 이름을 만져본다. 구체성을 지니지 못하고 추상화되어 버린 망자의 이름을 만지며, '바위 위의 흠집'에 불과한 어떤 것으로 아버지의 존재를 정리한다.

샘은 아버지의 이름과 눈높이가 같아질 때까지 사다리를 올라간다. 이름을 만지면서 이상한 느낌을 갖는다. 바위 위의 흠집. 글자. 미래의 고고학자에게서 궁금점을 자아낼 어떤 것, 언어에의 실마리.

Sam climbs the ladder until she is eye level with her father's name. She feels funny, touching it. A scratching on a rock. Writing. Something for future archaeologists to puzzle over, clues to a language.[244]

샘이 전쟁 기념탑에서 발견한 아버지의 이름을 매만지며 그 어떤 비장한 느낌도 갖지 못한다는 사실은 텍스트가 지속적으로 지녀온 어조를 다시 한번 확인하게 한다. 아버지의 죽음과 아버지의 이름은 더 이상 주인공 샘으로 하여금 그리움의 눈물이나 경외의 감정을 자아내는 숭고하고 거룩한 것이 아니라 어색한 느낌을 갖게 하는 무의미한 것이다. 여기에서는 전쟁에서의 죽음이 더 이상 '숭고미'로 나타나지 않는다. 전쟁 기념탑에서 아버지의 이름을 찾아내고 그것을 손으로 만져 확인하는 것으로 샘의 '아버지 찾아가기'는 완성된다. 그 '찾아가기'는 실제로 기념탑을 찾아가는 여정이기도 하고 동시에 샘이 베트남전을 나름대로 재구성하는 과정이기도 하다. 요컨대, 『베트남에서』에 등장하는 베트남전은 기술된 역사에 가려진 인물들의 개인적인 기억들의 종합이라 할 수 있다. 그것은 동시에 국가 주도의 공적 역사에 저항하는 하부 지식의 조합이기도 하며 궁극적으로는 그 역사에 저항하고 이를 대체할 가능성을 지닌 것이다. 『베트남에서』는 베트남전쟁 서사의 주류가 아닌 주변의 서사에 해당하며 그러한 주변적 서사가 지니는 의미는 바로 대체 역사로서의 가능성에 있다.

6. 베트남전쟁을 기억하는 새로운 방식

베트남전의 재현은 다양한 양상으로 전개되어 왔다. 다양한 국가와 언어권의 독특한 사회 역사적 정황 속에서 베트남전은 새롭게 파악되고 재현되었다. 미국의 전후 세대 여성 주인공의 시각에서 베트남전을 그린 『베트남에서』는 주인공이 베트남전 전사자인 아버지에 대해 알아가는 과정을 그린 소설이다. 그 과정에서 드러나는 다양한 인물들과 에피소드들은 개인들이 지닌, 하나로 통합되기 힘든 다양하고 파편화된 기억의 조각들을 보여준다. 『베트남에서』의 인물들은 공적 인물들의 담화문이나 회고록이 담고 있는 '정교하게 발전된' 지식과는 다른 베트남전의 지식을 제공한다. 그 종속적인 지식, 즉 적절하지 못하거나 불완전한 것으로 간주되어 억압받고 주변화되었던 베트남전의 지식을 조합하게 되면 알려지지 않았던 진실의 부분들이 모습을 드러내게 된다. 그처럼 다양한 기억들의 근저에는 공통점이 놓여있는데 그것은 역사책에 수록되거나 국가가 교육하는 공적 담론의 결을 벗어나거나 거스른다. 공적 담론 외부의 이러한 일탈적 지식들은 '하부 지식'이라 볼 수 있으며 그 하부 지식은 공적 역사의 허구성에 도전하여 수정해 나갈 것을 촉구한다.

『베트남에서』는 베트남전이 과연 자유와 민주주의의 수호를 위한 전쟁이었는지 질문하게 한다. 개인의 감정과 사적인 체험, 개인적인 기억의 구체성 등을 통하여 텍스트가 드러내는 하부 지식은 공적 담론이 언급하기를 회피한 미국 역사의 부조리를 지적함으로써 전후 미국 사회가 나아가야 할 방향을 제시한다. 그리하여 『베트남에서』는 궁극적으로는 기록된 역사에 흠집을 내고 역사가 고의적으로 누락하거나 빠뜨린 것들을 역사의 표면 위로 떠오르게 만드는 것이 문학의 역할 중 하나임을 확인하게 한다.

제4장 ── 베트남 여성이 다시 쓰는 베트남전쟁

르 리 헤이슬립*Le Ly Hayslip*의

『하늘과 땅이 바뀌었을 때*When Heaven and Earth Changed Their Places*』 연구

나는 이 모든 것을 말한다

여기 우리 역사의

부재, 빈 곳을 채우기 위하여

우리는

아무도 기억하려 들지 않는 전쟁으로부터

여기까지 불려온 파편 조각인 것을.

— 르 티 디엠, 「푸른 물 위의 파편 조각」[1]

1. 베트남전쟁의 문학적 재현에 나타나는 남성 중심주의와 그 문제점

베트남전쟁에 대해서는 그 역사, 사회, 문화적 의미에 대한 정리 작업이 부단히 진행되고 있으며 전쟁의 목적과 의미, 그리고 그 결과를 재평

---

1 Shirley Geok-lin Lim, *Asian-American Literature : An Anthology*(Lincolnwood : NTC, 2000), pp.225~226. 위는 졸역이며 영어 원문은 다음과 같다. "I tell you all this / to fill the void of absence / in our history here / we are fragmented shards / blown here by a war no one wants to remember"

가하는 다양한 담론이 등장하고 있다. 더구나 전쟁 당시에나 종전 직후에는 드러나지 않았다가 십수 년이 지난 후 조금씩 세상에 알려지기 시작한 사실들도 있어 베트남전쟁과 그 재현의 문제는 아직도 완결되지 못하고 있다는 점을 확인하게 한다. 예를 들어 고엽제 후유증의 경우가 그러한데, 전쟁 당시 베트남 밀림에 뿌려졌던 고엽제는 당시에는 그 정체가 분명히 드러나지 않았으나 참전 군인에게 심각한 영향을 끼친 것으로 뒤늦게 밝혀지고 있다. 그 밖에도 새로이 알려지게 되는 많은 사실들은 베트남전쟁에 대한 서술이 아직도 끝날 수 없음을 증명하고 있다.

더구나 미국이 이라크전쟁에 개입한 이후, 이라크전쟁 또한 여러 가지 면에서 베트남전과 대비되었다. 먼저, 미국이 이라크전에서 자국의 승리를 공식적으로 선언하고 난 이후에도 이라크에서 철군을 하지 못하고 있었던 점은 베트남전쟁을 종식하고자 하면서도 쉽게 철수할 수 없었던 미국의 상황을 상기하게 했다. 또한 이라크전쟁을 전후하여 전 세계에서 자행되었던 폭탄 테러는 베트남전쟁의 게릴라전을 방불케 하는 것이었으며 베트남전쟁 상황을 재연하는 듯했다. 동시에 두 전쟁은 1960년대 이후의 미국 정치, 사회, 문화의 현주소를 묻는 사건들로 그 의미가 해석된다는 주장을 불러일으키기도 했다. 베트남과 이라크의 전쟁에 미국이 개입하는 것이 과연 미국의 건국 정신에 부합하는 것인가 하는 의문이 제기되었기 때문이다. 즉, 주권 국가의 독립과 국민의 자유 회복이 미국의 건국이념일진대 미국이 베트남전쟁과 이라크전쟁에 개입한 것은 그 이념에 배치된다는 비판을 피하기 어려웠던 것이다.

그처럼 미국의 베트남전쟁은 미국이라는 국가의 정체성에 대한 질문과도 긴밀히 연관된 전쟁이었으며 제2차 세계대전의 종식 이후 전개된 미국 사회 문화의 변화와 분리될 수 없는 역사적 사건이었다. 뒤에서 구체적으로 다룰 것이지만, 베트남전쟁을 직접 경험한 이들이 서술의 주체로 등장하는 문학 텍스트나 영상 텍스트들은 무수히 많은 편이다. 그 텍스트들은 베트남전쟁의 전모를 대략적으로 파악할 수 있는 유용한 서사를 제공한다. 그런데 베트남전쟁을 직접 경험한 주체들 중에는 그와 같은 재현의 기회를 얻지 못한 채 침묵 속에 남아 있는 존재들이 있어 주목에 값한다. 베트남전쟁에 참여했던 남과 북의 베트남 군인들, 전국이 전쟁터로 변해 버린 상황에서 삶을 영위해 나가면서 전쟁 시기를 보낸 베트남 민간인들, 그리고 특히 그 와중에서 목숨을 잃은 민간인 전쟁 사망자들이 그들이다.

이 장에서는 베트남전쟁문학 연구의 영역에서 그다지 다루어지지 못했던 베트남 여성의 자서전적 내러티브를 통하여 젠더의 시각에서 베트남전의 재현을 검토하고자 한다. 전쟁은 남성이 경험하고 남성이 스스로 그 경험한 바를 재현하는, 남성만의 공간이라고 알려져 있다. 또한, 그처럼 대부분의 전쟁이 주로 남성들의 무대로 이해되어 왔지만 베트남전쟁의 경우는 더욱 그러했던 것으로 평가받고 있다. 베트남전쟁은 대표적으로 남성성을 극대화하고 여성성을 그 타자로 삼는 구조로 전개되었던 전쟁이라고 알려져 있다.[2] 그렇다면 그처럼 전쟁의 경험과 재현, 두 영역에서 모두 배제된 여성 주체들에게는 베트남전쟁은 과연 무엇이었을까 하는 의문을 갖지 않을 수 없다. 여성들은 그 전쟁을 어떤 식으로 경험했을까? 여성들은 어떠한 방식으로 그 전쟁을 기억하고 있을까? 그들이 목도하거나 경험한 전쟁은 어떠한 양상으로 기록되었을까? 이러한 질문들에 대한 답을 찾기는 쉽지 않다. 여성들이 자신들의 경험을 증언한 바에 대

2　그 점을 지적하여 수잔 제포즈(Susan Jeffords)가 베트남전쟁을 '여성 없는 남성만의 여행(that men without women trip)'이라고 불렀음을 상기해 볼 수 있다. (Jeffords : 54)

해서는 알려진 바가 많지 않고 그들의 경험에 대한 본격적이고도 분석적인 연구 또한 일천한 형편이다. 베트남전쟁의 가장 직접적인 피해자는 베트남인들이었다는 점을 고려할 때, 베트남인들의 경험과 그 문학적 재현에 대한 연구는 매우 시급한 형편이라 할 수 있다. 그 중에서도 베트남 여성들의 경우는 더욱 그러하다. 베트남 여성들은 인종과 국가의 관점에서나 젠더의 관점에서 볼 때 소수자이므로 여러 겹의 소외와 배제의 원리가 교차하는 지점에 위치하고 있었다고 볼 수 있다. 보호받기 어려운, 사회의 가장 주변적인 존재로 생존하면서 전쟁을 경험했던 것이다. 그런 까닭에 베트남 여성들이야말로 그 전쟁의 가장 큰 희생자였다고도 볼 수 있다.

이 장에서는 베트남 여성의 자서전적 내러티브를 통하여 드러난 베트남전쟁의 모습을 분석한다. 그리하여 남성들에 의해 전유되다시피 해 온 베트남전문학 담론에 이의를 제기하며 이를 수정한다. 다시 말해, 기존의 베트남전문학은 대체로 전쟁에 참전한 바 있는 남성들이 자신의 경험을 기록한 것이었으므로 그들의 내러티브에서 여성들은 완전히 배제되곤 했다. 여성들이 재현의 장에 등장한 경우에도 남성 중심의 서사에서 여성들은 주변부의 파편화된 존재로 삽입되어 재현되어 왔다고 볼 수 있다. 전쟁 재현에 주도적으로 등장하는 배타적 남성성을 비판한 학자 중 대표적인 인물은 수잔 제포즈^{Susan Jeffords}이다. 제포즈는 베트남전 내러티브에 남성성 및 남성 중심적 동질–사회결합^{male homo-social bonding}의 극단적 형태가 나타난다고 지적한다. 그러나 제포즈가 언급하는 여성도 중산층 백인 여성에 국한되고 있으며 또한 제포즈의 연구 대상에서도 미국인 외의 다른 여성의 목소리는 여전히 제외되고 있다. 제포즈에게 베트남전쟁의 경험은 그녀의 책 제목대로 '미국의 재남성화'에 지나지 않는 것이다. 같은 맥락에서 제포즈는 필리핀이나 호주, 한국의 참전을 언급하지 않는다.[3] 따라서 베트남전쟁이 젠더 구분의 특징들을 여실히 드러내는 방식으로 전개되었음을 지적한 제포즈의 논의는 베트남전쟁문학 연구의 새 장을 여는 것으로 평가될 수 있으나 그럼에도 불구하고 철저히 미국인의 시각에 갇혀있다는 점으로 인해 일정한 한계를 노정하고 있는 형국이다. 여성들이 전쟁을 어떻게 보았으며 전쟁은 여성에게 어떤 흔적을 남겼는가 하는 문제는 제포즈가 논의하는 바, 전쟁이 여성성을 배제하고 남성성을 증대시키는 성격을 지니고 있다는 해석만큼이나 중요한 연구 주제이다. 기존의 베트남전문학에 대한 연구가 대체적으로 젠더의 특수성을 완전히 배제한 채로 이루어졌거나, 위에 든 제포즈의 경우에서처럼 젠더를 문제 삼더라도 인종, 국가, 계급의 차이성은 간과한 채 미국 백인 중심의 시각에서 젠더의 문제를 다루는 데에서 더 나아가지 못한 점을 지적하지 않을 수 없다.

부연컨대, 베트남전쟁의 총체적인 모습을 파악하기 위해서는 여성, 그 중에서도 전쟁의 궁극적 희생자인 베트남 여성의 경험에 주목해야 한다.[4]

---

3 베트남전쟁에는 흑인과 황인종 등 다양한 그룹의 사람들이 참전했지만 미국소설에서 이들의 존재에 대해 언급한 것은 매우 제한적으로 찾아볼 수 있다. 표현이 되었다 하더라도 전쟁의 중심 내러티브 속에 삽입되거나 암시되는 정도에 그치고 있다. 베트남전쟁 참전 한국인의 애매한 정체성을 다룸으로써 베트남인들의 전쟁 경험에 대한 간접적 접근을 시도한 논문으로는 졸고, "The Ambivalent Position of Korean Soldiers in Vietnam," *Journal of American Studies* 32 : 2(Winter, 2000) 참조.

4 존 클락 프랫(John Clark Pratt)은 베트남전쟁을 다룬 문학 작품으로는 200권의 소설집, 수백 편의 단편소설과 시, 그리고 약간의 드라마가 있으며 계속 하여 많은 작품이 씌어지고 있다고 밝힌 바 있다.(Lomperis : 119) 프랫은 1985년에 열린 '미국문학에서의 베트남 경험'이라는 제목 하에 아시아 소사이어티(Asia Society) 주최로 열린 학회에서 발표한 바이다. 프랫의 계산이 주로 영어권 작가의 문학작품을 대상으로 이루어진 것임을 감안하면 그 200권의 소설 중에 한국인이나 베트남인 등이 영어로 쓰거나 모국어로 써서 영어로 번역한 책이 포함되었을 가능성은 거의 없다. 『바람을 읽기』에 간략히 언급된 베트남 작가로는 트루옹 누 탕(Truong Nhu Tang)이 유일하다. '베트남전'을 키워

베트남전쟁의 재현이 주로 미국 남성 작가에 의해 전유되어 온 것은 전쟁의 주된 참가자가 남성들이었다는 데 기인하는 것이기는 하지만 그 결과는 남성들의 배타적인 전쟁 경험과 그 경험을 가진 남성들에 의한 증언으로 베트남전의 재현이 한정되게 한다.[5]

이 장에서는 르 리 헤이슬립의 『하늘과 땅이 바뀌었을 때』를 검토한다. 그리하여 헤이슬립의 경험을 재현한 자전적 서사가 베트남전쟁에 대한 기존의 재현 방식과 분리되는 점을 분명히 한다. 태평양의 양안, 즉 아시아와 미주에서 다르게 나타나는 베트남전의 증언을 교차하여 비교 분석하는 것은 베트남전쟁 재현의 총체성에 접근하는 데에 있어서 필수적인 작업이다. 남성의 경험과 대비되어 드러나는 여성의 경험에 주목하는 일도 마찬가지이다. 그처럼 동양 여성이 재현한 베트남전쟁의 양상을 살펴볼 때 여태까지 규명되지 못했던 베트남전쟁의 숨은 모습이 드러날 것이다.

드로 하는 정치, 사회, 경제, 문화적 접근의 연구서는 수만 권에 달하는 실정이다.

5   그러나 베트남전쟁이 남성만의 전쟁이 아니었고 전쟁에 참가한 미국 여성들이 많았으며 그들의 경험과 그 경험의 재현에 대한 관심을 촉구하는 회고록, 증언집, 인터뷰집 등이 미국에서 출간되었다. 케더린 마샬(Kathryn Marshall)의 기록에 의하면, 미국방부는 1962년에서 1973년에 이르는 기간 동안 약 7,500명의 미국 여성이 베트남전쟁에 종사하였다고 밝힌 바 있다. 마샬은 또한 다른 조사 결과에서는 11,000명, 또는 33,000에서 55,000명이 종사 한 것으로 드러난 다고 주장한다. (Marshall : 4) 간호사로 참전한 린다 반 더반테(Linda Van Devanter)의 회고록, *Home Before Morning* 또한 미국 여성의 베트남전쟁 경험을 다루고 있다. 미국 여성들의 베트남전 참전 경험에 대한 연구는 졸고, "A Study of the First Person Narratives by American Women on the Vietnam War"를 참고할 것.

2. 헤이슬립의 『하늘과 땅이 바뀌었을 때』에 나타난
   여성 주체의 전쟁 경험

르 리 헤이슬립Le Ly Hayslip은 『하늘과 땅이 바뀌었을 때When Heaven and Earth Changed Their Places』를 발간하고 이후 그 속편에 해당하는 『전쟁의 아이, 평화의 여인Child of War, Woman of Peace』를 펴낸 바 있다. 헤이슬립은 후자에서 자신을 "늘 박탈당하고, 버려지고, 단지 다시 내뱉음을 당하기 위하여 삼켜진 사람 : 이역의 이방인"으로 묘사하고 있다.[6] 인생에서 무수히 배제와 축출을 경험했다는 점을 그와 같이 고백하고 있는 것이다. '이역의 이방인'이란 미국으로 이주해 온 이후의 자신을 지칭한 것이겠지만 박탈과 버려짐의 경험은 베트남에서의 헤이슬립에게도 여전히 해당한다고 볼 수 있다. 헤이슬립은 이른바 '베트콩'이라고 불리는 북베트남 동조자로부터 최초로 주체성을 유린당하는 경험을 얻는다. 동생을 잃고 집을 빼앗기고 고문을 당하게 되었으며 이후, 남과 북의 베트남 군 양쪽으로부터 강간을 당하기도 하였다. 도시로 옮겨 온 이후에도 유린당하는 경험은 계속되어 하녀로 일하던 집의 주인과 관계를 맺고 사생아를 낳게 되지만 역시 버림을 받는다. 그 후로도 자립을 이루어가는 과정에서 자신을 성적으로, 물질적으로 이용하고자 하는 남자들을 여러 명 만나게 된다. 그리하여 결국은 자신을 둘러싼 세계와는 물론, 자기 자신과도 화해하기 어려운 상황 속에서 어렵게 살아가기에 이른다.

헤이슬립의 서사는 그가 소녀 시절을 회상하는 데에서 시작된다. 그는 베트남이 프랑스의 지배로부터 벗어나기 위하여 독립전쟁을 치르고 있던

---

6   Hayslip, Le Ly with Hayslip, James, *Child of War, Woman of Peace*(New York : Anchor books, 1993), p.4.

시절에 태어나 어린 시절을 보낸다. 그리하여 헤이슬립은 베트남에 대한 프랑스의 직접적인 식민 지배 시기로부터 출발하여 이후 베트남전쟁 시기를 거쳐 미국으로 이주하기에 이르기까지의 인생을 회고한다. 베트남 역사의 질곡을 자신의 경험을 통하여 증언한다고 볼 수 있다. 그런 점에서 그녀의 자서전은 미국인들의 서사와는 매우 대조적인 서사를 보여준다. 즉 미국인의 베트남전 내러티브는 베트남전쟁을 경험한 미국인의 고통에 초점을 맞춘 반면 헤이슬립은 베트남인의 상처에 대해 고백하는 것이다. 미국인의 서사는 대체로 무모하고 혼돈된 전쟁에 대한 고발을 중심으로 하거나 그런 전쟁에 참여하게 된 자신들의 심리적 상처에 더욱 주목한다. 그 결과 자신들을 제외한 타자, 구체적으로는 전쟁의 희생자인 베트남인들의 상처에 대해 대체로 무관심한 편이다. 그러나 그와는 대조적으로 헤이슬립은 전쟁 피해자의 시각에서 자신의 경험을 서술하는 것이다.

헤이슬립의 내러티브는 개인적인 의문, 경험, 기억, 증언이 교차되어 직조된 전형적인 자서전적 내러티브이다. 헤이슬립의 인생은 베트남에서의 전쟁 체험과 미국 이주 이후의 물질적 풍요 속의 삶으로 이분된다. 그리하여 미국 이주 이후의 경험들은 속편인『전쟁의 아이, 평화의 여인』에서 더욱 자세히 드러나게 된다. 반면『하늘과 땅이 바뀌었을 때』는 전쟁으로 인하여 극한 상황에 내몰린 무력한 베트남 여성으로서 자신이 경험한 바에 초점을 맞추고 있다.『하늘과 땅이 바뀌었을 때』에서 헤이슬립은 베트남전쟁이 진행되는 동안의 경험과 이후 미국 여권을 들고 베트남을 방문하는 경험을 교차하여 서술함으로써 전쟁이 베트남과 베트남인들에게 끼친 영향을 더욱 효과적으로 묘사한다. 책이 출간된 해가 1986년이라는 점에 먼저 유의해야 한다. 당시는 베트남의 현실, 즉 종전 이후의 베트남의 실상이 서구를 포함한 세계에 구체적으로 알려지지 않았던 시점이다. 그 시기에 헤이슬립의 자서전적 기록이 이루어졌기 때문에 그의 텍스트는 전후 베트남의 모습을 가늠하는 데에 중요한 정보들을 제공한다. 헤이슬립은 전후 피폐한 베트남과 물질적 빈곤에 시달리는 베트남인의 모습을 그리면서 풍요로운 미국의 모습을 강조한다. 그런 까닭에 마치 미국으로 이주한 모든 베트남인이 풍요롭게 살아가고 있는 듯한, 현실에 정확히 대응한다고 보기 어려운 이미지를 제공하기도 한다.[7]

그럼에도 불구하고 헤이슬립이 텍스트에서 구사하는 바, 과거와 현재를 병치시키는 비선조적 내러티브는 한결 효과적으로 분열된 인생과 파편화된 경험의 기억들을 전달하는 역할을 수행한다. 질서 정연하고 권위적인 저자의 목소리를 의심하고 부정하는 자리에서 한층 더 입체적이고 다면적인 방식으로 자신의 삶을 서술하게 된다. 자신에게 전쟁은 무엇이었는가를 증언하면서 그 증언의 방식이라 할 수 있는 서사 구조가 이미 내용을 일정 부분 반영하게 하는 것이다. 헤이슬립의 서술에서는 그동안 들리지 않았던 목소리, 그럼에도 불구하고 누구의 목소리보다도 우선되어야 했던 피해자의 목소리를 제공한다는 점이 강조되어야 한다. 헤이슬립의 서사에서 드러나는 바는 미국 여성 작가의 내러티브에 나타나는 상실의 정조와도 대비를 보인다. 그리하여 미국인들이 경험한 상실은 베트남인들의 고통에 비하면 상대적으로 약한 것임을 증명하는 효과를 불러일으킨다. 헤이슬립의 경험에서 드러나는 바, 소모품으로 변한 여성 육체와 만연한 죽음의 모티프는 매우 사실적이면서도 강하게 서사에 기입되어 있다. 베트남 여성의 육체는 생존을 위한 도구이며 소모품에 불과한 것으로 거듭 나타난다. 그리고 죽음은 베트남 땅에서는 너무나 보편적이

---

7   아시아계 미국문학에서 흔히 지적되는 이와 같은 이분법적 대비의 문제점에 대해서는 Lim의 앞의 책, pp.227~230을 참고할 것.

어서 모든 베트남 가정이 거의 예외 없이 가족 구성원의 죽음을 경험하는 것으로 그려진다.

그러나 헤이슬립의 서사에 나타나는 바는 단순히 개인이 경험하는 트라우마의 기억에 한정되지 않는다. 더 나아가 헤이슬립의 기록은 개인의 기억이 공적 담론에 대한 저항 담론 형성에 기여할 수 있다는 점을 보여준다. 한 명의 베트남 여성으로서 헤이슬립이 보여주는 경험들은 베트남전쟁에 대한 미국의 공적 담론 자체에 도전하면서 그 담론의 근거를 근원적으로 의심하고 와해하는 결과에 이르게 한다.

먼저 미국의 공적 담론에 담긴 베트남전쟁의 의미를 살펴보자. 미국 국가가 제공하는 전통적이고 권위적인authoritative 베트남전 담론은 미국은 동남아시아의 자유와 민주주의를 수호하려고 전쟁에 개입한다는 것이었다. 그러나 헤이슬립은 그 공적 담론에 이의를 제기하고 이를 부정한다. 베트남전쟁이 베트남의 자유와 민주주의를 수호하기보다는 수많은 베트남인으로 하여금 죽음이나 신체 상해, 빈곤을 경험하게 하는 데에 기여했다는 것을 증언한다. 전쟁의 참혹상과 비극성, 베트남 사람들이 겪어야 했던 인간성의 훼손과 가족의 해체, 개인적, 집단적 외상trauma을 증거 함으로써 국가가 구성한 전쟁의 공적 담론, 그 권위를 해체 시키기에 이르는 것이다. 미국의 공적 담론은 곧 남성 전쟁 참여자들이 내면화한 전쟁의 이유이기도 하다. 그런 까닭에 헤이슬립의 개인적 기억은 결과적으로 국가와 남성이 전유한 베트남전쟁 담론 전체에 대한 저항 담론을 형성하기에 이르는 것이다.

베트남 여성의 목소리를 통해 전개된 전쟁 서사의 의미를 다시 살펴보자. 위에서 살펴본 바와 같이 여성과 전쟁 피해자인 베트남 원주민들의 경험을 기록하는 것은 국가가 표방한 공적 담론에 이의를 제기하고 수정하도록 요구하는 행위이다. 사건을 기록함으로써 그 기록을 통해 인지를 촉구하는 일이다. 그 결과 새로운 저항 담론을 형성하여 기존의 서술이 공고하게 굳어지는 것을 차단하고 수정해 나갈 것을 요구하게 된다. 전술한 바와 같이 여성들은 전쟁의 주된 담당자가 되지 못하고 전쟁에 관한 한 주변적 지위만 주어진 것으로 알려져 왔다. 그러나 여성들은 그들만의 고유한 눈으로 일상의 차원에서 전쟁이 어떻게 한 인간과 가족과 그들의 공동체를 파괴함으로써 민주주의와 인권의 수호와는 반대되는 목적에 봉사하는지 증언한다. 남성이 주체가 되어 서술된 전쟁 서사가 여성들의 시각이나 경험과 충돌하는 부분이 있을 때 이에 대한 수정을 요구한다. 남성 중심의 베트남전쟁 서사 중에는 전쟁의 포화가 불꽃놀이를 연상시키며 인간의 억압된 본능을 해소시키는 카타르시스의 기능을 한다는 주장도 포함된다. 베트남 여성은 그러한 시각의 대척점에서 포화의 피해자가 경험한 바를 밝힌다. 고유한 경험에 바탕을 둔 증언을 통해 자유와 민주주의라는 명분을 위하여 전쟁과 폭력을 정당화하는 남성주의 시선에 저항한다. 전쟁의 피해자들의 모습, 즉 아들과 동생을 잃고 눈물 흘리는 어머니와 누이의 모습을 텍스트에 담는다.

헤이슬립이 기억하는 전쟁의 폭력은 다양한 주체에 의하여 가해진 것임을 알 수 있다. 개인의 삶이 베트남 역사의 변화와 맞물리고 있기 때문에 그러하다. 미국의 전쟁 개입 이전, 프랑스군의 침략으로 일어난 무수한 살상의 결과를 지켜본 어린아이 헤이슬립의 기억은 다음과 같다.

프랑스군에 의한 전쟁이 끝나기 전에 나는 적이 누구인지 알게 되었다. 그것은 악마가 아니라 다른 인종의 남자들이었다. 그 사실은 나를 불편하게 했다. 그것은, 괴물이 아니라 사람이 전쟁을 일으켰다는 것이다. 그리고 갑자기 알게 되었다. 내 고향 키라에서 사람들이 겪는 슬픔은 자연스럽거나 일상적인 우주의 질서에서 오는 것이 아니라는 것을. 이 우울의 정조는 먼지처럼 공기를 가득 채우고 있었고 모든 사람들을 질식하게 했다. 끝없는 한숨과 눈물을 자아내면서…… 상심이라는 전언이 모든 사람들의 얼굴에 씌어 있었고 모든 사람들의 목소리에서는 커다란 상심의 소리가 울려 나왔다.[8]

전쟁의 비극성은 그 살육의 대상 중에 어린이가 상당수 포함되어 있었다는 점에서 강하게 드러난다. 헤이슬립은 그 점에 대해서도 증언한다. "이 피해자들중 대부분은 나보다 나이가 많을 것이 없는 어린이들이었다."[9] 그처럼 피해 대상을 가리지 않고 행해지는 폭력에 노출되면서 헤이슬립은 전쟁이 불러오는 살육의 비극적 현실을 절감한다. 그리하여 그는 자연사를 특혜 받은 죽음이라고까지 일컫는다. 전쟁 중의 포화가 불러온 잔인한 죽음, 그리고 전쟁의 부산물이라 할 수 있는 비참한 죽음들을 지켜보게 된 결과이다.

대부분이 노인들이었는데 일부는 자연사하는 특혜를 누렸다. 기아로 죽거나 피난 도중 익사하거나 들판에서 자다가 죽거나, 너무나 힘든 삶을 살다가 영혼이 지쳐서 죽거나 심장마비로 죽는 경우 말이다. 그러나 대부분의 사람들은 프랑스군과 그 베트남 동맹군의 무기에 의해 죽임을 당했다.[10]

---

8 Hayslip, Le Ly · Warts, Jay, *When Heaven and Earth Changed Places* (New York : Doubleday, 1989), pp.14~15.

9 Ibid., p.15.

10 Ibid., p.15.

위에서 보듯 전쟁은 기아나 익사조차도 축복 받은 죽음이라고 부르게 할 만큼 잔혹한 것이었음을 헤이슬립은 보여준다. 베트남인들의 숱한 죽음을 보며 헤이슬립은 자신은 단지 운이 좋아 살아남게 되었다고 생각하며 운이라는 것 외에는 자신을 보호해줄 것이 아무것도 없다는 사실 앞에서 다시 불안해한다.[11] 두 권의 자서전을 통해 알 수 있는 것은 헤이슬립 또한 직접적인 죽음은 당하지 않았지만 죽음에 근접한다고 볼 수 있을 정도의 고통을 경험하였다는 점이다. 헤이슬립은 강간과 매춘, 사랑의 배신과 버림받는 경험으로 인하여 영혼의 죽음을 여러 번 경험했다고 회고한다. 헤이슬립은 세 번에 걸쳐 강제로 순결을 빼앗겼다고 토로한다. 그 과정에서 그가 경험한 충격과 고통이 너무나 컸기에 그것은 세 번의 상징적 죽음에 해당한다고 볼 수 있다.

　한 번이 아니라, 세 번씩이나 : 베트콩에게 육체를, 사생아 지미의 아버지인 '안'에게 정신을, 그리고 도덕적으로, 베트남에서 행복한 추억을 만들어 가겠다며 400달러의 돈을 나에게 주어서 내 가족이 길거리 생활을 청산할 수 있도록 만들어 준 다낭의 그 키 작은 미군에게.[12]

육체적 유린, 정신적 피해, 그리고 도덕적 상실감 등을 차례로 경험하면서 헤이슬립은 자신이 어린 나이였음에도 불구하고 그 나이에 인생에 대해 너무 많은 것을 알아버렸다고 고백한다. 첫 죽음은 자신을 강간한 베트콩 소년병을 통해 경험하였고 두 번째 영혼의 죽음은 그가 하녀로 일하던 집에서, 사랑하여 아이까지 임신했지만 자신을 저버린 주인 남자

11　Ibid., p.15.
12　Hayslip, Le Ly·Hayslip, James, *Child of War, Woman of Peace*, p.11.

를 통하여 경험하게 되었다고 말한다. 그리고 마지막으로 미국 달러라는 물질적 유혹을 거절할 수 없어 매춘을 함으로써 도덕적 죽음을 겪었음을 토로한다. 강간으로 인하여 첫 번째의 정신적 죽음을 경험한 헤이슬립의 심경을 살펴보자. 모든 것에 대한 신념을 잃어버린 자신의 모습을 헤이슬립은 다음과 같이 표현한다.

이 끔찍하고 끝없고 바보 같은 전쟁에서 양편은 둘 다 완벽한 원수를 마침내 찾아낸 것이다. 그것은 바보스럽게 영원히 그들의 희생자가 되어 줄, 겁에 질린 농촌 소녀였다. 베트남의 모든 농사꾼들이 시간의 시초에서부터 끝까지 희생자가 되어 주겠다고 동의했듯이. 나는 스스로 결심했다. 이제부터 나는 가장 강한 물결을 타고 가장 일정하게 부는 바람에 불려 다니겠다고. 그리고 저항을 하지 않겠다고. 저항을 한다는 것은 우리는 무언가를 믿을 때에만 가능한 것이니까.[13]

헤이슬립은 전쟁이 어린 여성에게 가할 수 있는 여러 가지 폭력을 차례차례 경험하게 된다. 자신의 마을이 미군에 의한 대학살의 현장이 되어버린 것을 목격하고 무력한 어린이들이 부모의 죽음 앞에 넋을 잃는 모습을 보게 된다. 그리고 마침내 자기 자신까지 군인들에게 강간을 당하게 된다. 헤이슬립은 그처럼 고통스러운 경험들을 통하여 자신의 무력함을 자각하고 오로지 생존하는 것만을 목표로 삼게 된다. 어느 편도 혹은 어떤 이념도 자신을 보호해줄 수 없다는 것을 알게 된 것이다. 즉, 미국과 베트남 정부가 학습시킨 구호와 이념이 자신과는 무관하다는 것을 깨달

---

13   Hayslip, Le Ly · Warts, Jay, *When Heaven and Earth Changed Places*, p.97.

게 된 것이고 자신의 생존과 인간 존엄성을 보호해 줄 수 있는 쪽은 어디에도 없다는 것을 자각한 것이다. 미군과 베트남 정부도, 그들에 저항하는 공산 베트남 세력도 힘없는 베트남 소녀를 보호해주지 못하며 더군다나 양편의 이념이나 선전은 무력한 자신에게 최소한의 인간의 가치도 보장해 주지 않는다는 것을 발견한 것이다. 그러한 냉엄한 현실 앞에서 헤이슬립은 스스로 자신의 생존을 지켜 나가기 위해 모든 것을 다하게 된다. 앞에서 살펴본 바와 같이 헤이슬립의 고백에서 확인할 수 있는 것은 전쟁의 상황에서 가장 무력하며 가장 궁극적인 희생자는 누구보다도 베트남의 가난한 시골의 힘없는 어린 여성이라는 점이다. 대다수의 국민이 죽음에 노출되고 실제 죽어가는 상황에서, 스스로 힘을 갖지 못한 여성을 보호해 줄 수 있는 기제는 어디에서도 찾을 수 없었던 것이다. 헤이슬립이 대표하는 존재들, 즉 보호받지 못한 베트남 사람들에게는 전쟁 속에서 생존을 유지한다는 것 자체가 바로 미덕이 된다. 이와 같이 베트남 여성이 전쟁 중에 경험하게 되는 무력함과 고통과 대비해보면, 전쟁을 경험한 미국 군인의 트라우마적 기억과 그에 따른 심리적 혼란은 상대적으로 경미하게 느껴질 정도이다. 베트남 여성의 전쟁 경험이 보여주는 궁극적인 인간성 상실의 현장과 대비될 때 미국 남성 작가들이 토로하는 바, 미국 사회의 냉담함이 그들에게 불러온 소외감은 호소력이 줄어드는 것을 볼 수 있다. 베트남전 참전 미국 남성의 고뇌는 목적이 불분명한 전쟁에 던져져 고통 받았다는 사실에 기초를 둔 것이었으며 마찬가지로 미국 남성 작가의 서사에 드러나는 상실감과 좌절감 또한 명분 약한 전쟁에 동원되었다가 귀환한 자들의 내적 고통에서 오는 것이었다.

헤이슬립의 자서전에 나타난 숱한 죽음과 눈물과 육체적 유린의 기록은 그 자체로 강력한 반전 주장을 개진하는 기능을 맡게 된다. 베트남전쟁의 궁극적인 원인 중의 하나로 미국과 소련이 주도한 냉전시대의 패권 경쟁을 들 수 있는데, 헤이슬립은 자신을 그 전쟁의 궁극적 희생자로 재현하면서 전쟁을 추진하는 국가 권력에 저항한다고 볼 수 있다. 다시 말해, 자서전을 통해 전쟁이 파괴한 개인의 삶을 표현함으로써 권력의 폭력을 고발하는 것이다. 이제, 헤이슬립이 전쟁의 트라우마를 극복하면서 삶의 희망을 찾는 과정을 살펴보자.

앞서 언급한 바와 같이 헤이슬립의 내러티브는 베트남에서의 어린 시절이라는 과거와 미국에서의 현재가 계속 치환되는 방식으로 이루어진다. 과거를 회상하는 에피소드들에서는 남성 우위, 조상 숭배, 자연 숭상 등으로 특징지어지는 아시아적 삶의 양상이 드러난다. 그러한 아시아적 삶은 다시금 평화를 숭상하고 자연에 순응하는 베트남인들의 문화적 성향과도 긴밀하게 연결되어 나타난다. 베트남 사람들이 강하게 표현하는 평화에의 기원은 불교적, 유교적 문화 전통에 그 뿌리가 닿아 있다.

헤이슬립은 어린 시절 겪었던, 프랑스 군인들에 의한 양민 학살의 기억을 되살리며 그 기억을 베트남 사람들의 무력하지만 평화로운 삶과 대비하여 드러내기도 한다. 헤이슬립은 프랑스 침략군에 대해 어린이다운 단순한 논법으로 "자신들도 나찌 독일에 저항해 싸웠으면서…… 자기 땅이 아닌 것을 갖기 위해 점령한 것을 부끄러워하게 될 것이다"라고 지적한다.[14] 자신의 어린 시절을 회상하는 형식으로 드러나기에 헤이슬립이 재현하는 학살의 기억은 매우 단순하고도 순진한 질문의 형식을 지니게 된다. 그러나 그러한 질문은 단순하기에 오히려 전쟁의 부당함에 대한 가장 솔직하고도 핵심적인 질문이 된다. 그처럼 헤이슬립은 국제 질서나 이

---

14   Hayslip, Le Ly · Warts, Jay, *When Heaven and Earth Changed Places*, p.17.

테올로기와는 멀리 떨어진 곳에서 순수한 어린이의 단순한 마음에 떠오르는 질문을 통해 전쟁의 광기와 무모함을 고발하는 것이다. "미국이라는 크고 부자인 나라가 가난하고 보잘 것 없는 베트남을 왜 그냥 두지 않는지" 하는 질문도 마찬가지이다. 어린이의 목소리를 통해 베트남전쟁의 핵심이 어디에 있는지 질문한다.

그처럼 단순하고도 소박한 목소리로 드러나는 질문은 미국이 표방한 전쟁의 공적 담론에 흠집을 내면서 그 공적 담론을 비판한다. 헤이슬립이 자신의 서사를 통해 개인적 기억을 공유할 때, 미국의 공적 담론, 즉 "우리는 강하다. 우리는 승리할 것이다"라는 미국 존슨 대통령의 목소리나 "대량 살상 무기를 찾아," "전 세계의 자유와 민주주의를 수호하기 위하여"라는 부시 대통령의 웅변에 담긴 전언이 약화되는 것을 볼 수 있다. 그와 같은 개인적 발화 앞에서 자유와 민주주의 혹은 승리라는 구호들이 지닌 추상성이 드러나는 것을 볼 수 있다.[15] 공적 담론의 추상성과 전쟁 희생자의 고통이 지니는 직접성이 나란히 개진될 때 전자의 호소력이 약화되는 것이다. 세계 평화와 민주주의의 수호라는 정치적 구호가, 그 전쟁이 일어나고 있는 공간의 무고한 시민을 죽음에 이르게 하고 그들의 삶을 파탄에 이르게 했다는 것을 깨닫게 된다. 그리고 더 나아가 평화나 민주주의라는 추상적 어휘는 그 내용이 모호하기에 비어 있는 하나의 기표에 불과하다는 것을 알게 된다. 희생자의 시선에서 전쟁을 다시 쓰는 헤이슬립의 내러티브는 구체적이고 솔직하다. 그리고 그 구체성과 진실성이 지니는 전복적 힘은 베트남전쟁의 공적 담론에 맞서는 저항 담론의 힘에 다름 아니다.

---

15 Crile, George, 〈The Uncounted Enemy : A Vietnam Deception / CBS News〉, Carousal Films, 1982 참조.

헤이슬립은 베트남 사람들에게 베트남전쟁은 어떻게 이해되었는지를 보여준다. 헤이슬립의 서사를 통해 베트남 국민들은 미군의 전쟁 개입을 미국의 공적 담론에 나타난 바대로 평화와 민주주의의 수호로 받아들이지 않았다는 사실, 그리고 오히려 침략으로 받아 들였다는 것을 알 수 있다. 따라서 베트남 사람들이 북베트남 동조자들, 즉 이른바 '베트콩'에 대해서 우호적이었다는 사실도 알 수 있다. 학교에서는 그들을 베트남의 적이라고 가르쳤지만 사실상 베트남 사람들은 그들을 적으로 간주하지 않았음을 다음과 같이 확인할 수 있다.

학교에서 입장을 분명히 하라는 압력은 대단했다. 만이라는 이름의 선생님은 정부에서 월급을 받았는데 "베트콩을 보거나 그들을 돕는 사람들을 만나면 어떻게 해야 하지?" 하고 물었다. 우리는 한 목소리로 "군인들에게 신고해요!"라고 답했다. 그러면 그는 우리를 칭찬하고 우리가 베트콩 잡는 것을 도와주면 큰 보상을 받을 것이라고 말했다. 그러나 우리끼리 놀 때에는 우리 사이에 베트콩 전사들이 적잖이 있었다. 어린이들은 정부 편인 것처럼 행동하긴 했지만 할 수 없이 그랬던 것이다.[16]

위에서 보듯, 학교라는 공적인 공간에서 사용되는 담론과 학교 밖의 사적인 공간에서 발생하는 현실 사이에 괴리가 있었음을 알 수 있다. 이념과 현실이 서로 분리된 채 공존하는 모순적인 상황이 베트남에서 전개되었던 것이다. 더 나아가, 헤이슬립은 베트남 국민들은 베트콩에 우호적이었고 그런 까닭에 오히려 미국을 적으로 간주했다는 점을 증거한다.

---

16   Hayslip, Le Ly · Warts, Jay, *When Heaven and Earth Changed Places*, p.33.

우리는 프랑스인과 마찬가지로 미국인이라는 이름의 다른 인종이 우리를 노예로 삼으려 한다는 것을 배웠다. "그들의 동맹은 매국노 고 딘 디엠이야!" 하고 베트콩이 소리쳤다. "우리 선조들이 프랑스인과 그 부역자들에 대항해 싸운 것처럼 우리도 미군과 그 주구들에 대항해서 싸워야 해!"[17]

또한 헤이슬립은 베트남전쟁을 통하여 베트남 고유의 문화적 전통이 와해되고 가정이 파괴되었으며 무수한 죽음이 발생했다는 사실에 대해 증언한다. 전쟁으로 인하여 베트남 국토가 폐허가 된 것은 물론이고 살아남은 베트남인들의 삶 또한 전쟁으로 인하여 황폐해졌음을 그려낸다. 그와 같은 베트남 사회의 변화는 여러 통계를 통하여서도 확인할 수 있는 사실이다. 그러나 헤이슬립은 내부자의 시선으로 베트남 사회의 변화를 구체적으로 그려냄으로써 베트남인들의 피폐해진 정서까지도 구체적으로 이해할 수 있게 한다.

천천히 키라 마을은 귀신으로 가득 찬 곳이 되었다. ― 살아 있는 귀신과 죽은 귀신. 통계 작성자는 그저 와서 고아의 수와 혼혈아와 새로 생긴 무덤의 수를 헤아리고 그 마을과 마을의 삶의 방식이 죽어가고 있다는 것을 알게 될 것이다. 키라 마을은 '잃어버린 세대'를 낳았다. 그곳의 형제자매들은 가족 간의 사랑과 전례와 평화를 알지 못했고 공포와 기아와 전쟁만을 알 뿐이었다. 총 쏘기가 멈추고 나면 어떻게 살아가야 하는지 아는 사람이 얼마나 될까 나는 의아해 했다.[18]

---

17   Ibid., p.42.
18   Ibid., p.239.

전술한 바와 같이 헤이슬립의 서사는 베트남 사회 내부에서 일어난 변화를 구체적이고 직접적인 경험을 통해 그려내는 까닭에 전쟁의 공적 담론을 넘어서는 전복적 힘을 지니게 된다. 미국이 표방한 베트남전쟁의 이념과 목적이 베트남인의 입장에서는 어떻게 거부되는가를 구체적으로 보여주기 때문이다. 그러나 헤이슬립의 서사에서는 베트남전쟁의 트라우마를 스스로 극복해 나가는 베트남 사람들의 강인한 정신력과 의지를 또한 발견할 수 있다. 헤이슬립은 베트남 사람들이 궁극적인 전쟁의 피해자이면서도 동시에 피해자의 입장을 넘어서서 생명의 보호와 용서와 상처의 회복을 위한 노력을 전개해 나가는 모습을 보여준다. 헤이슬립의 텍스트가 피해자의 분노와 눈물의 증거로 멈추지 않는 것은 그런 까닭에서다. 누구든지 의지를 지닌다면 전쟁의 폐허 속에서도 인간성을 지키며 인생의 역경을 극복해 가는 힘을 가질 수 있다는 사실을 피력한다. 피해자로 남지 않고 스스로 인생의 주인이 되어가는 과정을 헤이슬립은 다음과 같이 보여준다.

우리 중 너무나 소수의 사람만이 상처를 넘어서 죽음 대신 삶을 선택하게 된다. 우리는 너무나 기꺼이 죽으려고 들지 기꺼이 살려고 들지는 않는다. 나는 아버지가 몇 해 전에 나를 '여인 무사'라고 불렀을 때 그가 무엇을 뜻했는지 알게 되었다. 여자가 할 수 있는 일은 여럿이 있겠지만 그 중에서도 제일은 생명을 불러오고 생명을 보존하는 것이다. 그리고 그 생명을 무사의 힘으로 보호하는 것이다. 내 임무는 죽음의 와중에서 생명을 찾고 그것을 꽃송이처럼 지키는 것이다. ─ 공동묘지로 변해버린 내 국토에 피어난 외로운 한 송이 꽃을.[19]

---

19 Ibid., p. 70.

헤이슬립이 추구하는 바는 위에 나타난 바대로 '공동묘지'를 배경으로 피어나는 '한 송이 꽃'의 이미지로 상징화된다. 공동묘지는 피해갈 수 없는 현실이고 꽃은 그 현실을 극복하는 미덕을 그린 것으로 볼 수 있다. 민주주의와 평화라는 이데올로기의 이름을 빌어 국가 권력이 베트남 땅에 이루어 놓은 것이 공동묘지라면 그 황폐한 땅에서도 꽃을 피우고 지키겠다는 무사의 정신이 헤이슬립의 삶을 지탱하고 있는 것을 볼 수 있다. 국가 권력의 남성성이 공동묘지로 구체화 될 때 평화와 조화를 추구하는 여성성은 꽃으로 드러난다고 볼 수 있다. 이는 버지니아 울프의 "여성의 이름으로 모든 전쟁을 반대한다"는 선언을 연상하게 하는 부분이다.[20]

헤이슬립의 경험이 희생자의 기록이기를 그치고 역경을 이기고 자아 성취를 이루는 여성의 힘을 보여주는 텍스트로 변하는 것은 바로 이 지점에서다. 맥신 홍 킹스턴Maxine Hong Kingston의 『여인 무사*The Woman Warrior*』에 나오는 무사처럼 헤이슬립은 역경을 이겨나간다. 헤이슬립이 고통으로 점철된 자신의 인생 여정을 다스리는 방법은 위에 든 대로 평화와 생명의 보존이라는 가치, 현실을 초월하려는 노력, 희망의 발견과 유지 등으로 요약해 볼 수 있다.

더 나아가 헤이슬립이 보여주는 자세는 궁극적으로는 불교의 가르침에 뿌리를 두고 있다. 헤이슬립이 불교에 기반을 둔 인생관과 세계관을 갖고 있다는 것은 텍스트에 드러난 여러 에피소드들에서 확인할 수 있는 바이다. 베트남전쟁 시기의 베트남은 종교의 면에 있어서도 가톨릭과 불교라는 두 거대 종교가 전쟁을 치르는 형국이었다. 즉 사이공을 중심으로 한 베트남의 도시지역은 매판자본가가 중심을 이룬 지역이었고 그들이 베트남의 기득권층을 형성했다. 그들 대부분은 가톨릭 신봉자였다. 반면, 기득권 층과 대비되는 베트남 농촌 지역의 주민들은 대부분 불교

신도였으며 자본을 소유하지 못한 계층이었다. 그처럼 민족 내부의 종교적 분열 또한 베트남전쟁을 추동한 원인 중의 하나였으며 따라서 베트남 전쟁은 이들 두 종교 세력의 충돌로도 해석될 여지가 많다. 헤이슬립은 불교적 사유 방식을 통해 자신이 경험한 전쟁의 트라우마를 넘어설 방식을 모색한다. 헤이슬립이 전쟁의 명분인 민주주의라는 이름의 도그마에 저항하고 평화로 나아가는 데에 있어서 불교는 결정적인 영향력을 행사한다.

> 나는 웃었다. "연꽃은 진흙에 오염되지 않으면서 진흙에서 자라지. 나는 베트남의 딸이고 불교신자야. 아버지는 세상에 살지만 세상에 삼켜지지는 말라고 가르치셨지."[21]

불교식 사유체계 내에서 세상은 진흙 밭이고 연꽃은 그 세상 너머에 존재하는 불심의 상징이다. 전술한 바와 같이 헤이슬립은 전쟁의 와중에서 강간과 매춘 등 전쟁이 인간에게 가할 수 있는 갖은 형태의 가혹 행위를 차례로 경험했다. 그런 그가 용서와 평화의 가치를 옹호하며 인간 존엄성을 지켜가고자 하면서 연꽃의 이미지를 제시하는 것은 강한 상징성을 지닌다. 진흙 속에서도 연꽃이 피어나듯 삶의 역경을 극복하고자 하는 것으로 해석할 수 있다. 헤이슬립의 서사가 고통스러운 경험의 기록에서 멈추지 않고 새로운 희망에 대한 기록으로 전환한다는 것은 특히 주목을 요한다.

---

20 이희동, 「베트남전은 아직 끝나지 않았다」에서 재인용. http://www.ohmynews.com/NWS-web/view/at-pg.aspx?CNTN-CD=A0000963150&PAGE-CD=21(검색일 : 2008.10.10)

21 Hayslip, Le Ly · Warts, Jay, *When Heaven and Earth Changed Places*, p.264.

존 클락 프랫John Clark Pratt은 문학이야말로 우리가 베트남전쟁과 화해하
는 길이라고 주장한 바 있다. 그의 주장은 '기술하고 재기술하기'의 중요
성을 피력하는 것이기도 하다. 베트남전쟁이라는 역사적 경험은 종결된
상태이지만 그 전쟁을 재현하는 일은 경험 그 자체와는 별도로 지속적으
로 진행되고 있다. 즉 재현하는 일은 완결될 수 없는 것이며 경험은 서술
주체에 따라 무수히 다른 형태로 다시 재현될 수밖에 없다. 개인의 일생
에 대한 기록은 개인의 역사에 머물지 않는다. 헤이슬립의 자서전적 서사
가 보여주듯, 개인의 역사는 곧 자신의 가족사, 민족사로 확장된다. 그리
고 궁극적으로는 세계사의 일부로 편입되게 된다. 그리하여 한 개인의 기
억에 대한 기술은 결과적으로 세계사의 수정으로까지 나아갈 수 있게 되
는 것이다. 피해자의 원망과 비통의 기록에 그치지 않고 자신의 고통과
험난한 삶을 솔직히 그림으로써 성숙한 인간성과 세계 평화에의 기원을
담아낸다는 점에서 헤이슬립의 자서전은 문학으로 베트남전쟁과 화해할
수 있다는 프랫의 말을 수긍하게 한다.[22]

3. 인가된 내러티브 너머
베트남 여성이 다시 쓰는 베트남전쟁의 의미

이상에서 헤이슬립의 자서전을 검토하여 베트남전쟁문학 연구에서 결
락되어 온 '여성 주체의 전쟁 경험 재현 양상'에 대한 보완을 시도하였다.
여성들의 목소리, 그중에서도 베트남 여성의 증언은 복합적이고도 다성

---

22 Timothy Lomperis, *"Reading the Wind": The Literature of the Vietnam War* (Durham : Duke
    UP, 1987), p.67.

적인 베트남전의 정체를 규명하는 데 중요한 역할을 담당한다.

잘 알려진 바와 같이 베트남전쟁의 성격은 매우 복합적인 것이라 할 수 있으며 그에 따라 베트남전쟁의 재현 또한 다양하고 다성적인 형태로 존재할 수밖에 없다. 베트남전쟁은 '전지구의 민주주의를 수호하는 선량한 경찰관'을 자처했던 미국의 이미지가 심각하게 손상되는 결과를 낳으며 막을 내린 전쟁이다. 미국 내에서 보수와 진보의 격렬한 충돌을 불러 일으켰던 전쟁이고 흑인 인권운동, 즉 시민권운동과 페미니즘의 물결을 앞당겼던 전쟁이기도 하다. 냉전 논리와 도미노 효과의 이름으로 세계 13개국의 참전을 초래했던 국제적 규모의 전쟁이 또한 베트남전쟁이기도 하다. 그토록 복합적인 성격의 베트남전쟁의 참모습을 총체적으로 드러내기 위해서는 다양한 주체들의 경험에 대한 증언들을 통합해 보아야 할 것이다. 베트남전쟁의 본질이 과연 무엇이었던가 하는 물음에 여성들의 내러티브는 독특한 성격을 지닌 채 중요한 대답의 실마리를 제공한다.

헤이슬립의 서사가 보여주듯, 여성의 내러티브, 특히 피해자의 입장에서 이루어진 경험의 기록은 공적 담론에 의해 지배받고 고착되어 가고 있는 역사에 대한 수정 작업을 요구한다. 아울러 남성 특유의 감수성과 경험의 권위에 지배되어 온 전쟁의 재현에 이의를 제기하고 그 전쟁의 본질에 대해 다시 생각하게 한다. 헤이슬립의 자서전은 전쟁 피해자인 베트남 여성이 자신의 경험을 서술한 것으로서 피해자의 시각에서 바라본 베트남전쟁을 파악하는 데 요긴한 텍스트이다. 헤이슬립은 전쟁이 피폐하게 만든 베트남의 국토와 사회와 인물들을 그리고 자신의 트라우마를 솔직하게 그림으로써 베트남전쟁을 다각적으로 드러내는 데에 기여한다. 베트남 여성의 경험은 '민주주의의 수호'와 '공산주의 확장의 저지'라는 미국 측의 공적 담론이 의도적으로 무시하거나 간과한 전쟁의 참상을 드러냄으로써 그 공적 담론의 허구성을 폭로하며 수정을 요한다는 의미를 지닌다.

베트남전쟁의 종식 이후에도 전쟁에 대한 미국의 공적 담론에는 큰 변화가 없는 것으로 보인다. 즉, 미국 사회에서 국가의 신화는 베트남전 종식 이후에도 여전히 강력한 힘을 유지하고 있는 것 같다. 노재호의 인용을 재인용하자면, 1996년의 『뉴욕 타임즈*New York Times*』에 실린 로널드 스틸Ronald Steel의 다음과 같은 기사는 베트남전의 경험을 미국이 제대로 기억하고 있는지 회의하게 한다. "모든 국가들이 우리가 정상에 있는 것을 바라기 때문에 (…중략…) 미국이 넘버원으로 남는다. (미국은) 다른 나라의 영토를 탐내거나 금전적 공물도 요구하지 않으며 적들로부터의 안전을 제공하는 인자한 헤게모니 국가로서 다정한 순회 경찰의 역할을 한다."[23] 국가가 창조하고 반복하여 학습시키는 '인가된 내러티브sanctioned narrative'는 그 진실성에 대해 부단히 질문해 보아야 한다. 공적 담론이 다양한 통로를 통해 도전받지 못하고 공고해질 경우 거기에 내재하는 위험은 그 공적 담론을 통해 역사 서술이 영속화된다는 점에 있다. 베트남전쟁을 주제로 삼은 담론의 경우에도 마찬가지이다. 자유와 민주주의의 수호라는 공적 담론을 반복함으로써 베트남전쟁의 역사에 대한 의도적인 망각을 선택한 듯 보이는 이와 같은 미국의 주도 담론을 고려해 보면 2000년대, 이라크전의 재개는 이미 예견되었던 것으로 보인다. 역사는 끊임없이 새롭게 기술되어야 하고 서술상의 결락은 끊임없이 수정되고 보완되어야 한다. 기술된 이야기, 즉 내러티브는 기억하기와 기억의 재구성에 기여하는 효과적인 방법이다.

23　노재호, 앞의글, 158면에서 재인용.

헤이슬립은 자서전의 방식으로 베트남전쟁에 대한 기술을 재기술한다. 그리하여 국가가 제공하는 '민주주의 수호'라는 공적 담론에 저항한다. 또한 헤이슬립의 서사에 드러난 고통의 기억은 종교적 차원으로 전이되면서 고통을 통한 초월과 평화의 추구에 이르고 있어 더욱 그 철학적 깊이를 더한다. 헤이슬립은 피해자의 경험을 비관적으로 재현하는 데 그치는 것이 아니라 전쟁이라는 극한 상황 속에서도 자립을 꿈꾸고 인간 존엄성을 유지하면서 더 나아가 용서와 평화와 화해라는 불교의 가치들을 구현한다.

베트남전쟁은 기존의 수많은 연구 결과에도 불구하고 그 본질과 목적, 결과와 영향의 문제에서 아직도 더욱 다양한 사회 문화적 접근을 필요로 하는 주제이다. 태평양의 이쪽과 저쪽에서 다르게 나타나는 베트남전의 증언, 남성의 경험과 대비되어 드러나는 여성의 경험을 조명하는 데에 헤이슬립의 텍스트는 중요한 역할을 한다. 아직은 재현이 충분히 이루어지지도 않았고 더구나 비평적 접근이 미흡한 채 남아 있는 베트남인들의 전쟁 경험에 더욱 주목할 때 여태까지 규명되지 못했던 베트남전쟁의 숨은 모습이 더욱 분명히 드러날 것이다.

 # 새로운 베트남전쟁 서사의 탄생 1
비엣_탄 응웬의 『동반자』의 의미

1. 베트남계 미국인 작가의 등장

1960년대 미국이 베트남전쟁에 개입하기 시작했을 때 미국의 공적 담론은 전 세계의 자유와 민주주의를 수호하기 위해 공산 세력의 팽창으로부터 베트남을 지켜준다는 것이었다. 제2차 세계대전이 종식된 이후 '세계의 경찰' 역할을 자처한 나라가 미국이었다. 미국은 냉전 논리를 토대로 하여 그와 같은 공적 담론을 구성하고 국내외에 천명하였다. 그러나 베트남전쟁에서의 패전은 미국이 표방한 '전 세계의 자유와 민주주의 수호'라는 이념을 무력하게 만들었다. 그것은 더 이상 국민을 설득하고 동원할 수 있는 이념이 될 수 없게 되었다. 패전이 가져다주는 무력감 속에서 전쟁 종식 후 상당 기간 동안 미국 정부와 시민들은 베트남전쟁을 기억하고 싶어하지 않았다. 그 기억으로부터 교훈을 얻기보다는 주로 침묵하는 것을 선택했다. 그리하여, 롬페리스[Timothy Lomperis]는 1975년 패전으로부터 1980년대에 이르기까지의 시기를 '의도적 망각'의 기간이라고 명명한 바 있다.[4] 그러나 미국 사회가 '기억하고 싶지 않은 전쟁'으로 베트남전쟁을 인식하는 것에 저항하며 베트남전쟁의 문학적 재현은 다양하게 이루어졌다. 전쟁에 직, 간접적으로 참가했던 경험을 지닌 작가들이 베트남전쟁을 소재나 주제로 다룬 다양한 문학 텍스트를 산출해 왔다.

그러나 그 텍스트들은 일정한 한계를 노정해 왔다. 그 한계는 일방적인 미국인의 시각과 경험이 텍스트들의 대부분을 구성한다는 점이다. 베트남전쟁을 다룬 수많은 텍스트의 존재에도 불구하고 베트남인들의 경험과 그들의 시각을 보여주는 서사는 절대적으로 부족했다고 볼 수 있다. 베트남전쟁 기간 중 베트남인들의 사상과 감정에 대해 미국 측의 이해가 부족했었고 마찬가지로 베트남 국민들 또한 미국을 잘 이해하지 못했다는 것은 잘 알려진 사실이다. 종전 이후에도 그런 사정은 나아지지 않았다. 여전히 베트남인들이 들려주는 '태평양 건너편의 이야기'는 미국문학의 장에서 매우 찾아보기 어려운 것이다. 르 티 디엠Le Ty Diem의 시구, "우리는 아무도 기억하려 들지 않는 전쟁으로부터 여기까지 불려온 파편 조각"에 나타난 바와 같이 베트남전쟁에 관한 베트남인의 목소리는 '빈 곳'이며 '부재'로 남아있었다고 해도 과언이 아니다. 미국 소설가 론 코빅Ron Kovic이 항변하는 것처럼 '아무도 기억하려 들지 않는 전쟁'이 베트남전쟁이었다면 그 전쟁의 '파편'적인 존재로 베트남인들은 남아있었다고 볼 수 있다.[1]

앞에서 살펴본 바와 같이 1986년 발간된 르 리 헤이슬립Le ly Hayslip의 자서전은 그 '빈 곳'과 '부재'를 메우는 첫 시도에 해당한다. 헤이슬립의 『하늘과 땅이 바뀌었을 때When Heaven and Earth Changed Places』는 미국문학 텍스트 중 드물게 베트남인의 경험을 재현한 것이었다. 헤이슬립은 베트남인으로서 베트남전쟁을 체험하고 성인이 되어 미국에 이주하여 정착한 1세대 베트남계 미국인의 정체성을 중심으로 한 서사를 보여준다. 헤이슬립의 텍스트는 한계를 지니기는 하지만 베트남인의 시각을 대변하는 초기 텍스트로서의 의미를 지닌다. 전쟁 기간 중 베트남 국민들이 미국을 적으로

---

1   소설가 론 코빅(Ron Kovic)의 『7월 4일생(*Born on the Fourth of July*)』의 한 구절은 베트남 전쟁 참전 군인들을 향한 미국 사회의 냉담한 반응에 대한 퇴역 군인의 반항을 잘 요약하여 보여준다. "사람들이 우리를 적대시하는 것을 이해하기 어려웠다. 우리는 우리의 생명을 조국을 위해 바쳤다. 사람들이 어떻게 우리에게 이럴 수 있는가? 무수한 군인들이 조국으로 돌아오지 못했거나 불구가 되어 돌아왔다."(102)

간주했다는 사실을 보여줌으로써 다수의 베트남인들이 베트콩에 우호적이었음을 보여주는 것이 그 한 예이다. "프랑스인과 그 부역자들에 대항해 싸웠던 것처럼 미군과 그 주구들에 대해 싸워야 한다"[42]는 베트콩의 목소리가 그 텍스트에 등장하는 것이다.

그러나 전술한 바와 같이 헤이슬립의 텍스트가 지니는 중요성과 기여에도 불구하고 그의 텍스트는 뚜렷한 한계도 지니고 있다. 비엣 탄 응웬 Viet Thanh Nguyen이 지적하듯이 헤이슬립의 자서전적 서사는 지나치게 단선적인 시각을 보여주기 때문이다. 즉 단순화된 희생자로만 자신을 포함한 베트남인들을 재현하고 있다.[2] 응웬이 지적한대로 헤이슬립은 공산주의자 베트콩과 미군은 물론 동포 베트남인들에게서도 폭력과 배신을 당하는 궁극적인 희생자로 등장한다. 헤이슬립의 묘사를 보자. "그들은 완벽한 원수를 찾아내었다. 겁에 질린 농촌의 여성, 모든 베트남인 농부들과 마찬가지로 시간의 처음부터 끝까지 희생자가 되는 것에 동의한 여성을 찾아낸 것이다.[They] had finally found the perfect enemy : a terrified peasant girl who would endlessly and stupidly consent to be their victims, from creation to the end of time"[97] 또한 헤이슬립의 서사에서는 피폐하고 물질적 빈곤에 시달리는 베트남과 풍요로운 미국이 선명한 대조를 이룬다. 미국으로 이주한 모든 베트남인이 풍요롭게 살고 있다는 부정확한 이미지를 제공하기도 한다. 더 나아가, 헤이슬립의 텍스트는 미국 사회의 기대에 기꺼이 부응하는 텍스트라는 한계를 지닌다. 미국이 원하는, 미국이 베트남으로부터 듣고자 희망하는 화해와 용서의 서사를 능동적이고 적극적으로 전개하기 때문이다. 빈곤과 결핍, 인간성의 상실이라는 고통의 공간으로 베트남이 등장하고 구원과 풍요의 공간으로 미국이 등장한다는 이분법적 텍스트의 구도는 그러한 비판에 동의하게 만드는 장치이기도 하다.

2015년 출간된 비엣 탄 응웬의 『동반자*The Sympathizer*』는 헤이슬립의 증언을 넘어서는 베트남인의 시각을 보여준다는 점에서 매우 중요한 텍스트이다.[3] 헤이슬립의 자서전적 서사는 미국 사회를 구성하는 다양한 개인들의 경험에 대한 존중의 태도에 의해서 생산되고 유통되었다고 볼 수 있다. 그러나 응웬의 『동반자』는 헤이슬립의 시대를 뛰어넘는 문화적 성숙을 증명하는 텍스트라고 보아야 한다. 응웬은 자신이 헤이슬립의 텍스트를 들어 비판한 바와 같이 '단순화된 희생자로서의 베트남인'이라는 상투적 전형성을 수정하는 서사를 보여준다. 『동반자』는 1.5세대 혹은 2세대 베트남계 미국인의 정체성을 지닌 작가가 베트남인 혹은 베트남계 미국인이 경험한 베트남전쟁과 미국문화를 재현한다는 점에서 헤이슬립의 텍스트와 유사점을 지닌다. 『동반자』에서도 '태평양 건너편'의 서사가 '태평양의 다른 한 편'인 미국의 서사에 함께 삽입되고 수록된다. 그리하여 미국인의 시각에서 주로 전개되어오던 전쟁 재현의 장에 베트남인의 목소리가 적극적으로 개입하고 간섭하게 한다. 작가 응웬 자신이 헤이슬립의 한계에 대한 비판 의식을 지니고 있었다는 점에서도 확인할 수 있듯이 응웬은 헤이슬립이 보여준 이항 대립의 구도를 적극적으로 해체하면서 자신의 서사를 형성한다. 그러므로 응웬의 서사가 기존 미국문학의 베트남전쟁 서사를 해체하여 재구성한다고 주장할 수 있다. 응웬은 헤이슬립과 달리 단순한 전쟁의 희생자로 베트남인들을 재현하지 않는다. 응웬 텍스트의 주인공과 기타 인물들은 공산주의자인 북베트남인의 입장을 그들의

---

2   이에 대해서는 Viet Thanh Nguyen, *Race and Resistance*, 107~124면, 특히 115면을 참조.

3   'The Sympathizer'의 역어로서 동조자, 부역자, 협력자, 동반자 등이 가능하다. 한국문학의 장에서 KAPF문학에 적극 가담하지 못하고 동조적인 자세를 취한 작가를 '동반자 작가'로 부르고 있음을 고려하여 이 책에서는 '동반자'로 번역한다.

시각에서 그려내기도 하고 베트남인들의 눈에 비친 미국과 미국인의 모습을 풍자적으로 재현하기도 한다. 강대국의 경제적 군사적 힘에 희생당하는 존재가 아니라 미국의 경제적 원조와 군사적 개입에 조소와 비판을 보내는 자립적인 주체로 베트남인들을 그린다. 베트남계 미국인은 물론 아시아계 미국인 전반에 대한 미국문화의 편견과 차별을 비판적인 안목에서 형상화하기도 한다. 물질적 풍요 속에서 정신적 빈곤을 겪고 있는 미국인의 모습이 희화화되어 등장하기도 하고 허황된 말과 진정성 부족한 매너리즘 속에서 방향성을 잃고 순환하는 듯한 모습을 보여주어 미국의 사회상에 조소를 보내기도 한다. '태평양의 양안'에서 들려오는 목소리를 동시에 복합적으로 들려주는 텍스트로 『동반자』를 이해할 수 있다.

텍스트 분석에 앞서 작가에 대해 살펴보자. 응웬은 베트남전쟁이 막바지에 이르렀던 1971년 베트남에서 태어나서 4살 때에 미국으로 이주한 작가이다. 2015년에 출간된 첫 소설 『동반자』로 퓰리처상Pulitzer Prize for Fiction을 비롯한 다수의 상을 수상했다. 응웬의 시각은 기존의 미국 베트남전쟁 서사의 한계를 넘어서고 있다는 긍정적 평가를 받고 있다. 베트남 문화와 미국문화의 접경지대에서 이루어진 응웬의 글쓰기는 미국문화의 결핍과 맹점을 다양하고도 복합적으로 노정한다. 『동반자』의 중요한 문학사적 기여는 베트남 문화와 미국문화가 충돌하고 대립하고 상호비판하고 혼융되는 양상들을 텍스트가 보여준다는 데에 있다.

이 장에서는 『동반자』가 기존의 베트남전쟁 서사에 대한 수정을 촉구하는 성격을 지니고 있으며 그리하여 결과적으로 미국의 베트남전쟁에 대한 이해범위를 확대하고 있음을 보이고자 한다.[4] 그 목적을 위해 첫째,

---

4　이다솜은 응웬과 엘리슨의 소설을 비교하며 공통성과 차이를 분석함으로써 미국소설에 나타난 인종과 소수자의 문제를 다룬다. 이다솜, 「From Black to Yellow : The Inher-

텍스트의 발생에 대한 사회 역사적 맥락을 고찰한다. 베트남전쟁에 대한 미국 역사 담론의 변화 과정을 살펴보아 『동반자』 텍스트가 발생하게 된 사회적 역사적 배경과 맥락을 분석한다. 그리하여 베트남전쟁에 대한 새로운 이해를 가능하게 하는 조건으로 미국 사회에서의 역사 인식의 변화가 존재한다는 것을 보인다. 둘째, '혼종성' 개념을 중심으로 텍스트를 분석한다. 베트남계 미국인으로서의 정체성을 지닌 작가를 베트남 문화와 미국문화의 혼종적 주체로 파악하면서 주체의 혼종성이 양가적 시각으로 두 문화를 재현하는 데 기여하고 있음을 보인다.

2. 기억 투쟁, 역사 서술, 다문화주의 그리고 『동반자』

『동반자』는 베트남전쟁의 기억을 향한 미국 헤게모니 투쟁에 있어서 새로운 전기를 마련하는 텍스트라고 볼 수 있다. 베트남전쟁의 발생과 전개과정, 그리고 종전 이후에도 미국 사회는 대립되는 시각으로 그 역사적 사건을 이해해왔다고 전술한 바 있다. 종전 이후 그 전쟁의 기억과 재현 양상에서도 진보적인 시각과 보수적인 시각의 충돌은 유사한 양상을 보여주었다. 그러한 대립은 역사 서술의 장에 있어서 가장 극명하게 드러난다고 볼 수 있다. 역사 서술은 가치중립적으로 이루어진다고 보기 어렵다. 거기에는 서술자의 정치적 태도와 지향성이 반영된다. 전술한 바와 같이 베트남전쟁의 경우, 그 경험을 기억하는 방식은 여전히 변화 속에 놓여있다. 그러나 그 변화는 사회적으로 우월한, 권력을 지닌 주체들의 단선적인

itance and Revision of Ralph Ellison's *Invisible Man* in Viet Thanh Nguyen's *The Sympathizer*」, 고려대 석사논문. 2018.

시각을 넘어서며 보다 포괄적이고 복합적인 시각이 교차하고 중첩되는 방향으로의 진보적인 변화라고 볼 수 있다. 유정완은 1980년대 이후 베트남전쟁에 대한 기억의 담론이 망각과 탈역사화의 경향을 보이고 있다고 지적한다. 또한 베트남전쟁의 특성을 미국의 제국주의 전쟁으로 파악하면서 베트남전쟁의 연장선상에서 걸프전이 발발했음을 지적한다. 그러나 1980년대 이후 미국 역사 담론에서는 진보적이고 반성적인 자세로 베트남전쟁을 파악하고자 하는 태도가 확고해졌다고 보는 것이 적절하다.[5]

구체적으로 공적 기억의 문제를 중심으로 전개되는 미국 역사 인식의 변화를 학교 교과서를 중심으로 살펴볼 수 있다. 교과서에 드러난 베트남전쟁 서사는 미국 사회의 합의된 공적 담론의 축소판이라고 볼 수 있다. 아직 가치관과 비판 정신이 확립되지 않은 독자를 바람직하게 교육한다는 것이 교과서 서술의 대전제이기 때문이다. 따라서 교과서에 나타난 베트남전쟁 서사의 변화 양상은 그대로 미국 사회의 베트남전쟁 담론의 변화 과정을 반영한다고 볼 수 있다. 강선주는 베트남전쟁에 대한 기억의 헤게모니 쟁탈 투쟁이 교과서 서술의 장에서 전개되고 있다고 주장한다. 강선주가 이르는 '기억의 헤게모니 쟁탈'은 미국 사회 내의 보수 세력과 진보 세력이 각자 선호하는 기억을 일반 시민에게 확산하고 고착시키고자 하는 투쟁을 지칭하는 것이다. 구체적으로 전자의 기억은 미국의 참전에 대한 합리화와 당위성을 강조하는 기억이다. 반면 후자는 참전이 국가적 과오이며 반성을 위한 경험이라고 보는 대조적인 기억을 말한다. 강선주는 기억과 서사를 위한 그러한 쟁탈전이 동일한 구조 위에서 전개된다고 지적한다.

5　유정완 : 70을 참고. "미국 사회는 미라이사건이 가져다 준 반성과 전환의 기회를 제대로 활용하지 못한 채 1980년대 이후의 수정주의 역사학 또는 탈역사화와 망각의 정치학을 통해 상처 입은 제국의 관성을 그대로 유지하려 몸부림치고 결국 그 상흔과 상처

현재 신보수는 '거대 서사의 위기', '미국문화의 위기' 담론에 기초하여 기억의 주체로서 선점한 자신의 고지를 탈취 당하지 않기 위해 안간힘을 쓰고 있다. 이에 대해 신좌파는 다문화주의 담론을 확대하면서 박탈당했던 기억의 주체로서의 권리를 복권하고 그 기억의 공식적 확대라는 고지에 도달하기 위해 노력한다. 이 두 집단이 추구하는 기억은 모두 기억을 생산하고 구조화하고 소비하는 방식에서는 동질적이다. 기본적으로 선별과 배제를 통해 관련된 거대 서사에 어긋나는 다른 집단들의 기억, 개인의 사적 기억을 억압한다는 점에서 본질적으로 비슷한 것이다. 다른 점은 기억의 주체가 누구인가, 즉 거대서사를 이끌어가는 헤게모니를 누가 갖고 있는가이다.[17]

강선주의 지적처럼 역사 서술은 기억할 것과 망각할 것을 취사선택하면서 이루어진다고 볼 수 있다. 그리고 기억될 요소들을 분류하는 데에는 역사 서술의 헤게모니, 즉 권력의 개입이 전제된다. 미국의 다양한 교과서는 위의 두 헤게모니 투쟁을 반영하고 있다. 즉 지향성과 서술의 미세한 부분에서 각각의 교과서는 다양성과 차이를 노정하고 있는 것이다.[6]

위에서 강선주가 지적한 바와 같이 '기억의 주체'가 누구이고 '거대서사를 이끌어가는 헤게모니'를 누가 소유하였는가의 문제를 염두에 둘 때 응웬의 『동반자』가 등장하여 독자의 호응을 받고 있다는 사실은 매우 시사적이다. 미국문화의 토양에 다문화주의에 대한 존중이 뿌리를 내리고 있다는 것을 확인하게 하기 때문이다. 성별, 인종, 민족성 등에서 다양성을 지닌 소수자들의 주체성에 유의하고 그들의 특수성을 존중하는 문화

만 오늘까지 깊어지는 양상을 보인다"는 것이 유정완의 주장이다.
6   서로 다른 교과서가 다양한 방식으로 강조하고 재현하는 바에 대한 구체적인 것은 강선주 논문을 참조.

가 미국문화에서 주도적인 지위를 갖게 되었음을 증명한다. 소수자의 권리 향상을 위한 움직임이 1960년대에 본격적으로 대두하기 시작하였다면 다문화주의 존중의 가치관이 확립된 것은 1990년대 중반이라고 볼 수 있다. 그렇게 볼 수 있는 근거는 학생들의 교과서 서사를 향한 헤게모니 쟁탈전의 결과가 1993년 이후 전개된 '역사표준서 개발 및 발표' 과정에서 드러났기 때문이다. 강선주에 따르면 그 과정에서 "다문화주의 관점의 수용 여부에 대한 찬반 논쟁이 벌어졌고 이 논쟁은 표준서 작성의 지침인 15개의 기준criteria 가운데 기준 8과 기준 9, 기준 10을 수용하는 것으로 타협 되었다".[17] 그 3개의 기준 중에서 『동반자』가 지니는 문화적 함의의 중요성을 이해하는 데 가장 큰 역할을 할 수 있는 것은 기준 8에 나타난다.

> 기준 8 : 미국사 표준은 인종, 민족, 사회 경제적 지위, 젠더, 지역, 정치, 종교, 그리고 국가의 공통성 등으로 예시되는 국가의 다양성을 반영해야 한다. 특정 집단과 개인의 공헌과 투쟁이 포함되어야 한다.강선주 : 17

'기준 8'은 미국을 구성하는 다양한 개인들의 경험을 공적 담론이 수용하고 존중해야 한다는 원칙을 천명한 조항으로 볼 수 있다. 미국 교과서가 "미국을 구성하는 다양한 개인들의 경험"이 동등하게 미국의 형성과 발전에 기여했음을 인정하는 방식으로 서술되게 된 것은 역사 서술의 중요한 전환점이다. 그 교과서로 교육받고 교육받은 바를 신념으로 삼는 개인들이 미국 시민으로 성장하여 미국문화를 주도하게 될 것이기 때문이다. 베트남전쟁이 끝나고 전쟁 난민의 자격으로 미국 국민에 합류하게 된 존재가 작가 응웬과 텍스트의 주인공이다. 응웬의 경험이 미국 역사 서사에서 소외되거나 배제되지 않고 수용되며 그의 증언이 미국문화 서사의 중요한 일부로 삽입되게 된 것은 이처럼 미국 사회의 문화적 성숙이라는 여건 속에서 가능해진 것이라 볼 수 있다. 이제 응웬의 텍스트를 분석하여 응웬이 재구성한 베트남전쟁 경험과 베트남계 미국인의 시각에서 비판하는 미국문화를 살펴보자.

3. 『동반자』에 나타난 혼종성

『동반자』의 가장 큰 장점은 베트남전쟁을 다룬 기존의 문학 텍스트와는 매우 다른 복합적 시각을 제시하는 텍스트라는 점이다. 응웬은 베트남전쟁이라는 주제와 관련하여 미국문화 전반에 대한 새로운 접근법을 보여준다. 사물과 사건을 대하는 복합적인 시각은 텍스트의 다양한 층위에서 드러난다. 이러한 복합성은 작가 응웬 자신이 지닌 문화적 혼종성에서 주로 연유하는 것으로 볼 수 있다. 호미 바바Homi K. Bhabha는 중간자의 위치와 양가적 존재의 중요성을 강조한다. 세계의 경계에 존재하는 자가 지니는 '혼종성hybridity'에 주목하며 그 혼종성이 새로운 미래를 볼 수 있게 만드는 제3의 영역을 형성한다고 주장한다. 그 혼종성은 이항 대립적 세계관에 균열을 일으키며 익숙한 것the home과 낯선 세계the world를 연결하게 된다고 본다.

이러한 경계적 존재를 삽입하는 것은 침묵의 시간을 만들어내고 매우 색다른 틀을 창조한다. 그 틀은 역사와 문학의 접경에 무언가를 설명하는 형상image을 만들어낸다. 그로 인해 우리는 우리에게 익숙한 것들과 외부의 세계를 연결하게 되는 것이다.Bhabha : 13

즉, 바바는 주변적인 존재들unhomed beings이 지닌 경험의 혼종성에서 새로운 해석과 이해의 가능성을 찾는 것이다. 그 혼종성이야말로 우리가 기존에 지녀오던 '견고한 이항 대립'을 완화시킬 수 있는easing the rigidity of binary opposition 매개가 될 수 있다고 주장한다. 혼종성에 의해 창조되는 틈새 영역을 강조하면서 예술가의 역할은 바로 그와 같은 혼종성과 틈새 영역을 표현하는 것이라고 본다. 그리고 비평가의 역할 또한 예술가가 표현한 것을 통해 우리 역사의 현재를 사로잡고 있는 망령 같은 과거, 아무도 말하지 않았기에 침묵당한 과거를 현재형으로 재구성하는 것이라고 본다.Bhabha : 12

『동반자』 또한 경계에 놓인, 두 영역의 중간에 위치하는 존재가 보여주는 혼종성을 잘 드러내는 텍스트이다. 작가 응웬은 베트남 문화와 미국 문화, 양자의 본질을 파악하면서 두 문화에 대한 균형 잡힌 재현을 구현한다. 작가의 문화적 혼종성은 그의 생애와 깊은 관련이 있다고 볼 수 있다. 즉 작가는 베트남에서 태어났고 베트남 문화에 익숙한 부모로부터 베트남인의 전쟁 경험에 대해 배운 세대에 속한다. 그리하여 그는 베트남인의 시각을 핍진성 있게 텍스트에 구현한다. 동시에 작가 자신은 부모 세대와는 달리 베트남계 미국인으로 성장하였기에 미국문화에 매우 익숙한 존재이다. 더 나아가 응웬은 미국학 전공 학자이기도 하다. 그리하여 미국문화, 그 중에서도 특히 아시아계 미국문화에 관한 다양한 비판적 문화 담론을 생산, 연구, 비판할 수 있는 위치에 있고 그것을 실천해왔다. 앞서 언급한 그의 저서 『인종과 저항Race and Resistance』은 문화 이론에 바탕을 둔 아시아계 미국문화 연구서이기도 하다. 『동반자』는 한편으로는 응웬이 『인종과 저항』에서 개진한 아시아계 미국인의 정체성과 문화의 문제를 허구의 형식을 빌어 다시 쓴 것이라고 볼 수도 있다.

응웬 텍스트의 가장 큰 강점은 전술한 바와 같이 베트남인의 목소리, 베트남인의 시각을 효과적으로 드러낸다는 점이다. 『동반자』가 재현하는 베트남인의 경험과 감정은 베트남어로 서술된 베트남 작가들의 전쟁 재현양상과도 구별된다. 범박하게 말해서 후자가 베트남인들의 전쟁 수난사 혹은 전쟁 피해자로서의 감정에 충실하다면 응웬의 『동반자』는 그러한 멜로드라마적 텍스트와는 대척점에 놓인다. 그의 텍스트에는 풍자와 유머가 주된 정조로 드러난다. 응웬 텍스트의 서술은 미국문화 코드를 파악하고 그 코드 속의 맹점과 모순을 지적하는 풍자적인 방식으로 전개된다. 『동반자』를 다룬 언론 기사에는 "음울하게 우스운darkly comic"이라거나 "음울하고 우스운, 베트남인의 눈으로 본 전쟁a dark, funny — and Vietnamese — look at the Vietnam War"이라는 표현이 자주 등장하는데 그것은 응웬 텍스트의 강점을 드러낸다.[7]

『동반자』의 주인공은 베트남전쟁의 막바지에 피난민 캠프를 거쳐 남가주 지역에 피난민refugee으로서 정착하게 된다. 그는 사실상 북베트남 공산당의 스파이이면서 그 사실을 속이는, 이중성을 지닌 인물이다. 베트남전쟁 기간 중은 물론이고 미국으로 이주한 이후에도 여전히 베트남 공산주의자와 연락을 취한다. 그러나 스파이라는 특수성을 제외하면 주인공은 전형적인 미국의 베트남전쟁 난민이다. 전쟁의 희생자이며 '뿌리 뽑힌 자'로서 미국 땅에서 새로운 생존과 번영의 기회를 찾아 몸부림치는 이민자의 고통 서사를 쓰기에 적합한 위치에 놓이는 인물이다. 혹은 정반대로 '아메리칸 드림'을 성취한 모범적 소수 인종 미국인으로 등장할 수도 있는 인물이다. 고난과 고통으로 점철된 베트남이라는 아시아의 공간

---

7   전자는 '오프라닷컴(Oprah.com)'의 표현이며 후자는 '전미 공영 방송(National Public Radio)'의 표현이다. 이에 대해서는 『동반자』속표지에 등장하는 『동반자』리뷰'를 볼 것.

에서 도피하여 '기회의 땅' 미국에 정착하며 '미국의 꿈'을 이루어가는 인물이 될 수도 있다. 민족성의 근원을 이루는 고향과 그와는 대조적인 미국이라는 공간을 상정하는 이와 같은 이항 대립적 접근법은 기존의 아시아계 미국문학의 특징으로 지적되어온 바이기도 하다. 대다수의 전형적인 아시아계 미국문학은 소수 인종으로서의 아시아계 미국인에 대한 특수성과 차별, 혹은 통일성과 흡수라는 두 가지 축을 중심으로 전개되어 왔다고 볼 수 있다.[8] 그러나 응웬은 이분법을 넘어선 자리에서 그런 이항 대립적 세계관에 대해 조소를 보내는 자세로 텍스트를 전개한다. 앞서 든 '오프라 닷컴Oprah.com'은 응웬의 그런 서술전략을 다음과 같이 요약한다. "응웬의 암울하게 유머에 가득 찬 소설은 우리가 인지하지 못했던 미국 문화의 면모를 보여준다.Nguyen's darkly comic novel offers a point of view about American culture that we've rarely seen"『위크Week』지 또한 작가의 복합적인 시각에 주목하며 그것을 『동반자』의 주된 장점으로 본다. 작가 응웬이 충돌하는 두 세계 사이에서 양자의 강점과 약점을 동시에 볼 수 있는 작가이며 그로 인해 햄릿처럼 분열된 주체라고 지적한다.[9] 『동반자』의 첫 단락 또한 주인공이 자신이 지니고 있는 이중성 혹은 혼종성에 대해 고백하는 것으로 시작한다.

---

8   구체적으로 일본계 미국문학에서는 존 오카다(John Okada)와 모니카 소네(Monica Sone)의 경우가 그 점을 설명한다. 제2차 세계대전 기간 중에 일어난 일본계 미국인의 캠프 수용이라는 동일한 사건을 두고 상반된 태도로 그 역사적 사실과 경험을 재현하였다. 존 오카다가 미국문화의 인종 차별에 대한 분노를 표출함에 반해 모니카 소네는 용서와 관용의 태도로 미국문화에 순응하는 자세를 보여 준다. 중국계 미국문학의 경우 에이미 탠(Amy Tan)의 『조이럭 클럽(*Joy Luck Club*)』과 맥신 홍 킹스턴(Maxine Hong Kingston)의 『여인 무사(*The Woman Warrior*)』가 중국과 미국의 문화적 차이를 강조하면서 이항 대립을 강화한 서술 태도를 보인다.
9   『동반자』 속표지에 등장하는 '『동반자』 리뷰' 참조.

나는 스파이, 이민자 간첩, 첩자, 두 얼굴의 사나이이다. 당연하게도 나는 두 마음의 소유자이다. 나는 만화나 공포영화에 등장하는 이상한 변신 인물이 아니다. 그러나 때로 사람들은 나를 그렇게 대하기도한다. 나는 단지 사물의 양쪽을 다 볼 수 있는 사람일 뿐이다.[1]*

주인공이 지니는 복수의 정체성과 "사물의 양쪽"을 보는 능력은 텍스트의 전개에 핵심적인 역할을 담당한다. 작가 응웬은 세계를 단순한 이항 대립적 힘의 대결장으로 파악하는 데에서 벗어나 있을 뿐만 아니라 그런 자세가 지니는 부정성에 저항하고자 한다.『동반자』텍스트의 속 표지에서 응웬은 철학자 니체Friedrich Nietzche를 인용한다. 인용된 니체의 말은 작가의 세계관을 파악하는 데 있어서 중요한 열쇠가 된다. 그리고 텍스트에 다양한 형태로 나타나는 복합성과 혼종성을 이해하는 데에도 큰 역할을 한다.

'고문'이라는 단어를 들을 때 우울해지지 맙시다. 그것을 누그러뜨리고 그 단어에 대항하는 길이 다양하니까요. 심지어 그것을 조롱할 수도 있습니다.프리드리히 니체, 『도덕의 계보학』

Let us not become gloomy as soon as we hear the word "torture": in this particular case there is plenty to offset and mitigate that word — even something to laugh at.Friedrich Nietzche, *On the Genealogy of Morals*

이는 '고문'이란 고통을 연상시키는 말이지만 성숙한 자세로 다시 보자

---

* 이 장에서『동반자』를 인용한 경우 면수만 표기한다.

면 정반대일 수도 있다는 암시를 보여주는 인용구이다. 니체가 세계를 대하는 태도가 작가의 세계관과 맺는 관계를 더욱 자세히 살펴보자. 작가의 정체성은 3단계의 변화를 거쳐 형성되었다고 볼 수 있다. 주인공 또한 베트남전쟁 중에 태어난 베트남인, 재교육 센터 수용자, 그리고 소수 인종 미국인으로 재탄생하는 과정을 거쳤다. 그 과정에서 작가 자신의 삶이나 주인공의 삶은 고통으로 점철되었다고 단순화하여 설명할 수도 있다. 그러나 니체의 철학을 내면화하자면 인생의 그러한 고통스러운 경험을 상쇄하거나 완화시킬 수 있는 요소들이 삶에는 충분하다는 것을 알 수 있다. 오히려 어지간한 고통은 비웃으며 넘겨버릴 수도 있다. 작가의 그러한 태도가 텍스트의 주인공으로 하여금 주체와 타자, 혹은 아군과 적군 사이의 명백한 이항 대립적 구도를 넘어서게 한다. 유연하고 탄력적인 태도와 인생관이 텍스트 곳곳에서 노정된다. 주인공의 독백을 보자. "우리의 적들 중에서 훌륭한 자를 존중하는 것이 아군 중에서 못난 자를 존중하는 것보다 언제나 나은 것 같아요. 안 그런가요? 장군님?"[32]

주인공은 베트남전쟁 종식으로 인해 영구히 미국에 정착하게 되기 이전에도 미국 교육을 받은 바 있는 예외적인 베트남인이다. 주인공이 말하는 것처럼 미국인이면서 동시에 베트남인이라는 이중의 정체성, 그리고 스파이라는 예외적인 존재성은 주인공으로 하여금 베트남인의 시각에서 베트남과 베트남전쟁을 그리게 하면서 동시에 미국인의 시각에서 동일한 대상을 다시 재현할 수 있게 한다.[11] 더 나아가 베트남 민족주의에 침윤된 채 베트남 내에서 평생을 살아온, 자국중심주의 혹은 국가주의 신봉자가 된 베트남인의 시각과는 구별되는 접근 방식을 보여준다. 미국 사회

---

11 주인공은 스파이인 자신을 두더지(mole)로 지칭하기도 한다.

의 특징에 비추어 본 베트남 사회와 베트남인의 특수성을 드러내게 되는 것이다. 그뿐만이 아니라 주인공은 탄생에서부터 동양과 서양의 혼종적 주체로 등장한다. 주인공의 어머니는 베트남인이고 아버지는 프랑스인인 까닭이다. 전통적인 베트남 문화 속에서 혼혈아인 주인공은 자주 소외를 경험한다. 혼종적 주체를 향한 조롱이 담긴 이름에 익숙한 상태로 주인공은 성장한다[19]. 주인공의 인종적 혼종성은 텍스트 서술의 전개과정에서 매우 중요한 역할을 맡게 된다. 주인공은 자신의 혼종성을 '경계 흐리기'의 개념에 빗대어 설명한다. 물론 풍자와 자조의 어조가 깔린 언술이다.

내가 남들에 대해서 동정심을 쉽게 느끼는 것은 내가 상놈이라는 것과 관련이 있다. 그렇다고 해서 상놈은 누구나 동정심이 많다고 보면 안된다. 상놈은 상놈답게 행동하는 경우가 많다. 내 동정심은 어머니 덕분에 생긴 것인데 어머니는 '우리'와 '상대' 사이의 구별을 흐리는 것이 매우 값진 일이라는 생각을 가르쳐주셨다. 사실, 어머니가 하녀와 사제 사이의 경계를 흐리지 않았다면, 혹은 그 경계가 흐려지도록 내버려 두지 않았다면 나는 이 세상에 태어나지 못했을 것이다.[36]

주인공은 프랑스인 카톨릭 사제였던 아버지와 그의 하녀였던 베트남인 어머니 사이의, 허락되지 않은 결합을 통해 태어났다. 사회적 제도의 규제를 벗어난 일탈이 탄생의 근거였다는 사실을 주인공은 유머러스하게 고백한다. '경계 짓기'에 대해 비판하는 장면이라고 볼 수 있다. 혼종성이야말로 생명과 세대가 단절되지 않고 유지되는 데 필요한 것임을 환기시킨다. 인간 존재가 지니는 태생적 모순을 강조하면서 비판의식 없이 사회 규범에 순종하면서 그것으로 경계들을 강화하는 현실을 풍자한다고도 볼 수 있다. 주인공은 경계를 자주 위반하고 '아군'과 '적군'을 혼돈된 이름으로 호명한다. 주인공이 지닌 다양한 특수성으로 인하여 그에게는 자아와 타자의 경계가 매우 무의미한 것이다. 동일한 맥락에서 작가는 말한다.

> 순수와 죄. 그것은 천지에 만연한 주제이다. 우리는 모두 한편으로는 순수하고 다른 한편으로는 죄인이다. 원죄라는 것도 결국 그것을 말하는 것이 아닌가?[103]

순수와 죄는 사실상 둘이 아니라 하나일 수 있음을 주인공은 언급한다. 그 점을 설명하면서 서구 문명의 근원에 있는 기독교의 논리를 끌어들인다. 원죄라는 것 또한 순수와 죄의 혼종성을 설명하는 개념이 아니냐고 반문하는 것이다. 기독교적 사랑은 인간의 근원적인 순수성에 대한 확신에 바탕을 둔 것이면서 동시에 탄생의 순간부터 죄에서 자유로울 수 없는 인간의 근원적인 구속성을 상기시키는 개념이다. 인생이 시작에서부터 모순을 안고 시작하는 것이며 모순으로 일관된 것임을 받아들이면 사회 내부의 온갖 경계 짓기는 그 무의미함을 드러낼 수 밖에 없다. 성별과 인종, 민족성, 사회 계층의 경계가 작위적인 구성물임을 알 수 있다. 의도적으로 사회의 규범을 비웃는 자세로 경계를 넘나드는 주인공의 자세는 삶의 전개 과정에서 계속하여 등장한다. 응웬은 'original'이라는 어휘의 말놀이를 구사하며 '모순'의 의미를 더욱 강조한다. "원죄는 나에게는 전혀 오리지날한 것이 아니었다. 미사 때마다 원죄를 반복해서 들먹이는 사제 아버지의 아들인 나에게는"[103] 사제인 아버지는 스스로 성직자임에도 불구하고 13세 베트남 소녀와 혼외정사를 가져 주인공을 탄생시킨 인물이다. 기독교가 엄격히 금하는 죄를 지었으면서도 원죄에 대한 설교를 계속하는 위선자이다. 그러므로 그의 모습은 인간이 지닌 모순을 단적으로 보여준다. 주인공은 유희하듯 가벼운 자세로 '경계'를 적극적으로 조롱하며 그 경계를 넘나든다. 그럼으로써 경계를 고집하는 인물들의 허구성과 위선을 폭로한다.

주인공의 생래적 혼종성과 그가 견지한 탄력적이고 유연한 자세, 그리고 스파이라는 주인공의 정체성이 통합되어 주인공은 베트남전쟁의 전과 후를 복합적인 시선으로 총체적으로 설명하게 된다. 주인공의 자세는 베트남전쟁 수행에 관여한 다양한 주체들의 다양한 신념과 태도에 균등한 가치를 부여하게 한다. 베트남 공산주의자들도 미국인들과 마찬가지로 자신들이 믿는 바의 평화, 평등, 민주, 자유, 독립을 위해 투쟁하는 사람들이라고 표현한다.

> 그런 일이 처음은 아니지만 나는 누군가에게 나도 그들 중의 한 사람이라고 말하고 싶어졌다. 내가 좌익 사상의 동반자. 즉, 평화와 평등과 민주주의와 자유와 독립을 위해 싸우는 혁명가들의 동반자라는 것을. 많은 내 동지들이 그 가치를 위해 목숨을 바쳤고 내가 그 가치에 동조하는 사람이라는 것을 오랫동안 숨겨왔던……61

친밀하게 지내는 동료이며 가볍게 잠자리를 함께 하는, 이른바 '자유연애free love'의 파트너인 일본계 미국인 여성, 모리Mori가 자신의 혼종적 주체성에 대한 이야기를 고백할 때 주인공은 그녀에게 공산당 스파이인 자신의 정체를 드러내고 싶다는 강한 유혹을 느낀다. 위에 보이듯, 주인공이 좌파, 즉 공산 혁명가들을 설명하는 데 동원하는 어휘들은 그대로 미국의 베트남전 참전의 공적 담론에 사용된 것들이다. 동일한 '평화, 평등, 민주주의, 자유, 그리고 독립'이라는 어휘들이 사용된다. "우리 민족이 목숨을 바쳐"[61] 지켜내고자 한 절대의 가치를 구현하는 단어들이 평화와 자유 등의 말인 것이다. 동일한 목표를 향해 미국과 베트남 공산 세력이 투쟁해 왔다는 사실을 주인공은 피력한다. 그리하여 궁극적으로는 동일한 이념끼리의 싸움이 베트남전쟁임을 드러내는 것이다. 차이는 그 이념을 신봉하는 세력의 위치에 있을 뿐이다. '적'과 '아군'이 표방하고 궁극적으로 구현하고자 하는 가치가 결국 동일하다면 적과 아군의 경계를 형성하는 것은 과연 무엇인지 의문을 갖게 만드는 것이 작가의 전략이라 할 수 있다.

주인공이 지니는 혼종성과 이중적 정체성은 주인공으로 하여금 동일한 사건에 대한 미국과 베트남의 대조적인 태도를 보여주기에 적합한 인물이 되게 한다. 전술한 바 있듯이, 베트남 패전의 날, 즉 베트남 수도 사이공을 북베트남 군대가 진입하여 장악한 날을 호명하는 미국과 베트남의 이름은 대조적이다. 미국은 '사이공 함락'이라고 명명하며 베트남은 '남베트남 해방'이라고 표현한다.

그들이 사랑했던 도시가 함락될 참이었지만 내가 사랑한 도시는 해방될 참이었다. 그들에게는 세상의 끝이었지만 내겐 세상의 변화에 불과했다. 그래서 우리가 한 것은 진심을 담아 2분 동안 노래를 부른 것이었다. 지나간 세월만 느끼고 미래를 외면한 채로. 우리는 폭포를 향해 배영으로 수영해가는 사람들이었다.[17]

응웬이 묘사하는 것은 동일한 사건에 대한, 대조적인 두 명명의 양식이다. 호명 주체에 따라 '함락'과 '해방'으로 동일한 사건은 달리 표현되는 것이다.[12] 주인공은 과거를 회상하거나 미래를 걱정하지 않고 현실을

---

12 '함락'과 '해방'이라는 대조적인 호명을 보여주는 동일한 장면이 조안 디디언(Joan Didion)의 『민주주의(*Democracy*)』에도 등장한다.

직시하는 인물이다. 그러나 작가의 자세는 양가적이다. 사이공 함락이 아니라 사이공 해방으로 베트남의 공산화 통일의 날을 명명하는 베트남인들의 모습을 그려내고 주인공으로 하여금 그 날을 환호하게 만든다. 그러나 주인공이 지닌 불안하고 양가적인 감정을 또한 재현한다. 베트남의 미래에 대해 낙관적으로 전망할 수 없는 주인공의 모습을 보여주는 것이다. 주인공은 기존의 질서가 파괴된 이후 새로이 건설될 베트남의 미래를 폭포에 비유하면서 조감한다. 그리고 그런 역사 속으로 진입하는 개인을 두고 "배영으로 폭포를 향해 간다"[17]고 설명한다. 배영의 자세를 취한 상태에서는 주인공의 시선은 전망을 갖기 어렵다. 전망 부재의 현실을 폭포에 비유하며 베트남인들이 새 역사를 대하는 태도를 그린 것이다. 앞서 니체를 인용한 데에서 볼 수 있듯 작가는 삶의 고통과 환희를 복합적으로 파악하고 고통과 환희가 교차하는 텍스트를 직조하면서 삶의 의미를 탐구한다고 볼 수 있다. 고통에 짓눌리기보다는 고통을 뒤집어보면서 그 고통을 조롱하고 뛰어넘고자 하는 삶의 철학을 보여주는 것이다. 그런 태도는 텍스트의 곳곳에서 다양한 에피소드로 등장한다. 사이공의 정체 변화를 명명하는 방식이 대조적인 것처럼 베트남계 미국인이 '아메리칸 드림'을 보는 시각도 전형적인 미국인의 꿈과는 매우 다르게 나타난다. 작중 인물의 목소리에서 그 점을 확인할 수 있다.

내게 있어서의 아메리칸 드림은 고국 베트남으로 돌아가서 조상 묘지의 향을 피우는 거야. 평화롭고 총소리 없는 고향 땅을 돌아다니는 것이야. 즐거운 웃음 소리가 총소리에 지워지지 않는 곳. 전쟁이라고는 들어본 적도 없는 아이들이 즐겁게 웃는 땅을 도시에서 시골로 여기 저기 돌아다는 거야. 다낭에서 달랏으로, 카모에서 초독으로, 사덕에서 송까우로, 비엔호아에서 반메 투엇으로.[236]

베트남계 미국인 시인으로 등장하는 인물이 토로하는 위의 언술에서 확인할 수 있는 것은 작가가 '물질주의'와 자본주의에 기반을 둔 기존의 '아메리칸 드림'의 상image에 균열을 일으키며 베트남계 미국인의 특수성을 그 틈새에 기입하는 일이다. 시인은 '아메리칸 드림'을 새로이 규정한다고 볼 수 있다. 조상을 존중하고 평화를 사랑하는 소박한 삶을 기리며 그러한 낯설고 이종적인 '아메리칸 드림'을 주창하는 것이다. 소수자의 목소리가 지니는 독창성으로 기성의 미국문화를 갱신하면서 그 문화에 다양성을 추가한다고 할 수 있다.

주인공의 혼종성을 대하는 작가의 자세 또한 양가적이다. 혼종성을 지닌 주체는 분리된 두 세계를 넘나들며 균형 있게 양자를 볼 수 있는 긍정성을 지녔으면서도 동시에 두 세계 중 어느 한 곳에도 온전히 소속하기는 어렵다는 부정성 또한 지니고 있다. 지금까지 혼종적 주체의 긍정성을 살펴보았다. 그리하여 혼종적 주체는 다양성과 복합성의 덕목을 깊이 체감할 수 있다는 존재라는 점을 확인했다. 동시에 작가는 혼종적 주체는 분열적인 주체라는 것 또한 보여준다. "아, 아메리아시안, 영원히 두 세계 틈에 갇힌 채 어느 쪽에 속하는지 결코 알지 못하는!Ah! the Amerasian, forever caught between worlds and never knowing where he belongs!"63 아시아와 미국이라는 분리된 두 세계 사이에서 그 어디에도 완전히 소속하기 어려운 중간자적 존재가 혼종적 주체로서의 아시아계 미국인임을 보여주는 대목이다.

작가는 또한 이항 대립적 구별의 구조를 넘어서는 통합적인 자세에 이르는 것이 결코 단순하거나 쉬운 일이 아니라는 사실을 보여준다. 주인공의 입장과는 대조적인 자세를 지닌 인물로 그가 일하는 대학의 교수가 등장한다. 교수의 말과 행동이 보여주는 것은 실천이 따르지 않는 담론상의 '타자 이해'로 볼 수 있다. 미국 사회의 기득권 백인 남성으로 등장하는 교수는 주장하는 이론과 실제의 삶이 대조적인 인물이다. 작가는 그 교수를 묘사함으로써 미국문화가 노정하고 있는 담론만의 '다문화주의'를 풍자한다고 볼 수 있다. 주인공이 문화의 융합과 교류를 강조하는 교수의 교훈적인 연설 앞에서 격려받기보다는 좌절하게 되는 모습을 보여주는 것은 그런 까닭에서이다. 이항 대립적인 분리된 세계를 지양하자는 담론으로서의 다문화주의는 도식적일 뿐이다. 정치적으로 정당하기는 하지만 지나치게 교조적인 교수의 담론은 현실에 기반을 두지 않은 공허한 담론으로 주인공에게 다가온다. 타자에 대한 진정한 '공감sympathy'이 결여된 담론의 정당성이 희화화되는 장면은 교수의 일장 연설이 길어질수록 더욱 선명해진다.

그대의 분열된 충성심을 화해시키게. 그럼 그대는 두 세계를 잇는 이상적인 통역가가 될 것이네. 적대국 사이에 평화를 가져다 주는 친선대사가 될 것이네![65]

교수의 연설을 공허한 메아리로 만드는 것은 주인공이 체현하는 갈등과 충돌, 그리고 혼란의 경험들이 교수의 연설에 담긴 공허한 담론과 충돌하기 때문이다. 주인공이 보여주는 다양한 경험들은 이항 대립적 세계의 모순이 담론상의 융합과 소통처럼 쉽게 해결될 수 있는 것이 아니라는 점을 보여준다. 그런 점에서 『동반자』는 담론과 실천은 상호 의존적인 것이라는 마사오 미요시Masao Miyoshi의 주장을 재확인하게 한다.

그 밖에도 텍스트에는 베트남적 시각과 미국문화가 충돌하고 서로를 대조적으로 비추거나 혹은 융합적인 제3의 지점으로 나아가게 하는 사건들이 다양하게 전개된다. 주인공은 그 사건들과 인물들 사이에서 분열된 채 어느 쪽에도 완전히 소속되지 못하면서 동시에 두 세계를 함께 아우를 수 있는 독특한 존재로 거듭 등장한다. 상이한 역사적 배경을 지닌 두 세계의 차이를 지적하면서 균형 갖춘 태도로 양자를 비판한다. 두 세계를 동시에 이해하고 설명하는 목격자로서 '베트남전쟁과 그 이후'라는 역사의 증인 역할을 담당한다.

5. 혼종성과 다문화적 감수성

이 장에서는 작가의 혼종성에 주목하여 그 혼종성이 균형 잡힌 다성성의 텍스트 생산을 가능하게 하였음을 보였다. 『동반자』가 구현하는 혼종성의 문제라는 주제는 기본적으로 다문화주의의 중요성이 사회적 합의에 이른 1990년대 중반 이후의 미국 사회의 변화와 맥을 같이 하면서 이루어졌다고 볼 수 있다. 전술한 바와 같이 존 클락 프랫^{John Clark Pratt}은 문학을 통하여 전쟁을 재현하는 일의 중요성을 강조했는데, 문학이 베트남전쟁과 화해하는 길이라고 주장한 바 있다.^{Lomperis : 67} 그의 주장은 '기술하고 재기술하기'의 중요성을 피력한 논자들의 주장과도 상응한다. 베트남전쟁에 대해 기술하고 재기술하기를 멈추지 않는 가장 대표적인 미국 작가, 팀 오브라이언^{Tim O'brien}의 말을 상기해볼 수 있다. "제 임무는 지속되는 이야기를 쓰는 것입니다. 이야기는 어떻게든 기억을 살아있게 하는 방식이고 딱지를 계속 떼어내는 행위니까요"하고 그는 말했다.^{Anderson : 177} 『동반자』는 미국의 기존 베트남전쟁 서사들이 탈루한 부분들을 짚어내면서 미국문화를 다시 쓴다. 주인공의 혼종적 주체성은 그와 같은 다시 쓰기에 매우 요긴한 역할을 담당한다.

개인의 기억을 문학으로 재현하는 것은 궁극적으로는 기존의 역사 이해를 더욱 정교하고 구체적으로 다듬는 데 기여한다고 볼 수 있다. 개인의 체험과 그 기록은 재현을 거치게 될 때 개인의 역사이기를 멈추고 집단의 기억, 즉 역사의 일부가 된다. 『동반자』는 베트남인의 시각과 베트남계 미국인의 시각으로 베트남전쟁과 미국문화를 재현하고 비판한 소설이다. 베트남인들이 도움을 요청하지 않았을 때 경제적 원조와 군사적 지원을 자청하며 전쟁에 개입하였다가 정작 베트남인들이 계속적인 지원을 필요로 할 때에 지원을 중단하고 철군한 미국에 대한 비판이 텍스트에는 자주 등장한다. 북베트남 공산주의자들의 신념과 삶의 모습, 그리고 미국인과 미국문화를 균형 잡힌 비중으로 재현함으로써 응웬은 베트남전쟁을 재기술하기에 이른다. 전쟁의 과정에서 훼손된 베트남인의 자존심을 재현하고 미국문화 담론 속에서 아시아계 미국인이 재현된 바를 풍자적으로 비판함으로써 그들의 주체성을 다시 재현한다. 그리하여 응웬은 문학으로써 베트남전쟁과 화해할 수 있다는 프랫의 말을 수긍하게 한다.

국가의 공적 담론이나 사료가 제공하는 진실의 결락이나 모순 혹은 오해를 수정하고 재고를 촉구하는 것이 문학 텍스트의 역할 중 하나일진대 『동반자』는 그 기능을 적절히 수행한다고 볼 수 있다. 『동반자』에 재현된 베트남인들의 시각, 그중에서도 특히 북베트남 공산주의자와 그 동조자들의 민족주의 시각은 기존 미국문화 담론에서는 대부분 제외되었던 것이다. 특히 '베트콩'으로 불리면서 침묵을 강요당해 오던 공산세력 동조자들의 사상과 감정, 그리고 그들의 인간적 존엄성은 『동반자』를 통하여 비로소 총체적인 재현의 기회를 얻게 된 것이다. 극도로 타자화되고 인간 이하의 존재로 비하된 채 '전멸되어야 할 대상'이었던 그 존재들이 『동반자』에서는 동등한 존엄성을 지닌 인간의 모습으로 다시 재현되기 때문이다.

　『동반자』의 혼종성은 텍스트의 다중적인 성격의 일부에 불과하다. 『동반자』에 구현된 혼종성과 다성성의 텍스트성은 더 나아가 재현의 주체와 재현의 정치학에 대한 비판으로 연장된다. 『동반자』에는 미국문화에 드러나는 오리엔탈리즘에 대한 비판과 대량 소비 사회로서의 미국 사회에 대한 작가의 강한 비판도 나타난다. 그러한 주제들에 대한 분석과 검토가 함께 이루어질 때 『동반자』가 그리고 있는 미국문화의 지형도는 더욱 치밀하고 정교하게 완성될 것이다. 역사 서술을 향한 미국 사회의 진보라는 맥락 속에서 독자의 호응을 받은 『동반자』는 역으로 미국의 진보적인 변화에 기여할 것이다. 베트남전쟁에 대한 미국의 역사 문화 담론이 균형 있게 전개되는 데에 도움을 줄 것이다. 그리고 궁극적으로는 미국 사회의 다문화주의적 감수성을 앙양시키게 될 것이다. 미국문화가 진정한 다문화주의의 가치를 실현하기 위하여 참고할 바를 풍부하게 포함하고 있는 텍스트가 『동반자』이기 때문이다.

비엣 탄 응웬의 『동반자』의 하위 주체와 재현

1. 하위 주체는 말할 수 있는가?

베트남전쟁 종식 이후 약 오십 년의 시간이 흘러가면서 베트남전쟁을 다룬 미국문학의 폭과 깊이도 확대되고 심화되었다. 최근의 미국문학에서는 기존의 전쟁 서사의 문제점들을 극복하는 다양한 텍스트들이 등장하고 있다. 그 텍스트들은 평면적이고 이항 대립적인 자세를 넘어서서 역사 속의 개인과 사회, 그리고 문화를 총체적이고도 복합적으로 이해하게 만든다. 그것은 단지 베트남전쟁에 대한 기존의 문학적 재현이 지녀오던 전형성을 뛰어넘을 뿐만 아니라 더 나아가 베트남전쟁에 한정되지 않고 전반적인 미국문화의 현실을 반성적으로 성찰하게 만드는 텍스트들이기도 하다. 기존의 미국문화 속에서 베트남과 베트남인은 미국과 미국인의 대타적 존재로 재현되어 온 경향이 있다. 미국이 물질적 풍요와 합리성의 상징으로 등장할 때 베트남은 가난과 의존, 그리고 무지와 비합리성을 대표하게 만드는 것이 미국문화에서 지배적인 재현 방식이었다. 그러나 최근에는 다양한 사건들과 인물들을 통하여 베트남의 역사적 특수성을 설명하고 베트남인의 삶의 방식을 이해할 수 있는 맥락을 제공하는 문학 텍스트가 등장하고 있다. 그 텍스트를 통하여 미국적 시각에서 재현의 객체로 존재해 왔던 베트남인들의 경험과 감정에 대해 보다 균형 잡힌 이해를 할 수 있게 된 것이다.

앞 장에서 살펴본 바와 같이 베트남계 미국 작가 비엣 탄 응웬의 『동반자』는 미국문화의 장에서 베트남전쟁이 재현되어 온 방식에 하나의 전환점을 제공하는 문제적인 소설이다. 부연컨대 미국문화의 특수성 속에서 살펴볼 때 기존의 베트남전쟁 재현 양상은 대체로 배타적인 미국인의 시각에 한정되어 재현되어 왔다고 볼 수 있다. 베트남 문화나 베트남인들이 경험한 바에 대한 이해의 노력은 매우 부족한 상태였다. 미국문학의 장에서 베트남전쟁 재현을 담당해 온 작가들 중 응웬은 1.5세대 미국 이민자라는 정체성을 지닌 예외적인 작가이다. 전쟁 기간 중 베트남에서 태어났고 망명자 부모를 따라 미국으로 이주한 베트남계 미국인이다. 그리하여 응웬은 베트남인의 목소리를 대변하고 베트남 문화의 맥락 속에서 그 전쟁을 새롭게 볼 수 있는 위치에 놓인 작가라 할 수 있다. 『동반자』는 기존의 베트남전쟁 서사에서 결락 되었던 다양한 요소들과 주제들을 포함하는 텍스트이다. 『동반자』에서 다루어지는 주제들은 크게 다섯 가지로 요약해 볼 수 있다. 첫째, 베트남전쟁 말기의 베트남 현실, 둘째, 베트남전쟁 난민들의 경험, 셋째, 베트남계 미국인이라는 소수 인종 미국인의 체험, 넷째, 소수 인종 미국인의 시각에서 본 미국문화에 대한 비판과 풍자, 그리고 마지막으로 주인공의 이중적 정체성을 통해 개진되는 문화적 혼종성의 문제 등이 텍스트의 주요 주제라고 볼 수 있다.

먼저 텍스트는 시간적으로는 1975년을 기점으로 삼고 공간적으로는 베트남에서 전개된다. 그리하여 미군의 베트남 철수 시기에 야기되었던 혼란과 모순을 재현한다. 텍스트에는 자신의 안위만을 생각하는 미국인들, 미국인들에게 부역하면서 상대적으로 우월적인 지위를 누리다가 대혼란을 경험하게 되는 베트남인들의 모습이 그려지고 동시에 가난하고 무력한 베트남인들이 겪게 되는 희망과 좌절이 그려진다. 전쟁의 승자로 돌변하게 되는 베트남 공산주의자들의 모습 또한 텍스트에 드러나는데 그들은 동일한 역사적 사건이나 상황을 미국인들과는 극단적으로 대조적인 양상으로 받아들이는 모습을 보여준다. 그들의 모습은 남베트남인들이나 미국인들의 모습과 중첩되기도 하고 대립되기도 한다. 그처럼 다양한 인물군을 재현하고 다성적인 목소리를 통합하면서 『동반자』는 대변혁의 시기에 생겨날 수밖에 없는 혼돈상을 사실적으로 그려낸다. 또한 베트남을 탈출하게 된 베트남인들이 미국에 정착하기까지의 과정에서 경험하는 인종적, 민족적 소외와 차별의 사례들도 텍스트에 묘사된다. 베트남계 미국인이라는 소수자의 입장을 다루어 그들의 눈에 비친 미국문화의 면모들을 그리기도 하는 것이다.

동시에 소설의 주인공은 베트남계 미국인으로서 지니게 되는 이중적 시각을 드러내기도 한다. 주인공은 영어를 능숙하게 구사하며 미국문화 속에 잘 융합되는 소수 인종 미국인의 모습을 지닌다. 그런 까닭에 그는 미국문화의 속성을 정확하게 이해하면서 한편으로는 비판적인 시각을 보여주기도 한다. 그러나 다른 한편 주인공은 베트남 공산 세력의 지시를 받아 미국에 관한 정보를 그들에게 제공하는 일종의 간첩 혹은 부역자이기도 하다. 그래서 베트남 공산주의자들의 믿음 체계와 그들이 처한 현실에 대해서도 적절히 이해하고 재현하기도 한다. 다시 말해 주인공은 베트남 공산 세력이 이해하는 베트남전쟁의 실체와 그들이 이해하는 베트남과 미국의 현실을 재현할 수 있는 위치에 놓여 있기도 한 것이다.

위에 든 다양한 주제 중에서도 주인공이 지닌 문화적 혼종성의 문제와 '하위 주체'의 재현 문제는 『동반자』 텍스트의 가장 핵심적인 요소에 해당한다. 주인공의 혼종성은 다양한 층위에서 발현된다. 주인공의 출생에서 볼 수 있는 인종적 혼종성, 주인공이 베트남전쟁 난민의 자격으로 미국으로 이주하게 되면서 획득하게 되는 베트남계 미국인이라는 혼종적 정체성, 그가 구현하는 동서 문화의 혼종성, 그리고 주인공이 공산 베트남 세력과 공조하는 간첩이라는 신분을 지닌 데서 오는 이념적 혼종성등이 그 다양성을 구성한다. 혼종적인 주인공의 존재는 텍스트가 다성성을 지니게 만드는 요소이기도 하다. 그 결과 텍스트에는 베트남 문화와 미국 문화의 특징적인 면모가 교차하여 드러나면서 동시에 두 문화의 혼융 양상이 재현되기도 하고 두 문화 중 어디에도 속한다고 보기 어려운 제3의 영역이 등장하는 것을 또한 볼 수 있다.

이 장에서는 하위 주체의 재현 문제를 중심으로 텍스트를 분석하고자 한다. 주인공이 노정하는 다양한 층위의 혼종성과 텍스트에 드러난 다성성은 '하위 주체의 재현'이라는 주제를 중심으로 텍스트를 살펴보는 데에도 요긴하게 활용될 수 있다. 앞서 언급한 바와 같이 미국문화 속에서 베트남전쟁이라는 역사적 경험은 미국인이 재현의 주체가 되어 주로 기록되어 왔다. 베트남이라는 지리적 공간, 베트남인들, 그리고 베트남 문화의 특수성은 재현의 대상, 즉 객체로 베트남전쟁 서사에 재현되어 온 경향이 있다는 사실을 부인하기 어렵다. 그러므로 재현의 주체가 되지 못한 베트남인들은 미국의 베트남전쟁 서사의 하위 주체를 구성한다고 볼 수 있다. 텍스트에 드러난 베트남전쟁의 재현 양상을 살펴보는 과정에서는 가야트리 스피박Gayatri Spivak의 언술처럼 "하위 주체는 스스로 말할 수 있는가?"라는 질문을 제기해 볼 수 있다.

『동반자』 텍스트에 구현된 하위 주체의 재현 문제는 할리우드가 전유한 베트남전쟁 재현의 에피소드를 통하여 가장 잘 파악할 수 있다. 주인공의 혼종적 주체성과 그에 따른 시각의 복합성은 미국의 할리우드가 전유한 베트남전쟁 재현의 문제점을 노정하는 데 중요한 역할을 담당한다. 더 나아가 뒤에서 자세히 살피려니와 주인공은 베트남전쟁의 전유에 소극적으로나마 저항하는 행동을 보여줌으로써 할리우드의 영상적 전유를 비판하면서 대안적 재현의 가능성을 타진한다. 그러므로 "하위 주체는 말할 수 있는가?"라는 질문과 관련지어볼 때 『동반자』는 그 주제에 대한 답변을 모색하는 텍스트라고도 볼 수 있다. 하위 주체가 자신의 고유한 목소리를 텍스트 속에 틈입시키려는 시도에서 그 점을 확인할 수 있다.

2. 하위 주체와 재현의 문제

『동반자』는 '재현의 주체는 누구이며 재현에 작동하는 권력의 본질은 무엇인가' 하는 주제에 대해 작가의 비판적 인식을 보여주고 있다. 주인공은 베트남전쟁 영화 제작 과정에 컨설턴트로 참여하게 된다. 베트남 문화를 잘 이해하고 있으면서도 영어로 자신의 생각을 능숙하게 표현할 수 있는 소수의 인물 중 한 명이기 때문이다. 그리하여 주인공은 할리우드 영화 산업의 속성을 파악하고 재현의 문제를 비판적으로 볼 수 있는 경험을 갖게 된다. 베트남인들은 베트남전쟁의 주인공이 되어야 함에도 불구하고 그 전쟁을 영상으로 재현하는 공간에서 목소리를 빼앗긴 채 침묵을 강요당해 왔다는 사실을 깨닫게 된 것이다. 영화 제작 과정을 통하여 재현의 중심이 아닌 주변부로 밀려난 베트남인들의 현실을 자각하게 되자 주인공은 저항과 전복의 방법을 모색하게 된다. 재현의 문제는 '재현의 주체가 누구이며 누가 되어야 하는가' 하는 질문이지만 동시에 '재현의 과정에 작동하는 권력이 무엇인가'에 대한 질문이기도 하다. 그렇다면 작가의 질문은 궁극적으로는 스피박의 "하위 주체는 말할 수 있는가?"라는 질문을 반복하는 것이기도 하다. 재현의 주체가 누구인가, 그리고 발화할 권력을 갖지 못한 하위 주체가 자신을 주장한다는 것이 가능한가 하는 문제를 살펴보기 위하여 먼저 스피박의 논지를 정리해보자.

스피박은 하위 주체의 문제를 제기하면서 후기 구조주의를 대표하는 인물인 미셸 푸코Michel Foucault와 질 들뢰즈Gille Deleuze에 대한 비판으로부터 논의를 시작한다. 특히 푸코가 구체적인 제3세계 주체들, 그 중에서도 특히 제3세계 여성들의 주체성 문제에 대해서는 회피한 채 논지를 구성하고 있다는 점을 지적한다. 다시 말해 푸코와 들뢰즈가 대표하는 서구 지식인들의 주장에는 권력이 작동하는 메카니즘을 드러내거나 재현에서 소외된 개인들의 목소리를 드러내는 데에 있어서 간과한 요소the slippage가 있으며 그 점이 가장 문제적이라고 지적한다.Spivak : 286 푸코가 주체의 다중성multiplicity 문제를 제기하고 권력에 의해 담론의 주변부로 몰려난 채 하부 지식을 생산해온 권력 없는 존재들에 주목하면서도 막상 권력의 가장 주변부에 위치한 제3세계 주체들의 존재와 경험에 대해서는 침묵하고 있다고 비판하는 것이다. 푸코는 자신은 제3세계 주체들에 대한 지식이 없으므로 그들을 다룰 수 없다고 언급한 바 있는데 스피박은 그 점 또한 비판한다. 그것은 푸코가 진정성 있는 논의로부터 발뺌하는 것에 불과하다고 지적한다. 스피박을 직접 인용해보자. "왜 그들의 그런 무지를 우리가 승인해주어야 하는가? 그들이야말로 타자와 차이의 문제에 대해 가장 앞서가며 담론을 개진하는 이들이 아닌가?Why should such occlusions be sanctioned in precisely those intellectuals who are our best prophets of heterogeneity and the Other?"Spivak : 272

스피박의 지적처럼 푸코는 권력에 의해 지식이 구축되는 과정에서 침묵을 강요당한 존재들이 지닌 하부 지식에 주목하였다. 권력과 지식의 작동방식을 재해석한다는 것은 푸코 담론의 핵심이라 할 수 있다. 그러나 스피박은 그런 푸코의 입장을 다시 비판한 것이다. 푸코라는 주체가 스스로 제1세계 유럽인이라는 자신의 정체성에 한정된 채 자신의 정체성 자체를 해체하지는 못한 한계를 지닌다고 비판한다. 그랬을 때 그 결과물은 "시혜자로서의 제1세계가 제3세계를 전유하고 제3세계를 제1세계의 타자로 재기입This benevolent first-world appropriation and reinscription of the Third World as an Other"하는 것이 된다고 지적한다.Spivak : 289 스피박에 따르면 제1세계가 자족적인 주체로서 성립하게 된 것은 제1세계의 제국주의적 확장에 의해 가능했던 것이고 제3세계는 그런 지정학적 권력의 피해자로 남아 있는 현실을 고려해야만 한다. 그러므로 스피박은 제1세계 내부에서 이루어진 권력과 지식의 역학 관계만으로 지식과 권력의 이론을 구축한 푸코의 주장을 무비판적으로 받아들일 수는 없다는 점을 분명히 한다. 더구나 푸코는 프랑스 지식인인 까닭에 프랑스의 직접 지배를 받아온 프랑스령 아프리카인들과 그들이 처한 현실을 푸코가 외면한다는 것은 용납할 수 없다고 본다[289]. 스피박이 주장하는 바를 직접 인용해보자. "자신의 한계에서 벗어나지 못한 서구의 지식을 그대로 수용하는 것은 서구가 행한 제국주의 책략이 빚어낸 현실을 무시하는 것이라는 점을 지적하고자 한다.I am suggesting, rather, that to buy a self-contained version of the West is to ignore its production by the imperialist project."Spivak : 291

다시 한번, 푸코가 정교하게 구축한 바, 제도의 발생 과정과 그를 수반하는 권력의 변화는 제1세계의 한계를 벗어나지 못한 역사 연구의 결과물이기에 그 배후에 있는 제국주의 역사라는 큰 틀에 대한 이해를 차압해 버리는 결과를 낳는다고 스피박은 반박한다. "병원, 정신 병원, 감옥, 대학…… 그 모든 것은 보다 광범하게 작동하고 있는 제국주의 서사를 읽어내는 것 자체를 불가능하게 만들어버리는 보호막 같은 알레고리에 불과한 것으로 보인다.The clinic, the asylum, the prison, the university — all seem to be

 스피

박은 푸코가 자신의 위치에 대한 자각을 보여주지 못한다고 비판하면서 그가 제3세계 현실을 지식 체계 속에서 제외하는 것을 교묘하게 가릴 수 있도록 용인해서는 안 된다는 점을 분명히 한다. '인가받은 무지'를 비판하고 그 무지가 감추어버리는 것들을 폭로하는 것이다. 스피박이 지적한 바와 같이 결국 푸코와 들뢰즈를 위시한 후기 구조주의자들이 외면한 제3세계의 존재들은 서구가 중심이 된 재현의 장에서 밀려날 수밖에 없다. 제3 세계인들은 자신들을 스스로 재현할 수 있는 권력도 갖지 못하고 따라서 재현의 기회도 얻지 못한다. 역사 담론에서 제외됨으로써 기록되지 못하고 지워질 수밖에 없는 운명에 놓이는 것이다. 스피박은 푸코의 대척점에서 제3 세계인들의 특수성을 정립하고자 한다. 아울러 제3세계의 역사 속에서 그들이 자신의 경험을 재현할 가능성을 찾는다.

스피박의 논의는 시간상으로 거슬러 올라가 칼 맑스^{Karl Marx}의 지적에 닿는다. 맑스의 주장에서도 하위 주체와 재현의 문제가 제기되었다는 것을 확인할 수 있다. 맑스가 19세기 당대 현실을 파악한 바에서도 재현은 중요한 문제로 인식되었다.^{Spivak : 276} 맑스는 "그들은 스스로 자신들을 재현할 수 없다. 누군가에 의해 재현될 수밖에 없다"라는 점을 밝히며 권력과 재현의 문제를 제기했던 것이다. 스피박은 맑스의 주장을 현대적인 맥락에서 다음과 같이 새롭게 해석한다.

19세기 영토 중심의 제국주의 역사에서 발견할 수 있는 분리의 문제가 현대에 이르러서는 국제적 노동의 분업 현상으로 대체되었다. 간단히 말해서 특정한 국가들, 대체로는 제1세계 국가들이 자본을 투자할 위치에 놓인다. 반면 또다른 특정 국가들, 대체로는 제3세계 국가들이 투자의 장을 제공한다. 제3세계의 토착 매판 자본가와 보호받을 길이 없는 이주 노동자들에 의해 그런 현상은 가능해진다.

The contemporary international division of labor is a displacement of the divided field of nineteenth-century territorial imperialism. Put simply, a group of countries, generally first world, are in the position of investing capital; another group, generally third world, provide the field for investment, both through the comprador indigenous capitalists and through their ill-protected and shifting labour force.^{Spivak : 288}

반복하건대 맑스의 시대인 19세기의 제국주의적 영토 분할은 현대에는 국제적인 노동의 분업 양상으로 대체된 것에 불과하다. 그에 따라 자본도 권력도 갖지 못한 힘없는 노동자들은 보호받지 못한 채 국경을 넘어 유동하게 된 것이다. 스피박이 지적한 바는 단지 직접적 투자의 문제에 한정되는 것이 아니다. 생산, 교역 등의 정치 경제적 영역은 물론이고 문화의 영역에서도 재현의 주체와 대상은 위와 동일한 구조를 반복적으로 재생산해내고 있기 때문이다.

스피박의 논의에 따라 텍스트를 분석하고자 할 때 『동반자』에서는 스피박이 주장하는 제1세계와 제3세계라는 개념항은 표층적 차원에서는 그 의미가 약화된다. 텍스트의 공간이 미국 국경 내부에 있기 때문이다. 그러나 베트남 출신의 소수 인종 미국인인 주인공의 눈으로 볼 때에는 미국 사회 내부에도 또 다른 의미의 제1세계와 제3세계가 존재한다. 텍스트에 등장하는 베트남전쟁의 영상적 재현의 에피소드에서도 그 재현의 주체가 베트남과는 무관한 백인 남성이라는 점을 제일 먼저 확인할 수 있다. 영화감독인 백인 미국인은 미국 사회 내부의 제1세계를 대표한다고 볼 수 있다. 즉 감독은 영화 산업에서 투자의 주체가 되고 감독이 재현하고자 하는 베트남이라는 물리적 공간과 베트남전쟁이라는 역사적 사건은 그의 투자 대상에 해당한다. 또한, 단순한 조역의 역할을 맡게 되는 베트남인들은 보호받지 못하고 유동하는 노동자에 비근하다고 볼 수 있다. 그렇다면 할리우드의 영화 제작 과정에서도 맑스가 지적하고 스피박이 재해석한 제국주의적 지배와 노동의 분업 양상은 구조적 유사성을 지닌 채 다시 나타난다고 볼 수 있다. 그러므로 텍스트 속의 영화 제작 이야기는 스피박의 관점을 직접 적용하여 해석해볼 수 있는 에피소드이다.

그런데 주목할 점은 앞서 든 맑스의 주장이 『동반자』에 직접 등장한다는 점이다. 텍스트에서 '스스로를 재현할 수는 없고 단지 재현의 대상이 될 뿐이다'라는 맑스의 주장을 찾아볼 수 있다. 작가 응웬이 이론을 먼저 공부하여 그 틀을 자신의 소설 쓰기 과정에 적용하기라도 한 것처럼 맑스의 말을 텍스트의 서사는 정확하게 반복하는 것이다.[1] 작중 인물이 재현의 주체 문제를 구체적으로 언급한 부분을 보자.

맑스가 뭐라고 했지? 장군은 내가 맑스에 대해 써 온 노트를 인용할 준비를 하면서 생각에 잠긴 채 턱을 쓰다듬었다. 아, 맞아. '그들은 자신을 표현할 수 없고 타자들에 의해 표현되기를 기다려야 한다.' 맞아. 그게 여기서 일어나고 있는 일이지? 맑스는 농부들에 대해 그 말을 한 것이지만 우리한테도 똑같은 말을 하겠지. 우리는 우리 자신을 재현할 수 없어. 할리우드가 우리를 재현하지. 그러면

---

1   응웬 자신이 미국학과의 교수이며 미국학 연구자이기도 한 까닭에 응웬은 문학 이론과 비평 담론을 이미 잘 인지하고 있을 것임에 틀림없다. 소설의 후반부에서 제기되는 소수 인종 미국인의 정체성 문제를 형상화한 장면들에서도 그 점을 다시 한 번 확인할 수 있다. 응웬의 학술 연구 저서 『인종과 저항(*Race and Resistance : Literature and Politics in Asian America*)』을 참고할 것.

우리는 우리가 제대로 잘 재현되도록 하기 위해 할 수 있는 일을 해야만 하지.

What was the line from Marx? the General said, stroking his chin thoughtful-ly as he prepared to quote my notes about Marx. Oh, yes. "They cannot represent themselves : they must be represented." Isn't that what's happening here? Marx refers to peasants but he may as well refer to us. We cannot represent ourselves. Hollywood represents us. So we must do what we can to ensure that we are rep-resented well.[144]

위를 통해 작가가 강조하고 있는 것은 할리우드 현실의 아이러니이다. 할리우드가 베트남전쟁의 재현을 전유해 왔다는 것은 새로운 사실은 아니다. 베트남전쟁의 영상적 재현을 검토해 볼 때 그러한 전유의 역사는 실로 유구하다는 것을 알 수 있다. 미국에서는 베트남전쟁 영화가 무수하게 제작되었는데 〈그린 베레The Green Berets〉1968와 〈디어 헌터The Deer Hunter〉1978에서 출발하여 〈람보Rambo〉2002 시리즈를 거쳐 〈지옥의 묵시록 Apocalypse Now〉2002에 이르기까지 다양하다. 독립 영화가 없는 것은 아니지만 미국의 영화 산업은 할리우드가 독점하다시피 하고 있으므로 그 영화의 대부분은 할리우드 영화에 속한다. 할리우드가 생산한 베트남전쟁 영화는 공통되고 일관된 그 나름대로의 공식을 갖고 있다고 볼 수 있다. 올리버 스톤Oliver Stone과 같은 진보적인 감독이 합류하면서 성격이 다소 다양해지기는 했으나 미국의 베트남전쟁 영화의 대부분은 언제나 일정한 경향성과 구도를 노정해 왔다.[2]

---

2   베트남전쟁 영화에 대해서는 린다 디트마와 제인 미쇼(Linda Dittmar and Jane Michaud) 편, 『하노이로부터 할리우드로—미국영화 속의 베트남전쟁(*From Hanoi to Hollywood : The Vietnam War in American Film*)』을 볼 것.

그 영화들에서 한결같이 발견되는 점은 베트남인들은 서사의 주인공이 되어 본 적이 거의 없었다는 점이다. 베트남에서 전개되는 전쟁을 다룬 영화임에도 불구하고 베트남인들은 주변적인 존재로만 등장해 왔다. 그들은 오로지 보조적인 역할을 맡을 뿐이며 영화 속에서 주요한 인물이 되어 자신들의 의견을 표현하는 경우는 매우 드물었다. 말 이전의 '소리'만을 들려주는 경우가 무수히 많았다. 베트남인이 영화에서 생성하곤 하는 희화화된 '소리'에 주목하며 작가는 『동반자』에서 치밀하고도 유머러스하게 그 소리를 재현한다. 텍스트 속의 영화 촬영 장면에서 베트남인들은 단역을 맡아 '아이aieeee' 소리를 지르며 잠깐 등장할 뿐이다. 그런 뒤 영화 대본이 지시하는 바에 따라 바로 퇴장하거나 사망해 버린다. 그런 까닭에 진정한 의미에서 그들을 영화의 등장인물이라고 보기는 어렵게 된다.

텍스트 속의 등장 인물인 영화 감독 또한 할리우드의 전통에서 벗어나지 않는 성격의 영화를 제작한다. 그 영화 감독을 도와주기 위하여 베트남계 미국인인 주인공은 베트남에 관련된 정보를 제공한다. 그러므로 주인공의 역할은 사이드Edward Said가 언급한 이른바, 원어민 정보제공자native informant에 해당한다고 볼 수 있다. 서구가 구축했거나 구축 과정 중인 담론의 토대를 제공하는 것이 그 정보제공자의 역할이라고 할 수 있다. 사이드가 『오리엔탈리즘』에서 지적하는 바는 원어민 정보제공자가 가치중립적인 정보를 제공하는 것이 아니라 이미 서구가 구축한 동양에 대한 담론의 근거를 제공하며 그 담론을 공고화하는 데에 주로 기여해 왔다는 점이다. 그렇다면 『동반자』의 주인공은 예외적인 존재라고 볼 수 있다. 컨설턴트로서 단순히 정보를 제공하는 것이 아니라 그러한 자신의 위치를 자의식을 지닌 채 객관적으로 바라볼 수 있으며 재현의 문제점을 자각하고 비판할 수 있는 인물이기 때문이다. 그는 누가 재현의 주체가 되어야 하는지에 대해 비판적으로 사유할 수 있다. 그리고 자신의 의견과 경험을 주장할 수 있는 권력을 갖지 못한 존재들이 침묵할 수밖에 없다는 사실을 이해하고 하위 주체들은 무엇을 할 수 있는지 생각한다. 마침내 주인공은 하위 주체들이 자신들을 재현할 수 있는 가능성을 찾아보게 된다.

과연 하위 주체는 그들 자신을 스스로 재현할 수 있는가? 그들은 영원히 누군가가 대신 재현해줄 수밖에 없는 의존적 존재인가? 다른 주체가 그들을 대신 재현해줄 때 재현된 자신들의 모습은 어느 정도 자신들의 고유한 모습에 충실한가? 타자가 재현한 바는 하위 주체의 목소리를 진정성 있게 대변하고 그들의 경험을 충분히 설명할 수 있는가? 백인 남성들이 독점적으로 전유해 온 문화의 영역에서 유색 인종은 어떤 식으로 자신을 재현할 기회를 가질 수 있는가? 자신을 스스로 재현할 수 없고 타자에 의해 재현되는 것만이 가능한 현실을 전복 시킬 가능성은 있는가? 권력 없는 주체는 어떤 식으로 그 배타적인 재현의 공간 속에 자신의 주체성을 틈입시킬 수 있는가? 고유하고 진실한 목소리는 반드시 재현되어야 하지만 그 가능성을 어떤 식으로 열 수 있는가? 할리우드 중심의 영화 산업이라는 재현의 체제가 공고하다면 하위 주체가 그 체제에 균열을 낼 수 있는 방법은 무엇인가? 그리고 과연 하위 주체의 틈입 혹은 균열을 위한 시도들은 미약하게나마 유효성을 지닐 수 있는가? 작가가 제기한 재현의 문제는 이와 같은 질문들을 모두 아우른다.

3. 할리우드의 베트남전쟁 전유와 하위 주체의 재현

전술한 바와 같이 미국 영화의 장에서 가장 광범하게 발견되는 베트남전쟁의 재현 양상은 미국인의 시각에 따른 미국 중심적 재현이다. 베트남전쟁의 재현은 거의 예외 없이 미국인의 가치와 경험, 그리고 미국문화에 기반을 둔 채 이루어져 왔다. 다시 말해 미국인이 감독하여 제작해 온 베트남전쟁 영화는 그 전쟁을 미국인이 주체가 되어 베트남이라는 이국의 공간에서 전개한 미국의 역사적 사건으로 그려낸 것이었다. 재현의 장에 있어서 베트남의 문화적 특수성은 대부분 간과, 무시, 배제된 채 이루어져 왔다. 막상 베트남인 자신들이 그 전쟁을 어떻게 경험하고 기억하는지에 대해 관심을 보이는 경우는 매우 드물었다. 베트남인들은 미국 영화 텍스트에서 소외되어 왔던 것이다.

『동반자』에 재현된 바와 같이 베트남인들이 영화에 등장하는 경우 그들은 주로 단역을 맡아왔다. 북베트남 공산 세력을 격파하는 장면에 동원되어 침묵 속에 머물다가 미군의 폭격과 사격에 사망하는 역할만을 반복적으로 담당하곤 했다. 『동반자』에서는 동일한 엑스트라들이 여러 폭파 장면에 거듭 등장하며 평균 3~4번씩 사망하게 된다고 그려져 있다. 미미한 단역을 맡아온 영화 속 베트남인들의 형상을 구제척으로 살펴보면 더욱 문제적이다. 그들의 특징은 영화 속 미국인 등장인물들과의 대비 속에서 더욱 분명히 드러난다. 영화 서사의 구조 속에 내재되어 있는 인종적 편견을 거듭 확인할 수 있게 한다. 그리고 그 인종의 문제는 다시 한번 하위 주체의 재현 문제라는 논의와 연결된다는 것을 알 수 있다.

베트남전쟁 영화에 등장하는 인물들은 크게 세 종류로 구분할 수 있다. 안전에 위협을 가하는 북베트남 공산 세력, 구원이 필요한 남베트남인,

그리고 구원자로서의 미국인이 그 세 부류를 구성한다. 그러한 세 무리의 인물군은 스피박이 제시하는 삼각형의 구도를 형성한다. 그들이 이루는 삼각형은 스피박이 지적한 백인 남성, 유색 인종 여성, 유색 인종 남성의 삼각형에 정확히 대응하는 것이다. 스피박은 "유색 인종 남성의 위협으로부터 유색 인종 여성을 구원해 내는 것은 주로 백인 남성"이라는 보편적 서구 서사의 구조 속에서 유색 인종 여성은 단지 일차원적인 존재로 단순화된 채 대상화된다고 주장한다.Spivak : 297 "배운 것으로부터 벗어난다는 프로젝트의 한 부분은 그와 같은 이념의 형성과정을 분석하여 연구의 대상으로 바꾸는 것이다. 필요한 경우에는 그 이념 속에서 침묵하고 있는 것들을 살펴보는 작업이 필요하다.Part of our 'unlearning' project is to articulate that ideological formation-by measuring silences if necessary — into the object of investigation."Spivak : 297

스피박은 그 서사 구조가 제국주의적인 주체 형성imperialist subject production을 드러내는 대표적인 경우라고 주장한다. 동시에 그런 주장을 개진해 갈 때 스피박 자신의 주장은 그 자체가 바로 정치적 행위에 해당한다고 주장한다. 스피박이 지적한 제국주의적 주체 형성 구조는 베트남전쟁 재현의 장에서도 다시 등장하는 것을 볼 수 있다. 텍스트 속에 등장하는 영화의 서사에서도 미국 군인들은 북베트남 공산 세력에 의하여 자신들이 누리는 자유와 민주주의를 위협받고 있는 남베트남인들을 구출하여 주기 위해 전쟁을 치르는 선한 자의 역할을 맡는다. 즉 위협적인 존재는 황인종 베트남인이고 구조가 필요한 대상 또한 황인종 베트남인으로 등장한다. 자신을 스스로 보호하거나 구출할 능력이 없는 황인종을 구원해 낼 주체는 백인 미국인뿐인 것으로 그려진다. 그처럼 『동반자』는 이미 공고하게 굳어진 전형적인 인종의 삼각형 구도를 확연하게 드러냄으로써 비판적 시각으로 그 구도를 다시 보게 만드는 구실을 한다.

『동반자』의 주인공은 베트남인들이 영화 서사에서 단역으로 참여할 때 그들은 영화의 소도구에 흡사하다는 점을 강조한다. 베트남전쟁을 재현하고자 하면서도 막상 그 전쟁의 가장 직접적인 담당자이면서 한편으로는 희생자이기도 한 베트남인들이 재현에서 소외되어 온 데 대해서 비판한다. 또한 주인공은 할리우드가 재현하는 베트남전쟁을 두고 '승자가 아닌 패자가 역사를 쓰는 사상 초유의 전쟁the first war where the losers would write history instead of the victors'이라고 조롱 섞인 비판을 하기도 한다.[134] 주인공의 비판의식이 선명하게 드러난 구절을 보자.

곧 개봉될, 할리우드 트롱프뢰유지극히 현실을 잘 재현한 영화에서 모든 베트남인들은 초라하게 등장할 것이다. 다 함께 빈곤하고 무지하고 사악하거나 부패한 자의 역할들에 몰려있을 것이다. 남과 북, 공산주의자, 민주주의자, 그 어느 쪽에 속하든 간에 그럴 것이다. 우리의 운명은 단지 벙어리가 되는 것에 그치는 것이 아니라 외부적 힘에 의해 넋이 빠진 멍한 존재가 되는 것이었다.

In this forthcoming Hollywood trompe l'oeil, all the Vietnamese of any side would come out poorly, herded into the roles of the poor, the innocent, the evil, or the corrupt. Our fate was not to be merely mute; we were to be struck dumb.[134]

그러나 주인공은 베트남인이라는 하위 주체들이 소외되는 것을 고발하는 것에 멈추지 않는다. 그는 더 나아가 하위 주체의 능동적인 재현 가능성을 모색한다. 그리고 마침내 사소하지만 무시할 수 없는 예외적인 방법으로 영화를 통한 재현의 공간에 개입하는 것을 보여준다. "우리가 제대로 잘 재현되도록 하기 위해서는 우리는 우리 자신이 할 수 있는 것을 해야 한다"고 언급하면서 주인공은 타자에 의해 형성된 상象을 수동적으로 소비하기만 할 것이 아니라 스스로 능동적으로 무엇인가를 해야 한다고 주장한다. 주인공은 영화 장면 속의 한 소품을 조작하는 것으로 그 의도를 실현한다. 영화 장면 속에 눈에 쉽게 뜨지 않을 만큼의 작은 변화를 은밀하게 만들어 놓는 것이다. 영화 속 스쳐 지나가는 여러 장면 중에 묘비 장면이 있다. 대본에 따르면 영화 스크린에는 무수한 베트남인들의 묘비가 등장하게 되어 있다. 그 묘비의 이름들은 물론 허구의 이름들이다. 주인공은 그 허구적 이름들 사이에 허구가 아니라 실존했던 베트남인의 이름을 몰래 넣어 섞어둔다. 현실의 일부를 허구 속에 끼워 넣는 것이다. 그 이름은 주인공 자신의 어머니 이름이다. 이미 고인이 된 어머니의 이름을 묘비에 몰래 기입한 것이다. 주인공의 그런 행동은 희화적이기도 하지만 강한 상징성을 지닌다. 할리우드가 구성해 가는 허구의 공간에 실재한 베트남인의 이름을 삽입함으로써 미국이 상상으로 구축한 허구 속에 베트남의 현실을 재기입하게 되는 효과를 지닌 것이다. 영화가 사라지지 않고 지속하는 한 그녀의 이름 또한 영구히 보존되게 만든 것이다. 다시 말해 영화의 물질성 속에 베트남 여인의 삶이 틈입하여 미래에 베트남전쟁의 역사를 증언하게 만든 것이다. 주인공이 영상 속 재현 공간을 훔치는 방식을 통해 제3세계 현실을 기입하는 것은 이중적인 상징적 의미를 지닌다. 감독의 전유에 대한 저항의 의미와 함께 주인공이 현실 속에서는 불가능했던 방식으로 어머니를 장사하고 기념하게 되기 때문이다.

주인공은 베트남인들이 그들 고유의 전쟁 이야기를 백인의 이야기에 삽입함으로써 백인들이 전유한 재현 권력에 저항해야 한다고 본다. 전유를 훼방할 필요성을 거듭 피력한다. 미셸 푸코는 역사의 전개 과정을 분석하여 개인의 일상에서 권력이 작동하는 미세한 방식을 설명한 바 있다. 푸코에 따르면 개인들은 권력의 테크놀로지 속에서 그 권력을 내재화하게 되며 유순한 몸을 지닌 채 권력에 복속하도록 훈련된다. 18세기 프랑스의 역사 기록물들을 증거로 삼아 푸코는 다음과 같이 지적한다. "(개인의 몸은) 조종되고 형태가 만들어지고 훈련된다. 그래서 순종하고 부름에 응하고 기계적으로 되고 그 힘을 더욱 증진하게 된다.(The body) is manipulated, shaped, trained, which obeys, responds, becomes skilful and increases its forces"Foucault : 136 즉 권력이 순종적인 타자들을 생산해내고 타자의 유순한 몸들이 권력에 순종함으로써 그 권력 기제는 더욱 공고해지는 것이다. 푸코가 주장한 바는 『동반자』 텍스트에서도 발견할 수 있다. 권력에 의해 반복적으로 재생산되는 유순한 몸들에 저항하는 주인공의 목소리에서 그 점을 확인할 수 있다. 주인공은 스스로 주체가 되어 자신을 주장할 수 없을 때 그들의 존재는 역사 속에서 영구히 지워져 버릴 수밖에 없는 운명에 처한다는 사실을 강조한다.

재현의 주체는 누구이며 재현의 과정을 통하여 주체와 객체의 관계는 어떤 식으로 공고화되는가? 혹은 재현 과정에서 양자의 관계를 변화시키거나 주객의 위치를 전복할 가능성은 존재하는가? 아니면 최소한 공고한 주객 관계에 균열을 일으켜 관계의 재정립을 시도해 볼 수는 있는 것인가? 『동반자』의 주인공은 맑스가 처음 제기하였고 스피박이 이어받아 정교하게 재구성한 하위 주체 재현의 문제를 인지하고 기존 담론의 연장선상에서 자신의 비판적인 견해를 밝힌다. 다음과 같은 텍스트의 구절에서 그 점을 확인할 수 있다.

생산 수단을 소유하지 않는다는 점은 때 이른 죽음으로 귀결될 수 있는 문제이다. 그러나 재현의 수단을 소유하지 못한다는 점 또한 또 다른 형태의 죽음이라 할 수 있다. 만약 타자들이 우리를 재현한다면 언젠가는 그들은 자신들의 기억 속에서 호스로 물을 끌어와 씻어 버리듯 반짝거리는 마루 바닥에 널부러져 있는, 생명 없는 우리 몸들을 씻어내 버리지 않겠는가?

Not to own the means of production can lead to premature death, but not to own the means of representation is also a kind of death. For if we are represented by others, might they not, one day, hose our deaths off memory's laminated floor?[194]

위는 작가가 다시 한 번 맑스와의 대비 속에서 재현의 주체와 객체 문제를 언급하는 부분이다. 작가는 주인공의 목소리를 통하여 맑스의 시대인 19세기와 현대의 차이점에 유의하면서 맑스가 지적한 바를 재해석한다. 맑스의 시대에는 생산 수단의 소유가 불가능하게 되면 직접적인 죽음에 이르게 되었지만 현대에 이르러서는 재현의 수단을 소유하지 못할 경우 상징 속의 죽음을 맞게 된다고 지적한다. 자신을 재현할 수 있는 권력과 수단을 지니지 못하면 재현의 주체가 되지 못한다는 것을 강조한 것이다. 그리하여 재현 주체의 타자이며 객체로 등장한다는 것은 언제든지 재현으로부터 소외되고 재현의 장에서 영구히 축출될 수 있다는 사실을 자각한다. 재현 대상의 선택과 재현 방식에서 스스로 주체가 되지 못할 때 그것이 초래할 수 있는 위기는 곧 죽음으로 연결된다고 보는 것이다. 부연하거니와 재현의 주체는 자신의 입장과 지위를 공고하게 재현물 속에 설정할 수 있다. 그러나 재현의 객체는 그러한 능력을 가질 수 없다. 주체가 선택해 줄 때에만 재현 속에 존재할 수 있는 것이다. 선택해 주지 않으면 주체가 아닌 객체는 재현되지 못한 채 사라진다. 상징적 죽음을 맞는 것이다. 선택은 주체의 행위이고 객체는 수동적으로 주체의 결정에 의존할 수밖에 없기 때문이다. 재현의 주체가 재현 과정에 포함했던 객체라 할지라도 언제든 어떤 상황에서든 주체가 마음을 바꾸어 선택에서 배제한다면 객체는 그대로 사라지게 된다. 자신의 의지와는 무관하게 권력에 의해 침묵을 강요당할 수밖에 없다. 그리하여 궁극적으로는 역사에서 지워지게 된다.

주인공의 인식, 즉 권력의 존재와 부재에 의해 결정되는 주체와 객체의 관계는 백인 영화 감독의 목소리와 대조해 볼 때 더욱 분명해진다.[3] 영화 감독이 자신의 영화예술관을 천명하는 부분에 주목해보자.

위대한 예술은 현실 그 자체만큼이나 현실적이고 때로는 현실보다 더 현실적이다. 이 전쟁이 잊혀진 다음에, 학생들조차 읽으려 들지 않는 교과서에 한 문단으로만 남아 있게 될 때, 그리고 전쟁에 참가했던 모든 인물들이 죽고 그 육체가 먼지가 되고 기억도 조각나고 그들의 감정도 함께 죽었을 때 이 예술은 밝게 빛날 것이다. 그래서 예술은 더 이상 전쟁에 관한 어떤 것이 아니라 전쟁 그 자체가 될 것이다.

A great work of art is something as real as reality itself, and sometimes even more real than real. Long after this war is forgotten, when its existence is a paragraph in a schoolbook students won't even bother to read, and everyone who survived it is dead, their bodies dust, their memories atoms, their emotions no longer in motion, this work of art will shine so brightly it will not just be about the war but it will be the war.[178]

---

3   텍스트에서 영화 제작자는 '영화감독(the Auteur)'이라는 이름으로 등장한다. 영어에서 auteur는 개성적인 영화감독을 의미한다. 원래 프랑스어에서 auteur는 작가, 제작자 등의 의미로 사용되며 영어에서는 감독은 director로, 저자는 author로 바뀌게 된 것을 고려한다면 작가 응웬이 굳이 감독에게 auteur라는 이름을 부여했다는 것은 감독이 지니는 권위를 강조하려는 의도에서라고 볼 수 있다.

영화 감독은 재현의 주체이며 재현의 권력을 지닌 인물이다. 감독이 펼치는 예술지상주의적 담론은 영화 예술이 지닐 수 있는 권력을 잘 드러내 보여준다. 감독은 영화 예술이 내포하는 진리, 즉 재현된 진리가 현실 역사의 진리, 즉 경험된 진리보다 더 강력하고 오래 지속되며 영구하다고 주장한다. 할리우드 영화 속에 재현된 베트남전쟁은 "베트남전쟁에 관한 영화이기를 멈추고 전쟁 그 자체가 될 것"이라고 감독은 말한다. 실제 전쟁의 기억이 사라지고 난 다음에도 영화만은 생명력을 지닌 채 살아남아 현실을 대체할 것이라고 이른다. 인생이 유한한 까닭에 현실 속 인물들이 주체가 되어 만들어 낸 역사적 사실이라는 것은 시간이 흘러가면 모두 사라져 버릴 운명에 놓여있다는 것은 부인할 수 없는 사실이다. 영화를 포함한 예술 작품이 역사적 사실을 소재로 삼아 만들어지는 것이지만 결국에는 역사 자체를 밀어내고 그 자리에 들어서게 되기 때문이다.

그러나 그의 예언은 그 재현의 권력을 갖지 못한 타자에게는 위협적인 주장이기도 하다. 재현된 진리가 현실보다 더 강력하고 지속적인 영향력을 지닐 뿐만 아니라 궁극적으로는 현실을 대체하고 말 것이라면 재현에서 배제된 목소리는 영구히 소멸해 버릴 수밖에 없는 운명에 놓이고 역사는 권력을 지닌 자의 편에 유리하게 될 것이기 때문이다. 다시 말해 베트남전쟁이라는 역사적 사건을 백인 미국인이 주체가 되어 전유한 채 베트남인들의 경험을 소외시켜버린다면 후자는 영원히 역사에서 지워지는 것이다. 영화가 완성에 이르고 나면 그런 전도된 주객의 위치는 영화를 통해 고착될 위험에 처한다. 주인공은 감독의 주장에서 그러한 위험성을 인지하고 재현과 권력의 관계 속에서 자신의 주체성을 잃지 않으려는 시도를 보여준다. 그리하여 그는 할리우드가 전유한 베트남전쟁 재현의 장에 저항의 거점을 제공하게 된다.

할리우드의 전유에 맞서는 방법으로 주인공이 착안한 것은 재현의 과정에 개입해야 할 필요성이다. 컨설턴트로서의 주인공에게는 베트남인과 베트남 문화를 핍진성 있게 영화 속에 재현할 수 있도록 조언을 해주는 것이 원래의 임무였다. 그러나 그 컨설팅 과정에서 주인공은 보다 깊숙이 영화 제작에 관여하게 된다. 주인공은 베트남인의 의상이나 고유 언어 등에 대해 간섭하며 제작상의 오류를 정정한다는 것은 무의미하다고 말한다.[179] 중요한 것은 그러한 사소한 것들의 문제에 있지 않다고 지적한다. 그 대신 베트남인의 감정과 사상 그 자체가 영화에 표현될 수 있도록 해야 한다고 주장한다. 주인공은 베트남인들이 영화에 직접적으로 개입하여 자신의 주체성을 영화 서사 속에 삽입한다는 것은 현실적으로는 불가능에 가깝다는 사실 또한 인식한다. 그리하여 대안적인 방법을 생각해낸다. 즉 영화가 전개되는 장면들의 틈새에 우회적인 방법으로 자신들의 존재를 삽입하고 추가하는 방법을 고안해내는 것이다. 그 방법은 틈새에 끼워 넣기to get a word in edgewise의 방법이다. "그들은 생산 수단을 소유한다. 그러므로 재현의 수단을 또한 소유한다. 우리가 희망할 수 있는 것 중 최상의 것은 이름도 없이 죽어가기 전에 우리의 말 한마디를 틈새에 끼워 넣는 일이다.They owned the means of production, and therefore the means of representation, and the best that we could ever hope for was to get a word in edgewise before our anonymous deaths"179

영화 속에서 베트남인들은 단순한 조역을 맡아 등장과 동시에 죽음을 맡게 되어 있지만 대본에 따라 바로 죽어서 사라지기보다는 어떤 방식으로든 자신들의 존재를 영화 속에 남겨야 한다고 주인공은 주장한다. '틈새에 끼워 넣기'는 하위 주체가 발화할 수 있는 미미한 가능성을 제시하는 방법이다. 다시 한번 스피박의 주장에 대입해본다면 국제적 분업의 구도 속에서 권력 없는 제3세계 주인공이 자신의 주체성을 드러낼 수 있는 매우 제한적이지만 현실적으로 가능한 방법을 주인공은 제안한 것이다. 영화의 장면 속에 자신들의 존재를 증명하는 흔적을 삽입하려는 노력은 매우 사소하고 은밀한 행동일 것이지만 큰 의미를 지닌다. 그런 작은 행동이 제1세계, 백인, 권력자, 남성이 주체가 되어 전유해버린 베트남전쟁의 영상적 재현 공간에 미세한 균열을 남기는 결과를 초래하기 때문이다. 영화 감독이 강조했던 것처럼 기록을 남긴다는 것이 미래에 지니게 될 의미를 생각해보면 더욱 그러하다. 영화로 기록된 현실의 의미를 생각할 때, 다시 한번 영화 감독의 말처럼 영화는 시간의 흐름과 무관하게 살아남아서 역사를 대체하며 진실을 담보하게 될 것이고 그럴 때 그 영화 속에서 발견되는 균열들은 미래의 어느 시점에서는 예상하지 못한 효과를 지닐 수도 있을 것이기 때문이다. 미래에 영화가 기록한 현실을 해석하고 재해석하는 과정이 있을 수 있고 그 과정에서 영화 속 소수자의 흔적을 발견할 수 있게 만드는 것이 개입의 효과라는 것을 주인공은 인지하고 있는 것이다.

앞서 살펴본 바와 같이 주인공은 자신의 어머니라는 실재의 존재를 허구적 재현 속에 성공적으로 삽입하고 보존하였다. 그것은 역사 속에 존재했던 무명의 베트남인을 할리우드 영화라는 가상의 공간 속에 기입하는 장면이다. 제3세계 여성이라는 하위 주체로서의 주인공의 어머니가 제1세계가 전유한 상징적 공간 안에서 영면하게 된 것이다.

최소한 이 영상속의 세계에서 어머니는 쉴 곳을 갖게 된 것이다. 고관대작 부인에게 걸맞을 쉴 곳, 그것은 대체물이긴 했지만 한 여인의 무덤이 되기에 적절한 장소일 것이다. 나 말고는 그 누구에게도 엑스트라 이상인 적이 한 번도 없었던 여인.

At least in this cinematic life she would have a resting place fit for a manda-rin's wife, an ersatz but perhaps fitting grave for a woman who was never more than an extra to anyone but me.[154]

감독의 눈을 피해 이루어진 그 행동은 하위 주체가 스스로 말하는 예를 보여준다. 타자의 권위와 권력에 지배되거나 그 담론을 합리화하고 확대하는 데에 기여하는 것이 아니면서 그렇다고 맞서서 직접적으로 대항하는 것도 아니다. 권력에 동조하면서도 그 내부에서 균열을 일으킬 수 있는 가능성을 보여주는 작은 일화라고 볼 수 있다. 할리우드의 전유 전략 속에 틈입하여 베트남인을 주체로 삽입하는 그 일화는 타자가 전유해버린 역사적 진실을 탈환할 수 있는 가능성을 보여주는 사건이라 할 수 있다.

그런데 텍스트에 구현된 할리우드 영화 산업의 문제는 단지 할리우드 영화가 지배하는 영화 장르의 문제에 한정되는 것이 아니다. 재현의 문제는 모든 예술의 재현 문제로 확대될 수 있다. 다시 말해 작가 응웬이 영화의 문제를 살펴보면서 제기하는 질문은 곧 작가가 자신의 글쓰기에 대한 의미를 밝히는 것이기도 하다. 미국 영화에서 발견되는 주체와 재현의 문제는 미국 문학의 장에서도 유사하게 반복되어온 문제이다. 할리우드 영화 제작자들과 마찬가지로 베트남인이나 베트남 문화를 타자와 타자의 문화로 파악하는 주체들에 의해 미국의 베트남전쟁문학의 전통 또한 형성되었다고 볼 수 있다. 베트남전쟁을 다룬 미국문학 또한 거의 예외 없이 미국인의 시각에서 본 미국인의 전쟁 경험을 재현하는 것이었다. 베트남인들이 경험한 베트남전쟁은 베트남문학의 번역을 통해서만 접할 수 있는 상황이었다.[4] 응웬

---

4   베트남 작가 바오닌(Bao Ninh)의 『전쟁의 슬픔(*The Sorrow of War*)』 번역 텍스트는 그런 맥락에서 중요한 의미를 갖는다. 『하늘과 땅이 바뀌었을 때(*When Heaven and Earth Changed*

이 『동반자』를 통해 베트남적인 시각을 드러내는 것은 그러므로 주류 백인 미국 작가들이 전유해 온 미국의 베트남전쟁문학의 장에 베트남계 미국인 작가가 등장하여 이종적인 새로운 담론을 전개하기 시작했다는 신호로 볼 수 있다.

4. 하위 주체의 발화가 지니는 의미

이상에서 응웬의 『동반자』에 나타난 하위 주체와 재현의 문제를 살펴보았다. 『동반자』의 주인공은 베트남 문화의 특수성을 이해하면서 그것을 배경으로 삼아 미국문화 전반을 고유하고도 비판적인 시각에서 바라볼 수 있는 인물이다. 그는 할리우드 영화 제작 과정을 통하여 영상적 재현에서 타자화되고 주변화되어 온 베트남인의 존재를 간접적으로 영상에 삽입하는 행동을 보여준다. 그럼으로써 할리우드의 베트남전 재현 전유에 대해 비판한다. 그 행동은 하위 주체의 발화 가능성을 보여주는 것으로 볼 수 있다.

응웬이 재현하는 베트남계 미국인의 모습은 미국의 베트남전쟁문학의 전통에 변화의 시대가 도래했음을 보여주는 신호이다. 문학과 영상 등의 장르에서 미국인의 타자로 등장하여 소외되고 침묵을 강요당하여 오던 베트남인들과 베트남계 미국인들이 자신의 고유한 경험에 대해 본격적으로 발화하기 시작했음을 보여주기 때문이다. 베트남전쟁을 재현한 기

Places)』는 베트남 여성의 경험을 보여주는 예외적인 영어 텍스트에 해당한다. 『동반자』 텍스트에서도 그린(Graham Green)의 『조용한 미국인(The Quiet American)』에 대한 비판적인 언급을 찾아볼 수 있다. 그린의 소설은 미국 베트남전쟁문학의 정전에 속한다.

존의 서사에서 베트남인들이 이해하기 어려운 존재로 표현된 것을 발견하기는 어렵지 않다. 응웬은 미국문화의 장에서 이루어진 베트남전쟁 재현 양상에 수정을 요구하고 있다. 베트남인의 시각과 베트남 문화의 특수성을 반영하는 균형 잡힌 시각에서 베트남전쟁을 다시 그리고 전쟁 종식 이후의 미국 사회를 새롭게 재현한다. 작가 특유의 재치와 유머 감각으로 접근함으로써 그 효과가 더욱 선명하게 드러난다. 그 결과 독자로 하여금 베트남전쟁의 진실에 대해 보다 깊이 있는 이해가 필요하다는 점을 인식하게 한다. 하위 주체로서의 베트남인들의 목소리를 포함하는 텍스트는 더욱 다양하게 생산될 필요가 있다. 그러할 때 미국문화에서의 베트남전쟁 재현은 그 폭과 깊이가 확장되고 심화될 것이다.

 # 새로운 베트남전쟁 서사의 탄생 3[1]

비엣 탄 응원의 『난민들』과 전쟁 원혼

1. 문화 형성과 다양한 주체들

에드워드 사이드Edward Said는 문화는 고정된 것이 아니라 역사 속에서 형성되어 나가는 것이라는 점을 강조한다. 끊임없이 다양한 담론들과 재현들이 등장하고 충돌하면서 특정한 문화가 이루어진다고 본다. 세계 역사의 모든 주체가 문화 형성의 요소라고 보면서 그 점을 출발점으로 삼아 서구 중심주의의 시각에서 문화를 이해하는 것에 저항하는 것이다. 주체로서의 서구와 그 타자를 구분해 온 경향은 단지 역사적 구성물에 불과한 것이라고 주장하면서 마치도 고정불변의 실체인 것처럼 문화를 이해하는 것을 비판한다. 사이드가 언급한 바를 살펴보자.

타자들이란 선험적으로 주어진 존재가 아니라 역사적으로 형성된 것임을 이해하게 되면 우리가 우리 문화를 포함한 여러 문화를 대할 때 지니게 되는 배타적 경향을 제거해나갈 수 있다. 그럴 경우 문화는 지배와 배제, 기억과 망각, 권력과 종속, 배타성과 공유성들의 장으로 표현될 것이다. 그리고 그 모든 것들은 우리와 무관하다고 할 수 없는 전지구적 역사 속에서 일어나는 일들이다.

Thus to see Others not as ontologically given but as historically constituted

---

1   이 책의 제7장에서 비엣탄 응웬, 『난민들(*The Refugees*)』(Grove Press, 2017)을 인용한 경우 면수만 표기한다.

would be to erode the exclusive biases we so often ascribe to cultures, our own not least. Cultures may then be represented as zones of control or of abandonment, of recollection and of forgetting, of force or of dependence, of exclusiveness or of sharing, all taking place in the global history that is our element.[Said : 315]

사이드는 문화 형성 과정에 있어서 망명, 이민, 경계 넘기의 경험은 매우 중요한 요소로 작동한다고 언급한다. 그 경험들이야말로 기존의 내러티브와는 완연히 다른 새로운 내러티브를 문화의 장에 제공할 수 있는 것, 즉 "차이의 담론"을 가능하게 하는 것이라고 강조한다. "망명, 이민, 그리고 경계 넘기는 우리에게 새로운 내러티브의 형식을 제공해 줄 수 있는 경험들이다. 존 버거[John Berger]의 표현을 따르자면 달리 발화하는 방식을 제공해 줄 경험들이다."[Said : 315] 망명, 이민, 그리고 경계 넘기를 경험한다는 것은 상이한 두 문화를 모두 경험하는 것이다. 그리하여 그 경험의 주체는 각각의 장단점에 대해 비판적 시각을 가질 수 있다. 여러 문화의 이질적 성격들과 차이들을 아우르고 서로 혼용되거나 타협할 수 있게 만드는, 제3의 길을 모색할 수 있는 가능성을 열어줄 수도 있게 된다. 그러므로 망명자와 이민자 등, 경계를 넘어 문화적 혼종성을 지니게 된 주체들은 자신들이 속한 공동체의 문화가 다양성을 지니고 풍요롭게 되는데에 기여할 바가 많다고 볼 수 있다. 미국문학의 장에서 난민의 경험을 재현한 문학 텍스트에 주목해야 하는 까닭이 거기에 있다.

비엣 탄 응웬은 베트남계 미국인으로서 자신만의 고유한 시각으로 베트남전쟁과 그 이후를 재현해 온 작가이다. 사이드가 강조한 바와 같이 작가 스스로 피란민이면서 이민자이며 국경 넘기의 경험을 지니고 그 기억을 재현하는 작가이다. 그리하여 그는 미국문화 속의 베트남전쟁 재현 양상의 폭을 확대하고 그 깊이를 심화하는 텍스트들을 발표해 왔다. 동일성과 차이의 상호 교차와 변증법적 상승 작용으로 문화가 형성된다는 사실을 염두에 두면 응웬의 작가적 위치는 매우 중요하다고 볼 수 있다. 그가 2017년에 발표한 『난민들The Refugees』은 베트남전쟁이 끝난 후 보트 피플boat people이 되어 조국을 떠나게 된 남베트남 난민들의 경험을 재현한 텍스트이다. 응웬은 그들이 경험한 비참함과 미국 땅에서 새로운 삶을 시작하면서 겪게 되는 문화적 차이의 문제를 다양한 각도에서 재현한다. 앞서 살펴본 바와 같이 작가는 2015년 퓰리처 상 수상작인 『동반자』에서 베트남인들의 시각을 아우르는 수정된 관점으로 베트남전쟁을 재현한 바 있다. 기존의 미국 베트남전쟁 재현에 있어서는 베트남인들의 경험과 기억이 충분히 반영되지 못한 경향이 있었는데 그것을 극복하고 보다 총체적인 재현을 가능하게 한 것이다.[2] 응웬은 『동반자』에 이어 『난민들』을 발표함으로써 그동안 영어권의 베트남전쟁문학에서 빈 곳으로 남아 있던 영역을 채우고 있다.[3]

이 장에서는 『난민들』에 수록된 첫 번째 단편 「검은 눈의 여인들Black-eyed Women」에 주목하여 응웬의 내러티브가 지니는 의미를 고찰하고자 한다.[4] 작가의 독특한 경험과 시각이 기존의 미국문화에 어떤 방식으로 새

---

2 『동반자』는 미국문화의 장에서 베트남전쟁이 재현되어 온 방식에 하나의 전환점을 제공하는 문제적인 소설이다. 베트남인의 목소리를 대변하고 베트남 문화의 맥락 속에서 그 전쟁을 새롭게 조명하고 있다.

3 응웬은 『동반자』에서 미국의 베트남 정책이 일관되지 못하였고 그 정책에는 베트남인들의 삶에 대한 배려는 찾아보기 어려웠음을 비판한 바 있다. 그 비판의 목소리는 희화화되고 풍자적인 것으로 드러났다. 반면 『난민들』에서는 전쟁의 궁극적인 피해자로서 베트남인들이 경험해야 했던 참상들이 직접적으로 드러나 있다.

4 'black eyed'는 '검은 눈의' 그리고 '맞아서 멍이 든 눈의'로 번역될 수 있다. 작가는 'black eyed'가 그처럼 이중적 의미를 지닌 것을 포착하여 의도적으로 그 표현을 제목으로 선택한 것으로 보인다. 즉 소설의 주인공과 그 어머니는 베트남계 미국인으로서 검은 눈

로움을 가져올 수 있을지 탐색하고자 한다.[5] 그중에서도 죽음과 영혼의 문제를 주로 살피고자 한다.[6] 베트남 문화의 전통에 익숙한 작가가 그 전통의 자장 속에서 삶과 죽음, 영혼과 귀신의 문제를 이해하는 바는 서구의 방식과는 큰 차이를 보인다. 작가는 동양의 한자 문화권에서 죽음과 귀신을 인식하고 그를 대하는 태도를 베트남계 미국인 인물들을 통해 재현함으로써 동양 문화의 특성을 통해 서구 중심적 세계관에 도전한다고 볼 수 있다. 동양 문화가 지닌 문화적 이질성을 기존의 백인 중심 미국문화에 접목한다고 볼 수 있다. 그것은 베트남계 미국인들이 지닌 독특한 문화적 흔적을 기성의 미국문화 속에 기입하는 작업이라 할 수 있다. 궁극적인 '타자'로 그려져 온 것이 미국문화 속 베트남전쟁 재현에 드러난 베트남인들의 모습이었다. 그처럼 타자화되었던 것이 베트남 문화였다면 응웬은 미국문화의 주류적 서사에 그 배제된 부분들을 재기입하고 있다. 사이드가 언급한 바를 다시 환기하자면, 배제되고 망각을 강요받으며 종속적 지위에 머물렀던 것이 미국문화 속에서의 베트남 문화이며 베트남계 미국문화였다고 볼 수 있다. 『난민들』 텍스트는 미국문화의 장을 새롭게 형성하는 데 기여한다고 볼 수 있다. 즉, 지배와 복종, 기억과 망각, 권력과 종속, 배타성과 공유성들이 혼융된 장으로 그 공간을 변화해가게 한다.

의 소유자들이다. 동시에 그들은 전쟁의 참화 속에서 트라우마를 겪은 존재들이어서 눈 부위에 멍이 들 듯 상징적인 멍을 지닌 이들이라고 볼 수 있다.

5 『난민들』은 단편소설집으로서 그 책에 포함된 9편의 단편소설들은 상호 독립적인 인물, 소재, 주제로 구성되어 있다. 언어와 소통의 문제를 중심으로 한 차이의 문제, 공산화된 베트남과의 문화적 거리의 문제, 베트남계 미국인의 성장소설적 요소등 다양한 주제가 전개된다.

6 영어 ghost는 '귀신, 영혼, 혼령' 등으로 번역될 수 있다. 국어사전에는 영혼은 '죽은 사람의 넋' 귀신은 '사람이 죽은 뒤에 남는다는 넋'과 '사람에게 화와 복을 내려준다는 신령'으로 정의되어 있다. 『난민들』 영어 텍스트에서는 일정하게 ghost로 표기되어 있다. 본고에서는 '영혼'과 '귀신' 두 가지 번역어를 함께 사용한다. 전자는 보다 광범한 의미

2. 『난민들』에 나타난 죽음과 영혼

먼저 '죽음'이라는 주제어가 베트남전쟁 서사에서 갖게 되는 의미를 살펴보자. 베트남전쟁 서사를 연구함에 있어서 '죽음'은 매우 중요한 주제라 할 수 있다. 베트남전쟁 사망자 중에는 20만 명 가량의 베트남인 사망자와 5만 명 가량의 미군 전사자가 가장 큰 비중을 차지한다. 그런데 그 베트남인의 죽음 중에는 비전투 인력이었던 양민의 죽음이 포함되어 있다. 여기서 민간인의 죽음은 깊은 고찰을 요하는 바이다. 그것은 단순히 전쟁 사망자 중에 민간인도 포함되었다는 것 이상의 의미를 지니고 있다. 앞에서 살펴본 바와 같이 통계를 보면 1945년 제2차 세계대전의 종식 이후에 발생한 전쟁에서는 전투 인력의 죽음보다 민간인의 죽음이 크게 증가하였다는 사실을 확인할 수 있다. 그러한 변화는 이전의 상황과는 뚜렷한 대조를 보여준다. 그 점을 다시 확인해 보자.

대전 이후 전쟁기의 대량 희생자의 존재는 늘 새로운 양상을 보여주었다. 제1차 세계대전 기간의 희생자는 80% 이상이 군인이었다. 제2차 세계대전에서는 50%가 군인이었다. 1945년 이후에는 90% 이상의 희생자는 전투에 참여하지 않은 양민이었다.

Since the Great War, a panoramic change of a novel dimension has taken place in the identity of mass war death. Eighty percent of those who died in the First World War were enlisted soldiers; 50 percent in the Second World War. Since 1945, 90 percent of war casualties have been civilian noncombatants. [Kwon : 18에서 재인용]

로, 그리고 후자는 소설 속의 ghost가 주인공에게 나타나 하나의 인격체와 유사하게 묘사될 때에 사용한다.

위의 통계에서 보이는바, 즉 양민의 죽음이 늘어났다는 점에 주목하면 서 권헌익은 '냉전시대'란 미국과 소련을 위시한 정치적 강대국 중심으 로 볼 때에만 적합한 이름이고 그 밖의 세계 여러 곳에서는 그 시대가 결 코 냉전의 시대가 아니었다는 결론에 이른다. 아시아, 아프리카 국가에서 는 쿠데타, 내전 등과 함께 집단 학살이 무수히 일어나게 되었음을 그는 구체적으로 지적한다. 베트남 또한 예외가 아니어서 1960년대와 1970 년대를 거치면서 베트남 민간인들 또한 무수히 사망하였다. 아시아, 아프 리카의 신생 독립국 중의 하나였던 베트남은 그 신생 독립국들 중에서도 가장 극렬한 형태의 내분을 겪었고 그것이 베트남전쟁으로 이어지게 되 었던 것이다. 1975년에 이르러서야 종식되게 되는 그 전쟁은 이른바 '냉 전시대'의 가장 비극적인 역사적 사건이라 할 수 있다.

권헌익은 『학살 이후─하미와 밀라이에서의 추모와 위로*After the Massacre : Commemoration and Consolation in Ha My and My Lai*』에서 인류학적 접근 방식으로 베트남전쟁 기간 동안의 양민학살 문제를 연구한 바 있다. 양민의 죽음이 라는 문제를 다루면서 전쟁 기간 중 발생하였던 '하미'와 '밀라이'학살사 건에 주목한 것이다. 권헌익이 베트남인의 죽음에 대한 인류학적 접근을 보여주는 것과 짝을 이루며 응웬은 전쟁이 종식된 이후 발생한 남베트남 난민들의 삶과 죽음을 재현한다. 그리하여 두 텍스트는 상호 보완하면서 대화적 영역을 구축한다. 응웬의 『난민들』에 재현된 죽음을 살펴보는 것 은 우선 베트남전쟁 내러티브에 더욱 총체적으로 접근할 수 있게 한다. 또한 전쟁 종식 이후의 남베트남인들의 경험을 통해 '전쟁과 그 이후'의 역사적, 사회적, 정치적, 문화적 의미를 고찰할 수 있게 한다. 호미 바바 Homi K. Bhabha가 언급한 '집 없는 자들unhomed beings' 중 대표적인 존재가 바 로 전쟁 난민들이다.[7] 그런 까닭에 난민들이 경험한 차별과 모욕, 인권 유

린 등은 현대 사회의 여러 가지 사회 문화적 문제들을 궁극적으로 드러
내 보여준다.

『난민들』을 통하여 베트남전쟁 기간의, 그리고 그 이후의 죽음이 지닌
문화적 함의를 미국문화의 컨텍스트 속에서 파악해 볼 수 있다. 죽음을
이해하는 베트남인들의 전통적인 방식을 기반으로 삼아 죽음과 망자의
영혼 문제를 살펴보자. 전쟁 난민인 주인공은 베트남전쟁으로 인하여 발
생한 트라우마들을 고루 경험한 인물이다. 베트남전쟁 시기 동안에 유년
기를 보내게 되어 마당의 참호 속에서 비행기 폭격을 경험한 기억을 지
니고 있다. 그 시기에 자신이 직접 목격하거나 사람들에게서 듣게 된 전
사자들의 이야기에 대한 기억도 간직하고 있다. 그 기억들은 오랫동안 주
인공의 마음에 남아 그의 삶을 지배한다. 전쟁이 끝난 후에도 보트 피플
되기, 해적에 의한 강간 경험, 오빠의 피살 등을 경험하게 되는데 그 모
든 것이 주인공의 트라우마를 구성하게 된다. 「검은 눈의 여인들」 텍스트
의 핵심에 해당하는 것은 주인공이 전쟁의 피해자로 죽어간 가족의 원혼
을 맞아들이고 그 영혼을 위로하는 과정이라 할 수 있는데 그 점은 소설
집 전체에서 큰 비중을 차지한다. 함께 수록된 다른 단편들에서도 변형된
모습으로 영혼을 잃어버린 채 살아남은 생존자들의 모습을 발견할 수 있
다.[8] 이는 『난민들』의 중요한 주제가 그처럼 타자화된, 혹은 주변화된 존
재들로서의 베트남인들이 겪어야 했던 고통, 트라우마, 그리고 그 극복과
갱생임을 말해준다. 전쟁으로 인하여 야기된 억울한 죽음, 원혼, 그리고

---

7   바바는 집 없는 자들의 내면적 세계의 당황스러움이 세계문학의 주제가 된다고 본다.
     Bhabha : 12를 참고할 것.

8   『난민들』의 두 번째 작품인 「타자(The Other Man)」 마지막에는 주인공이 창문에 비친
     자신의 모습을 바라보면서 혼란스러운 마음을 드러내는 장면이 있다. 이는 망자의 영
     혼을 조우하는 것과 중복되는 것으로도 해석될 수 있다.

살아남은 자들의 기억은 그중에서도 가장 비중이 큰 주제라 할 수 있다.

죽음의 문제는 호상과 객사의 이분법 문제, 비명횡사한 자의 원혼을 향한 진혼의 방식, 그리고 그 진혼의 과정을 통한 트라우마의 극복 과정 등을 중심으로 살펴볼 수 있다. 베트남 문화에서 죽은 자의 영혼을 대하는 태도는 서구적 방식과는 구별된다. 주인공이 객사한 오빠의 영혼을 맞아들이고 환대하는 과정을 통하여 망자의 영혼을 달래는 것을 볼 수 있는데 그러한 베트남 문화적 요소는 귀신을 공포의 대상으로 여기는 서구 문화와는 대조적이다. 뒤에서 상술하려니와 서구 문화 속에서는 귀신을 두려워하면서 피하고 물리쳐야 할 대상으로 보지만 동양 문화 속에서는 오히려 생존자들이 귀신과 조화를 이룰 때 덕을 입고 복을 받는 것으로 받아들여진다. 최복희는 "베트남인들은 죽음 이후의 삶에 대한 믿음이 있다. 그래서 죽음의 의식에도 죽음으로 모든 것이 끝날 것이라는 공포가 서려있지 않다"고 지적한 바 있다.[146] 더 나아가 최복희는 베트남 문화에서는 죽음 이후에도 죽은 자의 삶이 있다고 보는 까닭에 "심지어 Ten Cung com제삿밥 이름이라는 죽음 이후의 이름 또한 필요하다"고 설명한다.[148] 삶과 죽음이 완전히 분리되거나 대립되는 것이 아니고 죽음으로 인하여 삶이 단절되는 것이 아니라는 점을 확인할 수 있다. 그처럼 삶과 죽음은 맞물려 있고 산 자와 죽은 자는 함께 조화를 이루며 공생할 수 있다고 보는 것이 베트남 문화의 특수성인 것이다. 그러나 죽음이 순조롭고 평화로운 죽음, 즉 호상일 경우와 그렇지 못한 경우, 즉 비명횡사나 억울한 죽음일 경우, 양자는 매우 다른 양상으로 받아들여진다. 후자의 경우는 죽은 자의 영혼이 원한에 사무친 원혼이 되어 떠돌게 되는 결과를 낳는다. 이 원혼의 문제는 '객사와 원혼'을 다룬 부분에서 보다 구체적으로 살펴보기로 한다. 요컨대 텍스트의 주인공에게 죽음의 문제는 매우 중요한 전환을 가져다 준다. 죽은 자의 영혼이 찾아 오게 됨으로써 주인공은 전쟁의 기억을 되살리게 되고 또한 미래의 삶을 새로운 자세로 대하게 되기 때문이다. 주인공은 미국에 정착하여 살고 있는 까닭에 베트남 문화의 특징을 충분히 이해하지 못한 존재였다. 주인공의 어머니가 언제나 귀신 이야기를 하곤 하는 것과는 대조적인 모습을 보여왔던 것이다. 가족의 죽음에 대한 기억을 억압해 둔 채 미국에서의 새로운 삶에만 매달렸던 주인공은 결국 망자의 혼과 조우하게 되면서 변화를 경험하게 된다. 죽은 이의 영혼을 받아들이고 위로함으로써 그동안 자신이 의식의 표면으로 떠올리지 못한 채 억압해왔던 과거의 트라우마를 직면하고 극복할 수 있게 되는 것이다.

죽음과 영혼을 이해하고 대접하면서 그것을 통해 삶의 방향을 새롭게 조절해나가는 베트남계 미국인 주인공을 통하여 작가 응웬은 미국문화의 내러티브를 새로이 구축하는데 일조한다고 볼 수 있다. 바바가 사용한 은유를 따르자면, 고정된 문화적 틀에 간극crevices과 분열interstices을 형성함으로써 '차이'의 미학을 구현하는 것이다. 바바는 틈새 영역의 중요성을 강조하면서 "그것은 문화적 번역cultural translation이라는 모반적인 행위로서 새로움에 대한 감수성을 창조"한다고 본다[7]. 바바가 강조한 바, 틈새 영역이 불러 오는 새로움을 응웬의 텍스트는 소설로 형상화한 것이다. 주인공이 지닌 베트남계 미국인으로서의 정체성 또한 그와 같은 중간 영역, 틈새 영역에 위치한다고 볼 수 있다. 부모 세대가 간직한 베트남 문화의 공간과 현재의 미국문화의 공간, 그 중간에 놓인 채 형성되어 가고 있다. 그렇다면 주인공이 귀신을 대하는 태도의 변화는 궁극적으로는 그 주인공이 두 상이한 문화의 중간inter, in-between 지대에 놓인 채 두 문화의 차이들을 수렴해 나가는 과정이라고 볼 수 있다. 「검은 눈의 여인들」은 소수 인종 미국인이 자신의 문화적 고유성을 재현함으로써 보다 광범한 의미의 미국문화의 형성과 재형성에 기여하는 텍스트라고 이름 붙일 수 있다. 사이드의 주장처럼 차이들이 집적되어 문화가 형성된다. 그러므로 응웬의 소설, 즉 베트남계 미국인의 글쓰기는 기존의 미국문화에 다양성과 활력을 부여하면서 문화의 위치를 재정립하게 만드는 재현 행위로 보아야 한다.

3. 객사와 원혼

　죽음과 망자의 혼, 그리고 사망 이후 귀신이 되었다고 믿는 조상, 그 조상을 받드는 제사 의식 등의 문제에 있어서 한국과 베트남 문화는 공통점을 많이 지니고 있다. 그것은 한국과 베트남이 모두 동일한 한자 문화권에 속하며 유교와 불교의 문화적 전통이 양국 문화 속에 깊이 스며있기 때문이라 할 수 있다. 호상과 악상을 나누는 기준이 객사 여부라는 점, 조상신에게 제사를 드리면 후손의 삶이 평온하리라고 믿는 점 등은 그 공통점들 중 대표적인 것들이다. 뒤에서 자세히 살피려니와 그 밖에도 망자와 그 귀신의 출현에 대한 한국과 베트남의 문화적 내러티브도 상당한 유사성을 보여준다. 응웬의 텍스트에서는 비명횡사한 주인공 오빠의 귀신이 핵심적인 소재이므로 베트남 문화 속에서 죽음을 이해해온 바를 먼저 살펴보자. 먼저 베트남 문화 속 죽음은 호상과 악상으로 양분된다. 가족이 임종을 지켜보는 가운데 자연사하게 되면 호상이 되고 그 반대의 경우는 악상이 되는 것이다. 주인공의 6번째 숙모와 아버지는 가족들 사이에서 죽음을 맞게 되어 그들의 죽음은 호상으로 받아들여진다.

6번째 숙모의 죽음은 어머니 말로는 호상이었다. 가족이 함께 하는 가운데 집에서 돌아가셨기에 숙모의 귀신은 단지 한 바퀴 돌면서 고별 인사를 했을 뿐이었다.

Aunt six died a good death, according to my mother, at home with family, her ghost simply making the rounds to say farewell.[4]

아버지의 경우도 어머니 말로는 호상이었다. 집안에서 가족에게 둘러싸여 임종했다. 오빠의 죽음과는 달랐고 내게도 닥칠 뻔했던 죽음과도 달랐다.

His was also a good death, according to my mother, surrounded by family at home, not like what happened to her son, and nearly, to me.[9]

남은 가족이 임종을 지켜보고 망자를 기억하여 적절히 제사를 지내줄 수 있는 상황에서 죽음을 맞게 되는 것, 그것이 한자 문화권에서는 공통적으로 존중받는 덕목이다. 죽은 자로서는 그런 호상을 맞는 것이 행운이 되는 것이다. 그처럼 죽음의 양상도 중요하지만 동시에 망자를 기억하는 방식도 매우 중요하다. 제사와 같은 제의를 통해 조상을 섬기는 것은 남겨진 자들이 가족을 통합하고 자신의 삶을 충실하게 유지할 수 있게 만드는 중요한 요소로 받아들여지는 것이다.[9] 가족과 함께 집 안에서

---

9 베트남 문화에서 조상 숭배가 베트남인들에게 부여하는 의미에 대해 권헌익은 다음과 같이 밝힌 바 있다. "르 반 딘에 따르면 '제사는 중부 베트남사람들이 열광적으로 환영하는 것이다. 가문의 관습을 규제하는 기제로서 고상하고 격조 높은 삶의 원칙이어서 가문에 속한 사람들의 삶이 질서 정연하게 이루어지게 해 준다. 도덕적 가치를 앙양하고 도리를 지키게 하고 살아있는 자들로 하여금 망자들이 하는 일에서 눈을 떼지 않게 해 준다'. 그처럼 제사는 세대 간의 질서 정연한 연속성을 떠받치는 일이고 대를 이어 감에 따라 가문의 영광과 자랑이 보존되고 증강되게 해 주는 일이다(Ancestor worship, according to Le Van Dinh, "is welcomed with enthusiasm [by people in central Vietnam],

죽음을 맞는 것, 그리고 제사를 통해 그 죽음을 기억하면서 가계의 전통을 이어가는 것이 베트남 사회에서 중요한 만큼 그러한 가치 체계에 부합하지 못하는 기타의 죽음은 거리끼고 혐오하는 대상이 된다. 호상을 존중하는 정도에 비례하여 악상 혹은 객사를 혐오하게 되는 것이다. 권헌익이 지적하듯 "이러한 가치 체계는 급진적인 사회적 대혼란과는 조화를 이루지 못하고 세대를 통해 이어지는 질서를 무너뜨리게 되는 죽음을 잘 받아들이지 못한다.(This system of values sits uneasily with radical social ruptures and does not easily tolerate death that disrupts the genealogical order"(Kwon : 11) 그러므로 오빠의 죽음이라는 사건은 주인공을 포함한 나머지 가족에게는 재앙일 수밖에 없다. 전쟁, 패전, 피란으로 이어지는 극심한 사회적 혼란 속에서 맞게 된 가족의 죽음이 생존자들에게 트라우마를 남기게 될 것은 자명한 것이려니와 주인공의 오빠는 난민이 되어 집으로부터 멀리 떨어진 망망대해에서 해적에 의해 죽임을 당하게 되어 더욱 고통스러운 기억을 남기게 된다. 그는 베트남 문화 전통 속에서는 가장 기피하고 두려워할 수밖에 없는 형태의 죽음을 맞은 것이다. 그처럼 원한 속에서 죽음에 이르게 되었으므로 결국 그 귀신이 살아남은 가족을 찾아올 수밖에 없다는 것을 추측할 수 있다.

베트남의 문화적 전통 속에서는 망자는 죽음을 통과하면서 살아있는 자들과 완전히 분리되는 것이 아니다. 망자는 산 자의 삶과 밀접한 관련을 지닌 채 남겨진 자들의 감정을 지배하기도 하고 그들이 삶의 방식에 영향을 미친다.

like a regulating agent of family customs, a high and noble principle of life, which works to put family life in good order, ······ exalting moral virtues and the principles of duty, obliging the living to keep their eyes fixed on the actions of the dead." As such, ancestor worship celebrates an ordered continuity of generations and the wealth of honor and merit preserved and augmented on genealogical progression)"(Kwon : 4)

베트남 문화에서는 망자들은 매우 지각 있고 핵심적인 존재일 수 있다. 그래서 망자들이 살아있는 사람들의 감정이나 의도, 그리고 과거의 역사에 대한 자각을 일깨워 줄 수 있다.

Dead people, in popular Vietnamese culture, can be powerfully sentient and salient beings who entertain emotions, intentions, and historical awareness.[Kwon : 11]

다시 말해, 산 자와 죽은 자는 망자의 죽음 이후에도 서로 연결되어 있는 것과 마찬가지이다. 그렇기 때문에 베트남 문화에서 살아 있는 사람들이 현세에서의 삶을 영위하는 방식은 대개 망자들이 바라는 바를 살펴서 망자들의 영혼과 자신들의 삶이 조화를 이루도록 하는 것이다. 망자들의 뜻을 거스르거나 벗어나지 않는 것이 바람직하다고 보기 때문이다.

지금까지 살펴본 것처럼 베트남 문화의 틀 속에서는 현세와 망자의 세계가 완전히 분리되어 있지 않고 상호 연관되어 있다. 생과 사가 상호 대립적인 것이 아니며 망자의 영향력이 사후에도 사라지지 않는다고 보는 것이기에 망자가 경험하게 된, 망자 자신의 죽음의 형태는 매우 중요한 의미를 지니게 된다. 호상과 객사의 이분법은 한자 문화권에서는 강력한 힘을 지닌 전통으로 남아 있다고 볼 수 있다. 가족이 임종을 지켜보지 못하는 불운한 상황을 넘어, 폭력적이거나 억울한 죽음을 당하게 된 경우라면 망자의 혼은 편안히 다음 세계로 옮겨가지 못할 것이라는 것은 당연하다. 억울한 죽음을 당하게 되면 그 망자의 혼은 이 세상을 떠나지 못하는 것이다.

베트남의 장례 문화에서는 죽은 자의 영혼이 이 세상을 떠나지 않으려고 할 수 있다고 본다. 예를 들자면 현세를 떠나지 않으려는 영혼 때문에 갑자기 관이 운구하는 사람들의 어깨를 엄청난 무게로 짓눌렀다는 이야기가 나타나기도 하는 것이다.

In Vietnamese mortuary knowledge, the souls of the dead may refuse to depart from the living world, and their unwillingness is expressed when, for instance, the coffin suddenly crushed the shoulders of the pallbearers with unbearable weight.[Kwon:11]

이 장에서 다루는 죽음의 문제는 바로 그러한 원통한 죽음의 문제이다. 호상이 아닌 객사이면서 더 나아가 편안히 내세로 옮겨가기 어려울 만큼 억울하게 죽은 자의 영혼에 대해 살펴본다. 불의의 죽음을 당하여 장례 자체가 불가능하게 된 극단적인 죽음, 즉 비명횡사의 경우에 대해 권헌익이 언급한 바를 좀 더 살펴보자.

개인적인 고통이나 성취되지 못한 소원등이 장례 문제를 복잡하게 만드는 요인이라면, 장례조차 치를 수 없는 그런 죽음을 맞은 자의 사후 문제는 한층 더 복잡해진다. 베트남 문화의 특징이 생과 사를 함께 보는 이중성에 있다면 그것은 사후 세계를 암, 현세를 두옹이라고 부르는 데에서 발견된다. 장례 대접을 받지 못한 망자는 암이라고 불리는 망자의 세계와 두옹이라고 불리는 산 자들의 세계 그 중간 지대에 계속해서 머물게 된다. 죽음의 순간이 폭력적인 것이었다면 그 죽음을 당한 자는 사후 세계로 이행하는 데에 어려움을 겪게 된다. 그리고 적절한 장례 절차를 통해 (산 자들이) 그 운명을 기리지 못하게 되면 그 불의의 죽음은 특별히 치명적인 문제들을 야기하게 된다. 그런 비극적 죽음은 망자가 현세를 떠나지도 못하고 사후 세계로 진입하지도 못한다는 것을 의미하는데, 아놀드 반 게넵이 사용한 개념을 따르자면 영원한 경계 지대에 머무는 것이다. 베트남 민간 신앙에서는 비명횡사한 자의 혼은 이승의 주변부와 저승의 가장자리 사이에서 떠돌아 다닌다. 이쪽에도 저쪽에도 자리 잡지 못한 그 원혼은 이승 사람들과 저승 존재들, 양쪽 모두를 불안하게 만든다.

　　If personal anguish and unfulfilled desires complicate a funeral, death without a funeral complicates even further the deceased's afterlife. The dead who do not benefit from an appropriate burial continue to inhabit the space between am, the world of the dead, and duong, the world of the living — expressing the Vietnamese concept of the duality of life. The dead whose final moments were violent also have problems in making the mortal transition, and a violent, "unjust" death whose fate is not ritually recongnized presents particularly critical problems. Such a tragic death means the deceased does not really leave duong nor really move to am, a condition that Arnold Van Gennep conceptualizes as perpetual liminality. In popular Vietnamese knowledge, the souls of those who died a tragic death roam between the margins of this world and the periphery of the opposite world, and being unsettled in either world, they can be unsettling to the inhabitants of both.^{Kwon : 12}

　　억울하게 죽은 이의 영혼은 갈 길을 잘 찾아가지 못하고 남아 살아 있는 자들에게 위해를 가한다고 보는 것이다. 망자의 혼이 원혼이 되어 산 자들에게 복수하게 된다는 믿음은 오래된 것으로 베트남 문화 전통의 일부를 구성한다고도 볼 수 있다. 17세기 베트남의 이야기 책인 『전기만록』을 통해 그 점을 확인할 수 있다. 『전기만록』에 수록된 이야기들 중에는 원혼이 살아있는 이들에게 복수를 행하는 것이 주를 이룬다. 정환국은 『전기만록』의 원혼과 복수의 모티프를 분석함에 있어서 사회적 대변혁, 특히 전란의 시기에 그러한 서사가 양산되었다는 점에 주목한다. "이 대혼란과 전환의 시기에 내몰린 민인들은 걸핏하면 원혼으로 떠돌아야 했다”고 밝힌다.[462] 베트남 왕조 교체기, 전란의 시대에 양산된 원혼들이 재현된 양상은 20세기 베트남전쟁의 결과물인 원혼들의 모습과 크게 다르지 않다. 그리고 보다 중요한 것은 베트남 문화에서는 그처럼 부당하고 억울한 죽음의 문제가 매우 큰 비중을 지닌 채 기억되고 재현되어 왔다는 점이다.

원혼이 떠돌아 다니며 산 자들에게 부정적인 영향을 끼친다는 믿음은 한국 문화에서도 유사하게 드러난다. 한국의 민간 신앙 전통은 죽은 자가 억울한 죽음을 맞게 되면 그 원혼은 저승으로 못 가고 ‘구천’을 떠돌아 다니는 것으로 설명한다. 베트남 문화 속에서 현세와 내세, 이승과 저승, ‘암’과 ‘두옹’ 사이의 중간 지대가 있고 억울한 원혼은 그 중간 지대에 머문다고 보는 것과 흡사하다. 베트남과 한국, 모두 불교 문화 유산을 강하게 지니고 있으며 중국을 중심에 둔 한자 문화권에 속하는 까닭에 민간 신앙의 양상도 유사하게 발현되는 것으로 볼 수 있다. 베트남 문화 전통 속에 등장하는 원혼의 출현과 그 의미를 파악하는 데에는 한국 문화 속의 기록들이 도움이 될 수 있다. 베트남 문화 속의 귀신, 그 존재의 본질과 의미는 한국 문화 전통 속에서도 동일하게 발견되는 바이기 때문이다.

이주영은 조선 사회에서의 귀신에 대한 이해 방식을 연구하여 귀신이 지니는 전통적인 문화적 의미를 찾은 바 있다. 그 연구에 등장하는 원귀, 즉 억울한 죽음을 당한 자의 귀신은 『난민들』에 등장하는 귀신의 정체와도 밀접히 관련되어 있다. 원귀가 살아 있는 자들에게 부정적인 영향을 끼칠 수 있다는 것은 베트남과 한국을 포함한 한자 문화권에서는 오랫동안 수용되어 온 믿음이라는 것을 알 수 있다. 이주영은 조선 시대 귀신담에 등장하는 귀신은 본질적으로 세 종류로 나누어볼 수 있다고 본다. 즉 조선 사회를 관장하는 성리학적 가치 체계를 수호하는 데에 도움이 되는 긍정적 존재로서의 조령, 그 사회의 희생자가 된 죽음에서 기인하는 원귀와 여귀, 그리고 양자의 범위를 벗어나는 기괴한 귀신의 존재로 삼분할 수 있다는 것이다. 또한 이주영은 조선시대에는 17세기 이후 두 번째 종류의 원귀에 대한 이야기가 자주 등장한다고 밝힌다. 전쟁으로 인한 사회적 혼란이 그와 같은 원귀 이야기의 부상에 기여한 요인이라고 본다. 즉 16세기 말 임진왜란을 경험한 이후 그 전쟁으로 인해 발생한 다수의 억울한 죽음들이 원혼이 되어 귀신으로 등장하는 것으로 당대인들이 이해했다고 보는 것이다. 정환국 또한 "한국의 경우 비슷한 시기, 즉 『금오신화』를 필두로 해서 17세기 전기까지는 가히 원혼서사의 시대라고 할만큼 원혼들이 자주 등장한다"고 주장한다.[464] 베트남에서 왕조교체의 전란이 낳은 원혼이 소재가 되어 17세기 원혼서사가 급격히 증가하였던 것처럼 비슷한 시기 한국 또한 임진왜란을 거치며 원혼의 문제가 큰 사회적 관심사가 되었고 원귀 이야기의 양산을 낳기에 이르렀던 것이다. 그 밖에도 동양 문화권에서 제사 혹은 해원굿 등의 형태로 귀신을 달래는 문화적 전통이 생겨나고 유지되어 온 것에 주목할 필요가 있다. 그러한 제사의 행연 절차나 굿의 서사 등을 살펴볼 때 다시 한 번 동양 문화에서는 귀신의 존재가 현실의 삶과 밀접한 관련을 맺고 있음을 확인할 수 있다.[이주영:65]

이상에서 살핀 바와 같이 원혼 혹은 귀신에 대해서 한국과 베트남 문화는 유사한 성격을 보여준다. 『난민들』에는 제사나 굿 등의 제의는 등장하지 않는다. 주인공과 주인공의 어머니는 미국 사회에 정착한 까닭에 단지 개인적 기억 속에 죽음을 간직한다. 그들이 지닌 기억만이 억울한 죽음에 관한 유일한 증거라 할 수 있다. 그들이 그 죽음에 대한 기억을 보존하고 있어 결국 망자의 귀신이 주인공에게 찾아 오게 된다. 그러나 원한을 지닌 귀신이 산 자를 찾아온다는 텍스트의 모티프는 단순한 허구로

치부해 버리기 어렵다. 억울한 죽음을 당한 존재들은 전쟁의 궁극적인 희생자가 되어 전쟁의 깊은 함의를 드러내는 소재가 된다. 숱한 죽음과 그 원혼은 베트남전쟁이라는 사건을 가장 핍진성 있게 보여주는 사실이다. 1995년경을 기준으로 살펴볼 때 약 30만 명의 베트남인이 실종자로 남아 있는 것으로 알려졌다.^{Kwon : 15}

권헌익의 지적처럼 개인이 지닌 기억은 베트남전쟁이라는 특수한 상황 속에서 매우 중요한 의미를 지닌다. 베트남전쟁의 재현에 있어서는 살아남은 자의 기억이 중요한 역할을 담당할 수 밖에 없다. 생사 여부를 확인할 수 있는 기록이 없기에 실종으로 처리된 사람들을 확인할 수 있는 방법은 그 기억밖에 없기 때문이다. 30만 명 실종자는 대부분 사망했을 것이라고 추측되는데 그렇다면 그 죽음은 자연스러운 호상이 아닌 까닭에 그만큼 많은 원혼을 만들어내었을 것이고 그 원혼들은 모두 떠돌아다닌다고 볼 수 있다. 그러므로 『난민들』에 등장하는 귀신은 그 30만 명 실종자를 대표하는 존재로 보아도 지나치지 않다. 그의 죽음을 직접 목격한 가족들 외에는 그의 생사 여부를 확인해 줄 증인도 없고 그의 행적을 밝혀줄 기록도 없기 때문이다. 주인공의 오빠는 베트남을 떠나 새로운 정착지를 찾아가는 중에 바다에서 죽음을 맞게 되었으므로 귀속할 곳이 없는 자로 남는다. 죽어서 저승으로 옮겨가지 못하는 원혼이 된 것은 물론이고 살아 있는 동안에도 패망한 나라의 국민인지라 국적 없는 자이며 새로운 정착지에는 도달하지도 못한 보트 피플의 일원일 뿐 그의 정체성을 규명해 줄 공적 기록을 찾는 것은 매우 어렵다. 그처럼 한 인물의 죽음은 개인적 트라우마 이상의 것임을 작가 응웬은 드러내고 있다. 그를 통해 전쟁과 그 이후의 비참함이 극명하게 드러나게 만드는 것이다.

살아남은 자가 망자에 대해 기억하는 것과 원혼이 된 망자가 자신의 죽음에 대해 기억하는 것, 그리고 기억이 지닌 의미를 살펴보기 위하여 오빠의 귀신이 주인공의 집으로 찾아오는 대목을 보자. 그 귀신은 현실계와 환상계의 경계에 놓여있는 존재로 볼 수 있다. 억울한 죽음을 당한 이들이 원혼이 되어 중간 지대를 떠돌게 된다는 믿음은 다시 말하자면 두 분리된 세계의 경계에 그 원혼이 놓여있다는 것이기도 하다. 사후 세계로 옮겨가지 못한 수많은 억울한 죽음을 대표하듯 오빠의 귀신은 동생을 찾아온 것이다. 귀신의 직접적 독백 같은 중얼거림도 자신은 아직 이 세상을 벗어나지 못하고 있다는 사실을 확인할 수 있게 해준다. 자신은 회귀한 것, 즉 어디론가 옮겨 갔다가 다시 돌아온 것이 아니라 단지 '왔다'고 그는 말한다.

"우린 귀신이 있다는 걸 항상 알고 있었지," 그가 말했다.

"나는 의심을 가졌었지."하고 말하며 나는 그의 손을 잡았다. "왜 돌아왔어?"

"나는 돌아온게 아니야. 여기 온 거야." 그가 말했다.

"이 세상을 아직 안 떠난 거야?"

그가 고개를 끄덕였다.

"왜 안 떠난 거야?"

그는 다시 침묵했다. 마침내 그가 입을 열었다. "왜 그랬다고 생각하니?"

나는 먼 데를 바라보았다.

"난 잊어버리려고 애썼어."

"그런데도 못 잊었구나."

"잊을 수가 없었어."

나는 우리가 탔던, 이름 없는 그 푸른 보트를 잊어본 적이 없었다. 그 보트도 나를 잊지 않았다. 뱃머리 양쪽에 그려져 있던 붉은 눈 두 개가 나를 내려다보는 것을 멈추지 않은 채 남아있었다.

"We always knew ghosts existed," he said.

"I had my doubts." I held his hand. "Why have you come back?"

His gaze was discomforting. He had not blinked once.

"I haven't come back," he said. "I've come here."

"You haven't left this world yet?"

He nodded.

"Why not?"

Again he was silent. Finally he said, "Why do you think?"

I looked away. "I've tried to forget."

"But you haven't."

"I can't."

I had not forgotten our nameless blue boat and it had not forgotten me, the red eyes painted on either side of its prow having never ceased to stare me down.[13~14]

귀신의 고백은 30만 명 베트남인 실종자들의 목소리를 대변하는 것이라고 볼 수 있다. 억울해서 아직도 떠나지 못하는 것이 원혼이라고 믿는 베트남 문화가 위의 대화에 투사된 것으로 볼 수 있다. "잊으려고 노력했지만 잊을 수 없었다"는 그 고백은 망자가 경험한 억울함을 극적으로 표현한다. 그 기억이 망자를 사로잡고 있는 동안에는 원혼은 다음 세계를 향해 자유롭게 떠나갈 수 없다는 것을 말해준다. 망자로서는 자신의 기억과 화해할 수 있는 길을 찾아야만 하는 것이며 그 일을 도와주어야 하는 자는 살아남은 자라는 것을 알 수 있다. 주인공이 그처럼 원혼을 위로

해줄 때 망자는 비로소 다음 단계로 이행할 수 있는 것이다. 그 원혼을 영접하고 그의 이야기를 들어주는 것은 그러한 위로의 첫 단계가 된다는 것을 알 수 있다. 망자의 귀신과 만나 이야기를 나누는 것은 귀신, 즉 원혼에게만 위로를 주는 것이 아니라 살아남은 자, 즉 주인공에게도 새로운 삶의 계기를 마련해준다. 원혼의 방문은 주인공으로 하여금 억압해 두었던 트라우마의 기억과 다시 조우하게 만드는 계기가 된다. 그리고 그의 방문으로 인해 자신의 트라우마를 직면하게 되면서 주인공은 그 트라우마를 다스리고 고통의 기억으로부터 벗어날 수 있게 된다. 오빠의 죽음 이후 그 죽음에 대해 집안 식구 모두는 오래도록 침묵할 뿐이었다. 말로 표현하기에는 그 기억이 너무나 고통스럽도록 가혹한 것이었던 까닭이다. 그러나 마침내 원혼의 방문 앞에서 주인공은 그 사건을 언어로 재현하는 것만이 트라우마와 대결하는 길임을 알게 된다.

오빠가 바다에 빠져 죽는 것을 막지 못한 그 순간부터 내 어깨에는 앵무새 한 마리가 둥지를 틀고 올라 앉게 되었다. 그 앵무새가 말할 수 있게 해 주는 것만이 그 새를 어깨에서 떠나게 만드는 유일한 방법이라는 생각이 떠올랐다.

The parrot crouched on my shoulder, roosting there ever since we let my brother go into the sea, and it came to me that letting it speak was the only way to get rid of it.[17]

주인공이 앵무새라는 은유를 통해 표현하는 바는 바로 자신이 간직하게 된 고통이다. 오빠의 죽음을 눈앞에서 겪게 되었다는 그 트라우마의 희생자로서 가지게 된 심적 고통이 어깨에 올라앉은 채 떠나지 않는 앵무새로 표현된 것이다. 앵무새가 말을 한다는 것은 곧 자신이 그 트라우마를 억압된 기억으로부터 불러내어 스스로 그것과 대결한다는 것을 의미한다.

귀신을 대하는 자세는 두 가지의 상이한 양상으로 드러난다. 귀신과 공존하는 것이 자연스러운 문화 속에서 살아온 어머니의 모습과, 그와는 대조적인 서구 문화에 더욱 익숙한 주인공의 자세에서 그 차이를 발견할 수 있다. 어머니의 경우는 귀신의 존재를 믿고 언제나 귀신 이야기를 쉽게 한다. 어머니에 비하여 동양의 문화적 전통으로부터 멀어져 있는 주인공은 처음 귀신이 방문할 때에는 당황하는 모습을 보여준다. 그러나 결국 주인공의 태도는 변화의 과정을 거치게 된다.

가슴이 심하게 뛰는 사이 나는 머리에 이불을 둘러썼다. 그가 가버리기를 바랐으나 그가 문고리를 흔들자 일어날 수밖에 없다는 것을 알았다. 그의 악력으로 문고리가 떨리는 것을 바라볼 때 온몸의 털이 곤두섰다. 나는 그가 나로 인해 희생당했음을 상기하였다. 문을 열어주는 것은 내가 해야 할 최소한의 일이었다.

I had locked the covers over my head, my heart beating fast. I willed him to go away, but when he started rattling the doorknob, I knew I had no choice but to rise. The fine hairs of my body stood at attention with me as I watched the doorknob tremble with the pressure of his grip. I reminded myself that he had given up his life for me. The least I could do was open the door.[7]

한편, 주인공은 글쓰기를 생업으로 삼고 있는 인물인데 거듭되는 어머니의 귀신 이야기와 자신이 대리 집필하고 있는 사람의 이야기가 주인공이 귀신을 이해하는 방식에 변화를 일으키는 요인이 된다. 주인공은 전자

를 통해 생과 사, 현실과 영적 세계 사이의 경계를 조금씩 와해해 나가게
된다. 아울러 후자를 통해 기억과 상상 속의 사건이나 경험들이 현실 속
의 그것과 거의 동일하거나 오히려 더 강한 영향력을 지닌 채 사람의 삶
에 다가올 수 있다는 것을 깨닫게 되는 것이다. 귀신을 대하는 자신의 자
세에 변화를 일으키면서 주인공은 그 귀신을 환대하고 그와 소통하는 모
습을 보여줄 수 있게 된다. 부가적으로 주인공은 망자를 향한 일종의 부
채의식을 지닌 채 살아가고 있었던 것으로 보이며 그 점 또한 주인공이
오빠의 귀신을 물리치지 않고 받아들이는 이유가 된다. 망자가 주인공 자
신을 보호하느라 해적에게 저항하였고 그 과정에서 죽음에 이르게 된 것
을 기억하고 있었던 것이다. 문 앞에 서 있는 귀신을 향해 주인공이 보낸
첫 인사말은 "왜 그렇게 오래 걸렸어? What took you so long?"이다.8 왜 왔느냐
고 묻는다면 두려워하고 거리끼는 마음의 표현이 될 터이지만 그에 반하
여 '왜 이제야 왔느냐?'는 인사는 기다리고 있었음을 보여주는 말이다. 그
처럼 귀신을 반갑게 맞아들이면서 주인공은 자신이 오랫동안 억압했던
기억을 의식 속으로 불러내어 자신과 망자의 영혼을 함께 달랠 수 있게
된 것이다.

귀신이 주인공을 찾아오는 장면에서는 귀신이 사망한 날, 즉 죽음에 이
른 순간에 입었던 옷을 입고 바닷물로 보이는 물을 떨어뜨리며 나타나는
것으로 재현된다. 그 점 또한 주목을 요한다. 망자는 바다 위의 피란 보트
위에서 티셔츠와 반바지를 입은 채 죽임을 당하여 물에 빠지게 되었던
것인데 사망 당시의 옷차림새를 그대로 유지한 채 등장한 것이다.

그는 물에 불었고 창백했고 머리는 부스스하고 피부는 어두웠으며 낡은 회
색 티셔츠를 입었고 팔다리는 말라 있었다. 전에 보았을 때엔 그는 나보다 머리

하나 정도 더 컸다. 이제 상황이 바뀌었다. 그가 내 이름을 불렀을 때 목소리는 거칠어 전의 소년기 알토 소리가 아니었다. 눈은 전과 같았다. 호기심으로 가득 차 있어 언제나 무엇인가를 말하려고 열려 있는 그의 입과 비슷했다. 왼편 광대뼈에는 푸르스름한 멍이 있었으나 내가 기억하던 핏자국은 씻겨 없어져 있었다. 아마도 바닷물과 폭풍에 그랬으리라. 비는 안 오는데 젖어 있었다. 그에게서 바다 냄새가 났고 더한 것은 인간의 땀과 분비물로 찌든 배의 냄새가 났다.

He was bloated and pale, hair feathery, skin dark, clad in black shorts and a ragged gray T-shirt, arms and legs bony. The last time I had seen him, he was taller by a head; now our situations were reversed. When he said my name, his voice was hoarse and raspy, not at all like his adolescent alto. His eyes, though, were the same, curious, as were his lips, slightly parted, always prepared to speak. A purple bruise with undertone of black gleamed on his left temple, but the blood I remembered was gone, washed away, I suppose, by salt water and storms. Even though it was not raining, he was water-soaked. I could smell the sea on him, and worse, I could smell the boat, rancid with human sweat and excreta.[8]

옷은 가장 먼저 눈에 띄는 망자의 상징물이라 할 수 있다. 망자의 옷인 티셔츠와 반바지는 이십 년의 세월이 경과한 이후에도 이전의 모습과 빛깔을 그대로 간직한 상태인 것으로 그려진다. 20년이란 세월이 경과했다는 사실은 주인공과 귀신의 만남에서는 별다른 의미가 없다. 귀신의 존재는 현실의 물리적 시간과 공간을 벗어나 있기 때문이다. 오히려 주인공이 간직하고 있는, 트라우마의 사건이 발생할 당시의 기억 조각들이 선별적으로 작용하여 귀신의 모습에 반영되어 나타난 것이다. 주인공의 기억에 결정적인 역할을 맡고 있는 것은 주인공이 감각 기관을 통해 인지한 것, 즉 눈으로 본 것과 냄새일 뿐이다. 기타 현실에서의 시간적, 공간적 요소들은 주인공의 기억을 구성하는 데에 거의 역할을 하지 못한다. 주인공이 눈으로 본 오빠의 볼 위의 상처, 그리고 피란선에서 풍겨나오던 불쾌하고도 강렬한 냄새 등을 주인공은 트라우마 당시의 기억 속에 간직하고 있었다. 그리고 갑자기 찾아온 귀신에게서 그것을 다시금 확인하게 된다. 귀신은 시간과 공간을 초월한 상태이며 죽음을 맞은 당시의 현실로부터 전혀 떠나지 않았음을 보여준다. 귀신의 존재가 그를 기억하는 자의 기억과 밀접한 관련을 맺고 있음을 다시 확인할 수 있다.

그런데 귀신이 방문할 때에 귀신이 사망 당시의 옷차림새를 그대로 유지하고 있다는 것에 주목할 필요가 있다. 그 점 또한 아시아 한자 문화권에서 귀신의 존재를 이해하는 공통된 방식 중의 하나이다. 텍스트에서 보듯 망자는 갑작스럽고도 억울한 죽음을 당하였기에 살아 있는 사람들 앞에 귀신이 되어 나타날 때에도 죽음 당시의 복식을 한 채 나타난다. 옷만이 아니라 신체적 특징도 죽음을 맞았던 당시의 것에서 전혀 변하지 않는다. 즉 귀신이 된 오빠는 그가 살아 있을 때에는 주인공보다 머리 하나 정도의 차이로 키가 더 컸었는데 귀신이 되어 나타났을 때에는 오히려 주인공보다 키가 작아진 것으로 드러난다. 그것은 망자의 시간은 죽음의 순간에 멈춘 채 변화하지 않는다는 것을 말해준다. 귀신이 산 자의 눈앞에 등장할 때 죽음 당시의 모습 그대로 나타난다는 그 모티프는 조선 시대 귀신담에서도 공통적으로 발견된다. 이주영은 "죽을 당시의 복색으로 지인이나 후손에게 다녀가는 귀신들도 귀신담의 주요 소재가 된다"고 지적한다.[65] 그처럼 사망이나 염습 당시 모습 그대로 출몰하는 귀신의 모습은 귀신이 지닌 원한을 강조해 주는 구실과 사망 당시의 상황을 증언하는 역할을 담당한다. 귀신의 형상을 통해 망자의 죽음을 적절하게 수습할 수 없었던 현실을 확인할 수 있는 것이다. 이에 대해 이주영은 주장한다. "또 이러한 서사는 전란이나 전염병으로 위급한 상황에서 갑작스럽게 죽은 사람들을 제대로 예를 갖추어 장사지낼 수 없었던 실정을 보여주는 장면으로 기능한다."[이주영 : 65] 오빠의 귀신이 단지 키가 약간 줄어들고 지친 모습이라는 점 외에는 사망 당시의 모습 그대로였다는 점, 그리고 바닷물에 흠뻑 젖은 채 온몸이 물에 불은 듯하고 물을 뚝뚝 떨어뜨리면서 주인공 앞에 서게 된 점은 그가 원한의 귀신이 되어 있음을 재확인하게 만드는 요소이다. 20년 전의 트라우마가 주인공의 삶을 결박하고 있는 것처럼 죽음을 맞은 자조차도 그 죽음을 순순히 받아들이지 못한 채 방황하고 있음을 말해주기 때문이다.[10] 그러므로 주인공이 이야기의 결말에 이르러 오빠의 옷들을 잘 말리고 다려서 보관한다는 것은 특별한 의미를 지니게 된다. "왜 이제야 왔느냐?"는 영접의 말이, '왜 나타났느냐?'는 말과는 달리 환대와 기다림의 표현이 되었다면, 그리하여 망자의 영혼에 위로를 주었던 것처럼, 망자의 옷을 잘 보관하는 것도 같은 마음의 표현이 되기 때문이다. 낡고 더러운 옷을 입고 물에 빠진 채 추위에 떨고 있었던 망자, 그가 남긴 것이 잘 정리되어 보관된다는 것은 주인공이 과거의 트라우마를 어느 정도 다스리면서 넘어설 수 있으리라는 가능성을 보여준다.

---

10 북베트남 작가 바오 닌(Bao Ninh)의 소설, 『전쟁의 슬픔(*The Sorrow of War*)』에 나타난 망자의 출몰 장면도 마찬가지이다. 죽음을 맞을 당시의 처참한 모습을 그대로 지닌 채 등장하는 것을 볼 수 있다. "그의 눈앞에 알몸의 소녀 귀신이 나타났다. 하얀 가슴, 엉클어진 머리, 개미가 덤벼든 어두운 동공을 한 채. 그리고 입술에는 비틀린 미소가 끔찍했다. 그 귀신은 한 인간이었다. 죽임을 당했고 능멸당했던, 심지어 그조차 경멸했었던 인간이었다.(The apparition of a naked girl appeared before him, her chest white, her hair messy, her dark eyes swarming with ants, and on her lips a terrible twisted smile. He looked steadily at him, feeling pity. This was a human being who had been killed and humiliated, someone even he had looked down on)"[Ninh : 108]

베트남 피란민 내러티브에서 귀신의 존재에 대한 문화적 집단 무의식
이 드러나고 있는 것은 베트남전쟁이 지닌 복합적 성격을 반영하는 것이
기도 하다. 귀신을 살아 있는 자와 분리하면서 경계하기보다는 함께 공
존하는 것으로 보는 것은 동양 문화의 특징이다. 그러나 더 나아가 귀신
의 존재는 베트남전쟁 서사에서 배제하기 어려운 중요한 요소이기도 하
다. 귀신담이 베트남 문화 속에 오래도록 영향력을 지닌 채 남아 있게 되
는 것은 베트남 역사의 특수성이 작동한 결과이기도 하기 때문이다. 주인
공은 어린 시절, 자신은 귀신 든 나라에서 자라났다고 회상한다. 전쟁이
초래한 숱한 죽음들이 있어 베트남 문화 속에서는 귀신 이야기가 친숙할
수밖에 없다고 술회한다. 프랑스와 일본의 점령기를 거친 후 미국의 개입
으로 이어지는 다양한 형태의 전쟁을 거쳐오면서 그 전쟁들이 무수한 죽
음, 그것도 급작스럽고 억울한 죽음들을 양산하게 되었기 때문이다. 그
구체적인 죽음의 묘사를 보자.

회고하면 우리는 젊은 날을 귀신 들린 나라에서 보냈던 것 같다. 아버지는
군에 갔고 우리는 아버지가 돌아오지 않을까봐 두려웠다.

Looking back, however, I could see that we had passed our youth in a haunted
country. Our father had been drafted, and we feared that he would never return.[5]

이 땅에 굳건히 자리 잡고 사는 이들 중에는 지뢰를 밟아 상반신이 고무나
무 가지에 가 걸려버린 한국인 대위, 그리고 머리가 벗겨진 채 강물에 흘러가
는 미국 흑인 병사도 포함되어 있었다.

Our land's confirmed residents, they said, included the upper half of a Korean
lieutenant, launched by a mine into the branches of a rubber tree; a scalped black

American floating in the creek.[6]

베트남에서는 오랜 전쟁의 역사로 인하여 죽음이 일상에 만연해 있었음을 확인할 수 있다. 산 자들은 일상에서 죽은 자들을 접하게 되었으며 따라서 그 죽음과 공존, 공생하는 법을 찾는 것은 자연스럽게 베트남 문화의 일부가 되었다고 볼 수 있다. 망자를 기념하고 위로하는 제사 의식이 보다 중요하게 받아들여지는 것도 그러한 맥락에서 이해할 수 있다. 제사라는 제의를 통하여 산 자들은 죽은 자들과 추상적이고 상징적인 형태로나마 대화를 지속하게 된다고 보기 때문에 죽음이 만연한 곳에 사는 사람들의 문화 속에서 망자를 기리는 제의가 차지하는 의미가 클 수 밖에 없는 것이다. 이 점, 즉 살아 있는 자들의 삶이 죽은 자들의 존재와 서로 배타적이지 않다는 점은 전통적인 주류 미국문화 속에서는 이해되기 어려운 점이라 할 수 있다. 미국문화 속에서 죽은 자의 영혼, 즉 귀신[ghost]은 일반적으로 공포의 대상으로 이해된다. 귀신은 적대시하고 물리치고 피해야 하는 절대적 타자로 이해된다. 살아 있는 자들에게 위해를 가할 수 있는 존재가 귀신으로 인식되기 때문이다. 귀신은 부정하고 극복해야 하는 대상이며 살아있는 자들이 귀신을 필요로 하는 때는 공포를 통해 감정적 카타르시스를 느끼고자 할 때 뿐이다. 즉 귀신이 주는 공포가 오락의 하나로 받아들여질 때인 것이다. 주인공이 귀신 이야기를 쓰겠다고 하자 편집인이 잘 팔릴 것이라고 응수하는 일화는 그 점을 잘 보여준다.

"귀신 이야기?" 그녀는 동의했다. "잘 팔릴거야. 사람들은 겁 먹는 걸 즐기지." 나는 그녀에게 산 자를 두렵게 만들 생각이 없다는 것을 말하지 않았다. 모든 귀신 이야기가 복수와 불운의 이야기는 아니라는 것도. 내 귀신이야기는 오빠 이야기 같은 것이었다. 혹은 엄마가 들려주는 이야기 속의 그런 귀신들……

"Ghost stories?" Her tone was approving. "I can sell that. People love being frightened."

I did not tell her that I had no desire to terrify the living. Not all ghosts were bent on vengeance and mayhem. My ghosts were the quiet and shy ones like my brother, as well as the mournful revenants in my mother's stories.[19]

두 사람이 나누는 대화는 죽은 자의 영혼, 혹은 귀신을 대하는 대조적인 태도와 상이한 세계관을 극명하게 보여준다. 편집장은 귀신을 단지 공포의 대상으로 여기는 미국문화를 대변하고 있고 주인공은 힘없이 희생된 자들의 순수한 넋으로 이해하고 있음을 볼 수 있다. 전자는 이항 대립적 구조 속에 주체와 타자, 강자와 약자, 삶과 죽음을 놓고 상호대립적인 관계로 이들을 이해하는 서구의 이성중심적 사유 방식을 대표한다고 볼 수 있다. 반면 후자는 그 이항 대립을 넘어서서 공존하기 어려운 것들도 공존하고 공생할 수 있다는 자세를 보여준다. 귀신이라는 흔치 않은 주제와 소재를 대상으로 하여 획일적이며 고정적인 문화의 틀에 균열을 일으키는 모습으로 후자를 이해할 수 있다. 그런데 귀신이라는 어휘를 공유하면서도 주인공이 뜻하는 귀신과 편집장이 이해하는 귀신은 공유항을 거의 지니지 못한 존재임을 알 수 있다. 귀신의 함의가 문화적 컨텍스트에 따라 전혀 다르게 받아들여지고 있음을 볼 수 있다.[11]

11　그처럼 동일한 어휘, 동일한 언어를 사용하면서 서로 소통하는 듯하지만 사실상 소통 불가능한 대화를 해 나가는 모습은 더욱 유심히 살펴볼 필요가 있다. 그것은 단지 귀신을 중심에 둔 「검은 눈의 여인들」에서만 드러나는 주제가 아니다. 『난민들』의 두 번째 이야기인 「타자」에서도 발견되는 주제이다. 「타자」에서는 "내가 훌륭한가요?"라는 베트남계 미국인의 발화가 등장하는데 그 말 또한 표면적으로는 소통의 형태를 갖추게

작가는 주인공이 죽음과 귀신을 이해하는 방식이 서서히 변화해 나가는 과정을 전개하면서 그 과정을 통해 독자들로 하여금 생과 사의 문제를 새로운 시각에서 바라볼 수 있게 해준다. 「검은 눈의 여인들」은 사랑하는 가족을 불시에 잃어버린 두 가정의 세 인물을 보여준다. 그리고 그 두 가정의 트라우마, 죽음, 영혼을 이중의 구조를 통해 전개해 나간다. 주인공이 유령작가로 설정되어 있어 주인공은 두 내러티브를 자연스럽고도 효과적으로 연결할 수 있게 된다. 빅터[Victor]라는 이름의 타인이 자신의 트라우마에 대해 고백하고 상상과 기억이라는 장치를 통하여 망자들과의 만남을 계속하는 것을 알아가면서 주인공 또한 자신의 한계를 넘어서서 유연한 시각을 갖게 된다. 현실의 경계를 넘어서서 죽음, 귀신, 트라우마의 문제를 이해할 수 있게 되는 것이다.[12]

4. 재현의 정치학 대상에서 주체로

미학은 정치학보다는 저항적 힘이 강하지 않은 것으로 이해되지만 내러티브를 통한 저항 담론을 도출하는 것은 '차이'가 존중되는 평등한 문화를 이루는 데에 기여하는 바가 결코 적지 않다. 사이드가 언급한 바와 같이 "재현은 곧 정치적 선택"인 것이다.

되지만 사실상은 적절한 이해와 소통의 표현이 아니며 결과적으로는 서로가 서로를 오해하고 있음을 드러내게 된다. 응웬 소설에서 자주 찾아볼 수 있는 아이러니를 보여주는 대목이 된다.(44~45)

12 　주인공이 유령작가로 설정되어 있다는 점, 그리고 텍스트의 말미에서 유령작가이기를 그만두고 자신의 이름으로 글을 쓸 것임을 암시하는 점 등은 이 텍스트에 드러난 유령작가의 모티프 또한 분석을 필요로 한다는 것을 보여준다. 단순한 직업 설정이기를 넘어서 중요한 함의를 지니고 있다는 점을 드러낸다.

재현은 학문적이며 이론적인 문제로서만 중요한 것이 아니라 정치적 선택의 문제가 되어 중요한 것이다.

Once again representation becomes significant, not just as an academic or theoretical quandary, but as a political choice.[Said : 314]

위의 인용에서 사이드가 언급한 재현은 일차적으로는 인류학적 내러티브에 나타나는 재현일 것이다. 그러나 단지 인류학적 재현만이 아니라 모든 재현의 내러티브에 적용될 수 있는 개념이기도 하다. 특히 문학적 재현은 인류학적 재현과 그 경계가 분명하지 않다고 볼 수 있다. 민족성의 문제가 강하게 드러나는 내러티브에서는 더욱 그러하다. 베트남계 미국 작가 응웬의 텍스트는 그와 같이 서구 중심의 단선적인 문화 이해에 저항하는 재현의 모범적인 예를 보여준다. 사이드는 재현의 중요성에 대해 다음과 같이 언급했다.

인류학자가 자신의 연구분야에서 재현하는 것은 한편으로는 지역적, 개인적, 전문적인 순간이다. 그러나 사실은 총체성의 일부분이고 사회의 일부분이다. 그 사회의 형태와 경향성은 점진적으로 쌓여온 긍정과 부정, 혹은 대립의 무게들에 의존한다. 그리고 구체적인 선택들이 쌓여서 그 무게는 형성되는 것이다.

How the anthropologist represents his or her disciplinary situation is, on one level, of course, a matter of local, personal, or professional moment. But it is in fact part of a totality, one's society, whose shape and tendency depend on the cumulatively affirmative or deterrant and oppositional weight made up by a whole series of such choices.[Said : 314]

『난민들』은 그처럼 사이드가 언급하는 재현의 중요성과 그 잠재적 힘을 그대로 보여준다고 볼 수 있다. 베트남은 프랑스의 오랜 식민지를 경험하고 제2차 세계대전이 종식된 이후에도 다시 전쟁을 경험하게 되었던 나라이다. 사이드가 지적하듯 미국의 국가 이익을 지키는 데에 필요한 지역 중의 하나로서 전쟁을 피해갈 수 없는 상태에 놓여 있었던 곳이다 『난민들』에 포함된 인물들은 그 베트남전쟁의 결과물로 피난민의 지위를 얻어 미국에 정착하게 된 베트남계 미국인들이다. 그 중의 한 명인「검은 눈의 여인들」의 주인공은 자신이 지닌 고유한 문화적 특수성, 즉 차이를 드러내면서 미국 주류 문화 담론과는 조화되기 어려운 내러티브를 전개하고 있는 것이다. 아시아 문화의 특수성을 후경으로 거느린 채 미국문화를 구성해 가는 것이다. 사이드가 지적한 것처럼, 그 내러티브는 한편으로는 개인적이며 지엽적인 개인의 이야기일 수도 있다. 그러나 그와 같은 차이의 내러티브들이 쌓이고 모여서 미국문화의 새로운 성격을 구성하게 될 것이다. 동일성과 차이의 교차와 융합이야말로 미국문화의 핵심을 이루는 것이라 할 수 있다.

기존의 미국의 베트남전쟁 내러티브에서 베트남 문화의 특수성은 적절하고도 충분하게 반영되어 왔다고 보기 어렵다. 미국의 베트남전쟁 내러티브에서 차이의 서사를 찾기는 쉽지 않은 일이었다. 베트남전쟁이 미국 현대사에서 중요한 역할을 담당하는 사건임을 상기하면 아이러니라 할 수 있다. 전쟁의 일차적인 담당자였고 한편으로는 궁극적인 희생자였던 베트남 사람들을 재현한 경우에도 그 내러티브 속의 베트남인들은 이해하기 어려운 타자로 등장하곤 했다. 사이드는 "인류학적인 관점에서 재현을 하는 경우에도 재현의 대상 그 자체를 재현하는 것만큼이나 재현하는 자의 세계가 반영되게 마련이라는 것이 내 요점이다"The point is that anthropological representations bear as much on the representer's world as on who or what is represented라고 언급한다.[315] 그처럼 미국의 베트남전쟁 서사에 등장하는 베트남인들은 미국인의 문화적 프레임 안에서 이해되는 타자이며 객체로 재현되어 왔다고 볼 수 있다. 베트남 사람들과 베트남 문화는 있는 그대로, 그들의 목소리를 드러내는 방식으로 재현되기 보다는 미국인의 세계관이 반영되어 재현되는 경우가 많았던 것이다. 작가 응웬은『난민들』에서 그러한 재현 방식에 이의를 제기하고 수정을 촉구한다. 이해받지 못하고 무시되거나 간과된 베트남 고유의 문화적 요소와 흔적들을 자신의 내러티브를 통해 미국문화에 재기입하는 작업을 이루어 내고 있는 것이다. 죽음과 영혼, 망자에 대한 기념과 위로, 트라우마와 그 이후를 주제로 삼아 그 주제를 대하는 베트남인들의 시각과 목소리를 재현한 것이다. 그러한 재현의 의미는 기존의 내러티브에 균열을 내면서 차이의 문화를 생성해내게 된다는 점에 있다. 그 결과『난민들』텍스트는 난민 혹은 이민자들의 고유하고도 복합적인 경험을 통해 미국문화의 정체성을 재조명하게 한다. 바바가 지적하듯 타자들의 차이를 이해하고 존중하는 것은 우리 시대의 문화가 요구하는 바이다. 타자들을 통해 달리 사는Other-wise 방법을 모색할 수 있기 때문이다.[64] 동일성identity으로부터 벗어나 차이difference를 견지한 인물들, 즉 '집 없는 자들'의 기억과 진술이 문화의 형성에 기여하는 바에 대해서는 바바 또한 강조하고 있는 바이다.『난민들』은 전쟁 난민이고 이민자이면서 미국 주류 문화의 변방에 위치한, 베트남계 미국인 주인공들을 재현하고 있어 탈식민주의 내러티브의 역사적 의미를 확인하게 만든다. 등장인물들은 오래 전 집을 멀리 떠나와 정착하기 위해 노력 중인 과정 중의 주체들이며, 그럼에도 불구하고 아직 집을 갖지 못한 존재들이며, 어쩌면 이후로도 오래도록 집 없는 상태로 머물 것처럼 보이는 주변적 존재들이기 때문이다.

제3부

영화 속의
베트남전쟁

1. 베트남전영화와 미국문화

미국 현대사에서 베트남전쟁이라는 주제는 중요한 비중을 가진 사건이다. 미국 사회 문화의 장에서 베트남전쟁이 지니는 중차대한 의미를 지적하면서 밀튼 베이츠^{Milton Bates}는 "미국에게 베트남은 상흔^{trauma}이다. 미국은 베트남에 대해 말해야 한다"고 언급한 바 있다.^{Bates : 268} 마이클 허^{Michael Herr} 또한 『특파원 속보^{Dispatches}』에서, "베트남, 베트남, 우리는 모두 거기 있었다"고 말했다.²⁷⁸ 마이클 허의 목소리에 공명하기라도 하듯, 티모시 롬페리스^{Timothy Lomperis} 또한 "베트남전에 직접 참전했든 안 했든 1960년대에 성인이었던 사람은 모두 베트남전과 무관하지 않다. 우리는 모두 거기 있었다"^{Lomperis : 41}고 천명했다.

그처럼 베트남전은 미국의 역사와 문화에 커다란 변화를 가져다 준 사건이었다. 우선 미국의 외교정책은 베트남전을 겪으며 상당히 많이 수정될 수 밖에 없었다. 세계 경찰을 자처하며 자유 민주주의 수호를 위해 지구상의 어디에서 일어나는 분쟁이든 개입을 마다하지 않던 기존의 정책에 변화가 생기게 된 것이다. 또한 문화의 영역에서도 베트남전쟁은 많은 변화를 불러왔다. 미국인들은 베트남전 경험을 통하여 도덕적 회의와 각성에 이르게 되었는데 그로 인하여 히피 문화로 대표되는, 체제 저항적인 새로운 문화가 나타나게 되었다. 베트남전쟁은 문학의 장에서도 큰 역할을 담당하게 되었는데 베트남전쟁 경험을 주제나 소재로 삼은 수많은 문학 작품을 탄생시켰다. 문학만이 아니라 영화 장르에서도 베트남전쟁은 중요한 역할을 담당하였으며 그리하여 〈람보〉 시리즈로 대표되는 베트남전 영화가 양산되었다. 〈지옥의 묵시록〉, 〈디어 헌터〉, 〈킬링 필드〉 등의 영화 작품을 위시하여 〈포레스트 검프〉에 이르기까지 다양하고도 비중 있는 베트남전 영화가 계속하여 제작되었던 것이다. 그처럼 베트남전쟁을 다룬 다수의 문학과 영상 텍스트가 생산되었다는 것은 베트남전이라는 역사적 사건이 미국문화에서 차지하는 중요성을 증명한다고 볼 수 있다.

베트남전 영화들은 전쟁 영화라는 장르의 한 하위 장르를 구성하면서도 기존의 전쟁 영화들과는 사뭇 다른 성격을 지닌다. 기존의 전쟁 영화들은 크게 보아 휴머니즘의 제고라는 주제를 공유한다고 볼 수 있다. 전쟁은 인간이 처한 극한 상황을 배경으로 삼게 마련이다. 즉, 전쟁 영화는 삶과 죽음의 경계에 놓인 존재들을 보여주며 그러한 상황 속에서 전개되는 사랑과 우정, 인간성의 상실과 회복 등을 도드라져 보이게 하기에 적합한 장르로 간주되어 왔다. 또한 전통적인 전쟁 영화 속에는 대체로 전쟁 영웅이 등장하곤 한다. 서부 영화의 단골 메뉴였던, 선한 자[good guy]와 악한 자[bad guy]라는 이분법적 존재들을 상기해 볼 수 있다. 그와 같은 이항 대립적 존재가 등장하여 그들이 전개하는 갈등과 대립이 전쟁 영화에서는 주도적으로 드러나며 결과적으로 선한 자의 영웅성을 강조하는 것을 볼 수 있다. 베트남전 영화에도 그와 같은 영화가 없는 것은 아니다. 〈그린 베레〉를 그 대표적인 예로 들 수 있다.[1]

---

1   이 영화에서는 미군이 선한 자, 베트콩이 악한 자로 등장한다. 영화의 절정 부분에 등장하는 베트콩의 박멸 장면에 이러한 이분법적 대립이 극대화되어 나타난다. 악한 자로서의 베트콩의 묘사에는 인종차별적인 메타포가 강하게 들어있다. 미국 여성 작가, 바비 앤 메이슨의 소설에 묘사된 베트콩의 모습과 맥을 같이한다. 이에 대해서는 Mason : 209를 볼 것.

그러나 중요하고도 문제적인 베트남전 영화는 대체로 '환멸의 기록'
이라고 특징 지을 수 있다. 대중에게 잘 알려진 〈디어 헌터The Deer Hunter〉,
〈플래툰Platoon〉, 〈지옥의 묵시록Apocalypse Now〉, 〈람보〉, 〈7월 4일생Born on the
Fourth of July〉 등이 그러하고 구스타프 하스포드Gustav Hasford의 작품, 『단기
병들Short Timers』을 영화화한 〈메탈 자켓Full Metal Jacket〉이 또한 그러하다. 이
영화들은 베트남전의 어둡고 부정적인 면들을 들추어 보임으로써 전통
적인 영웅 주인공을 부정한다. 이전의 전쟁 영화들에서는 주인공은 전쟁
이 끝나면 영웅 대접을 받으면서 귀환하곤 했다. 주인공이 비록 내적으로
상처받고 돌아온 경우는 있어도 사회는 그 주인공에게 전쟁 영웅이라는
자리를 준비해 두고 있었던 것이다. 그러나 영화 〈람보〉에서 확인할 수
있는 것은 베트남전 참전자들은 '기억하고 싶지 않은 전쟁'을 담당했던
'피하고 싶은 존재들'로 취급 받는다. 그것은 정연선의 지적처럼, "베트남
은 온갖 도덕적 문제가 제기된 혼란의 무대"였기 때문이다.312

이 장에서는 베트남전 영화 중에서도 가장 대표적인 베트남전쟁 영화
로 간주되는 〈람보〉를 분석한다. 그 중에서도 1982년에 출시된 〈최초의
피First Blood〉를 분석하여 베트남전쟁 시기를 전후한 미국 사회 문화의 한
단면을 드러내 보이고자 한다.2 특히, 미국문화 속 성별gender 개념의 변화
양상에 주목하면서 젠더 문제를 중심으로 영화 텍스트의 의미를 논하고
자 한다. 베트남전쟁을 젠더 관점에서 분석한 대표적인 논자로 수잔 제포
즈Susan Jeffords를 들 수 있다. 제포즈는 『미국의 재남성화The Remasculinization of
America : Gender and the Vietnam War』에서 미국이 1960년대에 접어들어 급격히
여성화하고 있었던 점에 주목한다. 그리하여 베트남전의 특성을 미국 사

---

2   이 장의 분석 대상인 영화 〈최초의 피(First Blood)〉는 한국에서는 〈람보 1편〉 또는 〈람
     보〉로 알려져 있다. 이후부터는 우리나라에 알려진 대로 〈람보〉로 칭한다.

회의 성별 개념 변화를 기준으로 삼아 살펴볼 수 있다고 주장한다. 베트남전을 '잃어 가는 남성성을 회복해 보려는 미국의 한 시도'로 파악한 것이다. 이 장에서 필자는 제포즈의 그러한 논의에 바탕을 둔 채 제포즈의 논의를 미국인들의 집단적 무의식으로까지 연장하여 이해하고자 한다.[3] 결론부터 말하자면 〈람보〉라는 베트남전 영화가 암묵적으로 말하고자 하는 것은 잃어버린 미국의 남성성의 복원에 대한 욕망이라고 볼 수 있다. 동시에 '상처 받은 자존심'을 회복하고자 하는 미국인의 집단 무의식이 〈람보〉를 산출하게 되었다고 볼 수 있다. 후자에 대해 상술하자면 베트남전이라는 '질 수 없는 전쟁에서' 지고 후퇴할 수밖에 없었던 미국인들의 집단적인 무의식이 영화 〈람보〉의 탄생을 가능하게 했다고 볼 수 있는 것이다. 〈람보〉는 2탄, 3탄으로 이어지며 생산되었다. 후속작들의 등장에서 확인할 수 있는 바, 영화 〈람보〉에 대한 광범한 대중의 호응은 그 영화가 미국인의 집단 무의식과 긴밀히 관련되어 있음을 증명하는 사실이라고 볼 수 있다.

뒤에서 구체적으로 다시 살펴보려니와 영화의 주인공인 람보는 남성성과 영웅성을 체현하는 인물이다. 람보의 육체는 남성성이 극대화된 형태로 등장할 뿐더러 그러한 근육질의 남성 육체와 결합된 주인공 람보의 기질 또한 매우 긍정적인 모습으로 나타난다. 그처럼 날렵함과 순수함, 거기에 더하여 문명의 군더더기가 제거된 자연인 람보의 모습은 전형적인 영웅의 모습이라 할 수 있다. 그러나 다시 살펴보자면 그러한 람보

---

3   융이 논의한 바, '인간의 정신 유산과 가능성의 저장고'라는 개념의 집단 무의식을 뜻한다. 융은 한 개인은 '전체적인 집단 속에 내재된 잠재력의 독특한 결합을 표상'한다고 보았다. 또한 융과 프로이트는 공히 '자아'의 형태로 구체화 되지 않은 것을 '무의식'이라 본다. 개인이 보여주는 특징들은 궁극적으로는 집단적인 것에 근원을 두고 있다고 융은 주장한다. A. 새뮤얼, 『융 분석 비평 사전』(1986, 동문선) 54, 253면.

의 모습은 전형적인 베트남전 참전 군인의 모습이라고 보기 어렵다. 베트남전쟁에 참전한 미국 군인들의 자화상과는 거리가 멀뿐더러 오히려 미국인의 육체에 더해진 베트콩 게릴라의 상이 인물 람보를 통해 구현된다고 볼 수 있다. 영화 텍스트 속에서는 베트남전 참전 군인들은 람보의 육체를 통해 다시 영웅으로 떠오르게 된다. 그러한 영웅적인 인물을 통하여 베트남전쟁 참전 군인들을 재현하게 되었을 때 그 결과로 얻어지는 것은 무엇인가 생각해 보지 않을 수 없다. 참전 군인들이 다시 영웅으로 재탄생하게 됨에 따라 비난의 초점은 다른 곳으로 옮겨진다. 비난의 대상은 참전 군인이 아니라 그들을 전쟁터에 보낸 미국 정부로 바뀐다.[4] 영화에 재현된 바를 따르자면, 엄청난 군비와 기술력을 가지고도 그것을 제대로 활용하기는커녕 맨몸의 용사 하나도 제어하지 못하는 경찰이 미국 정부의 표상이 된다. 무능한 경찰과 그 경찰의 모습을 통해 드러나는 무력한 미국 정부가 스크린에 등장하게 될 때 결과적으로 참전 군인들은 패전의 책임으로부터 멀어지게 되는 것이다. 따라서 영화가 궁극적으로 말하고자 하는 것은 베트남전 패전의 책임이 영화 속의 경찰로 상징되는 미국 정부의 무능성에 있다는 점이라고 볼 수 있다.

4　　베트남전에 임했던 워싱턴 행정부에 대한 원망과 비난을 다룬 영상, 문학 자료는 풍부한 편이다. 워싱턴 행정부에 대한 비난은 크게, 정부가 게릴라전으로서의 베트남전의 실체를 파악하지 못하여 패전으로 이끌었다는 점과 전쟁의 무목적성과 부도덕성에 대한 것으로 볼 수 있다. 이에 대해서는 Norman Mailer의 *Soldiers of the Night*, Jayne Anne Phillips의 *Machine Dreams*, Neil Sheehan의 *A Bright Shining Lie* 등을 참조할 수 있다. 영상자료로는 다큐멘터리 필름, 〈Hearts and Minds〉, 〈Uncounted Enemy〉, 〈All Powers to People〉 등을 볼 것.

2. 남성성의 상실과 그 회복에의 욕망, 그리고 〈람보〉

부연하거니와 베트남전은 그 전쟁이 치러지고 있던 시기인 1960년대와 1970년대의 미국의 사회와 문화의 성격을 규정하는 데에 있어서 결정적인 역할을 담당한다. 베트남전은 여성과 남성이라는 성별gender의 영역에도 결정적인 변화를 가져다 주었는데, 그 점에 대해 베티나 호프만Bettina Hoffman은 다음과 같이 언급한다.

군대에서뿐만 아니라 성 역할에 있어서도 결정적인 변화의 계기가 된 것은 베트남전이었다. (…중략…) 베트남전 기간인 1960년대와 1970년대를 거치며 군대에서의 변화와 함께 여성운동도 변화의 계기를 얻었던 것이다. 그리하여 여태까지 논란의 여지없이 받아들여지던 성 역할이 새롭게 규정되기 시작하였다.Hoffman : 15

호프만의 지적처럼, 베트남전 기간 동안 미국 사회에서의 여성의 역할은 변화하기 시작하였다. 제포즈 또한 사회의 많은 부분에서 '남성 고유의 영역들'이 여성들에 의해 '침식'당하고 있었음을 지적한다. 즉, 미국에서는 법률 11조가 시행됨에 따라 남성들만의 학교도 남녀공학co-educational으로 바뀌고, 남성들로만 구성되었던 스포츠단이나 클럽도 여성을 포함하게 되었다. 그리고 전통적으로 남성의 직업으로 간주 되었던 영역에서도 여성이나 소수 인종이 포함되게 되었다.Jeffords : 73 그처럼 사회의 각 부문에서 변화가 일어나고 있을 때, 전쟁만큼은 예외적인 경우였다. 베트남전쟁의 공간은 미국 내에 거의 유일하게 남은 '남성들만의 공간'이 되었고 따라서 베트남행은 '여성없이 남성들만 가는 여행that men without women trip'으로 간주되었던 것이다.Jeffords : 54

전통적으로 전쟁은 남성의 전유물로 간주 되어 왔다. 그래서 전쟁터는 남성들이 자신들의 남성성을 확인하고 발휘할 수 있는 공간으로 여겨져 왔다. 그처럼 남성 전유물로 여겨져 온 것이 전쟁이었던 까닭인지 전쟁에 필수적으로 동반되는 죽음과 살육은, 잠재된 디오니소스적 욕망의 무한 발현이라는 카니발의 의미를 갖는다는 주장이 등장하기도 했다. 브로일즈William Broyles 가 "전쟁은 아름답다"라고 말한 것은 그러한 맥락에서 이해할 수 있다. 브로일즈가 표현한 것은 남성인 저자가 전쟁터에서 일어나는 폭탄의 폭파를 보며 어린 시절 불꽃놀이에서 느끼던 디오니소스적인 희열을 토로한 바이다. 즉, 전쟁터는 어떤 의미에서는 문명 세계에서 검열 당하고 억눌려 왔던, 성욕을 포함한 온갖 형태의 파괴적 욕망들이 합법적으로 분출될 수 있는 공간으로 간주되기도 했던 것이다. 그 점은 베트남전에서도 마찬가지였다고 볼 수 있는데 많은 역사적, 문학적 기록들을 통해서 베트남전쟁에서 전개되었던 군인들의 폭력성을 발견할 수 있다. 가장 극단적인 형태의 파괴와 강간, 살육이 드러난 밀라이 대학살My Lai Massacre의 경우를 그 대표적인 사건으로 들 수 있다.

그러나, 그처럼 전쟁이 파괴를 향한 인간의 근원적 충동과 관련된 것이라는 주장이 존재하는 반면 전쟁을 환멸의 등가물로 기억하는 경우도 무수히 많다. 베트남전은 참전 용사들에게 영웅적인 경험을 선물하기보다는, 환상의 소멸과 환멸의 경험을 주로 안겨준 전쟁이라고 기억되는 경우가 대다수이다. 베트남전을 소재로 삼은 소설들은 대체로 전쟁의 불합리성과 모순성, 그리고 그런 전쟁에 동원되었던 존재로서 경험한 자괴감과 환멸의 기록을 보여준다. 예를 들자면, 작가 팀 오브라이언Tim O'Brien은, 이전의 한국전은 정규전이었고 그런 까닭에 전쟁다운 전쟁이었으며 반면 베트남전은 전쟁 같지 않은 전쟁이었다고 서술한 바 있다.

한국에서는, 하나님, 사람들이 우리를 좋아했다고. 무슨 말인지 알아? 한국 사람들은 우릴 좋아했단 말이야. 존경, 바로 존경 말이야. 그 전쟁은 그럴듯한 전쟁이었어. 제대로 된 전선이 있었고, 등 뒤를 찌르는 짓 따위는 안했다고. 이길 때도 있고, 질 때도 있고. 젠장, 그게 전쟁이었지.O'Brien : 182

베트남전의 '전쟁 같지 않음'은 베트남전이 대체로 게릴라전의 양상으로 진행되었다는 데에서 연유한다. 그처럼 전통적이지 못한 전쟁에서 미군들은 영웅적인 전사warrior의 모습을 보여줄 기회도 없었고 일반 국민들로부터 존경을 받기는 더구나 불가능했다고 볼 수 있다. 결과적으로 베트남전 참전용사들은 영웅으로 귀향하지 못한다. 그들은 고국에 돌아와 환멸의 대상으로 여겨지며 사회의 일탈자로 변해간다. 베이츠Bates의 지적처럼, 미국 사회는 베트남전 포로POW : Prisoners of War의 귀환은 환영했을지언정, 그 전쟁의 영웅은 환영하지 않았다. 다시 말해 베트남전에서 훈장을 탄 영웅은 239명이었는데 미국인들은 그들 중 어느 한 사람도 기억하지 못했던 것이다.Bates : 145 전쟁터에서 목숨을 걸고 조국의 명령을 받들어 봉사했지만 귀국하여 환영받지 못하는 것을 발견하면서 베트남전쟁 참전자들의 고통은 배가 되었다는 것을 알 수 있다. 전쟁으로부터 받은 상처에 더하여 사회의 냉대가 그들 귀환자들로 하여금 새로운 상실감을 경험하게 한 것이다.

영화 〈람보〉 감독의 카메라는 이러한 일탈자로서의 베트남전 참전 용사, 람보의 떠도는 몸을 담아낸다. 영화의 시작은 과거로의 회귀를 위한 람보의 여행에서 출발한다. 람보는 주소 하나를 들고 함께 베트남전에 참전했던 친구를 찾아 나선다. 그 여행은 람보가 과거를 찾고 그 과거를 되살리고자 떠나는 여행이다. 그러나 그 과거는 결코 회복할 수 없는 것으로 드러난다. 그가 찾는 친구는 이미 죽었다는 사실이 밝혀지고 따라서 그의 여행은 의미를 잃게 된다. 현재로 되돌아오는 주인공 람보는 처음보다 더한 상실감에 사로잡히게 된다. 베트남전쟁을 경험하면서 미국 사회는 전쟁 이전과 달라져 버렸고 전쟁의 기억을 간직한 주인공은 그 사회 내에서 소속감을 발견하지 못한다. 주인공이 심리적으로 소외감을 극복하지 못하듯이 주인공의 몸도 마찬가지이다. 그의 몸은 이미 구축되어 있는, 푸코Michel Foucault가 명명한 바의 '통제 사회society of control'에 더 이상 들어맞지 않는 몸으로 나타난다.[5] 람보가 마을의 보안관에게 적발되어 감시의 대상이 되는 것은 방랑자vagabond로 간주되었기 때문이다. 람보의 몸은 통제 사회가 지향하는 구획과 감시의 범위를 넘어서 있고 그런 까닭에 불온하고 위험한 몸으로 분류된다. 주인공 람보의 존재는 푸코의 논의에 등장하는 구분과 감시, 그리고 육체의 관계를 통하여 설명해 볼 수 있다. 푸코Michel Foucault는 18세기 프랑스의 역사에서 인간을 구분하고 감시하는 제도의 발생을 찾는다.[6] 푸코가 종합한 바에 의하면, 제도discipline는 몇 가지 기술art들을 공통적으로 사용하여 인간의 육체를 조종하게 된다. 제일 먼저 통제를 위해서는 분배distribution가 사용된다고 했는데, 분배에는 또한 여러가지 더 작은 기술들이 이용된다. 제일 먼저 개인을 특정 공간에 가두는 것enclosure이 요구된다. 18세기 제도적 기관disciplinary institutions들에 의하여 혐오의 대상이 되며 축출의 대상이 된 육체는 바로 떠도는 것들vagabondary이었다. 떠돌아다니지 못하도록 특정 공간에 가두는 것이 제일 첫 번째 관리에 해당하는 것이었다.

푸코가 언급한 바와 같이 주인공 람보는 제한된 공간에 머물지 않고

---

5   Gilles Deleuze, "Postscript on the Societies of Control", *October*(Cambridge : MIT P for Institute for Architecture and Urban Studies, 59, winter, 1992), p.5.

6   Foucault : 138.

떠도는 존재로 보이는 까닭에 통제 받아야 하는 대상임을 알 수 있다. 영화 속에서 람보는 정처 없이 걷는다. 그런 주인공을 향한 보안관의 의심은 당연하다. 통제 사회가 가장 꺼리는 몸이 바로 제도 속에 들어오지 않고 떠도는 몸이기 때문이다. 람보의 떠도는 몸은 위에 언급한 대로, 특정 공간에 가두어지거나 구획된 공간 속에 배치되기를 거부한다. 따라서 제도로서 존재하는 경찰의 경계 대상이 된다. 경찰이 상징하는 통제의 기제는 람보의 방랑을 방해하고 감시하에 두고자 하는 것이다. 물론 람보는 저항한다. 람보는 우선 산으로 도망가는데 산으로의 도피는 통제에의 저항을 보여준다. 통제된 공간인 마을을 벗어나 자연 속으로 탈출하는 것이다. 경찰이 그런 주인공을 추격하면서 주인공은 위기를 경험하게 된다.

영화 텍스트의 서사에 나타난 바를 정리해 보자. 지금까지의 논의를 요약하여 설명하자면 다음과 같다. 60년대는 미국 사회의 남성성이 위협받기 시작한 때이다. 전쟁, 곧 베트남전은 거의 유일하게 남성성을 발휘할 수 있는 공간으로 상정되었다. 그러나 혼돈, 패배, 무기력으로 요약되는 베트남전의 실상은 남성성이나 영웅성을 분쇄해 버리는 결과를 낳았다. 돌아온 참전 용사는 사회의 부적응자가 되었다. 경찰이 람보를 추격하게 되는데 경찰에 쫓기는 주인공이 상징하는 바는 가장자리로 밀려난 미국의 남성성이라 할 수 있다.[7]

그렇다면 이제 주인공 람보가 회복하고자 하거나 실제로 영화 속에서 회복하는 것은 무엇인가 생각해 볼 수 있다. 영화 텍스트에서 주인공이 구현하는 것은 다름 아닌 남성 영웅의 재탄생 또는 회복이라 할 수 있으며 더 나아가 남성의 '동성 간의 유대male homo-social bonding'에 대한 지향이

---

7 '가장자리 / 위기에 몰린 남성성'은 카자 실버만(Kaja Silverman)의 'male subjectivity at the margin'의 번역이다.

라 할 수 있다. 그리고 주목할 점은 그 과정에서 효과적으로 사용되는 것이 미국이 베트남에서 얻은 교훈이라는 사실이다. 즉 주인공이 자신을 보호하기 위하여 보여주는 행동들은 베트콩 게릴라의 기질과 전투력을 상기하게 만든다. 이러한 점들에 대해서 좀 더 구체적으로 살펴보자.

우선, 남성성 또는 영웅성의 회복이라는 주제에 대해서는 수잔 제포즈의 논의를 참고할 수 있다. 제포즈는 〈람보〉 시리즈에서부터 〈플라툰〉에 이르는 베트남전영화들을 '잉여로서의 남성성masculinity as excess'과 '부자 관계'라는 틀 속에서 분석한 바 있다.[8] 배우 실베스터 스탤론Sylvester Stallone이 연기한, 주인공 람보의 근육질 몸은 남성성의 표상으로 스크린에 등장한다. 대부분의 할리우드 영화들이 여배우의 몸을 스펙터클로 제공하는데 반해, 〈람보〉 시리즈에서는 람보의 몸이 이를 대신한다. 그 몸은 잃어 가는 남성성을 회복하고자 하는 미국인의 바람을 표상한다고 볼 수 있다. 또한 그것은 거대한 경찰력에 분연히 맞설 수 있는 것은 인물 람보의 강하고 남성적인 몸이라는 전언을 보낸다.

영화에서는 제포즈가 언급한 부자 관계라는 모티프 또한 찾아볼 수 있다. 영화 속 등장 인물인 트라우트만Trautman 대령의 존재는 주인공 아버지의 존재에 대비될 수 있다. 트라우트만 대령은 람보에게 베트남에서 살아남는 법을 가르쳐 준 인물로 상정되어 있으며, 람보가 신뢰하고 의지하는 인물이다. 파괴적 행동을 계속하는 람보를 멈출 수 있는 유일한 존재가 바로 트라우트만 대령인 것이다. 대령이 나타나기 전까지는 통제 안에 들어오지 않던 람보도 그의 출현 앞에서는 어린아이처럼 명령에 순종한다. 마지막 장면에서 람보가 경찰에 항복하러 갈 때, 그의 벗은 몸을 대령은 자신의 옷을 벗어 감싸준다. 그 대령의 겉옷은 바로 아버지의 권위와 보호의 상징이라 할 수 있다. 람보가 자신의 생각을 드러내 놓는 유일한 대상이 바로 트라우트만 대령이라는 점을 고려할 때, 두 사람의 관계는 이브 세지윅Eve Sedgewick이 말하는 '남성의 동성 간 유대male homo-social bonding'에 다름 아니다. 그러한 유대 관계는 하이디 하트만Heidi Hartmann이 정의한 바의 '가부장제patriarchy'에 기반한 것이기도 하다.[9]

3. 게릴라 람보 미국에서 다시 전개되는 베트남전

윌리엄 워너William Warner는 람보 이야기가 단지 '국가에 의해 배신당한 병사'의 이야기일 뿐 아니라 동시에 공공연한 보상심리에 바탕을 둔 이야기임을 지적한다.Warner : 672 영화 〈람보〉가 일탈자로서의 베트남전 참전 병사를 그렸다는 점에서는 사실적이지만, 그 주인공의 모습은 환상성fantasy에 더욱 가깝다는 것을 지적한 것이다. 달리 말해서 미군 병사의 모습을 그대로 재현하기보다는 현실과는 달리 희망하는 바대로 재구성하여 제시하고 있다는 것이다. 베트남전쟁이 전개된 바를 사실대로 재현한다면, 팀 오브라이언Tim O'Brien의 지적처럼, '원시적인 기술과 정글전에 능한' 쪽, 즉 람보처럼 싸운 주체는 북베트남 동조자, 즉 베트콩이었다. 미군이 아니었던 것이다.[10]

---

8   Susan Jeffords, "Masculinity as Excess in Vietnam Films : the father / son dynamics of American culture", Warhol·Price Herndl eds., *Feminisms : An Anthology of Literary Theory and Criticism*(1991, New Brunswick : Rutgers UP) 참조.

9   하이디 하트만의 정의에 따르면, 가부장제는 "남성들 간의 관계로서 물질적 기반에 기초를 둔 것이다. 그리고 위계 질서를 따르기는 하지만 남성들 간의 상호 의존적인 공고한 관계를 형성하여 여성들 위에 군림할 수 있게 해준다(Relations between men, which have a material base, and which, though hierarchical, establish or create interdependence and solidarity among men that enable them to domoinate women)". Lydia Sargent ed., *Women & Revolution : A Discussion of the Unhappy Marriage of Marxism and Feminism*, p.14.

10   Warner, p.674에서 재인용.

영화 〈람보〉가 베트남전에서 손상 당한 자존심을 회복하고자 하는 미국인의 집단 무의식의 한 표출이라고 전술한 바 있거니와 그러한 해석은 이와 같은 맥락에서 설명 가능한 것이다.

물론 영화는 주인공 람보가 항복하는 장면으로 끝난다. 그러나 영화 전반을 통하여 충분히 표출되고 증명된 바와 같이 주인공인 람보는 어떤 상황에서도 살아남아 엄청난 힘을 휘두를 수 있는 역량을 가진 존재로 재현되었다. 〈람보 II〉와 그 후속편을 통하여도 그 점은 다시금 증명된다. 람보가 영웅적인 승리를 계속하며 끈질기게 생존할 수 있는 비결은 한마디로, 그가 미군의 외양을 지녔지만, 베트콩의 전술을 체화한 인물이라는 점에 있는 것이다. 즉 람보는 베트남에서 배운 것을 미국 땅에서 실현하는 자이기에 그토록 영웅적인 모습을 보여주게 된 것이다.

도날드 링날다Donald Ringnalda는『베트남전에서 싸우기와 베트남전에 대해 쓰기Fighting and Writing the Vietnam War』에서 베트남전의 특성이 베트콩 게릴라와 미국군이 지니고 있었던 사상적, 문화적 차이에서 가장 잘 드러난다고 주장한 바 있다. 링날다에 따르면 베트남전은 미국인의 합리적 사고방식이 베트남의 특수성에 직면하여 실패한 경우를 보여준다. 링날다가 표현한 바를 그대로 옮기자면 미국문화 속의 뉴튼적인 사유 방식이 베트남의 현실 속에서 좌절한 경우가 바로 베트남전쟁이라고 할 수 있다. 다시 말해 미국인의 이분법적인 사고, 선형적이고 이성 중심적인 과학적 사유와 그에 따른 전술, 전략들이 베트남인들의 유연하고 방사선적인 삶, 자연 친화적인 생존 방식에 직면하고 대결한 다음 결국 패배한 것에 다름 아니라는 것이 링날다의 주장이다. 미군과 베트콩 게릴라 간의 이와 같은 차이에 대해 링날다가 언급한 바를 구체적으로 살펴보자.

미국인들의 눈에는 베트콩은 기술이 부족한 것으로 보였다. 그러나 베트콩들은 자신들은 다른 종류의 기술을 갖고 있음을 알고 있었다. 바로 땅이었다. 베트콩들은 미군의 기술력에 대항하여 이 땅을 유용하게 사용했다.Ringnalda : 8

베트남의 정글과 땅굴 앞에서 무용지물이 된 미군의 탱크가 이와 같은 링날다의 주장을 증명하는 가장 쉬운 예가 될 것이다. 베트남전에서는 게릴라전이 주도적인 형태였다. 그런 게릴라전의 특성은 미군의 전략이었던 '수색, 섬멸 작전search and destroy'이 성공할 수 없게 만들었다. 게릴라의 성격을 띤 적의 정체는 애매하고 이중적이어서 수색하고 섬멸할 수 있는 성격의 대상이 아니었기 때문이다. 베트콩들은 대개 원주민들이어서 낮으로는 평범한 민간인으로 활동하다가 밤이면 게릴라로 변신하곤 했다. 그리고 월급 또한 베트남과 공산 월맹 양쪽으로부터 받곤 했다.

베트콩은 누구였던가? 이발사, PX 종사자, 노동자, 저격범, 농부, 세탁업자, 창녀, 지뢰 전문가, 식모, 마약 상인, 정치가, 대호 파는 사람, 스카우트 단원, 남편, 아내, 아들, 딸? 대체로 한 사람이 이런 역할들 여럿을 담당했다.Ringnalda : 38

미국의 진보된 기술과 최신의 무기, 풍부한 재화가 총동원된 전쟁이 베트남전이었다. 베트콩 한 명을 사살하는데 든 돈이 천문학적인 수자였다는 기록이 말해주듯, 미국의 군사력은 물리적인 면에서 보자면 북베트남 공산주의자들이 지닌 것과는 비교할 수 없을 만큼 우세했다. 그들과의 대치에서 패배할 이유가 없었다. 그러고도 결국 미국은 원시적인 기술과 병기를 가진 베트콩들을 제압할 수 없었다. 정체를 확인할 길 없는 베트콩,

자유자재로 몸을 드러내고 숨기는 베트콩들 앞에서 미군이 느꼈던 좌절은 미국 작가들의 문학 작품들에도 잘 나타나 있다.

예를 들어 작가 바비 앤 메이슨^{Bobbie Ann Mason}의 경우, 미국을 시원하게 뚫린 고속도로에, 베트남을 땅굴과 여러 갈래로 나뉜 호치민로에 대비한 바 있다.

주간 도로 24번의 우회로를 팔 때, 내가 어떤 식으로 일했는지 알 거야. 맙소사, 우리는 그냥 그 길을 들어서 놓았을 뿐이라구. 곧바로 불도우저로 밀어서 조그마한 언덕들일랑은 그냥 없애버리고, 내키는 대로 탁 놓아버리는 거지. 그러면 24번 주간 도로로 해서, 여기서부터 파두카까지 금방이거든. 베트남에서 이런 식으로 길을 낼 수 있었더라면, 베트콩 놈들이 어디 숨어 있는지 금방 알아내서는 딱 가서 기다라고 있을 수 있었을 텐데. 주간도로 같은 고속도로만 있으면 언제든지 어디로 가는지 모르는 일 따위는 없단 말이야.^{Mason : 135}

고속도로가 시작과 끝이 분명하고 이정표가 정비되어 있는 것임에 반해, 베트콩의 통로는 늘 교묘하게 은폐되어 있었음을 보여준다. 메이슨 소설 속의 인물과 마찬가지로, 닐 쉬한^{Neil Sheehan} 또한 길의 모습을 통해 확인할 수 있는 미국과 베트남의 문화 차이를 언급한다.

미국인들은 길이나 통로를 A지점에서 B지점에 이르는 선으로 생각한다. 지형 때문에 꼭 필요하다고 생각될 때에만 우회하고. 베트남인들은 '절대로 목졸리게 되는 일이 없는 길^{chokeproof road system}'을 원했다. 그래서 A에서 B에 이르는 데에도 6, 8, 심지어는 10가지의 다른 통로들을 뚫어두곤 했다."^{Sheehan : 678}

위에서 살펴본 바와 같이 길의 은유는 미국과 베트남의 차이를 선명하게 드러낸다. 즉, 미국의 외줄기 고속도로가 뉴톤적 선조성을 상징한다면, 베트콩들의 통로인 5겹, 6겹의 '호치민로'는 비선조성의 상징이라 할 수 있다. 따라서 미군의 폭격이 더해질 때마다 베트콩들은 그 폭격에 붕괴되기는커녕 한 겹씩 더 길을 늘려갈 수 있었던 것이다. 달리 말해서 미군의 폭격이 파괴한 밀림은 베트콩들이 다닐 수 있는 또 하나의 통로를 개척해 주곤 했음을 알 수 있다.

더 나아가 링날다는 미국과 베트남의 문화적 차이가 베트남전쟁에서 극명하게 드러났다는 점을 보여주기 위해 미군이 베트남에 지고 온 '문화의 짐덩이baggage of culture'와 '실제의 짐덩이literal baggage'에 대해 언급하기도 한다. 그에 따르면 미국 군인들은 군모, 판쵸, 비누 등의 짐덩이들을 가득 지닌채 전쟁을 치렀으며 그 짐덩이가 미군 자신들의 움직임을 가로막는 족쇄로 역작용했다는 것을 지적한다. 반면, 베트콩들은 한 줌의 쌀과 소금으로도 보름을 견디며, 아무런 짐덩이 없이 지형지물을 이용하여 몸을 숨기고 드러내며 생존을 지속해 나갔음을 알 수 있다.[11] 그 결과, 베트남전쟁은 예측과는 다른 방향으로 종결될 수 밖에 없었다. 동원된 전비와 인력 등으로 보자면, 즉 산술적으로는 도저히 경쟁이 되지 않는 전쟁에서 이길 수 없는 쪽이 이기고, 질 수 없는 쪽이 오히려 지고 만 결과를 낳게 되었음을 알 수 있다.

다시 한 번, 영화의 주인공 람보가 구현하는 것은 베트콩 게릴라의 정신이며 베트남인들의 기질에 다름 아니라는 점을 확인할 수 있다. 영화

---

11 Ringnalda : 19. 베트콩과 베트남 북부 정규군의 증언을 따르면, 그들은 미군이 접근할 때 소리를 듣거나 볼 수 있었던 것은 물론 실제로 냄새를 맡기도 했다는 것이다. 미군의 마리화나, 비누, 로숀 등과 특유의 음식 냄새 등을 멀리서도 맡을 수 있었다는 것이다.

속 람보의 적으로 등장하는 상대는 미국 경찰이다. 경찰이 람보의 적이라는 것은 경찰이 람보의 몸에 폭력을 행사하는 장면에서 확인할 수 있다. 람보는 경찰이 자신에게 폭력을 행사할 때 바로 자신이 베트남전쟁 기간 중 적인 베트남 군인으로부터 고문을 받았던 사실을 회상하게 된다. 람보가 경찰에 대항해서 싸울 때, 람보의 위치는 베트남전에서의 람보의 위치와는 정반대이다. 베트남의 정글은 미국의 산으로 바뀌었고 그와 동시에 람보 자신의 모습은 베트콩을 방불케 한다. 그 밖에도 람보에게서 베트콩의 모습을 발견하게 하는 요소는 무수히 많다. 먼저 람보가 의지하는 것은 그의 몸 뿐이라는 점에서 베트콩 게릴라처럼 행동하는 주인공의 모습을 발견할 수 있다. 경찰이 최신 장비와 전력으로 무장하고 있음에 반하여 람보는 베트콩 게릴라처럼 단검 외에는 가진 것이 없다. 경찰은 수많은 총과 차, 그리고 개까지 동원하여 람보를 추격한다. 또한 영화에는 람보가 숲 속으로 사라진 후 그 사건을 취재하기 위하여 보도진이 몰려들어와 있는 마을의 풍경이 등장한다. 그 풍경은 링날다의 지적처럼 온갖 짐들의 전시장으로 보인다. 앰뷸런스, 경찰차, 보도진 등이 마을에 포진해 있고 무장한 경찰이 맨몸의 람보를 좇고 있는 것을 볼 수 있다. 주인공 한 명을 추적하면서 동원된 엄청난 장비들을 보면서 그 점에 대해 비꼬듯, 트라우트만 대령은 말한다. "기계를 과신하는 것 같소."

그처럼 과잉 대응하는 경찰에 맞서는 람보의 모습은 경찰의 모습과는 대조적이다. 주인공은 매우 단순한 방식을 택하면서 게릴라식으로 싸운다. 나무를 뾰족하게 깎아 연결해서 죽창을 만든다. 허방을 파기도 한다. 경찰이 달려가다 제풀에 그 허방에 빠지고 죽창에 찔리는 것을 볼 수 있다. 람보는 돌멩이 하나를 던져 헬리콥터를 흔들리게 만든다. 나무로 창을 만들어 사냥을 하고 그것으로 식량을 삼는다. 홀연히 동굴 속으로 사라져 경찰로 하여금 자신이 죽었다고 여기게 만들기도 한다. 베트남에서 동굴이나 지하터널로 숨어들던 베트콩들의 모습 그대로이다. 람보에게는 과학이나 기술, 문명의 힘을 빈 보호 장비는 없다. 그는 오직 자연에서 무기를 취하고 자연을 활용하거나 약간 변형하면서 자신을 보호할 뿐이다. 그러나 그 모든 원시적인 장비들은 번번이 경찰의 첨단 기술 장비를 능가하는 것으로 판명된다.

더구나 마을에서 벌어지는 총격전에서 람보는 베트콩 저격병의 모습을 그대로 모사한다. 저격병은 자신의 모습은 드러내지 않은 채 상대를 공격하는 특징을 지닌다. 람보는 빌딩 사이 사이를 자유자재로 누비며 쏘고 숨고 사라지기를 계속한다. 그리고 그 빌딩 또한 베트남의 정글과 대비될 수 있다. 베트콩이 정글에 몸을 숨긴 채 저격하던 모습 그대로 람보는 빌딩을 이용하여 저격한다. 매복했다가 군 트럭에 올라타기도 한다. 번번이 람보의 승리다. 다시 한 번 람보의 탄탄한 남성적 육체는 경찰 지휘관의 군살 많은 몸과 대조되며 관객들로 하여금 승리를 예감하게 한다. '불필요한, 잉여의' 짐들, 미군이 베트남에 지고 갔던 모든 짐들이 미군 자신들에게 불리하게 작용했던 것처럼 지휘관의 비만은 미국문화 속의 잉여를 표상한다. 그리고 전사 람보의 몸에 의해 패배할 것임을 예감하게 한다.

전술한 바와 같이 영화의 마지막은 결국 람보의 투항으로 처리된다. 그리하여 람보의 미국 영토 내에서의 게릴라전은 일단 막을 내린다. 그러나 그 결말이 큰 의미를 가지기는 어렵다. 영화 전편에서 충분히 발휘된 람보의 저력은 그가 언제라도 그 결말을 뒤집으며 다시 싸울 수 있다는 것을 말해주기 때문이다. 그리고 영화의 속편들은 그 점을 거듭 확인하게 한다. 람보를 투항하게 하는 것은 경찰의 권위라기 보다는 트라우트만 대령이 상징하는 '아버지의 권위'라 할 수 있다. 다시 한 번, 영화 전편을 통하여 주인공이 구현한 바는 남성성 회복 의지의 투사라고 볼 수 있으며 마지막 장면에서 그가 트라우트만 대령의 조언을 받아들이는 것 또한 '남성 간의 동성 유대'와 견고한 '부자 관계'의 회복을 향한 미국인의 집단 무의식을 반영한다고 볼 수 있다.

4. 영상을 통한 베트남전쟁 기억의 변형

이상에서 주인공 람보가 구현하는 남성성을 중심으로 〈람보〉를 살펴보았다. 특히 람보와 경찰의 싸움 양상이 베트남전에서의 베트콩과 미군의 전투 양상을 모방하고 있음에 주목하여 람보의 영웅성을 설명했다. 영화 〈람보〉는 사회의 냉대에서 비롯되는, 베트남전 참전자들의 분노와 반항의 이야기로 알려져 왔다. 그러나 그렇게만 읽는다면 영화의 의미는 반감될 수 있다. 더 깊숙이 살펴보면 베트남전쟁을 패전에 이르게 한 행정부에 대한 미국 국민들의 원망과 불신이 영화에 내재해 있다고 보아야 한다. 미국 행정부의 모습은 허세와 권위에 들뜬 경찰의 모습을 통해 상징적으로 드러난다. 그런 의미에서 영화는 미국의 베트남전을 재조명하고 새롭게 기억하고자 하는 시도라고 볼 수 있다. 주인공 람보의 몸은 베트남전 퇴역 군인의 몸인 까닭에 범죄자로 취급받던 참전자의 몸은 람보를 통하여 어느 정도 복권된다고 볼 수 있다. 람보가 체화한 정신이나 기질은 베트콩의 정신과 기질을 옮겨온 것인 까닭에 '볼만한 남성적 몸'에 '기발하고도 영웅적인 전사 기질'이 결합된 바가 인물 람보를 통하여 나타난다고도 볼 수 있다. 그랬을 때 성취되는 것은 다름 아닌 안과 밖이 공히 볼만한spectacular 전사warrior로서의 미국인 베트남전 참전자의 모습이다. 베트남전의 기억을 넘어서고자 하는 미국인의 집단적 무의식의 한 표현으로 영화 〈람보〉를 읽는 이유를 그 점에서 찾을 수 있다.

우리는 꺾었네, 한 다발 히스 꽃을

그대 기억해주오, 가을은 이미 죽었네

가을은 죽었네, 그대 기억해주오

가을은 죽었네, 이미 죽었네

우리 둘은 이제 만날 수 없네

이승에서는……

— 베트남 노래, 〈죽은 가을〉 중[1]

그래, 정말. 박정희 없는 60년대 혹은

반공교육 없는 70년대 같아. 냄새 숭한 빡빡머리 중

고생 때

반공강연회에서 귀순 간첩의 남파와 암약에서

드라마를 배운 나는

반공도 예술도 철저하지 못한

뒤늦게 그것이 다행인 나는

새마을운동이 저렇게는 안 되지

---

1 http://kr.blog.yahoo.com/jink1808/4675

사랑의 남세스런 냄새를 처음 맡았던

대학 4년 때 베트남

'패망과 해방'이 겹치는 충격을 겪었던 나는

웬일인지 다시 군대 내무반 생활로 돌아와 있는

그게 지겹지만 운명인 듯 지겨움에 벌써 익숙해진

악몽을 꾸는 나는.

— 김정환, 「하노이 — 서울 시편 2」에서

1. 서론 〈님은 먼 곳에〉의 한국문화사적 계보학

베트남전쟁은 한국사에서 역사적 중요성이 매우 높은 사건이다. 그러나 그 중요도에 비추어볼 때 국내에서의 그 전쟁의 문학적, 영상적 재현은 믿을 수 없도록 적다. 베트남전쟁이 한국의 정치, 사회, 경제 분야에 끼친 지대한 영향에 대해서는 재론의 여지가 없다. 부연하거니와 역사학자 브루스 커밍스Bruce Cumings의 지적처럼, 베트남전쟁은 일본과의 국교 정상화와 더불어 한국근대화의 가장 중요한 두 축을 이룬다.[318~322] 한국은 베트남전쟁에 참가함으로써 미국으로부터 어마어마한 규모의 차관과 군사 원조를 보장 받게 되었고 참전 군인들이 달러로 지급받은 월급의 대부분이 한국으로 송금되었으며 그 돈은 한국 경제 발전에 크게 기여했다. 더 나아가 참전의 대가로 한국은 미국으로부터 과학 기술 분야의 협조도 얻어낼 수 있었는데 그것은 KIST의 설립에서 확인할 수 있다. 한국의 베트남전 참전이 한국 경제에 미친 영향에 대하여 이선호가 지적한 바를 다시 상기해보자.

1950년대 말부터 미국의 국내경제가 침체국면으로 접어들게 됨으로써 대외원조를 삭감하기 시작하였으며 대외원조도 무상에서 유상차관으로 전환하는 정책이 나왔던 것이다. 이는 곧 상품과 용역의 수출기반을 위한 외화획득과 미국에 의한 경제 지원확대를 도모할 수 있는 베트남 파병으로 그 돌파구를 모색지 않고는 다른 도리가 없었음을 뜻한다.[2]

경제의 면에 있어서만 아니라 군사적 측면에서도 베트남전 파병은 한국에 유리하게 작용하였다. 이선호는 "미국의 군사 원조도 1953~1961년에 급격히 줄었다가 1962~1969년에 근 두 배로 불어난 것을 보는 데 이것이 바로 한국군의 베트남 참전으로 말미암아 얻은 보상임을 짐작할 수 있다"고 지적한다.[3]

반면, 베트남전 참전은 부정적인 결과를 불러오기도 했는데 참전 중 고엽제(Agent Orange) 살포에 노출되었던 군인들 중 '고엽제 후유증'으로 사망하거나 고통을 받고 있는 사람들도 상당한 수에 이른다.[4] 그처럼 베트남전은 당대를 살아간 한국인에게는 추억이며 고통이고, 일부에게는 상처이

---

2 이선호, 「베트남 참전이 한국의 경제에 미친 영향」. http://www.vietnamwar.co.kr/hall1-6-04.htm

3 위의 글

4 대한민국 고엽제 전우회 자료를 보면 2007년 11월 말 현재 이 단체에 신고 된 후유증 환자가 2만 5천 명에 이르고, 2세 등 유가족까지 합치면 그 수는 더욱 많아 피해 보상 소송이 이어질 것이라고 본다. 한국에서는 서울 고등법원에서 베트남전 파병 장병들이 고엽제의 다이옥신 성분에 노출돼 후유증을 입었다며 미국 제조사를 상대로 낸 손해배상 청구소송에서 처음으로 원고 일부 승소 판결을 내린 바 있다. http://www.hani.co.kr/arti/society/society-general/98288.htm 참조.
저자는 2000년대 초반 베트남 참전 용사이며 고엽제 피해자인 권동일 씨와 전화로 대화한 적이 있다. 그는 자신의 경험을 회고록의 형식으로 발간한 바 있다. 『스콜』(2002, 도서출판다운샘)

기도 한 경험이다. 베트남전 참전의 긍정적인 결과물이 경제 발전이고 한국 국민은 모두 그 수혜자이므로 대다수의 국민들이 베트남전의 부정적인 면모들을 외면하고자 하는 집단 무의식 속에 살고 있다고 볼 수 있다. 그러나 그렇다고 해도 베트남전과 한국군의 베트남 참전의 성격을 다각도로 살펴보는 일은 필요하다.[5]

영어권 국가에서 수많은 베트남전소설이 출간되었고 수십 편의 영화가 제작되었으며 베트남전을 다룬 연구 논문과 서적이 수만 편, 수만 권에 이른다는 사실을 상기해 보면 그에 비하여 한국인이 경험한 베트남전이라는 역사적 사건의 재현과 평가는 다소 소략하다 하지 않을 수 없다. 실제 베트남전에 참전하지 않았다 할지라도 베트남전은 당대 한국의 사회 문화적 특징을 결정하는 매우 중요한 사건이었으므로 그 시대를 살았던 사람들은 베트남전의 경험에서 자유로울 수 없다. 미국 작가, 마이클 허Michael Herr의 언급을 다시 한 번 상기해보자. "베트남, 베트남, 우리는 모두 거기 있었다!Vietnam, Vietnam, We were all there!" 그처럼 베트남전의 시대를 살았던 한국인들 또한 모두 베트남에 있었다고 해야 할 것이다. 20만 명이 참전의 추억을 갖고 있고 그 일부는 전쟁 후유증으로 여전히 고통 받고 있으며 많은 국민들이 그 전쟁의 간접적인 경험을 갖고 있기 때문이다.

결코 소홀히 다룰 수 없는 이 주제에 대한 영화계의 상대적 무관심을 넘어 2008년 7월 〈님은 먼 곳에〉가 극장에 등장했다. 이 영화의 등장은 이제 한국 사회가 적절한 시간적 거리감을 지닌 채 베트남전을 다시 조명해 볼 때가 되었다는 것을 확인해줄 것이다. 이준익 감독의 〈님은 먼 곳에〉가 상영될 때, 한국의 한 인터넷 사이트에는 이런 구절이 등장한다,

---

5   한국의 베트남전 영화로는 정지영 감독의 〈하얀 전쟁〉(1992), 공수창 감독의 〈알 포인트〉(2004)가 있다. 박영한의 『머나먼 쏭바강』은 KBS드라마로 제작 방영된 적이 있다.

"50대 남자가 혼자 가서 보는 영화." 〈님은 먼 곳에〉는 기본적으로 흘러간 1960년대와 1970년대를 기억하는 세대들과 참전 군인들의 향수를 겨냥하고, 그 향수를 자극하며, 흘러간 음악을 편곡하는 방식처럼 역사를 분해하고 재편집하여 그 향수를 변형되고 미화된 형태로 간직하고자 하는 영화이다. '의도적인 망각willful amnesia'의 시기를 지나 이제 '잃어버린 추억'을 편안하고 낭만적인 방식으로 재구성하고자 하는, 베트남전쟁 체험 세대에 속하는 40대와 50대 관객들의 암묵적 동의와 박수를 등에 업은 채.[6]

〈님은 먼 곳에〉가 드러내는 베트남전쟁의 성격에 대해서는 크게 세 가지 측면에서 살펴볼 수 있다. 즉, 베트남전 참전 한국인의 정체성 문제와 그 재현의 문제, 미국에서의 베트남전 이해와는 구별되는, 한국적 상황에서 파악한 베트남전의 특수성 문제, 그리고 여성 주인공의 등장과 여성 중심적 시각이라는 페미니즘의 문제를 중심으로 분석할 수 있는 것이다. 베트남전쟁을 소재로 하는 문학 작품, 비평 자료, 그리고 사회 문화사적 자료들과의 대비를 통하여 〈님은 먼 곳에〉를 점검할 때에 영화의 성취와 한계가 더욱 분명해 질 것이다.

먼저 〈님은 먼 곳에〉는 베트남전쟁을 소재로 취하여 한국인들의, 그중에서도 특히 베트남전쟁 기간에 청년기를 보낸 한국 중장년 남성들의, 향수를 자극하고 위로하는 오락영화의 성격을 강하게 지닌다고 볼 수 있다. 그것은 달리 말해 〈님은 먼 곳에〉가 베트남전쟁의 본질을 묻는 본격적인 베트남전쟁 영화와는 성격이 다소 다르다는 점을 지적하는 것이다. 한국의 베트남전쟁 영화라면 그 전쟁의 본질과 한국군의 참전이 개인과 국가의 정체성과 윤리의식에 어떤 변화를 불러 왔는지를 진지하게 물어야 하고 무엇보다도 핍진성을 지닌 영화여야 한다고 본다. 둘째, 이준익 감독은 이 영화를 통하여 남성 중심적 전쟁 재현을 넘어서 여성의 시각에서 베트남전을 재조명하고자 했다고 주장하지만 영화에서 페미니즘적 시각을 찾아보기는 어렵다. 오히려 주인공 수애를 남성 욕망의 대상으로 스크린에 투사함으로써 더욱 남성주의적인 전쟁 영화를 생산하는 결과에 이른다고도 볼 수 있다. 셋째, 아시아적 시각에서 베트남전쟁을 재현하겠다고 감독은 말했으나 아시아인, 특히 한국인과 베트남인에게 전쟁은 무엇이었는가를 진지하게 묻고 철저하게 해석하는 데에 이르렀는지 질문할 수 있다. 한국인의 시각에서 베트남전을 되묻는 것이었다면 "돈 벌러 왔다"는 대사에서 드러나는 바를 더욱 깊이 규명하는 것이 필요할 것이다. 즉 베트남인들의 눈에 비친 한국 군인의 모습에 더욱 주목해야 했을 것이다. 또한 베트남인의 시각에서 전쟁을 재해석한다는 점에 대해서도 의문을 제기할 수 있다. 대부분의 베트남인들은 베트남전을 미국이 프랑스의 뒤를 이어 전개하는 식민주의 전쟁으로 파악하고 있었다는 점, 따라서 자신들은 반외세 민족 통일 전쟁을 치르고 있다고 믿었던 점이 부각되어야 할 것이다. 아니면 전쟁의 피해자로서 그들이 겪은 고통과 슬픔에 더욱 주목해야 할 것이다. 〈님은 먼 곳에〉는 그처럼 중요한 주제를 제기하면서도 그 문제들을 철저하게 묻는 데까지는 이르렀다고 보기 어렵다. 흘러간 추억의 흑백 사진들이 담보하는 이미지와 김추자의 노래가 부여하는 음악의 조합을 통하여 지나간 시절을 회상하는 즐거움에 표적을 맞춘 음악 영화, 오락 영화의 성격을 더욱 강하게 보여준다고 볼 수 있다.

---

6 '의도적인 망각'은 롬페리스(Timothy Lomperis)가 베트남전 직후 미국 내에서 한동안 베트남전에 대한 거의 아무런 비평적 담론이 이루어지지 않았음을 지적하여 이른 말이다. Lomperis, Timothy, "Introduction", *Reading the Wind' : The Literature of the Vietnam War*, Durham : Duke UP, 1987, p. 4.

2. 한국군의 정체성과 베트남전에 대한 아시아적 시각

이준익 감독이 베트남전쟁을 소재로 하여 영화를 제작하면서 구체적으로 의도한 바에 대해 살펴보자. 언론의 여러 인터뷰를 통하여 그는 "그동안 남성 위주로 영화를 제작했던 바에 대한 반성" "여성의 시각으로 바라 본 전쟁"[7] "남성 본위의 전쟁을 순이라는 여성의 시점을 통해 자기 반성적으로 다루고 싶었다"[8] 등의 언급을 한 바 있다. 그러나 다른 한 편에서는 그는 그가 만드는 것은 "전쟁 영화가 아니다"고 주장하며 "송곳이 심장에 들어와 있는 것 같은 감정"을 전달하도록 제작진에게 요구했고 그 결과 전쟁 영화 특유의 관습적인 음악 대신 서정성 짙은 스코어들이 채택되었다고 알린 바 있다.[9]

인터뷰를 종합하자면 한편으로는 남성 중심의 전쟁영화에 대한 대안적 전쟁 영화를 제시하고자 하고 다른 한편에서는 전쟁을 다루기는 하지만 전쟁영화가 아니고 감정에 호소하는 멜로드라마라고 스스로 밝히고 있는 형국이다. 그런데 〈님은 먼 곳에〉의 다소 애매한 성격은 이러한 감독의 입장과 맞물려 있는 것으로 보인다. 감독은 주로 추억의 장면들과 흘러간 시절의 히트곡들을 엮어서 관객의 향수에 호소하고 있으면서 영화의 부분들을 통하여서는 베트남전쟁의 속성들을 징후적으로 보여준다. 영화의 관객들이 활발하게 다양한 의견을 개진했던 바를 종합하자면 영화의 문제적, 혹은 모순적 부분들은 다음 세 가지로 요약될 수 있다.

---

7   이희동, 「베트남전은 아직 끝나지 않았다」. http://www.ohmynews.com/NWS-web/view/at-pg.aspx?CNTN-CD=A0000963150&PAGE-CD=21

8   http://sports.hankooki.com/1page/cinet/200806/sp2008061207392094410.htm

9   http://www.film2.co.kr/feature/feature_final.asp?mkey=186068

첫째, 순이는 왜 상길을 찾아가는가? 이에 대해서는 상길은 애인이 따로 있을 만큼 순이를 사랑하지 않았지만 순이는 상길을 사랑했기 때문이라는 감독 옹호적 입장이 있다, 동시에 영화 〈라이언 일병 구하기〉에서 모티프를 빌어와 MIA^{Missing in Action, 행방불명자}를 찾아가는 요소를 넣었지만 도저히 설득력도 개연성도 없는 억지라는 비판론도 거세다. 또한 가부장적 이미지로 드러난 시어머니의 의지에 의해 그 어머니를 대신하여 내몰리다시피 베트남으로 가는 것이라는 제3의 주장도 있다. 둘째, 순이가 소속된 밴드의 구성원들이 순이의 순정에 감동을 받아 자신들이 번 달러를 불에 태우는 부분이 있는데 이는 스스로 '돈을 벌기 위해' 사지 베트남을 찾아갔다고 주장하는 밴드원들의 그동안의 행적에 대비하면 터무니없는 넌센스 장면이라는 의견이 있다. 셋째, 순이가 남편을 찾아가기 위하여 미군 장교에게 몸을 허락하는 장면이 있는데 온갖 역경을 딛고 베트남까지 남편을 찾아가는 순애보의 주인공이 취할 행동으로는 납득이 가지 않는다는 견해를 볼 수 있다. 영화 전편을 통하여 드러나는 이와 같은 일관되지 못한 여러 장면들은 이 영화가 소재적 차원에서 베트남전쟁의 속성들을 건드리면서도 통일되고 정합적인 주제에는 미달하고 있음을 스스로 드러내는 부분들이다.

따라서 〈님은 먼 곳에〉는 우리에게 이제 추억이 되어 버린 베트남의 기억을 불러와서, 아직도 통일된 결론에 이르지 못한 채 논쟁 중에 있는 참전의 문제와 한국군의 성격, 베트남인들에 대해 가졌던 한국 군인들의 양가적 입장 등, 재검토해 보아야 할 여러 가지 문제점들을 피상적으로 다루다가 다시 추억과 그 추억의 충실한 매개체인 음악으로 봉합하는 절충적인 영화라고 요약할 수 있다. 스치듯 간략히 지적하고 지나가는 베트남전 참전 한국군의 성격에 대한 더욱 정교하고 치밀한 접근을 숙제로 남겨둔 채 말이다.

그럼에도 불구하고 영화에서 간략히 다루어진 몇 가지 모티프들은 베트남전의 숨은 면모들을 발견하게 하고 베트남전의 성격을 파악하게 하는 역할을 담당한다. 위에 든 몇 가지의 모호성에도 불구하고 〈님은 먼 곳에〉는 베트남전의 부정할 수 없는 성격들을 노정하고 있는 것이다. 그것은 크게 세 가지로 요약될 수 있다. 즉, 베트남인들은 한국군을 주로 '돈 벌러' 베트남에 간 것으로 파악하고 있었다는 것, 순이와 그의 밴드의 베트남 진출이 보여주듯 베트남은 군인들에게는 물론 민간인들에게도 매우 큰 시장이었다는 점,[10] 그리고 영화에서 극히 짧게 언급되는 부분이지만 미군과 한국군의 불평등한 관계 등이 그것이다.

영화 텍스트는 베트남전의 현실에 충실한 장면들과 개연성 없는 허구의 경계를 넘나들며 전개된다. 텍스트상의 불가해한 요소들에 대해서는 앞에서 간략히 언급한 만큼, 베트남전쟁의 감추어진 모습들을 드러내는 장면들을 살펴보자. 먼저 한국군의 참전을 어떻게 보아야 하는가 하는 문제부터 살펴보기로 하자. 베트남전쟁의 목적과 성격에 대한 평가는 보수주의적 입장과 진보주의적 입장으로 극명하게 양분되어 있다. 베트남전쟁이 민주주의와 자유를 수호하는 의로운 전쟁이었으며 참전자들의 희생 덕분에 한국이 현재의 번영을 누리고 있으므로 베트남전쟁과 그 참전자들을 긍정적으로 평가해야 한다는 것은 군대 관련자들을 포함한 보수주의자들의 입장이다. 반면 베트남전쟁은 오천 년 민족 역사상 타민족을 침략한 적이 없었던 한국인들이 미군의 우방이라는 지위로 참전하였으나 그 참전의 본질은 한국의 경제적, 군사적 이익에 있었고 한국의 참전은 정의롭지 못한 전쟁에의 동조라는 불명예스러운 것이라는 것이 진보주의적 입장이다. 후자의 입장에서는 특히 베트남에서 일어난 한국군의 양민학살사건을 정의의 차원에서 철저히 조명하고 반성해야 한다고 주장한다.[11] 베트남전쟁의 명분과 성격을 두고 국내에서 벌어지고 있는 견해의 대립은 작금의 한국 사회에서 첨예하게 대두된 진보와 보수의 대결을 축소판으로 보여준다고 할 수 있다. 그만큼 베트남전쟁의 본질과 전개 과정, 그리고 그 평가는 열려 있는 형국이고 동시에 한국 사회의 정향성과 주도 담론의 변모 과정에 따라 계속 수정되어 나갈 수밖에 없는 성격의 것이다.

그렇다면 한국군이 베트남전쟁에 참전하게 된 정치 사회적 맥락에 대해 먼저 알아보자. 1965년, 존슨 대통령이 이끄는 미국 행정부는 '더 많은 국가들The More Flags'이라는 이름의 프로그램을 만들어내기에 이르렀다. 한국군의 파병은 그 프로그램이 실행되면서 이루어졌다. 국가가 표방한 베트남전 참전의 의의는 "자유 민주주의 국가의 일원으로서 세계 우방과 어깨를 나란히 하여 국위를 선양하며 자유주의 국가들의 공동의 적인 공산 침략군을 격퇴하고 국가의 이익 및 번영과 자유를 확보하기 위한 것"이었다.채명신:7 그러나 앞 장에서 살펴본 바와 같이 로버트 블랙버언Robert

---

10   이에 대해서는 이선호의 「베트남 참전이 한국의 경제에 미친 영향」을 참고할 것. "이 당시 베트남에 대한 수출은 미국과 일본에 이어 한국이 제3의 수출액을 견지하고 있었으며 노동력의 베트남 진출은 (…중략…) 1965년에 겨우 100명 미만이었던 것이 1966년에는 무려 1만 명이 넘는 급격한 증가를 보였고 1963년부터 1970년까지의 총 해외 취업인력 63,663명 중 베트남 취업이 25,179명을 차지함으로서 근 40%를 점하였다. (…중략…) 그리고 인력 진출에 따른 용역, 건설 군납, 근로자 송금, 국군 장병 송금 등 무역 외 수입은 전쟁 기간 중 외화 수입의 75%에 달하는 64억여 달러로서 무역 수출과는 달리 값비싼 원자재나 반제품의 수입 없이 획득되는 순수 외화로서 국제 수지 개선에 큰 몫을 차지하였던 것이 사실이다. http://www.vietnamwar.co.kr

11   국방부 군사편찬연구소의 발간 논문이나 책자들은 전자를 대표한다. 후자의 대표적인 논자는 한홍구이다. 한홍구, 「박정희는 왜 베트남에 군대를 보냈을까?」, 강만길 외, 『우리 역사 속 왜』, 서해문집, 2002, 275~291면을 참고할 것.

Blackburn과 같은 학자는 베트남전 참전 한국군은 함께 참전한 태국, 필리핀 군인들과 마찬가지로 경제적 이유로 참전했다고 주장하기도 한다.[12] 블랙버언Robert Blackburn은 한국군의 존재에 대하여 다음과 같이 언급한다. 미국은 미군 병사 한 명을 파월할 때 13,000달러를 일 년에 써야 했지만 ROK 병사의 서비스를 삼으로써 한국군으로 대신할 때는 5,000달러에서 7,800달러만 지불하면 되었던 것이다."[31]

블랙버언의 지적처럼 한국군의 참전은 미국의 국익에 도움이 되었다. 또한 다음과 같은 채명신의 기록을 통해 한국군의 정체성에 대해 더욱 살펴볼 수 있다. "명목상 한국군은 월남 정부의 요청에 의하여 파견되는 것으로 되어 있었지만 실은 미국의 요청에 의한 것이고 한국군의 파병으로 주한 미군의 감축은 없을 것이라는 보장하에 파병되는 것이며 주월 한국군의 군수지원과 수당도 미군으로부터 받게 되었던 것이다."[40]

한편, 베트남전쟁에 참가한 한국 군인들의 자의식과 내면 풍경을 이해하는 데에는 한국문학 작품을 분석해보는 것이 더욱 효과적일 수 있다. 한국문학 작품에 반영된 한국군의 정체성에 대해 살펴볼 때 한국 작가들은 대체로 자신들을 명분 없는 전쟁에 동원된 것으로 간주하고 자신들이 전쟁에서 체험한 국가와 인종 간의 차이에 민감하게 반응한 것을 확인할 수 있다. 한국 작가들은 가난한 국가의 국민으로서 이국땅에서 미군의 우방으로 전투를 치르면서 발견하게 된 국가 간의 경제력과 권력의 차이에 주목하고 약소국의 국민으로서 체험하는 무기력감을 토로하고 있다. 앞에서 살펴본 바와 같이 그러한 자의식은 박영한의 『머나먼 쏭바강』에 특히 잘 드러나 있다. 박영한 소설의 주인공은 대학 재학 중에 자원 입대한 지식

12　그의 관점은 보다 넓은 범주에서 살펴볼 때 베트남전이 미국 내의 계급전쟁이었다는 시각에 의해 뒷받침될 수 있다,

인의 상에 걸맞게 강한 자의식을 드러낸다. 자신을 전쟁의 소모품으로 간주하고 국제 무대 속에서 무력하고 왜소한 자신의 모습을 발견한다. 그리고 그 점을 탄식하지만 개인적인 차원의 탄식에 머물지 않고 이를 국제 질서 속에서의 조국의 무력함과 연결하여 이해하고자 한다. 박영한이 자신을 미국의 전쟁에 동원된 소모품으로 보는 것은 다음에서 확인할 수 있다.

그들은^{미국인들} 이 땅에다 초컬릿부터 전투기에 이르기까지 엄청난 물량공세를 펴고 있다. 내가 핥고 있는 건 그 찌꺼기일 뿐이다…… 기껏, 어마어마한 조직을 가진 월남전이라는 공장에서, 나사 끼우는 작업만 배당받은 한 기능공에 불과했어. 미국은 이 거대한 공장의 10층이거나 15층의 관리실에 점잖게 앉아 있지. 우리 조원들은 그들이 만지는 버튼의 지시에 따라 얌전하게 움직이지 않으면 안 돼.[106]

또한 박영한은 자신의 처지를 약소국으로서의 조국의 현실과 대비시켜 파악한다. 그리고 국가와 개인 모두에게 현실을 자각하게 만드는 요소는 바로 달러로 드러나는 보상, 즉 몫에서 드러나는 차이임을 자각한다. 생명을 담보로 한 것이 전쟁이지만 동일한 전쟁의 공간에서 복무하면서도 그 생명의 교환가치가 국가 정체성에 따라 크게 차이나는 것에 대하여 박영한은 다음과 같이 기술한 바 있다.

네가 어렵다면 네 조국도 어려운 것이 아닐까 (…중략…) 네 정부는 공장주에게 가서 사정하여 얼마나 어렵게 너희네 몫을 타냈는지 너는 알고 있느냐? 미군 GI가 받는 목숨 수당이 기백달러이고 네 것이 50달러라고 해서 불평하지 말라. 그것은 너의 정부가 할 수 있었던 최선의 방도였다."[106~107]

그처럼 한국 군인의 참전에서 경제적 보상의 문제는 참전과 분리할 수 없는, 필수적 요소라는 것을 알 수 있다. 소설만이 아니라 시에서도 참전 한국 군인의 목숨값을 다룬 바를 찾아볼 수 있다. 한국군의 참전을 경제적인 관점에서 이해하며 '남의 전쟁'에 한국의 젊은이가 참여하여 목숨을 잃은 것을 두고 시인 이호우 또한 다음과 같은 시를 발표하기도 했다.

무슨 업연이기 / 먼 남의 골육전을
생떼 같은 목숨 값에 / 아아 던져진 삼불 군표
그래도 조국의 하늘이 고와 / 그 못 감고 갔을 눈.[45]

시의 제목 바로 아래에 이호우는 다음과 같은 설명을 덧붙여 시의 배경을 설명한다. "1966년 1월 11일, 중앙일보 월남 현지 보도. 베트콩과 최전방에서 싸우는 사병들은 하루에 1불, 청룡부대 K 하사가 캄란에 상륙한지 사흘 만에 죽었다. 부대 재무관은 고향으로 돌아가는 K 하사의 유해 위에 3불을 올려 놓고 눈물을 뿌렸다. 사흘 복무했으니 3불이 나왔던 것이다."[45]

박영한 등의 한국 작가들에게서 공통적으로 발견할 수 있는 것은 한국 군인들이 전쟁의 경제적 면모에 매우 깊은 관심을 표하고 있었다는 점이다. 또한 문학과 영상 텍스트가 공통되게 지적하는 것은 미군과 한국군 사이에는 엄격한 위계질서가 있어 한국군은 미군과 동등한 관계에 있지 못하였다는 사실이다. 영화 〈님은 먼 곳에〉에서 북베트남군의 습격을 받은 후 헬리콥터 보급을 요청하는 장면에서 이를 확인할 수 있다. 무전기로 보급을 거듭 요청하는 한국군의 대사 중, "자기네 군사들 먼저 대피시키고 나서 오려는 것 아니야?"가 있다. 이 장면은 한국군이 지급 받는 월급에서만 미군과 차별을 받은 것이 아니라 한국군의 안전은 미군의 안전과 동일시되지 않았음을 보여준다. 문학 텍스트를 살펴보면, 이국땅에서 '남의 전쟁'을 위해 안전을 위협받는 한국군의 모습을 박영한은 다음과 같이 묘사한다. "헬리콥터는 왜 빨랑 와주지 않는 거냐. 개자식들, 우린 지금 이 허허벌판에서 쥐도 새도 모르게 죽어가고 있지 않느냐. 여긴 월남 땅이란 말이다. 억울한! 빌어먹을."[78]

또한 영화에서 순이의 밴드 그룹이 베트남인들에게 포위되었을 때, 그들은 자신들이 군의 일부가 아니라 돈을 벌러 온 악단임을 주장한다. "돈 벌러 왔다"는 그들의 말에 대한 베트남인의 반응은 다름 아니라 "그럼 한국군과 똑같군"이다. 한국 군인들이 자신들의 정체성을 어떻게 규정했던가 하는 문제와는 별도로 베트남인들의 눈에 비친 한국 군인들은 미국으로부터 월급을 받는, '돈벌이'하는 군인들이었다는 것을 보여준다. 앞 장에서 살펴본 바와 같이 베트남 여성으로서 자신이 경험한 베트남전 경험을 책으로 펴낸 르 리 헤이슬립^{Le Ly Hayslip}은, "우리는 돈은 군인들을 용병으로 만들고 군수물자 대금은 애국자를 장사꾼으로 만든다고 믿었다. 키라의 농부들은 여태껏 전쟁을 돈벌이로 보지 않았다"라고 서술한 바 있다.[18] 이는 베트남 민중들이 반외세 자립을 위한 저항운동으로 베트남전쟁을 파악하고 그 결과 베트콩들에게 우호적이고 동조할 수밖에 없었음을 지적하기 위한 것이다. 그러나 동시에 그것은 베트남인들 사이에 팽배했던 민족 독립을 위한 순수한 감정 표출로 볼 수 있고 같은 맥락에서 경제적인 보상을 약속받으며 전쟁에 가담한 한국 군인들에 대한 불편한 감정을 드러낸 것으로 파악할 수 있다.

한 장면에 드러난 것일 뿐, '돈벌이'하러 온 군인으로서의 한국군에 대한 언급은 영화 텍스트 속에서 더 확장되어 나타나지 않는다. 그러나 영화 텍스트 곳곳에 잠복해 있다 간헐적으로 드러나는 바, 경제적 동기에 의한 베트남전 참전이라는 문제는 간과해버리기에는 비중이 큰 것이다. 경제 개발이 이루어지기 전의 가난한 한국인들에게 베트남전은 일종의 탈출구로 간주되었다. 베트남 파병을 지원한 한 군인은 국방부가 출간한 『증언을 통해본 베트남전쟁과 한국군』2에 수록된 대담에서 이렇게 증언한다.

그 당시 국내의 병영에서는 툭하면 줄 빳다와 기합, 그리고 연일 계속되는 작업 동원, 다 떨어진 작업복에 '이 주머니'몸에 기생하는 벌레를 방지하기 위해 DDT를 조그만 자루에 넣어 몸 안에 차고 있었음, 콩나물국에 보리밥, 그리고 중단 없는 고달픈 교육 훈련에 지친 병사들은 지겨운 군 생활에 염증을 느껴 베트남전 지원자가 생기기 시작했습니다.[576]

가난과 고된 훈련으로 점철된 한국의 군대 생활보다는 비록 전사의 위험이 있다 하더라도 베트남전 참전이 더 나아 보였다는 이러한 진술은 극도로 궁핍하고 열악했던 당시 한국 군대의 실상을 보여주고 있다. 영화 〈님은 먼 곳에〉의 상길이 베트남전에 자원입대하는 계기도 현실탈출이라는 점에서 이와 마찬가지이다. 상길이 군에서 폭력사건을 야기하는 장면을 살펴보자. 그 사건 직후 그의 상사가 상길에게 던진 말이 바로 "영창 갈래? 월남 갈래?"이다. 그 장면에서 보듯 베트남은 열악한 한국 상황으로부터 도피할 수 있는 매혹적인 출구로 이해되기도 했음을 알 수 있다.[13]

13　채명신의 서술 또한 월남 파병 한국군 선발 과정에서 빚어진 이러한 특징을 증언한다. "즉 자기 부대에서 말썽꾸러기 범죄자나 사고발생 우려가 많은 자, 태만하거나 상급자에 반항을 일삼는 자 등 문제 장병(특히 하사관, 병)을 우선적으로 선발해서 보내는 것이었다."(채명신:11)

『머나먼 쏭바강』의 주인공 황 병장 또한 젊음의 분출구를 찾아 베트남에 온 것으로 되어 있지만, 그 어머니가 보내온 편지에는 "천만금을 벌어 온들 죽고 나면 다 무슨 소용이냐?"고 적혀 있다. 그 구절을 통해 황 병장의 참전 또한 경제적 동인에 의한 것이었음을 알 수 있다.[14] 그렇다면 한국인들에게 베트남전은 보다 나은 군대 생활과 제법 큰 돈을 벌 수 있는 기회를 제공하는 시장으로 간주되었다고 볼 수 있는 것이다. 그처럼 한국인들 사이에서 베트남전쟁의 공간이 시장으로 받아들여졌다는 점은 다음과 같이 박영한의 소설에서 확연히 드러난다.

월남에서 만지는 돈은 눈먼 돈, 그러니 먼저 보는 놈이 임자라고. 첩첩한 보급창에서 흘러나온 생짜배기로 굴러다니는 달러를 만약 내가 집어삼키지 않으면 딴 놈이 집어먹는다. 괜히 양전을 빼고 못 본 체 돌아설 필요는 없다…… 그런데 그렇게 손쉽게 굴러들어온 돈으로 혼자 배를 채우느냐, 그게 아니다. 너 좋고 나 좋고 양놈 좋고 월남 것들 밥벌이시켜 주고…… 멋지지 않느냐.[254]

시장으로서의 전쟁이라는 이미지는 문학 텍스트보다 영화 속에서는 훨씬 사실적으로 그려지는데 〈님은 먼 곳에〉의 사이공 풍경은 그 좋은 예를 제공한다. 영화 〈메탈 자켓〉에 나타난 베트남 도시의 한 장면처럼 전쟁 중의 사이공은 사기꾼과 폭력, 환락사업장, 갖가지 피부 색깔의 인종들이 함께 등장하여 이루는 카니발 적인 공간으로 재현된다. 베트콩의

---

14 '전장(戰場)은 시장이다'라는 논리로 베트남전에 접근한 한국 작가로는 황석영이 가장 주목할 만하다. 그의 『무기의 그늘』에서 그늘이 은유하는 바는 바로 무기로 상징되는 전쟁에 가려진 베트남의 암시장이다. 황석영은 암시장을 중심으로 하여 국가와 인종 간의 권력 관계로 베트남전을 파악한 것이다.

급습과 포탄 폭발이 개입될 때 그 카니발 적 요소는 극에 달한다. 아직은 시골 출신의 소박한 여인인 주인공 순이가 베트남에 도착하여 이러한 카니발 적 공간에 던져짐으로써 영화의 극적 긴장은 고조되는 효과를 갖는다.

베트남전이 돈벌이의 공간으로 작용했던 것은 군인들에게만이 아니라 일반인들에게도 마찬가지였다. 베트남전 개입의 경제적 효과는 지대하여 '베트남 특수'라는 이름으로 불리기까지 한다.

8년여의 한국군 월남 파병 기간 중에 한국과 베트남 간에 주월 한국군 원조단의 지위에 관한 협정1964.10, 한월 항공 운수 협정1967.9, 한월 경제 및 기술 협력에 관한 협정1971.6 등이 체결되어 양국 간의 경제 협력 관계가 돈독해졌다.

1965년 9월 처음으로 한국 기술자 42명이 사이공호치민에 파견되고 국내기업의 베트남 진출이 활발하게 전개되었다. 베트남에 진출한 국내 기업 수는 1966년 9개 기업에서 1970년 56개 기업으로 늘어났다가 한국군이 철수하면서 줄어들었다. 1966~1972년에 달러 수입은 군인 및 기술자 송금, 용역 및 건설 군납, 특별 보상 지원 등에 의한 무역외수입이 6억 4,190만 달러, 수출 및 물품 군납이 2억 1,560만 달러였다.[15]

그러나 위는 공적인 통로를 통하여 확인된 경제적 효과만을 다룬 통계라고 보아야 할 것인데 공식적으로 확인되지 않은 경제활동 또한 간과할 수 없다. 채명신의 다음 기록도 비공식적인 베트남전의 경제적 부산물에 대한 증언에 해당한다.

---

15 http://cafe3.ktdom.com/vietvet/note05.htm (검색일 : 2008.10.20)

'그래서 탄피를 수집하는데 고생한 우리 사병들이 자기가 수집한 탄피는 자기가 갖고 가도록 하는 비밀방침을 정하였다. 그러나 탄피를 우리가 수집했다 하더라도 월남 이외의 지역으로 반출은 미국의 법이나 규정상 밀반출로 취급된다. 반면 수집된 탄피가 한국으로 반입될 수 있다면 한국은 거의 전량을 수입에 의존하고 있었기 때문에 국내로 반입될 경우 상당히 고가로 매매되어 큰 돈이 되는 것이다. 따라서 개인이 수집한 탄피들은 개인의 귀국박스를 통해 부대에서 수집한 대구경 포탄 탄피들은 해군 LST편에 부산항으로 들어왔다. 이렇게 하여 반입된 탄피의 양은 엄청난 양이었는데 부산 항구에서 관계기관이 접수하여 유용하게 사용하였다.'[35]

영화에 등장하는 바, 순이와 그의 소속 밴드의 외화 수입의 모티프는 이처럼 베트남전쟁이 하나의 거대한 시장으로 인식되었음을 보여준다. 한편에서는 공산주의에 저항하는 전투가 진행되고 있지만 다른 한 편에서는 물자가 거래되고 암시장이 형성되며 전쟁에 지친 사람들을 위한 연예 사업이 흥행하는 곳이 전쟁 공간이었다는 것을 알 수 있다. 순이가 밴드와 함께 공연하는 장면은 공적인 영역 밖에서 이루어진 그러한 경제활동을 단적으로 보여준다.[16]

이제 주제를 아시아인을 주체로 삼은 베트남전쟁 재현의 문제로 돌려보자. 〈님은 먼 곳에〉는 "베트남전을 아시아적 관점에서 다루고자 한" 영화라고 제작진은 언론에 밝힌 바 있다. 이준익 감독이 파트너로 택한 '6th Element'에 대해 이야기하면서 오승현 프로듀서는 태국 스탭들을 다음과 같이 말하여 설득한 것으로 보도되었다. "베트남전은 아시아적인 관점에

---

16 베트남전의 부산물로 들여온 트랜지스터 라디오나 텔레비전 세트 등이 한국에서 거래된 것은 유명한 이야기가 되었다.

서 다루는 것이 당연하다. 그동안 할리우드는 서양인들의 관점에서 전쟁을 정당화하는 영화만을 만들어 왔다. 이제 아시아에서도 우리만의 비전을 제시하는 영화가 나올 때가 됐다."[17] 그러나 '아시아적 관점'이 구체적으로 무엇을 지칭하는지에 대해서는 알려져 있지 않다. 미군이 주인공으로 등장하는 대신 한국군이나 한국 여성이 주인공으로 등장한다는 것만으로 그것을 아시아적이라고 부를 수는 없을 것이다. 영화의 일부에서 지하 생활을 하는 베트남 민족주의자들의 모습과 그들에 동조하는 한국인의 모습을 그렸다고 해서 그것을 아시아적이라고 부를 수도 없을 것이다. 전쟁의 희생자로서의 아시아인을 그린 것이라면 올리브 스톤 감독의 〈하늘과 땅Heaven and Earth〉이 더욱 적절한 아시아적 관점을 제공한다고 볼 수 있다. '아시아적 관점', 보다 정확히는 '한국적 관점'이라는 주장이 설득력을 얻기 위해서는 할리우드의 베트남전 재현과 명확히 구별되는 시각이 영화 텍스트에 드러나야 할 것이다. 〈님은 먼 곳에〉에 나타난 바와 같이 한 소박한 한국 여인이 남편 찾아 베트남 가서 스타로 재탄생하기까지 보고 듣고 겪은 것을 두고 한국적 관점, 더 나아가 아시아적 관점이라고 부르기는 어려울 것이다.

베트남전을 아시아적 관점에서 다루었다면 그것은 아시아인에게 베트남전은 대다수의 미국인들이 알고 있는 것처럼 〈그린 베레〉에 나타난 영웅 서사도 아니고, 〈디어 헌트〉나 〈지옥의 묵시록〉처럼 환멸의 장도 아니고, 〈람보〉처럼 기억하고 싶지 않은 전쟁의 주역이었던 탓에 돌아와 미국 사회에 재적응하지 못한 일탈자의 분노의 기록도 아니라는 것이다. 〈님은 먼 곳에〉가 할리우드가 생산한 베트남전 영화와 차별되는 바는 다름

17　http://www.film2.co.kr/feature/feature_final.asp?mkey=186068(검색일 : 2008.10.20)

아니라, '한국의 특수성에 비추어 볼 때, 베트남전은 한국인에게는 삶의 전환점을 마련해준 전쟁이었다'는 점을 인지하게 만들었다는 점에서 찾을 수 있다. 이준익 감독이 언급한 것처럼 할리우드가 전유한 베트남전 재현의 수정은 그 점을 통해 이루어졌다고 볼 수 있다.

3. 주제 및 주체로서의 여성

앞서 언급한 바와 같이 이준익 감독은 〈님은 먼 곳에〉를 통하여 "남성 본위의 전쟁을 순이라는 여성의 시점을 통해 자기 반성적으로 다루고 싶었다"고 말한 바 있다. 따라서 〈님은 먼 곳에〉가 과연 여성의 시점에서 본 전쟁을 다루고 있는가 하는 점을 검토해 볼 필요가 있다. 여성의 시점으로 본 베트남전쟁은 대부분 미국 여성들의 내러티브들을 통하여 접근할 수 있다. 전술한 바와 같이 미국 여성 작가들이 쓴 베트남전소설과 전쟁에 간호사 등의 자격으로 참가했던 미국 여성들의 인터뷰 모음집과 회고록 등이 그것이다. 여성 작가들은 대체로 해체적인 내러티브 구사 전략을 통하여 전쟁터에 참가하지 못하고 남겨진 자들의 상실과 고통, 국가의 권력에 대한 저항 등의 전언을 소설 텍스트에 드러낸다. 반면 참전 경험을 가진 여성들의 회고록 등은 대체로 자신들의 참전 사실이 공적인 담론 속에서 인정되지 않고 있음에 대한 저항을 드러내고 동시에 '남성들의 전유 공간'이었던 전쟁터에서 경험한 '분열된 주체성split subjectivity'을 다양한 면모로 드러낸다.[18] 그리고 전술한 바와 같이 헤이슬립은 전쟁의 궁

---

18   미국 여성의 베트남전 경험을 주제로 한 일인칭 서사에 대한 연구로는 저자 논문, "A Study of The First Person Narratives by American Women on The Vietnam War", 『영미

극적인 희생자인 베트남 여성의 경험을 서술함으로써 미국 남성들이 독점하다시피 한 베트남전 담론에의 저항 담론을 형성한다.

〈님은 먼 곳에〉의 주인공이 여성인 순이라는 것은 재론의 여지가 없다. 그러나 순이의 눈을 통해 바라보았기에 다르게 나타나는 전쟁의 모습은 찾아보기가 어렵다. 말하자면 순이라는 여성은 소재적 차원에서의 여성 주인공일 뿐 순이가 구현하는 것은 전통적인 할리우드 영화의 여성상, 즉 스펙터클로서의 여성 육체에 다름 아닌 것이다. 〈님은 먼 곳에〉의 주제는 미국 여성 작가들이 보여주듯이 여성의 상처와 상실을 중심으로 전개되는, 전쟁에 대한 휴머니스트의 고발이 아니다. 순이는 남편에게 사랑받지 못하고 시어머니의 권위에 주눅 들고 친정으로도 돌아갈 수도 없는 가엾은 여성으로 출발하지만 오히려 전쟁을 통하여 자신의 숨겨진 재주를 발견하고 군인들의 열광의 대상인 스타로 재탄생한다. 그래서 감독의 말대로 '여성의 시각에서 본 베트남전'이 〈님은 먼 곳에〉의 주제라면 베트남전은 자아 실현의 여지가 없이 유교적 가치관의 희생자로 살아야 했던 1960, 1970년대 한국 여성의 자아 실현 공간이었다는 아이러니한 결론에 이르게 된다.

〈님은 먼 곳에〉는 간호사 등의 자격으로 전쟁에 참가하여 전쟁의 참상과 극한 상황 속에서 경험하는 인간애의 발견, 치열한 삶의 현장을 통하여 성숙하고 강인한 인간으로 재탄생하는 모습 등을 보여주는 미국 여성의 회고록과도 공유하는 부분이 거의 없다. 또한 베트남 여성 헤이슬립의 자서전에 드러나듯 전쟁의 와중에서 경험하는 강간, 매춘, 배반, 사생아 출산, 마을 공동체에서의 축출 등을 다루지도 않는다. 베트남 여성이라는 이

문화』, Vol. 6, No. 3. 2006을 참조할 것.

유로 전쟁의 궁극적인 희생자가 되고 삶의 밑바닥을 경험하면서 그럼에도 불구하고 희망을 지키는 법과 용서하는 법, 그리고 살아남아 전쟁의 증언자가 되는 과정을 보여주지도 않는다. 순이는 위문공연단의 가수로 재탄생할 때까지 밴드 단원들로부터 구박은 받을지라도 인간의 존엄성을 훼손당할 만큼의 고통으로 내몰리지는 않는다. 즉 순이는 남성들이 절대다수를 차지하는 전쟁터에서도 성적인 유린을 당하지도 않고 삶과 죽음의 기로에 놓이는 극한 상황을 경험하지도 않는다. 물론 공연 도중의 폭격 장면이 있기는 하지만 그것은 전쟁의 외중에서는 거의 일상사라 할 만큼 흔한 것이다. 또한 베트남인들의 포로가 되기도 하지만 그로 인하여 고문을 당하거나 죽음 직전으로 내몰리지도 않는다. 베트남전 이후 많은 한국 참전 군인들이 고엽제 희생자로 밝혀지고 있지만 고엽제 등의 위험에 노출되지도 않는다. 비현실적이리만큼 온건하게 전쟁을 경험하는 것이다.

그중에서도 가장 핍진성verisimilitude이 부족해 보이는 부분은 순이의 선정적인 공연 과정에 드러나는 한국 군인들의 '착한' 반응들이라 할 수 있다. 너무나 순수하고 순정적인 모습을 보여주어서 '오라비'가 누이동생의 노래 공연을 보는 듯하게 재현한다. 게다리 춤을 추면서 공연의 흥을 돋우고 함께 얼려 한 판 신명 나게 놀아보는 것에 그치는 착한 한국 군인들의 모습은 과도하게 충만한 성적인 에너지로 그려지던 카니발적인 모습과는 대조를 이룬다. 이는 미국 영화 〈지옥의 묵시록Apocalypse Now〉에 등장하던 미국 여성들의 쇼 장면과 야수 같은 성적 본능을 주체하지 못하는 모습들, 쇼걸들을 구조하려고 등장한 헬리콥터에 매달리던 미군 병사들의 동물적 본능을 묘사하는 방식과 비교된다. 더군다나 점잖게 공연을 관람하던 장교 앞으로 병사들이 순이의 육체를 실어 나른 이후, 장교가 취한 행동이 다름 아니라 함께 게다리 춤추기에 합세하는 것이라는 데에서 더욱 그러하다. 이러한 성적인 본능을 거세당한 듯한, 무성적 반응을 보이는 국군의 이미지는 〈님은 먼 곳에〉가 1960, 1970년대 한국 사회를 지배했던 반공이데올로기, 민주주의 수호 전쟁으로서의 베트남전 이미지를 상당한 수준에서 그대로 수용하고 있다는 점을 보여준다. 그러한 이데올로기에서 산출되는 베트남전 참전 한국군은 성실하고 영웅적이며 용기 있는 모범적인 한국 청년일 수밖에 없는 것이다. 이 지점에서 당시 유행했으며 영화에도 삽입된 대중가요, 〈월남에서 돌아온 새까만 김 상사〉의 '김 상사들'의 이미지를 상기해 볼 수 있다. 가요의 가사는 '말썽 많았던 총각이 베트남전에 참전했다가 훈장을 탈 만큼 성실한 군 생활을 마치고 돌아와 어린 동생을 포함한 가족들의 환영을 받는다'라는 것으로 요약된다. 베트남전은 탕자를 성실한 시민으로 훈련하는 긍정적이고 생산적인 공간으로 가요에 드러나는데 김 상사가 체현하는 '성실한 한국인' 상은 냉전 논리가 지배적이었던 당대 한국 사회의 반영으로 볼 수 있다.

이에 반하여 박영한의 『머나먼 쏭바강』에 드러난 위문 공연 장면은 영화 〈님은 먼 곳에〉와 비교할 때 훨씬 '건전'하지 못하며 그리하여 더욱 사실적이다.

귀국출발을 하루 앞둔 날 밤에는, 연대의 박쥐극장에서 훈장수여식을 겸한 위문공연쇼가 있었다. 여자들의 다리 흉터가 보일 정도로 무대와 가까운 자리였다. 코미디언의 익살과 뭉클하게 다가드는 벌거숭이 몸뚱이들을 쳐다보며, 황은 참으로 오랜만에 맥주깡통을 휘두르고 휘파람을 후익후익 날리며 신을 냈다…… 어여쁜 조개들이 귀여움을 떨고 있다고 킬킬거리며 유하사는 그 여자들이 벗어던진 삼각팬티에다 코를 갖다 댔다. 황도 무희들이 던진 검정 브래지어를 앞가슴에 두르고, 철모를 두드리며 기분을 냈다.

'요호상 시럽다. 빤쓰에 향수를 치는갑다. 귀국선물 치고는 대낄이다.'

'저 뚱뚱한 코메디안이 누구랬소? 잘하는데'

'오천평이다. 텔레비전도 안 보냐?'

'금방 그 여자가수는?'

'×××야, 고년은 헤푸기로 소문난 아이다. 소문에 의하몬 ×××는 매독 걸리 와서, 의무대에서 한 코 얻어 묵고 치료해 줬다 카더라.'

'설마……'

'진짜로! 쑈오걸들은 군바리 밥 아이가. 50불이몬 낀이다…… 군바리는 하기야 어데 손가락 빨고 전쟁치는 줄 아나? 다아……'

'하기야…… 휘발유가 있어야 차가 나가지…… 그나저나 내일이면 GMC로 출발요, 유하사는 이번 성병검진에서 자신 있소?'

(…중략…) 관람석은 일대 수라장이었다. 코미디프로가 지나고 한 무리의 댄싱 걸들이 나오자 굶주린 병사들은 휘파람과 박수와 아우성을 쏟아냈고 웃통을 벗어 붙이고 러닝차림으로 여자들의 궁둥이 속으로 뛰어드는 장병들이 속속 나왔다.[85~86]

박영한이 그려낸 한국 병사들은 숭고하고 점잖은 군인들이 아니라 훨씬 본능적이고 즉물적이다. 그러나 전쟁터의 남성 군인들에 대한 핍진성 있는 묘사는 박영한이 재현한 바에 근접한다고 보아야 한다. 바흐친[M. M. Bakhtin]은 카니발[Carnival]의 공간에서는 숭고하고 거룩한 것, 즉 상층의 것들이 비천하고 속된 것, 즉 하층의 것들과 치환되거나 이들 간의 접촉이 이루어진다고 했다. 전쟁터는 바흐친이 지적하는 카니발을 전형적으로 보여주며 '상층과 하층의 접촉'이 현저하게 이루어지는 곳이 바로 전쟁터라 할 수 있다.[Bakhtin : 309] 그런 맥락에서 〈님은 먼 곳에〉의 한국 군인들은 성적 본능을 조절하는 초월적 군인들로 등장하고 있어 전쟁의 비루한 실상과는 거리가 있다고 볼 수 있다.

반면, 순이의 몸은 영화가 전개됨에 따라 한층 더 성적 욕망의 대상으로 변화해간다. 이는 순이를 대하는 한국 군인들의 자세가 비현실적으로 점잖다는 점과는 대조적이다. 군복을 찢어 만든 핫팬츠를 통하여 드러난 다리, 몸에 붙는 붉은 드레스에 가린 육체는 빗속에서 제시되어 남성 관객의 시각적 즐거움을 더해주게 된다. 더구나 미군 장교 앞에서의 공연 장면에서 순이의 열창이 최고조에 달하는 것은 가창력과 함께 순이의 몸에서 뿜어 나오는 땀과 눈물이라는 육체적 분비물이 카메라에 포착된 결과라고 보는 것이 더욱 타당하다. 순이라는 여주인공의 육체가 춤과 노래를 배경으로 스크린을 채움으로써 영화가 재확인하는 것은 스펙터클로서의 여성 육체가 영화에서 지배적인 역할을 한다는 것이다.

남성 관객의 시각적 욕망의 대상으로 여성 육체가 등장하는 것은 할리우드 영화의 대표적이고 오래된 관습이다. 그렇다면 이준익 감독이 언급한 바, '여성의 시각에서'는 설 자리를 잃고 만다. 순이는 주인공이기는 하지만 영화는 순이가 보고, 느끼고, 여성으로서 남성과 다르게 경험한 바를 그리는 것과는 정반대 지점에 있다. 순이를 위문 공연 무대 위에 욕망의 대상으로 투사하고 순이의 육체를 즐기는 군인들과, 다시 스크린을 통하여 그 군인들이 쾌락의 대상으로 삼은 순이를 다시 즐기는 남성 관객의 시각에 초점을 맞추는 것이다. 순이는 주제 또는 주체로 영화에 등장하는 것이 아니라 남성 군인들에게 즐거움을 주는 객체이며 스크린을 통하여 남성 관객의 시각적 즐거움에 봉사하는 객체인 것이다.

로라 멀비Laura Mulvey는 영화와 여성과의 관계를 고찰하면서 다음과 같이 논한다. 여성은 영화 공간에서 주체로 표현되지 못하고 대상화되어 있다. 여성은 남성의 눈을 위한, 남성 관객의 시각적 즐거움을 위한 타자이며 객체로서 영화에 등장한다. 따라서 남성은 관객으로서 영화를 소비하는 데에 아무런 문제를 느끼지 못한다. 그러나 여성이 관객이 될 때에는 여성은 난처한 입장에 놓이게 된다. 스크린에 비친 대상화된 여성과 자신을 동일시해야 할 것인지 그 대상과 거리두기를 해야 할지 알지 못하는 정신 분열적 상태에 놓이게 된다. 멀비는 또한 전통적인 영화에서 여성의 부재와 카메라의 역할을 논하며 영화에서의 여성의 부재를 무마시키는 방법으로 두 가지가 동원된다고 본다. 하나는 '여성 주체에게 죄나 병이 있다는 것을 보여주기 위하여 취조하고 조사하는 방법'이고 다른 하나는 '여성의 성에 대한 에로틱한 과잉투자erotic over-investment'라는 것이다.159~176

멀비가 제기한 여성과 영화의 미묘한 관계를 염두에 둘 때, 순이의 육체는 남성의 시각적 즐거움을 위한 타자임을 알 수 있다. 동시에 영화는 순이의 육체에 과잉 투자하는 방식으로 순이의 주체성을 부정하고 객체의 위치를 공고히 함을 보여준다. 평상복과 유행에 뒤진 양말 차림으로 등장한 순이가 공연을 거듭함에 따라 성적 매력을 풍기는 대상으로 변화하여 가는 것은 순이의 무대 의상과 화장에 크게 힘입고 있다. 더구나 클라이맥스에 해당하는, 미군 부대에서의 공연에서의 순이의 화장과 의상은 이전의 것들과 확연히 분리되게 화려하고 세련되어 순이를 극도의 성적 욕망의 대상으로 만드는 데 기여한다.

지금까지 살펴본 바와 같이 주인공 순이는 여성 주인공이라는 소재적 차원을 넘어서서 적극적인 영화의 주제나 주체가 되지는 못한다. 쟈크 데리다Jacques Derrida가 "여성이 나의 주제 또는 주체가 될 것이다Women, You will be my subject"라고 언급한 것을 두고 가야트리 스피박Gayatri Spivak이 그 언술은 발화 과정 속에서 자연스럽게 여성을 객체화하고 있다고 비판한 바 있다. 여성이 남성의 주제나 주체가 될 것이라고 말하는 것은 그 여성을 대상화하지 않고는 불가능하다는 것이 스피박의 지적이다. 마찬가지로 이준익 감독은 '여성의 시각'이라고 언급하면서도 여성을 '보는' 주체로 나아가게 하지 못하고 '보여지는' 객체로 스크린에 투사한다.

이준익 감독이 베트남전의 예민한 속성들을 감지하면서도 베트남전의 본질을 추구하는 데에까지 나아가는, 새로운 베트남전 영화의 생산에 이르렀다고 보기는 어려운 것은 그처럼 그가 '볼거리'와 재미에 주안점을 두고 있기 때문이라 할 수 있다. 위에 든 여성 육체에 대한 과도한 투자만큼이나 감독은 1960, 1970년대 베트남전 시절을 회상하게 도와주는 장면의 투자에도 충실하다. 부산 부두에서 떠나는 군함의 모습 등은 문화적 과잉투자의 좋은 예로 볼 수 있다. 그리고 그러한 투자의 소득은 추억의 낭만적 재생이라 볼 수 있다.

추억을 야기하는 볼거리에 대한 그의 집착을 확인하게 해 주는 또 다른 부분은 순이가 한국군 장교와 함께 헬리콥터를 타고 베트남 상공을 나는 부분이다. 이 장면은 순이의 눈을 통해 보이는 '발아래의' 아름다운 베트남 자연을 스크린에 담아냄으로써 관객의 '시각적 즐거움'을 더하고 있다. 더 나아가 순이의 눈을 통하여 관객의 눈에 전달되는 베트남의 경치는 순이가 부르는 주제곡, 〈님은 먼 곳에〉를 반주 없이 동반함으로써 관객의 감정에 호소한다. 이 장면이 관객에게 주는 만족감은 '여행자' 입장에서 추억의 베트남을 하늘에서 다시 보는 시각적 즐거움에서 온다. 이를테면 영화는 전후 30년이 경과하여 이제는 베트남이 한국인이 즐겨 찾는 관광지가 된 점에 착안하여 스크린을 통한 관광의 효과까지 선사하는 것이다. 여행자 입장에서의 베트남 구경이라는 요소가 큰 호소력을 발휘하는 것은 당연히 그것이 참전 군인들의 회고 취향에 부합하기 때문이다.

그리하여 위에 든 여러 장면에서 확인할 수 있는 바와 같이 〈님은 먼 곳에〉는 관객의 '시각적 즐거움'에 충실함으로써 할리우드 영화의 전통에서 크게 벗어나지 못하고 있다. 그럼에도 불구하고 이준익 감독이 베트남전쟁이라는 잊히기 쉬운 역사를 현재의 시점으로 불러들인 것은 한국 문화에 크게 기여하는 점이라고 볼 수 있다.

4. 전형적인 전쟁영화를 넘어서

〈님은 먼 곳에〉는 매우 새로운 소재로 베트남전에 접근한 영화이다. 전쟁의 주된 경험자인 남성 군인들의 영웅적인 경험담이나 전쟁의 상처를 입은 개인의 트라우마의 기록도 아니고 전쟁의 희생자인 민간인의 입장에서 전쟁의 참혹상을 다룬 반전영화도 아니다. 군인이 아닌 민간인, 남성이 아닌 여성, 전쟁 참여자가 아닌 위문 공연단의 구성원이 전쟁터에 찾아가 경험한 '주변인'의 전쟁 이야기이다. 그래서 전쟁을 정공법으로 다룬 영화보다는 관객들에게 가볍게 다가갈 수 있고 그 점이 흥행 성공 요인의 상당 부분을 차지할 것이다. 〈님은 먼 곳에〉는 베트남전 시절에 유행한 대중가요와 당대의 풍경들을 재구성해 냄으로써 이제는 중장년이 된 한국인들로 하여금 과거를 추억하게 한다.

이준익 감독은 그의 다른 작품에서도 그러하듯 역사적 사건의 본질이나 중심보다는 그 주변부의 일화나 조각에서 모티프를 얻어 우회적인 방법으로 중심에 접근한다. 〈님은 먼 곳에〉의 경우, 여성 주인공의 변모 과정과 음악과 장면들의 적절한 배치들을 통하여 관객의 향수를 자극하고 관객으로 하여금 부담 없이 과거로의 추억 여행을 누리게 한다. 영화에 등장하는 에피소드들에는 아직 일반에게 널리 알려지지 않은 베트남전의 성격과 한국군의 참전 문제에 대한 문제의식이 스며들어 있다. 그것은 한국문학에서는 더러 다루어졌어도 영화에서는 찾기 어려운 것이었다는 점에서 주목할 만하다. 그러나 영화는 그러한 문제점들에 깊이 천착하지 못하였다는 한계를 노정한다. 그리하여 이준익 감독이 의도한 바대로 영화가 아시아적 시각이나 여성의 시각으로 베트남전을 재해석했다고 평가하기에는 무리가 있다. 그러나 진부하고 전형적인 전쟁 영화에서 탈피하여 전혀 다른 방식으로 전쟁에 접근하는 영화가 탄생했다는 것은 한국 영화계를 긍정적으로 전망하게 한다.

베트남전에 대해서는 더 많은 연구가 이루어져야 하고 더 많은 이야기가 서술되어야 한다. 한국 역사에서 차지하는 베트남전의 중요성을 고려한다면 한국 문화 속의 베트남전 재현 양상도 더욱 다양해져야 할 것이다. 문학과 영화가 더 많이 생산되어 베트남전의 성격을 재조명하는 데 기여해야 할 것이다.

1. 베트남전과 한국 영화

전술한 바와 같이 베트남전쟁은 규모로 보자면 세계사에서 유례를 찾기 어려울 만큼 대단히 규모가 큰 전쟁이었다. 막대한 전쟁 비용이 지출되었고 인명 피해도 많았다.[1]

베트남전쟁은 명실공히 국제전의 면모를 지니기도 했다. 즉, 베트남전쟁에서는 미국만이 북베트남에 대항해 싸운 것이 아니었다. 그 전쟁은 다국적군이 함께 치른 전쟁이었는데 한국군, 태국군, 필리핀군, 오스트레일리아군 등이 미국의 우방군으로 참여하였다. 우방군의 일원으로 전쟁에 참여했던 군인들의 경험은 미국 군인들의 경험과는 매우 다른 성격의 것이었다.[2]

---

1   베트남전에는 800만 톤의 폭탄과 40만 톤의 네이팜탄이 투하되었고 1800만 갤런의 고엽제가 살포되었다. 미국이 베트남전에 들인 직접적인 비용만 해도 약 1,500억 달러에 달했으며 그보다 더 많은 액수가 간접비용으로 사용되었다. 전쟁기간 중 사망한 민간인을 제외한, 전투에서 죽은 베트남 군인의 수는 120만 이상이다. 또한 2만 명 가까운 베트남 해방 전선 단원들이 사살되었다. 미국 측의 부상자 수는 30만 명 이상이다. (Brinkley, Alan : 470~471)

2   1965년, 존슨 대통령이 이끄는 미국 행정부는 '더 많은 국기들(The More Flags)'이라는 이름의 프로그램을 만들어 내기에 이르렀다. 존슨 대통령은 군사적으로 보거나 외교적으로 보거나 간에 미군만으로 베트남전을 이끌기는 역부족이라고 판단했던 것이다. 이 프로그램은 미국이 다른 자유 우방의 협조와 연대하에 베트남전을 이끌고 있다는 것을 보여주고자 하는 외교적인 시도의 일환이었다. 동시에 이 프로그램은 국내의 반전여론에 따른 군사력 확보의 고충을 해결할 수 있는 방안이기도 했다. 한국군의 파병은 그 프로그램의 일환으로 이루어졌다.

베트남전 참전 미국인들의 경험은 무수한 문학과 영상 텍스트들을 통하여 다양한 형태로 재현되어 왔다. 그러나 앞에 든 바와 같이 미군과 함께 참전했던 우방군들의 경험에 대해서는 상대적으로 재현이나 연구가 제한되어 온 경향이 있다.[3] 이 장에서는 공수창 감독의 영화 〈알포인트〉를 분석함으로써 한국군의 베트남전 참전과 그 문화적 재현의 문제를 고찰하고자 한다.

먼저 한국군의 베트남전 참전이 한국 사회 문화의 영역에서 갖는 의미를 살펴보자. 한국 현대사에서 베트남전쟁이 갖는 의미는 매우 크다. 베트남전쟁은 한국의 정치, 경제, 사회, 문화 각 분야에 지대한 영향을 미쳤다. 특히 한국이 베트남전에 참전함으로써 한미 관계가 공고해졌는데, 명실공히 '혈맹'이라는 이름에 걸맞는 매우 긴밀한 동맹 관계가 한국군의 베트남전쟁 참전을 통해 확립되었다.

부연하거니와, 한국인의 베트남전 참여는 당대 한국 사회의 변화에도 영향을 미쳤다. 통계를 통해 볼 때 가장 많이 파병한 때에는 한 해에 5만 명 정도의 병력을 파병하였으므로 참전 기간 중 총 22만 명 정도의 한국군이 베트남전에 참전했다고 볼 수 있다.[4] 따라서 1960년대와 1970년대 한국 사회의 구성원들은 직접 간접으로 베트남전쟁의 영향을 받았다고 볼 수 있다. 한국인들의 추억에서 베트남전쟁은 매우 큰 부분을 차지하고 있는 것이다.

베트남전쟁의 경험은 문학과 영상, 대중 음악 등의 형식으로 다양하

---

3   Blackburn, Robert., *Mercenaries and Lyndon Johnson's "More Flags": The Hiring of Korean, Filipino and Thai Soldiers in the Vietnam War*(Jefferson : McFarland, 1994)를 참조할 것.

4   최용호는 파병 인원을 1965년부터 1972년까지의 기간에 걸쳐 32만 명으로 파악하고 있다.(최용호 : 39) 이러한 통계상의 차이는 중복 파병한 인원으로 인하여 야기된 것으로 보인다.

게 재현되었다. 영화 장르에 있어서는, 베트남전쟁을 다룬 영화의 탄생은 1960년대에 이루어졌다. 베트남전쟁 기간과 종전 이후 한동안 지속되었던 '적색 공포Red Complex'와 냉전 이데올로기는 당대 한국 문화를 특징짓는 요건이었다고 할 것이다. 6·25를 경험한 지 불과 10여 년 만에 다시 또 다른 형태의 공산주의와의 전쟁에 관여하게 됨으로써 한국의 반공주의는 더욱 공고해졌다고 볼 수 있다. 따라서 초기 베트남전 영화의 강조점은 반공이데올로기의 주입에 있었다고 할 것이다.

강성률에 따르면 1966년 김묵 감독의 〈월남전선 이상 없다〉와 〈맹호작전〉, 1967년 강범구 감독의 〈여자 베트콩 18호〉가 등장하였는데 이들은 한결같이 반공이라는 이데올로기를 보급하기 위한 도구로서 영화 장르를 사용하였다고 볼 수 있다. 그 밖에도 정부의 홍보성 영화 시리즈물로 국군홍보관리소 제작의 〈월남 전선〉의 존재가 확인된다. 1960년대, 베트남전쟁이 진행 중이던 기간에 제작된 이 영화들은 매우 정형화된 것이었다고 볼 수 있다. 선과 악, 공산주의자와 자유 민주주의자라는 이분법적 대립을 기반으로 하여 '선'으로서의 자유 민주주의자가 승리하는 것이 기본적인 줄거리였다.[5]

이후 1980년대와 1990년대, 그리고 2000년대 초반의 몇 베트남전쟁 영화는 엄격한 의미에서는 베트남전쟁 영화라기보다는 베트남전이라는 소재가 모티프로 삽입된 영화라 보아야 적합할 것이다. 강성률의 지적처럼 이 시기의 영화들은 사랑과 이별을 주된 요소로 삼는 전형적인 멜로드라마의 구성을 위하여 베트남전을 활용하고 있다. 즉 주인공이 베트남

---

5   강성률 : 408~409 참조. 이밖에도 1967년 작, 〈월남에서 돌아온 김상사〉를 들 수 있다. 당대 가수 김추자가 부른 가요의 제목과 동일한 제목의 이 영화 또한 월남 참전 군인들이 귀국 후 국가 발전의 역군으로 재탄생하는 과정을 다루고 있다.

전에 참전하여 정신적 외상을 입고 돌아와 사회 부적응자가 되는 이야기 거나 베트남에서의 기억으로 고통 받는 이야기거나<미친 사랑의 노래>, <뜨거운 바다>, <모스크바에서 온 S 여인>, <클래식>의 경우 베트남전쟁이라는 문제적 사건으로 인하여 경험하게 되는 사랑의 장애<라이따이한>의 경우를 다룬 이야기거나, 또는 사랑하는 사람을 베트남전에서 잃게 된다는 줄거리의 전개에 베트남전이 모티프로 이용된 것이다. 변장호 감독의 1983년 작 <사랑 그리고 이별>, 김호선 감독의 1990년 작 <미친 사랑의 노래>, 김유민 감독의 1991년 작 <푸른 옷소매>, 같은 김유민 감독의 1992년 작 <뜨거운 바다>, 석도원 감독의 1993년 작 <모스크바에서 온 S여인>, 서윤모 감독의 1994년 작 <라이따이한>, 곽재용 감독의 2002년 작 <클래식> 등이 이에 해당한다.

1980년대 후반에 등장한 <우리는 지금 제네바로 간다>와 1992년 작 <하얀 전쟁>은 위에 든 두 종류의 영화들과는 성격이 많아 달라진다. 송형수 감독의 1987년 작 <우리는 지금 제네바로 간다>는 베트남전쟁에 참전하여 정신적 외상을 입은 주인공이 사회의 하층민 여성을 만나 서로에게 의지처가 되어준다는 이야기이다. 베트남전 참전자의 내면적 고통과 죄의식을 처음으로 한국 영화계에 제기했다는 점에서 기억되어야 할 영화이다. 정지영 감독의 1992년 작 <하얀 전쟁>은 위의 송형수 감독이 제기한 바의, 정신적 외상으로 고통 받는 참전 군인의 모습을 재현함으로써 그의 문제 의식을 확장하고 있다. 더 나아가 <하얀 전쟁>은 한국군에 의한 베트남 양민 학살의 문제를 제기한다는 점에서도 문제적이다.

베트남전쟁에서 외적 혹은 정신적 상처를 입은 주인공을 중심으로 베트남전에 대한 성찰을 요구하는 이들 영화야말로 본격적인 의미에서의 베트남전 영화라고 볼 수 있다. '베트남전쟁은 한국인에게 무엇이었나?' '전쟁은 인가된 살육의 공간이다, 그렇다면 전쟁과 휴머니즘은 공존할 수 있는가?' '참전자들은 죄의식과 어떻게 화해할 것인가?' 하는 진지한 질문들이 이러한 성찰적 영화를 통하여 제기된다. 반공영화로서의 베트남전 영화들과 달리 이 영화들은 '자유 민주주의의 수호'라는 베트남전의 공적 담론을 반복하기를 거부한다. 영화의 주인공들은 더 이상 영웅적인 인물이 아니라 상처받은 패배자로 등장한다. 또한 베트남은 이별과 죽음이라는 멜로드라마의 소재를 효율적으로 제공하는 공간이 아니라 인간 존재와 도덕성의 시험장이 된다.

공수창 감독의 〈알포인트〉는 이상에서 살펴본 바와 같은 베트남전쟁 영화의 계보에서도 매우 독특한 위치를 차지한다. 〈알포인트〉는 '한국인에게 베트남전쟁은 무엇이었는가?' 하는 질문을 진지하게 묻고 그 답을 모색하는 텍스트이다. 한국 군인들과 베트남전쟁 참전이라는 이데올로기적인 문제, 양민 학살과 양심의 가책이라는 도덕적인 문제 등의 심각한 주제를 〈알포인트〉는 다룬다. 베트남인들이 전쟁 중에 겪어야 했던 살육의 경험과 그에 따른 원혼의 문제라는 크고도 암울한 주제를 다루면서 동시에 극심한 가난과 국가 주도의 근대화 프로젝트에 동원된 가난한 한국 청년들의 육체와 정신을 간접적으로 다룬다. 영화의 곳곳에 당대 문화의 표상이 될 만한 소도구들을 세세하게 배치함으로써 1960년대와 1970년대의 한국 사회 문화사를 간접적으로 기술하기도 한다.

이러한 점들을 살핌에 있어서 크게 '억압된 타자'라는 개념과 '공적 담론에 저항하는 하부 지식'이라는 관점으로 〈알포인트〉 텍스트에 접근할 수 있다. 즉 기존의 한국의 베트남전 영화가 당대의 지배적인 '자유'와 '반공' 이데올로기에 봉사하며 이를 거스르는 것들을 억압하였음에 반하여 〈알포인트〉는 그처럼 억압되었던 타자들의 귀환을 보여준다고 할 수 있다. 그리하여 한국 군인들의 베트남전 참전의 의미를 국가의 공적 담론에서만 찾을 것이 아니라 오히려 그 공적 담론을 거스르고 저항하는 하부지식들이 도출한 '다른' 사실들에서 찾아볼 수 있다는 점을 말해준다.

〈알포인트〉가 취하는 영화 기법 또한 이상에서 살핀 베트남전 영화의 계보에서 일탈해 있다. 〈알포인트〉는 독특하게도 공포영화의 형식을 취한 영화이다. 그렇다면 공수창 감독은 왜 하필이면 공포영화라는 방식을 취했을까? 공포영화의 어떠한 특징들이 주제를 드러내는 데에 효과적이라고 본 것일까? 공포영화의 형식은 심각한 이데올로기 비판을 위장하는 효과를 노린 것인가? 과연 공포영화의 형식을 통하여 감독의 의도는 성취되었는가? 관객은 왜 돈을 지불하면서 공포를 사는 것인가? 관객이 공포와 함께 얻은 것은 무엇인가? 먼저 '공포영화'의 일반론에서 출발하여 〈알포인트〉에 접근해보기로 하자.

2. 공포영화의 의미와 기능, 그리고 〈알포인트〉

앞서 언급한 바와 같이, 베트남전쟁을 소재로 한 대부분의 한국 영화들은 반공주의로 일관하거나 멜로드라마에 한정되었던 까닭에 한국인이 경험한 베트남전쟁의 특징적인 성격을 다루는 데에는 이르지 못하였다고 볼 수 있다. 〈알포인트〉는 그런 의미에서 베트남전쟁 영화 장르에서 중요한 분기점을 제공한다.[6] 공수창 감독의 2004년 작인 〈알포인트〉는 송형수 감독이나 정지영 감독이 제기한 양심과 죄의식의 문제, 정신적 외상을 경험한 참전자 주인공의 내적 갈등의 문제를 확장하여 다룬다.

---

6 '알 포인트'는 '로미오 포인트(Romeo Point)'를 줄인 이름이다.

그러나 공수창 감독은 사실주의 원칙에 기반을 두고 현실의 충실한 재현에 주력한 이전의 감독들과는 달리 환상과 현실, 기억과 실재, 과거와 현재의 경계 넘기를 시도하며 그 문제의식을 더욱 효과적으로 전달한다. 그 목적을 위하여 도입한 공포영화라는 장치는 매우 효율적인 방식으로 감독의 전언을 전달한다.

〈알포인트〉는 공포영화의 형식을 통하여 베트남전쟁이 내포하고 있는 역사 사회적 모순을 드러낸다. 영화는 베트남전쟁 막바지인 1972년을 시대적 배경으로 한다. 작전 수행 중 행방불명된 한국군을 찾아 떠난 9명의 특공대원이 하나씩 차례로 죽어가며 공포를 경험하는 이야기이다. 영화의 장면에서는 이미 죽은 한국 병사가 살아 나와 대원들과 합류하여 작전을 수행하기도 하고, 오래 전에 전사하여 이미 해골이 되어 있는 미군 병사들이 살아 돌아와 그들과 대화를 나누기도 한다. '죽은 자의 방문'이라는 소재 자체가 영화 전편을 통하여 공포를 자아내기에 충분하다. 동시에 죽은 자들의 영혼, 무덤의 십자가들, 소복 입은 베트남 여성 등이 난데없이 여러 장면에서 등장했다가는 사라지기를 반복한다. 이러한 모든 요소들은 영화 전편을 통하여 공포와 전율, 충격 등을 자아낸다.

여기에서 먼저 공포영화라는 장르가 갖는 사회 문화적 함의를 검토해 볼 필요가 있다. 공포의 장치들을 통하여 서술되는 이야기는 일반적인 서사와는 어떤 차이를 갖는가? 공포가 관객에게 주는 효과는 무엇인가? 공포영화라는 장르는 어떤 목적을 위하여 제작되고 소비되어 왔는가? 공포영화는 어떤 특수한 사회적 역사적 상황 속에서 주로 등장하는가? 공포영화가 궁극적으로 성취하는 것은 무엇인가? 그리고 전쟁 영화 장르로서의 공포영화는 어떤 의미를 지니며 어떤 기능을 수행하는가? 더 나아가 공포영화는 본 논문의 주제인 베트남전쟁의 어떠한 면모를 드러내는가?

이러한 질문들의 답을 찾는데 있어서 할리우드 영화 중 공포영화의 형식으로 베트남전쟁을 다룬 〈생사의 밤Night of the Living Dead〉을 분석한 수미코 히가시Sumiko Higashi의 논문은 시사적이다.[7] 히가시는 로빈 우드Robin Wood의 '공포영화' 개념을 빌어와 텍스트를 분석한다. 로빈 우드는 "공포영화는 기성의 사회 질서에 위협이 되는 억압된 욕망들의 가면극을 연출해내는 악몽의 종합이다"라고 지적한 바 있다.Higashi : 176 우드의 논의에 나타난 '억압'의 의미를 이해하기 위해서는 '타자the Other'의 존재에 대한 이해가 선행되어야 한다.

억압이라는 개념과 밀접한 관련을 맺고 있으며 이데올로기적인 문제들을 이해하는 데 필수적인 것은 '타자'의 개념이다. 그 타자는 (지배 계층인) 부르주아의 입장에서는 인정하거나 받아들일 수 없고 제거하거나 부인하거나 자신들에게 동화시키는 방식으로 처리해야만 하는 존재이다. 정신분석학적으로 접근하자면 타자는 '기성 문화나 자아의 외부에 존재하며 자아 내부에서는 억압당하면서 (그러나 결코 사라지지는 않으면서) 증오와 부정의 대상이 되기 위하여 외부로 던져지는 어떤 것'이다. 그 결과 타자는 여성, 어린이, 청년, 동성연애자, 인종적 소수자, 노동계층, 적대적 정치 체제나 이념을 포함하게 된다. 공포영화에서 타자는 괴물로 등장한다.

Closely related to this concept of repression and essential for understanding ideological issues is the concept of 'the Other' : that which the bourgeois mentality cannot recognize or accept but must deal with by annihilating, rejecting, or assimilating. Psychoanalytically, the Other functions as 'something external to the

---

7   〈Night of the Living Dead〉은 1968년도에 제작 출시된 영화이다.

culture or to the self, but also as what is repressed (but never destroyed) in the self and projected outwards in order to be hated and disowned.' As a result, the Other includes women, children, and youth, gays, ethnic groups, the working class, rival political systems and ideologies, and in horror films, the monsters.^{Higashi : 176}에서 재인용

우드에 따르자면 어떤 사회에서나 그 사회의 주도적인 문화나, '주체'로 지칭되는 세력이 자신들이 형성한 질서를 공고히 하기 위하여 억압하고 배제한 것들, 즉 '타자'들이 존재하기 마련이다. 그들은 미움과 배제의 대상이 되어 억압되지만 완전히 파괴되지는 않는데 그 억압된 혐오의 대상이 영화에서는 괴물의 존재로 되살아나서 관객에게 공포를 안겨 준다.

공포영화가 이미 구축된 사회 질서에 위협이 되는, 억압된 욕망들의 표현이라는 우드의 관점은 〈알포인트〉가 갖는 사회 문화적 의미를 파악하는 데에도 매우 요긴하다. 1960년대와 1970년대를 통하여 한국군의 베트남전 파견은 '자유 우방의 민주주의와 자유 수호'라는 대의를 위한 것이었으며 그것은 한국전쟁 기간 동안 한국을 원조해준 자유 우방들의 호의에 보답하는 행동으로 정의되었다.[8] 베트남전 참전의 의의를 당시 파월 한국군 총사령관이었던 채명신 장군은 '자유 민주주의', '공산침략군 격퇴', 그리고 '번영과 자유'로 참전 의미를 밝힌다.^{채명신 : 7}[9] 국가가 표방한

8   한국 정부의 베트남전 참전에 대한 공식 입장은 미국 행정부의 입장과 동일하다. 1961년 연설에서 케네디 대통령은 '자신의 세대가 세계 민주화 혁명의 적자'임을 주장하면서 '자유의 수호를 위하여 모든 대가를 치를 것'이라고 언급했으며 존슨 대통령 또한 1965년도 연설에서 '우리 목표는 남베트남의 독립, 그리고 외부의 공격으로부터 베트남의 자유를 지키는 것'이라고 주장했다. 보다 자세한 것은 키신저(Kissinger) : 14를 참조할 것.
9   앞에서 살펴본 바와 같이 로버트 블랙버언(Robert Blackburn)과 같은 학자는 베트남전 참전 한국군은 함께 참전한 태국, 필리핀 군인들과 마찬가지로 '용병'의 성격을 지닌다

이러한 담론은 학교와 언론 매체 등을 통하여 재생 반복되고 교육되었다. 그러한 공적 담론을 공고히 하기 위해서 한국군의 참전이 내포할 수 있는 부정적 면모는 부단히 억압되고 부정되어왔다. 〈알포인트〉는 한국 사회에서 인가되고 유통되어 온 공적 담론으로서의 '한국군의 베트남전 참전 담론'에 강력한 저항 담론을 제공한다.

공적 담론에 저항하는 지식 또는 역사, 달리 말해 공적 담론의 외부에 존재하는 지식에 대해 미셸 푸코Michele Foucault "역사의 지역주의화"라 칭한다. 즉 그것은 지식의 위계 질서에서 '바닥 부분에 놓인 지식'이며 그러한 지식은 공고해진 공적 담론을 해체할 전복적 힘을 갖는다고 본다.[10]

〈알포인트〉는 국가가 표방한 '자유와 민주주의 수호' 전쟁이라는 공적 역사에 저항하는 '하부 지식'에 해당한다. 지식 체계의 바닥 부분에 놓여 부상하지 못했던 그 지식은 국가가 내 건 구호를 반복하기를 거부한다. 베트남의 정글을 수색하던 낮은 계급의 병사들이 제공하는 그 종속적인 지식, 곧 하부 지식은 공적 역사에 대한 수정을 요구한다. 한국 사회가 자성할 기회를 충분히 갖지 못했던 역사적 사안을 재검토하기를 촉구한다. 정치적 문서와 중등학교의 교과서에 설명된 것처럼 베트남전이 공명정대한 전쟁이기만 했던 것이 아니었음을 알린다. 그 전쟁은 한국군이 한국전쟁에 도움을 준 자유 우방 국가들에게 진 빚에 보답하고 자유와 민주주의를 수호하기 위하여 용맹하게 치른 전쟁이기도 하지만 동시에 강대

고 주장한다.

10 "다른 한 편으로 나는 종속적인 지식으로 우리는 뭔가 아닌, 완전히 다른 어떤 것을 이해할 수 있다고 믿는다. 말하자면 적절하지 못한 것으로, 자격을 못 갖춘 것으로 비하되거나 충분히 정교하게 발전되지 못했다고 간주되어 온 지식들을 접하게 되는 것이다. 순진한 지식, 지식의 위계 질서의 바닥 부분에 놓인 지식, 인식과 과학성의 수위에 이르지 못했다고 간주되어 온 지식들이 그것이다. 정신 질환을 앓는 환자, 병든 사람, 간호사와 의사의 지식들, 정신 지체자의 지식들이 그것이다."(Foucault : 20)

국의 정당하지 못한 제국주의적 세력 확산에 일조한 정의롭지 못한 전쟁으로 해석될 여지도 있음을 보여준다.

앞에서 개략적으로 살핀 바와 같이 베트남전쟁 종전 이후 한국 문화계에 등장한 소설과 회고록, 영화 등은 그동안 공적 담론에서 억압되어 온 베트남전쟁의 숨겨진 실상들을 서서히 하나 하나 드러내 왔다. 〈알포인트〉는 영화 텍스트의 형식으로 동일한 문제를 제기한다. 〈알포인트〉의 의미는 '죽은 자의 귀환'이라는 전형적인 공포영화의 장치들을 이용하여 베트남전쟁의 어두운 면모들을 본격적으로 드러내 보이고 있다는 점에서 찾을 수 있다. 끝없이 이어지는 살육의 장면과 붉은 피의 빛깔이 지배하는 스크린은 전쟁의 잔학성과 인간의 원시적이고 야만적인 본능을 드러낸다. 그러한 장면들은 '자유'와 '민주주의'라는 구호와는 매우 먼 거리에 놓여있는, 베트남전쟁의 이면을 재현한다.

베트남전쟁 기간 중에 발생한 것으로 알려진 한국군의 부조리에 대한 문제는 〈하얀 전쟁〉에서 먼저 드러난 바 있다. 한국군에 의한 양민 학살이라는, 공적 역사의 하부에 묻혀 있던 하부 지식이 〈하얀 전쟁〉에 출현한 것이다. 〈하얀 전쟁〉은 전쟁의 모순적 상황 속에서 황폐해져 기성 사회로의 복귀가 어렵게 된 개인의 모습을 보여준다. 〈하얀 전쟁〉과 달리 〈알포인트〉는 군인들의 정신적 외상을 통하여 간접적으로 전쟁의 포학성을 비판하는 것이 아니라 전쟁의 직접적 희생자들로 하여금 말하게 한다. 억압된 것들이 말하기 시작했다는 것, 비록 망자의 혼령과 착시, 환상의 형태를 취하긴 하지만 그들을 통하여 억압된 하부 지식이 드러났다는 것, 그것이 〈알포인트〉의 의미라고 볼 수 있다. 그런 점에서 〈알포인트〉의 출현은 그동안 한국 사회 내부에서 진행되어 온, 다양한 담론들의 출현과 연관되어 있다고도 볼 수 있다.

‘억압된 욕망’의 이해에 필수적인 것이 ‘타자’의 개념이라고 전술한 바 있듯이 〈알포인트〉에서 귀환하는 주체로 등장하는 인물들은 위에 든 ‘타자’들이다. 문득 출몰하여 지긋이 바라보기만 하다가 다시 홀연히 사라지기를 가장 많이 반복하는 존재는 하얀 아오자이를 입은 베트남 여성이다. 영화 속에서 그 여성은 애초에 한국군을 숨어서 사격하는 저격병 베트콩^{남파 북베트남 군인 혹은 북베트남 동조자}으로 등장한다. 결국 한국군의 포로가 되어 상처를 입고 죽음을 기다리게 되지만 마지막 순간에 한국군 지휘관은 그녀의 사살을 중지시킨다. 그 장면은 억압하고 부정하지만 파멸시키지는 않았다가 결국 기존 질서를 훼방하기 위해 귀환하는 혼령의 존재를 예비시키는 영화 서술의 복선에 해당하는 장면이다. 그 베트남 여성의 혼령은 ‘타자’의 개념이 중첩적으로 서술되는 지점이다. 즉 베트남 원주민과 외국인^{미군이든 한국군이든}, 남성과 여성, 아군과 적군, 정규군과 게릴라, 점령군과 포로, 살아 있는 자와 망령, 민주주의와 공산주의라는 다양한 이항 대립의 항목들에서 한결같이 억압되고 부정되는 쪽에 놓이는 것이다. 그 베트남 여성은 외국인에 반하는 베트남인이며 남성이 억압하는 여성이며 아군이 적대시하는 적군이며 정규군에 대항하는 게릴라이다. 점령군의 지배하에 놓이는 포로이며 살아 있는 자가 거부하는 망령이다. 그러므로 그 여성은 몇 겹의 추방과 억압의 대상이 되는 것이다.

그러나 여기에서 다시 한번 환기할 점은 억압되고 부정되지만 그 존재는 결코 파괴되거나 소멸되지는 않는다는 점이다. 소멸되지 않고 억압된 채 머무르다가 결정적인 순간에 기존 질서의 틈새를 뚫고 다시 등장하는 것이다. 그 베트남 여성은 동양 공포영화의 전형적인 상징물^{icon}인 소복 차림으로 부단히 출몰한다. 무언가 미심쩍거나 음울한 분위기가 감돌 때, 소리 없이 누군가가 죽어 갈 때 등장하고 사라지기를 반복한다. 그의 등장은 한국군들에게 역사에 대해 질문하게 하고 양심에 대해 생각하게 만든다. 자신들의 내부로부터 밀어내고 부정했던 것들로 되돌아가게 만드는 것이다.

이러한 타자의 등장, 억압된 것의 분출은 영화 텍스트에서 이항 대립적 성격의 와해를 동반한다. 영화의 몽환적 분위기는 현실 세계의 다양한 이분법적 경계를 무너뜨리며 흐려진 그 경계를 통하여 현실과 상상, 현재와 과거, 사실과 피해망상이 서로 넘나든다. 산 자와 죽은 자의 혼재, 경험과 기억의 혼돈, 과거와 현재의 병립이 영화의 주된 성격을 결정한다.

모든 전쟁은 양면성을 동시에 노정한다. 전쟁의 공간은 한편으로는 가장 명료한 이항 대립의 장이라고 볼 수 있다. 즉 전쟁에서는 생존과 죽음, 승리와 패배, 명령과 순종이 서로 양보할 수 없는 이항 대립적 구도로 나타난다. 적을 죽이지 않으면 그것은 바로 아군의 죽음이 된다. 패배를 피하고자 한다면 승리해야 한다. 명령에는 복종이 있을 뿐이다. 전쟁터에서의 불복은 적법한 사살을 초래하기도 한다. 전쟁에서는 타협은 존재하기 어렵다. '왜?'라는 질문도 허용되지 않는다.

그러나 다른 한편으로는 전쟁의 공간은 양립 불가능한 것들의 양립과 혼재를 동시에 가능하게 하는 것이기도 하다. 라블레의 문학 공간에 대한 바흐친M. M. Bakhtin의 지적처럼, 전쟁은 '상층부와 하층부의 접촉지대contact of the upper and lower level'를 형성한다.[11] 즉 신성한 것, 숭고한 것, 이상적인 것들과 비루한 것, 천한 것, 세속적인 것 사이의 접촉과 전도reversal가 가능한 곳이 또한 전쟁이라는 공간이다. 영화 〈지옥의 묵시록〉을 위시한 무수한 전쟁 영화에 성sexuality적 장면이 거의 예외 없이 포함되는 것 또한 이러한 맥락에서 이해할 수 있다. 삶과 죽음의 경계라는 전쟁 공간에서 인간의 원초적 본능인 성적 욕구가 여과나 조절의 장치를 찾지 못하고 폭발하는 장면을 볼 수 있는 것이다. 명령에의 절대적 복종, 계급으로 표현되는 군대 내의 위계질서에 대한 경외가 전쟁 공간에 존재하는가 하면 군인들의 언어는 비속어의 극대치를 보여주며 그들이 사용하는 일상어의 반 이상이 욕설로 이루어짐을 볼 수 있다.

〈알포인트〉 또한 이러한 전쟁 영화의 공통적인 문법을 따르고 있다. 대사의 몇 예만 들자면 "안전 지역 좆 빨고……" "기분 좆 같네 이거, 씨발 손에 피 묻힌 자 뭐……" "완전 꼴통" "생 또라이" 등이다. 베트콩을 사살한 적이 있느냐는 질문의 표현 또한 다음과 같다. "양손에 베트콩 대가리 하나씩……" "따 봤어요?" 저속한 것의 등장은 언어의 영역에서만이 아니다. 영화의 여러 장면은 군인들의 배설 장면으로 이루어져있다. 배설의 장면은 다른 영화에 비해 〈알포인트〉에서 특히 두드러진다. 대소변을 보는 장면들은 영화에서 긴장이 요구되거나 장면의 전환이 필요한 곳에 자주 등장한다. 곧이어 다가올 죽음에 앞서 수풀 속으로 걸어 들어가는 병사에게 "어디가?" 하는 질문이 주어지고 그 대답이 "똥 누러가요, 똥"인 것도 우연이 아니라 계산된 장면의 배치로 보아야 한다. 배설의 장면은 관객으로 하여금 긴장의 이완을 유도하게 되는데 그 장면들에 이어서 바로 귀신의 출현이라거나 적의 공격과 같은 사건이 등장함을 볼 수 있다. 이는 이완과 긴장의 접촉과 병치가 영화를 이루는 주된 축들 중의 하나임을 확인하게 한다.

배설물, 혹은 육체적 분비물이 현실의 질서에 대해 갖는 의미에 주목한 이론가 중의 하나로 쥴리아 크리스테바Julia Kristeva를 들 수 있다. 크리스테바는 인간의 배설물은 곧 상징계의 질서가 허술한 것임을 드러내는 구실을 한다고 지적하였다.[12] 〈알포인트〉에 자주 등장하는 배설의 장면 또한

---

11   M. M. Bakhtin : 309.

12   Julia Kristeva : 70.

우연한 것이 아니라 이처럼 공고한 현실에 틈을 내고 와해시킬 모티프로 기능한다고 볼 수 있는 것이다.

〈알포인트〉에 등장하는 이러한 이질적인 것들의 혼재와 숭고한 것과 비루한 것의 접촉의 장면들은 베트남전쟁의 실체를 드러내는 데 기여한다. 영화나 소설의 전통적인 내러티브는 선조적linear이고 정합적인 것이다. 그러나 베트남전쟁은 매우 복잡다단한 성격을 지닌 것이어서 이러한 선조적인 내러티브는 베트남전쟁의 재현에 적합하지 않다는 주장들이 있다.[13] 그런 맥락에서 베트남 작가 바오 닌Bao Ninh의 소설, 『전쟁의 슬픔The Sorrow of War』은 선조성을 넘어선 내러티브로 혼돈된 베트남전쟁의 본질에 접근하고 있다고 평가되고 있다.

미국 정부, 미국 군대, NLF, 베트콩, 공산당 대신에 분열된 주인공, 유령과 대화하는 주인공, 불가촉천민으로 되어 버린 제대 군인으로서의 주인공등 통상적인 소설 주인공과는 다른 모습의 주인공이 등장한다. 소설의 전개나 구성도 일관성 없이 여러 개의 에피소드, 현재와 과거, 꿈과 현실 등이 착종해 있다. 전쟁의 생활사를 다루기에는 이러한 구성 방법을 택할 수 밖에 없다고 닌은 말하고 있다.[14]

사이공 해방의 날도 열광과 기쁨으로 묘사하는 것이 아니라 사이공 공항에 뒹구는 죽은 여성의 나체를 서술함으로써 해방의 날을 그로테스크하게 그리고 있다. 공항 바에서 벌어지는 술판도 축제가 아니라 술꾼들의 난장판으로 묘사되고 있다.[15]

13　이에 대해서는 Don Ringnalda의 *Fighting and Writing the Vietnam War*를 참조할 것.
14　한도현 : 176.
15　한도현 : 177.

요컨대 베트남전쟁의 모순된 현실과 추악한 실상을 표현하는 데에는 현실과 환상의 병치나 인물과 유령의 혼재, 비선조적 내러티브 등이 매우 주효하다는 것이다. 바오 닌이 소설에서 그로테스크한 장면을 사실적으로 묘사하고 '난장판'으로서의 전쟁을 효과적으로 표현한 것과 마찬가지로 〈알포인트〉에 드러난 혼돈과 그로테스크한 장면들은 베트남전의 실상에 효과적으로 접근하게 한다. 비루한 것들을 영화 텍스트 전면에 배치함으로써 전쟁의 모순을 드러내고 있는 것이다. 부단히 계속되는 혼령의 출현과 산 자와 죽은 자의 공생, 현실과 환상의 넘나들기 또한 그 효과를 배가시키는 장치들이다.

3. 공포와 망각된 역사의 출현

그러나 〈알포인트〉라는 영화 텍스트의 보다 깊은 의미는 공포영화라는 장르나 전쟁 영화의 전형성을 넘어선 곳에 있다. 텍스트의 가장 핵심적인 전언은 죽음과 그 죽음을 수반하는 공포를 통하여 망각된 역사를 파헤쳐 보여주는 것에 있다. '알포인트'라 불리는 지역은 베트남의 역사적 질곡을 집약적으로 보여주는 공간이다. 영화 텍스트에 드러난 바에 따르자면 그 곳은 옛날 중국인들이 침략하여 베트남 사람들을 살상했던 곳이다. 베트남은 중국, 일본, 프랑스의 식민주의를 차례차례 경험하였던 나라이다. 프랑스 철수 이후 미국이 개입하게 되었을 때 베트남 민족주의자들이 격렬히 미국에 저항하여 싸울 수 있었던 것은 그들이 미국의 개입을 제국주의적 침략의 연장으로 파악했기 때문이었다.[16]

프랑스와 미국의 개입에 저항하여 싸우는 동안 무수한 베트남인이 희생되었다. 서론에서 밝힌 바와 같이 100만 명 이상의 베트남인이 전쟁 중 목숨을 잃은 것으로 드러난다. 따라서 베트남의 여러 지역은 대량 살육의 역사적 기억을 갖고 있다. 영화 〈알포인트〉의 공간적 배경이 되는 알포인트$^{R point}$라는 지역은 바로 프랑스인들에 의한 베트남인의 대량 학살이 일어나고 그에 대한 보복으로 베트남인들이 프랑스인들을 역공격한 바로 그 장소이다. 공간적 배경 자체가 죽음과 원혼이라는 모티프를 안고 있는 것이다.

죽은 베트남인들의 원혼을 위로하기 위하여 호수를 메우고 그 자리에 사원을 건설한 적이 있는데 영화는 그 사원의 폐허를 찾아간다. 파괴된 사원의 잔해중 비석이 남아 있고 그 비석에는 "수상점혈자불귀手上漸血者不歸"라는 글귀가 새겨져 있다. 그것은 "손에 피를 묻힌 자, 돌아가지 못한다"는 뜻이다. 영화 텍스트는 그 비석의 전언을 처음부터 관객에게 열어 보여주는 것이 아니라 조금씩 조금씩 암호를 해석하듯 관객으로 하여금 그것을 알아가게 한다. 비석의 글귀들은 온전히 보존되어 등장하는 것이 아니라 부서진 비석 조각들에 흩어져 있다. 그것은 관객으로 하여금 파편화된 서사를 완성하고 싶은 욕망을 불러일으키는 효과를 가진다. 비석이 처음 등장하는 장면에 등장하는 대사는 "네가 있는 그 자리에 내가 있다.

---

16 "베트남은 2차 대전 직후 프랑스를 상대로 독립투쟁을 전개하였다. 식민지 종주권을 회복하려는 프랑스와 독립하려는 베트남간의 전쟁은 결국 1954년의 디엔 비엔 푸 전투로 종결되었다. 자유, 평등, 박애를 내세우며 근대 세계를 열었던 프랑스가 결국 베트남의 자유, 평등, 박애를 부정하였다는 것은 프랑스 혁명 이념의 배반을 말해준다. 프랑스가 떠나간 다음 미국이 '자유 수호'라는 이념을 내걸고 베트남전에 참여하였다. 미국 혁명의 모토인 독립, 자유, 행복은 지금도 베트남 정부의 공식 슬로건이다. 베트남을 여행하는 사람은 이 구호를 어디서나 쉽게 발견할 수 있다. 공문서에도 항상 독립(Doc Lap), 자유(Tu Do), 행복(Hanh Phuc) 세 단어가 찍혀 있다. 그렇지만 미국 독립의 이념은 베트남 주민에게는 허용되지 않았다."(한도현 : 179)

손에 피를 묻힌 자는…… 다음이 없네"이다. '폭력을 자행하면'이라는 전
제만 밝히고 그 결과가 될 응징에 대해서는 일단 침묵한 다음 그 다음 장
면에서 '불귀不歸'라는 비석의 다른 일부가 드러나게 된다. 그리하여 마침
내 비문이 갖는 전언이 완성되는 것이다. 부연하건대 이와 같은 점진적인
정보의 공개가 갖는 효과는 관객으로 하여금 베트남의 어두운 역사에 점
진적으로 다가가게 만드는 것이다.

 '알포인트'가 강대국의 식민 지배와 그에 따른 식민지인의 학살이라는
베트남의 암울한 역사가 집약적으로 드러난 장소임은 그 지역에 대한 묘
사와 영상적 재현에서 충분히 제시되고 있다. 수색대원 중의 한 명은 '장
의사 집 아들'이다. 장의사라는 직업이 죽음을 다루는 것이므로 그는 다
른 부대원들보다는 죽음에 대한 더 예민한 감각을 갖고 있는 것으로 그
려진다. 동료의 언급은 삶과 죽음에 대한 '장의사 집 아들'의 예외적인 감
수성에 대한 복선으로 작용한다. "뭐 하다 왔냐? 한문 잘 하더라.""장의사
집 아들…… 시체 닦다가…… 관에 들어가는 축문" 등의 언급도 이를 뒷
받침한다. '장의사 집 아들'로 지칭되는 인물은 앞으로 등장할 무수한 죽
음의 복선을 제공한다. 그는 '알포인트'가 죽음에 깊이 연결된 공간임을
재빨리 알아차린다. '알포인트'가 바로 죽음과 귀신의 공간이라는 지적은
다음과 같은 대사에 등장한다.

 "여기는 기분 나쁜 곳이에요. 안개가 많고 습하고 햇빛이 없어요. 이런
데는 절대 묘 자리 안 써요. 죽은 사람이 못 사는 데는 산 사람도 못 살아
요. 이런 데만 찾아다니는 부류가 있지요. 귀신들이죠." 그가 지적한대로
'알포인트'는 산 자도 죽은 자도 거주할 수 없는 곳, 갈 곳 없는 귀신들이
점유한 공간이다.

 '알포인트'는 식민주의, 학살, 학살에 대한 피식민인의 보복, 그리고 식

민주의의 종식 이후에도 미국의 개입과 전쟁으로 이어지는 베트남의 역사적 모순을 상징하는 공간이다. 이후에 끊임없이 일어나는 실종과 죽음, 그리고 한국군 수색대의 등장은 베트남의 역사와 베트남전의 본질, 한국군의 개입이 갖는 진정한 의미를 묻는다.

수색대원의 잇따른 죽음에는 복수가 깊이 개입해 있다. 오 병장은 정 일병이 죽을 때 가로채게 된 카메라 때문에 죽음을 맞는다. 드러난 사실, 즉 객관성과 개연성을 따라 설명하자면 오 병장은 정 일병에 대한 개인적인 죄의식에 시달리다 아군이 설치한 부비트랩에 의하여 사고사를 당한 것이다. 그러나 영화에 드러난 몽환적 장면을 통해 보자면, 오 병장은 환생한 정 일병과 조우하고 마침내 정 일병이 그를 문초하여 죽음으로 몰고 가는 것으로 볼 수 있다. "카메라, 네 것 아니잖아? 손에 피도 안 묻히고 어떻게 얻었어?" 하고 죽은 정 일병이 살아나 질문하는 것이다. 죽어 가는 오 병장이 남기는 말은 그의 강박관념과 죄의식을 증명한다. "아니야, 아니야. 일부러 그런 게 아니야. 정말로 가지려고 그랬던 게 아니야. 살려 줘. 살려 줘. 미안, 미안." 오 병장의 이 대사는 궁극적으로 오 병장의 죽음은 과실에 의한 것이 아니고 그를 죽인 것은 복수의 혼이었음을 말해준다. 오 병장의 죽음은 어떤 의미에서는 영화 초입에서부터 암시되었다고 볼 수 있다. "죽는 놈 것 건드리면 손가락 썩는다는데"라는 대사가 초입에 등장함으로 해서 정의롭지 못한 행동은 그에 걸맞는 대가를 치르게 마련이라는 주제가 드러난다. 개인 차원에서의 부정한 행동과 그 대가만이 아니라 더 나아가 국가적 차원에서의 결정과 행동 또한 응분의 대가를 치를 수밖에 없다는 것을 이 장면은 제시하고 있다.

오 병장을 비롯한 다른 부대원들의 죽음, 흰색 아오자이를 입은 베트남 여성의 상, 몽환의 형식으로 등장하는 수 많은 프랑스인들의 무덤, 사망

일자가 모두 같은 날짜인 프랑스인 묘소의 십자가들…… 영화는 죽음과
원한, 보복과 속죄라는 문제들을 배면에 위치시킨 채 공포영화의 외연을
통하여 관객을 끌어들인다. 부단한 스릴thrill과 긴장suspense, 귀신의 출몰과
괴음의 불연속적 등장, 죽은 자의 귀환과 산 자의 죽음…… 이러한 영화
의 모티프들은 베트남의 참혹한 역사와 베트남전의 다층적 성격에 대한
관객의 관심과 이해를 촉구하는 장치들이다.

영화 텍스트에는 베트남전 시절의 대중 문화적 요소가 다수 삽입되어
있다. ‘바나나와 팜 나무가 무성한 동남아시아’, ‘섹스 박’이라는 이름의
수색대원이 버릇처럼 이야기하는 ‘김추자와 펄시스터와 바니 걸스’, 귀국
선과 귀국 비행기, 흑백의 기념 사진 등의 영화적 소품들은 베트남전 참
전 한국 군인의 낭만적 경험을 구성하는 요소들이다. ‘섹스 박’의 성격은
그가 버릇처럼 반복하는 대사들, “내가 서울 가면 바니걸스 애들하고 뽀
뽀시켜 줄께” “서울만 가면 이 섹스 박이 꽃 필날 온다”에서 드러난다. “후
라이 까면 안 됩니다” 하는 다른 병사의 대꾸처럼 섹스 박의 말들은 단순
한 허풍일 확률이 높다. 진정성을 지니지 못하는 것이다. 그러나 ‘섹스 박’
과 같은 부수적 인물의 의미 없는 우스갯소리들 또한 우리의 영화 텍스
트에서는 제거할 수 없는 중요한 소품의 구실을 한다. ‘김추자’나 ‘바니걸
스’ 등의 이름은 당대 한국 대중 문화의 상징물이다. 그 이름들은 베트남
전의 재현에 빠지지 않고 등장하여 베트남전 시절에 대한 독자나 관객의
낭만적 추억을 환기한다.[17]

베트남전을 낭만적으로 기억하고자 하는 일련의 영화들은 한국 영화
관객에게 상당한 호소력을 가지고 있다. 그러나 잊지 말아야 할 것은 바로

17　이 점은 〈님은 먼 곳에〉와 공유하는 바이다.

그러한 낭만적 기억이 살육과 학살로 이어진 베트남전의 현실을 망각하게 만드는 효과를 수반한다는 점이다. 〈알포인트〉가 한국영화사에서 문제적인 영화텍스트인 것은 바로 베트남전과 그 시절에 대한 향수에 의지하여 베트남전의 기억을 낭만적으로 재구성하는 일련의 시도들을 거스른다는 점 때문이다. 〈알포인트〉가 보여주는 살육의 기억과 원혼의 복수는 참전 한국 군인의 베트남전의 기억과 증언이 결코 낭만적일 수만은 없고 그래서도 안 되는 것임을 분명히 하고 있다. 〈알포인트〉가 지나간 베트남전 시절의 낭만적 재구성에 저항하는 요소들을 좀 더 자세히 살펴보자.

4. 억압된 것의 귀환과 한국 사회

위에서 살펴본 바와 같이 〈알포인트〉에서 베트남 공산주의자들은 베트남전의 공간에서 억압받고 주변화된 타자로 묘사되었다. 그들은 혼령의 형태로 귀환하여 구축된 사회 질서를 흔들어 보인다. 그러나 한편으로는 베트남에 파병되는 한국군들 또한 한국 사회 내부의 또 다른 타자를 형성하며 주변화되었던 존재들임을 알 수 있다.

영화의 시간적 배경이 베트남전쟁 기간 중인 1972년경이고 따라서 영화의 장면들에서는 1960년대와 1970년대 한국 문화의 특징적 면모들이 삽화처럼 드러난다. 감독이 의도한 것이든 아니든 간에 이러한 삽입된 모티프들은 당대 한국 사회를 반영하는 거울의 역할을 한다. 영화의 도입부분에 등장하는 대사들은 한국전쟁 직후의 한국 사회의 혼란상과 가난의 풍경들을 보여준다. 영화의 첫 장면은 군대 내에서 성병 검사를 받는 병사들의 모습에서 시작한다. 병사 중 한 명은 성병이 없는데도 검사를 받게 되었고 돈을 받고 신체검사 카드를 바꾸어치기 해준 것으로 판명된다. 원인은 50달러의 보상에 있었다. "성병 검사 카드 바꿔 치기 해주면 50달러 주겠다고 해서…… 50달러면 소가 한 마리인데 어머니께 소 한 마리 사드리고 싶어서……" "소가 통탄하겠구만" 하는 대사에서 궁핍한 한국의 경제 사정과 가난에 의해 전쟁터에 자원한 수많은 한국 청년들의 모습을 찾아볼 수 있다.

뿐만 아니라, 장영수라는 이름으로 불리는 또 다른 병사의 경우, 나이가 열여섯 살인데도 입대한 사실이 알려진다. 그 또한 형에게 발부된 입대 영장을 대신 가지고 가서 입대한 것으로 드러난다. 요컨대 베트남전 참전 기간이었던 1960년대와 1970년대의 한국 사회는 문서 위조 등이 매우 쉽게 이루어지던 허술한 관리 시스템 아래 놓여 있었던 것이다. 또한 그 시기는 제1·2·3차 경제개발5개년계획이 순차적으로 이루어지던 경제 발전의 시기로 '돈이면 못 할 것이 없고 돈을 위해서 라면 못할 것이 없는' 금전만능 풍조의 사회로 한국 사회가 급격히 이행해 가던 시기였다.

베트남전 참전 한국 군인들은 대체로 돈 없고 권력 없고 재화를 벌어 들일 수 있는 매개물을 갖지 못한 계층적 주변인들이었다. 자신의 건강한 육체 외에는 가진 것이 없는 존재들이었다. 50달러를 위하여 문서를 위조해 주고 서류를 변조하여 입대할 정도로 절박한 환경에 놓여 있었던 인물들이었다. 그들은 애인에게 카메라 하나를 선물하겠다는 소박한 꿈을 키우기도 하고 "마누라랑 딸래미 데불고 창경원에 갈끼다" 하고 되뇌이며 집 떠난 외로움을 달래는 소박한 인물군이었다. 그리하여 자신들의 육체에 기대어 미래를 설계하는, 당대 한국 청년의 모습을 보여준다. 그들이 베트남에서 체험한 현실, 즉 〈알포인트〉에 드러난 바와 같이 공포스러운 죽음의 도가니인 베트남의 모습은 기억 속에 억눌러두어야 했던 요소들이다. 한국 사회의 '건전한' 발전을 위하여 침묵을 요구받고 억압되어야 했던 장면이다. 우울하고 공포스러운 전쟁과 죽음의 기억은 억압된 채 망각 속으로 밀려나야 했던 것이다. 영웅적인 전사들의 모습과 승리의 전투담들이 공적 역사 속에 부상될 수 있도록 눌리어 온 하부 지식에 불과했다.

영화의 시작 부분에 등장하는 대통령 박정희의 초상화와 군대 병원에 게시된 표어들은 국가 주도의 근대화라는 당대의 정치 사회적 패러다임을 재현한다. 표어에는 '깨끗한 병실 관리, 건강한 신체 관리. 성실한 병영 생활'라는 구절이 적혀있다. 청결과 건강과 성실이라는 주제어는 '새마을 운동'의 정신과 긴밀히 연결되어 있다. 국가가 제공하는 근대화 담론이 개인의 육체와 정신에 깊이 관여하여 개인을 조종하던 당시의 시대적 성격을 드러내 보여준다. 베트남전 참전 한국 군인들의 전쟁 경험과 기억은 한동안 이렇게 국가가 주도하는 근대화와 경제 개발의 이면에서 억압된 채 머물 수밖에 없었다.

〈알포인트〉는 그 억압된 것들을 한꺼번에 분출시킴으로써 침묵 당했던 것들을 폭로한다. 공적 담론과 주도적 역사 서술에서 밀려난 또 하나의 기억, '하부 지식'에 해당하는 어두운 기억을 영상으로 되살리는 작업은, 그리하여 억압되어 온 그 기억과 바르게 화해할 방법을 모색하게 한다.

5. 망각에서 기억으로

이상에서 영화 〈알포인트〉에 나타난 바를 분석하여 한국군의 베트남전 참전이 한국 사회 문화에서 갖는 의미를 살펴보았다. 먼저 베트남전을 다룬 한국 영화의 전개 과정을 살펴보았다. 베트남전을 소재로 한 초기의 한국영화들은 1960년대에 지배적이었던 반공 영화의 형식을 선택한 경우가 많았고 이후 1980, 1990년대에는 멜로드라마 형식을 주로 취했음을 보였다. 그리하여 베트남전의 본질과 한국군 참전의 본격적 의미를 성찰하는 영화로서는 이들이 일정한 한계를 노정할 수밖에 없음을 보였다. 그 뒤를 잇는 〈하얀 전쟁〉, 〈알포인트〉, 〈우리는 지금 제네바로 간다〉는 정형화된 베트남전 재현을 넘어서는 중요한 영화 텍스트로서 주목할 만하다는 점을 밝혔다. 그중에서도 〈알포인트〉는 공포영화라는 장치를 활용하여 베트남전쟁에서의 양심의 문제와 망각된 역사, 억압된 자들의 귀환이라는 주제를 효과적으로 드러내고 있음을 보였다.

한국 문화 연구에서 베트남전의 기억과 재현의 문제는 아직도 충분히 논의되지 않은 주제이다. 〈알포인트〉는 한국인의 베트남전 참전에 대한 국가의 공적 담론에 저항한다. 공적 역사가 억압한 베트남전의 어둡고 추한 면모들을 드러내 보여줌으로써 그 전쟁의 실체를 다양한 관점에서 바라볼 수 있게 한다. 공적 역사에 의하여 지워지거나 억압되어 있던 이러한 지식은 '하부 지식'이라 불린다. 〈알포인트〉는 그러한 하부 지식 혹은 대안적 지식을 영화 스크린에 투사함으로써 한국군의 베트남전 참전이라는 역사적 사건에 대한 종합적이고 총체적인 지식 체계의 형성을 가능하게 한다.

참고문헌

1부 | 한국의 베트남전쟁소설

제1장_ 한국 제1세대 베트남전쟁소설 작가들
기본자료

박영한, 『머나먼 쏭바강』, 민음사, 1992.

송영, 「선생과 황태자」, 『창작과비평』(1970년 가을호) 영인본 5권.

안정효, 『하얀 전쟁』 1·2·3, 고려원, 1993.

황석영, 『무기의 그늘』(상·하), 창작과비평사, 1992.

『조선일보』.

Ahn, Junghyo, *White Badge*, New York : Soho, 1989.

Hwang, Suk-Young, Trans. Chun Kyung-Ja, *The Shadow of Arms*, Ithaca, New York : East Asia
  Program Cornell University, 1994.

Crile, George. 〈The Uncounted Enemy : A Vietnam Deception/CBS News〉, Carousel Films,
  1982.

단행본

김경수, 『문학의 편견』, 세계사, 1994.

권영민, 『한국 현대 문학사』, 민음사, 1994.

김윤식·정호웅, 『한국소설사』, 예하, 1993.

문창극, 『한미갈등의 연구』, 나남, 1994.

바오닌, 박찬규 역, 『전쟁의 슬픔』, 예담, 1999.

방현석, 『랍스터를 먹는 시간』, 창작과비평사, 2006.

오현미, 『붉은 아오자이』, 영림카디날, 1995.

우찬제, 『욕망의 시학』, 문학과지성사, 1993.

이대환, 『슬로우블릿』, 실천문학사, 2001.

정인숙, 『베트남전쟁의 한국 현대소설 수용 양상 연구—박영한, 안정효, 황석영을 중심으
  로』, 경원대 박사논문, 2010.

정호웅, 『반영과 지향』, 세계사, 1995.

Ashcroft, Bill et al. eds., *The Post-Colonial Studies Reader*, Routeledge, 1995.

Bates, Milton J, *The Wars We Took to Vietnam*, Berkeley : U of California P, 1996.

Blackburn, Robert, *Mercenaries and Lyndon Johnson's "More Flags" : The Hiring of Korean, Filipino and Thai Soldiers in the Vietnam War*, Jefferson : McFarland, 1994.

Choi, Kyeong-Hee, "When the Colonized Mother Speaks : Postcolonial and Maternal Narratives of Toni Morrison, Pak Wanso, and Buchi Emecheta", Ph.D. diss., Indiana U, 1996.

Christopher, Renny, *The Vietnam War / the American War : Images and Representations in Euro-American and Vietnamese Exile Narratives*, Amherst : U of Massachusetts P, 1955.

Cumings, Bruce, *Korea's Place In the Sun*, New York : Norton, 1997.

Fanon, Franz, Charles Lam Markmann, *Black Skin, White Masks*, New York, 1967.

Hayslip, Le Ly, Jay Wurts, *When Heaven and Earth Changed Places : A Vietnamese Woman's Journey From War to Peace*, New York : Penguin, 1989.

Jeffords, Susan, *The Remasculinization of America*, Bloomington : Indiana UP, 1989.

Lifton, Robert Jay, *Home from the War : Vietnam Veterans, Neither Victims, Nor Executioners*, New York : Simon and Schuster, 1973.

Lomperis, Timothy J, *"Reading the Wind" : The Literature of the Vietnam War*, Durham : Duke UP, 1987.

Luu, Nguyen Van, "Essay of General Indictment against U.S. Crimes in Vietnam", *U.S. War Crimes in Vietnam*, Ed, Vien Luat hoc, Hanoi : Juridical Sciences Institute under the Vietnam State Commission of Social Sciences, 1968.

Memmi, Albert, Howard Greenfeld, *The Colonizer and the Colonized*, Boston : Beacon P, 1967.

Ringnalda, Don, *Fighting and Writing the Vietnam War*, Jackson : UP of Mississippi, 1994.

Said, Edward W., *Culture and Imperialism*, New York : Alfred A. Knopf, 1993.

Sharp, Jenny, *Allegories of Empire : The Figure of Woman in the Colonial Text*, U of Minnesota Press, 1993.

Summers, Harry G. et al, *Historical Atlas of the Vietnam War*, New York : Houghton Mifflin, 1995.

Willis, Susan, *A Primer for Daily Life*, London and New York : Routledge, 1991.

논문

고명철, 「베트남전쟁소설에 용해된 작가의 문제의식」, 『한국현대소설학회 제20회 학술연구
　　　발표대회 논문집』, 2002, 211면.
권영민, 「박영한의 소설과 주제의식」, 『소설과 운명의 언어』, 현대소설사, 1992, 112~117면.
김경수, 「여성 비평적 시각에서 본 박영한의 소설」, 『문학의 편견』, 세계사, 1994.
김윤식, 「사이공 탈출의 소설적 의미」, 『월간 중앙』, 1980.3.
박태균, 『베트남전쟁 - 잊혀진 전쟁, 반쪽의 기억』, 한겨레출판, 2015.
백낙청, 「통일문학과 운동」, 『민족문학의 새 단계』, 창작과비평사, 1991, 106~107면.
송승철, 「베트남전쟁소설론 - 용병의 교훈」, 『창작과 비평』, 1993 여름호, 83면.
서은주, 「한국 소설 속의 월남전」, 『역사비평』, 1995 가을호, 222면.
우찬제, 「'틈'의 구조 원리와 사랑의 현상학」, 『욕망의 시학』, 문학과지성사, 1993.
한상규, 「근대세계 속의 인간의 조건」, 『한국 소설 문학 대계』 75, 동아출판사, 1995.
Miyoshi, Masao., A Borderless World? From Colonialism to Transnationalism and the Decline
　　　of the Nation-State, *Critical Inquiry* 19-4, 1993.
Lifton, Robert Jay., Gooks and Men, *Home from the War : Vietnam Veterans, Neither Victims, Nor*
　　　Executioners, New York : Simon and Schuster, 1973, p.205.
Said, Edward W., Representing the Colonized : Anthropology's Interlocutors, *Critical Inquiries*
　　　15, 1989, pp.205~225.

제2장_ 박영한, 황석영, 안정효

Ahn, Junghyo, *White Badge : a novel of Korea*, New York : Soho, 1989.
안정효, 『하얀 전쟁』 1 · 2 · 3, 고려원, 1989.
이평전, 「베트남전쟁의 기억과 망각, 정체성 전쟁 - 안정효의 하얀전쟁을 중심으로」, 『탐라
　　　문학』 제70호, 199~223면.
정인숙, 『베트남전쟁의 한국 현대소설 수용 양상 연구 - 박영한, 안정효, 황석영을 중심으
　　　로』, 경원대 박사논문, 2010.

제2장_ 미국의 베트남전쟁소설과 죽음의 문제

노재호, 「기억과 '진실의 조각들' ─팀 오브라이언의 베트남전쟁 내러티브들」, 박엽 외편, 『노튼 포스트모던 미국 소설』, 글월마로니, 2003.

방현석, 『랍스터를 먹는 시간』, 창작과비평사, 2006.

Baker, Mark, *Nam : The Vietnam War in the Words of the Men and Women Who Fought There*, New York : William Morrow, 1981.

Bates, Milton J., *The Wars We Took to Vietnam*, Berkeley : U of California P, 1996.

Beidler, Philip D., *American Literature and the Experience of Vietnam*, Athens : U of Georgia P, 1982.

〈Full Metal Jacket〉, Dir. Stanley Kubrick, Warner, 1987.

Hasford, Gustav, *The Short Timers*, New York : Bantam, 1979.

Hayslip, Le Ly, Wurt, Jay, *When Heaven and Earth Changed Places : A Vietnam Woman's Journey from War to Peace*, New York : Doubleday, 1989.

Heinemann, Larry, *Paco's Story*, New York : Penguin, 1987.

Hofmann, Bettina, *Ahead of Survival : American Women Writers Narrate the Vietnam War*, Frankfurt am Main : Peter Lang, 1996.

Jeffords, Susan, *The Remasculinization of America : Gender and the Vietnam War*, Bloomington : Indiana UP, 1989.

Kwon, Heon-ik, *The Other Cold War*, New York : Columbia UP, 2010.

__________, *After the Massacre : Commemoration and Consolation in Ha My and My Lai*, Berkeley : U of California Press, 2006.

Lee, Jin-kyung, *Service Economies : Militarism, Sex Work and Migrant Labor in South Korea*, Minneapolis : U of Minnesota Press, 2010.

Lomperis, Timothy, *"Reading the Wind" : The Literature of the Vietnam War*, Durham : Duke UP, 1987.

Mason, Bobbie Ann, *In Country*, New York : Harper, 1986.

O'Brien, Tim, *In the Lake of the Woods*, Boston : Houghton / Seymour Lawrence, 1994.

__________, *If I Die In a Combat Zone*, New York : Broadway Books, 1999.

__________, *The Things They Carried*, New York : Broadway Books, 1998.

__________, *Going After Cacciato*, New York : Delta Fiction, 1989.

Phillips, Jane Anne, *Machine Dreams*, New York : Pocket, 1985.

Ringnalda, Don, *Fighting and Writing the Vietnam War*, Jackson : UP of Mississippi, 1994.

Sheehan, Neil, *A Bright Shining Lie : John Paul Vann and America in Vietnam*, New York : Vintage Books, 1989.

Ryan, Barbara T, Decentered Authority in Bobbie Ann Mason's In Country, *Critique* 31-3, Spring 1990, pp.199~211.

제3장_ 바비 앤 메이슨(Bobbie Ann Mason) 의 『베트남에서(In Country)』

심경석, 「유령과 기억의 엄습―베트남 참전 용사의 절망과 회생」, 『영어영문학』 49.3, 2003, 583~602면.

정연선, 『미국전쟁소설―남북전쟁으로부터 월남전까지』, 서울대 출판부, 2002.

한국미국사학회 편, 『사료로 읽는 미국사』, 궁리, 2006.

Foucault, Michel · Gordon. Colin, *Power / Knowledge:Selected Interviews and Other Writings, 1972-1977*, New York : Vintage, 1980.

Herr, Michael, *Dispatches*, New York : Vintage-Random, 1991.

Hofmann, Bettina, *Ahead of Survival : American Women Writers Narrate the Vietnam War*, Frankfurt am Main : Peter Lang, 1996.

Jeffords, Susan, *The Remasculinization of America : Gender and the Vietnam War*, Bloomington : Indiana UP, 1989.

Kissinger, Henry, *Ending the Vietnam War : A History of America's Involvement in and Extrication from the Vietnam War*, New York : Simon and Schuster, 2003.

Lomperis, Timothy J. Reading the Wind : The Literature of the Vietnam War. Durham, N.C. : Duke UP, 1987.

Mason, Bobbie Ann, *In Country*, New York : Harper, 1986.

Park, Jinim, Unheard Voices : The question of 'gender' in Vietnam War Narratives, *Journal of American Studies* 31-2(Winter,1999), pp.455~466.

__________, A Study of The First Person Narratives by American Women on The Vietnam War, 『영미문화』 6-3(2006), pp.153~173.

Ryan, Barbara T., "Decentered Authority in Bobbie Ann Mason's In Country", *Critique* 31-3(Spring 1990), pp.199~211.

http://vnwarstories.com/vn glossary.html(검색일 : 2012.5.15).

제4장_베트남 여성이 다시 쓰는 베트남전쟁

1차 자료

Hayslip, Le Ly, Warts, Jay, *When Heaven and Earth Changed Places*, New York : Doubleday, 1989.

Hayslip, Le Ly, James Hayslip, *Child of War, Woman of Peace*, New York : Anchor books, 1993.

2차 자료

노재호, 「기억과 '진실의 조각들'−팀 오브라이언의 베트남전쟁 내러티브들」, 『노튼 포스트 모던 미국 소설』, 박엽 외편, 글월마로니, 2003, 156~177면.

박진임, 「역사적 진실과 문학적 재현−팀오브라이언의 『숲의 호수에서』와 황석영의 『무기의 그늘』을 중심으로」, 『미국학논집』 제36집 3호, 2004.

______, A Study of The First Person Narratives by American Women on The Vietnam War, 『영미문화』 Vol.6, No.3, 2006.

심경석, 「유령과 기억의 엄습−베트남 참전 용사의 절망과 회생」, 『영어영문학』, 2003.

______, 「헐리우드 영화의 베트남전쟁 재현」, 『안과 밖』, 2005.

정연선, 『미국전쟁소설−남북전쟁으로부터 월남전까지』, 서울대 출판부, 2002.

Bates, Milton J., *The Wars We Took to Vietnam*, Berkeley : U of California P, 1996.

Beidler, Philip D., *American Literature and the Experience of Vietnam*, Athens : U of Georgia P, 1982.

Bellamy, Michael, Carnival and Carnage : Falling like Rock Stars and Second Lieutenant, Eds. Owen W. Gilman Jr.·Corrie Smith, *America Rediscovered : Critical Essays on Literature and Film of the Vietnam War*, London : Garland, 1990, pp.10~26.

Connolly, Donna M, *The Face of the (Other) Enemy : Aspects of The Feminine in Vietnam War Novels*, Diss., U of Notre Dame, 1991.

Crile, George, The Uncounted Enemy : A Vietnam Deception / CBS News, Carousal Films, 1982.

Davis, Peter, ⟨Hearts and Minds⟩, Embassy Home Entertainment, 1975.

Didion, Joan, *Democracy*, New York : Pocket books, 1984.

Hasford, Gustav, *The Short-Timers*, New York : Bantam, 1979.

Heinemann, Larry, *Paco's Story*, New York : Penguin, 1987.

Herr, Michael, *Dispatches*, New York : Vintage-Random, 1991.

Hofmann, Bettina, *Ahead of Survival : American Women Writers Narrate the Vietnam War*, Frankfurt am Main : Peter Lang, 1996.

Jeffords, Susan, *The Remasculinization of America : Gender and the Vietnam War*, Bloomington : Indiana UP, 1989.

Lim, Shirley Geok-lin, *Asian-American Literature : An Anthology*, Lincolnwood : NTC, 2000.

Lomperis, Timothy, *"Reading the Wind" : The Literature of the Vietnam War*, Durham : Duke UP, 1987.

Marshall, Kathryn, *In the Combat Zone*, Boston : Little, Brown, 1987.

Mason, Bobbie Ann, *In Country*, New York : Harper, 1986.

O'Brien, Tim, *In the Lake of the Woods*, Boston : Houghton / Seymour Lawrence, 1994.

__________, *If I Die In a Combat Zone*, New York : Broadway Books, 1999.

__________, *The Things They Carried*, New York : Broadway Books, 1998.

__________, *Going After Cacciato*, New York : Delta Fiction, 1989.

Phillips, Jane Anne, *Machine Dreams*, New York : Pocket, 1985.

Ringnalda, Don, *Fighting and Writing the Vietnam War*, Jackson : UP of Mississippi, 1994.

Ryan, Barbara T., Decentered Authority in Bobbie Ann Mason's In Country, *Critique* 31-3, Spring 1990, pp.199~211.

Sedgewick, Eve, *Between Men : English Literature and Male Homosocial Desire*, New York : Columbia UP, 1985.

Smith, Winnie. *American Daughters Gone to War*, New York : William Morrow, 1992.

Van Devanter, Lynda, *Home Before Morning*, New York : Beaufort Books, 1983.

http://cafe3.ktdom.com/vietvet/note05.htm(검색일 : 2008.10.10).

http://www.ohmynews.com/NWS-web/view/at-pg.aspx?CNTN-CD=A0000963150&PAGE-CD=21(검색일 : 2008.10.10).

제5장_ 새로운 베트남전쟁 서사의 탄생 1

강선주, 「미국의 20세기 전쟁에 대한 공식화된 기억-세계대전과 베트남전쟁을 중심으로」, 『미국학논집』 40-2, 2008, 5~39면.

노재호, 「기억과 '진실의 조각들'-팀 오브라이언의 베트남전쟁 내러티브들」, 박엽 외편, 『노튼 포스트모던 미국 소설』, 글월마로니, 2003, 156~177면.

유정완, 「아메리카 제국의 상흔-미라이 학살 사건의 과거와 현재」, 『미국학논집』 51-1, 2019, 45~78면.

이다솜, 「From Black to Yellow : The Inheritance and Revision of Ralph Ellison's Invisible Man in Viet Thanh Nguyen's *The Sympathizer*」. 고려대 석사논문, 2018.

Anderson, David L., *Facing My Lai : Moving Beyond the Massacre*, Lawrence : UP of Kansas, 1998.

Bhabha, Homi K., *Location of Culture*, London, New York : Routledge, 1994.

Didion, Joan, *Democracy*, New York : Pocket Books, 1984.

Hayslip, Le Ly, Jay Warts, *When Heaven and Earth Changed Places : A Vietnam Woman's Journey from War to Peace*, New York : Doubleday, 1989.

Kovic, Ron, *Born on the Fourth of July*, New York : McGraw Hill, 1976.

Lim, Shirley Geok-lin, *Asian-American Literature : An Anthology*, Lincolnwood : NTC, 2000.

Lomperis, Timothy, *"Reading the Wind" : The Literature of the Vietnam War*, Durham : Duke UP, 1987.

Nguyen, Viet Thanh, *Race and Resistance : Literature and Politics in Asian America*, Oxford : Oxford UP, 2002.

______________, *The Sympathizer*, New York : Grove Press, 2015.

제6장_ 새로운 베트남전쟁 서사의 탄생 2

바오닌, 박찬규 역, 『전쟁의 슬픔』, 예담, 1999.

Dittmar, Linda, Jane Michaud. eds., *From Hanoi to Hollywood : The Vietnam War in American Film*, New Brunswick : Rutgers UP, 1997.

Foucault, Michel, *Power / knowledge*, New York : Pantheon Books, 1972.

Hayslip, Le Ly, Jay Warts, *When Heaven and Earth Changed Places*, New York : Doubleday, 1989.

Nguyen, Viet Thanh, *Race and Resistance : Literature and Politics in Asian America*. Oxford : Oxford UP, 2002.

______________, *The Sympathizer*, New York : Grove Press, 2015.

Spivak, Gayatri Chakravorty, Can the Subaltern Speak?, *Marxism and the Interpretation of Culture*, Eds. C. Nelson and L. Grossberg. Urbana Champaign : U of Illinois P, 1988. pp.271~313.

제7장_ 새로운 베트남전쟁 서사의 탄생 3

이주영, 「조선 후기 筆記·野談 소재 鬼神談 연구」, 동국대 박사논문, 2020.

정환국, 「베트남 원혼서사의 성격과 복수담 – 전기만록의 경우」, 『민족문화연구』 65, 2014, 461~492면.

최복희, 「베트남전통 상례를 통해 본 한국과 베트남의 죽음관 비교」, 『생명연구』 13, 2009,

131~152면.

Bhabha, Homi K, *The Location of Culture*, New York and London : Routledge, 1994.

Kwon, Heon-ik, *After the Massacre : Commemoration and Consolation in Ha My and My Lai*, Berkeley : U of California P, 2006.

Nguyen, Viet Thanh, *The Refugees*, New York : Grove P, 2017.

Ninh, Bao, *The Sorrow of War : A Novel of North Vietnam*, New York : Riverhead Books, 1991.

Said, Edward W., *Reflections on Exile and Other Essays*, Cambridge : Harvard UP, 2003.

제3부 | 영화 속의 베트남전쟁

제1장_ 〈람보〉와 미국문화

새뮤얼, A., 민혜숙 역, 『융 분석 비평 사전』, 동문선, 1986.

정연선, 『미국전쟁소설』, 서울대 출판부, 2002.

Bates, Milton J, *The Wars We Took to Vietnam*, Berkeley : U of California P, 1996.

Connolly, Donna M, *The face of the (Other) Enemy : Aspects of The Feminine in Vietnam War Novels*, Diss., U of Notre Dame, 1991.

Crile, George, 〈The Uncounted Enemy : A Vietnam Deception / CBS News〉, Carousal Films, 1982.

Deleuze, Gilles, "Postscript on the Societies of Control", *October*, Cambridge : MIT P for Institute for Architecture and Urban Studies 59, Winter, 1992.

Davis, Peter, 〈Hearts and Minds〉, Embassy Home Entertainment, 1975.

Foucault, Michel, *Discipline and Punish : The Birth of the Prison*, New York : Vintage House, 1979.

Herr, Michael, *Dispatches*, New York : Vintage-Random, 1991.

Jeffords, Susan, *The Remasculinization of America : Gender and the Vietnam War*, Bloomington : Indiana UP, 1989.

Lomperis, Timothy, *"Reading the Wind" : The Literature of the Vietnam War*, Durham : Duke UP, 1987.

Mailer, Norman, *Armies of the Night : History as a Novel, the Novel as History*, New York : Signet, 1968.

Mason, Bobbie Ann, *In Country*, New York : Harper, 1986.

O'Brien, Tim, *The Things They Carried*, Boston : Houghton / Seymour Lawrence, 1990.

Ringnalda, Don, *Fighting and Writing the Vietnam War*, Jackson : UP of Mississippi, 1994.

Sargent, Lydia ed., *Women & Revolution : A Discussion of the Unhappy Marriage of Marxism and Feminism*, Montréal : Black Rose Books, 1981.

Sedgewick, Eve, *Between Men : English Literature and Male Homosocial Desire*. New York : Columbia UP, 1985.

Sheehan, Neil, *A Bright Shining Lie : John Paul Vann and America in Vietnam*, New York : Vintage Books, 1989.

Silber, Glenn · Alexander Barry, 〈Vietnam : The War at Home〉, MPI Home Video, 1986.

Warner, William, Spectacular Action : Rambo and the Popular Pleasures of Pain, Grossberg, Nelson, and Treichler eds, *Cultural Studies*, New York / London : Routledge, 1992.

제2장_〈님은 먼 곳에〉와 한국 문화 속의 베트남전쟁

국방부, 『증언을 통해본 베트남전쟁과 한국군』 2, 국방부 군사편찬연구소, 2002.

김정환, 『하노이-서울 시편』, 문학동네, 2003.

박영한, 『머나먼 쏭바강』, 민음사, 1992.

이호우, 『휴화산』, 중앙출판공사, 1969.

채명신, 「베트남전쟁의 특성과 연합작전」, 국방부 군사편찬연구소 편, 『베트남전쟁 연구 총서』 1, 국방부 군사편찬연구소. 2002.

한홍구, 「박정희는 왜 베트남에 군대를 보냈을까?」, 강만길 외, 『우리 역사 속 왜』, 서해문집, 2002.

황석영, 『무기의 그늘』, 창작과비평사, 1992.

Bakhtin, M. M. · Caryl Merson · Michael Holquist, *The Dialogic Imagination : Four Essays. eds. Micahael Holquist*, Austin : U of Texas P, 1981.

Blackburn, Robert, *Mercenaries and Lyndon Johnson's "More Flags" : The Hiring of Korean, Filipino and Thai Soldiers in the Vietnam War*, Jefferson : McFarland, 1994.

Cumings · Bruce, *Korea's Place In the Sun*, New York : Norton, 1997.

Hayslip, Le Ly, Jay Wurts, *When Heaven and Earth Changed Places : A Vietnamese Woman's Journey From War to Peace*, New York : Penguin, 1989.

Lomperis, Timothy, Readng the Wind, *The Literature of the Vietnam War*, Durham : Duke UP, 1987.

Mulvey, Laura, *Visual and Other Pleasures*, Bloomington and Indianapolis : Indiana UP, 1989.

Park, Jinim, A Study of The First Person Narratives by American Women on The Vietnam War,

『영미문화』Vol.6, No.3, 2006.

Smith, Winnie, *American Daughters Gone to War*, New York : William Morrow, 1992.

Van Devanter, Lynda, *Home Before Morning*, New York : Beaufort Books, 1983.

Dir. Stanley Kubrick, 〈Full Metal Jacket〉, Warner, 1987.

Dir. Oliver Stone, 〈Heaven and Earth〉, 1990.

정지영 감독, 〈하얀 전쟁〉, 1992

공수창 감독, 〈알 포인트〉, 2006.

이준익 감독, 〈님은 먼 곳에〉, 2008.

http://www.vietnamwar.co.kr/hall1-6-04.htm(검색일 : 2008.10.15).

http://www.vietnamwar.co.kr(검색일 : 2008.10.15).

http://kr.blog.yahoo.com/jink1808/4675(검색일 : 2008.10.15).

http://cafe3.ktdom.com/vietvet/note05.htm(검색일 : 2008.10.20).

http://www.ohmynews.com/NWS-web/view/at-pg.aspx?CNTN-CD=A0000963150
&PAGE-CD=21(검색일 : 2008.10.10).

http://sports.hankooki.com/1page/cinet/200806/sp2008061207392094410.htm(검색
일 : 2008.10.10).

http://www.film2.co.kr/feature/feature_final.asp?mkey=186068(검색일 : 2008.10.10).

http://www.hani.co.kr/arti/society/society-general/98288.htm(검색일 : 2008.10.10).

http://www.ohmynews.com/NWS-web/view/at-pg.aspx?CNTN-CD=A0000963150
&PAGE-CD=21(검색일 : 2008.10.10).

제3장_〈알포인트〉와 베트남전쟁의 기억

강성률, 「남한 영화를 통해 본 베트남전쟁의 기억-반공영화 〈월남전선 이상 없다〉에서 동
지적 유대감의 〈님은 먼 곳에〉까지」, 『역사비평』Vol.1, No.84, 2008.

박영한, 『머나먼 쏭바강』, 민음사, 1992.

장두영, 「베트남전쟁소설론-파병담론과의 관련을 중심으로」, 『한국현대문학연구』25집,
2008.

채명신, 「베트남전쟁의 특성과 연합작전」, 『베트남전쟁 연구 총서』1, 국방부 군사편찬연구
소, 2002.

최용호, 『통계로 본 베트남전쟁과 한국군』, 국방부 군사편찬연구소, 2007.

한도현, 「베트남전쟁을 다루는 세 가지 입장」, 『국제 지역 연구』7권 3호, 1998.

Bakhtin, M. M. Trans., Caryl Merson · Michael Holquist, Eds. Micahael Holquist, *The Dialogic*

Imagination : Four Essays, Austin : U of Texas P, 1981.

Blackburn, Robert, *Mercenaries and Lyndon Johnson's "More Flags" : The Hiring of Korean, Filipino and Thai Soldiers in the Vietnam War*, Jefferson : McFarland, 1994.

Cumings, Bruce, *Korea's Place In the Sun*, New York : Norton, 1997.

Foucault, Michel · Gordon Colin, *Power / Knowledge : Selected Interviews and Other Writings, 1972~1977*, New York : Vintage, 1980.

Higashi, Sumiko, A Horror Film about the Vietnam Era, Dittmar and Michaud Eds., *From Hanoi to Hollywood*, New Brunswick : Rutgers University Press, 1997.

Kissinger, Henry, *Ending the Vietnam War : A History of America's Involvement in and Extrication from the Vietnam War*, New York : Simon and Schuster, 2003.

Kristeva, Julia, *Powers of Horror*, New York : Columbia UP, 1982.

Lomperis, Timothy J, *"Reading the Wind" : The Literature of the Vietnam War*, Durham, N.C. : Duke UP, 1987.

http://www.vietnamwar.co.kr/hall1-6-04.htm(검색일 : 2010.11.15).

바오닌(Bao Ninh), 박찬규 역, 『전쟁의 슬픔』, 예담, 1999.

브링클리, 앨런(Brinkley, Alan), 황혜성 외역, 『있는 그대로의 미국사』 3, 휴머니스트, 2011.

참고문헌 일러두기

– 이 책의 많은 부분은 학술 논문과 영문 저서를 통해 발표한 내용들을 수정, 보완, 재구성한
 바이다. 기발표 논문과 저서는 다음과 같다.

박진임, 「잃어버린 미국의 자존심과 남성성을 찾아서 – 람보」, 『문학과 영상』 제3권 2호,
 2002.
______, 「한국 소설에 나타난 베트남전쟁의 특성과 참전 한국군의 정체성」, 『한국현대문학
 연구』 제12집, 2003.
______, 「역사적 진실과 문학적 재현 – 오브라이언의 『숲의 호수에서』와 황석영의 『무기의
 그늘을 중심으로」, 『미국학논집』 제36집 3호, 2004.
______, 「베트남 여성이 다시 쓰는 베트남 전쟁 – 미국 작가들의 베트남 전쟁 소설과의 비교
 를 통한 르 리 헤이슬립의 『하늘과 땅이 바뀌었을 때』 연구」, 『미국사연구』 제28집,
 2008.
______, 「님은 먼 곳에 베트남전도 먼 곳에 – 〈님은 먼 곳에〉의 베트남전 재현 연구」, 『문학과
 영상』 제9권 3호, 2008.
______, 「베트남전의 기억과 그 기억에의 저항 – 바비 앤 메이슨의 『베트남에서』 연구」, 『비
 교문학』 제57집, 2012.
______, 「베트남전의 억압된 기억과 타자, 그리고 공포영화 – 공수창의 〈알포인트〉 연구」,
 『비교한국학』 21-1, 2013.
______, 「미국 여성 작가의 베트남 전쟁 소설에 나타난 죽음의 문제 – 메이슨, 필립스, 디디언
 을 중심으로」, 『미국학논집』 47-3, 2015.
______, 「미국문화와 베트남 전쟁 – 비엣 탄 응웬의 『동반자』에 나타난 혼종적 주체의 문제」,
 『현대영미소설』 26-2, 2019.
______, 「미국 베트남 전쟁 소설의 주체와 재현 문제 – 비엣 탄 응웬의 『동반자』 연구」, 『현대
 영미소설』 27-3, 2020.
______, 「베트남 전쟁 서사와 미국문화의 위치 – 비엣 탄 응웬을 중심으로」, 『현대영미소설』
 29-3, 2022.

Park, Jinim, Unheard Voices : The Question of Gender in Vietnam War Narratives, 『미국학논
 집』 vol.31, No.2, 1999.
__________, The Ambivalent Position of Korean Soldiers in Vietnam, 『미국학논집』 vol.32,
 No.2, 2000.

Park, Jinim, A Study of The First Person Narratives by American Women on The Vietnam War, 『영미문화』 Vol. 6, No.3, 2006.

__________, *Narratives of the Vietnam War by Korean and American Writers*, NewYork : Peter Lang, 2007.